한민족문화학회 창립 20주년 학술논문 선집

한민족 문학·문화연구의 동향과 전망

_ 현대문학

한민족문화학회

국학자료원

목 차

신경향파시의 재인식

1. 신경향파시의 문학사적 맥락

한국 근대 시문학사에서 3·1운동 전후로부터 1920년대 초중반에 이르는 시기는 신문, 잡지, 동인지 등의 광범위한 매체적 변화를 중심으로 폭넓은 시적 다양성을 형성하게 된다. 그리고 시인이나 작품들도 활발히 증폭되는 현상을 빚게 된다. 근대 들어서 초유의 양적, 질적 전환기 겸 도약기가 펼쳐진 것이다. 이처럼 방사적으로 넓게 퍼진 당대 창작 활동은 커다랗게 세 갈래로 나누어 범주화할 수 있을 것이다. 하나는 병적, 감상적 충동에서 발원한 이른바 낭만주의 경향이며, 둘은 민요시 혹은 전통적 의미의 서정시 계열이고, 마지막은 당대의 빈궁을 증언하고 비판한 일련의 현실주의 경향이다. 그리고 이러한 굵은 줄기 외에도 실험적으로 분출되었던 상징주의, 다다이즘시 등을 떠올릴 수 있을 것이다.

이 가운데 감상적 어조로 생래적 슬픔을 노래한 낭만주의 경향은 당대에 대한 즉자적 애상과 비탄이 주조를 이루었다. 『白潮』에서 한 극점을

---

* 한양대학교.

이루다가 김소월에 이르러 민족적 전체성과 보편성을 얻어간 이 경향은, 어쨌든 1920년대 내내 한국 근대 서정시의 저류(底流)로 흡수되어갔다. 하지만 1920년대 중반 이후 당대 주요 담론으로 부상한 사회주의의 영향과 함께 이러한 슬픔의 시학은 궁핍한 현실과 깊이 접속되면서 한층 더 강화된 공동체적 관심을 보이면서 보다 더 넓고 활발한 시적 구도를 형성하게 된다. 다시 말해 시기적으로 보아 당시는 러시아 혁명 후 일본을 경유하여 유입된 사회주의 사상이 민족 운동의 주요한 축으로 부상하였고, 그에 부합하여 문학 운동들도 여러 갈래로 상당한 영향력을 지닌 채 펼쳐지게 된다. 우리가 대상으로 하는 이른바 '신경향파시'의 기저에는 당시 지식인 사회에 만연했던 사회주의 사상이 근원적으로 매개되어 있었으며, 이러한 상황에서 산출된 신경향파시는 식민지적 현실에 대한 날카로운 대응의 형태를 띠고 등장하게 된 것이다.1)

신경향파의 등장 맥락을 바라보는 이러한 시각은 그에 상응하는 두 갈래의 평가를 낳아왔다. 하나는 순조로운 근대시의 발전을 가로막은 이른바 '생채기'에 불과했다는 부정적 시각이다. 말할 것도 없이 사회주의와 매개된 시적 지향에 예술성이 현저하게 부족하였고, 이는 정치 우위의 세계가 필연적으로 빚어낸 미학적 퇴행이었다는 진단으로 이어진다.2) 다른 하나는 보다 적극적인 의미를 부여하여 프로문학의 발전도상에서 빚어진 이행기적인 의미로 한정하는 시각이다.3) 이는 카프의 문예운동이 방향전

---

1) 김윤식은 『白潮』가 견지했던 낭만주의적 경향이 붕괴하면서 신경향파시가 태동했다고 본다. 예술적 저항과 계급적 저항을 '저항의 동질성'이라는 초점에서 파악하고 그 동질적 양상이 전자에서 후자로 전이되었다고 해석한다. 홍정선은 "순수문학의 동인지에만 역점을 두지 말고 당대의 여러 종합지에도 눈을 돌려볼 필요"를 말하면서 사회주의 사상과 진화론을 토대로 하여 팽배해진 당대의 생활 개혁 의지가 신경향파적 경향을 낳은 것이라고 논급한다. 김윤식(1986), 『한국현대시론비판』, 일지사; 홍정선 (1981), 「신경향파 비평에 나타난 생활문학의 변천과정」, 서울대 석사학위논문.
2) 김용직(1986), 『한국근대시사』, 학연사가 대표적이다.
3) 역사문제연구소(1989), 『카프문학운동연구』, 역사비평이 대표적이다. 이는 임화의

환을 하면서부터 신경향파시와는 변별되는 프로시가 창작되기 시작하였다는 이른바 진화론적 시각이다. 이 경우 프로시는 마르크시즘 세계관을 수용하여 계급 개념에 대한 새로운 인식을 찾았으며, 신경향파시의 자연발생성에 비해 한층 더 진전된 계급적 현실 인식과 프롤레타리아의 구체적 생활에 대한 묘사를 통해 시적 현실성을 확보했다는 해석을 얻게 된다. 프로시로 나아가는 전 단계의 자연발생적인 사회 시학적 성취를 신경향파시로 범주화한 결과이다.4)

여기서 우리는 이러한 두 가지 오래된 견해를 넘어서는 차원에서 신경향파시가 한국 시의 다양성과 공적 심층성을 중요하게 계발, 발전시켰고, 나아가 프로문학의 전 단계로서의 이행기적 속성이 아니라 독자적 미학으로도 매우 중요한 속성을 견지하고 있다고 파악할 수 있다. 그 핵심적인 내적 원리는 다름 아닌 민족주의와 낭만성을 '비극성'이라는 미적 범주로 통합, 결속하였고, 일상어의 시적 도입을 시도하였고, 나아가 민족 현실의 전체성을 사유한 것 등에서 찾을 수 있다. 그러한 핵심 미학이 추출될 경우, 우리는 1920년대 주류 문법으로서의 신경향파를 다시 사유해볼 수 있을 것이다. 우리가 생각하는 신경향파의 주요 시인은 김기진, 박영희, 김석송, 조명희, 이상화, 유완희, 김창술, 김해강, 김동환, 박팔양 등이다. 따라서 임화, 권환, 이찬, 박세영 같은 주요 시인들은 신경향파로 포괄하기 어렵고 신경향파 이후에 자기 존재를 드러내는 이들이라고 말할 수 있을 것이다.

견해 이후 반복적으로 변주된 것이기도 하다. 물론 임화는 소설에 한정하여 논의를 펼쳤다.
4) 이러한 시각에서는 '신경향파시'를 미성숙한 프로시로 보고, 프로시를 성숙한 신경향파시로 파악하게 된다. 그래서 자연스럽게 '신경향파시→프로시'라는 발전 도식과 '신경향파시+프로시=경향시'라는 포함 관계 등식을 선호하게 된다. 자연스럽게 경향시의 역사는 신경향파시에서 프로시로 시간적 이월뿐만 아니라 질적 도약까지 거쳤다는 평가가 따르게 된다. 신경향파의 전환기적, 과도기적, 이행기적 속성을 강조한 시각이다.

2. 신경향파시의 초기 단계

　김기진과 박영희는 신경향파 문학의 발흥과 전개에 결코 빼놓을 수 없는 인물이다. 파스큘라 그룹의 실질적 리더였던 이들의 시적 성취가 신경향파 문학의 정점으로 이어진 것은 아니지만, 이들은 신경향파 문학에서 매우 중요한 산파 역할을 담당했고 나아가 스스로 시적 실천을 했던 행동가로서의 면모를 보여주기도 했다. 특별히 김기진은 일본에서 경험한 클라르테 운동에 감화를 받고 귀국하여, 『白潮』3호에 후기 동인으로 참여하였다가 『白潮』를 점진적으로 해체하고 신경향파 문학으로 그 추를 옮겨간 실질적 주역이었다. 그가 『白潮』에 발표한 「한 개의 불빛」은 민중들의 "크나큰 부르짖음"을 격렬하게 대망하는 시편이다. 그는 그 부르짖음과 "헛되인 탄식"(「백수의 탄식」)을 현격하게 대조시키면서 당대 지식청년들이 취해야 할 감수성을 선언적으로 보여주었다. 이러한 문학관은 "힘 있는 현실적 이상주의 철학이 찬란한 불꽃을 뿌리는 것"(「발뷰스 대 로만 로란 간의 논쟁」, 1923)을 대망하는 것으로 이어지면서 박종화가 주창한 "力의 예술"(「문단의 1년을 추억하여」, 1923)과 상통하게 된다. 그 다음 시편 역시 이러한 '부르짖음'이 적실한 은유를 얻은 경우이다. 그 은유의 매개체가 '화강석'으로 나타난다.

　　　　나는 보고 있다.ㅡ
　　　　역사의 페이지에 낫 하나 있는
　　　　화강석과 같은 인민의 그림자를,

　　　　언제든지 인민의 대가리 위에는
　　　　別別色色의 탑이 서 가지고
　　　　그것들이 인민을 심판하고 있었다.

나는 알고 있다 –
인민의 생활이 뒤흔들릴 때에는
애처롭게도 탑은 부서진다는 것을,

정치가보다도 시인보다도
꾹 담고 있는, 화강석과 같은
인민이야말로 더 훌륭한 편이 아닐는지 –

오오 역사의 페이지에 낫 하나 있는, 화강석과 같은
인민의 그림자를, 최후의 심판자를,
나는 지금, 눈앞에 놓고 생각하고 있다.
– 김기진, 「화강석」 전문5)

이러한 세계는 '역사', '인민', '생활' 등의 기표를 통해 '화강석'과도 같은 굳센 민중의 의지를 긍정하는 쪽으로 나아간다. 물론 "역사의 페이지"나 "화강석과 같은 인민의 그림자"의 충실한 내포는 문면에 드러나 있지 않다. 다만 "인민의 생활"에 대한 깊은 애정과 옹호 속에서 시인은 "정치가보다도 시인보다도" 훨씬 더 근원적이고 강인한 "화강석과 같은/인민"이 역사의 "최후의 심판자"임을 명명하고 있을 뿐이다. 선언적이고 심정적인 이러한 발화야말로, 정치 담론이라기보다는 종교적 신뢰에 가까운 낭만적 상상력의 결과라 할 것이다. 이러한 낭만적 상상력이 변주된 또 다른 실례가 포석 조명희의 시편들이다.

온 저자 사람이 다 나를 사귀려 하여도,
진실로 나는 원치를 아니하오
다만 침묵을 가지고 오는 벗님만이,
어서 나를 찾아오소서.

5) 『開闢』, 1924. 6.

온 세상 사람이 다 나를 사랑한다 하여도,
참으로 나는 원치를 아니하오.
다만 침묵을 가지고 오는 님만이
어서 나를 찾아오소서.

그리하여 우리의 세계는 침묵으로 잠급시다
다만 아픈 마음만이 침묵 가운데 귀 기울이며…….
                                    ― 조명희, 「온 저자 사람이」 전문

　　조명희의 시적 동선은 여타 신경향파시의 그것과는 현저하게 다르다. 그는 소설과 희곡에서도 두각을 나타냈으며 일찌감치 『봄 잔디밭 위에』(1924)라는 시집을 상재한 중견이기도 하였다. 이 시집에 실린 위 시편은 "온 저자 사람"보다는 "침묵을 가지고 오는 벗님"을 긍정하면서, "우리의 세계"를 '침묵'으로 잠그고 "아픈 마음만이 침묵 가운데 귀 기울이며" 살아가자는 권면을 담고 있다. 저자 거리가 가지는 '훤소喧騷'와 벗님이 가져올 '침묵이' 선명하게 대조되면서 "아픈 마음"이라는 시대고時代苦를 넘어서려는 지향을 보여준다. 신경향파시가 가지는 '부르짖음'의 속성 너머(beyond)의 세계를 징후적으로 암시하는 사례라 할 것이다. 그런가 하면 파인 김동환의 초기 시편도 중요한 검토 대상이다.

펜을 던졌다
아침부터 동무하던 펜을 던졌다
그리고 의논하였다. 어떻게 하면 이길까 하고
주먹은 탁자를 부쉈다.
격정은 불길을 일으켰다
그리고 부르짖었다. 여럿은 유태교인이 되자고
"눈은 눈으로 이빨은 이빨로!" 하는
                                    ― 김동환, 「罷業」 전문

파인은 '펜'과 '주먹(격정)'의 대조 속에서 오랫동안 동무하던 '펜'을 던져버리고 "어떻게 하면 이길까"만을 상상하면서 서둘러 '격정'을 택하는 과정을 보여준다. 구약성서에 나오는 "눈은 눈으로 이빨은 이빨로!"라는 경구를 바탕으로 하여, 시편 제목인 '파업'의 페이소스가 암시적으로 전해져온다. 하지만 선명한 이분법적 구획에도 불구하고 이 시편에는 '파업'의 맥락이나 지향 등이 드러나지 않는다.

이처럼 팔봉, 포석, 파인의 초기 시세계는 신경향파시의 초기 단계적 화두를 잘 보여준다. 그것은 '정치가나 시인/인민', '저자 사람/침묵의 벗님', '펜/주먹(격정)'의 분법分法 속에서 현저하게 후자를 취하는 단호한 선택의 과정을 통해 '민중적인 것'에 대한 긍정과 그 너머를 사유하는 가능성으로 전개된 것이다. 모두 소박하고 선명한 약자에 대한 긍정, 신뢰 등을 담고 있다 할 것이다. 이러한 신경향파시의 한계는 이상화, 박팔양에 의해 극복되는데, 이들은 약자에 대한 옹호와 긍정의 지향을 민족주의적 열정과 매개하기도 하고 이산離散이라는 민족적 경험과 결부시키기도 한다.

3. 낭만성과 민족주의적 열정의 결속 – 이상화의 시

우리가 잘 알듯이 『白潮』 이후의 이상화 시편은 낭만성과 민족주의적 열정을 결속하여 자신의 시학을 완성해간다. 특별히 이상화는, 식민지 시대 내내 민족 현실의 전체성에 대한 인식을 보여준 뚜렷한 시사적 실례로 기록되고 있다. 이러한 이상화 시편은 당대 진보적 매체였던 『開闢』에 주로 발표되고 있는데, 그 점에서 이상화 시편은 신경향파시의 권역이 민족주의와 만나는 풍경을 잘 보여준다. 신경향파 미학이, 프로문학이 지향한 국제주의보다는 민족주의적 충동과 근접해 있다는 사실을 알려주는 것이다. 그 점에서 이상화 시편은 민족 현실을 파악하는 데서 계급적 규정보다는 민족 현실을 우선시한다. 이는 당대의 논객이었던 김기진이나 박영희의 논설에서도 여러 차례 간취되는 신경향파시의 편재적인 민족주의적 충동이다. 이처럼 신경향파 문학에서 민족주의가 중요한 심급으로 작동하는 것은 매우 깊고 근원적인 것이다. 그 시사적 실례로 우뚝 서 있는 존재가 바로 이상화인 것이다.

> 아, 가도다, 가도다, 쫓겨가도다
> 잊음 속에 있는 간도와 遼東벌로
> 주린 목숨 움켜쥐고, 쫓겨가도다
> 진흙을 밥으로, 햇채를 마셔도
> 마구나, 가졌더면, 단잠은 얽맬 것을 ─
> 사람을 만든 검아, 하루 일찍
> 차라리 주린 목숨 뺏어가거라.
>
> 아, 사노라, 사노라, 취해 사노라
> 自暴 속에 있는 서울과 시골로
> 멍든 목숨 행여 갈까, 취해 사노라
> 어둔 밤 말없는 돌을 안고서
> 피울음을 울더면, 설움은 풀릴 것을 ─
> 사람을 만든 검아, 하루 일찍
> 차라리 취한 목숨, 죽여버려라!
>
> ─「가장 悲痛한 祈慾」 전문[6]

'間島 移民을 보고'라는 민족 이산의 형상을 담고 있는 이 시편은, 당대 민족 현실의 비극성을 폭로하고 고발하는 목소리를 반영한다. 간도와 요동으로 이산하는 식민지 백성들의 삶을 강렬한 민족적 연대로 감싸안고

---

6) 『開闢』, 1925. 1.

있다. 두 연이 운율적 고려에 의해 병치되고 있는 이 시편은 "주린 목숨 움켜쥐고" 쫓겨가는 사람들의 참상을 반영하면서, "사람을 만든 검"에게 이러한 비극을 죽음으로라도 면케 해달라고 절규한다. 그렇게 "自暴"와 "멍든 목숨"으로 살아온 이들에게 "피울음"과 "설움"을 치유할 방도는 사실 없다. 죽음이라는 극한 처방으로밖에는 타개할 수 없는 절망 상황 아래서 비극성이 점증한다. 따라서 우리는 죽음을 자청해 들일 수밖에 없는 현실에서 '가장 悲痛한 祈慾'이 발화되는 경험을 하게 되는 셈이다. 이렇게 이 시편에는 경작할 토지를 잃고 타지로 유리하는 식민지 농민들의 집단적 처지와 심경이 잘 나타나 있다. 일제에 의한 식민지 수탈 정책의 결과로 인한 농민들의 몰락과 농촌 해체는 1920년대 식민지 조선의 보편적 현실이었는데, 이 작품은 이러한 상황에 대한 핍진한 증언이요 화자를 포함한 집체적 고단함을 드러내는 웅변의 목소리이기도 하다. 이러한 증언과 웅변의 미학은 당시 신경향파시가 가지는 목소리의 일반 속성이자, 민족주의적 낭만주의를 저류로 하는 미학을 그 안에 결속하고 있다. 이러한 첨예한 발상과 어법을 낭만성과 민족주의의 결합이라는 형식으로 노래한 그의 대표작 「빼앗긴 들에도, 봄은 오는가」는, 아마도 한국 시사의 정상에 놓일 시편일 것이다.

지금은 남의 땅 ─ 빼앗긴 들에도 봄은 오는가?

나는 온몸에 햇살을 받고
푸른 하늘 푸른 들이 맞붙은 곳으로
가르마 같은 논길을 따라 꿈속을 가듯 걸어만 간다.

입술을 다문 하늘아 들아
내 맘에는 내 혼자 온 것 같지를 않구나
네가 끌었느냐 누가 부르더냐 답답워라 말을 해다오.

바람은 내 귀에 속삭이며
한 자욱도 섰지 마라 옷자락을 흔들고
종조리는 울타리 너머 아씨같이 구름 뒤에서 반갑다 웃네.

고맙게 잘 자란 보리밭아
간밤 자정이 넘어 내리던 고운 비로
너는 삼단 같은 머리를 감았구나 내 머리조차 가뿐하다.

혼자라도 가쁘게나 가자
마른 논을 안고 도는 착한 도랑이
젖먹이 달래는 노래를 하고 제 혼자 어깨춤만 추고 가네.

나비 제비야 깝치지 마라
맨드라미 들마꽃에도 인사를 해야지
아주까리 기름을 바른 이가 지심 매던 그 들이라 다 보고 싶다.

내 손에 호미를 쥐어다오
살진 젖가슴과 같은 부드러운 이 흙을
발목이 시도록 밟아도 보고 좋은 땀조차 흘리고 싶다.

강가에 나온 아이와 같이
짬도 모르고 끝도 없이 닫는 내 혼아
무엇을 찾느냐 어디로 가느냐 웃어웁다 답을 하려무나.

나는 온몸에 풋내를 띠고
푸른 웃음 푸른 설움이 어우러진 사이로
다리를 절며 하루를 걷는다 아마도 봄 신령이 접혔나보다.

그러나 지금은 － 들을 빼앗겨 봄조차 빼앗기겠네
－「빼앗긴 들에도, 봄은 오는가」 전문[7]

---

7) 『開闢』, 1926. 6.

이 작품에서 이상화 시편의 배경은 광활하고도 아름다운 대자연으로 경사되고 있다. 이렇게 가장 구체적인 육체인 국토의 자연을 통해 이상화가 전달하려고 한 것은 민족 현실과 그에 대응하는 자세일 것이다. 이 작품은 그러한 구체성과 저항성을 거의 완벽하게 갖춘 한국 시사 전체에서 찾기 어려운 가편이다. 먼저 첫 연과 마지막 연은 "지금은 남의 땅 – 빼앗긴 들에도 봄은 오는가?"와 "그러나 지금은 – 들을 빼앗겨 봄조차 빼앗기겠네"로 확연하게 대칭을 이룬다. 봄이 왔지만 그 봄조차 빼앗길 위기에 처해 있는 민족 현실의 암담함이 수미상관 형식으로 잘 제시된 것이다. 또한 둘째 연과 10연 역시 확연한 구조적 대칭을 이룬다. 앞에서 "온몸에 햇살을 받고/푸른 하늘 푸른 들이 맞붙은 곳으로/가르마 같은 논길을 따라 꿈속을 가듯 걸어만" 간 화자와 마지막에서 "온몸에 풋내를 띠고/푸른 웃음 푸른 설움이 어우러진 사이로/다리를 절며 하루를" 걷는 화자는, 물론 동일한 사람이지만, 국토를 순례하고 현실을 자각하게 된 변화 과정을 치른 시인의 초상이기도 하다. 그 과정은 '푸른 하늘 푸른 들'이 '푸른 웃음 푸른 설움'으로 바뀌는 과정이고, 다리를 절면서 "아마도 봄 신령이 접혔나보다" 하고 외치는 화자의 고단함과 환각의 과정이기도 하다. "입술을 다문" 하늘과 들, 속삭이는 바람과 종조리의 웃음, 보리밭의 일렁임과 도랑 그리고 깝치는 나비 제비 등으로 구성된 국토의 구체적 육체는 물론 비할 데 없이 아름답고 풍요로운 것이다. 하지만 그것은 실재하는 세계라기보다는 "꿈속을 가듯 걸어만" 가고 있는 화자의 상상적 환각에서 구성된 이상적 형상으로 제시된다. 오히려 국토는 피폐하고("마른 논"), 사람들은 사라진("지심 매던 그 들이라 다 보고 싶다.") 부재의 공간이 우리의 국토일 뿐이기 때문이다. 그래서 화자가 "내 손에 호미를 쥐어다오/살진 젖가슴과 같은 부드러운 이 흙을/발목이 시도록 밟아도 보고 좋은 땀조차 흘리고 싶다"고 말할 때, 그것은 국토에 대한 육친애적 발언이기도 하겠지만, 오히려 그것은 그러한 노동의 기억이 멀리 뒤로 물러선 현실을 반어적으로 말한 것이기도 하다. 그러니 "강가에 나온 아이와 같이/짬도 모르고 끝도 없이 닫는 내 혼"에게 화자는 스스로 "무엇을 찾느냐 어디로 가느냐 웃어웁다 답을 하려무나"라는 자조적 절규를 할 수 있는 것이다. 결국 이 시편은 냉철한 이성적 의지보다는 다분히 낭만적 비가(elegy)의 속성이 우세하다. 그리고 이념 분석이나 전망 탐색보다는 화자 자신의 경험적 과정이 육박해 들어오는 작품이다. 그 스스로 "金剛! 조선이 너를 뫼신 자랑 ─ 네가 조선에 있는 자랑 ─ 자연이 너를 놓은 자랑 ─ 이 모든 자랑을 속 깊이 깨치고 그를 깨친 때의 경이 속에서 집을 얽매고 노래를 부를 보배로운 한 精靈이 미래의 조선에서 나오리라, 나오리라."(「金剛頌歌」(『黎明』, 1925. 6))라고 외친 그러한 낭만적 페이소스가 이른바 국권 상실과 농촌 해체라는 현실과 맞닥뜨리면서 강렬한 민족주의적 저항성으로 이어진 것이다. 이 시기에 씌어진 이상화 시편은 낭만성이라는 후경 속에서 민족주의적 비극성의 충동을 현재화한 신경향파시의 오롯한 성과라고 할 수 있을 것이다. 그렇게 낭만성과 민족주의적 열정이 깊이 매개된 이상화 시편이야말로 신경향파시의 외로된 섬광이다.

4. 식민지 시대의 궁핍과 이산 경험 ─ 박팔양의 시

박팔양 역시 초기에 낭만주의 속성을 기조로 하면서 일제 강점하의 궁핍상에 대한 증언을 보여주었다. 3·1운동에서 1920년대 초반까지를 문화 정치의 장막 속에서 어떻게 응전할 것인가에 대해 역사적 전망이 채 잡히지 않았던 때로 이해한다면, 당대의 시는 이러한 비관적 허무주의 속에서 선택된 장르였다고 볼 수 있다. 박팔양은 이러한 분위기에서 시의 첫발을 들여놓는다. 그런데 한 가지 특징적인 것은 그가 센티멘털리즘을 주조로 하고 있기는 하지만, 시적 대상을 한결같이 고립된 내면이 아닌 사회 현실에서 취하고 있다는 점이다. 이러한 속성은 1920년대 중반을 지나면서 당대의 주요 담론으로 부상하게 된 신경향파시의 속성을 선명하게 보이면서 그의 초기 시편을 식민지 현실에 대한 시적 대응의 한 형식으로 나아가게 한다.

이제야 온단 말인가 이 사람들아
나는 그대들을 기다려 기나긴 밤을 다 새었노라
까막까치 뛰어다니며 아침을 지저귈 때
나는 그대들의 옴을 보려고 몇 번이나 洞□ 밖에 나갔던고

그대들은 모르리라
荒凉한 이 廢墟, 이 거칠은 터에
심술궂은 바람이 虛空에서 몸부림치던 지난 밤 일
아아 꽃같이 젊은 무리가
罪없이 이 자리에서 몇이나 피 吐하고 죽은지 아느뇨

光明한 아침을 못 보고 죽은 무리
그대들 오기를 기다리다가
아아 옳은 사람 오기를 기다리다가 가버린 무리
그들의 피묻은 옷자락이
솟아오르는 아침볕에 붉게 빛나지 않느뇨

지나간 모든 일은 한바탕의 뒤숭숭한 꿈자리
고개 넘어 마을에 있는 적은 鐘이 울어
久遠의 길을 떠난 受難者를 弔喪할 때
보라 나와 그대들의 머리 위에 있는 해와 무지개!

밤새워 기다리던 이 사람들아
이제는 그 지리하던 어둔 밤이 다 지나갔느뇨
千里 萬里 먼 곳으로 다 지나갔느뇨
아아 지나간 밤의 지리하였음이여

―「黎明以前」전문8)

　　이 시편은 당대 현실을 '黎明以前'으로 명명하면서, '어둠(밤)/밝음(아침)'이라는 원형 심상의 대립을 통해 미래에 대한 강한 희망을 보여준다. 신경향파시의 공통분모이기도 했겠지만, 시적 상황과 인물의 구체성보다는 우의적 현실 해석과 전망이 격렬한 독백적 발화를 통해 나타나고 있다. 이때 시적 전언은 바람이 허공에서 몸부림치는 폐허에, 꽃같이 쓰러져간 수많은 젊은 수난자들의 희생과 비극을 통해 지리한 밤이 가고 아침이 왔다는 내용을 담고 있다. 그래서 이 시편은 당시의 감상적 낭만주의 시편들이 개인적 직정이나 울분을 집중적으로 보여준 데 비해서 모순된 역사를 극복하고 새로운 역사를 열어가고자 하는 집단적 주체의 의지를 보여줌으로써 꽤 다른 면모를 구축했다고 할 수 있다. 이러한 낭만적이고 원형적 대립 구도는 신경향파시의 주류 문법으로 등장한다. 물론 이러한 면모가 바로 신경향파의 주역들이 프로문학 운동에서 대부분 탈락하는 요인이 된다고도 할 수 있을 것이다.

追放되는 백성의 고달픈 魂을 싣고
밤車는 헐레벌떡거리며 달아난다
逃亡꾼이 짐싸가지고 솔밭길을 빠지듯
夜半國境의 들길을 달리는 이 怪物이여!

車窓 밖 하늘은 내 답답한 마음을 닮았느냐

---

8) 『開闢』, 1925. 7.

숨막힐 듯 가슴 터질 듯 몹시도 캄캄하고나
流浪의 짐 위에 고개 비스듬히 눕히고 생각한다
오오 고향의 아름답던 꿈이 어디로 갔느냐

비둘기집 비닭이장 가치 오붓하던 내 동리
그것은 지금 무엇이 되었는가
車바퀴소리 諧調 맞춰 들리는 中에
희미하게 벌어지는 괴로운 꿈자리여!

北方 高原의 밤바람이 車窓을 흔든다
(사람들은 모두 疲困히 잠들었는데)
이 寂寞한 訪問者! 문 두드리지 마라
의지할 곳 없는 우리의 마음은 울고 있다.

그러나 汽關車는 夜暗을 뚫고 나가면서
"돌진! 돌진! 돌진!" 소리를 지른다.
아아 털끝만치라도 의롭게 할 일이 있느냐
아까울 것 없는 이 한 목숨 바칠 데가 있느냐

疲困한 백성의 몸 위에
무겁게 내려 덮인 이 지리한 밤아
언제나 새이려나 언제나 걷히려나
아아 언제나 언제나 이 괴로움에서 깨워 일으키려느냐
　　　　　　　　　　　　　　　　　－「밤車」전문9)

　　이 작품은 당대 현실을 암담한 "夜暗"으로 명명하면서 사회 현실에 대
한 관심을 목적의식적으로 형상화한 시편이다. 특기할 것은 이 시편에서
제시된 모습이 일제의 혹독한 수탈과 억압에 고향을 등지고 쫓겨가는 유

---

9)『朝鮮之光』, 1927. 9.

이민의 참상이라는 점이다. '유이민'이란 식민지 시대에 단순한 경제적 이유에 따른 국내 유랑의 범위를 훨씬 벗어나, 일제의 침탈이 본격화되면서 한층 확대된 경제적 궁핍과 합방을 계기로 현저해진 정치적 탄압의 이유로 대규모로 발생하게 된 유랑민을 지칭한다. "고향의 아름답던 꿈"을 잃고 고국에서 쫓겨나 짐짝처럼 아무렇게나 이민 열차에 지친 몸을 싣고 달리는 유이민들의 고통을 그린 이 시편은 바로 이러한 국외 유랑민의 역사적 삶을 시적 제재로 수용한 결과인 것이다. "차창 밖 하늘"이나 "北方 高原의 밤바람"마저 유이민의 고통에 중첩되어 상황을 더욱 암울하게 빚어내고 있다. 그리고 '밤'이 주는 고통스런 현실 속을 힘차게 달리는 '汽關車' 이미지를 상정하여 현실 타개의 의지가 드러나는 마지막 두 연까지 이끌어간 점은 이 시편이 지닌 적극적 성과이다. 이는 박팔양이 초기의 추상성과 모호성을 극복하고 집단적 주체의 구체적 음성과 만나게 되는 지점이기도 하다. 이러한 진전된 현실 인식은 노동자들의 삶과 투쟁 현장을 직접적 소재로 삼은 시편에도 이어지는데, 「데모」는 열악한 노동 조건에 처해 있던 노동자들의 계급적 각성이 강력한 비타협성 지향의 사회주의 사상과 매개되면서 급격한 증가 현상을 보인 노동 쟁의 현장을 포착한 것이다. 여기서 노동자들의 목소리는 막연한 관념이 아니라 메이데이 시위 행렬이 물결치는 투쟁 목소리로 나타난다. '自動車'나 '馬車'로 상정되는 "XXXX(부르주아-인용자)"의 삶과 "평소에 묵묵히 일"만 하던 노동자들의 뿌리 깊은 구조적 갈등이 이 시편의 내적 정황이다. 이러한 인식은 '가진 자/못가진 자'라는 자연 발생적 빈부 개념에서 '부르주아/프롤레타리아'라는 계급적, 역사적 개념으로 발전된 것이다. 특히 시인의 어조는 감격과 흥분으로 나타나고 뚜렷한 적의를 가지고 당당하기조차 하다. 반복되는 의문형, 청유형, 명령형, 어미의 속도감은 짧은 시적 긴장감과 함께 분위기를 한층 고조시키고 있다. 이처럼 「黎明以前」, 「밤車」, 「데모」

로 이어지는 박팔양 시편들은 당대의 현실을 우의적으로 파악한 신경향
파시의 성취와 함께 프로시로의 이월을 선명하게 보여준 사례일 것이다.
식민지 시대의 궁핍과 이산 경험을 통해 신경향파시의 수월한 성과를 거
둔 것이다.

5. 신경향파시는 무엇인가

우리가 한 시대의 시사적 사조나 경향을 해석하고 평가할 때는 당연히
그 안에 담긴 '말'과 '형식'과 '의식'을 면밀하게 따져보아야 한다. 우리가
신경향파시의 '말'을 문제삼을 때, 그것은 일상어의 시적 탐구와, 개념어
와 형상 언어의 경계 무너뜨리기, 그리고 이른바 '예술성/정치성'의 낡은
분법分法에 대한 새로운 해석 등을 논급할 수 있을 것이다. 그 다음 형식
문제에서 신경향파시는 단형 서정시에서 출발하여 점점 장형화하는 수순
을 밟는다는 것을 알 수 있다. 언어의 경제적 처리라는 서구 시학의 금과
옥조를 스스로 타기하면서, 그 안에 서사성과 반복성을 집중적으로 활용
하게 된 것은 엄연히 '함축'의 원리에 위배된다고 할 수 있다. 이러한 신경
향파시의 형식적인 한 극단에 대한 평가가 이어져야 할 것이다.

마지막으로 그 안에 담긴 시적 의식의 문제이다. 이때 우리는 '비극성'
범주가 중요하다고 할 수 있는데, 이는 이상적 상태를 바라는 주체의 소
망이 좌절되고 나서 발생하는 미적 범주일 것이다. 특히 예술에서의 '비
극성'은, 실재 세계 속에서의 이상적인 것의 몰락이자 실재하는 것 속에
서의 이상적인 것의 패배로 규정된다. 그렇게 비극성은 실재하는 것과 이
상적인 것 사이의 특수한 관계이기 때문에, 다른 미적 범주들과 마찬가지
로 특수한 역사성을 가지게 된다. 예컨대 중세 봉건 귀족들에게는 중세

이념과 봉건 지배 체제의 몰락이 비극적이었지만, 새로운 이상을 가진 이들에게는 그 이상의 패배로 해석되는 사건들이 비극적인 것이다. 이것은 '비극성'의 진정한 가치가 올바른 역사에 대한 해석 행위가 뒤따랐을 때 비로소 구현될 수 있다는 점을 뜻한다. 신경향파시는 이러한 비극성의 실재를 가장 먼저 한국 근대시사에 도입하고 착근시킨 공로를 가지고 있다. 그 후 이러한 충동과 원리가 프로시, 카프 해체 이후 임화, 이용악, 이찬, 오장환, 백석 시편들로 이어진다고 할 수 있다. 따라서 우리가 이러한 비극성의 시적 실재들을 미학적 원리로 해명하고 우리 시사에 착근시키는 것은, 그동안 이러한 시적 지향에 철저하게 인색했던 관행 곧 근대문학의 '생채기'로 기억하는 부정적 평가를 넘어, '비극성'이라는 원리를 우리 시사의 중요한 육체로 형성해가는 과정이 될 것이다. 이처럼 신경향파시의 정점은, 민족주의와 낭만성을 '비극성'이라는 미적 범주로 통합, 결속하였고, 일상어의 시적 도입을 시도하였고, 나아가 민족 현실의 전체성을 사유하는 성과를 거두었다고 할 수 있다.

물론 신경향파시가 구축한 예의 비극성이 우의적 현실인식에서 온 것이라 할 때, 이때 비극성은 그것이 집체적 경험에서 비롯한 것일지라도 일종의 낭만적 자기표현에 가까워진다는 것을 부정하기 어렵다. 그리고 '부정/긍정'의 대립이 원형 심상에 많이 의존하는 것 역시 계급 개념이나 민족 현실에 대한 추상적이고 심정적인 파악에서 비롯한 것이 아닌가 하는 한계를 지적할 수 있다. 하지만 신경향파시는 한국 근대시의 계몽적 출발의 초점을 개별화한 개인으로 돌리지 아니하고 민족 혹은 집단의 경험에 돌림으로써 새로운 계몽을 추구하였다. 그러한 맹아적이요 이행기적인 속성이 신경향파라는 자연발생적(여기서 자연발생성이란 상대적인 것이고, 염군사나 파스큘라 같은 당대의 수많은 조직 운동에 비추면 어불성설이다)으로 광범위하게 나타난 운동의 오롯한 의의라고 할 수 있을 것이다.[10]

10) "신경향파 문학이란 프로문학의 과도기적인 발생현상으로서 초기의 프로문학을

이 글에서 다루지는 못했지만 파생적 문제들이 만만치 않다. 먼저 김석송의 존재가 중요하다. 그가 주재했던 잡지『生長』(1924)의 담론적 지향이 낭만적 충동으로 가득하다는 점에서 일본 낭만주의가 부르짖었던 생의 충동과의 연관성을 탐구해볼 문제이다. 그리고 유완희나 김창술이 보여준 우의寓意나 김해강이 보여준 자체 진화 과정도 매우 중요한 시사적 실재가 될 것이다. 김기진이 내세운 감각의 혁명,11) 박영희의 선구적 역할, 수산 김우진의 활약도 부가되어야 할 것이다.『國境의 밤』(1925)에서 김동환이 보여준 스케일과 디테일도 신경향파의 맥락으로 수렴해볼 수 있을 것이다. 이들의 변모 과정도 신경향파시의 분기와 수렴 구조를 알게 해주는 중요한 단서가 된다. 예컨대 김동환은 제국주의 협력의 길을 걸었고, 이상화와 김석송은 민족주의로 나아갔고, 김우진과 조명희는 더 이상 문필 활동을 이어가지 못했고, 김해강과 박팔양은 자체 진화를 해나가는 도정을 밟는다. 팔봉과 회월은 초기 카프의 맹장으로 활동한 것 외에는 카프의 미학으로 흡수 확장되지 못하고 변신해가는 모습을 보여준다. 이런 점들을 통해 우리는 '신경향파시'가 프로시의 전사前史로 규정되는 해석과 독자적인 미학적 성취로 승인되는 해석이 당분간 치열한 논전을 거

말하는 것이 되지만 신경향파 문학 자체의 발전이 바로 프로문학은 아니라는 점이다. 신경향파는 그것이 확고한 계급의식의 기초 위에 섰던 것이 아니라 인도적인 동정심이 그 기초적인 형성 요소였던 만큼 그것은 프로문학으로도 발전될 수 있는 성질의 것이었다. 그것은 신경향파 문인들의 대부분이 프로문학으로 진출되어갔으나 신경향파의 최초의 지지자들이요, 그 일파였던 안석주, 김형원, 박종화, 심훈 등의 그 후의 민족주의적인 문학적 성장은 이를 말해주는 구체적인 형상이기도 하다." 조연현(1956),『한국현대문학사』, 현대문학사, 406~407쪽.

11) 김기진은 "감각의 혁명은 금일에 있어서 제일착으로 실행하지 않으면 아니 된다. 지금까지 구부러진 교화를 받아오던 우리들이 기성 지식으로부터 양념 받은 우리의 감각을 하루라도 바삐 써서 없애야 할 일이다. 그리하여 온전한 생명에서 흐르는 문학을 작성할 수 있고 병적으로 발달된 우리의 미각은 본질로 돌아갈 수 있는 것이다. 인간성의 본질로 돌아가자면 감각의 혁명을 먼저 하고 그러한 뒤에 인간개조를 해야 한다"라고 말하였다. 김기진(1924.2),「금일의 문학, 명일의 문학」,『開闢』.

듭해갈 것을 예감하게 된다. 더불어 동시대 정지용, 김소월, 한용운과의 비교를 통해 신경향파시의 문학사적 위상이 온전히 부여받을 수 있음은 물론일 것이다.

요컨대 본 연구는 신경향파에서 카프로의 인적 연속성이 단절되었다는 점에 깊이 주목하였다. 그것은 그들 자신의 내적 기질에서 연유하는 것이기도 하고, 외적 기율이나 경험의 차이에서 발생하는 것이기도 하다. 그리고 세대론적 카프 변화도 한 몫 하였을 것이다. 가령 신경향파시가 주목했던 '민족' 패러다임은 매우 경험적인 것엔 데 비해, 그들이 받아들였던 마르크시즘은 너무도 추상적인 것이었다. 그리고 신경향파시가 주목했던 '검'이나 '신' 같은 종교적 개념이 소멸하고 일방적으로 과학성으로 경사된 것도 카프로의 이월이 신경향파시의 어떤 가능성을 지워버린 실례일 것이다. 그래서 우리는 카프로 이월된 진화 양상과 함께, 카프로 이월하면서 소진된 신경향파시의 시적 가능성과 자산을 중요하게 보려한 것이다.

일제 강점기 김조규 시의 '향토'와 '혼종성' 연구

이 성 혁*

1. 서론

'식민지 근대성'은 근대의 본질적인 특성 중 하나이다. 근대성은 언제나 삶의 식민화를 통해 작동되기 때문이다. 한 국가 내부에서 이루어지는 근대화는 그 내부의 여러 영역이 식민화되는 과정이기도 하다. 근대화가 비자본주의적 관계에 놓여 있는 삶을 근대 자본주의 관계로 포획해나가는 과정이라면, 이 또한 식민화라고 말할 수 있는 것이다. 이러한 내부의 식민화를 위해 강대한 국가 권력이 행사되는 것은 물론이다. 한편 제국주의는 제국주의 본국 내부의 식민화─근대화─를 다른 국가에 폭력적으로 이전할 때 성립된다. 제국주의에 의한 식민지에로의 '근대' 이식이 바로 식민지의 식민화 과정인 것이다. 일본의 근대화 역시 내부의 근대화─식민화─와 함께 외부를 식민화하면서 진행되었다. 사학자 윤해동은 "일본 근대화의 3각 동력은 자본주의 산업화의 달성, 근대국가의 건설, 제국주의의 실현이었다. 이 세 개의 다리를 이용해 일본은 급속한 근대화를 이

* 한국외국어대학교.

루었던 것이다. 그렇다면 일본의 근대화는 식민지를 제외하고는 해명할 수 없게 된다."[1]고 말한다. 이에 따른다면 일본 외부의 조선과 대만, 만주의 식민화―제국주의의 실현―는 일본 내부의 근대화와 동전의 앞뒷면 관계라 할 수 있다.

제국주의에 의한 식민지 근대화는, 근대의 또 하나의 본질적인 특성이라 할 수 있는 '혼종성(hybridity)'을 초래한다. 식민화란 이식을 뜻하는 것이므로 혼종성을 초래할 수밖에 없다. 식민화에 의해 제국인과 식민지인이 한 공간에서 뒤섞이며 사는 상황이 만들어지기 때문이다. 이러한 상황은 근대 도시의 형성을 통해 더욱 진전된다. 도시의 형성은 제국인과 식민지인의 잡거를 더욱 가속화하고 한편으로 차별을 구조화한다. 도시 공간에 잡거하는 식민지인과 제국인 사이의 '차이'는 차별의 관철을 통해 형성된다. 가령 식민지 수도 경성의 상황을 보면, 활동공간에서는 일본인과 조선인이 잡거했지만 그들의 거주 공간은 남촌과 북촌으로 분할되었던 것이다. 그런데 식민지 도시의 혼종성은 제국인과 식민지인의 혼거에만 그치지 않는다. 제국주의적 식민화가 식민 본국 내부의 식민화를 외부로 투사한 것이라고 한다면, 그것은 식민 본국 내부의 식민화로 인한 혼종성이 이식된 것으로 볼 수 있다. 즉 자본과 국가에 의한 식민 본국 내부의 혼종성이 식민지에서도 반복되는 것이다.[2] 식민화된 공간인 근대 식민지 도시에서도 제국 본국과 마찬가지로 다양한 계급의 잡거가 일어나고 이 잡거로 인한 혼종성 역시 차별에 의해 구조화된다. 이에, 식민지에서 형성되는 혼종성은 계급과 민족 간의 차별이 중층 결정되면서 형성된다고 하겠다.

---

1) 윤해동(2007), 『식민지 근대의 패러독스』, 휴머니스트, 33쪽.
2) 그렇기에 역으로 "현대의 문화는 식민 문화와 똑같이 혼종적이"며, "식민지배의 정체성 구조가 현대의 문맥에서 발견되는 것과 똑같은 방식으로 혼종성의 구조도 현대의 문화 속에서 발견된다."(데이비드 하다트, 조만성 옮김(2011), 『호미 바바의 탈식민적 정체성』, 앨피, 225쪽)고 말할 수 있다.

이러한 도시에서의 혼종성에 대한 역반응으로 '향토성'이 주장되기도 한다. 특히 근대화된 도시에서 피곤한 삶을 살아가야 했던 문인들이, 환경과 자아의 분열 없이 어린 시절을 보낼 수 있었던 '시골의 고향'-향토 -을 순수성의 표상으로서 제시하곤 했다. "향토성의 세계는 근대에 지친 영혼들을 위안하는 안식처가 되었"3)던 것이다. 그러나 그러한 표상은 근대화의 반작용으로서 만들어진 것이기 때문에, '향토'는 근대의 산물이라고 할 수 있을 것이다.4) 식민지의 문인들이 시나 소설을 통해 고향의 상실을 제시하고 비통해할 때엔, '향토'는 식민지 근대를 암시적으로 비판한다는 의미를 갖게 되기도 한다. 그래서 고향 상실감에서 비롯된 '향토적 서정'은 일정하게 근대의 식민적인 성격을 비판한다고 할 수 있다.5) 하지만

---

3) 박헌호(2001), 『한국인의 애독작품-향토적 서정소설의 미학』, 책세상, 107쪽.

4) '향토'나 '고향'이라는 표상 자체가 근대의 소산이라는 점은 많은 학자들이 논구한 바 있다. 박헌호도 향토적 서정소설을 연구한 위의 책에서 이러한 입론을 논증하고 있으며, 나리타 류이치도 일본에서의 '향토'나 '고향' 표상이 근대에 들어와서 구성된 것이고, 이러한 표상 구성은 근대 도시의 생성 및 근대 네이션의 구성과 밀접한 관계를 가지고 있다고 논하고 있다.(나리타 류이치, 한일비교문화세미나 옮김(2007), 『고향이라는 이야기-도시공간의 역사학』, 동국대학교출판부.) 신형기는 "향토를 발견한 것이 식민지 근대가 낳은 혼종(hybrid)의 시선이었다"고 보고 이효석의 "「메밀꽃 필 무렵」은 서구를 향해 있던 시선이 찾아낸 토산품의 세계"였다고 지적한다. (신형기(2003), 「이효석과 '발견된' 향토」, 『민족이야기를 넘어서』, 삼인, 112쪽, 124쪽.) 다시 말하면 이효석의 '향토적 서정소설'은 모더니즘의 시선으로 '향토의 심미화'를 시도했다는 것이다.

5) 가령, 한만수는 1930년대 들어서면 향토가 이중적인 의미를 지니게 된다고 하면서, 그것은 "검열된 국토의 대리보충물로서의 향토와 전도된 오리엔탈리즘으로서의 향토의 이중성"(한만수(2006), 「1930년대 '향토'의 발견과 검열 우회」, 『한국문학이론과 비평』 제30집, 한국문학이론과 비평학회, 395쪽.)을 의미한다고 한다. 바로 전자의 향토가 식민지 근대에 대한 암시적 비판을 하고 있다고 할 수 있다. 김진희도 한만수의 입론을 이어받아 이태준과 백석 작품이 보여주는 '향토의 상상'에서 "제국의 일방적인 로컬 담론에 포획되지 않고, 혹은 그 담론과 교차하며 독자성을 창출하는 문화정체성을 사유하고자 했다"(김진희(2009. 9), 「1930년대 조선문화의 정체성과 로컬 '향토'의 상상」, 『語文硏究』 61집, 어문학연구회, 389쪽.)는 긍정적인 의의를 찾아내고 있다.

이러한 '향토'에의 경도가 감상적으로 흐를 때엔, 근대의 혼종적인 성격을 외면하고 그로부터 도피하여 식민지적 현실을 은폐하는 결과를 가져올 수도 있다.[6] 근대의 식민성에 대한 대항은 상상된 순수성으로부터 이루어지는 것이 아니라 혼종적인 현실로부터 형성될 수 있는 것이다. 그 대항은 혼종성을 구조화하고 있는 차별을 파괴하고 평등과 연대의 관계를 재구축하는 작업을 통해 이루어질 수 있는 것이다. 국가는 그러한 대항을 차단하기 위해 차별과 혼종의 분열적인 현실을 국가 이데올로기로 은폐하거나 봉합하려고 한다. 그렇다면, 고향이 파괴되는 현실을 비판하면서도, 그 상황을 애도하는 것을 넘어서 현실의 혼종성을 재발견하는 작업 역시 식민지 이데올로기의 극복을 위해 필요하다.[7] 그것은 우리 삶에 존재하고 있는 배제된 타자를 발견하는 동시에 그 타자와의 관계를 어떻게 맺을 것인가를 고구하는 작업이다.

이 글은 '향토'와 '혼종성'의 문제를 통해 해방 이전 김조규(1914~1990)의 시에 대해 논하고자 한다. 김조규는 당대의 문학적 위상에 비해 한국에서 합당한 주목을 받지 못한 시인이다. 그래서 연변대학에서 펴낸 『김조규 시전집』의 연보[8]와 김조규의 동생 김태규의 증언[9]에 따라 김조규의 약력을 잠시 언급해본다. 김조규는 1914년 평안남도 덕천군 태극면 풍

---

6) 박헌호는 향토적 서정소설이 "근대적 현실에 대한 '산문적 대결'과 거리가 있"으며 "격동의 현실과 대비되는 위안의 세계를 설정"하고 있다고 지적한다.(박헌호, 앞의 책, 51쪽, 156쪽.) 이러한 지적은 '향토적 서정시'에도 해당된다고 할 수 있다.

7) 예를 들면, 윤동주 시가 만주국 조선인이 갖게 된 "'조선인'이면서 '만주국인'이고 '조선계일본인'이라는 복잡하고 모순되고 혼란스런 정체성"(정우택(2009 가을), 「재만조선인의 혼종적 정체성과 윤동주」, 『語文研究』 제37권 제3호, 한국어문교육연구회, 237쪽.)을 드러냄으로써 당대 만주의 '오족협화' 이데올로기에 맞서고 있다고 할 때, 윤동주는 바로 고향 현실의 혼종성을 재발견하는 작업을 했다고 할 수 있다.

8) 연변대학 조선언어문학연구소 편(2002), 『김조규 시전집』(2002), 흑룡강조선민족출판사, 493~495쪽.

9) 김태규(2000), 「나의 형님 김조규」, 숭실어문학회 편, 『김조규 시집』, 숭실대학교출판부, 197~204쪽.

천리에서 목사의 아들로 태어났다. 그는 광주학생운동(1929)에 동조하여 학생운동의 선두에 서다 평양감옥에서 복역하고, 그 이후로는 메이데이 전후에 하는 예비검속의 대상이 되었다. 1931년, 시 「연심」을 조선일보에 발표하고, 동시에 잡지 『동광』의 현상응모에서 시 「검은 구름이 모일 때」로 1등상을 받으면서 작품 활동을 시작했다. 1937년 평양 숭실전문학교 영문과를 졸업한 후 일본 유학을 시도했으나 불온학생으로 낙인찍혀 성사하지 못하고, 함경북도 성진 보신학교에서 교편을 잡는다. 1938년부터 『단층』과 『맥』 동인으로 참여하고, 같은 해 초봄엔 일경의 감시망을 피해 만주 간도로 건너가 조양천 농업학교의 영어교사로 재직하게 된다.10) 1943년, 신경으로 이주하여 『만선일보』 편집기자로 입사한다. 1945년 3월 이후엔 조선으로 돌아와 은거하다가 곧 해방을 맞이하게 된다. 해방 이후 1960년까지 북한 문학계에서 요직을 맡고 상당한 분량의 시를 발표한다.

해방 이전 김조규 시의 스펙트럼은 넓은 편이다. 그는 카프적인 경향의 시와 감상적인 서정시를 동시에 발표하면서 시 쓰기를 시작했지만, 1930년대 중후반에는 이미지즘에 기초한 모더니즘적인 서정시를 발표하고, 1930년대 후반에서 1940년까지는 『단층』과 『맥』에 초현실주의적 경향의 시를 발표한다. 하지만 1941년에 들어서면, 김조규 시인은 내면의 초현실주의적인 시화詩化를 중지하고 객관 현실의 이면을 드러내는 리얼리즘적인 경향의 시를 창작한다.11) 이 글은 김조규 초기 시에 나타난 특유

---

10) 간도로 건너간 년도에 대해서 김태규는 1939년이라고 기록하고 있지만 『김조규 시전집』의 연보는 1938년 초봄이라고 기록하고 있어서 차이가 있다. 하지만 자신을 "사랑을 잃고 北으로 쫓겨온 에트란제"라고 읊고 있는 시 「에트란제」가 발표된 날이 1938년 10월 23일인 것을 보면, 1938년에 건너갔다고 보는 편이 올바르다고 생각된다.

11) 우대식 역시 본고와 유사하게 해방 전 김조규의 시에 대하여 1) 감상적 낭만주의와 경향문학적 성격, 2) 이국체험과 문명비판적 모더니즘, 3) 심화된 리얼리즘과 실향

의 '향토성'과, 재만 시기 김조규 시에 나타난 초현실주의 경향과 리얼리즘 경향에 주목하고자 한다. 초현실주의적인 경향과 리얼리즘적인 경향의 시는 정반대의 시적 양상을 보여주고 있지만, 전자에서 후자로 넘어가는 데에는 어떤 연결지점이 있다고 판단된다. 그 지점이 바로 '혼종성'이다. '혼종성'에 빠진 내면을 혼종적으로 드러내는 초현실주의와 혼종적인 실재 세계를 리얼하게 드러내는 리얼리즘은 같은 실재의 앞뒷면을 드러내는 상반된 방법일 수 있다. 이에, 김조규의 초기 시에 나타난 '향토성'이 재만시절 시의 '혼종성'으로 어떻게 나아가는지 그 양상을 구체적으로 살펴보고자 한다.

2. 김조규 초기시에 나타난 '향토'의 특성

재만시절 김조규의 시를 논의하기 위해서는, 우선 등단 직후 김조규 시의 면모부터 살펴볼 필요가 있다. 1931년에 발표된 김조규의 등단작인 「연심」(『조선일보』, 1931. 10. 5)과 「검은 구름이 모일 때」(『동광』, 1931. 10)는 등단 직후의 김조규 시의 특성을 예지해주는 작품들이다. 등단 직후의 김조규 시는 '프로시'적인 경향과 상실감을 다소 감상적으로 드러내는 경향으로 나눌 수 있다. 「연심」의 경우 후자의 경향을 잘 드러내는 시라고 하겠다. 이 시의 1연인 "그대 이곳 차저올이 업스련만 동무 그리는 맘이라/행여나—하는 가이업는 바람으로/오날ㅅ밤도 단잠에 꿈꾸지 못하고/홀로 눈물지며 이 한밤을 세웠노라."(1)[12]와 같은 구절에서 그 감상성

의식 순으로 전개된다고 정리한다.(우대식(1998), 「김조규 연구」, 『숭실어문』 14집, 숭실어문학회, 195~220쪽.)

12) 김조규 시의 인용은 모두 『김조규 시전집』에서 한다. 앞으로 인용된 시 구절이 실린 쪽수는 인용문 뒤에 괄호 안 숫자로 나타낸다. 즉 (1)은 해당 구절을 『김조규 시

이 잘 드러난다. 이별로 인한 고독으로부터 비롯되는 그 애상은, 지금은 상실된 우정을 그리워하는 마음의 표현이기도 하다. 그 그리움은 「懷鄕曲」(『신동아』, 1932. 7)에서 "그리워, 그리워 예살든 내 故鄕이 그리워/오늘도 버들가지 푸른 언덕에 앉아/슢이, 슢이 콧노래를 부르네"(13)와 같은 고향 상실에 대한 애상으로 표현되기도 한다. 고향에 대한 그리움은 고향을 잃어버린 채 살아야 하는 시인의 뼈아픈 상황을 드러낸다. 그리고 이 고향 상실감은 "아아 落葉을 歎息하는 슬픈 枯木아/무너진 城壁우에는/너의 맥없는 그림자가 비춰엿나니/젊은 가심을 아프게 하는 廢墟의 夕陽이여"(「廢墟에 비친 가을 夕陽이여」(『批判』, 1931. 12))(5)와 같이 고국 상실에 대한 비탄으로 확장되기도 한다. 하지만 또 다른 등단작이라고 할 수 있는 「검은 구름이 모일 때」는 이러한 비감어린 목소리와는 완연히 다른 목소리를 들려주고 있다.

> 몇 세기 동안을 뭉치고 쌓인
> 검은 구름의 커다란 진군(進軍)이
> 멀리 저 멀리 검은 산마루에서 머리를 들고 움직일 때
> 가슴에 얽힌 붉은 핏줄이 급한 가락으로 용솟음치나니
> 친우여 우렁찬 노래 부르러 가두로 뛰여 나오라.
>
> 험한 바람 거친 비가 산천을 휩쓸 때에는
> 가난한 무리가 삶의 뿌리를 깨뜨러진 역사 위에 박으려 하고
>
> 사나운 짐승의 부르짖음 같은 우레 소리가 나는 곳에서
> 헐벗은 무리의 잠든 생명이
> 싸움의 터전으로 행진하려니
> 친우여 새XX 건설하려 가두로 뛰여 나오라.
> ―「검은 구름이 모일 때」 부분(3–4)

전집』 1쪽에서 인용했음을 의미한다.

"깨뜨러진 역사"란 구절은 「폐허에 비친 가을 석양이여」에서의 "무너진 성벽"이란 구절과 상통하는 의미를 갖고 있는 바, 그 구절들은 '우리'는 현재 "깨뜨러진 역사"의 폐허에 살고 있다는 시인의 역사인식을 보여준다. 하지만 「검은 구름이 모일 때」에는 비애와 같은 감정이 드러나지 않는다. 그보다는, 일종의 건강한 로맨티시즘[13]을 보여준다. 시인에 따르면 지금 이 무너진 역사의 폐허에 "몇 세기 동안을 뭉치고 쌓인 검은 구름"이 모여들고 있는데, 그것은 가난한 무리가 "가슴에 얽힌 붉은 핏줄이 급한 가락으로 용솟음치"는 현상의 전조이다. 즉 우레와 폭우는 가난한 무리가 봉기할 때의 기세를 비유한다. 하지만 이러한 비유가 적실성을 갖고 있다고는 생각하기 힘들다. '새XX'를 건설하고자 하는 마음이 앞선 나머지, 현실에 대한 구체적인 인식이 전제되지 않은 채, "거친 비가 산천을 휩쓸 때에는/가난한 무리가 삶의 뿌리를 깨뜨러진 역사 위에 박으려" 한다는 비유를 바탕으로 "싸움의 터전으로 행진"하자는 구호가 추상적으로 제시되고 있는 것이다. 적실한 현실 인식을 바탕으로 하지 않은 상태에서 시적 주체의 열망만이 수사를 통해 전면으로 튀어나오고 있는 이러한 시적 양태에 대해 로맨티시즘이라고 말할 수 있겠는데, 허나 이 시는 로맨티시즘으로서도 성공했다고 보기는 힘들다.

현실에 대한 구체적인 인식이 뒷받침되지 않은 상태에서 다소 억지스러운 비유를 통해 현실 변혁 열망을 내세우는 시적 양태는, 1931년에서 1932년 사이에 발표된 「붉은 해가 나래를 펼 때」나 「땅덩어리가 깨여질 것을」, 「처녀들이여 춤을 추라」 등의 시에서도 볼 수 있다. 이러한 시편들은 비애의 감정이 그대로 노출되는 경향의 시와 다른 양태를 보여주지만, 두 경향 모두 시인의 목소리가 시에 과잉 표출되고 있다는 문제를 갖

---

13) 김정훈은 김조규의 주된 시적 경향이 로맨티시즘이라고 지적한다.(김정훈(2005), 「김조규 시 연구」,『한국시학연구』13호, 한국시학회, 245~276쪽 참조.)

고 있다. 그래서 당시 시인은 상실감의 표현에서 감상성을 제거해야 한다
는 과제와 변혁에 대한 열망의 표현에서 현실의 구체성을 그 바탕으로 삼
아야 한다는 과제를 갖게 되었을 것이다.

　이에, 김조규 시인은 비애의 감정과 당대 현실에 대한 비판의식을 결합
시키는 방향으로 그 과제를 해결하고자 했다. 그는 시가 현실 변혁에 복
무하기 위해서는 구호보다는 현실의 비참한 실상을 폭로하는 것이 더욱
효과적이며, 이러한 비판에 그의 시의 또 다른 축이었던 비애의 서정을
융합시켜 시의 호소력을 높여야 한다는 인식에 다다르게 되었던 듯하다.
이러한 시를 창작하기 위해서 그가 시적 공간의 지반으로 삼고자 했던 것
이 바로 '향토', '고향'이다. 그렇기에 김조규 시인의 '고향'은, 정지용의 「향
수」에서와 같이 서정적 주체와 세계 사이에 소외가 없는 이상적인 공간
으로 표상되지 않는다.[14] 그에게 고향은 방랑하다가 귀향한 사람의 눈에
비친, 이미 파괴된 무엇으로 표상된다. 그 귀향자의 눈에 "고향의 거리,
너 창백한 달 아래 엎드린 마을의 산천"은 지금은 "얼어붙은 땅"이어서
"얼어 떨리는 마을의 통곡에 곡조마저 흐리어"(「歸鄕者」, 『조선중앙일보』,
1934. 2. 16)(25)지고 있는 것이다. 김조규 초기 시에서 향토는 이렇듯 민
중의 고통이 만연해 있는 공간이다.

---

14) 오성호는 "「향수」의 농촌이 사실적인 공간이 아니라 가치론적인 공간으로 재구성
　된 것"이며 "이 시의 향토가 궁핍과 고단한 노동의 자취에도 불구하고 근대의 대안
　적 세계─일종의 의사(擬似) 유토피아적 공간"이라고 지적한다.(오성호(2002), 「「향
　수」와 「고향」, 그리고 향토의 발견」, 『한국시학연구』 7집, 한국시학회, 179쪽.) 그
　리고 그는 정지용이 이 시에서 "근대체험과 서구적 교양을 통해 형성된 눈으로 농
　촌을 바라보고 있"으며, "근대에 대한 두려움, 여태껏 순종의 세계 속에서 자기동
　일성을 유지하면서 살아온 자신을 혼종화시키고 자기동일성을 위협하는 근대에
　대한", "공포에 대한 반작용이 근대 이전의 삶을 순결한 것으로 이상화한 「향수」를
　낳은 원동력이 되었던 것"(같은 글, 180쪽, 181쪽)이라고 분석하고 있다.

그러나 길ㅅ가 옥수수 닢에서 무릎을 꿀고
맑은 눈동자를 굴리는 銀구술 이슬방울은
일은 새벽 물깃는 저 안악네가
가슴 찌저지는 苦痛에 흘닌 눈물인 줄을 누가 알 것이며
줄기, 줄기 외줄기 떠오르는 저 煙氣 속에
끼새를 건느는 저들의 한숨이 서리엿음을 누가 알 것인가
아아 오양간엔 骸骨 같은 송아지가 누워잇고
안악네의 물동이에선 박아지가 구슬피 하소연을 하는구나

하거든 ― 農家의 여름 아침 찬미하는 자는 누구이며
"아름다운 農家의 아침"은 누가 웅얼거린 잠꼬대이냐
언제나 맥물 같은 희멀검한 죽으로 쫄아든 뱃가죽을 넓힌 후
가을 날 생길 悲劇을 모르는 바 않이엇만은
힘없는 다리로 이슬방울을 밟는 저들에게도
이날의 아침을 노래해야 된단 말이냐?
아아 아침마다 무심한 참새떼는 새날의 太陽을 讚美하고
풀밭에선 벌레들의 合唱隊가 처량히 노래하건만
이날의 農村은 喜悅을 잃어버렷구나

― 鄕里인 寧遠에 돌아와서 ―
― 「이날의 農村은」(『농민』 1933. 8) 후반부(21)

평안도에 소재한 '영원(寧遠)'군은, 김조규가 일곱 살 때인 1920년부터 다닌 '소학교'가 있던 곳이다. 1926년 시인이 평양 숭실중학교에 입학했다는 연보를 보면, 영원군은 김조규 시인이 열세 살 때까지 소년 시절을 보냈던 곳이라 하겠다. 위의 시가 보여주고 있는 고향의 빈궁과 고통은 시인이 귀향했을 때 재인식하게 된 것이다. 시인의 소년 시절에도 영원군에는 저러한 빈궁한 생활이 있었겠지만, 어린 시인은 그러한 생활을 포착하지 못했거나 그 생활에 대해 깊이 생각하지 못했을 것이다. 목사의 아

들인 그는 상대적으로 유복하고 즐거운 소년 시절을 보냈을 것이며, 그래서 도시로 나온 이후로는 고향에 대한 그리움이 더욱 절절해졌을 것이다. 하여 저렇게 고향의 가난을 재발견하게 된 것은 자신에게 시적 과제가 주어졌기 때문으로 보인다. 또한, 그렇기에 김조규의 '향토' 역시 창조된 것이라고 할 수 있다. 하지만 많은 시인들이 향토를 그리움의 서정적인 대상으로 표상한 데 반해, 이 시에서 향토는 민중의 가난과 비참으로 한숨서린 파괴된 고향으로 표상된다는 차이가 있다. 그러한 표상은 김조규가 당시 자신의 감상벽을 제어하고 프로시의 추상성을 지양하여 좀 더 구체적인 현실에 다가가고자 하는 시작 방향과 관련된 것이라고 생각된다.

　　김조규는 이 시에서 향토의 아름다움을 노래하는 경향을 경계하여, "'아름다운 농가의 아침'은 누가 웅얼거린 잠꼬대이냐"라고 질타한다. "일은 새벽 물깃는 저 안악네가" "가슴 찌저지는 고통에" 눈물을 흘리고 있는 이 농촌, "언제나 맥물 같은 희멀검한 죽으로 쪼라든 뱃가죽을 넓힌 후" "힘없는 다리로 이슬방울을 밟는 저들"이 존재하는 농촌에서 그러한 찬미가는 거짓에 불과하다는 것이다. 그래서 그는 "미끄러운 밤－몽롱한 달빛에 고요히 앉어/'세레나드'의 구슬픈 곡조를 외우는 감상시인－"(「좀먹는 시대의 폐물이어」, 『동아일보』, 1933. 12. 23)(23)은 없어져야 할 '시대의 폐물'에 불과하다고까지 말한다. 이러한 감상적 경향은 시인의 초기시에서도 일정 부분 발견되는 것이어서, 그 진술은 자기비판의 의미를 포함하고 있다. 그러나 시인이 생각한 감상의 극복이 시에서 감정을 제거하는 것을 의미하진 않는다. 위의 시 역시 분노와 탄식, 슬픔의 감정을 드러내고 있다. 비참이 자신이 그리워하던 고향에서 벌어지고 있다는 데에서, 저 감정들은 진정성의 농도를 가지게 된다. 이 단계의 김조규 시에 등장하는 '향토'는, 이렇게 당대 현실의 비참을 폭로하면서 그 폭로에 절절한 감정을 부여하는 데 기여한다.

하지만 이러한 경향은 오래가지 못한다. 고향의 파괴라는 현실을 드러내면서 이에 분노하는 일도 시대적 한계에 부딪쳐 지속될 수 없게 된다. 이는 파괴된 고향을 복구할 수 있는 길이 보이지 않기 시작했기 때문일 것으로, 1934년 대다수의 카프 맹원이 투옥되는 카프 2차 검거와 1935년의 카프 해체 등 점차 심화되는 정세의 악화와 관련이 있다. 어떤 현실에 울분을 표출한다는 것은 그 현실을 변화시키고자 하는 의지를 동반한다. 하지만 그러한 의지를 더 이상 펼 수 없을 때엔 울분도 표출하기 힘들어진다. 그때 울분은 감상으로 빠질 위험이 있는 비애를 표출하는 것으로 변모된다. 이에 1934년 후반에 들어서면, 김조규 시인은 비애를 표출하는 것에 한정하여 고향을 그리기 시작한다. 「농가의 황혼」(『동아일보』, 1934. 8. 29)에서 시인은 "저기 꾸부러진 비탈길을 내려오는 어버이의 그림자가 너무나 외롭다./저기 풀 한 짐 지고 돌아오는 송아지의 울음이 너무나 서글프다"면서 "비애를 실고 황혼은 흐른다.", "호박넉쿨 흩어쥐고 울고 싶은 황혼이다."(35~36)라고 읊는다. 이 시에선 「이날의 농촌은」에서 들을 수 있었던 거침없고 분노에 찬 어조는 사라지고, 반대로 상황을 받아들일 수밖에 없는 심정에서 오는 허탈과 비애의 어조가 전면화 되고 있다.

이제 시인은 자신을 "고향을 잃은 사람/그는 길바닥에 구으는 조약돌입니다/그 마음은 깨여진 질그릇입니다"(「고향을 잃은 사람」, 『대평양』 창간호, 1934. 11)(39)라고 자신을 규정하고 "회색빛 내 노래가 지금 길을 잃고 헤매인다"(「황혼의 거리」, 같은 책)(40)면서 자신의 작품을 회색이라며 자조한다. 파괴되고 복구할 수 없는 고향은 곧 시인 내면의 파괴와 연결된다. 시인에게 고향은 기댈 수 있는 품과 같은 곳이다. 시인이 어떠한 고난과 고독 속에서 살고 있다고 하더라도 마음속에 돌아갈 수 있는 고향이 건재하다면, 그는 살아갈 힘을 얻을 수 있다. 하지만 고향이 이제

돌이킬 수 없이 파괴되어버렸다면, 마음의 고향도 더 이상 존속할 수 없게 되어(존속된다면 이는 현실을 가리는 허위가 될 터이다) 시인의 내면 역시 중심을 잃고 부서질 것이다. 그래서 "고향을 잃은 사람"은 상실감으로 인한 우울 속에서 헤매는 삶을 살게 될 것이다. 그리하여 주어진 현실을 비판하면서 현실 변혁의 의지를 보여주었던 시인은, 이제 우울에 빠진 자신의 파괴된 내면을 드러내는 시를 쓰게 된다. 1935년에서 1937년에 걸쳐 발표된 김조규의 거의 모든 시가 이러한 우울한 내면을 표출하고 있는데, 그 정도는 점점 더 심해졌다.15)

허나 이 시기의 시는 초창기 시에서의 감상풍과는 다른 점이 있다. 이 시기의 시는 이미지를 세련되게 구사하는 모더니즘적인 양상을 띠고 있어서, 초창기 시에서와 같이 감상이 절제 없이 노출되고 있지는 않다. 가령 "「아스팔트」 우에 길다란 나의 피로를 끄을고 간다."(「귀로」, 『조선문학』, 1936. 9)(68)와 같은 구절이 그러하다. 1934년 후반 이후 만주 이주 전까지 김조규의 시는, 이렇듯 우울과 고독에서 오는 피로와 슬픔의 감정을 절제된 언어 운용으로 표출하는 모더니즘 서정시의 성격을 띠고 있었다.

그런데 그러한 시적 경향 가운데에서도, 이와는 또 다른 초현실주의적인 경향이 나타나기 시작한다. 그 경향은 일찍이 시인이 자신의 얼굴을 보면서 "산적(山積) 같은 서장(書欌) 앞에서 전율하는 눈알은 누구의 창문인가?"(「자화상」, 『조선중앙일보』, 1935. 12. 3)(55)라고 물었을 때 나타난 바 있다. 시인이 이 물음을 묻게 된 것은 자신의 자아가 분열되어 있으며 자신의 내면에는 또 다른 타자가 살고 있다는 것을 직감했기 때문일 터, 그 타자의 창이란 바로 자신의 눈알이기도 하는 저 '전율하는 눈알'일

---

15) 구마끼 쓰또무는 김조규 문학의 전환점을 1935년으로 보고 이때부터 "한국 모더니즘의 典型으로서의 自閉症적인 내면화 경향을 엿볼 수 있다"(구마끼 쓰또무(1998), 「金朝奎의 初期詩에 대한 一考察」, 『숭실어문』 14집, 숭실어문학회, 102쪽.)고 말한다.

것이다. 그리하여 만주로 이주할 즈음이 되면, 김조규 시인은 자신 속에 존재하는 타자에 대해 더욱 천착하기 시작한다. 그 작업은 우울이 병적으로까지 발전하면서 시인 자신의 자아가 순수한 무엇이 아니라 혼종적인 무엇이라는 것을 감지하게 되었을 때 비로소 이루어질 수 있었다. 그리고 이러한 혼종성에 대한 감지로 인해 김조규 시인은 무의식적 환상을 자동 기술적으로 표현하는 초현실주의적 경향에로 이끌려갔다.

3. 재만 초기 김조규 시의 초현실주의적인 혼종성

1930년대 후반에 이르면 조선 문학에서 '향토성'은 새로운 의미를 띠게 된다. 오태영에 따르면 "1930년대 후반 조선적인 것에 대한 재발견 과정에서 '지방의 시골'이라는 향토의 일반적인 의미는 문화의 각 담론에서 그 외연을 확장"하여 "'반도', '조선', '지방' 등의 의미를 갖게 되는데 이는 독일어 '하이마트'(Heimat)의 역어에 가까웠"다고 한다. 그래서 당시 "향토는 혈연적 관계를 기반으로 한 국가 내의 한 지방"16)의 의미로 사용되었다는 것이다.17) 향토가 혈연적 관계를 기반으로 한다는 것은 그것이 어떤 순수성을 내포한다는 것을 의미한다. 그런데 순수성과 연관된 향토성은, 그 외연이 확장되면서 일본제국의 지방인 조선의 순수한 조선적인 것 내지는 세계의 지방인 '동양-일본'의 순수한 '동양적인 것-일본적인 것'으

---

16) 오태영(2007), 「'향토'의 창안과 조선문학의 탈지방성」, 동국대학교 문화학술원 한국문학연구소 편, 『'고향'의 창조와 재발견』, 역락, 222쪽.

17) 나리타 류이치는 네이션의 구성과 '고향'의 구성이 상동성을 가지고 있다고 지적하고 있다. 그에 의하면 "네이션이 경험했던 것은 '고향'이 '경험'하려고 하는 것과 비슷하고, 네이션의 상상=창조의 과정은 정확히 개체 발생이 계통 발생을 반복하는 것처럼 각각의 '고향'의 추체험을 실행해간다"는 것이다.(나리타 류이치, 앞의 책, 132쪽.)

로까지 확장되어 생각될 수 있었다.[18] 일본의 식민지는 일본 제국의 일부였기 때문에 일본의 순수성, 또는 동양의 순수성은 일본에서만 발견되는 것은 아니다. 가령 "만주 풍경의 본성은 사라지는 원시인들이 상실된 일본인의 본성을 대변하게 될 것을 의미"[19]할 수도 있는 것이다. 물론 이러한 치환은 식민본국에서만 이루어질 수 있는 것이었지만, 여하튼 1930년대 후반부터 '향토성'은 제국주의적이고 파시즘적인 수사에 동원되는 개념이 되었다. 조선의 향토성은 '동양―일본'의 지방[20]이었기에 '동양―일본'에 포함되는 특성이기도 했다. 그래서 그것은 '동양―일본'의 순수성을 재발견해주는 것이기도 했을 것이며 '동양―일본'의 동양적인 것을 확장시켜주는 것이기도 했을 것이다.

하지만 앞에서 보았듯이, 김조규의 초창기 시가 보여주었던 고향의 표상은 1930년대 후반 조선에서 탐색되었던 향토성과는 그 성격이 다른 것이었다. 김조규의 고향 풍경들에서는 향토성이 이미 파괴된 것으로 나타나고 있으며, 그래서 식민지 현실은 향토성을 파괴하는 무엇으로 나타난다. 물론 김조규 역시 향토는 순수함을 체현하고 있었던 장소라는 전제를 갖고 있었을 것이다. 그러나 김조규의 경향파적인 의식은 고향에서 향토성을 재발견하려는 방향보다는 비참과 빈곤을 재발견하려는 방향으로 나

---

18) 고봉준에 따르면, "일제 후반기 한국시에 나타난 '향토성' 문제"는 "30년대 초반까지 조선의 담론장을 지배한 <서구=보편/조선(동양)=특수>라는 등식이 <동양(일본)=보편/조선=특수>라는 도식으로 바뀜에 따라 등장할 수 있었"으며, 그래서 "이 시기의 한국시가 추구했던 '향토성'이 이국취미를 선호하는 제국의 시선에 의해 매개된 표상에 불과했다"(고봉준(2010), 「일제 후반기 시에 나타난 향토성 문제」, 『우리문학연구』, 우리문학회, 23쪽.)고 한다.

19) 프래신짓트 두아라, 한석정 옮김(2006), 『주권과 순수성』, 나남, 319쪽.

20) 오문석은 "조선민족이 누리는 2등 국민의 지위는 일본 국가주의의 지배를 당연하게 받아들인다는 것을 전제하기 때문"에 "'조선민족'이 일본 국가주의에 의해 할당된 서열을 받아들이는 순간 조선민족과 조선민족의 문화에는 '지방성'이 새겨지게 된다"고 지적한다.(오문석(2009), 「근대문학의 조건, 네이션≠국가의 경험」, 『한국근대문학연구』, 한국근대문학회, 214쪽.)

아갔다. 그러나 이러한 시작 방향은 지속되지 못하고, 김조규 시인은 향토의 상실감과 주체성의 상실을 시화하기 시작했다. 삶의 중심을 잃고 방황하는 자가 된 시인은 우울과 고립감을 주로 시에 표현하기 시작했다. 이러한 방황의 심화로 인해 시인은 자신을 낯선 자로 여기면서 자신의 내면에 타자가 존재한다는 것을 감지하기 시작했다. 다시 말하면, 당시 김조규는 순수한 향토성에의 귀의와는 반대로 고향의 박탈로 인한 우울의 심화와 더불어 자신이 혼종적인 존재라는 것을 의식하기 시작했던 것이다. 이러한 시작 방향 때문에 시인은 '국토'에서 '향토성'을 발견하여 순수한 동양을 제창하고자 하는 일본 파시즘과 어느 정도 거리를 둘 수 있지 않았나 생각된다.

　김조규 시인은 우울의 심화 속에서 성진을 빠져 나와 간도로 이주한다. 허나 이향(離鄕)하여 만주로 간 그는 더욱 정신분열적이고 초현실주의적인 방향의 시작(詩作)으로 나아간다. 주로 『단층』과 『맥』에 발표된 김조규의 초현실주의적인 시편들은, 초현실주의를 의식적으로 주창한 『삼사문학』의 시들과는 달리 어떤 내면적인 절실함을 갖고 있었다. 『삼사문학』의 이론가라고 할 수 있는 이시우의 '절연하는 논리'라는 초현실주의 시론을 통해 보았을 때, 『삼사문학』의 초현실주의는 절연된 이미지의 결합에 '주지(主知)'적으로 매달렸다고 할 수 있다.[21] 하지만 김조규의 초현실주의적인 시들에서는 유폐된 인간의 내면이 강렬하게 시화되면서 세계의 폭력과 그로 인한 개인의 고통이 표현되고 있다.

　　　밤에 나는 장구한 세월을 가진다
　　　차단된 시각을 올으고 나리던

---

21) 이시우의 '절연하는 논리'에 대한 소개와 비판에 대해서는 이성혁(1998), 「1930년대 한국문학의 초현실주의 수용에 관한 연구」, 『한국어문학연구』, 한국외국어대학교 한국어문학연구회, 229~232쪽 참조.

—死의 幼蟲, 幼蟲, 幼蟲들,
기마대가 腦板을 달다.
오호 나의 벽을 쫓던 불길한 새 啄木鳥,

오후여 경사된 地球儀, 陰花植物, 猫
…………내 深夜의 思想을 먹으라

(중 략)

부드러워진 海岸路의 午後는
나의 쓸쓸한 健康을 몰은다 한다
기우러진 感情이 깔어앉을 듯도 싶건만
오오 부푸는 海面과 더불어 찾어오는 얼골,
검은 그림자와 눈알로만 된 얼골 ……얼골 ……
— 「午後」(『斷層』3책, 1938. 3) 일부(82)

　　이 시는 완연한 초현실주의 시라고 하기에는 이미지의 흐름이 아직 제약되어 있지만, 초현실주의의 자동기술법적인 흐름을 상당히 보여주고 있다. 죽음의 '유충들'이 '차단된 시각'을 오르고 내린다든지, "기마대가 뇌판을 달"았다든지 하는 표현은 초현실주의적인 상상력에 의한 것이다. 유충들에서 기마대로, 기마대가 '啄木鳥' 즉 딱따구리로 비약되는 이미지의 변환 역시 자동기술법적인 흐름이라고 할 수 있다. 그런데 이 시에서 시상의 흐름은 시인의 내면에 유폐되어 있다는 특징이 있다. 기울어진 "지구의", "음화식물", "고양이" 등을 포함한 저 초현실주의적인 이미지들은 "내 심야의 사상" 속에 한정되어 외부세계의 이미지로 뻗어나가지 않는다. 이러한 특색은 프랑스 초현실주의와 차별성을 보이는 것이다. 프랑스 초현실주의는 유폐된 개인의 무의식을 표현하려기보다는 자아를 세계 쪽으로 개방시키면서 무의식의 해방을 감행하려고 했기 때문이다. 하지만 김조규의 초현실주의는 고향 상실로 인해 방황하며 우울에 시달리고 있던 시인이 점차 자신의 내면에 존재하는 타자의 존재를 감지하면서 형성된 것이다.

그래서 김조규의 초현실주의 시는 서구 초현실주의가 노렸던 무의식의 해방보다는 제국주의 파시즘이 승리하고 있는 현실에서 삶의 중심을 잃어버리고 어떤 무의식적인 강박에 시달리게 된 내면을 표현한다.[22] 그 강박은 "變節者!"라고 "네 끓는 정열과 억센 생활을 가지고 "나 자신의 無力을 꾸짖는", "사랑하는 사람"(「창백한 市外路」, 『조선문학』, 1936. 5)(63)의 목소리에 쫓기는 데서 비롯된 것 같다. 그렇다면, 그러한 꾸짖음이 시인에게 무의식적 강박을 심어 놓고 그러한 강박은 죽음의 유충들과 기마대와 불길한 새에 의해 쫓기고 있다는 환상을 통해서 표현되고 있다고 하겠다. 이 쫓기고 있다는 강박이 시인을 만주로 건너가게 만든 것일지 모른다.

이렇듯 김조규의 초현실주의는 또 하나의 세련된 시적 방법이라기보다는 강박증으로 나타나는 시인 자신의 내면적 고통을 좀 더 직접적이고 절실하게 표현하기 위해 채택되었다고 할 것이다. 그는 시와 자신의 삶을 분리시키지 않는다. 그는 삶의 깊은 곳과 연결되어 있는 무의식적 환상−악몽−을 시의 동력으로 삼는다.[23] 그런데 그 환상 속에서 꿈틀거리고 있는 무엇은 시인에게 어떤 타자로서 나타난다. "부푸는 해면과 더불어 찾아오는", "검은 그림자와 눈알로만 된 얼골"로 등장하는 것이다. 「자화상」

---

22) 그래서 연구자들은 대체로 이 시기 김조규 시에 대해 '병적'이라는 특성을 부여하곤 한다. 가령, "이상도 이념도 모두 상실해버린 지식인인의 피폐한 내면 풍경과 전망 상실의 상황으로 인해 점차 김조규의 시는 가학적 상태의 성에 대한 탐닉 증세와 자폐증적 자기혐오의 모습을 형상화"(김정훈(2008), 「『단층』 시 연구」, 『국제어문』 42집, 국제어문학회, 357쪽.)했다는 평가가 대표적이다.

23) 이런 측면에서 보면, 한편으로 김조규의 시는 『삼사문학』에 비해 무의식의 문제를 삶과 시의 핵심으로 삼았던 초현실주의의 본래적 사상에 다가가 있었다고도 볼 수 있다.

에서 보았던 '전율하는 눈알'이 바로 '눈알로만 된 얼굴'의 그 눈알과 같은 것일 게다. 위의 시에서 그러한 타자는 그러한 눈알뿐만이 아니라 유충이나 기마대, 딱따구리와 같은 오브제(objet)들로도 나타난다. 시인의 환상에 등장하는 오브제들은 시인의 자아에 통합되어 있는 것이 아니라 타자로서 존재하는 것이다. 그래서 환상을 통해 나타나는 저 오브제들(지구의나 음화식물, 고양이 등을 포함한 저 타자들)은 동일자로 환원될 수 없는 타자가 개인의 삶에 내재하고 있다는 것을, 즉 '나'는 타자들의 혼종적인 섞임에 의해 이루어져 있다는 것을 드러낸다고 할 수 있다. 이러한 타자에 대한 김조규의 의식은 1940년에 이르면 더욱 심화되고 또 의식화되어, 특히 『단층』 4호(1940. 6)에 실린 시들은 초현실주의적인 색채가 한층 짙어진다.

거울 속으로 흰 낮이 逃走한다. 기우러지는 地球儀. 하건만 나 않인 나는 瞑目할줄도 몰으고 슬퍼할 줄도 몰은다. 牧歌的(인 風景의 構意는 철없는 植物의 倫理다. 내 오랜 記憶을 支持하고 있던 腦細布의 分裂.
너의 肉體는 머언 山脈이 되고 기인 行列은 行列이 쓴 死面의 表情을 몰은다 거울은 거울의 思想을 忘却하였고 얼골 얼골은 제 얼골보다 行列의 얼골을 다 잘 안다. 다리와 다리, 凱旋하는 類槪念의 旗幟.
씰크햇을 쓴 紳士의 손이 발보다 길다. 검은 禮服을 끌며 蒙古風인 손톱을 그래도 짧다 한다. 네 손톱이 내 눈알을 파내였느뇨? 오오 지금 나의 壁을 받든다는 것은 生殖器와 사마구. 사마구. 개아미 같은 循環 小數의 解答은 壁에도 없다. 문허지려는 壁에 뮤ー즈여 그림을 그려라. 性畵를 그려라.
　　　　　　　　　　　　　　－「壁」(『斷層』제4책, 1940. 6)(101)

이 시에서 시인은 정신의 분열을 의식화 하고 이를 더욱 강렬하게 드러내고 있다. 거울 속으로 도주하고 있는 흰 낮의 이미지는 시인 내면의 분열이 가져오는 급박한 위급함을 대담하게 표현한다. 그 급박한 위급함은 "기우러지는 지구의"라는 구절을 통해 뒷받침된다. 그런데 바로 위의 시에서도 볼 수 있듯이, 『단층』 4호에 발표된 초현실주의 시에서 특징적인 것은 '너'가 등장하고 있다는 것이다. 가령, '너'는 "오오 교외를 걷든 네 자욱소리가/벽으로 벽으로 숨는다 밤새 ……"(「室內」)(101)라는 구절이나 "네가林間호텔의花崗石베란다에앉어꿈구는비이너쓰를조잘거릴때다리와다리속으로보이는달과驢馬의컴포지숀"(「馬」)(103)과 같은 구절에서도 볼 수 있다. 그런데 '벽'이 시인의 자아와 세계 사이에 처진 경계선을 의미한다면, 벽으로 숨고 있는 "네 자욱소리"란 그 자아와 세계 사이의 경계선 속으로 "네 자욱소리"가 스며들고 있음을 의미한다고 할 수 있다. 시인이 위의 인용시 마지막 부분에서 "문허지려는 벽에 뮤—즈여 그림을 그려라. 性畵를 그려라"라고 말할 때, 벽이 무너지려는 것은 바로 "네 자욱소리" 때문일 것이다. 그렇다면, "네 자욱소리"가 벽으로 스며드는 행위는 바로 성화(性畵)를 그리는 행위라고 할 수 있을 것이다. 그리고 그 '성화'는, "다리와다리속으로보이는달과驢馬의컴포지숀"과 같이 성적인 교접을 암시하는 초현실주의적인 구절과 상통한다.

그런데 그 성적인 교접은 섹스 그 자체를 의미할 뿐만 아니라 시인의 자아와 세계 사이의 경계가 허물어지는 교접을 의미하기도 할 것이다. 교접으로 인해 '너'라는 타자는 시인의 자아 둘레에 처진 벽을 뚫고 들어와 시인의 자아를 분열시킨다. 시인은 '너'와 혼종적으로 뒤섞이게 되는 것이다. 그런데 이 '너'란 누구를 가리킬까? 위에 인용한 시에서의 "너의 육체는 머언 산맥이 되고 기인 행렬은"이라는 구절을 보면, '너'는 산맥처럼 긴 행렬을 이루면서 가고 있는 자라고 추측할 수 있다. 그러니 '너'는 어떤 한 사람을 가리킨다고 볼 수 없다. '너'는 "死面의 表情"을 쓰고, 하지만 자신이 그 표정을 쓰고 있다는 것을 모른 채, 행렬을 이루며 나아가는 '사람들'

일 것이다. 행렬로 나타나고 있는 그들은 구체적으로 누구를 가리키는 것
일까? 다음 구절에서 그들이 누구인지 짐작해볼 수 있다.

> 가까운 市外의 無感한 길을 지나
> 지금 슬픈 행렬은 침묵한 채 이그러진 나무다리를 건너고 있다
> 하늘로 향한 두 손은 그래도 창공을 그리워하는 모양이다
> —「素服한 행렬」(『시인춘추』, 1938. 2) 1연(79)

　행렬을 이루고 있는 이들은 소복을 입고 누군가의 주검을 묻으러 장지
를 가고 있는 자들이다. 즉 그들은 상실로 인해 슬퍼하는 이들이다. 그러
나 그들은 그 상실에도 불구하고 창공의 자유로움을 여전히 그리워한다.
그렇기 때문에 '사면의 표정' 혹은 '소복'은 어떤 이의 죽음으로 인한 슬픔
만을 표현하는 것을 넘어서는 상징적인 의미를 갖게 된다. 즉 그것은 자
유의 상실을 의미할 수 있게 되는 것이다. 창공을 그리워한다는 것은 자
유를 그리워한다는 것이고, 그것은 자유를 욕망한다는 것이다. 자유의 상
실에 슬퍼하고 있는 이들은 창공의 자유를 원하고 있다. 그래서 그들의 육
체는, 이러한 끊이지 않는 염원으로 인해 어떤 산맥을 이룰 정도의 단단한
형세를 이룰 수 있게 된다. 그런데 「소복한 행렬」에서의 시적 화자가 그
행렬을 바깥에서 관찰하면서 행렬을 이루는 이들의 희원을 추측하고 있다
면, 「벽」에서의 시적 화자는 그 행렬에 대한 기억이 서정적 주체의 '뇌세
포의 분열'과 연결되고 있다. 「벽」에서는 저 소복처럼 하얀 옷을 입고 있
는 조선의 백성들은 시인의 내면과 뒤섞이는 것이다. 그 뒤섞이는 과정의
실재를 환상을 통해 표현하게 될 때, 초현실주의 식으로 분열적이면서 혼
종적인 시적 담론이 나타난다. 그래서 김조규 시인에게 초현실주의적인
시 쓰기는 백성이라는 타자가 시인 자신과 혼종적으로 뒤섞여 있음을 성
과 죽음의 상징을 통해 새로이 인식하는 과정이 될 수 있었던 것이다.

4. 만주 현실의 혼종성과 식민지적 타자와의 만남

자신의 내면이 타자들과 혼종적으로 뒤섞여 있다는 것을 인식하게 된 김조규 시인은, 이제 "호오 차는 떠났어도 좋으니/역마차야 나를 정거장으로 실어다 다고", "나는 외롭지 않으련다./조곰도 외롭지 않으련다."(「延吉驛 가는 길」(『조광』63호, 1941. 1)(109))라고 말할 수 있게 된다. 사람들과 함께 살고 있다는 것을 인식한 시인은 외롭지 않게 된 것이다. 그렇기에 기차가 떠났든 떠나지 않았든, 시인은 정거장으로 나가고자 한다. 그 정거장엔 시인의 내면과 뒤섞여 있는 사람들의 행렬, 그 소복 입은 사람들과 만날 수 있기 때문이다.24) 이러한 의지를 갖게 된 시인은 1941년 이후엔 혼종성을 분열적으로 표현하는 초현실주의적인 시 쓰기를 그만둔다. 그보다는 혼종적으로 뒤섞인 현실을 포착하고자 한다. 그 현실을 포착하기 위해 가장 적합한 공간은 바로 기차역이었다.25)

> 마을도 없는
> 산비탈에 서 있는 외진 산간역
> 하늘엔 눈발이 부연데
> 대합실은 지친 얼굴들로
> 가득차 있다

---

24) 김진희는 김조규의 시선은 일본이나 만주로 떠나는 사람들과 자신을 동일시하는 시선이었다고 논한다. 그리고 이는 그들과 거리를 두려고 한 임화의 시선과는 차이가 있다고 한다.(김진희(2007), 「1930-1940년대 해외 기행시의 인식과 구조」, 『현대문학의 연구』33, 162쪽.

25) 재만시기 김조규 시에 등장하는 기차와 기차역의 상징적 의미에 대해서는 조규익(1996), 「김조규와 그의 해방전 시」, 『해방전 만주지역의 우리 시인들과 시문학』, 국학자료원, 213~222쪽에서 조명된 바 있다. 조규익은 김조규에게 역은 낭만적 소재가 아니라 리얼리즘의 무대이자 실체이며, "민족이 겪는 아픔을 집약해놓은 표본실"(214쪽)이었다고 논한다.

우묵 패운 볼
두드러진 뼈
눈동자는 저마다 닥처올 운명에
초불처럼 떨고 있으니
빈궁의 한 배 속에서 나온 형제들이냐
행복이란 손에 한번 쥐어 못본 얼굴들이다

경산도, 평안도, 관북 사투리
제 고장 기름진 땅 누구에게 빼앗기고
이리도 멀고 먼 이역 땅
두메 막바지에 흘러왔담?

쫓기는 신세라 이제 또한
얼마나 많은 눈물
무거운 근심을
이 대륙 황무지에 쏟을 것인가
흐트러진 머리를 쓸어올릴 생각도 없이
흙바닥만 뚜러지게 들여다보는 너인
눈물 자욱 마르지 않은 걸 보니
오는 길에 애기를 굶어 쥑인 게로구나

할머니는 천리길 걸어 아들 면회 갔다가
'비적'의 어머니라 구두발에 채여
감옥 문간에서 쫓겨났다지요?
먹다 버린 벤또는 주워 먹는
애야 너는 그렇게도 배가 곺으냐?
　　　　　　　　－「大肚川驛에서」 앞부분(111－112)[26]

---

26) 전집의 주에 따르면 이 시는 김조규의 필사본으로 남아 있는 것이다. 그 필사본에
　　김조규는『만선일보』에 발표한 것으로 써놓았으나 확인되지 않았다고 한다. 내용
　　상 이 시는 당시 발표될 수 없었을 것이어서, 이는 김조규의 착오로 보인다. 하지만
　　표현을 대폭적으로 수정한 시가 발표되었을 수도 있다.

김조규 시인이 남긴 필사본27)에 들어 있는 이 시는, 시인이 1941년에 썼다고 스스로 밝혔다고 하더라도 개작된 것일 수 있다는 데 유의해야 한다. 당시 발표된 시들에 비해 이 시는 당대 현실의 비참을 절절하게 드러내고 있기 때문이다. 특히 "제 고장 기름진 땅 누구에게 빼앗기고"라든가 '비적'의 어머니라고 "감옥 문간에서 쫓겨났다"는 진술을 당시 상황에서 김조규 시인이 정말로 쓸 수 있었을까 의심이 들기도 한다. 하지만 시인이 조국의 슬픔을 읊고 있는 미발표작 「가야금에 붙이여」를 만주국의 검열에 걸리지 않을 수 있도록 「胡弓」이라는 시로 개작하여 『만주시인집』(1942)에 발표하고 있는 것을 보면, 그는 당시 '이중적 시 쓰기'를 하고 있었을 것으로 판단되기도 한다.28) 즉 그는 자신의 본심을 다 표현한 시를 쓰고는, 이를 발표용으로 개작하는 식의 시 쓰기를 했을 가능성이 있는 것이다. 그렇다면 「대두천역에서」 역시 당시에 실제로 창작되었을 것이라고 생각할 수 있고, 비록 개작되어 발표되었다고 하더라도 전체적인 구도나 주제는 변하지 않았을 것이라고 예상한다면 자료로서의 가치를 일정하게 가진다고 할 수 있다. 그렇다면, 이 시가 가지는 당대적 의미가 무엇인지 생각해보아도 무리는 없을 것이다.

이 시에 등장하는 사람들은 앞에서 본 김조규의 초기시에 등장하는 고향의 비참한 사람들을 연상시킨다. 하지만 위의 시의 등장인물들은 고향으로부터 '쫓겨난' 사람들이라는 데서 초기시의 등장인물들과는 차이가 있다. 그리고 「이날의 농촌은」에서 볼 수 있었듯이, 초기시에 등장하는 사람들은 시인의 분기에 찬 목소리를 표현하기 위한 배역을 맡고 있다는

---

27) 김조규의 필사본 시 묶음에는 1930년대 후반에서 1940년대 초반에 이르기까지 쓴 시들-당시엔 발표되지 않은 것들을 포함하여-도 있는데, 1991년 김조규의 동생 김홍규가 평양을 방문했을 때 김조규의 유족들로부터 건네받았다고 한다.(『김조규 전집』, 475쪽.)

28) 이에 대해서는 신주철(2011), 「김조규의 이중적 시 쓰기의 양상과 의미」, 『우리문학연구 32집』, 우리문학회, 347~351쪽 참조.

느낌을 주고 있었다. 하지만 이 시에서 등장인물들은 그들의 특징적인 모습이 리얼하게 묘사되고 있다. "우묵 패인 볼/두드러진 뼈/눈동자"에서 "닥쳐올 운명에 초불처럼 떨고 있"는 사람들의 고난을 포착한다든지, "흙바닥만 뚜러지게 들여다보는 여인"의 모습에서 "오는 길에 애기를 굶어 쥑"여야 하는 비참을 포착하는 리얼리티는, 시인이 식민지 민중의 타자성을 인식하면서도 그의 삶이 그 타자와 무관하지 않고 혼종적으로 섞여 있다는 인식이 뒷받침되고 있었기 때문에 확보될 수 있었을 것이다.

당시 근대의 혼종적인 특성이 잘 드러나는 곳은, 많은 사람들이 뒤섞이는 공간인 기차역이었다.29) 김조규 시인이 초현실주의 시를 쓰던 방에서 나와 기차역으로 나간 것은, 타자들의 비참한 삶과 자신의 삶이 어떻게 섞여 있는 가를 확인하기 위해서일 테다. 우리네 삶의 혼종성을 확인하기 위해서는, 당시엔 기차역만큼 적합한 곳은 없었던 것이다. 그런데 당시 '만철'이 운영하던 철도는 일본제국주의를 대변하고 있었다.30) 철도가 근대성의 상징이라고 한다면, '만철'이란 존재는 조선과 만주국의 근대성이 일본 제국주의에 의해 장악되었음을 알려준다. 그런데 그 기차역에서 비참과 곤궁을 포착한다는 것은 바로 일본 제국주의에 의해 운행되는 근대성의 실체를 드러낸다는 의미를 가지게 된다. 또한 기차역에서 삶의 혼종성을 확인한다는 것은 국가가 국민들을 이데올로기로 접착시키고자 하는 시도에 균열을 일으킨다는 것을 뜻한다. 초현실주의적인 시작이든 리얼리즘적인 시작이든 혼종성의 시화는 당시 만주국의 상황에 비추어볼 때 이데올로기 전복의 효과를 가질 수 있었던 것이다.

일본의 위성국가였던 만주국은 그 나라에 혼종적으로 거주하는 여러

---

29) 당시 많은 사람들이 모여들고 흩어졌던 정거장은 또한 새로운 커뮤니케이션 공간이 될 수 있었다.(박천홍(2003), 『매혹의 질주, 근대의 횡단』, 산처럼, 132쪽.)

30) '만철'의 제국주의적 성격과 그 역사에 대해서는, 고바야시 히데오, 임성모 옮김(2004), 『만철 ─ 일본제국의 싱크 탱크』, 산처럼 참조..

이민족들을 통합할 이데올로기가 절실히 필요했으며, 그래서 '오족협화'를 강조했다. 하지만 '협화'는 한갓 구호일 뿐, 그것은 사실상 일본인의 이권을 보호하기 위한 방패에 다름 아니었다.[31] 그래서 만주국이 내세운 '오족협화'라는 이데올로기는 실재 생활에서의 '오족갈등'을 반증하는 것임에 불과했다. 만주국 일상은 표면적으로는 협화 이념 아래에서 평온하고 번창해보였을지도 모르지만 그 이면에는 민족 간의 복잡한 역관계가 얽히어 있고 갈등을 내장하고 있었다.[32] 만주국 당국은 이러한 분열적 실재를 이데올로기를 통해 봉합하고자 했다. 그러한 봉합 이데올로기가 '왕도낙토'다. '왕도낙토'는 중국 국민당의 민족주의와 대결하기 위해 만주국이 내세운 건국이념으로, '도덕적 교화'를 통한 만주국만의 정체성과 순수성을 건설한다는 의미를 갖고 있었다. 만주국은 왕도낙토의 제창을 통해 차별에 의해 구조화된 만주국의 혼종적인 실재를 동양의 유교적인 '도덕'을 통해 순수한 '향토'—'낙토' 만주—로 만들어 네이션을 구축하고자 했던 것이다.[33] 그렇기에 만주국의 혼종적이고 분열적인 실재를 드러내는

---

31) 만주에서의 조선인은 2등 국민으로서의 위치를 점하고 있다고 생각되었지만, 실상은 그렇지도 않았다. 윤휘탁에 따르면, "재만 조선인 도시민은 중국인보다도 훨씬 못한 정치적 · 경제적 · 문화적 입장에 놓여 있었"으며 "조선에서의 그들의 경제적 기반은 사실상 거의 없었기 때문에, 그들은 '진정한 조선인'이라기보다는 조선에서 뿌리가 뽑혀나간 '조선의 이방인'이었다"(윤휘탁(2001), 「<만주국>의 '2등 국(공)민', 그 실상과 허상」, 『역사학보』 제169집, 역사학회, 169쪽, 170쪽.)고 한다.

32) 신주백에 따르면, 재만조선인에게 만주국의 민족 협화 이념은, "차이를 전제로 차별을 당연시했던 논리인 내선일체를 달성하는 과정에서 조선인 스스로 각고의 인내와 노력으로 무차별 평등을 실현해야 한다는 조선총독부의 주장과 맞지 않"은 것이기에 모순이 생길 수밖에 없었다.(신주백(2005), 「만주인식과 파시즘 국가론」, 방기중 편, 『일제하 지식인의 파시즘체제 인식과 대응』, 혜안, 142쪽.)

33) 이에 대해서는 프래신짓트 두아라, 앞의 책, 제4장 '문명의 구현' 참조. 일제와 만주국이 내세운 '새로운 고향'—'낙토' 만주—의 건설에 조선인 작가들이 어떻게 호응했는가는, 김미란(2011), 「'낙토' 만주의 농촌 유토피아의 공간 재현구조」, 『상허학보』 33집, 상허학회 참조.

작업은 만주국이 내세우는 새로운 정체성과 순수성에 균열을 낸다는 의미를 가지게 된다. 김조규 시인이 의도했는지는 모르지만, 아래의 시는 그러한 실재를 드러내고 있다.

너는 '모나리자'의 알수 없는 미소로 나를 끌어당기고 있었고 불타는 水族館은 毒草煙氣에 취하여 흔들리고 있는데 나는 나라 잃은 젊은이의 설움과 버림받은 나의 인생을 슬퍼하며 술상을 마주하고 있었다. 너의 량 길손 흰저고리와 다홍치마는 '하나꼬'라는 낯선 異邦 이름과는 조화되지 않았으니 너의 검은 머리채속에는 네가 잃어버린 것 그러나 잊을 수 없는 모든 것이 그대로 깃들어 숨쉬고 있는 것이 아니냐? 어머니의 자장가와 네가 뜯던 봄나물과 흙냄새, 처마 밑의 지지배배 제비 둥지, 밭머리의 돌각담, 아침 저녁 물동이에 넘쳐나던 물방울과 싸리바자 담모퉁이 두엄무지, 처마끝의 빨간 고추, 배추쌈의 된장맛…그리고 그리고 한마디 물음에도 빨개지던 네 얼굴을 후려갈기던 집달리의 욕설, 끌려가던 돼지의 悲鳴, 아버지의 긴 한숨과 어머니의 통곡소리…아아 채 여물지도 못한 비둘기 할딱이는 네 젖가슴을 우악스런 검은 손에 내맡기고 너의 貞操를 동전 몇닢으로 희롱해도 너는 울지도 반항도 못하고 있고나. (중략) "누가가 보고 싶어 누나가 보고 싶어" 네 어린 동생의 영양실조의 눈동자가 창문에 매달려 들여다 보는데도 너는 등을 돌려대고 내게 술잔을 권하고 있으니
아아 버림 받은 人生은 내가 아니라 '하나꼬' 너였고나. '미스 조선' 너였고나.
— 1940. 10 도문에서 소설가 현경준을 만나 —
—「카페—'미스' 조선에서」(미발표작—127) 부분

시인은 '미스 조선'이라는 이름의 카페에서 손님을 접대하고 있는 '하나꼬'라는 여인을 만난다. 그러나 그녀는 조선옷을 입고 있었다. "너의 량 길손 흰저고리와 다홍치마는 '하나꼬'라는 낯선 異邦 이름과는 조화되지

않"는다는 것을 느낀 시인은, 그녀가 조선여자일 것이라고 추측한다. 그래서 그는 그녀의 "머래채속에는" 이젠 "잃어버린" 조선의 고향에 있는 구체적인 사물들에 대한 "잊을 수 없는" 기억들이 "그대로 깃들어 숨쉬고 있"을 것이라고 상상한다. 그리고 그녀는 경제적 정치적 폭력에 의해 고향을 떠날 수밖에 없었을 것이라고 판단한다.

소녀가 만주에서 조선옷을 입고 몸을 팔아야 하는 상황은 그녀의 고향이 식민 자본에 의해 이중으로 파괴되었음을 의미한다. 이 시의 시적 화자도 생각하고 있듯이 소녀가 만주에서 여급으로 몸을 팔게 된 것은 가난으로 고향을 떠나야 했기 때문일 터, 고향에서 소녀의 집안이 몰락하게 된 것은 필시 근대 식민 자본이 그녀의 고향에 침투했기 때문일 것이다. 이것이 첫 번째 고향 파괴이다. 그런데 만주에 온 소녀는 또 다른 식민자본에 고용되어 자신의 고향–조선이라는 향토–을 상품화하고 자신의 몸을 팔아야 했다. 이것이 두 번째 고향 파괴이다. 요컨대 식민자본은 소녀를 고향으로부터 떼어놓은 후, 헐벗은 그녀를 고용하고는 그녀의 '향토'를 성적 상품화하고 그녀를 성적으로 착취한다. 이 소녀가 드러내는 향토의 성적 상품화는, 만주국의 '오족협화'와 '왕도낙토' 이데올로기의 착취적 성격을 보여주는 음화(陰畵)다. 또한 그와 동시에, 이 상품화된 '조선'은 일제 말 유행했던 '향토' 담론의 정체가 무엇인지도 폭로한다.

한편, 조선여자가 일본식 이름을 얻고 카페라는 서구식 공간에 '미스조선'이라는 어울리지 않는 이름이 붙어있다는 것, 그리고 카페 이름조차도 '미스'와 '조선'이라는 상반된 단어가 결합되어 있다는 것은 이 공간이 혼종적인 공간임을 드러낸다. 그렇기에 시인은 이 시를 "너는 '모나리자'의 알수 없는 미소로 나를 끌어당기고 있었고 불타는 수족관은 독초연기에 취하여 흔들리고 있"다는 문장으로 시작했던 것일 테다. 이 포착하기 힘든 혼종성은 은근하게 매력적이면서도 강렬한 취기와 독성을 가진 것으로 시인에게 다가온다. 시인에 따르면 만주 도시의 한 카페 공간은 이렇게 알 수 없는 혼종성의 독한 매력으로 흔들리고 있었던 것인데, 이러한 혼종성의 드러냄은 단순히 이국취향적인 풍경을 보여주는 것은 아니다. 시인은 몸을 남자들에게 내맡겨야 하는 '하나꼬'가 동생이 영양실조에 걸려야 했던 가난과 관련되어 있다고 말하고 있기 때문이다.(하지만 아이러니컬하게도 그녀는 그녀의 동생 때문에 그 동생으로부터 "등을 돌려대고" 외면해야 한다.) 시인의 이 진술은 그 혼종성 아래에 착취의 현실이 깔려 있다는 것을 의미한다.[34]

그리고 그 여급이 '하나꼬'라는 이름을 가져야 했던 것은, 그녀가 만주국에서 '일등 국민'인 일본인처럼 보이기 위해서일 것이고, 한편 조선옷을 입고 있는 것은 그 일본인이 일종의 '조선옷 코스튬(costume)'를 하고 있는 것으로 보이기 위해서일 테다. 그래서 소녀 '하나꼬'는 혼성적인 존재가 되는데, 그녀는 '일등 국민'을 성적으로 범할 수 있다는 남자들의 환타지를 만족시키면서, 동시에 이국적이고 순한 조선인의 모습을 하고 있음으로써 남자들이 그러한 성적 행위에 두려움을 가지지 않도록 하는 존재인 것이다. 시인이 "아아 버림 받은 인생은 내가 아니라 '하나꼬' 너였고나, '미스 조선' 너였고나"라면서 '하나꼬'와 '미스 조선'을 동시에 호명하고 있는 것은 이 때문이다. 이 시에서 김조규 시인은, 이러한 다중적 정체성을 부여받아야 하는 한 여급을 통해 만주국의 혼종적인 실재를 드러냄과 함께, 그 혼종성이 민족적 성적 차별에 의해 구조화되어 있다는 것도 동시에 드러내고 있다. 이 역시 '오족협화'와 '왕도낙토' 이데올로기의 허구성을 동시에 폭로하는 것이다.

---

34) 김진희는 이 시가 "데카당스한 감각과 더불어, 누구보다 어려운 환경의 여성을 식민지적 인물로 타자화하여 문명을 비판하거나 현실을 재구성한다는 측면"이 있음을 지적하고 서발턴의 복원으로서 평가한다.(김진희, 앞의 글, 171쪽.)

5. 결론

　1930년대 이후 문단에서 대두되기 시작한 고유의 '향토'를 발견하자는 담론은 일제 말기의 식민 착취 현실을 호도할 위험이 있었다. 고향이라는 '순수 공간'을 상상적으로 구축하려는 '향토' 담론은 식민지 근대성이 초래하는 혼종성과 구조적 갈등을 봉합하는 성격을 가지고 있었던 것이다. 또한 이 담론은 '동양'이라는 순수성의 공간을 설정하고자 하는 일제말기 파시즘 담론과 호응할 위험도 가지고 있었다. 이러한 담론 상황에서 해방 이전 김조규 시의 궤적은 주목할 만하다.

　초기 김조규 시 역시 고향을 재구성하는 양상을 보여주었지만, 그 고향을 향토의 순수성이 실현된 상상공간으로서가 아니라 도리어 향토성이 파괴된 공간으로 드러냈다. 이러한 폭로는 식민 권력의 착취적 성격을 비판한다는 의미를 가지는데, 이러한 비판적 시 쓰기는 카프의 문학운동과 일정한 관련을 가지는 것이었다. 하지만 카프 맹원들이 구속되고 카프가 해산된 이후에는, 김조규 시인은 그러한 시적 경향을 계속 유지할 수 없었다. 그래서 고향의 파괴는 돌이킬 수 없는 것으로 인식되고, 현실 비판 의지를 잃어버린 시인은 파괴된 고향이 자신의 내면의 파괴로 전화되고 있음을 의식하게 된다. 이렇게 향토성의 상실이 주체성의 상실감으로 전환되면서 시인은 삶의 중심을 잃고 방황하게 되고, 그리하여 우울과 고립 감을 모더니즘 풍의 시로 표현하기 시작한다.

　그런데 이 내면적 고통과 방황이 심화되면서, 김조규 시인은 자신을 낯선 타자로서 인식하기 시작한다. 자신의 내면에 타자가 존재한다는 것을 감지한 시인은 자신이 혼종적인 존재라는 것을 의식하게 되는 것이다. 내면적 분열을 겪으면서 만주로 건너간 시인은 자기 자신의 분열성을 더욱 의식화하면서 무의식적 환상을 펼쳐내는 초현실주의적인 시를 발표하기 시작한다. 무의식적 환상을 시로 드러내는 작업은 시인 내면에 있는 타자들을 시적 공간에 드러내는 일이었고 그 타자들과 섞여 있는 자신의 혼종성을 발견하는 일이기도 했다. 더 나아가 시인은 자신의 내면에서 발견된 타자들이 자유를 잃어버린 소복 입은 사람들, 바로 식민지 민중임을 인식하기 시작한다.

그리하여 김조규 시인은 초현실주의적인 시를 쓰고 있었던 방에서 나와 만주에 혼종적으로 섞여 있는 민중들을 발견할 수 있는 기차역으로 향한다. 그리고 그곳에서 그는 민중들의 비참과 곤궁을 포착하고 식민지 만주에서의 삶의 혼종성을 확인한다. 기차역에서의 이러한 포착과 확인은 철도를 중심으로 지배를 확장해갔던 일제의 식민지 근대성을 비판한다는 의미를 가지는 것이었다. 특히 혼종성의 시화는, 허구적 네이션을 형성하기 위해 만주국이 배포했던 '오족협화'와 '왕도낙토'라는 이데올로기를 전복하는 일이었다. 혼종적이고 분열적인 실재를 드러내는 일은 만주국이 내세운 새로운 정체성에 균열을 내는 일이었기 때문이다. 이에 김조규 시인은, 「카페-'미스' 조선에서」라는 시에서, 고향의 이중적인 파괴를 겪어야 했던 어떤 조선인 소녀 여급을 통해 식민지 출신 만주국민이 감당해야 했던 정체성 균열을 드러내고 있다. 이는 '향토' 담론의 이데올로기적 성격을 드러냄과 동시에 당시 만주국 이데올로기의 허구성과 착취적 성격을 폭로하는 작업이었다.

박영근 시에 나타난 절망과 서정의 변증법

박 정 근*

1. 박영근의 '가난'의 미학

한국은 1970년대 이래 노동자들의 희생을 바탕으로 경제발전의 토대를 마련하여 현재 세계 경제의 10위권에 돌입하는 기적을 일구어냈다. 한국은 1988년 세계 올림픽을 유치하였을 뿐 아니라 OECD 정상회의를 개최하는 등 선진국 대열에 당당히 서있다는 성공적 신화를 창출하였다고 주장한다. 그러나 현재 경제성장의 영화를 누리는 상류층들은 그 성공 이면에 무수한 노동자들의 희생이 숨겨있다는 것을 간과한다. 경제개발의 과정에서는 경제발전을 위해서 노동자들의 일시적인 희생이 불가피하다고 설득하였던 권력자들과 최대의 수혜자인 재벌들은 성공의 공이 모두 자신들의 것으로 치부하고 있다. 결국 경제개발의 이익을 노동자들에게 환원시키겠다는 약속을 헌신짝처럼 버리면서 경제의 양극화 현상을 영구화하려고 획책하고 있는 것이다.

1980년대 권력과 재벌의 협력 하에 이루어지던 노동자들에 대한 억압

* 대진대학교

과 불평등에 대해서 시대의 아픔을 함께 하려고 투쟁하던 노동자들과 지식인들은 그들의 주장을 확산시키기 위한 정치적 도구로서 문학을 활용하고자 하였다. 그 과정에서 노동현장의 모순과 노동자들의 아픔을 노래하고자 하는 시인들이 등장하게 되었는데, 그들이 바로 노동자 시인이며, 그들이 쓰는 시를 노동시라고 일컫게 되었다. 노동시를 좀 더 세밀하게 정의하자면 "프롤레타리아의 생활을 바탕으로 삶의 잠재력을 억압하는 강제적 노동 현실을 비판하며 반자본주의적 대안을 모색하는 시"[1]라고 할 수 있을 것이다. 노동시는 사랑의 한을 노래하던 소월의 시나 자연을 노래하던 청록파의 시와 판이하게 다르며, 고도의 관념놀이와 이미지 형상화에 치중하던 주지주의 시와도 다른 특성으로서 노동현실의 모순을 해결하고자 하는 정치지향성을 지닌 시라고 볼 수 있다. 노동시가 1980년대의 문단에서 파괴적인 영향력을 발휘한 것은 분명 이 장르가 노동운동에서 역사발전을 위한 '핵심적 동력'일 뿐 아니라 문학적 측면에서 매우 거친 표현에도 불구하고 지식인 그룹들이 "노동자들의 시에 대해 일정한 평가를 내리면서 무시하지 않았던 것은 역사발전에 있어서의 노동계급의 힘을 그들이 인정했기 때문"[2]이라는 긍정적인 시선으로 가능하였다고 본다.

그러나 노동시는 1990년대로 들어가면서 소련의 해체와 함께 노동운동의 활력을 잃고 방황하게 된다. 자본주의의 모순에 의해서 억압과 착취의 대상이었던 노동자들이 권력에 대해 저항하고 투쟁했음에도 불구하고, 모순의 해결을 위한 대안으로 바라보던 소련이 붕괴되는 아이러닉한 결과가 나오고 말았다. 경제의 주체로 노동자들이 앞장서고 있던 공산체제의 몰락은 자본과 권력의 억압에서 해방을 추구하던 노동자들에게 이데올로기적 절망을 가져다주었다. 고르바쵸프가 주도한 이 세계사적 사건으로 인해 경제의 부품으로 소모되고 있었던 노동자들에게 혁명의 기

---

1) 이성혁(2006), 「노동시에 대한 단상」, 『문화과학』 47, 337~350쪽, 343쪽.
2) 같은 책, 341쪽.

운을 불어넣는 전투적인 시를 썼던 노동시인들은 갑자기 지향점을 상실하고 말았다. 박영근 또한 절망의 대열에서 벗어날 수 없었으며, 경제적인 결핍이란 문제와 긴밀하게 연관하여 그의 삶을 바라보는 독특한 시점을 낳게 된다.

노동현장에서 삶을 영위하는 노동자들은 자본에 의한 착취의 고리에서 벗어나지 못하고 가난이란 경제적 결핍을 겪는다. 노동운동을 하다가 해고된 후 시류에 영합하지 않고 노동시에 천착하는 노동시인은 각박한 원고료 외에는 별다른 수입을 기대할 수 없기 때문에 노동자의 상황보다 더 낳을 게 없었다. 박영근은 노동자시인으로서 극복해야할 '극빈'이란 경제적 상황을 부정적으로 보거나 한탄하지 않고 오히려 자신의 독특한 미학적 관점으로 발전시키고자 한다. 그는 김영승 시집 『무소유보다 더 찬란한 극빈』에 대한 서평에서 '가난'을 정의하기를 "이 세계를 힘들게 살아가는 어떤 개인의 비애나 좌절이기 보다는 시인에게 시인으로서의 삶을 가능케 해주는 어떤 에너지"라고 본다.3) 흔히 자본주의 사회는 가난이란 나태나 무능에서 파생되기 때문에 그것을 거의 죄악에 가깝게 바라보는 경향이 있다. 자본주의와 결탁한 기독교는 신이 개개인에게 알맞은 달란트를 부여하였기 때문에 이를 최대한 발휘하여 이윤을 극대화시키는 것이 마땅한 도리라고 주장한다. 그러나 박영근은 이러한 자본주의의 주류에 영합하지 않고 자본의 지배로부터 벗어나거나 거부함으로써 극빈으로 사는 것이 "시적 윤리에 가까운 그 무엇을 '당당하게' 주장"할 수 있다고 본다.4)

노동자는 자본이 던져주는 환상을 추종하는 한 결코 사회의 주체로서 존재할 수 없다. 개천에서 용이 나듯이 낮은 비율의 신분 상승 기회를 엿보는 식의 삶이란 영원히 자본주의 사회의 주변인으로서 기생할 수 있을

---

3) 박영근(2002), 「극빈 혹은 시인으로 산다는 것」: 김영승 시집 『무소유보다 더 찬란한 극빈』, 나남 2001, 『창비』 30. 116, 391~395쪽, 391쪽.
4) 같은 책, 391쪽.

뿐이다. 한국 노동자들의 80년대식의 저항은 노동이나 가난을 자신들의 정체성의 핵심으로 받아들이지 못하고 소외시킴으로써 자신의 주체에 대한 역행적 행위들로 점철된 면이 많았다. 박영근은 이런 노동자들의 부정적인 면들을 『김미순전』에서 극적으로 형상화하고자 하였다. 박영근은 권력과 자본에 영합하는 노동자는 사회의 주체가 되지 못하고 기생물로 전락하고 말며, 엄청난 고통과 반성을 통해서만 인간성을 회복할 수 있다고 보는 것이다. 노동자가 투쟁의 목적을 기득권자들의 파이를 쟁취하려는데 국한 시켰을 때 그가 현재 존재하고 있는 노동의 현장을 긍정적으로 수용하지 못하고 그곳에 자신의 삶의 뿌리를 내리지 못한다. 노동시인을 포함한 활동가들은 노동자들에게 분명한 방향성을 제시하지 못했다는 책임을 면할 수 없다고 본다. 박영근은 이러한 노동계급의 절망과 불건전성의 연유를 "운동의 뿌리를 상실한" 것 때문이 아니라 "지난 시절 자신의 위상과 역할을 지나치게 상부구조 속에서 찾으려"고 하는 노동자로서의 비실존성이라고 진단하고 나선다.5) 그들에게는 노동에 대한 애정이나 가치는 부재하며 단지 '이론의 우위와 정치적 지분의 다툼'만이 존재하기 때문에 소련이란 국가의 붕괴와 함께 그의 목표마저도 사라져버리고 만 것이다.

박영근은 노동자의 절망을 폐기의 대상이 아니라 당당한 수용의 가치로 승격하여 미학의 출발점으로 제시하고자 한다. 그는 절망과 희망을 대척점에 있는 적대적 현상으로 보지 않고 서정을 매개하여 변증법적으로 발전해나가는 상호보완적 가치로 바라본다. 절망하는 자가 희망의 단계로 진입하기 위해서는 절망을 불러일으킨 불편한 현실을 회피해서는 안된다는 것이다. 그는 "현실의 비참을 수락하려는 자에게 희망의 출발은 분명히 현실의 비참을 그것 그대로 바라보는 데서부터"6)라고 진단함으로써 절망이야말로 희망을 위한 필수적인 요소로 해석하고자 한다.

---

5) 박영근, 「진정한 고통 혹은 희망」, 292쪽.
6) 같은 책, 290~291쪽.

하지만 박영근의 절망은 구호성의 외침이나 거친 시어로 표현되지 않는다. 억압이나 착취 등의 외부적 요인으로 야기된 절망이라 할지라도 권력이나 자본에 대한 전투적 행위로 치닫지 않고 짓밟힌 노동자의 깊은 마음속으로 침잠하여 자칫 감상으로 흐를 수 있는 슬픔을 미학적 절제 속에서 조율해나간다. 그는 노동자들이 자본과 권력에 대항하여 스크럼을 짜고 투쟁하는 모습을 그리는 시에서도 시어를 구성하는데 있어서 서정성을 과감히 도입한다. 투쟁과 서정이 전혀 어울리지 않는 조합이라는 통념을 부수면서 노동시의 새로운 면모를 보여주는데 성공한 것이다. 노사갈등으로 파업으로 치닫고 공권력이 노동자를 폭력으로 짓밟는 "가장 첨예한 가시적 대결의 순간을 표현하는 부분에 있어 시인이 기존의 서정시의 어법을 동원하고 있다"는 것은 1980년대 저항시를 뒤덮고 있던 거친 시어에 비해서 매우 낯설어 보이는 것도 사실이다. 그 이유는 노동시의 통념을 역설적으로 전복함으로써 "불안감과 투쟁의 결연한 의지가 얽혀있는 이러한 상황을 드러내는 데 재래적인 서정시의 어법이 동원되고 있는 것은 절정적으로 고양된 감정을 표현하기에 적합한 양식이"라는 것을 실험하였던 것이다.[7] 박영근의 절망에 대한 서정적 접근은 박노해처럼 "노동자에 의한, 노동자를 위한, 노동의" 시를 썼다는 공통점을 지니고 있음에도 불구하고 "강한 계급적 당파성으로 노동해방을 외치"기보다 "노동자를 실존적이고 미학적인 주체로 부각"시키려 했다는 점에서 확연하게 입장을 달리하였던 것이다.[8]

박영근은 비참한 현실에 대해 절망하였지만 그것을 개선한 결과물인 안락을 취하려는 속물성을 스스로 견제하였다. 그가 바라보는 진정한 노동자의 모습은 권력과 자본의 주체들처럼 현실적 파이를 위해서 비인간적인

---

7) 이광호(1987), 「민중 정서의 표현의지와 표현방식」, 『창작과 비평』 59, 실천문학사, 383쪽.
8) 나희덕, 387쪽.

전투를 벌이는데 있지 않고 그들의 연대를 위해 희생적으로 "쓰러지고, 쓰러짐으로 하나가 되"는 연민에 의해서 가능하다고 보았다.9) 노동자가 생존을 위해서 아름다운 산과 들이 있는 고향을 떠나 삭막한 도회의 공장으로 들어왔지만 그곳에서 어떤 생명의 젖줄을 발견한다는 것은 불가능하다고 본다. 또한 그는 공장의 노동자로 살아가기 위해서 단칸방이 즐비한 산동네에서 고향의 포근한 공동체 의식을 느낄 수 없었다. 차라리 바윗돌처럼 한없이 굴러가 어머니가 뜨거운 햇살아래 땀을 흘리며 김을 매고 콩을 거두었던 모성적 들판으로 귀향하는 날을 꿈꾸는 서정성에서 비로소 생명을 위한 산소를 찾을 수 있었던 것이다. 그래서 그는 대열을 만들어 생존을 위한 투쟁을 하다가 비척거리며 돌아오는 단칸방 앞에서 '집'이 주어야할 안락함을 찾지 못하고 다시 거리로 나서야 하는 절망의 연속성을 보여준다. 나희덕이 절망을 해결하기 위한 "'대열'속의 시간들조차 그에게는 어머니의 들판으로 돌아가기 위한 '행려'의 한 과정"10)이라고 해석하는 것은 그의 삶이 절망과 서정이 서로 배척하지 않고 공존하면서 변증법적으로 서로 밀고 당기는 길항의 관계에 있었다는 것을 보여주는 것이다.

2. 절망에서 서정성으로의 전이

노동시인으로서 박영근은 자본주의의 모순들이 확연히 드러나면서 발발된 80년대의 뜨거운 이념 투쟁에 나름대로의 그 대열에 참여하여 왔지만 그 과정에서 끊임없이 절망의 터널을 통과하였다. 그 절망은 단순하게 자본주의의 혜택을 받지 못하고 소외를 당하고 있다는 피해의식하고는 판

---

9) 같은 책, 386쪽.
10) 같은 책, 386쪽.

이하게 다르다. 그의 시를 이해하기 위해서는 거의 모든 시편에 편재하고 있는 절망의 요소들을 이해하지 않으면 안 될 것이다. 그의 절망은 여러 각도에서 조망할 수 있는데, 시대의 변화에 따른 이데올로기적 절망, 경제적 결핍에 의한 절망, 고향과 정체성의 뿌리를 상실한데서 오는 실존적 절망 등으로 나누어서 생각할 수 있을 것이다. 물론 이러한 절망의 요소들이 완벽하게 독립적으로 작용하고 있다고는 볼 수 없지만, 절망의 원인들을 분석적으로 조망하는 것이 절망의 배경을 이해하는 첩경이라고 본다.

박영근은 1990년대를 진입하면서 자본의 이념이 사회를 거의 완벽하게 지배하고 있음을 깨닫게 된다. 소위 신자유주의가 세계의 시장을 지배하면서 한국 사회의 경제, 문화, 금융 등 모든 영역을 장악하면서 자본의 착취에 대한 정치적 투쟁의 주체가 공장 노동자만으로 국한될 이유가 사라졌음을 그는 발견한다. 즉, 자본에 의한 착취가 모든 영역의 시민들에게 확산된 국면에서 노동자만을 위한 정치투쟁이 상당한 명분을 상실하였다고 본 것이다. 특히 이데올로기적 측면에서 자본과 권력에 의한 노동자들의 억압과 착취의 모순을 해결하기 위해서 정치적 모델로 여겼던 소련의 붕괴는 자본주의의 대항마로서 내세울 대안을 상실하게 되는 결과를 낳고 말았다. 특히 맑시즘의 쇠퇴는 그의 예술적 창조의 영감을 주던 노동문학의 급격한 쇠퇴와 함께 노동시인들의 설 자리마저 위협하여 개혁운동에서 현저하게 영향력이 감소되는 현상을 드러내었다. 이 단계에서 박영근은 도처에 편재하는 "자본과 국가의 촉수"가 "개인들이 현실적으로 겪는 삶의 고통의 뿌리까지 파고들어" 작동하는 신자유주의적 시장화라는 시대적 변화에 대해서 속수무책의 절망을 느끼지 않을 수 없었던 것이다.11)

거리에 넘쳐흐르는 화려한 상품들의 이미지들이 인간의 삶을 장악하고 오히려 인간이 자본의 노예가 되어 로봇처럼 움직이는 자본과 인간의

---

11) 정남영, 「길위에서, 새 길을 찾으며」, 94쪽.

전복적인 자리 바꿈은 인간사회를 급격하게 비인간화 시키고 있는 것에 대해서 시인은 좌절하지 않을 수 없다. 노동이 세상의 주요한 재화를 생산하는 가치가 아니라 노동시장에서 일용직들의 생존수단일 뿐이다. 또한 노동자 또한 생산의 주체로서 존중을 받기는커녕 신자유주의 시장에 편입이 되어 그것들이 만들어내는 환영들을 마치 자신들의 것으로 소유하려는 욕망에 들끓게 된다. 박영근은 이러한 노동자들의 속물적 현상을 「김미순전」이란 서사시적 장시에서 극화시켜 제시하면서 신자유주의적 욕망을 충족시키기 위해 노동자의 영혼과 정체성을 권력과 자본에 팔아넘기는 행위를 김미순이란 인물을 통해 형상화한다. 박영근의 시각에서 바라볼 때 기존의 변혁과 진보의 이념인 '노동, 통일, 노동자, 민족민중문학' 등의 가치들이 모두 "상품으로 규정되거나 재화(돈)로 환산되는 방식으로 사회 전체가 자본의 상징계에 편입되어 있다"[12]는 것을 깨닫고 지금까지 버티어온 삶의 에너지가 순식간에 사라져버림을 체감하는 것이다.

노동현장을 일생의 삶의 터전으로 인식해온 시인이 신자유주의의 도래라는 시대의 변화에 대해서 이데올로기적 전망을 상실한 것은 당연한 귀결일 것이다. 그는 신자유주의가 판치는 사회에서 자신이 실체를 느낄 수 있는 어떤 것도 발견할 수 없으며, 모든 것들이 자본의 유령 같은 어지럼증을 느끼지 않을 수 없다. 그는 지금까지 전투적으로 전개해왔던 노동시인의 삶에 대해서 "나에게 현실이 없었다"라고 고백하고 만다. 대다수의 활동가들은 거친 파도가 밀려오는 밤바다에서 항해를 한다고 해도 항구의 등대의 불빛만 존재한다면 방향성을 확보하고 나아갈 수 있었을 것이다. 그러나 갑자기 닥친 이데올로기적 방향성의 부재는 그들의 모든 활동들이 불확정성으로 빠져드는 위기감을 체험하게 된다. 가치관의 중심을 상실한 현장 활동가나 노동시인들은 마치 깊은 안개 속에 빠져든 조각

12) 강정구, 김종회, 76쪽.

배처럼 새로운 환경을 "신비화하거나 물신화"하려고 하는데, 이것은 "깊은 절망과 고뇌의 형태"로 제시될 수도 있는 것이다.13)

그는 이데올로기적 투쟁 과정 중에 권력에 의한 억압으로 인해 시인을 포함한 많은 활동가들이 당했던 고문을 떠올리며 절망한다. 이 절망은 권력이 저지르는 폭력에 의해서 한낱 동물로 전락했을 때 그 순간까지 지니고 있던 금과옥조 같았던 이념과 신념이 무의미해진다. 고문으로부터 생존하기 위해서 받아쓴 자술서마저 믿어주지 않는 상황에서 그는 그저 "아, 내가 쓴 자술서를 믿어만 준다면..(「자술서」 부분)"이라고 탄식할 뿐이다. 80년대의 열기가 식어버린 신자유주의적 마법에 사로잡힌 민중들은 이미 기존의 노동시나 진보적인 웅변에 대해서 싸늘해져 냉소적으로 "나는 지금 2000년대의 근사한 헛소리를 씹고/달콤한 똥을 싸고 있다구요(「낡은 집」 부분)"라고 이죽거린다. 시인이 밤새워 쓴 실존적 시들이 이젠 "불륜의 활자"가 되어 납덩이처럼 죽어있는 것이다. 그는 이제 국군에 쫓기던 빨치산처럼 행려자가 되어 이 거리 저 거리를 방황하지 않을 수 없다. 시인은 패잔병이 되어 수많은 산을 넘어 도주하는 빨치산을 자신과 비유함으로써 "진보에의 신념과 기대를 저버린 역사에 대한 정직한 응시와 일상 속에 은폐된 비극성"을 창출하고 만다.14)

> 한 봉우리 두 봉우리
> 죽음의 봉우리 넘을 때마다
> 얼음 들어 썩는 발가락
> 칼날로 우우욱 자르고
> 새붉은 피 눈밭에 적시고
> 호랑이 울음 울던 사람
>
> ―「지리산 2」 부분

---

13) 정남영, 100쪽.
14) 고인환, 356쪽.

박영근은 80년대에 치열하게 전투적 삶을 살아왔지만 소련의 붕괴와 신자유주의의 도래로 인해 내적 자아가 절망에 빠지는 아픔을 노래할 수밖에 없다. 그는 권력과 자본에 대항해서 저항하는 시를 쓰더라도 살벌하고 투쟁적인 시보다 오히려 노동자들의 일상적 삶을 서정적으로 노래하였으며, 이데올로기적 파멸로 인해 절망할 때도 시적 화자의 비장미와 서정성을 유지하고자 하는 것이다. 그는 절망적인 상황 속에서 겨울비를 맞으며 그가 노동자들과 혁명을 꿈꾸었던 "십오년 전의 그 단칸방에 갇힌 채 괴로워하는 것은 당연한 일일 것"[15]이라는 진단은 매우 적절한 것이라고 본다.

시인은 이데올로기적 패배자로서 비참한 현실을 바라보면서 절망 속에서도 서정적 연민의 눈길을 보내고자 한다. 자신이 살아온 시인 그리고 활동가로서의 험하고 고통스러웠던 길이 갑자기 멈추더니 그것의 이정표가 사라져버린 상황에서 앞으로 나아갈 수도 다시 돌아갈 수 없는 딜레마에 빠졌음을 인정하지 않을 수 없다. 도대체 무엇을 위해서 이 고행의 길을 선택했던 것인가의 질문을 스스로 던져보지만 아무런 해답을 찾을 수 없다. 박영근은 권력과 자본이 연합하여 세운 거대한 성채를 넘어설 수 없다는 절망감의 원인을 지금까지 "스스로가 끌고 온 길"이며, "나를 보고 울음을 터뜨릴 것"같은 지나온 삶의 "울음"과의 대면하는 것에 대한 '두려움'이라고 진단한다. 그러나 그는 이데올로기적 투쟁에서 실패한 것에 대한 회한의 눈물이라는 감상적 처리보다는 "늙은 산"의 "얼어가는 깃털"처럼 과거에 대한 냉정한 응시를 통해서 울음을 내면화함으로써 절제된 서정성을 유지하는데 성공하고 있는 것이다.[16]

---

15) 정연정(2011), 「한국 현대 생태시 연구 - 생태맑스주의적 관점을 중심으로」, 『한국 문예비평연구』 34, 225쪽.
16) 고인환, 359쪽.

3. 절망과 서정성의 변증법적 관계

　박영근의 삶을 통째로 조망할 때 가장 다가서는 주제는 '가난'과 '결핍'이란 단어들이다. 시인을 둘러싸고 있던 환경은 '결핍'과 긴밀하게 구성이되고 있다. 그가 살고 있던 집은 안양천의 단칸방이나 부평 산동네의 허름한 전셋집이었다. 이런 결핍의 환경은 어린 시절 살았던 시골의 중산층에서 노동자의 하층부로 급격하게 전락하는 비극적 연민의 요소를 지녔다고 볼 수 있다. 또한 노동운동을 시작하면서 보이는 가시적 변화는 명문 전주고등학교의 엘리트적 전망에서 노동자의 암울한 고질적 결핍으로의 전락이다. 그러나 그는 이념과 신념에 바탕을 둔 스스로 선택한 길이 야기한 극단적 결핍에 대해서 매우 긍정적으로 수용하고자 한다.

　시인이 부평에서 살고 있던 집은 산동네에 위치하고 있었으며, 저임금 노동자들이 모여 사는 단칸방집들이 다닥다닥 붙어있는 가난한 자들의 처소였다. 그는 그나마 집주소가 적혀있는 문패를 붙이고 자신의 정체성의 상징으로 대단히 만족스러워 한다: "처음으로 대문 밖을 향하여 이름을 내걸며 웃던,/인천시 부평구 부평4동 10의 22번지" 뿐만 아니라 초라한 집을 서정적 이미지를 풍부하게 동원하는데, "집의 처마와 담벼락에 줄줄이 꽃을 매달고 오르던 나팔꽃"이라든지 "플라스틱 흙판에 묻어놓은 씨앗이 넝쿨을 올리고 꽃을 피우더니 이윽고 가을이 와서 지붕에 잘 익은 제 몸덩어리를 의젓하게 올려놓던 그 호박" 등의 시어들 속에서 시인이 결핍과 서정을 공존시키고 있음을 알 수 있다. 시인은 그것에 만족하지 않고 그가 아내와 함께 영위하던 일상생활을 서정성을 듬뿍 담아 그린다: "세탁기가 돌아가고, 마당에선 빨래가 마르고, 국이 끓는 부엌에선 도마질하는 소리가 울리던 그때를 나는 일상이라는 말로 알거니와, 여자가 밤

새워 붓을 치던" 추억을 안타깝게 반추한다.[17] 아이러니하게도 타인들이 매우 안타깝게 바라보는 결핍을 시인은 조금도 추하게 바라보거나 혐오의 감정을 노출하지 않는 것이다.

하지만 박영근을 둘러싸고 있는 극단적 결핍의 환경은 상상하기 어려운 두려움의 대상이기도 하다. 결핍은 그의 육체를 병적 상태에 빠뜨리고 견디기 힘든 실존상황으로 몰아가곤 한다. 겨울은 가난한 시인의 집을 살얼음이라는 위기상황으로 몰아가고 이에 따라 연약한 몸으로 '몸살'과 '고열'에 이어 '불덩어리'같은 머리, 타들어가는 '입천장'과 '혀' 등의 신체적 이미지의 병적 상태를 「낡은 집」에서 형상화한다. 시인의 고통은 그의 고립적 입장 때문에 더욱 배가되는 경향을 보인다. 어느 누구에게 그의 고통을 호소할 수 없다는 인식은 그를 더욱 절망적으로 만들면서 "통증과 외로움 때문이었을까, 한밤중이 두려웠습니다(「낡은 집」 부분)"라고 고백하게 만드는 것이다.

시인이 1970년대 중반에 살았던 '안양천'은 그의 가슴속에 깊게 뿌리 박혀 있는 상징적 장소이다. 시골에서 살던 농민들이 공장 노동자나 일당 노동자로 전락하여 변두리로 밀려나 뚝방에 무허가 판자촌을 지어 살았던 곳은 결핍의 극치를 보여준 바 있다. 도시 빈민으로 더 이상 밀려날 곳조차 없기에 시인은 "비로소 떠날 곳조차 없는 이곳에서" 생존투쟁을 하고 있는 모습을 그리고 있다. 그나마 한눈을 팔면 "헛발 디뎌 일당마저 빠뜨리고" 말거나 "성장이라는것이어찌쉽게손안에쥐어지랴"라고 결핍과 무능의 십자가를 지고 살아가는 절망적 인간들 군상의 삶을 나직한 음성으로 노래한다. 안양천에 살아가는 사람들은 양극화현상 속에서 나타나는 사회적 모순과 부정의에 대해 투쟁하거나 내일에 대해 미세한 희망의 기미를 가질 수도 없다. 오히려 주류에 대한 불평불만의 징후를 시인을

---

17) 박영근, 「결핍에 대하여」, 196쪽.

비롯한 가난한 군상들 속에서 읽혀질까 두려워 "고개숙이고눈물씻고다시천천히걸어야한다"라고 자신을 다독인다(「비로소 떠날 곳조차 없는 이곳에서」 부분). 그러나 시인은 이 시 속에서 결핍의 원인에 대해서 말하기보다 그것으로부터 헤치고 나올 수 없는 자들의 절망적 감정 속으로 파고들어 그들의 가슴을 악기삼아 "서정성의 언어적 조율"을 통해 살려내어 연주하는 역할을 자임하고자 하는 것이다.[18]

박영근이 절망을 노래하는 것은 결핍 속의 인간들을 위해서 대신 사회적 정치적 투쟁을 하겠다는 이데올로기적 목적을 내포하지 않는다. 그의 절망의 시속에는 가난하게 살아가는 사람도 부유한 자를 모방하며 사는 것이 아니라 그 자체 내에 나름의 서정성과 미학이 있다고 암시한다. 시인은 그 대표적인 예로 '목련'을 제시하고자 한다. 목련은 겨우내 추위와 결핍 속에서 시달리지만 그 안에 엄청난 미학적 욕망이 들끓고 있음을 보여준다는 것이다. 시인은 이른 봄 아직 물기마저 충분히 빨아들이지 못한 상태에서 목련이 하얀 밝은 꽃들을 피워내는 것을 "겨우내 목말랐던 결핍의 시커먼 몸이 내부의 타는 불덩이들을 참을 수 없이 들어올려 피워낸 형상"이라고 정의하고 한다.[19] 그는 노동자들이 하찮은 일상을 살아가는 모습들이 비록 거칠고 다듬어지지 않았다고 하더라도 그 속에는 매우 사실주의적이고 인간미가 넘치는 서정이 도사리고 있다는 것을 역설하고자 하는 것이다. 박영근은 바닷가에 걸터앉아 노을이 내리는 뻘을 내려다보며 소주에 취해 유행가를 불러대는 시인 자신일지 모르는 화자를 "찬 노을이 내린다/뻘길을 더듬는 사내의 캄캄한 뒷등에,/온통 소주에 취해가는/유행가 속에(겨울 선두리에서 1 부분)"라고 그리고 있다. 그가 부르는 유행가는 어느 오페라가수가 부르는 아리아 못지않게 감동적인 서정성을 독자들에게 전달하고 있는 것이다.

---

18) 나희덕, 384쪽.
19) 박영근(2004), 「결핍에 대하여」, 『실천문학』 74, 195~199쪽.

4. 실존적 절망 속에서 서정적 희망의 탄생의 가능성

　박영근의 후기 시들은 그의 실존적 절망을 다양한 시적 소재의 변주로 노래하는 특색을 보여준다. 『저 꽃이 불편하다』와 유고시집 『별자리에 흘러가다』에서 소개되고 있는 시들의 주류가 시인의 관점에서 인간과 자연에 대한 실존적 상황이 빚어내는 절망을 토로하고 있다. 그가 마지막까지 보루로 삼고 있었던 시마저도 어떤 의미를 가질 수 없다는 깨달음을 노래하는 시인의 마음은 매우 비장하기만 하다. 1980년대의 저항시가 혁명의 횃불을 키울 수 있다는 결기가 사라지고 몽골초원의 광대함이나 꽁꽁 얼어붙은 차가운 실존 앞에서 시마저 초라해져있음을 발견하고 절망의 나락으로 깊이 빠져든다. 그러나 그 절망의 순간에도 시인의 마음은 서정의 끈을 놓으려고 하지 않는다. 시인은 「임시묘지의 시」에서 정신병원에 수용된 채 인간사회에서 소외되어 갇혀있는 여인들이 정신적 또는 신체적 비정상적 상태에서도 꽃을 바라보는 서정의 비극성을 보여준다. 그는 정신병원 뜨락에서 서성이는 여인들이 "팔다리가 튀어 날아간 자리에서 굳어버린/단 하나의 표정이/꽃을 바라보고 있다(「임시묘지의 시」 부분)"라고 노래한다. 비록 인간이란 비극적 파국을 맞이하여도 심저에는 심미적 존엄성을 잃지 않기 위해서 안간힘을 쓰는 무의식적 의지가 존재함을 보여주고자 하는 것이다.

　박영근은 자본주의가 현대인에게 물질적 욕망을 통해서 제공하는 '집'에 대한 이기주의적 환상을 수용하지 않는다. 집이란 가족의 공간으로 일종의 안락과 소속감을 제공하므로 타인과의 담을 쌓고 살아가도록 유도하는 속성이 있다. 집이란 일종의 씨족적 공동체의 본산이기 때문에 사회공동체의 기본적 단위이면서도 그 안에서 개인주의가 팽배할 때는 사회적 연대를 취약하게 만드는 요인이 되기도 한다. 시인은 잉여의 자산을 축적해놓고 자족하려는 기초적인 여지를 남기지 않기 위해서 과감하게 집을 떠나 행려의 길에 나서고자 한다. 그래서 그의 집의 부뚜막에는 불을 땐 그을음의 자국도 없고 "장지문 앞 댓돌 위에서 먹고무신 한 켤레"만 쓸쓸하게 주인을 기다리고 있는 이미지를 형상화한 것은 시의 화자가 이미 집을 떠나 먼 행려의 길을 떠났다는 암시를 주고 있다. 시인의 행려의 동인은 자발적인 것일 수 있지만 그것은 아마도 신자유주의와 자본주의의 횡포와 음모에서 비롯되었을 가능성이 있다. 자본주의가 밀어붙이는 생존경쟁의 시장논리에 저항하는 광기의 시인은 축출의 대상이 되어 이미 존재할 근거를 상실해버리기 때문이다.

> 내가 살고 있는 낡은 집 한 채
> 제가 살아온 지붕도
> 두 칸 방도 창도
> 시간도 다 떼내어 버리고
> 오래 허공속을 떠돌고 있다
>
> ─「낡은 집」 부분

　타의와 자의가 결합된 행려의 길에서 집이란 명제는 여전히 시인의 마음을 어지럽히는 단어일 수밖에 없다. 자의적인 행려길이란 시인이 물질적 환상을 주입하려는 "자본주의적 질서에 포섭되지 않고 버텨내기"[20] 위한 것이며, 타의적 행려는 도시계획이나 폭력에 의해 집을 잃고 마치 "르네상스 시대에 와서 '광인'들을 배를 태워 멀리 바다로 보내"던 추방의 방식과 같은 것이다.[21] 그는 집이나 가족에 대한 회귀적 가치를 행려의 길에 나섬으로써 극복하려고 하지만 여전히 눈에 밟히는 부모형제의 이

---

20) 나희덕, 「꽃의 뿌리를 향한 행려의 기록」, 『문학평론』, 383쪽.
21) 김형효(2010), 『구조주의 사유체계와 사상: 레비─스트로쓰, 라캉, 푸코, 알튀세르에 관한 연구』, 인간사랑, 388쪽.

미지들이 그림자처럼 그의 뒤를 따라오는 강박관념을 떨치지 못한다. 시인은「흰빛」에서 집이 어디냐고 묻는 질문을 "길이 제가 가닿을 길을 모르듯이/풀씨들이 제가 날아갈 바람 속을 모르듯이/아무도 그 집 있는 곳을 가르쳐줄 수 없을 테니까(「흰빛」부분)"라고 답하며 손사래를 치며 거부하고자 한다. 그는 인간적 연민과 서정의 감정을 '바람', '침묵', '불' 등의 실존적이고 묵시적인 이미지로서 마음을 추스린다. 박영근은 행려과정에서 겪는 고독과 소외의 순간에 가슴 속에 파고드는 귀향의 손짓을 떠올리면서도 실존적 인식 속에서 바람, 침묵, 불 등의 서정적 비전을 창조함으로써 "가난 속에 어떤 강한 에너지가 들어있음을"[22] 보여준다고 볼 수 있을 것이다.

세속사회에서 이룰 수 없는 광기적인 욕망을 가진 자들은 중세나 르네상스 시대 그리고 현대에 이르기 까지 "인간에 의해서 길들여지지 않는「동물성의 상징」", "「이상하고 비의적이며 밀교적인」 세계를 꿰뚫어보는 능력과 지식"을 가진 자, '바보', '치인', '술주정뱅이', '게으름뱅이' 등의 부정적인 부류로 치부하여 사회로부터 격리시키는 명분을 삼았다고 볼 수 있다.[23] 특히 현대에 이르러 추방대신에 정신병원에 감금하여 그들의 비생산성을 "생산성이 있도록 교정하기 위한 제도"로 변형하고 있지만 그 기본적인 개념은 비슷하다고 볼 수 있다.[24] 사실, 박영근이 보여준 행려병적 증상은 푸코가 정의한 '광기'와 유사한 점을 보고 있다고 볼 수 있으며, 그의 시「수련」에서 세상의 속물성에서 탈피하여 "한번은 미쳐버리고 싶은데/미쳐/활짝 깨어나고 싶은데"(「수련」부분)라는 시행에서는 햄릿의 '광증'과 유사한 증상을 보이고 있다. 선왕을 시해하고 정권을 잡은 클라우디우스가 어머니 거투르드와 신속하게 결혼한 상태에서 유령으로

---

22) 정남영, 104쪽.
23) 김형효, 387~392쪽.
24) 같은 책, 392쪽.

부터 독살에 대한 설명을 들은 후 그 부도덕성에 의해 상처를 받은 햄릿은 광중에 사로잡힌 것처럼 꾸민 채 복수를 하고자 하지만, 그 광중의 실체는 분간하기 어렵다. 이 처럼 자본과 권력의 힘에 절망에 빠진 시인은 햄릿과 유사한 증상의 광중에 시달리게 되며 그로 인해 자의반 타의반의 행려를 지속할 수밖에 없는 것이다.

박영근은 시적 화자를 통해서 자신의 행려에 대해 마치 영화의 한 장면처럼 그러나간다. 그는 거대한 도시의 화려한 불빛 속의 거리를 떠나 결핍의 고통의 칼날을 밟으며 상상을 펼치며 "그 사내는 홀로 눈을 맞으며/천천히 벌판을 질러갈 것이다(「이사」부분)"라고 묘사한다. 시인는 행려의 길에서 그를 떠났거나 해체되었던 가족들을 떠올리며 거리 식당 앞 쌓아놓은 빈그릇에 고이는 빗방울을 보면서 언뜻 그리움을 느낀다. 시적 화자는 지나가는 행려자의 모습을 그리지만 그것은 자신의 행려에 대한 비유이며, "아마 먼 데서/먼 데로/흩어진 식구들 생각들 하나보다(가을 비 부분)"라고 사내의 마음을 추론한다. 결국 시인은 자본으로 오염된 사회를 떠나 실존의식에 집중하기 위해 행려의 길을 걷고 또 걷지만 그의 서정적 가슴 속에 떠오르는 가족에 대한 사랑을 저버릴 수 없다. 이제 그는 다시 집으로 돌아갈 방향마저 망각한 상황에서 심한 혼돈을 보여준다. 그는 「슬픈 눈빛」에서 거친 행려 길에서 집으로 돌아갈 방향을 제시해줄 "저녁 불빛"과 마을에 멀리서도 들려오던 성당의 "종소리"를 연상하고자 한다. 그것은 아무리 오랫동안 잊혀졌다가 언뜻언뜻 떠오르는 고향(부안군 마포리 산기부락)의 이미지이며 어린 시절부터 간직해온 구원의 이미지이기도 하다.[25] 시인의 또 하나의 고향이라고 할 수 있는 부평은 그와 아내가 가난하지만 저항운동이라는 고난의 삶을 꾸려왔던 곳으로 정신적으

---

25) 박영근의 유년시절에 지냈던 고향에는 조그만 카톨릭교 공소가 있었고 자주 그곳에서 여름성경학교나 놀이에 참여하였다.

로 떠날 수 없는 곳이기에 그가 있어야할 자리에 또 다른 시인 하나가 시를 쓰는 모습을 노래하고자 한다.

> 낡은 시영아파트 곁마당엔 노란 산수유가 피고
> 울던 아이들은 젖을 물고 잠이 드는가
> 아직도 그곳에서는 사람들이
> 뜨거운 손을 잡고 노래를 부르고
> 누군가
> 아픈 몸으로 시를 쓰고 있는가
>
> 　　　　　　　　　　　　　　　－「슬픈 눈빛」부분

　박영근이 자신의 실존의식을 극단적으로 밀어붙일 수 있는 공간은 역시 시작업이 아닐 수 없다. 그가 현장운동과 이데올로기에서 패배자가 되었을 때조차도 죽음에 가까운 실존의식을 실험하고자 고심했던 것은 역시 시쓰기라고 볼 수 있다. 그가 셀 수 없는 행려 길에서 반복적으로 돌아와 다시 붙드는 것도 역시 시였으니 그의 결핍의 미학이 되살아날 수 있는 것도 시작업이라고 해도 지나치지 않다. 그는 방황의 행려 끝에 시에 갈증을 느끼며 되돌아와 시를 읽고 또 썼던 것이다. 아마도 그를 기다리고 있는 집은 겨울추위에 방바닥은 냉냉하고 수도꼭지는 얼어붙어 막막한 상황이었으리라. 그런 쓸쓸하고 절망적인 환경은 그렇게 꿈꾸던 가족과의 재회도 어떤 따뜻함도 없지만 그것이 그의 삶의 실존적 실체임을 인정하고 너털웃음을 터트리는 결핍의 미학이 시 속에 녹아있는 것이다.

> 밤새 얼어붙은 수도꼭지를
> 팔팔 끓는 물로 녹이고 혼자서 웃음을 터뜨리는,
> 그런 모습으로 찾아와 짠지에 라면을 끓이고
> 소주잔을 흔들면서 몇편의 시를 읽을지도 모른다
>
> 　　　　　　　　　　　　　　　－「가을 비」부분

박영근은 시인대회에 참가하기 위하여 몽골에 여행을 하는 동안 몽골 초원에 대한 실존주의 시를 여러 편 쓴 바 있다. 그는 자신의 실존적 절망을 시로 극복하고자 결핍이나 이데올로기 못지않은 거대한 자연이나 우주적 존재와 치열한 대치를 하지만 그것들에 대한 경외감이나 패배감으로 인해 시쓰기에 무력감을 느끼게 된다. 그는 초원에 누워 "여기서 나의 말은 풀 한포기도 흔들지 못한다(「몽골초원에서 3」 부분)"라고 고백한다. 또한 그의 시 「봄」에 등장하는 실존의 요소인 '눈송이', '눈더미', '얼음 덩어리', '맨땅'의 이미지들은 항상 그의 결핍을 위협하는 존재들이다. 그는 시라는 '뜨거운 말'로 극복하고 구원의 끈을 잡아보고 싶지만 차가운 실존적 자연들은 조금의 변화도 없이 "선연한 침묵의 빛으로" 보기 좋게 "시인의 기대를 배반"하고 마는 것이다.26) 그러나 그는 드디어 실존적 절망속에서도 자본과 권력이 지향하는 것과는 정반대의 대척점에서 큰 깨달음에 도달함으로써 서정과 희망의 실마리를 포착할 수 있다. 그것은 적대적인 세력들이 자신을 몰아세웠던 비생산적이고 무의미한 것들로서 그것들과 진정한 통합을 함으로써 가능해진다. 세속의 것들이 더럽고 추한 것이라고 정의하며 보이지 않는 하수구 속으로 내몰았던 썩힘과 죽음의 실존의 요소들이다. 인간들이 가장 피할 수 없고 궁극적인 도달점임에도 불구하고 무서워하고 혐오하는 것들이 어쩌면 생명과 재생의 원리를 내밀하게 속삭이며 아름다운 합창을 하고 있음을 듣고 마는 것이다.

생의 어디쯤에서 나의 사랑도
썩을 대로 썩어
온갖 수사와 비유를 벗고
저렇게 낮은 목소리로
세상의 캄캄한 구멍을

---

26) 고인환, 359쪽.

울릴 수 있을까

- 「물소리」 부분

박영근이 절망에서 벗어날 수 있는 것은 결국 절망을 슬퍼하거나 한탄하지 않고 노동자 시인으로서 그것들을 긍정적으로 수용할 때 놀라운 희망의 에너지를 확보할 수 있다. 어려운 환경 속에서 "다 피어나지도/저를 떨구지도 못한/꽃덩어리 하나"가 절망 속에서 허덕이던 시인일 수 있고 저임금에 죽지 못해 살아가는 노동자들일 수 있지만 그들의 초라한 삶 속에도 찬란한 햇살은 아니더라도 "허연 잿더미를 헤치고/말갛게 불티로 살아난다(「늦은 작별」 부분)"는 것을 발견하고 슬픈 미소를 짓는 것이다. 시 쓰기는 절망 속에서 쓰러져가던 과거의 시인 자신을 해체하고 또 치유해 가는 과정이라고 밝히고 있다.[27] 그러나 그의 치유의 과정은 결코 "섣부른 낙관이나 희망의 확인"이 아니라 "그 어둠의 바닥에서 '환한 빛'을 발견"하는 것이며, "난장의 현실 속에서는 길을 잃는 것이 길을 찾아가는 행위일 수도 있다"는 나희덕의 진단은 의미심장한 것이다.[28]

박영근이 결핍 속에 끌고 온 행려라는 순례를 마무리하고자 하는 시점은 그의 육체적이고 현상적인 삶들과 단절하려고 하는 순간이다. 시인이 자본과 권력에 저항하고자 하는 방법은 더 이상 정치적이거나 현장운동 방식이 아니다. 그는 신자유주의적 분위기가 사회 전반적으로 만연되어 있는 상황에서 이전과는 다른 형식의 사유와 철학이 필요하다고 보는 것이다. 고인환은 이러한 '절망적 현실에 대한 부정'과 '새로운 사유의 집짓기'라는 절망과 서정적 희망이라는 역설적 공존을 그의 최후의 치유책이라고 진단하고자 한다.[29] 마치 그는 자신을 바다 속에 수장시키려는 듯

---

27) 박영근, 『저 꽃이 불편하다』의 '시인의 말'.
28) 나희덕, 393쪽.
29) 고인환, 356~357쪽.

"울부짖는 바다에 나를 보낸다"고 선언하면서 이런 죽음을 관통하려는 행위를 통해서 그가 바라는 비전으로서 "어두움에 비구름 속에 떠오르고 있을/지금도 형체도 없는 달(「달」 부분)"이라는 시각적 메시지를 창조하고자 한다. 이 시에서 그것은 비구름에 가리워 어둠을 형성하고 있지만 시인의 고난의 행려에도 불구하고 서정적 사유를 통해서 묵시적이고 묵언적인 "어떤 탄생"30)의 가능성을 암시하고 있는 것이다.

---

30) 정남영, 101쪽.

재일 디아스포라 시인 남시우 연구

하 상 일*

1. 머리말

해방 이후 재일 디아스포라 시문학은 허남기, 강순, 남시우를 중심으로 형성되었다. 특히 해방 직후부터 1950년대까지는 허남기, 강순, 남시우의 3인 시대[1]라고 평가될 만큼, 세 시인은 해방 이후 재일 디아스포라 시문학의 초석을 닦는 중요한 역할을 했다. 최근 들어 재일 디아스포라 시문학에 대한 연구가 본격화되면서 이들 세 시인 가운데 허남기[2], 강순[3]에

---

1) 김학렬은 "해방직후에는 지식층 속에서 많은 사람들이 시를 쓰려고 나섰으나 그 후 정치분야, 교육분야 등에 진출하여 사회과학분야에 나선 사람들도 있고, 시집을 낸 사람은 강순(『조선부락시초』)과 남시우(『봄소식』), 허남기(일어시 『朝鮮冬物語』)뿐이며, 조국(북한-필자 주)에서 나온 첫 시집 『조국에 드리는 노래』에는 허남기, 남시우, 강순의 3인만이 있었다. 따라서 해방직후 1950년대까지는 엄격히 말해서 허남기, 남시우, 강순의 3인 시대라 해도 무방할 것이다"라고 하였다. 「재일 조선인 조선어 시문학 개요」, 와세다대학조선문화연구회 · 해외동포문학편찬사업추진위원회 · 재일본조선문학예술가동맹 공동주최, <재일 조선인 조선어문학의 현황과 과제 심포지움 자료집>, 2004년 12월 11일, 와세다대학교, 3~4쪽.

2) 허남기는 애국적이고 혁명적인 시인, 해방 이후 월북 문인들의 빈자리를 메운 사실주의 시인으로 평가 받았고, 1959년 결성된 재일조선인문학예술가동맹(문예동)의

대한 연구는 비교적 활발하게 진행되고 있다. 하지만 동시대를 살았던 대표적 시인인 남시우에 대한 연구는 거의 이루어지지 않았다.[4] 이러한 결

초대위원장을 맡는 등 재일조선인총연합(총련)의 핵심 인물로 활동하면서 북한문학계의 찬사를 한 몸에 받았다. 뿐만 아니라 남한문학계에서도 그의 서사시 『화승총의 노래』가 번역·출판되면서 동포시인 가운데 제일 문학적 성취가 뛰어난 분이라는 평가를 받기도 했다. 허남기 시인에 대한 연구로는, 손지원, 「시인 허남기와 그의 작품 연구」(사에구사 도시카쓰 외, 『한국 근대문학과 일본』, 소명출판, 2003.);하상일, 「해방 직후 재일 조선인 시문학 연구 – 허남기의 시를 중심으로」(『우리말글』 37집, 우리말글학회, 2006. 8.); 김응교「재일 디아스포라 시인 계보, 1945–1979 – 허남기, 강순, 김시종 시인」(『인문연구』 55호, 영남대인문과학연구소, 2008. 12.); 하상일, 「재일 디아스포라 시인 허남기 연구」(『비평문학』 34호, 한국비평문학회, 2009. 12.) 등이 있다.

3) 강순의 본명은 강면성(姜冕星)이다. 이는 필자가 2009년 1월 일본 동경 외곽 가나가와현 사가미야영원에 있는 그의 묘소를 직접 참배하고 묘비명을 통해 확인한 것이다. 그는 해방 직후 일본에서 발간된 『백민(白民)』의 핵심 인물 가운데 한 사람이었고, 『백민』이 1948년 결성된 <재일조선문학회>의 주축 그룹이었다는 점에서, 해방 이후 재일 디아스포라 시문학의 형성 과정에서 강순이 얼마나 중요한 역할을 했는지를 충분히 짐작할 수 있다. 강순은 해방 이후부터 1964년 <조선신보사>를 그만두기까지 총련 산하 문예동을 중심으로 활동한 대표적 시인이었다는 점에서 남한 이데올로기의 폐쇄성으로부터 완전히 자유로울 수는 없었다. 하지만 그 이후 강순의 활동을 살펴보면, 문예동을 탈퇴하고 남한과 북한 양쪽 모두와 비판적 거리를 두면서 재일 디아스포라의 사회역사적 실존을 성찰하는 데 주력하였고, 우리말로 시를 창작하면서 재일 디아스포라의 이중 언어 현실을 깊이 고민했으며, 1960~70년대 남한의 진보적 시인들의 시집을 일본어로 번역 소개함으로써 1960년대 이후 남한 시문학과 재일 디아스포라 시문학의 교섭에 일익을 담당했다. 강순 시인에 대한 연구로는, 윤의섭, 「재일동포 강순 시 연구 – 『강순 시집』을 중심으로」(김학렬 외, 『재일동포 한국어문학의 전개양상과 특징 연구』, 국학자료원, 2007.); 김응교, 앞의 논문; 하상일, 「재일 디아스포라 시인 강순 연구」(『한국문학논총』 제53집, 한국문학회, 2009. 12.); 김학렬, 「재일 민족시인 강순 – 시집 『강바람』, 애통과 사랑과 격정의 세계」(이 원고는 재일한국문인협회에서 발간하는 『한흙(大地)』 2009년 여름호와 겨울호에 2회에 걸쳐 분재되었다), 사이또 마모루, 「望鄕の 詩人 姜舜」(『植民地と祖國分斷わた生詩人たち』, 일본 : 토요미술사출판사, 2002) 등이 있다.

4) 남시우 시인에 대한 국내의 연구성과로는 최종환, 「남시우 시 연구 – 1953년~1960년 시를 중심으로」(『한중인문학연구』 27집, 2009. 8.)가 유일하다. 이 논문은 남시우의 시를 초·중기와 후기로 크게 나누고, 북한체제의 이데올로기를 전적으로 수용하기 이전인 1960년까지의 작품을 중심으로 논의하였다.

과는 남시우의 정치사회적 이력에서 비롯된 이데올로기적 제약이 가장 큰 이유가 되었음에 틀림없다. 즉 그는 1979년부터 총련에서 세운 조선대학교 학장을 역임하며 총련계 재일 지식인들과 문인들을 양성하는 데 헌신하였을 뿐만 아니라, 1977년 총련 중앙 부의장을 맡는 등 북한 체제에 적극적으로 동조하고 협력하는 교육문화 사업을 주도한 핵심 인물이었기 때문이다.

남시우는 1926년 7월 15일 경상북도 안동군 일직면 망호동에서 태어났다. 그는 유학적 전통이라는 구습에 젖은 안동에서는 민족의 장래를 기약할 수 없다고 판단하여 1940년 친척이 있었던 일본으로 건너가 고학을 했다. 1948년 와세다대학에 입학해 러시아문학을 공부했고, 동경조선고급학교 교원을 거쳐 조선대학교에서 러시아문학과 조선어를 가르쳤으며, 1979년부터 2001년까지 조선대학교 학장을 역임하면서 재일 조선인 교육사업을 주도하였다. 2007년 3월 22일 생을 마감한 그가 남긴 시집으로는, 『길』(1949), 『봄소식』(동경도립조선인학교 어머니회연합회 문화교육부, 1953), 『조국의 품안에로』(재일조선문학회, 1959 ; 조선작가동맹출판사, 1960), 『조국에 드리는 송가』(평양 문예출판사, 1982), 허남기, 강순과 함께 낸 3인 공동시집으로 『조국에 드리는 노래』(조선작가동맹출판사, 1957)가 있고, 일본어 평론집 『主體的 藝術論』(미래사, 1983)이 있다. 이 가운데 『길』은 현재까지 그 원본을 발견할 수가 없어 이 글에서는 다룰 수 없었음을 미리 밝혀둔다. 따라서 본고에서는 나머지 세 시집을 중심텍스트로 삼고, 3인 공동시집이나 재일조선문학예술가동맹(이하 문예동)에서 펴낸 작품집 『찬사』(1962) 등에 수록된 그의 시를 보조텍스트로 하여, 남시우의 시세계 전반을 아우르는 총체적 특성과 의미를 밝혀보고자 한다.

2. 민족 교육의 심화와 민족 주체의 형성

해방 이후 재일 조선인 사회에서 가장 활발하게 전개된 사업은 당시 남한 인구의 1/10에 해당하는 200만 명이 넘는 재일 조선인들의 조국으로의 송환에 관한 운동이었다. 1945년 8월부터 1946년 3월까지 140만 명 정도가 귀국하고 대략 60만 명 정도가 일본에 잔류하였다. 그토록 간절히 염원했던 해방이 되었음에도 불구하고 남한 사회의 정치적 혼란으로 인해 귀국을 포기하거나, 귀국 후에 조국의 경제적인 어려움을 감당하지 못해 다시 일본으로 돌아온 재일 조선인의 수가 상당히 많았던 것이다. 이들은 재일본조선인연맹(이하 조련)을 중심으로 결집하여 귀국 사업과 더불어 재일 조선인들의 교육 사업에 적극적으로 나섰다. 조련은 귀국 사업이 어느 정도 일단락된 1946년 무렵부터 각지에 있는 재일 조선인 교육 기관을 통합해서 학교 정비를 체계적으로 진행시켰는데, 1946년 10월 통계를 보면, 당시 재일 조선인 학생들을 교육하는 초등학교만 525개교였고 학생수는 4만 명이 넘을 정도로 민족 교육 기관의 규모가 방대했었던 것으로 짐작된다. 이들 학교에서는 조련이 편찬한 교과서를 쓰고 한국어나 한국의 역사와 지리를 가르침으로써, 재일 조선인 학생들의 민족의식을 일깨우고 민족적 정체성을 내면화하는 민족 교육을 실시하였다.

그런데 일본을 점령하고 있던 연합국총사령부는 재일 조선인들의 관리를 강화할 필요성이 있다는 일본 정부의 제안을 받아들여 1946년 말에 일본에 잔류하는 조선인을 일본 사람으로 간주한다고 공식적으로 발표하였다. 따라서 1948년부터 재일 조선인들의 교육 사업은 심각한 탄압을 받게 되었는데, 일본 문부성은 조선학교에 일본의 교육법규를 준수해야 한다는 지침을 내리더니 급기야는 조선학교폐쇄령을 공표하기까지 했다. 이러한 제국주의적 횡포에 맞서 재일 조선인들은 민족 교육에 대한 권리를 지켜내기 위한 저항 운동을 벌여 나갔는데, 이것이 바로 고베와 오사카 조선인 학교를 중심으로 전개된 한신교육투쟁이다. 그 결과 조선학교 폐쇄령은 철회되었지만, 1949년 조련이 강제 해산된 이후 또다시 제2차 조선학교폐쇄령이 내려지는 등 재일 조선인들의 민족 교육을 반대하는 일본의 탄압과 통제는 끊임없이 계속되었다.5) 재일 조선인들의 민족 교육을 그대로 방치하면 일본의 국가주의 이데올로기에 비판적인 반대세력을 급격히 확산시키는 아주 위험한 결과를 초래할 수도 있다는 위기의식과 경계의식이 전후 일본 사회에 뿌리 깊게 자리 잡고 있었던 것이다.

조련의 민족 교육 사업은 1955년 5월 결성된 재일본조선인총연합회(이하 총련)가 계승하여 더욱 조직적이고 진취적인 사업을 수행하였다. 총련은 1956년 '학교 규정'을 정하여 전국에 있는 조선학교를 체계적으로 관리하는 기본적 토대를 마련하였고, 1957년부터는 북한의 교육 원조를 받아 다방면에 걸친 민족 교육문화 사업을 강력하게 추진하였다. 초 · 중 · 고등학교 교육에 머물렀던 조선인학교가 비로소 조선대학교라는 고등교육기관을 설립함으로써 민족 교육의 체계를 완성한 것도 바로 이 무렵이었다. 이처럼 총련을 중심으로 활동한 재일 조선인들은 조국을 떠나 일본에서 살아가면서도 민족의 근간만은 잃어서는 안 된다는 강한 신념을 가지고 무엇보다도 교육 사업에 총력을 기울였다. 1949년부터 동경조선고급학교에서 교사 생활을 시작한 남시우 역시 민족 교육이야말로 재일 조선인들의 정체성을 올곧게 지켜내는 가장 중요한 정신적 토대라는 사실을 분명하게 인식하였다. 조선인학교를 통한 민족 교육의 심화는 차별과 억압 속에서 살아가는 재일 조선인들에게 민족의 존엄을 일깨워주고 자긍심을 심어줌으로써 재일 조선인으로서의 자기정체성의 확립과 민족적 주체를 정립하는 가장 중요한 원동력이 되었던 것이다.

---

5) 마츠다 토시히코, 정대성 역, 「해방후 민족 교육의 발자취」, 한일민족문제학회 엮음, 『재일조선인 그들은 누구인가』, 삼인, 2003, 145~155쪽 참조.

민족 교육은 몇몇의 선각자가 제기한 운동이 아니라 모든 동포들이 자기들의 생활과 처지 속에서 절박한 요구로 제기된 민족적 운동입니다. 돈 있는 자 돈을 내고, 힘 있는 자 힘을 내고, 지식 있는 자 지식을 내자는 구호 아래 하나 같이 떨쳐 일어섰습니다. 초창기에는 교육을 해본 경험도 없다 보니 그저 맨주먹으로 나설 수밖에 없었습니다. 혈기 왕성하게 민족적 열정을 가지고 학교 터를 닦고 기둥을 세웠습니다. 초창기 만해도 건물다운 건물이 어디 있었겠습니까? 동포들이 살던 방 한 칸을 내서 학교를 세웠습니다. 학교라고 해도 지금처럼 번듯한 것이 아니었습니다. 우리말, 우리글을 배우자고 해서 각처에서 우리말 강습소가 생긴 것으로 시작해서 1945년부터 1948년 사이에 일본 전역에 550개의 강습소가 생긴 것이 민족학교의 시작입니다. (중략)

민족주의적 교육, 나라와 민족의 존엄을 지키고 빛내는 것, 민족적 권리를 지키는 것은 과거나 지금이나 마찬가지입니다. 교육내용에 있어서도 이를 구체적으로 해서 우리말, 우리글, 우리역사, 민족교양이 중심으로 진행되고 있습니다.6)

해방 이후부터 총련이 결성되는 1955년까지 남시우의 문학적 과제는 이와 같은 민족 교육에 대한 열망으로부터 비롯되었다. 그의 초기시가 동시 혹은 동요라는 어린이문학 장르를 전면에 내세우고 있다는 사실을 특별히 주목해야 하는 이유도 바로 여기에 있다. 즉 그는 재일 조선인들의 현실적 상황을 어린이들의 모습에 대응시킴으로써 민족 교육을 위한 중요한 수단으로 그의 시 창작 역량을 최대한 활용하고자 했던 것이다. 주지하다시피 어린이문학이란 어린이를 주요한 독자로 상정하고 창작된 문학작품 전반을 가리키는 장르 명칭이다. 이러한 정의에서 '주요한'이란 단서를 굳이 명시하고 있는 이유는, 어린이문학이 반드시 어린이'만'을 독점적인 향유 주체로 한정할 필요가 없다는 데 있다.7) 즉 표면적으로는 어린

---

6) 남시우(인터뷰), 「민족교육 60년, 우리말과 얼을 지켜냈다」, 『민족21』 2005년 8월호, 63~64쪽.
7) 김상욱, 「어린이문학의 장르론적 특성」, 『어린이문학의 재발견』, 창비, 2006, 85쪽.

이를 대상으로 한 창작이지만, 어린이의 말과 글을 매개로 어른들의 세계를 직접적으로 성찰하는 성격도 아울러 지니고 있음을 간과해서는 안되는 것이다. 남시우의 동요집 『봄소식』은 어린이를 주요 독자로 한 시집인 것은 분명하지만, 한편으로는 우리말과 우리글을 전혀 알지 못하는 재일조선인들의 문맹을 깨우치려는 계몽적 목적을 표방하고 있기도 하다. 『봄소식』의 발행을 '동경도립조선인학교 어머니회연합회 문화교육부'가 책임을 졌던 것도 바로 이러한 의도를 명시적으로 보여주고자 한 것으로 이해할 수 있다.

남시우 선생님의 『봄소식』을 내면서 우리들이 느끼는 것은 우리 어머니들과 어린 동무들이 우리 국어에 대해서 다시 한 번 생각해볼 좋은 기회를 얻을 수가 있다는 것입니다. 특히 일본에 있는 우리 어머니들은 누구보다도 비참한 생활을 하여왔고 이러한 생활 속에서 우리나라와 우리말을 배울 생각과 노력조차 할 수가 없었습니다. (중략)

일제의 식민지 정책은 참으로 가혹하였습니다. 동무들 자신이 조선 사람이면서도 조선말을 몰랐지요! 동무들의 어머니들이 글을 못 읽고 못 쓰는 것도 마찬가지 원인이 있었습니다. 그러나 우리들은 언제나 이러한 상태를 계속해서는 안 될 것입니다. (중략)

그렇기 때문에 동무들은 꼭 이 책을 한번 읽은 후에는 우리글의 아름다운 점을 모르는 어머니와 할머니들에게 잘 설명하여 주십시오. 그러한 노력을 함으로써 동무들의 어머니와 할머니를 계몽할 수가 있습니다.

중화인민공화국에서는 글 모르는 사람을 없애기 위하여 '소선생'이라는 것이 나타나게 되었던 것입니다. 다시 말하면 동무들과 같이 우리 학교에서 참된 조선 사람다운 공부를 배우고 있는 사람들이 압박과 착취 밑에서 글을 배우지 못한 사람들을 가르쳐주는 것을 '소선생'이라고 불렀습니다. (중략) 나는 이러한 것을 생각하면서 일본에 있는 우리 어머니들을 하루라도 속히 조선민주주의인민공화국의 어머니로서 우리글을 읽고 쓸 수 있게 하자면 어린 동무들이 집에서 어머니 손목을 잡아 가르쳐주어야 하겠습니다.[8]

인용문에서 잘 알 수 있듯이, 남시우의 시집『봄소식』은 재일 조선인 어린이들을 북한의 해외 공민으로서의 독립적 주체로 키워나가겠다는 일차적 의도와, 이러한 어린이들이 각자의 집으로 돌아가 자신들의 어머니에게 우리말과 우리글 그리고 민족의식을 가르치도록 하는 교과서를 만들어보겠다는 이차적 의도를 동시에 지니고 있었다. 이러한 목적의식은 '혁명적 아동문학'으로서의 북한 아동문학의 계몽적 성격에 그대로 부합된다.『봄소식』에 수록된 시편들의 주제는 크게 두 가지로 요약되는데, 첫째는 고향에 대한 그리움을 매개로 한 민족 주체의 형성이고, 둘째는 재일 조선인으로서 겪어야만 했던 차별적 현실에 대한 비판을 토대로 한 혁명 주체의 형성이다.

> 지난밤 뒷동산에/눈 나렸는데/뜰 앞에 새로 돋은/푸른 풀 한 잎/웃으면서 산들 산들/어깨질 하며/정다웁게 봄소식을/속삭이고요.//웃고름 시쳐주며/가는 바람/산 넘어 언니 소식/물어 봤더니/새 버선 새 옷 입고/춤을 추면서/새로 배운 우리노래/부른다나요.//동산에 돋아오는/동그란 햇님/새봄은 언제 오나/묻기도 전에/앞창문 문틈으로/생긋 웃으며/추운 겨울 멀리 멀리/쫓고 왔대요.
>
> — 「봄소식」 전문

시집의 표제이기도 한 인용시는 "봄"이라고 하는 아주 보편적이고 낯익은 제재로 재일 조선인들의 미래를 희망적으로 제시하였다. 즉 재일 조선인들의 열악한 현실을 표상하는 "추운 겨울"을 극복하고 "새로 돋은 푸른 풀 한 잎", "새 버선 새 옷", "새로 배운 우리노래"로 "새봄"을 만끽하고

---

8) 「이 책을 출판하면서」,『봄소식』, 1953, 81~84쪽.

자 하는 소망과 의지를 담고 있는 것이다. 또한 "새봄"을 향한 기다림에는 해방이 되었음에도 불구하고 여전히 일본 땅에서 식민의 고통을 안고 살아가는 재일 조선인들의 고향에 대한 근원적 그리움이 깊숙이 내면화되어 있다. 재일 조선인들에게 '고향'은 지리적 공간으로서의 의미를 넘어서 민족의식을 심화하고 내면화하는 민족 주체의 표상으로서의 의미를 아울러 지니고 있기 때문이다. 그러므로 자라나는 어린이들의 마음에 "그립고/은근하고/자랑스러운 곳"(「여기가 바로 고향입니다」)이 바로 "고향"이라는 민족적 자긍심을 깊이 새겨줌으로써, "그리운 우리나라/가고파라 가고파"(「아침」) 라는 정겨운 노랫말의 리듬으로 조국을 향한 마음을 자연스럽게 열어주고자 했던 것이다.[9]

그런데 총련이 주도한 민족 교육에서 고향의식은 아버지의 고향이라는 구체적이고 체험적인 장소성에 뿌리를 두지 않고 대부분 이념적 고향으로서의 북한에 대한 찬양으로 일방적으로 귀결되었다는 사실을 주목하지 않을 수 없다. 실제로 재일 조선인들 가운데 80% 이상이 남한 출신이었다는 사실을 고려한다면, 이러한 고향의식에는 민족적 지향성보다는 이데올로기 지향성이 강하게 내재되어 있었다고 할 수 있다. 남시우의 동요 역시 이러한 이데올로기적 목적성을 뚜렷이 견지함으로써 남한/북한을 부정/긍정, 악/선의 이분법으로 재단하였다. 이러한 이분법적 태도는 재일 조선인 어린이들에게 남한의 현실에 대한 부정의식을 깊숙이 주입시키는 명백한 근거로 작용함으로써, 이들을 북한의 혁명 주체로 양성하겠다는 선전선동의 전략에 가장 부합하는 결과를 가져왔다.

---

9) 남시우의 동시 혹은 동요풍의 시세계에 대해 김학렬은, '남시우조'라고 불리는 독특한 격조가 있다고 하면서 유순한 음악성을 지닌 멋있는 율조가 섬세한 서정과 맞물린다고 평가하였다. 서사적이며 남성적인 허남기의 시풍가 대조적인 여성적이며 서정적인 시풍을 지녔다는 것이다. 김학렬, 앞의 글, 5쪽.

우리교실 정면 벽에 하나/내 책상 바로 앞에 하나/김일성 장군의 초
상을 걸었습니다.//검은 양복을 입으신 장군이/어머님 품속같은 눈매
로/집에서나 학교에서나/저를 내려다 보십니다.//(중략)//책상앞에/교
실 정면에/밤이나 낮이나/봄이나 겨울이나/똑같게 입을 물고/똑같게
뜨슨 빛을 주시는/김일성 장군의 초상처럼//저도/눈이 오나 비가 오나/
똑같은 마음씨로/학교에 가고 공부하겠어요.//보지 못한 '조선'이 살드
고 그립듯/보지 못한 우리의 장군 '김일성'/이 석 자의 이름도 살드고
그립습니다.

– 「김일성장군」 중에서

북한의 아동문학은 '혁명적 아동문학'으로, 동요와 동시는 "경애하는
어버이 수령 김일성 원수님의 위대한 혁명가적 풍모와 덕성을 노래하며"
"새 세대들을 경애하는 수령 김일성 동지께 무한한 충직한 혁명전사로 키
우는 데 이바지하는"10)데 궁극적 목표를 두었다. 사실상 북한문학의 노
선을 추종하는 총련계 재일 조선인 문학에서 어린이문학이 차지하는 기
능과 역할 역시 이와 같은 북한 아동문학의 연장선상에 있었다고 해도 과
언이 아니다. 인용시에서 알 수 있듯이, 김일성이란 존재를 자애롭고 그
리운 대상으로 각인시킴으로써 재일 조선인 어린이들을 사회주의 혁명
주체로 육성시키겠다는 굳은 의지를 직접적으로 드러낸 것이다. 또한 남
한 사회가 제국주의의 신식민지라는 사실을 분명하게 이해시킴으로써 재
일 조선인들이 돌아가야 할 진정한 고향으로 북한 사회를 이상화하는 뚜
렷한 근거로 삼기도 했다. 이런 점에서 남시우는 남한 사회와 미제국주의
에 대한 강한 부정을 통해 북한에 대한 찬양을 정당화하는 확고한 의지를
일깨우려는 일관된 시적 지향을 보여주었다고 할 수 있다.
　이처럼 남시우의 동요집 『봄소식』은 북한 아동문학의 이데올로기적

---

10)『문학예술사전』, 과학백과출판사, 1972. (김용희, 「북한의 아동시가문학」, 김종회
　　편, 『북한문학의 이해』, 청동거울, 1999, 149쪽에서 재인용.)

특성과 재일 조선인들의 민족적 주체의식을 고취시키기 위한 계몽성을 두드러지게 표방하였다. 또한 어린이들을 대상으로 한 창작이라는 동요의 특성을 이용해 우리말과 우리글을 거의 모르는 재일 조선인들을 교육하는 중요한 수단으로 활용하였다. 이러한 그의 문학적 지향성은 1955년 총련의 결성과 1956년 조선대학교 개교, 그리고 1959년 문예동의 결성이 이루어짐에 따라 더욱 조직화되고 체계화되었다.

3. 조국(북한)으로의 지향과 북한 체제에 대한 찬양

해방 이후 재일 조선인들은 해방 이전보다 더욱 가혹한 일본의 차별과 통제로 인해 수난의 역사를 이어가지 않을 수 없었다. 특히 한국전쟁 이후에는 남북분단이 고착화됨에 따라 재일 조선인들 역시 남과 북 어느 한쪽으로의 이데올로기 선택을 강요당함으로써 재일 조선인 사회의 대립과 갈등은 점점 더 가속화되었다. 그럼에도 불구하고 당시 남한의 재일 조선인 정책은 민족적 차원에서든 인도주의적 차원에서든 재일 조선인들에 대한 일본의 차별과 억압을 강력하기 비판하기는커녕, 북한을 지지하는 총련을 타도하는 데 가장 우선적인 목표를 두는 이데올로기적 편협성을 노골적으로 드러냈다. 게다가 일본은 이러한 남한 정부의 정책을 적극적으로 지지하여 남한만을 한반도 내에서 유일한 합법정부로 인정하려는 의도를 드러냄으로써 우리 민족을 분열시키고 이간시키려는 교묘한 태도를 보였다. 따라서 총련계 재일 조선인들은 이와 같은 남한과 일본의 반민족적 영합에 맞서 싸우지 않을 수 없었고, 이를 구체적으로 실천하기 위해서 북한의 정책을 지지하고 충실히 이행하는 좌경화 노선을 더욱 명확히 정립하게 되었다. 결국 재일 조선인 사회는 민족적 정체성을 토대로 한 디아스포라적 주체성을 확립하지 못하고, 남북의 이데올로기에 의해 갈등하고 분열하는 대립적 양상을 전면화하는 극단적인 상황으로 치닫고 만 것이다.

남시우의 시는 이와 같은 정치사회적 혼란 속에서 재일 조선인들이 겪을 수밖에 없었던 역사적 상처와 고통을 특별히 주목하였다. 특히 이러한 수난의 현실이 남한 이데올로기의 경직성과 미제국주의에 종속된 신식민주의적 태도에서 비롯된 것임을 강조함으로써, 재일 조선인들의 조국(북한) 지향을 더욱 가속화하는 확실한 명분을 만들어내고자 했던 것이다.

> 묻노니, 20년 또는 30년 전에/아직은 내, 스무살도 안된 소년의 시절/눈물 뿌리며 매여달리는 가슴, 발길로 차며/홀쳐 오듯, 나를 뱃전에 실어 올 때에,//석탄을 파라, 굴 속으로 처 넣을 때,/비행장을 닦으라, 남방으로 몰아 갈 때,/또, 총을 안겨 죽음터로 끌어 드릴때에/묻노니, 나의 '의사'를 너는 들어 보았더냐?//제국주의 암흑의 구렁 속에서/푸른 나의 청춘을 짓밟고/침략과 착취에 눈이 뒤집힌 야망이/나의 행복을 도적질 해 갈 때//20년, 또는 30년의 세월을/나라 잃은 류랑의 쓰라림 속에/정처없이 이국땅 떠돌아 다닐 때에/묻노니, 나의 '희망'을 너는 들어 보았더냐?//(중략)//용서 못하리라!/가증할 '이민'의 이름밑에/나의 형제 노예로 팔려는 원수의 죄행은/산천도 분거워 원한에 치떨거늘//다시금 류랑의 밤길에서/울며 살기를 우리는 원치 않노니/용서 못 하리, 우리의 살길 막으려는/어떠한 흉책도 원쑤들의 발악도,//가고야 말리라 우리는/사회주의 조국의 행복한 품안에서/보람찬 번영의 언덕길 넘어서며/조국 통일의 날 걸음마다 당겨오는 …//어서 가자 동포여! 우리 영광의 길/이제 오각별 깃발 바람결에 날리며/동해의 파도결 세차게 헤치고/우리의 귀국선의 북을 울리자!
>
> ─「우리는 규탄한다」 중에서

식민지 시절 재일 조선인들은 "제국주의 암흑의 구렁 속에서" "침략과 착취의 눈이 뒤집힌 야망"으로 들끓었던 일본의 군군주의적 야욕에 철저하게 희생당했다. 조선의 청년들을 탄광으로, 비행장으로, 전쟁터로 강제로 내몰았던 일본은 재일 조선인들의 "청춘을 짓밟고" "행복을 도적질 해 갔"던 것이다. 그 속에서 재일 조선인들은 조국으로의 귀환이라는 '희망'도 외면당한 채 "나라 잃은 유랑의 쓰라림 속에/정처 없이 이국땅 떠돌아 다닐" 수밖에 없는 비극적 운명을 견뎌야만 했다. 그런데 해방 이후에도 여전히 이러한 비극적 상황과 고통이 계속되었을 뿐만 아니라 오히려 더욱 간계해져 재일 조선인들의 삶을 더욱 황폐하게 만들었다는 데 심각한 문제가 있다. 그래서 인용시의 화자는 이러한 일본의 제국주의를 향해 "용서 못하리라!"며 강한 어조로 규탄한다. 또한 "다시금 유랑의 밤길에 서/울며 살기를 우리는 원치 않노"라는 외침으로 일본의 차별과 억압을 비판적으로 극복하려는 굳은 의지를 보여주었다.

당시 재일 조선인들의 상당수는 일본의 신식민주의적 야욕을 비판하기보다는 오히려 이러한 태도에 영합하는 남한 정부의 반민족적 입장에 대해 강한 불만을 가지지 않을 수 없었다. 재일 조선인들의 80% 이상이 남한이 고향임에도 불구하고 "사회주의 조국의 행복한 품"에 대한 동경을 가지게 된 이유도 바로 여기에 있다. 재일 조선인들을 '동포'로 여기기보다는 오히려 '적'으로 규정하는 남한의 이데올로기적 태도와는 달리, 북한은 그들을 해외 공민으로 인정하고 민족 교육을 위한 학교 설립을 도와주는 등 인도주의적 정책을 펼쳤던 것이다. 이러한 남북한의 상반된 입장과 태도는, 설령 남한에 고향을 둔 재일 조선인들이라 할지라도 북한을 조국으로 규정하는 결정적 요인이 되기에 충분했다.

재일 조선인들의 조국 지향은 북한 체제에 대한 찬양과 김일성에 대한 신비화라는 두 가지 지향성으로 심화되고 확장되었다. 이러한 태도는 천리마 시대와 주체 시대의 북한문학의 이데올로기적 방향성을 충실히 따르는 것으로, 북한을 공산주의 사회의 지상낙원 이미지로 내면화시킴으로써 북한 체제를 더욱 굳건하게 인식시키는 시전 전략을 드러낸 것이다. 김일성에 대한 우상화를 목적으로 한 수령 형상 창조에 매진한 것도 송가문학의 활성화라는 북한문학의 지도노선을 충실히 따르는 재일 조선인 시문학의 지향성을 반영한 것이라고 할 수 있다. 이러한 흐름 속에서 1950년대 중반 이후 남시우의 시는 재일 조선인들의 민족 정체성 확립과 일본의 차별 정책에 대한 비판이라는 디아스포라적 주체로서의 재일 조선인 시문학의 독자성과 자율성을 사실상 잃어버렸다. 이때부터 그의 시는 사회주의 조국 건설에 이바지하는 북한 시문학의 지향성을 그대로 답습하는 이데올로기적 한계를 뚜렷이 드러내고 만 것이다.

> 나는 지금/조국의 땅우에서/이 노래를 부르노라//한많은 이역에서/눈물로 그 이름을 부르며/시들은 청춘이 흘러갔기에/조국이여!//조국의 품에서 우리가 누리는/이 아침 이 저녁 …/그러기에 그것은/우리의 새 탄생을 고하며/새로운 생명을 안겨주는 것이여라//(중략)//위대한 태양/김일성원수님을 높이 우러러/혁명의 수도에 이어서고 이어서며/희망으로 부르는 저 노래소리 …//그 사랑, 그 은혜 하도 크기에/조국땅우에 이 몸을 두고/말을 하여도 노래를 불러도/그러기에 마음은 이처럼/걷잡을수 없이 높뛰기만 하는것이여라//(중략)//조국의 품에서 부른 첫 노래/고르로운 가락이 되지 못해도/그것은 어버이 수령님께 삼가 드리는/불타는 충성의 맹세이여라!//김일성주의 영광의 기치밑에/살며 싸우는 이 아들의/수령님께 드리는 충성의 선서여라!
>
> ― 「조국의 품에서 부르는 첫 노래」 중에서

주지하다시피 북한의 시문학은 자유로운 개인의 내면과 정서를 표현하기보다는 인민을 계도하는 역할을 담당하는 데 주력해 왔다. 특히 지도자를 찬양하고 북한 체제의 우수성을 선전하는 데 초점을 맞추어 인민을 '교양'하려는 목적의식 아래 시를 창작했기 때문에 전언(傳言) 중심의 평이한 서술적 어조의 시가 대부분을 차지한다.[11] 인용시에서 조국은 "우리의 새 탄생을 고하며/새로운 생명을 안겨주는" "희망으로 부르는 저 노래소리"와 같은 이상적 고향으로서의 의미를 지닌다. 또한 "조국의 품에서 부르는 첫 노래"는 "어버이 수령님께 삼가 드리는/불타는 충성의 맹세"로, 화자는 앞으로 펼쳐질 조국에서의 삶이 "한많은 이역에서/눈물로" 살아왔던 세월에 대한 보상의 의미가 될 것이라고 굳게 확신한다. 이러한 믿음과 소망은 "수령님"이라는 절대적 존재를 향한 경외감을 마음 속 깊이 내면화하는 심리적 기제로 작용했다. 이 때'송가'는 재일 조선인들에게 북한의 이데올로기를 강화하는 가장 이상적인 형식으로 수용되었다. 즉 김일성에 대한 찬양과 북한 체제에 대한 동경은 수난의 역사를 짊어져온 자신들의 삶을 구원해줄 메시아적 존재에 대한 기다림이라는 낭만적 동경으로서의 의미를 지니고 있었기 때문이다.12)

이와 같은 북한 체제에 대한 동경과 찬양은 남한 사회의 부조리와 모순을 신랄하게 비판하는 전략을 통해 더욱 설득력 있는 논리를 구축하게 된다. 반대자의 체제와 논리를 강력하게 부정함으로써 주체의 이데올로기를 강화하는, 그래서 북한 체제의 이상적 성격을 관념이 아닌 현실로 받아들이도록 하는 선전선동의 효과를 가져왔던 것이다. 이런 직접적 의도를 관철시키기 위해 남시우는『조국에 드리는 송가』의 마지막 장에서 <남녘이여!>라는 소제목으로 여러 편의 시를 묶어 남한 사회의 식민지성과 반민족적 행태를 강하게 비판하고 풍자하였다.

---

11) 오성호,「북한시의 형성과 전개 - 송가, 서사시, 서정시를 중심으로」,『북한시의 사적 전개과정』, 경진, 2010, 208~209쪽.

12) 김일성을 누구도 넘볼 수 없는 도덕적 권위의 화신이자 진리의 전유자로 찬양하는 송가를 만들어낸 것은, 정치권력이나 권력의 향배에 민감하게 반응한 일부 시인이 아니라 오랫동안 자신들을 질곡 속에서 해방시켜줄 메시아적 존재를 기다려온 민중들의 소박한 꿈과 상상력이었다고 할 수 있다. 송가는 김일성을 새 역사의 주체로 내세움으로써 숱하게 좌절되어 온 민중들의 꿈이 바야흐로 실현되고 있음을 확인시키는 역할을 했던 것이다. 오성호, 위의 글, 218~219쪽.

거기 창문이 없는곳/햇빛을 막은 장막속에서/독한 술잔 번갈아나누며 그래도/예술을 찾는가, 시를 외치는가//(중략)//묻노라, 시인이여/남조선, 불타는 우리의 향토에서/어디냐? 그대가 있는곳/그대가 눈을 둔 곳 귀기울이는곳은/동포들이 쓰러지는 원통한 땅우에/총맞은 영웅이 숨을 거두면서도/항거의 햇불 드높이 추커드는/이때에 시인이여 묻노라//(중략)//어찌하여 겹겹 문장을 치고/거리를 향한 창문을 가리우고/그대들은 귀를막고/죽은듯 입을 다물었느냐?//지금 숨결 덥게 거리르 휩쓸며/항쟁의 대렬이 지나가는 이 길/사랑하는 조국의 깃발 찾아/청년들이, 학생들이 넘어서는데//아, 저 길목이 아니더냐/병들어가는 '한국'의 운명앞에/우리의 시인들이 피를 쏟으며/해방을 부른곳, 자유를 외친곳이//혈기청청한 가락가락에/총탄인양 멸적의 글발을 쏟으며/시 ─ 이것은 참된 삶이라고/온 심장으로 투쟁을 호소하던 것이 …//분화구처럼 터져오르는 목소리/썩어넘어지는 역적의 무리 물사르고/제땅인양 활개치는 미국놈들 쫓아내고/찾아내자! 민주와 통일을, 자유와 권리를!/휘날리게 하자! 공화국의 깃발을!//불타는 남녁의 하늘밑에/오늘은 전세계 이목을 걷어줘며/천추의 원한을 풀어놓으며/원수를 심판하나니, 파멸을 선고하나니//피흘리여도 일어서라!/시인이여, 항쟁의 가수로!//그대 만약/비겁한 '방관자' 아니라면/싸움의 대렬에 나서라!/밝아오는 여명을 소리높이 노래하라!

— 「남녁땅 시인이여!」 중에서

인용시는 남한의 정치사회적 현실을 직접적으로 비판하지 않고 남한의 시인들에게 전하는 경고와 비판의 형식으로 우회적인 비판을 하고 있어서 상당히 문제적이다. 남한 사회는 "창문이 없는 곳"이고 "햇빛을 막은 장막 속"이어서 "밝아오는 여명을 소리높이 노래"할 수 있는 북한의 현실과는 전혀 다르다는 주장을, "겹겹 문장을 치고/거리를 향한 창문을 가리우고/그대들은 귀를 막고/죽은듯 입을 다물"고 있는 남한 시인들의 개인주의적 문학관에 빗대어 비판하고 있는 것이다. 즉 전후 모더니즘과 실존주의에 경도된 남한의 시적 경향이 현실과 사회를 비판적으로 성찰하는 역사의식을 철저하게 외면함으로써 개인의 내면성에 갇힌 언어적 비의성에 매몰되고 말았다는 사실을 특별히 강조하려는 것이다. 그런데 이러한 비판은 표면적으로는 문학 작품을 대상으로 한 비평적 성격을 드러내고 있지만, 심층적으로 들여다보면 미국의 간섭 아래 자기 주체를 바로 세우지 못하는 남한의 정치적 불구성을 풍자하는 데 본질이 있음을 간과해서는 안 된다. 다시 말해 남한 사회의 신식민지적 현실에 맞서 투쟁하는 실천적 의지를 전혀 보이지 않는 남한의 시인들은 물론이거니와, 개인성과 내면성에 안주하고 있는 남한의 지식인 사회 전체를 향해 냉소의 시선을 풍자적으로 보여준 것이라고 할 수 있다.

재일 디아스포라 시문학을 문학사적으로 체계화한 손지원의 연구에 따르면, 재일 조선인 시문학의 발전과정은 크게 세 시기로 구분되는데, 공화국 창건 이후 총련이 결성되기 이전까지의 시기(1948년 9월~1955년 4월), 총련 결성 이후 위대한 수령님의 교시를 높이 받들고 주체를 확고히 세워 작품 창작에서 일대 개화기를 열어놓은 시기(1955년 5월~1973년), 그리고 위대한 수령님과 친애하는 지도자 동지의 현명한 령도 밑에 높은 사상예술성을 가진 작품을 활발하게 창작한 시기(1970년대 중엽 이후부터 1990년까지)[13]가 바로 그것이다. 남시우의 시는 다른 재일 조선인 시인들과 마찬가지로 첫째 시기에서 둘째 시기로 넘어가면서 사실상 재일 디아스포라 시문학의 주체적 모습을 거의 잃어버리고 북한문학의 이념과 목표에 충실한 양상을 노골적으로 드러냈다. 이와 같은 이데올로기의 경직성은 그동안 재일 디아스포라 시문학 연구에서 있어서 총련계 시문학의 문제점으로 지적된 과도한 이념성과 획일성을 그대로 보여준다. 남시우의 시문학은 재일 조선인 시문학의 역사적 전개과정과 의미, 즉 디아스포라적 주체를 강화하는 데 집중되었던 초기 재일 조선인 시문학의 양상

---

13) 손지원, 『조국을 노래한 재일 조선 시문학 연구』, 김일성종합대학출판사, 1996, 17쪽.

이 후기로 넘어오면서 북한문학에 종속된 이데올로기성을 강화하는 방향으로 변모되어 가는 과정을 그대로 보여주고 있다. 이는 재일 조선인 문학을 디아스포라의 관점에서 이해하고 분석하는 근거를 희석시키는 결정적인 요인이 될 우려가 있음을 지적해 두지 않을 수 없다. 다만 이러한 통시적 전개과정도 엄연히 재일 디아스포라의 내부 안에서 큰 흐름을 형성해 왔다는 점에서 역사적 실재로서의 과정 그 자체를 부정하거나 외면할 수는 없다. 이데올로기적 한계를 무릅쓰고라도 남시우의 시를 비롯한 총련계 재일 조선인 시문학의 문학사적 체계화가 필요한 이유도 바로 여기에 있다.

4. 맺음말

남북 분단의 이데올로기는 재일 디아스포라 시문학의 형성과 전개과정에 상당히 많은 영향을 미쳤다. 식민의 상처를 치유할 만한 시간조차 갖지 못한 상황에서 찾아온 조국 분단의 현실은 재일 조선인들의 수난을 더욱 가혹하게 만드는 결정적 사건이 되지 않을 수 없었다. 특히 굴욕적인 한일회담, 친미, 친남한 정책을 펼치는 일본 정부에 맞서 1955년 총련이 결성되고 그 산하 문예조직으로 문예동이 결성된 이후, 재일 조선인 시문학은 개인의 정서를 내면화하는 서정성의 세계보다는 정치적이고 사회적인 문제들을 직접적으로 비판하고 성찰하는 현실주의적 경향을 뚜렷이 하였다. 이런 점에서 1950년대 중반 이후 총련을 중심으로 한 시문학 활동은 북한 시문학의 전개과정과 밀접한 연관관계를 지니고 있다. 사실상 북한 시문학 창작의 지도노선을 그대로 따르면서 재일 조선인들의 민족 정체성을 남한이 아닌 북한의 이데올로기에 맞추어 개조하는데 모든 역량을 동원했다고 할 수 있는 것이다.

남시우는 허남기, 강순과 더불어 해방 이후 재일 조선인 시단을 이끌었던 대표적인 시인이었다. 허남기, 강순의 시가 문학적 성격이 강했다고 한다면, 상대적이긴 하지만 남시우의 시는 정치적이고 사회적인 성격이 두드러졌다. 즉 그는 재일 조선인들에게 사회주의 이데올로기를 전달하는 가장 유효한 수단으로 시라는 장르를 선택했던 것이다. 그의 초기시가 동요 혹은 동시 형식으로 우리말과 글을 모르는 재일 조선인들의 민족의식과 이데올로기를 강화하는데 초점을 두었던 것도 바로 이러한 이유에서였다. 그리고 민족 교육의 심화를 통한 민족 주체의 형성 과정은 조국, 즉 북한으로의 지향을 정당화하는 주체적 근거로 자리잡았다. 그 결과 그의 시는 남한 사회에 대한 신랄한 비판 위에서 북한 체제에 대한 찬양으로 점점 더 획일화되어 갔던 것이다.

최근 들어 민족과 국가의 경계에서 발생하는 여러 가지 문제들을 분석하고 이해하는 의미 있는 방법론으로 '디아스포라'적 관점과 문제의식이 상당히 주목받고 있다. 탈민족, 탈국가 담론의 확산은 다양성과 혼종성으로 불리는 전지구적 현실의 단면들을 심층적으로 읽어내는 가장 체계적이고 유효한 가능성을 열어주고 있기 때문이다. 특히 식민과 분단을 직접적으로 경험한 우리 민족에게 디아스포라는 재외 동포들의 이산의 상처와 고통을 현실적으로 불러내고 그것을 치유하는 문제적인 담론으로 부각되기에 충분하다. 물론 민족과 국가의 경계가 점점 더 약화되어 가는 현실에서 디아스포라의 문제의식 역시 역사적 관념의 산물이 될 수도 있다는 사실을 결코 간과해서는 안 된다. 왜냐하면 디아스포라의 문제를 민족과 국가의 경계 안에서 전유하거나 동일화하려는 태도는 상당히 이데올로기적이고 폭력적인 발상이 될 수도 있기 때문이다. 따라서 디아스포라를 민족과 국가의 대립과 경계를 허무는 탈국가적이고 탈민족적인 관점에서 문화적 교섭의 차원으로 그 본질적 의미를 재구성하는 새로운 관점의 정립이 시급히 요구된다고 하겠다. 본고는 이러한 큰 틀에서 재일 디아스포라 시문학사의 종합적 체계를 세우겠다는 목표로, 이념과 언어의 대립과 경계를 넘어선 통합적 지형 안에서 재일 조선인 시문학의 전체적 양상을 서술하는 한 부분으로 남시우의 시세계를 종합적으로 살펴본 것이다.

근대계몽기 단군신화 담론의 서사적 재현

― 박은식을 중심으로

홍 순 애*

1. 서론

근대계몽기는 새로운 담론의 창출과 기존 담론의 전면적인 변형이 시도 되었던 시기이며, 근대적 '국가', '역사', '영토', '민족'의 용어들이 신문과 학회지·교과서들을 통해 새롭게 등장함으로써 다양한 패러다임의 존속이 가능했던 시기이기도 하다. 그리고 이러한 시대적 특성과 결부되어 기존과는 다른 내용과 형식으로 글쓰기가 행해졌는데, 그것은 역사전기 소설이나 몽유록계 소설, 신문의 논설란에 쓰여 졌던 논설적 서사들이다. 이 서사들은 글쓰기의 공공성이라는 개념을 차용하면서 등장하였고, 애국계몽운동을 추동하는 일련의 지식인들에 의해 생산됨으로써 국민을 통합하고 교육하는 역할을 담당했다.

특히『대한매일신보』,『황성신문』등의 주요 필진이었던 신채호와 박은식, 장지연은 소설의 공공성에 주목하여 영웅전기와 몽유록 소설, 논설 등을 번역하거나 집필하였다. 신채호와 박은식이 현재의 국가상실의 위기와 그것에 대한 타계책으로 역사의 지평을 다시 설정하는 작업을 수행

---

* 동덕여자대학교

했다는 것은 주지의 사실이다. 이들은 국가의 자양을 역사 속에서 누적돼온 고유한 경험과 정신으로 인식하여 국가와 민족의 개념을 재구성하였고, 이전의 사대주의적인 역사서술을 지양하고 주체적인 역사 서술의 일면을 보여주었다. 이들에 의해 주장된 역사적 국가론은 민족국가가 세계 질서 속에서 하나의 독립국으로 인정되고 생존하는 근본적인 토대로 기능하면서 새로운 국가적 정체성을 형성하였다. 그리고 '민족'의 개념을 새롭게 정의하는 과정에서 이들에 의해 강조된 것은 다름 아닌 '단군'이었다. 박은식과 신채호는 고조선 건국에 기초를 닦은 인물로 '단군'을 설정함으로써 민족사의 기원과 확장을 시도하였고, 역사서적과 논설, 소설 등을 집필하면서 단군을 다시 호명하게 된다.

　신화는 현실 세계와 뚜렷이 구별되는 존재의 출현과 그들의 행적을 기술하고 있는 텍스트이며, 그러한 신화 텍스트를 신화의 전승자들은 진실한 것[1]으로 받아들이는 특징이 있다. 어떤 사물의 본질과 시원에 관련된 것이 신화라고 할 때, 근대계몽기 역사학자들에 의해 국가의 기원을 서술하는 과정에서의 발견된 신화는 근대계몽기 담론의 필연적인 산물이었다고 해도 과언이 아니다. 특히 단군신화는 건국신화 중 가장 고형(古型)이며, 대표적인 신화이다. 단군신화는 『삼국유사』(일연 고려 13세기)를 비롯하여 『帝王韻紀』(이승휴, 고려 13세기), 『世宗實錄』(맹사성 외. 1454년), 『應製詩註』(권람, 1462) 등 많은 문헌에 기록되어 있다. 14세기 이전 단군신화는 각 문헌에 자주 등장하면서 민족의 위기적 상황에서 통합과 결속을 위한 하나의 키워드로 작동하곤 하였다. 그리고 조선시대에 거론되지 않다가 다시 단군이 거론되기 시작한 시기는 근대계몽기이다.

　근대계몽기 『황성신문』에서는 '사천년 역사', '단군조상'이라는 상용어구를 자주 사용하면서 단기(檀箕)를 국가연호로 채택하여 사용하였다.[2]

---

1) 오세정(2005), 『한국신화의 생성과 소통 원리』, 한국학술정보. 12쪽.
2) 『황성신문』, <논설>, 1902년 8월23일, 1903년 11월 6일.

그리고『대한매일신보』에서도 단군을 표상하는 용어들을 자주 사용하는
가 하면3), 『서북학회월보』에서는 서북지역이 단군이 태초에 터를 잡은
곳이라는 자부심이 표현된 기사를 많이 게재하기도 했다.4) 그러나 조선
시대 침묵했던 단군신화가 갑자기 근대계몽기에 등장한 것에 대해 우리
는 생각해 볼 필요가 있다. 단순히 민족의 시원을 상징하는 근원신화의
필요성 때문이었는지, 아니면 근대계몽기라는 특수한 국가적 위기 상황
에서 어떤 역할의 필요성 때문이었는지 논의할 필요가 있다는 것이다. 따
라서 본고에서는 단군신화가 근대계몽기의 시대적 상황과 어떤 연관관계
를 맺으며 호출되고 있는지, 이것이 또한 문학적으로 어떻게 재현되고 있
는지 살펴보고자 한다.

　　기존의 단군에 대한 논의는 신화의 성격적 측면, 즉 건국신화 · 무속신
화와 연결하여 생성과 소통의 성격을 고찰하거나5), 종교적인 입장에서
단군교와 대종교의 논리를 탐구하는 연구가 진행되어 왔다.6) 그러나 기

---

3)『대한매일신보』, <논설>, 1908년 1월 1일, 1908년 6월 17일, 1908년 7월28일,
　　1908년 9월 4일.
4) 허연자, <對童子論史>, 『서북학회월보』1권제3호, 1908. 8, 2쪽
　　「我東古事」, 「人物考」, 『서우』, 제1호, 1906. 12. 33~35쪽.
　　<西北諸道의 歷史論>, 『서북학회월보』제4권 17호, 1908. 1~3쪽.
5) 황패강(1972), 『한국서사문학연구』, 단국대학교 출판부.
　　서대석(1983), 「고대건국신화와 현대구비전승」, 『민속어문논총』, 계명대출판부.
　　김영일(1986), 「한국무속서사의 서사구조 연구」, 서강대학교 박사학위 논문.
　　김열규(2001), 『신화/설화』, 한국학술정보, 2001.
　　조현설(2003), 『동아시아 건국 신화의 역사와 논리』, 문학과 지성사, 2003.
　　오세정(2005), 『한국신화의 생성과 소통 원리』, 한국학술정보, 2005.
6) 윤이흠 외(1994), 『단군 그 이해와 자료』, 서울대학교 출판부, 1994.
　　김호일(2002), 「나철의 민족종교 중광과 항일독립운동」, 『인문학연구』제34집, 중
　　앙대학교 인문과학연구소.
　　샷사 미츠아키(2003), 「한말·일제시대 단군신앙운동의 전개 – 대종교, 단군교의 활
　　동을 중심으로」, 서울대학교 박사논문.
　　하정현(2007), 「근대한국 신화학의 태동」, 『종교연구』349집, 한국종교학회.
　　김종서(2001), 「개화기 사회문화 변동과 종교인식」, 『한국문화』28집, 서울대학 교

존의 논의는 신화 자체의 본질에 대한 연구가 주를 이루고 있고, 그것이 시대적 상황에 따라 전유되는 양상을 논의한 것은 드물다. 더군다나 근대 계몽기의 단군신화 담론에 대한 연구는 몇 편에 지나지 않고, 문학과 관련하여 고찰한 것은 전무한 실정이다.

따라서 본고에서는 단군신화 자체에 집중하기 보다는 그것을 둘러싼 담론의 자장을 살펴보고자 한다. 즉 근대계몽기의 담론중의 하나인 국가론과 민족론의 출현과 관련된 단군신화에 대한 전유의 양상을 고찰하려고 한다. 특히 박은식의 소설에서 어떻게 단군신화를 수용하고 있으며, 그 의미화 과정이 어떤 양상으로 전개되고 있는지 논의하고자 한다. 박은식은 다른 근대계몽기 작가와 사상가, 역사가들에 비해 단군에 대한 논설과 서사물들을 많이 저술했을 뿐만 아니라, 단군이 기록되어 있는 문헌을 정리한 『檀祖事攷』는 물론 「몽배금태조」, 「천개소문전」, 「명림답부전」 등 단군을 재형상화하는 작업을 수행하면서 근대계몽기 단군을 재명명한 인물이다. 따라서 본고에서는 근대계몽기 단군신화 담론이 박은식의 소설에서 어떻게 재현되고 전유되는지를 살펴보고자 한다. 이러한 논의는 근대계몽기의 다양한 담론의 양상과 그 시대의 역동성을 확인하는 작업이 될 것이며, 동시에 이 시기 서사물이 갖는 공공성과 그 의미를 다시 살펴보는 계기가 될 것이다.

2. 국가 정체성의 기원탐색과 국조(國祖)의 발견

신화는 어떤 사물의 본질에 관련된 서사이며, 시원과 관련된 서사이다. 이 신화에 대한 질문에는 내러티브가 존재하게 마련이고, 신화가 인간의

한국문화연구소.

실존적 문제, 태초의 문제로 전화되는 것이 신화적 사유의 일대 특징[7]이기도 하다. 신에 관한 이야기, 즉 신성화된 이야기로 인식되는 신화는 인물과 사건, 그리고 이것들에 대한 전승의 과정을 수반한다. 신화가 전달해 주는 메시지와 전승자간의 소통은 이 전승을 가능하게 하는 요소이기 때문에 각 시대가 요구하는 신화의 체계는 차별화 될 수밖에 없다. 단군신화는 우리나라의 대표적인 신화로서 건국의 시조로 일컬어진다. 삼국시대나 고려시대의 문헌에 등장하던 단군이 조선시대의 유교적 사관으로 인해 사라졌다가 다시 근대계몽기에 등장한 것은 단군신화 연구에 있어 중요한 부분이라 할 수 있다. 단군신화의 경우는 건국신화의 일종으로 일연이 저술한 『삼국유사』를 통해 처음 등장하는데, 여기에서는 천제의 아들 환웅이 인간세계로 내려와 나라를 세우고 인간으로 변한 웅녀와 결혼하여 단군을 얻고, 단군이 조선을 건국했다는 내용으로 서술되어 있다. 환웅의 서사와 웅녀의 서사, 그리고 단군의 서사가 결합하여 단군신화라는 단일한 신화를 구성하고 있는 것이다.

이러한 단군신화가 근대계몽기에 다시 등장하는 것은 단순히 국가의 기원을 찾는 것에서 뿐만 아니라 역사서술, 새로운 역사적 주체의 탄생이라는 측면에서 주목할 필요가 있다. 기존의 유교적 역사관의 문제점을 넘어서려는 시도들은 단군의 발견으로 시작되었고, '민족', '국가'의 자장 안에서 신채호와 박은식에 의해 검토되기 시작하였다. 근대 이전에 단군은 단군신화 속의 단군이었고, 단군신화 속의 단군은 고조선이라는 고대국가를 표상하는 존재였으며 그 표상을 지지하는 일단의 이야기를 거느리고 있었지만 그것은 근대적 의미의 단군과는 다른 단군이다.[8] 여기에서 근대적 의미의 단군이라는 말은 무속적인 제의나 종교적인 주술의 의미

---

7) 윤이흠 외(1994), 「단군신화와 한민족의 역사」, 『단군 그 이해와 자료』, 서울대학교 출판부, 7쪽.
8) 조현설(2003), 『동아시아 건국 신화의 역사와 논리』, 문학과 지성사, 23쪽.

가 삭제된 것을 의미한다. 비현실적인 측면이 사라지고 현실을 담보하는 인물, 역사의 서술에서 주체로서 등장한 단군을 의미한다는 것이다.

단군이라는 이름이 근대계몽기에 역사서술에서 처음 등장한 것은 아니다. 단군은 역사교과서에서부터 신문, 협회보 등을 통해 언급되기 시작했다. 1895년 편찬된 『조선역사』를 비롯한 역사교과서에는 근대국가의 정체성 부분의 언급에서 단군의 이름이 발견된다.[9] 그리고 1896년 설립된 <독립협회>와 관련된 『독립신문』, 『황성신문』 또한 단군을 개국을 한 개척자로 설정하고 기자를 문명의 전달자로 인정하여 단군과 기자를 결합하여 '단기(檀箕)'라고 칭하고 있다.[10] 『황성신문』에서는 "我東方에 檀君이 初降ㅎ매 (중략) 箕子 씌셔 八條를 設ㅎ샤 人民을 敎育ㅎ시니 可히 我東의 初出頭흔 第一個聖人이라 謂흘지라"[11] 여기에서 개국의 창시자로 단군과 기자를 동시에 언급하고 있는 것, 그리고 <독립협회>에서 중국에 대한 독립을 선언하고 있음에도 불구하고 이러한 언급을 할 수 있다는 것은 아직도 유교적인 국가관이 유효했기 때문이다.[12] 따라서 근대에 들어 새롭게 확립된 근대국가로서의 정체성이란 한마디로 "조선은 단

---

9) 교과서에 단군신화가 등장한 것은 '홍익인간'의 구현이라는 교육이념과 관계되어 학교교육의 장에서 강조되었다. 단군을 신인(神人)계열로 본 교과서는 「조선역사」 (1895), 「조선역대사략」(1895), 「동국역사」(1899), 「대동역사략」(1906)이며, 인(人) 계열로 본 것은 「동국여대사략」(1899), 「역사집략」(1905), 「대동역사」(1905), 「동구사략」(1906), 「초등소학」(1906), 「초등본국역사」(1908), 「초등본국역사」(1909), 「초등본국사략」(1909), 「신찬초등역사」(1910)등이다.
조현설, 앞의 논문, 14쪽. 참조.
10) 『황성신문』, <논설>, 1902년 8월 23일, 1903년 11월 6일.
11) 『황성신문』, <사설>, 1898년 9월 5일,
12) 국사교과서의 기자조선에 대한 언급은 한국의 국통이 '기자 – 마한 – 신라'로 계승되었다고 보는 조선시대 근기학파의 마한정통론을 채용한 것이다. 여기에는 아직도 중국 황제의 권위를 절대적인 것으로 생각하며 조선왕조가 신봉한 기자를 제외해서 단군만을 특별히 중시하는 의식은 아직 나타나지 않았다고 할 수 있다.
조동걸, 『현대한국사학사』, 나남출판, 1998. 참조.

군과 기자 이래 유구한 역사와 전통을 지닌 자주독립국"이라는 독립국가 의식13)이었다.

그러나 1905년 이후 기자의 이름은 단군과 동일한 층위에서 거론되지 않는다. 특히 신채호의 저술에서는 기자의 명칭이 사라지게 되고 단군만이 역사에 존속하게 된다. 신채호의 『독사신론』에서는 이것이 뚜렷하게 제시되고 있다. 그리고 1907년 장지연은 『大韓新地誌』(卷 一 第 一編 地文地理)에서 영토를 구획하는 과정에서 조선의 기원을 탐구하면서 단군과 기자를 언급하고 있지만, 좀 더 비중 있게 논의되고 있는 것은 단군이다. 이 책에서는 단군이 평양에 도읍을 정한 것은 4240년이고 기자는 그이후 1212년에 등장하고 있다. 단군에 대한 서술이 먼저 등장하고 기자의 내용은 간단하게 축약되어 제시되고 있다. 여기에서는 기자보다는 단군이 건국의 시조로 인정되고 있다.

> 第 一章 名義 : 巨今 四千二百四十年前에 檀君이 始起ᄒᆞ야 平壤에 定都ᄒᆞ고 國號를 朝鮮이라ᄒᆞ니 朝鮮의 名義ᄂᆞᆫ 或曰 潮水와 汕水가 有흠이라ᄒᆞ고 或曰 國이 東表日出의 地에 在흠이라ᄒᆞ고 或曰 朝日이 朝明흠이라ᄒᆞ고 或曰 國이 鮮卑山東에 在흠으로 朝鮮이라ᄒᆞ니 朝ᄂᆞᆫ 東方이라ᄒᆞ니라. 後一千二百十二年에 箕子 ㅣ 東來ᄒᆞ샤 亦平壤에 都ᄒᆞ시고 國號를 朝鮮이라 仍稱ᄒᆞ시다.14)

위의 인용문은 『大韓新地誌』의 일부분이다. 여기에서 주목할 것은 근대적 지리서의 하나인 이 책에서는 단군이 건국의 시조로 등장한다는 점이다. 여기에서 단군은 지리학과 연관되어 영토성의 측면에서 설명된다. 즉, 장지연은 지명을 구체적으로 언급하고 국호를 지칭하는 가운데 시조

---

13) 샷사 미츠아키(2003), 「한말·일제시대 단군신앙운동의 전개 ─ 대종교, 단군교의 활동을 중심으로」, 서울대학교 박사논문, 24쪽.
14) 장지연(1907), 「─ 卷 一 第 一編 地文地理」, 『大韓新地誌』.

로서 단군을 인정하고 있다. 역사서가 아닌 지리지에 단군이 등장하고 있는 것은 국토의 일부로서 역사를 규정하고자 하는 실증주의 적인 관점이 반영된 것이라 할 수 있다. 이것은 근대계몽기 단군담론이 영토·국토와 연관하여 본질적으로 국가라는 공간성의 개념에서 맥락화되는 예라 하겠다. 네이션의 형태로 구획되는 국가의 영토주권의 문제가 공간, 지리의 지식으로 논의될 때 동시에 거론되는 것이 단군인 것이며, 단군은 여기에서 단순히 신화에 국한 된 것이 아니라 현실의 인간으로써 호출되고 있었던 것이다.

『대한매일신보』에서는 단군에 대한 내용을 좀 더 자주, 구체적으로 다룬다. 그리고 단군과 기자를 축약한 '檀箕'에서 단군만을 시조로 인정하는 '檀紀'라는 용어를 사용하는 빈도가 늘어난다. 여기에서는 단군을 신격화하는 요소들이 모두 제거되고, 본격적인 건국의 위인으로 단군이 등장한다. 1908년 1월 1일자 신문에서는 "오호 ㅣ 라 오늘이 단군의 나라를 세운지 ᄉ천이빅ᄉ십일년 일월 일일이로다.(중략) 그런즉 이후에 한국 독립 ᄉ긔를 짓는 쟈 ㅣ 특별히 쓰기를 단군 ᄉ천이백ᄉ십일년 모월모일에 한국독립의 싹이 비로소 싱겻다ᄒ며 셰계 만국 ᄉ긔를 져슐ᄒᄂ 쟈 ㅣ 찬양ᄒ기를 셔력 일천 구빅 팔년 모월 모일에 한국의 독립 죵ᄌ를 비로소 심엇다 ᄒ야 금년 일월 일일이 ᄒ 큰 긔념년의 긔념일이 될지며" 라고 언급하고 있다. 여기에서는 신화가 지식의 일부분으로서만 인정되는 것이 아니라 현실과 맥을 같이 하는 것으로 적용되고 있다. 기존의 왕조 연호와 서양의 서력을 대신하는 단기의 표시는 단군이 상징적인 인물이 아니라 현실과 교유하는 인물이며, 현실에 영향을 미치는 인물이라는 것을 가시화 한다. 당시 이 신문에서 자주 인용되던 '수천년 신성ᄒ 역ᄉ'라는 상용구는 단군이 시조라는 기존의 관념을 그대로 차용하는 것으로 혈연 중심의 '민족'이라는 새로운 개념의 출현을 가능하게 했다.

근대계몽기 단군담론에서 더욱 주목되는 것은 역사와 관련하여 '민족'이라는 개념을 창출하였다는 점이다. 『대한매일신보』에서 정의하고 있는 민족은 "ㅈㅎ혼 조샹의 ㅈㅈ손에 미인 쟈ㅣ며 ㅈ혼 디방에 사는 쟈ㅣ며 ㅈ혼 력ㅅ를 가진 쟈ㅣ면 ㅈ혼 종교를 밧드는 쟈ㅣ며 ㅈ혼 말을 쓰는 쟈"이다. 여기에서 중요한 요소로 제일 처음 거론되는 것은 같은 조상이다. '조상의 자손'이라는 것은 공간성은 물론 시간성의 측면도 필연적인 조건으로 따라야 하며, 이것은 혈통에 의한 계보를 형성해야 한다는 것을 의미한다. 그리고 새로운 역사적 주체로서의 단군의 표상은 '가족' 중심의 '조상'을 초월하는 '국가'의 '조상', 즉 국가사상의 자장 안에 위치한다. 『대한매일신보』1908년 9월 4일자 논설에서는 '전국의 조상 단군'을 강조한다.

> 그런고로 우리는 동포 ㅅ샹의 발달ㅎ기를 츅원ㅎ고 가족ㅅ샹의 발달은 브라지 아니ㅎ는 바ㅣ로다. 굴ㅇ티 그디는 전일에 가족 교육을 발긔ㅎ던 처음에 이를 찬성ㅎ던 쟈ㅣ 아닌가 굴ㅇ티 아니라 가족교육을 찬성홈이 아니라 다만 교육의 발달홈을 찬성홈이오 또 미양 권고ㅎ기를 적은 가족의 ㅅ샹을 브리고 큰 가족 국가의 ㅅ샹을 두며 흔 집의 조샹만 위ㅎ지말고 여러집의 조샹되는 단군을 위ㅎ며 한 집 ㅈ손만 ㅅ랑하지 말고 곳 전국의 조상 단군의 ㅈ손 까지 ㅅ랑ㅎ며 흔집안 지산만 앗기지 말고 전국 지산을 앗기라 흔 말을 어러번 본보에 긔치지 아니ㅎ엿는가 15)

위 인용문에서는 공동체의 범주를 가족에 한정하는 것이 아니라 가족을 넘어선 범주의 국가관을 설파하고 있다. 이 논설에서 단군은 조상의 권위를 초월한 자이며, 정치적인 황제의 권력도 초월한 자로 인정되고 있다. 애국계몽 말기에 황제의 권위 추락과 연결하여 이것은 황제를 대리하

---

15) 『대한매일신보』, <논설>, 1908년 9월 4일.

는 인물, 절대자로 단군의 존재가 상기되었다는 것을 말해준다. 여기에서 중요한 것은 혈통의 계보를 강조하고 있다는 점이다. 또한 신채호의 『독사신론』(1908. 8)에서도 '教主 或 國祖로 紀元하여' 라며 '국조(國祖)'16)라는 용어를 사용하고 있다.

'국조'라고 할 경우 '국(나라)'이란 '국가'와 '국민'의 개념과 마찬가지로 전근대적인 봉건적인 '임금'중심의 개념이 아니라 주권을 소유하고 있는 근대국가를 의미한다. 즉, '국조' 라는 용어는 근대적인 정치개념이 부가된 용어이고, 역사의 시간성이 내재된 용어이다. 신문의 논설과 신채호의 역사서술에 등장하는 '국조'라는 개념은 여기에서 애국계몽운동의 일환으로 민족을 하나로 규합하는 의미로 사용되고 있다.

근대계몽기에 이러한 '국조'의 개념이 널리 통용되고 있는 것은 이것이 가족국가관의 확대로서 새로운 국민통합의 정신적 구심점 역할을 하고 있기 때문이고, 이것은 '단군 자손 의식'이라는 혈연으로 맺어진 연속성을 강조함으로써 계속적인 효력을 발휘할 수 있었다. 근대계몽기에 국조를 중심으로 한 '민족'의 탄생은 단일한 핏줄로 표상되는 순수성의 관념, 과거의 위대한 역사를 다시 미래에 구현할 거대한 잠재력을 갖고 있는 존재라는 관념을 수반한다.17) 단군담론이 민족의 개념으로 확장되면서 단군

---

16) 원래 '국조'라는 개념은 신채호가 처음 사용한 것은 아니다. 일본에서 국가주의 사상의 대두에 따라 19세기 말경부터 황실의 조상인 천조대신을 일본의 국조로 신봉하려는 운동이 대대적으로 일어났고, 1897년 5월 이노우에, 기무라, 유모토 등을 중심으로 설립된 대일본협회가 인본정신을 발휘하는 일본주의의 일환으로 '국조'를 숭배하고 선양하면서 이 용어가 사용되기도 했다. 일본에서 '국조'란 기본적으로 '天照大神'을 지칭한 것이었다. 대일본협회에서는 綱目 제 1항에 '국조를 숭배함'을 내걸기도 했다. 그후 '국조숭배'의 이념은 대일본협회의 회원이고 또한 당시 동양 제일의 규모를 자랑하던 잡지 『太陽』에서 문예란 주필을 맡았던 타카야마를 통해서 국민들 사이에 널리 계몽되었다. 타카야마는 일본주의의 근간으로서 국조숭배를 주장하였다. 당시 한국에서도 이러한 일본의 국조숭배에 관한 국민운동의 실태가 소개되고 있었다. (샷사 미츠아키, 위의 논문, 42~48 참조)
17) 박태호(2007), 『대한매일신보』에서 역사적 시간의 개념 – 근대적 역사개념의 탄생」,

은 단순히 기원에 머무는 것이 아니라 미래를 담보해야 하는 인물로 재탄생되고 있는 것이다. 과거의 영광을 재확인시켜주는 존재인 동시에 미래의 국가적 위업 성취를 가능하게 해주는 인물로 단군이 평가되고 있는 것이다. 따라서 단군담론은 애국계몽의 측면과 구국활동에 있어 '민족', '국가' 개념과 연관되어 '국조'의 개념으로 탈신화화 되면서 정치적으로 해석되고 전유되었다고 할 수 있다.

3. 민족의 계보구성을 위한 탈신화화와 종교적 주체로서의 재신화화

근대계몽기에 '국조', '단군' 등의 용어는 앞에서도 살펴보았듯이 신문, 잡지, 교과서등을 통해 일반인들에게 회자되었고, 이것은 역사담론과 국가담론의 일부로서도 논의되었다. 이 시기 문학에서도 단군에 대한 내용들을 서사화하기 시작했는데, 문명의 개화와 서양의 근대문물에 대한 수용을 주장한 신소설계열의 작가들보다는『황성신문』이나『대한매일신보』의 계열과 관련된 신채호와 박은식, 장지연에 의해 단군이 재현되기 시작했다. 특히 박은식의 경우는 역사서는 물론「몽배금태조」,「천개소문전」,「명림답부」에서 단군을 서사화하고 있다. 신채호와 장지연의 서사물에서 단군이 발견되지 않는 것은 아니나 서사를 추동하는 인물로까지는 등장하고 있지 않다. 따라서 본고에서는 단군을 직·간접적으로 서술하고 있는 박은식의 소설들을 중심으로 논의하고자 한다.

박은식은 성리학적 사유에서 출발하여 진보적·비판적 지식인의 길을

『근대계몽기 지식의 굴절과 현실적 심화』, 소명출판, 151쪽.

걸은 근대계몽기 대표적인 사상가[18]이다. 그는 영웅의 전기를 서사화하여 역사전기 소설을 저술하는 한편, 꿈의 액자적 구조를 차용하여 몽유록계 소설을 집필하기도 했다. 박은식은 역사 안에서 민족영웅을 찾음으로써 천개소문과 을지문덕, 명림답부와 같은 인물들의 업적을 소설화하였는데, 이 같은 저술의 근저에는 '이야기'로서의 인물을 형상화 하는 서사양식의 공공성에 대한 관심과 실천이 포함되어 있었다고 할 수 있다. 또한 이것은 영웅의 형상을 알레고리를 통해 의미를 전달하고자 하는 계몽의 기획 중 일부였던 것으로 보여진다.

　박은식의 단군에 대한 관심은 1911년에 저술된『단조사고(檀祖事攷)』를 통해 드러난다. 그는 이 책의 저술 이유를 다음과 같이 적고 있다. "단조의 유사(遺事)는 여러 학자의 책에 번갈아 가며 나오는 것이 자못 많다. 그러나 모두 이지러지고 완전하지 못하여 돈사(惇史: 역사가가 돈후(惇厚)한 덕을 기록한 역사)가 없으니 한탄스럽도다! 이에 널리 고증하고 요약하여 채록하였는데 허망하거나 간사한 말을 물리쳤고 사실이 혹 모순되는 것은 분변하여 한권의 책을 만들어 이름을 『단조사고』라 하였으니 과거에 질정하여 징험함이 있다."[19] 이 책은 박은식이 한일합방 이후 국내외 고서를 집대성하여 단군과 고조선의 새로운 역사적 이해를 돕기 위

---

18) 정선태(2003),「'국민정신'형성의 정치적 상상력」,『심연을 탐사하는 고래의 눈』, 소명출판. 52쪽.

19) 박은식(2002),『단조사고』, 박은식 전집 4권, 동방미디어. 567쪽.
　이 책의 내편에는 단군이 현재 백두산인 태백산 단목 하에 내려온 상원갑자(1909년 당시 4366년전)로부터 그가 御天하였다는 경자년 까지의 217년 동안의 사적을 19개 항목으로 고증 기술한 것이다. 외편은 그 서문에서 "역대의 역사에서 단조를 숭상하고 유속이 오래된 것을 모아 외편을 서술하였다."고 밝힌 바와 같이 역사적으로 역대왕조에 내려오면서 단군을 숭상한 사적과 단군과 관련된 유속을 고증 집대성한 것이다. (박은식 전집, 해설 참조) 이 책에 인용된 고서들은『여지승람』,『삼국유사』,『단군사가』,『안단군묘시』,『팔역지』,『약파만록』,『대동 역사』,『강역고』,『후한서』등이다.

해 기록한 것이다. 이 책의 내편(內篇)에서는 단군이 백두산에 내려와 고조선을 세우는 과정이 기록된 문헌들을 정리한 것이고, 외편(外篇)은 단군을 숭상하는 유속이 기록된 책을 인용하여 정리한 것이다. 수십 종의 고서들의 내용을 확인하고 그것을 그대로 인용하여 싣고 있는『단조사고』는 잊혀진 단군에 대한 박은식만의 재명명 작업이었다고 볼 수 있다.

박은식이『단조사고』를 통해 단군의 사실적 기록을 편집했다면,「천개소문」은 단군을 소설적으로 호출한 작품이라 할 수 있다.「천개소문」은 한일합방이 되고 나서 1911년 박은식이 만주로 망명하여 쓴 것이다. 이 소설에서 단군은 인물로서 등장하는 것이 아니라 영웅의 자질을 확인하는 과정에서 이름이 거론된다.

> 이처럼 오백년 동안 영웅의 씨를 말리고 베어 없애 민지(民智)를 굳혀 막아버리고 민기(民氣)를 속박한 결과가 마침내 어떠한가. 20세기 오늘에 이르러 단군 대황조(大皇祖)의 자손 4천만 민중은 광대한 천지간에 붙어 살 곳을 잃고 말았을 뿐이다. 부끄럽다. 나도 대황조 자손의 한 사람으로 사방을 바라보나 어디로 돌아갈 것인가. 압록강 서안에 대지광이가 처량하여 요심(遼瀋) 대륙을 조망하니 이는 천수백 년 전에 우리 선민(先民)이 용약하던 땅이 아니가. 우리나라 4천년 역사에 절대 영웅 천개소문의 고묘(古墓)가 산해관(山海關)근처에 있다고 전한다.[20]

위의 인용문은「천개소문전」의 서론 중 일부분이다. 여기에서 단군은 '대황조'로 표현되어 있다. 이 부분에서 대황조의 자손은 압록강 서안에서 수백 년 전 우리 선민이 용약하던 땅을 바라보고 있다. 오백년 동안 이어져온 영웅에 대한 압박과 민지를 받아들이지 않는 결과가 국가를 잃은 원인으로 제시되고 있고, 그래서 서술자는 대황조의 자손으로서의 부끄러

---

20) 박은식(2002),「천개소문전」,『박은식전집』제4권, 동방미디어. 341쪽.

움과 서러움을 동시에 표현하고 있다. 소설은 '4천년 역사에 절대 영웅 천 개소문'을 호출하고 있는데, 여기에는 단군의 자손이기 때문이라는 조건 이 붙는다. 소설에서 천개소문의 위대함은 곧 대황조의 위대함을 더욱 가 중시키는 중층 구조로 되어 있다. 천개소문의 능력은 단순히 한 개인의 자질보다는 대황조의 혈통을 전수했기 때문으로 귀결되는 것이다. 천개 소문은 단군의 존재가 있기 때문에 가능한 것이라는 이 같은 논리는 단군 의 절대성에 대한 표현이기도 하고 혈통을 중심으로 민족의 계보를 구성 하려는 의도가 전제된 것이라 할 수 있다.

이 소설에서 단군은 신적인 인물의 면모보다는 혈연과 관련된 조상, 국 조로서 등장한다. 기존에 신화로서 존재하던 단군이 여기에서는 탈신화 화 되어 서술되고 있는 것이다. 소설에서 신격화된 단군의 신성함보다는 실재했던 인간의 면모, 국조로서의 위용을 강조하고 있는 것은 이 시기 박은식이 추구했던 애국계몽운동의 연장으로 볼 수 있다. 이 시기 박은식 의 관심은 애국계몽운동과 국권회복의 실천으로, '국민'보다는 혈연으로 결연된 '민족'에 더 무게 중심을 둘 수밖에 없었고, 민족의 시조로서 그 기 원에는 단군이 위치 할 수밖에 없었던 것이다.

「천개소문전」에서 단군이 탈신화화 되어 서술되었다면 「명림답부전」 의 경우는 이와는 다르게 서술된다. 명림답부는 근대계몽기 역사전기소 설에서 거론된 적이 없는 인물이다. 박은식은 고구려의 명장으로 신대왕 8년(서기 171년) 한나라의 대군을 물리친 구국영웅인 명림답부를 처음으 로 서사화하였다. 고서인『동국병람(東國兵覽)』[21]에는 명림답부가 '좌원

---

21) 명림답부의 좌원대첩은『동국병감』에 자세히 기록되어 있다.
　　"고구려 신대왕 8년(서기 171년)에 한나라 대군으로 고구려에 진격하였다. 왕은 여러 신하들에게 싸우는 것과 지키는 것 중 어느 편이 유리하겠는가를 물었다. (중 략) 국상(國相)명림답부(明臨答夫)는 말하기를 "그렇지 않다. 한은 나라가 크고 백 성이 많다. 이제 강병으로써 멀리 와 싸우니 그 첨봉을 당하기 어렵다. 그 뿐만 아니 라 '병사가 많은 편은 싸우는 것이 유리하고 적은 편은 지키는 것이 유리하다'함은

(坐原)'에서 한나라를 상대로 대승을 거둔 명장으로 기록되어 있다. 그러나 「명림답부전」에서 명림답부는 현실적 인물이라기보다는 '단군대황조의 신교(神敎)'를 계승하고 있는 종교계 인물, 신격화된 인물로 그려진다.

> 명림답부는 녹나부의 농가의 아들이다. 그 가문은 졸본부여의 구족으로 단군대황조의 신교(神敎)를 세세로 경봉(敬奉)하여 직업을 근수하고 음덕을 많이 베풀었다. 답부가 나서 골격이 웅위(雄偉)하고 안광(眼光) 여전(如電)하니 부모가 기특하게 사알하고 향리 장노(長老)가 다 비상한 인물이 될 것으로 기대하였다. (중략) 답부의 사상은 이에 있지 않고 오직 종교계에 들어가 근본적 교화(敎化)로 인민의 정신을 단합하여 국가의 원기를 배양함에 있는 까닭으로 드디어 족나부(祿那部) 조의대선(皂衣大仙)의 직에 있은 것이다.[22]

병가의 상도가. 한군은 천리 밖의 먼 곳에서 군량을 운수하니 오래 범하지 못할 것이다. 만일 우리가 성호(城濠)를 깊이 하고 전루(戰壘)를 높이 쌓고 들에는 아무것도 남기지 아니하고 기다린다면, 불과 순월(旬月)에 그들의 형편은 곤란해져서 퇴각하지 아니할 수 없으리니, 우리는 그때 강한 군사로 그들에 육박하면 반드시 성공할 것이다"라고 하였다. 왕은 이에 찬성하여 문을 굳게 닫고 지켰다. 한인들은 공격하다가 이기지 못하고 사졸은 기아에 빠져 퇴각하게 되었다. 답부는 기병 수천을 거느리고 이를 추격하여 좌원(坐原)에서 전투하였다. 한나라 군대는 대패하여 한 사람도 들어가지 못하였다. 왕이 크게 기뻐하여 답부에게 좌원(坐原)과 질산(質山)을 식읍으로 하사하였다.

김석형 역주(2000), 『동국병감』, 여강출판사. 64~65쪽.

22) 박은식(2002), 「명림답부전」, 『박은식 전집』 4, 동방미디어. 270~271쪽.
이 소설에서나 명림답부는 미래를 예측하기도 하고 선계에 들어 바위에 앉아 경문을 암송하기도 한다. 그리고 도중 한 노인이 나타나 자신이 세상을 구할 책임을 진 사람이라는 말을 듣게 된다. 노인은 선가의 인연을 끊으라고 말하고 사라지자 명림답부는 그의 말을 따라 이후 출산(出山)하게 된다. 이후 그는 종교계에 들어가 교화와 국가의 원기를 배양하는 것을 소임으로 삼아 조의대선이라는 직책을 맡게 된다. 여기에서 조의대선은 나라의 길흉과 관련된 제사를 맡아서하는 사무(師巫)의 역할을 하는 사람으로 보통의 인간이 아닌 신격화된 존재이다. 이러한 신의 능력은 국가의 위기상황에서 신대왕을 왕으로 추대하여 나라를 안정화시키기도 하고 좌원전투에서 한나라 대군을 격퇴하는 성과를 내기도 한다. 그리고 그는 114살에 선계로 돌아가는 것으로 서사가 마무리된다.

명림답부는 15세 때 "신선(神仙)의 도를 사모하는 생각이 발생"하여 출가 수도하여 흡기도인(吸氣導引)과 운두보정(運斗步眶)을 배우고 선교에 입문하는가 하면 신선이 나타나 그의 미래를 예견하기도 하고, 후에는 조의대선이 되어 나라의 길흉을 맡는 사무(師巫), 나라의 제사를 관장하는 일을 맡기도 한다. 보통의 인간과는 다른 신격화된 인물로 그는 점몽에 능통하고 미래를 예견하는 것으로 묘사된다. 전쟁영웅이라기 보다는 종교계의 영웅, 즉 정신계를 관장하는 사람으로 무속적인 인물, 인간의 현실계를 초월한 인물로 제시되는 것이다. 서사전반에 걸친 인물의 신성성은 기존의 역사전기소설에 등장하는 인물과는 다른 차원으로 서술된다. "道를 수양법에 득력(得力)이 심히 두텁고 적구(積久)"한 비인격화된 존재의 출현으로 인해 이 소설은 사실을 바탕으로 한 역사전기 소설이라기보다는 기이하거나 환상적인 사건들을 기록한 전기(傳奇)소설의 양식을 차용하고 있는 것이 아닌가라는 의문마저 들게 한다. 또한 이 소설 말미에 상무정신을 강조하고 있지만 이것은 종교의 선인(仙人)의 능력이 가미된 전쟁의 승리로 의미화 된다. 단군신앙을 계승한 제자의 측면이 강조되어 있는 『명림답부전』은 실질적으로는 명림답부가 주체로 되어 있지만, 이것은 뒤집어 말하면 단군의 신성함을 명림답부를 통해 확인하고자 하는 의도가 있었다고도 볼 수 있다.

역사에 실재했던 인물을 종교적 인물, 인간의 능력을 초월한 인물로 등장시키고 있는 이유는 이 시기에 박은식이 단군에 대한 관심을 종교와 연결시키고 있었기 때문이다. 박은식은 그의 저술활동을 통해 민족의 정신적 측면을 강조하면서 종교의 문제를 중요하게 다룬다. 그는 유교 폐단에 대한 개혁과 근대적인 종교로의 전환을 주장하고, 이에 기초한 근대적 변혁을 구상[23]하기도 했다. 박은식은 종교의 중요성을 「명림답부전」의 서

---

23) 김도형(2001), 「1910년대 박은식의 사상 변화와 역사인식」, 『동박학지』 114호. 267쪽.

론에서 다음과 같이 논의한다. "우리 단군대황조의 자손된 자들이여, 공등이 세계상 인류사회에서 종교사회가 제일 고등지위에 있는 까닭을 알고 있는가. 산하가 변천될지라도 종교의 사상은 변천되지 아니하고 천지가 번복할지라도 종교의 사상은 번복하지 아니하는 까닭으로 세계가 최고등사회로 공인하는 것이다."[24] 박은식은 여기에서 인류사회에서 종교사회가 제일 고등의 지위를 차지하고 있다고 언급한다. 박은식이 근대계몽기에 양명학으로 그리고 대종교로 관심을 이행하는 것은 독립의 문제가 어쩌면 현실에서 해결할 수 있는 상황이 아니라는 절망감의 또 다른 행보일 수도 있다. 박은식은 현실적으로 무장투쟁의 불가능성을 인식하고 그 대안으로 독립투쟁의 새로운 돌파구를 정신운동에서 찾은 것이다. 그리고 이러한 정신운동의 핵심이 종교였던 셈이다. 민족공동체의 윤리와 사상에 알맞은 종교를 전파하고 이것으로 인해 민족의 단결과 독립운동을 위한 정신적 실천의 구심점을 종교에서 찾으려고 했다는 것이다.

박은식의 이러한 종교에 대한 관심은 이전의 대동교[25]의 창건과도 관계되는데, 그는 1909년 대동교 창립 당시 창립식에서 「공부자탄신기념회 강연」을 하기도 했다. 그러나 이 대동교는 한일합방이 되고 나서 해체되면서 박은식은 대종교에 관심을 갖게 된다. 1911년 서간도 망명을 한 후 박은식의 사적을 살펴보면 그의 관심은 단군을 신으로 인정하고 있는 대

24) 박은식(2002), 「명림답부전」, 『박은식 전집』 4, 동방미디어, 267쪽.
25) 개신유학자로서 유교에 대한 해박한 지식과 믿음은 종교운동에서도 드러난다. 박은식이 대종교에 귀의하는 것은 그가 역사를 보는 관점, 즉 조선의 정통을 『한국통사』에서처럼 단군과 기자를 동등하게 인식하고 있었다는 것으로도 알 수 있다. 근대계몽기 초기에 매체에서 드러났던 기자조선이 1905년 이후 단군 단일의 조선 계승론으로 인해 그 논의가 사라진 반면 박은식은 1910년 이후에도 여전히 기자를 유효하게 평가하고 있다. 이것은 박은식의 지식이 유교적 토대위에 있음을 증명하는 것이고, 대동교의 설립운동과 관련을 맺는 원인이라 하겠다.
김순석(2004), 「박은식의 대동교 설립운동」, 『국학연구』 제4집. 참조.
신용하(1982), 『박은식의 사회사상연구』, 서울대 출판부. 참조.

종교로 변화되고 있었다는 것을 알 수 있다. 1911년 서간도 망명 직후 박은식은 나중에 대종교26)의 3대 교주가 될 윤세복의 집에 머물면서 집필활동을 하는 한편, 대종교에서 설립한 대동중학교에서 교편을 잡고 있었고, 자신이 저술한 것을 학교의 교과서로 쓰기도 했다. 당시 대종교는 1909년에 창립하여 1910년 일본의 종교적 탄압으로 북간도 화룡현에 지사를 설치하고 활동하고 있었다. 단군의 중광(重光)의 이념 하에 대종교는 국권회복운동을 적극적으로 전개하였고, 일제의 만행이나 폭압에 항거하면서 한민족의 정신적 지주로서 단군의 신앙을 계승하고 있었다. 대종교(단군교)는 강력한 외세 압력 하에서 민족의 정체성과 전통문화를 보존하기 위해 발생한 단군 고유전통의 '재활성화운동'이었다.27) 이러한 대종교의 종교적 이념과 구국운동에 대한 방식이 동일화 되면서 박은식은 대종교와 교유할 수 있었다.

박은식의 소설 중에 좀 더 구체적으로 단군을 신격화하여 재신화화하고 있는 소설은 『몽배금태조』이다. 이 소설은 꿈에 금태조를 만나서 문답을 하는 것으로 구성되어있다. 소설은 꿈을 통해 현실에 대한 총체적인 문제를 점검하고 교육을 통한 실력양상과 독립의 쟁취를 염원한다.28) 이

---

26) 대종교는 단군사상의 종교적, 조직적 웅결체로서 1909년 1월 15일 나철(나인영)의 주도하에 오기호(오혁) 김윤식 등 10여명이 모여 '단군채호아조신위'를 모셔 제를 올리고 <단군교표명서>를 공포함으로써 공식적으로 창립되었다. 대종교는 몽고 침략 이후 700년간 단군교가 단절된 것을 회복하여 부흥한다는 의미로 중광(重光)이라는 용어를 상용했다. 창립1년후인 1910년 현대 교도수가 2만명에 달할 정도로 확장되었다. 1910년 7월 30일 단군교에서 대종교로 개칭하였고 1910년 20월 25일에 북간도 회룡현에 지사를 설치하였다. 1915년 10월 조선총독부령 83호에 의거 '종교통제안'을 공포하여 '대종교는 종교유이단체'로 규정하여 불법화하여 해체를 명령하기도 했다.
대종교총본사 편(1971),『大倧教重光六十年史』, 대종교총본사. 참조.
27) 샷샤 미츠아키, 앞의 논문, 논문초록 ii쪽.
28) 홍순애(2005),「근대계몽기 소설에 나타난 우의성 연구」, 서강대학교 박사논문. 164쪽.

소설에서 단군은 여러 차례 언급되면서 금태조와 서술자의 사고를 지배하는 인물로 존재한다.

　　관자(管子)가 이르기를 생각에 생각을 거듭하면 귀신이 통한다고 하니 나도 깊은 생각에 잠기면 혹시 신명(神明)의 지도를 얻을 수 있을까 기대하였는데, 어느덧 가을이 지나고 겨울이 다가오니 음력 10월3일 우리 단군대황조(檀君大皇租)께서 강림하신 기념일이라 일반 동지와 학생과 함께 기념식을 행한 후 객지에서 전전하며 대종교(大倧敎)의 신령한 이치를 고요히 생각하다가 홀연히 장자의 나비로 변하여 바람을 부리어 구름을 타고 백두산의 최고 정산에 내려(중략) 한 전각이 구름 속에 문득 나타나니 전각의 현판에 개천홍성제전(開天弘聖帝殿)이라고 쓰여 있었다.29)

　이 부분은 소설의 도입부분에 해당되는 것으로 여기에서 서술자는 우리 선조 시대의 영예를 회복할 수 있을 것인가, 문명의 나라로 어떻게 진보해 나갈 것인가를 고민하면서 그 방법을 구상하고 있다. 그러나 구체적이고 현실적인 방안보다는 귀신을 통한 신묘한 도를 얻어서 해결하고자 하는 모습을 보인다. 그리고 단군이 강림한 기념일에 대종교의 신령한 이치를 고요히 생각하는 것으로 묘사된다. 서술자는 그 후 꿈속으로 빠져들게 되고, 꿈에서 금태조를 만나면서 문답은 시작된다. 여기에서 10월 3일은 중요한 의미를 띤다. 이 날은 단군의 강림한 날이며, 강림했다는 것은 신으로써 인간의 세상에 모습을 나타냈다는 것이다. 대종교의 이전 명칭이었던 단군교에 의하면 이 날은 단군강림 축하일로 지정되어 있었고, 창교 교조의 기원으로 사용하는 상징화된 날이다.30) 또한 소설의 문면에 '대종교'라는 명칭이 그대로 등장하고, 이것을 공부하고 있다고 하는 것은

---

29) 박은식(2002), 「몽배금태조」, 『박은식 전집』 4. 171~172쪽
30) 샤사 미츠아키, 앞의 논문 참조.

이 소설의 중심적인 사상이 대종교와 연관되어 있다는 것을 가시화 한다. 꿈을 매개로 하여 현실보다는 이상세계가 중심이 되고 초현실적 관념론이 지배적으로 서술되면서 소설은 비일상적이고 비사실적인 일들이 자연스럽게 전개된다. 환상의 서사적 기법을 차용하면서 서술자가 단군을 거론하고 있는 것은 단군이 현실에 존재하는 인물이라기보다는 한 종교를 주관하는 신(神)적 대상이라는 것을 강조한 의도라고 보여진다.

신격화된 단군의 위상은 소설의 말미에 문답의 해결에 대한 대안으로 다시한번 등장한다.

> 단군대황조께서 세우신 학교의 위치는 백두산 아래에 있었는데, 서쪽으로는 황해와 면하고, 북으로는 만주를 베개로 삼았으며, 동으로는 벽해를 끼고 남으로는 현해를 경계로 삼고 있었다. 단목(檀木) 아래에 한 가닥의 대로가 탄탄 평평하게 뻗어 있어 학교에 바로 이르고 있었으며 무궁화와 불로초가 풍만한 빛을 발하며 피어 있었고 주위 풍경도 수려하여 학도들이 생활하고 심신을 단련하는데도 극히 좋은 곳이었다. (중략) 그중에서 제일 저명한 대동중학교를 방문하였다. 학교 교문 앞에 학교를 건설한 역사를 금강석에 새겨 세워 놓았는데 개교일은 지금으로부터 4천2백50년 전 무진 10월 3일이었다.[31]

소설에서 금태조와 서술자는 국권을 상실한 조선의 총체적인 문제들을 논의한다. 박은식은 소설을 통해 하등사회에 대한 계몽의 중요성을 역설하면서 교육의 문제, 제국주의의 문제들을 거론하고 문명부강을 위한 구체적인 방법들과 상무정신의 배양을 제시한다. 그리고 최종적으로 해결책을 제시하는 것이 교육, 즉 학교이다. 위의 인용문은 서술자가 금태조에게 단군이 설립한 학교를 보여주는 부분인데, 여기에 제시된 학교는 무궁화와 불로초가 피어 있고 역대 각 부분의 영웅들이 총집합하여 학생

---

31) 박은식(2002),「몽배금태조」,『박은식 전집』4. 208쪽.

들을 가르치는, 모든 것이 완벽하게 갖추어진 장소로 그려지고 있다. 학교는 여기에서 민족의 총체적인 문제를 해소시키는 공간이면서 민족의 미래의 상을 제시하는 표상으로 등장함으로써, 이것을 가능하게 한 단군의 신적인 위용은 더욱 강조된다.

「명림답부전」, 「몽배금태조」 등을 통해 박은식이 재현한 단군은 탈신화화된 '조상'의 모습이 아닌 신성한 존재, 신격화된 존재로 승격화되면서 재신화화되고 있다. 박은식이 단군에게 신성의 이미지를 덧씌우고 있는 것은 종교라는 외부의 힘을 빌려서라도 민족의식을 고취할 필요성이 제기되었기 때문이라 할 수 있다. 애국계몽운동만으로는 국가의 위기가 해소될 기미가 보이지 않음에 대한 박은식만의 대안으로 종교적인 해결책을 강구하고 있는 셈이다.

그러나 박은식이 소설을 통해 단군을 끊임없이 호출하고, 재신화하고 있지만, 전적으로 이러한 노력이 대종교의 전파를 위해, 대종교의 이념을 전수하기 위해서라고 보기는 어렵다. 왜냐하면 그가 이 시기 단군을 주제로 하여 저술활동을 했지만, 종교적으로 대종교에 귀의했다는 문헌이나 기록이 보이지 않기 때문이다. 위에서 논의한 저술에서만 단군을 재현하고 있고, 이후의 저작에서는 신격화된 단군이 보이지 않는다. 1912년 3월 이후 박은식은 서간도를 떠나 홍콩으로 가서 한중합작잡지 『향강(香江)』의 주간이 되어 독립운동을 하기도 했고, 이후 1914년에서 1915년 사이에는 민족주의 사학에서 중요한 『한국통사』를 저술하였다. 그밖에도 이 시기에 『안중근전』, 『이충무순신전』, 『성세소설(醒世小說)영웅루』등을 쓰면서 대종교와는 관계없는 저술활동을 하게 된다. 그가 단군을 정신의 재무장으로 종교적으로 명명했지만, 추상적인 신적인 존재로의 숭상은 독립운동에 있어 한계가 있었다는 것을 인식했을 것으로 보인다.

개신유학자로서 단군을 신격화한 대종교와 관련된 활동은 그의 저술에 있어 중요한 부분을 차지하지만, 정작 그것은 종교적 신념보다는 독립운동에 대한 투쟁과 열정의 일환으로 보아야 옳을 것이다. 이후 행보들에서도 그는 상해임시정부의 요직을 수행하고 계속적으로 독립운동을 전개하고 있는 것으로 보아 종교적 문제 역시 민족계몽과 독립을 위한 연장선이었다고 해야 할 것이다. 그럼에도 불구하고 1911년 망명 직후 박은식의 저작에서 단군담론이 중요하게 논의되는 것은 근대계몽기 민족공동체의 중추를 담당한 상징화된 인물로 단군이 요청되었기 때문이고, 또 다른 한편으로는 암울한 민족의 미래를 투영할 대상으로서 단군이 필요했던 때문이다. 실재하는 국조로서의 탈신화된 단군과 대종교의 신격화된 인물로서의 재신화된 단군은 박은식 문학에서 동시에 서술됨으로써 민족의 정체성을 구성하는 한편 민족의 잠재적인 능력을 실현할 대상으로 재현되었다고 할 수 있다. 근대계몽기의 신화담론은 단군이 혈통의 시조, 국조의 형상으로 또는 신의 아우라로 이 시기의 민족운동과 계몽운동의 자장 안에서 전유되고, 담론화되었다고 하겠다.

4. 결론

본고에서는 근대계몽기 역사서와 소설의 서사체에서 재현되고 있는 단군담론의 양상을 고찰하였다. 당시의 『대한매일신보』와 『황성신문』, 『서우』, 『서북학회월보』등을 통해 단군은 한민족의 조상으로서 인식되기 시작하였고, 이것은 당대의 근대계몽운동과 자강운동의 일환으로 '단기(檀紀)'의 연호를 사용하는 운동으로 확대되기도 했다. 서양의 연호보다는 민족의 구심점의 역할을 하는 단군의 연호는 민족의 정체성을 구성하는 요소로 작동됨으로써 민족의 결집된 힘은 가시화되었다.

이 시기 단군담론은 매체를 통해 민족의 기원으로서 논의되기 시작하여 신채호, 박은식의 역사서의 집필에서 '국조'의 이름으로 재명명되었고, 서사문학에서는 박은식의 역사전기소설인 「천개소문전」, 「명림답부전」과 몽유록계 소설인 「몽배금태조」를 통해 탈신화화되고 재신화화되는 과정으로 전개되었다고 할 수 있다. 단군신화가 탈신화되는 과정은 중국의 사대주의 사상인 기자 조선의 언급이 점차 줄어드는 것과 관련하여 단군신화가 유일의 건국신화로서의 연장으로 민족의 계보를 구성하는 '국조(國祖)', 즉 실재하는 인물로 구성된다. 이러한 과정에서 단군담론은 종교적 이념으로 변화되고 나철에 의한 대종교 창설에 까지 이르게 되면서, 이전의 현실적인 인물의 국조로서의 단군은 삭제되고 신격화된, 신성화된 단군이 재등장하였다. 단군이 이 시기에 재신화화 할 수 있었던 것은 대종교가 민족의 독립과 관련된 이념을 표방하고 있었기 때문이고, 김윤식을 비롯한 많은 개신유학자들이 종교를 통해 독립을 쟁취 할 수 있으리라는 것을 염두에 두었기 때문에 가능했다고 할 수 있다.

서사양식에서 단군의 재현은 박은식에 의해 구체적으로 재현된다. 그는 국가위기의 상황에서 민족의 정체성을 확립하려는 시대적 의식을 역사 기술과 소설을 통해 실현하였는데, 이 저작들의 근거가 되는 것은 단군사상이었다. 역사전기 소설인 「천개소문전」과 「명림답부전」, 꿈의 액자적 서사구조로 쓰여진 「몽배금태조」의 경우는 박은식의 단군에 대한 인식을 보여주고 있는데, 「천개소문전」의 경우는 천개소문의 영웅적인 업적을 담보하는 것으로 단군의 서사가 중첩되어 나타난다. 여기에서 단군은 천개소문의 조상으로서 '국조'의 의미로 형상화된다. 그리고 천개소문은 물론 단군은 현실적인 인물의 면모를 보여주면서 단군이 탈신화된 모습으로 재현된다. 그러나 같은 역사전기소설인 「명림답부전」에서는 신격의 인물로서의 명림답부가 등장하고 단군 또한 천군(天君)으로서 인간의 세계에 강림한 신성화된 존재로 묘사된다. 꿈의 알레고리적인 서사 기법을 차용하고 있는 「몽배금태조」에서는 서술자에 의해 제시되는 단군의 위용이 서사 처음부터 결론에 이르기까지 환상을 기반으로 하고 있어 단군이 재신화화 되는 양상으로 전개된다. 서사의 말미에 제시되는 단군이 설립한 학교의 공간은 재신화화된 단군으로 인한 민족의 미래상을 투영하게 하는 장치로 서술되고 있다.

박은식이 역사서와 소설을 통해 계속해서 단군을 호명하는 것은 애국 계몽과 독립, 민족국가의 정체성 형성과 관련된 민족국가의 표상으로 단군을 설정했기 때문에 가능한 것이었다고 하겠다. 그리고 단군을 재신화하는 과정에서의 민족종교의 기치를 내걸고 민족운동에 참여했던 대종교는 박은식 소설에서 민족적 교육의 중요성을 담보하는 요소로 차용되어 재해석되었다고 하겠다. 근대계몽기의 국권피탈의 위기감과 한일합방의 절망감은 단군담론으로 가시화 되고, 이것은 국가 · 민족 · 역사담론과 결부되어 이 시기의 역동성의 근간으로 또는 계몽의 이념에 조응하면서 소비되고 전유되었다고 하겠다.

혈통주의적 '내선일체'를 통해서 본 만주와 만주국

— 일제 말 만주를 재현한 장혁주의 작품을 중심으로

김 재 용*

1. 일제 말 지배 이데올로기의 연속성과 불연속성: '내선일체', '오족협화', '대동아공영'

 일제 말 한국문학이 단순한 암흑기가 아니고 복합적인 이데올로기의 경합장이라는 사실이 밝혀진 지금에서 연구자들이 행할 수 있는 영역 중의 하나는 그 복합성을 더욱 세밀하게 드러내는 일일 것이다. 일본 제국에 협력한 이들의 경우에는 그 내적 논리의 복합성과 다층성을, 일본 제국에 저항한 이들의 경우에는 그 저항 논리의 다면성과 우회성을 규명하는 것이 터이다. 협력이든 저항이든 당대의 문학의 지형을 살피기 위해서는 그 시대를 지배한 국가 이데올로기의 규명이 더욱 필요하다. 흔히 일제 말의 상황을 살필 때 거론하는 것이 "내선일체"이다. '내선일체'를 지지하면 친일 협력이고 이를 저지하면 저항이라는 것이다. 하지만 이는 일부일 뿐이지 결코 전체가 아니다. 당대의 지배 이데올로기는 한층 다각적이다.

 '내선일체' 이외에 당대의 정치와 지식을 좌우한 것이 바로 '대동아공영'

---

* 원광대학교.

이다. '대동아공영'은 '내선일체'를 부풀린 것 정도로 생각하지만 실제로
는 한층 복잡하다. 이 둘 사이에는 연속된 측면도 있지만 배치되는 점도
적지 않았다. 이 둘 사이의 이러한 복잡한 길항 관계를 보여주는 것 중의
하나로 당대 국책을 떠받치고 있던 이데올로그들의 다음과 같은 반응을
들 수 있다.

> 辛島驍: 남방에 독립이 인정된 지역이 있다고 해서, 조선이 이를 따
> 르려고 하는 생각은 금물입니다.

> 崔載瑞: 그런 일은 전혀 없을 겁니다.

> 辛島驍: 조선은 일본의 입장에서 모든 것을 생각해야 합니다. 거기
> 서 여러 가지 문제도 발생하는 것입니다.

> 津田剛: 대동아공영권 내에서 내선일체의 의의를 다시 생각해야지요1)

이 글은 태평양 전쟁이 일어난 직후인 1942년 1월 잡지 국민문학의 주
최로 이루어진 좌담 '대동아문화권의 구상'의 일절이다. 일본이 태평양 전
쟁을 시작하면서 내세운 명분은 구미 제국주의로부터 아시아를 해방시키
는 것이었다. 그렇기 때문에 구미의 식민지였던 동남아 지역을 끌어들이
기 위하여 그들을 식민지에서 해방시켜 독립시켜 준다고 설득하였다. 물
론 일본이 '대동아공영'의 논리를 내세운 것은 이 무렵이 처음은 아니다.
1940년 10월 일본이 베트남을 침공할 때 이 논리를 표방하였다. 하지만
태평양 전쟁이 일어나면서 이를 더욱 정교하게 직접적으로 내세웠던 것
이다. 그리고 동남아 나라들의 독립을 약속하였던 것이다. 그렇기 때문에
당시 조선의 문화 정책을 좌지우지하던 이데올로그였던 가라시마(辛島

---

1) 『國民文學』, 1942년 2월호, 39쪽.

驍)나 쓰다(津田剛)가 조선인들이 이 영향을 받아 조선의 독립을 요구하지 않을까 걱정하는 언사를 하는 것이다. 이런 점을 미루어 볼 때 '내선일체'와 '대동아공영'은 흔히들 생각하는 것처럼 그렇게 매끄럽게 연속되는 것만은 아님을 알 수 있다. 이들과 친하면서 친일 협력의 길을 걸었던 최재서가 그런 일은 없을 것이라고 호언장담했지만 이는 그의 생각일 뿐이다. 실제로는 '대동아공영'의 논리를 활용한 경우가 적지 않았다.

일제 말 지식의 정황은 비단 '내선일체'와 '대동아공영'에 그치지 않는다. 일본 제국의 식민지였던 타이완에서도 '내대일체'와 "대동아공영"은 조선과 마찬가지로 작동되었다. 하지만 타이완에서는 상상할 수 없었던 조선만의 것이 있었다. 바로 '오족협화'였다. 조선에서는 '내선일체'와 '대동아공영' 이외에 '오족협화'가 끼어들었다. 만주국 성립 이후 공식적 식민지였던 조선을 피해 비공식적 식민지였던 만주국으로 건너간 이들이 일제 말에 겪는 상황은 훨씬 복합적이다. 만주국에 살던 한 조선인이 일본이 '대동아공영'의 원칙에서 미얀마와 필리핀을 독립시켜 준다고 선언한 것을 보면서 다음과 같이 주장하였다.

> 남방 미개의 원주민을 독립시켜 주는 이상 당연히 우리들도 같은 영예를 받아야 한다.
> 북방민족인 선, 만 양 민족에 대해 하등의 언급도 하지 않는 것은 유감이다.[2]

일본은 서구 제국주의로부터 아시아를 보호하기 위하여 미얀마와 필리핀 등의 동남아 지역을 점령하였다고 했고 언젠가는 독립을 시켜 명실공히 아시아를 위한 아시아를 만들겠다고 공언했기 때문에 이러저러한 주저 끝에 미얀마와 필리핀을 독립시켰다. 영국과 미국의 식민지였던 미

---

[2] 河西晃祐(2012), 『帝國日本の 擴張 と崩壞』, 法政大學出版局, 8쪽.

얀마와 필리핀은 이런 일본의 태도를 환영하였다. 물론 독립이 되었지만 음으로 양으로 일본 제국이 내면지도를 하였기 때문에 실질적인 독립이라고 할 수는 없지만 과거의 구제국주의가 행했던 방식을 따르지 않고 새로운 제국주의 방식을 했기에 분명한 차이는 있었다. 만주국에 거주하던 조선인으로서는 이 사태에 대해 많은 생각을 하게 되었을 것이다. 우선 '내선일체'와 '오족협화'의 길항이다. 당시 만주국에 살고 있던 조선인들 중에서 일부는 조선 내에서 벌어지고 있던 '내선일체'를 피하여 만주국으로 건너온 이들이 있었다. 작가 염상섭과 백석은 그 대표적인 인물이다. '내선일체'가 실행된 이후 조선에서는 자신이 일본인이 아니고 조선인이라는 사실조차 말하기 어려웠다. 하지만 '오족협화'가 실행되고 있던 만주국에서는 자신이 일본이 아니라 조선인이라고 말하는 것이 하등 법에 저촉되지 않았다. 그렇기 때문에 이들은 '내선일체'의 땅 조선을 피해 '오족협화'의 땅 만주국을 선택한 것이다. 다음으로는 '오족협화'와 '대동아공영'의 길항이다. '오족협화'란 것은 일본인을 비롯하여 오족의 종족이 한 나라를 구성하는 것이다. 이에 비해 '대동아공영'은 각자의 나라들이 독립을 하고 이들 사이의 연대를 통하여 대동아라는 지역 공동체를 만드는 것이다. 그렇기 때문에 '오족협화'보다 한층 더 일본 제국으로부터 독립되어 있는 것이다. 따라서 '오족협화'보다도 더욱 더 느슨한 것이어서 당연히 조선인은 '오족협화'보다 독립을 전제로 한 '대동아공영'을 원하였을 것이다. 조선인의 입장에서 보면 미얀마와 필리핀의 독립과 조선의 식민지는 너무나 불공평한 것이다. 일본 제국이 조선을 지배하면서 내세운 논리는 조선인들이 스스로 정치를 할 수 없기 때문에 일본이 개입하여 대신 정치를 해주고 있다는 것이었다. 그런데 미얀마와 필리핀은 영국과 미국으로부터 벗어나 일본의 지배하에 들어가는 것처럼 보였다가 다시 독립하는 것을 보면서 좀체 수긍이 가지 않았던 것이다. 이들 나라에 비하면 조선은 오랜 자치의 경험을 갖고 있었고 문명적으로도 비교하기 힘들 정도로 중앙 집권의 오랜 역사적 경험을 가지고 있었던 나라이다. 그런데 조선보다 못한 이들 나라를 독립시켜 주면서 그보다 나은 조선을 독립시키지 않은 것은 대단히 불공평한 처사이고 '대동아공영'의 논리에 맞지 않다는 것이다. 만주에 살던 조선인이 이렇게 항의할 수 있었던 것은 '내선일체'나 '오족협화'에서는 불가능하지만 '대동아공영'의 논리에서는 가능했던 것이다.

우리가 확인할 수 있는 것은 일제 말 지배 이데올로기의 세 층위였던 '내선일체', '오족협화', '대동아공영'의 논리가 상충하기도 한다는 점이다. 일제 말 지배 조선 사람들이 보기에는 이들 사이에는 쉽게 동일화할 수 없는 차이가 내재하고 있다는 사실이다. 이런 점들을 꿰뚫어 보지 않으면 일제 말의 조선인 작가의 내적 지향을 제대로 읽어낼 수 없다는 점이다.

이 글에서는 일제 말 장혁주가 만주와 만주국을 배경으로 하여 창작한 두 편의 장편소설 『개간』(1943)과 『행복한 백성』(1943)을 다루고자 한다. 일제 말 장혁주의 작품 중에서 이 두 편을 고른 것은 이들 작품에서 '내선일체', '오족협화', '대동아공영권'의 충돌이 잘 드러나고 있기 때문이다.

2. 일제 말 장혁주의 대일협력과 혈통주의적 일체형의 친일협력

장혁주는 일본에 건너가 일본의 프로문학가들과 긴밀하게 연대하면서 창작을 하였다. 일본어로 창작하여 조선의 사정을 일본에 널리 알리는 것도 그의 작가적 임무이기도 하였다. 조선의 창극이었던 '춘향전'을 새롭게 창작하여 일본 무대에 올리면서 조선의 문화를 알리고자 했던 1938년의 일은 그의 이러한 지향의 마지막이라 할 수 있다. 이후 무한삼진이 함락되면서 조선의 독립이나 동아시적 혁명이 불가능하게 되자 일본의 국가주의에 급속하게 기울어졌다. 이후 그는 적극적인 친일협력을 하였다.

이 시기 장혁주는 나름의 내적인 논리를 가지면서 친일협력을 하였다. 우선 그의 친일 협력을 다른 친일협력의 길을 걸은 작가들과 비교하여 보자. 무한삼진 함락 이후 많은 조선의 문학가들이 친일협력에 나서기 시작하였다. 이들 문학인들은 크게 두 유형으로 나누어 볼 수 있다. 일체형과 혼재형이다. 일체형은 '내선일체'를 바탕으로 조선인과 일본인이 하나가 되어야 한다는 것이다. 창씨개명 등을 통하여 일본인처럼 됨으로써 그 동안 받았던 차별도 더 이상 받지 않고 완전한 일본인이 되는 것이 꿈이다. 여기에는 다시 혈통주의적 일체형과 문화주의적 일체형이 있다. 혈통주의적 친일형은 원래 내선은 하나의 핏줄이었음을 강조하고 이는 물리적인 것이기 때문에 정신 등의 문화적인 것이 갖는 역사적 특징과는 다르다는 논리이다. 이의 대표적인 인물이 장혁주이다. 문화주의적 일체형은 일본 정신 등을 공유하면 일본인이 될 수 있다는 것이다. 설령 피가 섞이지 않았다 하더라도 일본 정신과 문화를 배우면 일본인이 될 수 있다는 것이다. 이광수나 김용제가 이 유형의 대표적인 인물이다. 다음으로는 혼재형이다. 혼재형은 조선적인 것을 보존하면서 일본인이 되어야 한다는 주장이다. 여기에도 미세한 차이에 따라 속인주의적 혼재형이 있고, 속지주의적 혼재형이 있다. 속인주의적 혼재형은 종족적 차이는 결코 무시할 수 없는 것이기 때문에 이를 보존하면서 일본인이 되어야 한다는 것이다. 야마토 출신이 아무리 조선에 와서 그 풍토를 익힌다 하더라도 결코 조선의 반도문학이 될 수 없다는 것이다. 또한 조선출신이 아무리 일본 본토에 건너가 생활했다 하더라도 조선인 출신인 이상 조선문학일 수밖에 없다는 것이다. 유진오가 가장 대표적인 인물이라 할 수 있다. 속지주의적 혼재형은 그 지역의 고유한 특성과 풍토는 쉽게 사라질 수 있는 성질의 것이 아니기 때문에 이를 보존하면서 일본인이 되어야 한다는 것이다. 반도에서 작품활동을 하면 그가 야마토 출신이든 조선 출신이든 하등 문제될 것이 없이 반도문학의 일원이라는 것이다. 반대로 조선출신이 일본에 건너가 그곳의 풍토에 익숙해지고 이를 표현한다면 그것은 반도문학이 될 수 없고 야마토의 문학일 수밖에 없다는 것이다. 이의 대표적인 이가 최재서이다.

일제 말 친일 협력의 이상의 네 가지 유형 중에서 장혁주는 혈통주의적 일체형의 친일협력이다. 당시 친일 협력한 인물 중에서 가장 드문 이 유형에 속한 장혁주는 이 입장을 끝까지 고수한다. 그의 작품 중에서 이러한 측면이 가장 잘 드러난 것은 「순례」이다. 징병제가 선포된 이후 이를 고무하기 위하여 쓴 단편소설 「순례」의 다음 대목은 그의 혈통주의적 친일협력의 진념목을 보여주고 있는 부분이다.

> 제일 가까이서 지휘하고 있는 하사관의 살결은 순식간에 피가 배였다. 하사관의 늠름한 동작에 놀라
> "저 하사관은 내지인입니까."
> 하고 물으니까,
> "아닙니다. 당 훈련소 출신자입니다."
> 라는 대답이다.
> "어제께 나한테 총검술을 가르쳐 준 가네시로 병장도 그랬지만 내지병과 조금도 다르지 않군요."
> "안 다르구 말구요. 군대에 들어가면 코나 입맵시나 머리통까지 같아진답니다."
> "정신이 같아지는 까닭일까."
> "물론 그렇지요. 그러나 피가 다른 민족이면 그렇게 되지를 않습니다. 보십시오. 저 기무라 상등병에게서 어디 털끝만치나 조선 냄새가 납니까. 이것은 역시 우리들이 같은 피를 나누어 가진 형제라는 증거이라 생각합니다."[3]

---

3) 김재용, 김미란 편역(2003), 『식민주의와 협력』, 역락, 180쪽.

피를 나눈 형제이기 때문에 이렇게 조선인들의 몸짓이 일본인과 같다고 하는 대목에서 우리는 장혁주의 '내선일체'가 문화주의적인 것이 아니라 혈통주의적인 것임을 알 수 있다. 일본의 정신을 배움으로써 일본인이 될 수 있다고 하는 문화주의적 태도와는 명백하게 다른 것이다. 이러한 태도는 만주와 만주국을 다룬 일제 말의 두편의 장편소설에서도 더욱 잘 드러난다.

3. '내선일체'를 통한 만주국 건설과 '오족협화'와의 긴장: 『개간』

일제 말의 장혁주를 읽어내고 특히 만주와 만주국을 다룬 그의 작품들을 설명하기 위해서는 예의 '내선일체', '오족협화' 그리고 '대동아공영' 사이의 복잡한 층위를 고려해야 한다. 장혁주는 당시의 다른 친일협력했던 작가들과는 달리 이러한 긴장을 분명하게 읽고 있었으며 이런 것들 때문에 미묘한 위치에 놓여 글쓰기를 했던 사람이기 때문이다. 장혁주는 프롤레타리아 문학을 그만두고 일제에 친일협력을 하면서 기본적으로 혈통주의적 '내선일체'에 모든 것을 걸었다. 그리고 이러한 자세는 전쟁이 끝날 때까지 한 치의 흔들림이 없었다. 그가 일본에서 일본만을 다룬 작품을 쓰거나 혹은 조선의 공간을 무대로 하여 작품을 쓸 경우 이것은 큰 문제가 아닐 수 있었다. 하지만 만주를 배경으로 한 작품을 쓸 경우 이러한 입장은 매우 미묘하게 작용할 수밖에 없었다. 왜냐하면 만주국에서는 '오족협화'가 작동되고 있었기 때문이다.

1939년 장혁주는 만주국에 큰 관심을 두었다. 일제는 1930년대 중반 이후 만주로의 개척을 독려하였다. 일본인은 물론이고 조선인들에게 만주로 이주하여 미개간의 땅을 개간하여 증산보국하라고 강조하였다. 이러한 국책의 흐름에 발맞추어 많은 작가들이 만주를 취재하게 되는데 일본에서 설립된 대륙개척간화회는 그 집단적 지향의 하나였다. 조선에서는 그러한 단체가 없어서 총독부 등에서 개별적으로 부탁하는 방식이었지만 일본에서는 단체가 생길 정도였다. 물론 장혁주는 이 단체의 일원으로 가입하였고 다른 작가들과 더불어 만주를 방문하여 방문기를 남긴 바 있다. 이 방문은 주로 자신이 잘 몰랐던 만주지역을 알기 위한 초보적인 여행이었다고 할 수 있다. 하지만 1942년 5월에 이루어진 두 번째 방문은 전과 달리 훨씬 국책적이었다. 조선총독부 척무과의 후원으로 유치진, 정인택 그리고 재조일본인 작가였던 유아사 가츠에와 더불어 만주 개척촌을 방문하였다. 이 답사 이후 장혁주는 만주국을 다룬 두 권의 장편소설을 발표하였는데 『개간』과 『행복한 백성』이다. 전자가 만주국 건국을 전후한 것이라면, 후자는 1940년대 한창 개척이주가 활발하던 때를 다룬 것이다.

『개간』은 만보산 사건을 중심으로 만주국 건국 이전과 만주국 건국 이후를 대조하여 다루었다. 가장 중점적인 시선은 만주국 이전이 암울하고 어두운 세상이었다면, 만주국 이후는 밝고 좋은 세상이라는 것이다. 만주국 건국 이전에는 이주한 조선인들이 온갖 어려움을 겪으면서 땅을 얻기 위해 살아갔던 반면, 만주국 이후에는 자작농창정운동의 결과로 자기의 땅에서 농사를 지으면서 행복하게 살아간다는 것이다. 이를 부각시키기 위하여 만보산 사건을 중심으로 조선인들이 자기 땅을 갖기 위해 투쟁하던 모습을 집중적으로 다루고 있다. 이 작품에서 만주국 건국 이후에 자기의 땅을 갖고 살아가는 조선인의 모습은 양적으로 얼마 되지 않는 반면, 건국 이전에 힘들게 살아가는 조선인의 모습이 대부분을 차지하는 것도 바로 이러한 이유 때문이다. 이러한 시각은 결국 만주국 건국의 정당성을 해명하는 것으로 이어진다.

만주국 건국은 당시 국제사회로부터 지탄을 받을 정도로 일본의 대중국 침략의 서곡으로 인식되었다. 내세운 명분은 장학량 정부의 억압 하에서 신음하는 만주인들을 구한다는 것이었지만 실제로는 일본의 침략 기도에 대해서 경각심을 키우면서 날을 세웠던 장학량 정권을 붕괴시키는 것이었다. 그렇기 때문에 만주사변 이후 미국 등의 나라들은 국제연맹의 이름으로 릿튼 조사단을 파견하였고 이에 반발한 일본은 국제연맹을 탈퇴하였다. 장혁주는 만주국 건국은 일본 제국의 확대가 아니라 만주 민중을 구하는 것이라는 것을 강조하기 위하여 이 소설을 썼던 것이다. 건국 이전은 야만으로, 건국 이후는 문명으로 대립시키면서 만주국 건국의 정당성과 이 과정에서 일본이 행한 역할을 부각시키는 것이다. 그렇기 때문에 장학량 정권을 무능하고 부패한 것으로 그렸다.

건국 이후의 밝아진 세상을 부각시키기 위하여 건국 이전 장학량 치하의 시절의 어두운 면을 강조하는데 특히 이주 조선 농민들이 겪는 수난을 중심에 세우고 있다. 조선인들이 겪는 어려움 중에서 가장 중요하게 부각되는 것은 장학량 부대와 비적들 사이에서 시달리는 조선인의 형상이다. 조선인들의 괴롭히는 두 억압의 주체 중의 하나로 등장하는 장학량 부대에 대해서 먼저 검토하여 보자. 장학량은 반일과 더불어 반공산주의를 표방하였기 때문에 이른바 공비들이 숨어있는 조선인 이주민 마을을 습격하여 불태우는 일을 실제로 하였다. 그렇기 때문에 조선인 이주민들이 힘들게 살았고 때로는 공들인 마을을 떠나 다른 곳으로 솥을 들고 나서기도 하였던 것이다. 하지만 장학량 시절 조선인 이주민들을 가장 힘들게 했던 것은 일본의 침략에 반대하였던 장학량이 일본제국이 조선인들을 핑계로 진주하는 것을 가장 싫어했기 때문에 조선인 이주민들이 땅을 구입하거나 땅을 소작하는 것을 반대하였던 것이다. 장학량은 그의 아버지 장작림과 달리 국민당의 일원이었다. 청천백일기를 곳곳에 걸어두면서 국민당

임을 당당하게 선포하였고 이것의 연속선상에서 반일을 하였던 것이다. 당시 조선인 이주 농민들이 살고 있는 지역의 중국인 현장들은 이전의 장작림 시절과 달리 학식을 갖춘 이들이 차지하면서 반일을 하였기에 조선인들은 점점 의지할 곳이 없어졌다. 장학량과 그의 수하에 있던 현장이나 부대들이 조선인들을 괴롭혔던 것은 일본의 대중국 침략 때문이었다. 만약 일본이 대중국 침략의 의도를 내보이지 않았더라면 장학량과 그의 부하들은 이렇게 조선인들을 괴롭히지 않았을 것임에 틀림없다. 장혁주는 일본의 이러한 침략 의도가 당시 갖고 있던 의미를 완전히 삭제해버리고 오로지 중국인들이 조선인을 일방적으로 괴롭히는 것으로 그리고 있는데 이는 그가 얼마나 일제의 정책에 서 있었는가를 웅변적으로 보여주는 대목이라 할 수 있다.

이 점은 당시 이와 비슷한 상황을 그리면서도 다르게 보고 있는 안수길의 「벼」와 비교하면 금방 알 수 있다. 이 작품은 전반부와 후반부로 엄격하게 구분되어 있는데 전반부는 장작림 시절이고, 후반부는 장학량 시절이다. 안수길이 이렇게 구분한 데는 장작림 시절과 장학량 시절의 대일본 정책이 확연하게 달라졌기 때문이다. 장작림 시절에는 반일이 없었기 때문에 만주 농민들이 조선인 이주 농민들을 적대시하는 것은 있었지만 만주정부 자체가 조선인들을 적대시하지는 않았다. 오히려 조선인 농민들을 끌어들여 개간하려고 노력할 정도였다. 산동인이었던 방치원이 현장의 도움을 받아 조선인들을 보호하고 도울 수 있었던 것도 이런 정황 때문이었다. 하지만 장학량 정권이 국민당의 일원으로 등장하면서 반일의 기치를 내세웠다. 그리하여 돈으로 현장을 샀던 지난 시절과 달리 실력있는 현장들이 부임하고 이들은 정부의 반일 정책을 강하게 실행하였다. 조선인들을 이해하면서 도왔던 중국인 지주 방치원도 별다른 수가 없어 조선인을 축출하는데 데 힘을 보탠다. 그런데 소현장이 조선인들을 축출하려고 하였던 것은 바로 조선인들 자체가 아니라 그 뒤에 있는 일본인 때문이었다.

　　소현장은 곧 부하를 불러 매봉둔의 조선 사람들의 일을 조사하라 하였다. 그 보고로 매봉둔에 오십 여 호 그 부근에 십호 내지 이십호 씩 작은 부락들을 합하여 이백 여 호가 산다는 것을 알고 깜짝 놀랐다. 그리고 그들은 학교까지 짓도 있으며 학교 짓는 재료가 나까모도한테서 나간다는 것을 알고 큰 일이 나는 것 같이 서둘렀다. 그의 지론으로 한다면 조선 사람이 많이 모여 사는 곳에는 그 사람들을 보호하기 위하여 링스관(영사관)이 들어온다는 것이었다. 다른 곳에서는 조선 사람을 민국에 입적시키고 중국옷 입기를 강조하여 자기나라 백성으로 취급해리나 소 현장의 지론은 그런 미지근한 방법이 틀렸다는 것이었다. 중국복을 입으나 국적에 드나 조선 놈은 어디까지든지 조선 놈이고 조선 놈인 이상 일본 신민으로서 보호할 의무가 있다. 주장함은 당연한 일로서 여기에 비로소 영사관 설치가 문제되며 영사관이 설치된다는 것은 곧 일본의 정치세력이 이 나라에 인을 친 것을 의미하는 것이라는 것이었다. 그리고 조선 사람은 천성이 간사하여 이익을 위하여 필요한 편에 잘 들러붙으나 그것이 불리하면 배은망덕하고 은혜 베푼 사람에게 침 뱉기가 일쑤라는 것이었다. 그러므로 그 문제의 백성인 조선 사람을 전연 입국시키지 않는 것이 마땅한 일이나 이미 들어와 있는 사람들은 처음에는 온순한 수단으로 그것을 듣지 않으면 문제가 생기지 않을 정도의 강제수단을 써서 몰아냄으로 화근을 빼어내는 것이 상책이라는 것이었다.[4]

　　중국인 현장이 장학량의 육군을 시켜 조선인 마을의 신축중인 교사를 불태우는 것이 조선인 탓이 아니라 일본인 때문이라는 것을 아주 분명하게 보여주고 있다. 이 점은 장혁주가 장학량의 병사들이 조선인을 일방적으로 괴롭히는 것으로 설정한 것과 퍽 대조된다.

―――――――――
4) 안수길(1944), 『북원』, 예문당, 274~275쪽.

『개간』에서 조선인 이주 농민을 괴롭히는 또 하나의 억압 주체로 드는 것이 바로 공비이다. 토비들은 뇌물 등을 두면 일이 해결되기도 하지만 공비들은 신념의 인물들이기 때문에 돈 등으로 해결되지 않아 오히려 많은 조선인 이주민들의 목숨을 앗아간 것으로 그리고 있다. 조선인 이주민들은 자신이 개간한 땅을 버리고 다른 곳으로 떠나거나 혹은 땅을 지키다가 목숨을 잃기도 하는 것이라는 것이다. 하지만 이 점도 사리에 맞지 않는다. 당시 장학량 정권은 반일과 더불어 반공산주의를 내걸었기 때문에 공산주의자일 경우 조선인 중국인 가릴 것 없이 소탕하였다. 그렇기 때문에 조선인 공산주의자들은 자신들을 중국 정부에 밀고한 조선인 이주 농민들을 잡아가거나 혹은 죽이는 경우가 있지만 기본적으로는 조선인 이주민들을 보호하였다. 이들이 없으면 자신들이 설 땅이 없기 때문에 각별하게 보호하려고 하였던 것이다. 그런데 이런 것들을 고려함이 없이 마치 조선인 공산주의자들이 조선인 이주 농민을 일방적으로 죽이거나 괴롭히는 것으로 그리는 것은 장학량의 반일 정책을 은폐하기 위한 것에 지나지 않는 것이다.

이 점 역시 동시대의 작품인 강경애의 「소금」과 비교하면 금방 어렵지 않게 확인할 수 있다. 강경애는 공산주의자들이 지배층과의 싸움에서 적들을 도와주는 조선인 이주민들을 죽이는 경우를 취급하지만 궁극적으로 조선인 이주 농민들의 처지를 이해하고 그들의 편에 서는 것은 어디까지나 공산주의자들이라는 것을 아주 강하게 말하고 있다. 여주인공은 자신의 남편을 죽인 이들이 공산주의자들이기 때문에 그들을 미워하지만 결국은 그렇게 된 것은 남편이 공산주의자들 반대편에 서서 적극적으로 활동했기 때문에 교전 과정에서 죽은 것에 불과하고 실제로는 이들 공산주의자들이 자신들과 같이 허덕이는 이주 농민들의 편이라는 것을 깨닫게 된다. 물론 이 작품은 만주국 이후이기 때문에 장학량 정권 시절과는 일정한 차이가 난다. 하지만 기본적인 구조는 마찬가지라고 할 수 있다. 장혁주가 조선인 이주 농민을 괴롭히는 주체로서 비적을 설정하고 특히 공산주의자들이 이들을 죽이는 것으로 일방적으로 그리고 있는 것은 일본 제국을 은폐하기 위한 것이라고 할 수 있다. 일본 제국의 위협과 침략에 맞선 장학량 정부의 저항에서 빚어진 것을 은폐하기 위하여 비적을 끌어들여 강조한 것이다.

장혁주가 장학량 정부 치하의 어두운 면을 강조하는 것은 결국 일본이 만주사변에서 승리하여 만주국을 건국하는 것의 정당성을 옹호하기 위한 것이다. 이 과정에서 흥미로운 것은 그의 '내선일체'관이다. 만보산에서 조선 농민들이 막 개간하기 시작했을 때 중국인 농민과 장학량 부대원들이 이를 막기 위하여 이들을 위협할 때 그들을 구해준 것은 바로 영사와 영사경찰이었다. 영사는 중국 정부와 협의를 하는 것이 쉽지 않다는 것을 알게 되면서 영사 경찰을 파견하여 이주 농민들을 구해주는 것이다. 이 과정에서 조선인 농민들을 일본인으로서의 자신의 정체성을 확인하는 것으로 설정하고 있다.

이렇게 장혁주는 철저하게 '내선일체'의 입장에서 만주와 만주국을 그리고 있음을 알 수 있다. 한데 당시 이 소설을 발표할 무렵은 만주국에서 '오족협화'가 기본 정책이기 때문에 이러한 설정은 국책에 어긋날 수도 있는 것이다. 만주족과 더불어 살아가는 것이 중요하고 협화미담을 일부러라도 만들어내야 하는 판인데 이렇게 조선인과 일본인이 한 편이 되어 중국인과 싸우고 또 중국인들을 야만인으로 간주하여 폄하하는 것이 '오족협화'의 국책과 맞지 않는 것이다. 다른 작가들이라면 이러한 설정은 어림도 없었을 것이다. 실제로 장혁주는 이 작품의 후기에서 이 점을 의식하여 '오족협화'를 막는 것은 만주족이 아니고 만주의 부패한 정부 탓이라고 적고 있다. '내선일체'를 지향하는 자신의 지향이 만주국의 '오족협화'와 맞지 않기에 이런 변명을 하여 검열을 통과한 것이다.

4. '내선일체'의 완성으로서의 만주 개척과 '오족협화' 및 '대동아공영'과의 길항: 『행복한 백성』

　만주국 건국 전후를 배경으로 다룬 『개간』과 달리 『행복한 백성』은 이 작품이 집필되던 시기의 만주를 동시적으로 그리고 있다. 창씨개명이 시작된 이후인 1940년 가을부터 2년간에 걸친 시간대이다. 『개간』이 만주국 건국이 결코 중국의 주권을 침략한 것이 아니고 어디까지나 폭압적인 장학량 정권 하에서 신음하는 사람들을 구해낸 정당한 일임을 강조하는 것이라면, 만주의 개척이 과거처럼 그냥 조선이나 일본에서 살기 힘든 사람들이 생존을 위해서 최후로 이주하는 그런 종류의 행위의 소산이 아니고, 갱생을 기약하는 새로운 시대적 기획임을 강조하는 것이다. 이 장편소설은 작가 장혁주에게 만주와 만주국을 통시대적으로 읽어내려는 노력의 산물이라고 할 수 있을 것이다.

　이 작품의 주인공격인 조선인 개척민 이와무라(조선 이름 순도)는 창씨개명이 시작된 직후 조선을 떠나 만주에 이주하였기 때문에 창씨개명한 자신의 이름 이와무라가 본인에게도 낯설 정도이다. 과거와 같이 이런 저런 인연을 끈으로 개인적으로 만주에 들어온 것이 아니고 만선척식회사의 주선으로 이주한 집단 개척민이기 때문에 마음자세부터 다르다. 조선에서의 생활이 힘들기 때문에 도피행각으로 이주한 것이 아니라 조선에서는 이루지 못하였던 새로운 삶의 방식을 개척하기 위하여 이주한 것이다. 자유 이민으로 들어온 이들은 만주와 만주국의 시장원리에 노출되어 이리 저리 헤매다가 운이 좋으면 한 몫 잡고 그렇지 않으면 낙오자 생활을 하기 마련이었다. 그렇지만 국가가 주도하는 만선척식회사의 주선으로 들어온 이주이기 때문에 국가와 혼연일체되어 움직여 나가는 것이다.

그 과정에서 과거의 자유주의에서는 찾아보기 힘든 새로운 규율의 삶을 영위한다.

이러한 이와무라의 새로운 만주에서의 삶은 한순간에 이루어지는 것이 아니다. 비록 집단 이주의 형태로 들어왔고 만선척식회사의 도움을 받으면서 생활하기는 하지만 난관이 적지 않다. 과거 자신의 몸에 배었던 태도도 그러하지만 더욱 힘든 것은 자유이민으로 만주에 들어와 자리를 잡은 사람들의 관성과 이에 바탕을 둔 저항이다. 최팔은 그 대표적인 인물이다. 자유이민으로 만주에 들어온 최팔은 만주국의 국가주의적 방식에 대해 적응하지 못하면서 과거의 관성대로 살아가려고 하는 인물이다. 만선척식회사의 주선으로 새로운 마을을 만들어가려고 하는 이들의 노력을 항상 비판하던 터라 이 마을에 새로 들어온 이와무라를 자기편으로 만들려고 한다. 처음 이 마을에 들어와 모든 것이 생소한 이와무라는 최팔의 꼬임에 넘어가 술집도 다니기도 하지만 이내 이런 행동들을 반성한다. 먼저 들어온 사람들 중에서 최팔과 다르게 살아가려고 하는 이들의 도움으로 이와무라는 개척민의 표본이 된다. 조선에서 이 마을로 이주한 영란이란 처녀를 두고 최팔과 벌이는 경쟁에서 마음이 흔들리기도 하지만 결국은 이와무라는 영란과 결혼까지 한다. 심지어 과거의 자유주의적 방식과 결별하려고 하지 않았던 최팔마저 개척농업정신대의 일원으로 개조시킨다. 만선척식회사 주도하에 벌어지던 새로운 마을 가꾸기와 공동작업에 기초한 농업경영에 대해 반대하기 위하여 연판장을 돌리기까지 하였던 최팔이었지만 결국 과거와 결별하고 새로운 생활에 동참하게 되는 것으로 이 작품은 끝난다.

이 작품에서 빼놓을 수 없는 것이 바로 '내선일체'에 대한 장혁주의 집념이다. 조선인이 이주한 이 마을 주변에는 이미 터를 잡고 살고 있는 만주인들도 있지만 막 입식한 일본인도 있었다. 조선 사람들이 이 마을에 입주하여 살면서부터는 이들과 분리하여 살기는 쉽지 않았을 것이다. 특히 선주민이라고 할 수 있는 만주인들의 경우 더욱 그러하다. 그런데 작가는 이 작품에서 만주인에 대해서는 거의 다루지 않고 있다. 갈등만이 아니라 협조도 있었을 터인데 결코 다루지 않았다. 그 대신에 입식한 일본인에 대해서는 많은 비중을 두어 다루고 있다. 또한 그 관계를 갈등은 거의 없고 오로지 협조하는 것으로만 그리고 있다. 처음 입식하였기 때문에 같은 집단의 일원으로 공동으로 문제들을 해결할 때도 그러하지만 다른 조직으로 나누어져 살아갈 때에도 일본인들의 도움은 매우 컸다. 이와무라가 최팔의 거짓 고발로 인하여 유치장 신세를 지고 있을 때 일본인 우시지마의 도움으로 풀려나게 된 것이 그 대표적인 경우이다. 최팔의 강한 반대로 인하여 공동경영의 새로운 방식이 난관에 처했을 때 일본인 마을에서 나온 우시지마가 지원으로 문제를 풀어나가는 등 '내선일체'의 흐름은 이 작품의 전반을 흐르고 있다. 우시지마가 시마네 출신의 자신들과 조선인들은 고대로부터 하나의 핏줄이라는 것을 강조하는 대목 역시 장혁주의 혈통주의적 '내선일체'관을 잘 드러내주는 것이라 할 수 있다. 우시지마가 "우리들은 일본에서도 동해에 면한 마을에서 왔습니다. 그 곳은 고래로부터 조선과의 관계가 밀접한 곳이라 들었습니다.특히 남부 조선과 동부 조선의 사람들과는 지금도 같은 피가 흐르고 있다고 합니다"라고 하는 언설은 장혁주가 얼마나 '내선일체'에 집착하였는지를 잘 보여준다.

'내선일체'에 대한 작가의 집념이 가장 뚜렷하게 드러나는 대목은 국어 강습 대목이다. 공동경영에 입각한 새로운 마을 만들기가 어느 정도 정착되어 가자 마을 사람들은 아이들의 교육을 위하여 학교를 만들 계획을 세우고 그 일환으로 일본어 강습을 하게 된다. 이와무라는 바쁜 와중에도 솔선수범하여 일본어 강습을 할 정도로 적극적이다. 이러한 설정은 당시 상황에 비추어 볼 때 특별한 의미를 갖는다. 당시 만주국은 '오족협화'를 국책으로 정하고 조선족들이 자신의 언어로 신문도 내고 활동하는 것을 권장하였다. 만선일보가 1945년 해방까지 계속하여 조선어로 신문을 낼 수 있었던 것도 바로 이러한 맥락에서 가능한 일이었다. 1937년에 치외법권이 철폐되면서 '오족협화'는 더욱 강화되었다. 일본인마저 만주국 내에서는 하나의 종족으로 취급받아야 하는 현실에서 조선인들은 더욱 자기의 독자성을 지킬 수 있었던 것이다. 당시 조선에서 이주한 염상섭이나 백석은 바로 이러한 만주국의 특수한 정황을 활용하였던 것이다. '내선일체'보다는 '오족협화'가 조선인의 자유를 위해서는 더욱 좋은 것이었다. 그러다 보니 간도 지역을 비롯한 농촌 지역에서의 조선인 교육은 만주국에 의해 진행되었기 때문에 '내선일체'와는 거리가 멀었다. 일본 제국의 신민으로서의 조선인이라면 조선과 마찬가지로 일본어를 배워야 하겠지만 만주국의 한 종족으로서의 조선인이라면 일본어를 배울 필요가 없었던 것이다. 이런 '오족협화'의 교육현실을 직접 보고 온 장혁주는 이를 매우 못마땅하게 생각하였다. 1942년 조선 총독부의 주선으로 만주를 다녀온 후 매일신보의 좌담에서 한 다음의 발언은 당시 장혁주가 간도 및 만주국에서의 조선인들의 일본어 교육에 대한 생각과 '내선일체'관을 잘 보여주고 있다.

> 회덕의 교장은 본촌이라는 반도출신이었습니다. 그런데 제가 이 교육 문제에 대하여 느낀 것은 개척지의 학교는 만주국의 경영으로 되어 있다는 사실이었습니다. 그러니까 근본적으로 반도인으로서 '내선일체'의 정신 하에서 교육 방침을 세워야 하겠는데 학교 자체가 만주국의 경영이니까 이 교육 정신의 통일 문제가 대단히 곤란한 문제였습니다.[5]

---

5) 『매일신보』 1942. 6. 27.

'내선일체'와 '오족협화'가 충돌할 때 장혁주는 당연히 '내선일체'를 택한다. 만주국의 조선인들이 만주국의 '오족협화'의 정신을 배우는 것을 매우 못마땅하게 생각하면서 '내선일체'의 정신을 배워야 한다고 이렇게 강변하는 것은 그가 얼마나 혈통주의적 '내선일체'를 내면화했는지를 잘 보여준다. 그렇기 때문에 이 작품의 마지막에서 이와무라가 일본어를 강습하는 것을 그렇게 두드러지게 그려냈던 것이다. 장혁주는 '내선일체'의 시각에서 만주국의 개척을 보았기 때문에 당시 일본 제국이 만주국에서 펼쳤던 '오족협화' 및 '대동아공영'과 충돌하게 되는 것이다. 당시 일본 제국이 만주국에서 펼쳤던 '오족협화'와 충돌하게 되는 것이다. 또한 이 작품을 쓸 무렵 일본 제국은 '만주국'에서 기존의 '오족협화'뿐만 아니라 '대동아공영권'의 논리를 적극적으로 설파하였다. 유치환의 작품에서 볼 수 있듯이, 그동안 동아신질서나 오족협화에 다소 냉소적이었던 이들도 이 '대동아공영권'의 논리에는 적극적으로 가담하였다. 그런데 장혁주는 이러한 대목에 대해서도 전혀 관심을 두지 않았던 것이다. 그가 만주국을 다룬 작품을 창작하면서 끝없이 자신이 쓰고 싶은 것을 제대로 쓰지 못하였다고 불만을 토로했던 것은 이러한 상충에서 비롯된 것임을 확인할 수 있다.

5. 결어

장혁주는 '오족협화'가 주된 이념이었던 만주국을 다루면서 철저하게 '내선일체'의 입장에서 서 있었다. 그로서는 '오족협화' 속에서 자신의 정체성을 찾고자 했던 만주국의 조선인들에 대해서 깊은 불만을 가지고 있었고 이러한 소설 쓰기를 통하여 이주조선인들이 일본 신민으로서의 정체성을 갖고 살기를 희망하였다. '내선일체'와 '오족협화'의 길항 속에서 글을 썼던 장혁주는 이주 조선인들을 하나라도 '내선일체'의 품으로 끌어들이는 것이 자신의 작가적 책무라고 생각했던 것이다. 건국 이전의 어려운 시절에 조선인들을 구해주고 그들에게 땅을 마련해준 것도 일본인이었고, 개척의 난관을 뚫고 땅을 공동으로 경작하여 갱생하게 해준 데도 일본인들의 역할이 핵심적이다. 『개간』과 『행복한 백성』은 바로 이러한 작가적 노력의 산물이었다.

이 두 작품은 그 시대적 배경의 차이에도 불구하고 자작농 창정으로 이어져 있다. 만주국 건국 이전의 참담함을 벗고 새롭게 건설되는 만주국에서 조선농민들을 정착시키고 안정시키기 위한 것이 자작농 창정이었다고 『개간』에서 강조하고 있다. 만선척식회사의 주선으로 본격적인 개척이주가 시작된 이후 전체주의적 농업경영의 실상을 다루고 있는 『행복한 백성』에서도 농민들의 최후의 목표는 자작농창정이다. 한때 사회주의였던 장혁주가 전체주의로 방향을 바꾸어도 내적으로 견지하고 있는 것은 자본주의와 자유주의에 대한 비판임을 알 수 있는 대목이다. 그런 점에서 1939년 이전과 이후 장혁주의 작품 세계는 외적으로는 현저하게 바뀌었지만 내적으로 완전히 단절된 것이 아님을 확인할 수 있다. 자작농창정을 통해 이주한 조선농민들이 더 나은 삶을 살기를 희구한 그의 바람은 '내선일체'의 틀에 서 있었기에 결국 제국에서 벗어나지 못한 것으로 끝나버렸다. 조선에서 살 수 없어 만주 지역으로 이주했던 조선 농민들이 자기 땅을 소유하여 사람다운 삶을 사는 것에 큰 희망을 가졌지만 '오족협화'의 땅에서 '내선일체'를 구현하려고만 했고 일본 제국주의의 억압의 실상을 파악하지 못하였기 때문에 결국 실패하고 말았다. 이는 혈통주의에 입각한 '내선일체'론의 비극적 결말이었던 것이다.

고려인 작가 김준의 『십오만 원 사건』에 나타난 항일투쟁 시기의 민족주의와 사회주의

김 필 영*

1. 머리말

김준(1900~1979)은 1931년 원동 해삼시 원동국립대학 노동학원을 졸업한 후 『선봉』 신문사에서 일하였다. 1933년 모스크바대학교 철학부에 입학하였으나 가정 형편으로 이듬해에 중퇴한 뒤 1936년까지 해삼시 뽀씨예트 구역 『레닌의 길』 신문사에서 근무하였다. 1937년 중앙아시아로 이주한 뒤 『레닌기치』 신문사에서 일했으며 1962년에 조직된 카자흐스탄작가동맹 크즐오르다지부에 개설된 고려인작가분과의 분과위원장에 선임되었고, 이를 바탕으로, 1970년에 정식으로 설립된 카자흐스탄작가동맹 고려인작가 분과의 위원장 겸 꼰술탄트로 선임되었다. 1928년에 「한까의 가을」이란 기행문을 『선봉』에 발표하며 문필활동을 시작하였으며, 작품집으로 장편소설 『십오만 원 사건』(1964)과 시집 『그대와 말하노라』(1977), 그리고 유고시집 『숨』(1985)이 있다. 이 외에 『레닌기치』

* 강남대학교.

신문과 공동 작품집에 게재되었던 작품으로 다음의 시와 소설이 있다.[1]

시 작품으로『조선시집』(1958)에 실린「열길 솟은 강」,「내 고향 석천동」,「로씨야 병정」;『레닌기치』에 실린「오십구년의 목소리」(1959),「태평양별 네 개를 노래하노라」(1960),「레닌과 함께」(1961),「나의 정 깊은 강」(1961),「마흔 아홉」(1962),「나의 축배」(1965),「오월의 노래」(1968),「내야 있던 없던」(1968),「신년송」(1969),「쏘베트의 병사」(1969),「가슴 속의 오월」(1969),「오월의 평가」(1970),「낡지 않은 정신」(1970),「알리야」(1970),「샘물의 탄생」(1970),「어머니」(1971),「땅의 향기」(1972),「시를 내 써 보려 했다」(1973),「서정시」(1973),「지다나무 꽃이 핀다」(1974),「뻬트리세워」(1979); 공동작품집『시월의 해빛』(1971)에 실린「내 고향 땅에서」;『씨르다리야의 곡조』(1975)에 수록된 두 편의 제목 없는 시가 있다.

소설 작품으로「해당화」(1958),「지홍련」(1960),「심상건과 마까로브 일가」(1963),「주옥천」(1966),「쌍기미」(1968); 밟지 않은 오솔길」(1971); 공동작품집『시월의 해빛』(1971)에 실린 단편소설「나그네」가 있다.

김준의 시집에 발표된 시조와 일부 서정시를 제외하면, 1970년 이전에 발표된 김준의 시가 소련공산당이나 소비에트 사회주의를 찬양하는 목적시이거나 행사시인데, 1970년 이후에 발표된 작품은 소련의 민족간 친선을 강조하고 있다. 시와는 달리 소설은 대부분이 소련 원동을 배경으로 한 작품들로 독립군의 활동이나 지주계급을 타파한 사회주의를 주제로 다루고 있다.

본 논문에서 중점적으로 다루고자 하는『십오만 원 사건』은 1964년 카자흐스탄 알아-아따에 있는 카사흐국영문학예술출판사에서 간행된 국판 360쪽 분량의 실화소설이다. 당시 고려인 문단에서 "쏘베트 문학에서

---

1) 김준의 이력과 작품에 대해서는 다음 자료를 참고하였음.
   김필영(2004),『소비에트 중앙아시아 고려인 문학사(1937~1991)』, 강남대출판부, 286~287쪽, 353쪽, 472~473쪽, 682쪽.

처음 조선말로2) 씌여진 조선작가의 큰 작품"3)이란 평가를 받은 『십오만 원 사건』은 중앙아시아 고려인 문단에서 발간된 최초의 장편소설이기도 하지만 작품의 분량이나 내용에 있어서 중앙아시아 고려인 문단의 대표작이기도 하다. 소설 『십오만 원 사건』은 "소문이 당시에 크게 퍼지였고 그 후에는 일종 옛말처럼 전해 내려 온"(김준 1964: 5, 이하 쪽 수만 표기) 조국의 해방을 위해 1919년 간도 일본은행의 돈을 탈취한 사건에 참여했던 최봉설에게서 직접 들은 실화를 바탕으로 창작된 항일 무장투쟁 소설이다. 『십오만 원 사건』은 발간 전에 김준이 고려인들이 다수 거주하던 집단농장을 직접 방문하여 고려인 독자들로부터 7,300부의 사전 구독약속을 받아서 발간된 작품이다.4)

위 작품 연보에서 볼 수 있듯이, 김준의 소설은 대부분이 1960년대에 발표되었으며5) 일본에 빼앗긴 조국의 독립을 염원하는 민족주의와 원동의 지주계급을 타파한 사회주의에 대한 갈망을 주제로 창작된 작품들이다. 민족주의와 사회주의의 결합은 원동을 중심으로 전개된 항일 조국 독립운동을 주제로 창작된 중앙아시아 고려인 작가들의 작품에 나타나는 공통적인 현상이며, 고려인들이 받아들인 당시 러시아 원동지역에 유행병처럼 퍼져 있던 사회주의는 단순한 관념적인 사상이 아니라 평화적인

---

2) 본 논문에서 '조선'과 '고려'라는 용어를 함께 사용하였다. 상황에 따라 적절하게 이해하기 바란다.
　 제2차 세계대전 말기 소련군의 일원으로 고려인들이 한반도 북반부에 파병되면서 '고려'라는 명칭 대신에 '조선'이란 용어가 중앙아시아 고려인 사회에 등장하였으나, 소련의 붕괴를 전후하여 '조선'과 '한국'의 정치적 상황을 고려하여 고려인들은 '조선' 대신에 옛 명칭인 '고려'라는 용어를 다시 사용하기 시작했다.
3) 강태수(1964), 「소설 십오만 원 사건을 읽고」, 『레닌기치』 9월 30일자.
4) 「작가와 ㅅ골호스원들과의 모임」, 『레닌기치』 1963년 2월 5일자.
　 「한결 같은 마음」, 『레닌기치』 1964년 2월 24일자.
5) 1910년대에 발생한 사건들을 1960년대에 소설화할 수 있었던 사회적 배경에 대해서는 제 2장에서 소개하기로 한다.

조국 독립만세운동의 좌절을 맛본 고려인 무산대중에게 조국 독립에 대한 확신을 심어주고 방향을 제시한 신념체계라고 할 수 있다.

본 논문에서 김준의 『십오만 원 사건』에 나타난 민족주의와 사회주의가 항일 독립투쟁의 전개과정에서 어떻게 상생하며, 이러한 역사적 사실의 서사화가 1960년대 당시의 중앙아시아 고려인 사회가 처했던 시대적 상황 하에서 어떠한 상징적 의미를 가지는지 살펴보기로 한다.

2. 민족주의에서 사회주의로

소련 원동에 거주하던 고려인들이 집단적으로 중앙아시아로 이주하게 된 것은 1937년의 일이다.[6] 당시 소련 공산당 총서기였던 스탈린의 결정에 따라 일본의 앞잡이라는 부당한 누명을 뒤집어쓰고 고려인들은 정들었던 거주지 원동을 떠나 카자흐스탄과 우즈베키스탄에 정착하게 되었다.[7] 이주 과정에서 많은 희생자가 발생하였고 소련 공산당에서 마련한 이주대책이 제때에 제대로 이행되지 않아 이주지에 도착한 고려인들은 정착하기까지 말할 수 없는 고통과 시련을 겪을 수밖에 없었다.

거기에다가 이주 초기에 이들 고려인들은 거주이전의 자유마저 박탈

---

6) 1897년에 실시된 제정러시아 인구조사 통계에 따르면 현 카자흐스탄 지역에 11명의 조선인이 거주하였고, 1926년 소련 인구조사 통계에 의하면 카자흐스탄에 26, 우즈베키스탄에 36명, 키르기즈스탄에 9명의 고려인이 거주했다. 1928년에 원동 해삼의 벼 재배 및 양잠 전문가 70여 가구가 카자흐스탄 세미례체로 이주한 것이 소규모이긴 하나 고려인의 첫 집단적 이주였다.
김필영(2004), 『소비에트 중앙아시아 고려인 문학사(1937-1991)』, 용인: 강남대출판부, 21~22쪽.
7) 중앙아시아 고려인에게 대한 자세한 내용은 다음을 참고하기 바람
김필영(1998), 「송라브렌띠의 희곡 기억과 카작스탄 고려사람의 강제이주 체험」, *Comparative Korean Studies* Vol. 4, 109쪽.

당하여 당국의 허가가 없이는 거주 지역을 떠날 수 없는 무국적자나 다름 없는 참담한 상황에 놓였다.[8] 민족감정이나 강제이주에 대한 문학적 표현은 당연히 허용되지 않았으며 모든 문화 활동은 철저한 검열의 대상이었다. 시인 강태수가 1938년 "밭 갈던 아씨에게"라는 시 한편을 크즐오르다사범대학 벽보에 게재했다가, 떠나온 원동을 그리워 한 시의 내용 때문에 인민의 원수로 몰리어 21여 년간을 소련 북극의 한 강제수용소에서 격리생활을 했어야 했다. 이런 상황에서 소련 공산당이나 소비에트 사회를 찬양하는 것 외의 어떠한 문학적 상상력도 허용되지 않았다.

믿을 수 없는 민족으로 치부된 고려인들은 소련에서 '조국전쟁'이라 부른 제2차 세계대전 시에도 전쟁에 직접 참가하여 일제의 첩자라는 누명을 벗고 명예를 회복할 수 있는 기회마저 주어지지 않았고 전쟁 물자를 조달하는 노동전선에 참여할 수 있는 것이 고작이었다.[9] 그럼에도 불구하고 고려인들은 집단농장을 조직하여 열심히 노력한 덕분에 다수의 소련 노력영웅들을 배출하였고 마침내 당국의 인정을 받아 1950년대 초반에는 강제 이주 시 압수당한 공민증을 다시 발급받게 되었다.[10] 고려인 사회가 직면한 당시의 암울한 민족적 현실에도 불구하고 소련 공민으로 대접받기 위해 모든 것을 참고 견디어낸 고려인들의 근면한 민족성 덕분이었다.

1953년 스탈린이 사망한 뒤, 1956년에 개최된 제20차 소련공산당 전당대회에서 스탈린의 개인숭배가 폭로되고 스탈린에 의해 희생되거나 탄

---

8) 김필영(2000), 「소비에트 카작스탄 한인문학과 희곡작가 한진(1931~1993)의 역할」, 『한국문학논총』 제27집, 한국문학회, 212쪽.
9) 소련 당국은 고려인들은 믿을 수 없는 민족으로 취급하여 전선에 지원한 고려인 청년들을 속이거나 유인하여 노동전선으로 보냈다. 자세한 내용은 다음을 참고하기 바람. 김필영(1998), 126~129쪽.
Khvan Ludmila(2008), Trudobaya armiya: vtoroy udar sud'by po kopye saram(po matyerialam istoriy koryetchyev Karakalpakstanna), *Journal of Korean Studies* Vol. 11, Central Asian Association for Korean Studies, pp. 57~58.
10) 김필영(1998), 130쪽.

압을 받은 자들의 복권을 위한 조치가 마련되었다.[11] 스탈린에 의해 시작된 고려인에 대한 민족적 탄압은 스탈린의 죽음과 함께 서서히 막을 내리게 되었다. 강제이주 이후 잠시 기억 속으로 사라졌던 고려인들의 민족주의가 어느 정도 되살아나고 떠나온 원동의 기억이나 조국의 독립을 위해 일제와 투쟁하거나 소비에트 주권의 건설을 위해 헌신한 고려인 영웅들의 행적이 문학적으로 부각되기 시작했다.

스탈린의 사망 이후 소련 당국의 문화정책에 대한 변화 덕분에, 늦었지만 다행히, 김준의 『십오만 원 사건』(1964)의 주인공 최봉설, 김세일의 소설 「홍범도」(1965~1968년까지 『레닌기치』 신문에 연재)의 주인공 홍범도 장군, 김준의 서사시 「땅의 향기」(1970)의 주인공 김수라 같은 인물들이 문학적으로 형상화될 수 있었다. 실화를 바탕으로 창작된 이들 작품의 주인공들은 모두 실존 인물로 민족주의와 사회주의를 넘나들며 민족의 장래를 고민했던 고려인들이며 1960년대 중앙아시아 고려인 사회의 민족 동질성 회복에 기여했다. 『십오만 원 사건』의 줄거리는 다음과 같다.

『십오만 원 사건』은 1914년 17세 된 최봉설이 일본의 식민지가 된 조국을 독립시켜야 한다는 사명감에 혈서를 쓰고 철혈광복단에 가입하고 독립운동에 참가하는 이야기로 시작된다. 간민교육회 주최로 열린 운동회에서 패기에 찬 청년들을 본 일본관원이 운동회에 참가한 세 중학교를 폐쇄해 버리고 교원들을 체포하자 주요 인사들이 사방으로 피신한다. 학교가 문을 닫자 철혈광복단원들은 심산벽곡 조선인 마을인 간도 라자거우에 사관학교를 세우기로 결정하고 비밀리에 사관생을 모집하여 교육을 시작하지만 재정난으로 잠정적으로 문을 닫는다. 일본에 대한 적개심이 조선 민족주의로 표방되나 러시아 10월 혁명 이후 간도 일대 조선 사람들

---

11) 김필영(2006), 「소비에트 카작스탄 고려인 문학(1937~1991): 문단 배경과 시기 구분」, 『민족문화논총』 제34집, 영남대학교 민족문화연구소, 324쪽.

에게도 사회주의 사상이 도래하게 된다. 러시아로 돈벌이를 갔던 림국정이 고생만 하고 집으로 돌아와 가족과 친구들에게 러시아군대가 니꼴라이 황제를 죽였다는 등 여러 가지 보고 들은 것과 조선인 여성 혁명가 김수라를 만나서 조선에도 노동자와 농민의 국가가 생겨야 된다는 말을 전하면서 자기를 '다왈씨'라고[12] 부르더란 이야기를 한다. 조선에서 3.1 만세사건이 일어나고 일본 순사들은 태극기를 손에 들고 만세를 부르는 무수한 조선인들을 살해한다는 소문이 간도에 퍼졌다. 철혈광복단 비밀회의에서 결사대를 조직하여 죽음을 무릅쓰고 독립만세 시위행렬의 앞장에 설 것을 제안하자 러시아에서 사회주의 사상을 맛본 국정은 반대 의견을 제시한다. 그러나 마침내 결사대를 조직하여 독립만세를 부르기로 결정하고 3월 12일 용정의 조선인들이 시위 행렬에 참여하여 많은 희생자를 낸다. 결국 이들은 총을 구하여 일제에 대항하기로 하고 여러 가지 궁리를 하던 중 용정 일본은행을 털기로 하는데, 이 돈으로 해삼으로 가 조선인이 경영하는 객점에 드나드는 백파군[13] 장교들이 유흥비를 마련하기 위해 파는 무기를 구입하기 위해서이다. 일본 은행을 털기 위해 은행에 일하는 조선인 직원 전기설을 찾아가 정보를 얻고 협조를 구한다. 이때 국정의 친구 숙경은 간호부를 모집하여 앞으로 독립군들을 위해 필요한 조치를 강구한다. 드디어 날이 되어 이들은 길림—회령철도 건설비용으로 들여오는 자금 30만원을 운반하던 마차를 습격하여 절반인 15만원을 탈취하는데 성공하지만 그들은 절반을 놓친 것에 대해 분개한다. 얼마가 지나 왜놈들의 눈을 피해 탈취한 돈을 가지고 해삼[14] 금각만에 도착하여 엄인섭의 도움으로 총을 살 기회가 마련되어 기뻐한다. 간도에서 간호부

---

12) '다왈씨'는 러시아어 'товарищ'(동무)의 고려말식 표기.
13) '백파군'이란 제정러시아의 군대를 의미하며, 레닌이 이끄는 사회주의 혁명에 가담한 군대는 '적파군'이라 불렀다.
14) '해삼'은 블라디보스톡(Vladivostok)을 일컫는 고려말 명칭.

로 지원한 처녀들이 추운 날씨에도 고생을 무릅쓰고 해삼으로 가던 중 김옥금이 세상을 떠나자 절망에 빠지기도 한다. 그러나 엄인섭의 배반과 백성필의 기만으로 총을 인도받기로 한 그날 저녁에 일본헌병대의 기습으로 봉설을 제외한 한상호, 윤준희, 림국정이 체포되고 돈마저 빼앗기고 만다. 총에 맞아 상처를 입은 봉설은 리혜인이라는 의사가 유숙하고 있는 영순의 집에 숨어서 치료를 받는다. 간호부로 지원한 처녀들을 인솔하여 온 숙경이 자기의 약혼자 림국정이 체포되었다는 소식을 듣고 망연자실한다. 기막힌 일을 당한 숙경과 함께 간호부들을 인솔해 왔던 세 청년은 추풍 당어재골에 가서 홍범도를 만나 앞일을 상의하기로 하고 열한 명의 처녀는 다시 간도로 돌아가기로 한다. 홍범도는 자신을 찾아온 렴길룡과 김성일이 체포될 위험이 있다고 보고 수청에 있는 친구인 림이완에게 보내어 피신시키고, 박응세는 자신이 맡는다. '십오만 원 사건'으로 체포된 이들이 함경북도 청진 감옥에 구금되었다는 소문이 퍼지자 '애국열사 구원금' 모금운동이 전개되고, 간호부로 지원했던 낯이 까맣게 그을고 입술이 말라터진 열한 명의 처녀들이 간도 일대 농촌을 돌아다니며 모금을 하여 변호사를 고빙하고 구금자들에게 음식을 마련한다. 통보를 받고 급히 신한촌으로 간 박응세, 김성일, 렴길룡에게 방기창 외 모모한 분들이 권총, 수류탄, 일화 40원을 마련해 주며 감옥에 갇힌 이들을 빼내라고 한다. 청진에 도착하여 조선인 순사 김씨를 찾아가 그들이 감옥 안으로 들어갈 수 있도록 도움을 청하여 일을 도모하는데 구금된 결사대원들이 서울로 이송되고 만다. 다시 신한촌으로 돌아온 이들은 봉설의 숙소를 찾는다. 동무들의 소식을 접한 봉설이 무장할 희망을 놓친 것을 분해하자 길룡이 러시아 빨찌산과 손을 잡을 수 있다는 말을 한다. 재판에서 셋은 사형 언도를 받았고 곧 교수형에 처해졌다. 몸이 아직 완쾌되지 않은 봉설을 길룡과 응세가 리혜인의 도움을 받아 기차 편으로 수청으로 데려간다. 장례

후 룡정으로 돌아간 숙경은 마음을 정리하고 간호부로 지원했던 처녀들을 만나 의지를 확인하고 의연금을 더 모아서 러시아로 다시 가기로 굳게 약속한다. 1920년 9월 이만시 조선인 소학교에서 홍범도의 주재로 조선독립군회의가 열렸고 봉설은 러시아에서 왜놈들과 전쟁을 하는 것이 대한독립전쟁이라고 한다. 독립군 사관학교를 세우기로 한 양허재에서 주민회의가 열리고 독립군 사관생들을 집집에 배치하는 문제가 토의되었다. 홍범도는 레닌을 방문하여 조선과 중령에서 조선독립군 군인 수 천명이 이만 등지에 모였다는 것을 레닌에게 알리고 그 희망과 목적을 설명한 후, 레닌으로부터 쏘베트 러시아는 유독 조선뿐만 아니라 반드시 온 세상 식민지 민족과 예속 민족들의 해방과 독립을 위한 조국이 될 것이라는 말을 직접 듣는다. 러시아 빨찌산과 연대하여 이만 방어선으로 나가며 봉설은 공산당원 박홍이 늘 말하던 러시아에서 일본 군대와 백파와 싸우는 것이 곧 대한 독립 전쟁이며 러시아 군대가 함께 나서야 일본을 조국에서 몰아 낼 수 있다는 말을 기억한다.

중령 간도와 아령 해삼에서 초기 항일 조국 독립운동 차원에서 전개된 소극적인 평화적 시위가 실패하자 좌절을 맛본 고려인들은 적극적인 항일 무장투쟁으로 방향전환을 하게 된다. 소설『십오만 원 사건』에서 민족주의와 사회주의가 어떻게 결합되고 상생하게 되는지를 작품을 통해 알아보기로 한다.

1) 항일이념과 민족주의

소설『십오만 원 사건』의 시대적 배경은 1910년대 말에서 1920년대 초기이다. 만주 간도와 러시아 해삼에 사는 고려인 사회에서 일어나는 조국 독립운동에 관한 활동을 묘사하고 있다. 간도나 해삼으로 이주했던 고려인들은 1860년대 당시 피폐한 조선의 경제상황과 부패한 관료들의 학대에서 벗어나 살길을 찾아 월경한 농민들과 20세기 초 일본 제국주의의 주권침입과 식민지 수탈에 항거하여 조국의 독립을 도모하기 위해 망명한 애국지사들이었다. 이러한 사람들로 구성된 당시 고려인 사회에 자연 발생적으로 봉건주의를 반대하고 일본제국주의를 배척하는 사상이 형성되었다.

소설『십오만 원 사건』은 가난한 고려인 농민 출신 청년들이 자신의 왼손 무명지 끝을 베어 '철혈광복 맹세'라는 혈서를 쓰며 조국의 독립을 다짐하는 철혈광복단원들의 행동에(7쪽) 관한 묘사로 시작된다. 대한제국이 일본에 주권을 빼앗긴 이래, 빼앗긴 조국을 되찾으려는 이러한 고려인 주인공들의 영웅적인 행동 묘사를 통하여, 일본에 대한 적개심이 전체 고려인들의 집단적 민족주의로 나타난다.

(……) 학생 제군들이여!…… 나라 없는 백성은 살아 다닐 곳이 없고 죽어 묻힐 곳이 없습니다.

깜짝도 하지 않는 교장 선생의 두 눈에서는 두 줄기 눈물이 흘러 내렸다. 학생들도 다 눈굽에 눈물이 어리었다. 모두다 금수 강산과 왜적을 마음으로 봤다. 개학 날이라 해서 특히 많이 모여 온 이 마을 주민 남녀 노소도 거의나 다 울었다. 로인들 중에서 어떤 이들은 목놓아 울기까지 하였다.

체육 선생이 또 구령을 주었다: "시작!".

동해 몰과 백두산이

마르고 닳도록

하느님이 보호하사

우리 나라 만세.

무궁화 삼천리 하려 강산

대한 사람 대한으로 속히 광복하세……

이 국가를 부르면서 그들은 먼 하늘을 우러러 보았다. 실로 하느님이 굽어 살피는 듯 해서 가슴들이 더욱 조이였다.

　국가가 끝나자 교장은 또 학생들을 향하여:

　－ 학생 제군들이여! 정신과 근육을 무쇠 같이 만드시오. (14~15쪽)

　위의 장면은 1914년 8월 15일 추기 창동학교 개학식 광경이다. "정신과 근육을 무쇠 같이 만들란 말은 삼천리 강산과 이천만 동포를 잊지 말고 체육 운동으로 몸을 날쌔고 튼튼케 하라는 것"(15쪽)인데 일제와 대항하기 위해서는 힘이 있어야 한다는 뜻이다. 이 광경을 지켜본 학부형들은 나라가 없는 현실에서 조국의 독립을 위한 재목을 키우게 될 학교 발전을 위해 농민들에게는 아주 중요한 송아지마저도 아끼지 않고 기부한다. 아래 인용문에서 확인할 수 있는 것처럼 식민지 하의 민족주의란 빼앗긴 조국을 되찾을 청년들을 공부시키는 것이기도 하다.

　(……) 내 오늘 정작 와 본즉 학교 집이 대단 비좁사오니 우리 또 돈을 모아 학교집을 늘구지는 것이 올시다. 나는 쇄지를 내놓겠습니다. 나라를 찾을 청년들을 공부시키는데 쇄지를 어지 애끼오리까. (15~16쪽)

　결사대를 조직하여 독립만세를 부르기로 결정하고 1919년 3월 12일 용정에 거주하던 조선인들이 만세시위 행렬에 참여하지만 무지막지한 일본 경찰의 발사로 적지 않은 희생자가 발생한다. 철혈광복단장 전국보가 '인도 정의'나 '만국 공법'을 조선독립의 상징으로 믿었던 꿈이 산산조각이 나자 결국 청년들은 만세시위 같은 평화적 시위로는 조국 독립에 어떤 긍정적인 결과도 가져올 수 없음을 깨닫고 무장을 해야 한다는 결론에 이른다. 무장을 하는데 필요한 재원을 마련하기 위해 여러 가지 궁리를 하던 중 용정에 있는 일본은행을 털기로 한다. 이것이 바로 '십오만 원 사건'의 발단이다. 봉설과 그의 동무들은 은행을 털기 위해 총이 필요하니 부모들에게 소를 팔아달라고 하였고 결국 부모들 역시 이를 거절하지 않는다. 조국을 되찾기 위한 일은 생계보다도 더 절실한 것으로 받아들이는 고려인들이었기에 그들이 가진 모든 것을 희생한다. 이것이 고려인들의 민족주의의 또 다른 면인 것이다.

> ― 여보, 문약이, 우리 하려는 게 옳은 것 같잖소 ― 한 상호의 아버지가 하는 말이다.
> ― 어쩌는 게?
> ― 천명으로 요행 살아난 아이들께 달매 쇄지를 팔아 돈을 꾸려 줘 또 사지에 내놓는 것 말이오.
> (……)
> ― 그러길래 인제는 쇄지도 애끼지 말고 자식이 죽는 것도 돌보지 말고 그 애들을 내놔야 한단 말이요?
> ― 쇠 없으면 쇠 대신으로 짐을 지면 되구 자식이 죽으면 무가내구. 다른 사람들은 벌써 자식을 잃었으니 얼마나 원통하겠소. 그러니 우리도 큰 맘을 먹어야 한단 말이우.
> ― 그러나 말이 수월하지, 정작 그것들이 죽어 보오. 차라리 제 죽으니만 못 할 것이오.
> ― 그러길래 말이오 이 번에 죽은 그 애들의 부모네 생각이 어떻겠소? 피를 토하고 죽기까지 했지. 그것만 생각해도 아이들이 살아 난 우리 부모네는 그져 있어서는 사람의 도리가 아니란 말이우. 원쑤를 갚도록 우리는 도와 줘야 한단 말이우.
> ― 그러게 나두 상호가 쇄지를 팔아 내라구 하니 이런 것 저런 것 생각고 선뜩 대답했소 ― 하면 상호의 아버지는 상투 밑을 저도 모르게 긁적거렸다.. 아들의 장래도 위험하다고 생각되였고 보내 같이 여기던 송아지도 아까웠던 것이다. (104~105쪽)

이것은 조선인들이면 누구나 마음속에 간직한 애국심이며, 이는 국운이 위태로우면 위태로울수록 강해지는 법이다. 위태로운 조국의 앞날에 송아지가 아까울 리 없고 자식의 목숨조차 망설이지 않는 조선인들의 민족주의이다. 이러한 민족의식은 다음에 인용하는, 용정에 있는 일본은행으로 수송하던 철로공사 자금을 탈취한 혐의로 서울에 수감된 국정과 그의 동지들의 식사를 수발하는 국정의 어머니와 부인 숙경이 남산에 올라 감옥을 바라보면서 무성하게 자란 벚꽃 나무를 보면서 하는 아래 대화에서도 잘 나타난다.

> (……) ― 이 사꾸라 나무는 일본 소산이요. 일본 국화인데 저 놈들이 일본을 정신을 조선 사람들한테 넣노라고 이 나무를 옮겨다가 조선 땅에 심었단다.
> ― 그러나 어머님, 일본 사꾸라 꽃 빛이 조선 국화인 무궁화 빛을 가리우지 못 할 것입니다. 일본의 사꾸라가 일본에서는 오래 필 수 있을런지 모르겠지만 조선에서는 오래 피지 못 할 것입니다……
> ― 그렇다 ― 하고 시어머니는 며느리의 묘한 말에 감복했다. (281쪽)

아무리 일제의 압박으로 인한 고통과 시련이 심하고 강할지라도 조선인들의 마음속에 각인된 "일본 사꾸라꽃 빛이 조선 국화인 무궁화 빛을 가리우지 못 할 것"이라는 조국에 대한 신념은 바뀔 리가 없다. 이것이 바로 그들의 민족주의인 것이다. 십오만 원을 탈취한 혐의로 국정과 그의 동무들이 사형을 언도받고 교수형을 당한다. 국정의 어머니 베베, 숙경, 간도 대표들, 서울 시민들이 줄을 선 장례행렬에서도 '무궁화꽃 빛'에 다를 바 없는 민족의 표상인 '백의'를 내세워 '원수 일본'을 저주하고 있다. 국정의 어머니는 아들의 죽음에 대해 아픈 마음 대신해 아들이 나라를 위해 죽은 것을 영광스럽다고 표현한 조선 여인의 기상, 이것이 식민지 하의 조선인들의 민족주의의 표상인 것이다.

조선의 빛인 흰 옷을 누구나 다 입고 나선 이 장례식 행렬은 조선의
아들 셋을 조상하는 사람들의 상복 같다. 엄숙하게도 말 없는 이 백의
인들의 행렬은 움직일 수록 불어 간다. 혹은 넓어도 지고 혹은 좁아도
지며 흐르는 흰 옷 무리 속에서 한 가지 말이 소사 오르군 한다. "이 조
선, 저 원쑤." (291쪽)

장례식에서 국정의 어머니는 "대한 동포들이여! 나라를 위하여 태
여난 내 아들이 나라 일에 몸 바친 것이 내게는 영광이올시다. 여러분
들도 이런 영광을 느끼는 부모가 되시기를 저는 바라나이다." (292쪽)

항일사상으로 대표되는 『십오만 원 사건』에 묘사된 민족주의는 아래
인용한 김준의 시 「나는 조선사람이다」에서 볼 수 있는 마음속에 깊이 뿌
리박힌 '어머니'와 같은 애국에 대한 변하지 않는 민족의 진리인 것이다.

나는 로씨야 원동
이만강변 조선사람이다.
백두산 신령이 먹이지 못해
멀리 강건너로 쫓아낸
할아버지의 손자로다.

로씨야의 "마마"보다도
카자흐의 "아빠"보다도
그루시야의 "나나"보다도
조선의 "어머니"란 말이
내 정신엔 뿌리 더 깊다.[15]

러시아 원동 이만에서 태어나 자란 러시아 공민이면서도 할아버지의
손자인 조선사람임을 강조하는 시적 화자는 다름 아닌 작가 김준 자신일

---

15) 김준(1977), 「나는 조선사람이다」, 『그대와 말하노라』, 알마—아따 사수식출판사,
98쪽.

수밖에 없다. 이것은 다시 말해서 김준이 사회주의에 충실해야 하는 러시아인이기도 하지만 동시에 일본 식민지하의 조국을 독립시켜야 한다는 민족적 사명감을 가진 조선인이란 뜻이기도 하다. 바로 이러한 김준의 사상적 배경이 소설『십오만 원 사건』의 서사화 과정에서 민족주의와 사회주의를 거부감 없이 넘나들게 하고 있다.

2) 항일투쟁과 사회주의

일본에 대한 적개심이 조선인들에게 민족주의로 표방되었으나 러시아 10월 혁명 이후 간도 일대 조선인 사회에도 사회주의 사상이 도래하게 된다. 조선인 사회에도 "무지막지한 불량배들이 떠들고 일어나서 로씨야가 망했다는 것, 부귀한 자의 로씨야는 망하고 빈천한 자의 로씨야가 생겼다"(64쪽)는 소문이 항간에 떠돌았다. '무지막지한 불량배'란 바로 레닌의 구호를 따르는, 제정러시아 니꼴라이 황제를 대표하는 백파군에 대항하여 사회주의 혁명에 가담한 적파군을 의미한다. 재정적인 어려움으로 조선인들이 설립한 사관학교가 임시로 문을 닫자 러시아로 돈벌이를 갔던 국정이 소문대로 돈벌이가 되지 않자 고생만 하고 집으로 돌아온다. 돌아온 국정은 가족과 친구들에게 러시아군대가 제정러시아 니꼴라이 황제를 죽였다는 등 여러 가지 보고 들은 이야기를 전하며 무산계급 혁명을 소개한다.

> 눈이 새까맣고 나이 한 이십 살 푼히 되여 보이는 조선 녀자가 와서 조선 로동자들과 중국 로동자들 중에서 사람들을 골라 내여 나무밭 속에 모여 놓고 연설을 하더란 말이야. 처음에는 조선 말을 하고 다음에는 중국 말로 하는데 중어도 관연 잘 하더군. 무에라고 하는가 하니

지금 로씨야에 녜닌이란 큰 선생이 나서서… (…) 로씨야를 로동자, 농민의 나라로 만들고 공장은 로동자들에게 넘겨 주고 토지는 농민에게 나눠 주기로 작정이라고. 이것을 쁘롤레따리 레볼류치라고 하거던. 이것이 조선 말로는 무산 계급 혁명이야! (……) 그 녀자의 성명이 무엔가 물어보니 김 수라노라고 하더라. (67~68쪽)

"토지는 농민들에게 나눠 주기로 작정"한다는 말은 조국을 빼앗긴 민족에게는 그 의미가 더욱 심장할 수밖에 없다. 간도나 해삼으로 이주한 대부분의 조선인들은 토지를 소유해 보지 못했던 소작인들이었다. 아령에서 비싼 소작료를 지불하고 농사를 지어야 했던 조선인들에게 사회주의 사상의 도래는 새로운 희망이었다.

이와 같은 무산계급 혁명은 도룡산을[16] 배경으로 한 김준의 단편소설 「지홍련」에서 "아버지, 우리 이렇게 더는 살 수 없습니다. 내 저 신당 로씨야 사람들과 함께 백파와 일본놈들을 즉치겠습니다. 죽으면 죽고, 우리 이기면 이 땅을 화세 없이 갈아 먹습니다. 그러면 우리 잘 먹고 잘 입고 살아 갑니다."[17]라며 빨찌산이 되었다가 갑작스런 일본군의 습격으로 인해 무참히 살해당한 지홍련의 남편과 남편의 원수를 갚기 위하여 신당파를 찾아 나선 지홍련이 갈망하던 사회주의이기도 하다.

이런 상황에서 봉설의 아버지는 토지를 거저 나눠 준다는 말을 듣고는 사회주의에 흥미를 느낀다. 국정은 김수라에게서 들은 사회주의가 표방하는 공산사상과 평등사상을 소개한다.

그런 연설을 한 후부터는 김 수라가 우리와 자주 만나서 조선에도 로동자 농민 국가가 생겨 나야 된다고 하면서 우리를 다왈씨라고 부

---

16) 북간도에서 "걸어서 스무날만에" 도착한 곳이니 아령의 한 촌인 것 같다.
    김준(1970), 「지홍련」, 『시월의 해빛』, 알마아따 작가출판사, 56쪽.
17) 위의 책, 58쪽.

르더라. 다왈씨란 것이 무에냐고 우리가 물으니 "동미"란 말이라구, 네닌의 사상과 같은 사상을 가진 사람들은 아이나 자라나나 늙은나나 할 것 없이 서로 다왈씨라고 부른다고 하더라. 수라가 나를 다왈씨 국정이라고 부를 때면 이 말에 어머니의 애정보다도 더 따뜻한 인정이 들어 있는 것을 나는 감촉하였다. (68~69쪽)

소설에 등장하는 김수라란 실존 인물 김알렉산드라의 고려말식 이름으로 연해주에서 태어났다. 1917년 러시아사회민주당 당원이 되어 하바롭스크시 당서기를 거쳐 원동소비에트 정부의 외무위원직을 맡았던 여성혁명가이다. 1918년에 설립된 한인사회당의 중앙위원으로 항일 독립운동에도 관여하였다. 연해주에 상륙한 일본군 등 러시아 영토에 간섭하던 외국군의 지원에 힘입은 백파군이 고려인 적위대를 포함한 혁명세력과의 시가전에서 승리하여 하바롭스크를 탈환하자 1918년 9월 10일 마지막까지 남았던 소비에트 간부들은 기선에 올라 아무르강 상류를 향해 탈출을 감행하지만 백파군에게 나포된다. 혁명을 포기하면 살려준다는 백파군의 갖은 협박과 회유에도 흔들리지 않고 끝까지 자신의 혁명가적 신조를 죽음으로서 지킨다. 김수라의 이러한 혁명가적 기상은 김준의 서사시 「땅의 향기」에서 백파군과의 대화에서 다시 부각된다.

- 넌 김수라인가?
- 그럼.
- 넌 조꼬만 조선녀자인데
볼세위크됐나?
공산주의 떡을 먹으려나?
- 그럼... 래일은
백파들이 남겨놓은
유순한 청춘과부들도
홀로 빈방에서 눈물에 섞어

공산주의 떡을 먹을걸 –
공산주의란 지구의 새 이름이니까
– 잡소리 그만 두구
어서 자복하라구.
철모르는 조선녀자로서
강도 볼세위크들의
홀림에 바졌노라구
자복하라구
그러면 목숨은 살지……
내 철모르는 조선녀자인지,
누가 강도들인지 –
그건 래일이 말해줄거구……
– 너의 얼굴이 귀엽다.
어서 자복하라구!
그러면 그 얼굴이 살지……
사는 얼굴에 온르은
까마귀의 울음도 있고
눈물 없는 죽음에
매의 날음 있네라.
나 하나 없다구 해서
동무란말 없겠나.
우리 동무들이 이긴다.
우린 칼자루를 쥐었단다.[18]

김수라는 원동 빨찌산 영웅 홍범도 장군과 더불어 고려인 사회가 기억
하고 존경하는 대표적 인물이다. 김준은 『십오만 원 사건』에서 고려인 사
회의 구성원이면 누구나 다 잘 알고 있는 홍범도나 김수라 같은 고려인
인물을 서사구조에 삽입하여 이들의 개인적인 영웅적 행동을 통하여

---

18) 김준(1977), 78~90쪽.

1937년 소련 원동 고려인 강제이주의 원인이 되었던 일본의 첩자라는 누명을 치유하는 상징적 역할은 물론 당시 고려인 사회의 민족정체성 확립에 기여하고 있다. 김준은 단편소설 「나그네」에서도[19) 주인공을 일본군에 쫓겨 홍범도 부대를 따라 러시아로 가고 있는 중령 간도 독립군 장도철로 묘사하고 그를 숨겨주는 고려인들의 역할을 통해서 조국 독립에 대한 그들의 강한 의지를 확인할 수 있다.

3·1 만세사건이 일어나고 일본 순사들이 태극기를 손에 들고 만세를 부르는 무고한 조선인들을 살해했다는 소문이 간도에 퍼졌다. 철혈광복단은 비밀회의에서 결사대를 조직하여 죽음을 무릅쓰고 독립만세 시위행렬에 앞장설 것을 제안한다. 러시아에서 사회주의 사상을 맛본 국정은 반대 의견을 제시하고 단순한 반일감정에 바탕을 둔 민족주의에서 벗어나 무장을 하고 항일투쟁을 해야 한다고 '다왈씨'라는 용어를 사용하며 강력하게 주장한다. 만세시위에서 무고한 조선인들이 살해된 것을 국정은 그들이 무장을 하지 않은데서 온 것으로 보았기 때문이다.

철혈광복단이 주장하여 독립만세시위로 표출된 고려인 사회의 집단적 민족주의는 결국 일제의 총검 앞에서 좌절을 맛보았다. 하지만 이 독립만세시위는 항일사상으로 뭉쳐진 민중의 뜻이 단체 행동으로 실현된 첫 결과였다. 민중성에 바탕을 둔 고려인 사회의 소극적인 민족주의에서 탈피하여 일제에 대항할 효과적인 방법을 모색하는 과정에서 당시에 원동에 도래한 사회주의 사상을 자연스럽게 수용하게 된 것은 그것이 지배층의 지시에 의해서가 아니라 봉설과 같은 피지배층에 속하는 민중들의 자발적이고 직접적인 요구에 의한 것이었기 때문이다. 항일운동 전개에 있어서 민족주의와 사회주의가 조화롭게 상생할 수 있었던 것은 고려인 사회의 민족주의와 사회주의 개념의 중심에 민중성이 자리 잡고 있었기 때문이다.

---

19) 김준(1970), 50~56쪽

이런 상황에서 민중성 구현에 대한 국정의 외침은 고려인들의 민족주의가 사회주의와 연대하게 되는 계기가 되고 결국 철혈광복단 위주의 소극적 항일투쟁이 빨찌산 중심의 적극적인 무장 항일투쟁으로 방향전환을 하게 된다.

> ─ 다왈씨! ─ 하는, 부지 불식 간에 폭팔된, 이미 들어 보지 못한 이 우렁찬 말과 류다른 시넬리가[20] 회중을 놀래웠다. ─ 맨 주먹만 든 사람들이 원쑤의 총칼에 맞아 무단히 죽어 버릴 필요가 없습니다! 손에 태극기를 잡을 것이 아니라 총을 잡고 조선 독립 만세를 부릅시다! (74쪽)

은행으로 수송되는 자금의 일부인 15만 원을 탈취하여 해삼으로 간 국정 일행은 현지 고려인 협력자의 배반으로, 총을 맞고도 필사적으로 도망을 친 봉설을 제외하고는 모두 일본군에 체포되어 수감되고 만다. 남아 있던 이들의 동지 철혈광복단원인 웅세에게 홍범도는 무장 항일 투쟁의 당위성을 주장하며 이를 위해서는 제정러시아를 대표하는 백파군에 대항하여 사회주의 혁명을 주도하고 있는 적파군인 러시아 빨찌산과 손을 잡고 그들의 도움을 받아야 함을 강조한다.

> (……) ─ 인젠 우리가 무장하고 독립할 길이 하나뿐이다. 로씨야 빨르찌산들과 손을 잡아야 해. 그들의 무기를 가지고 그들과 함께 원동에 기어 든 일본 군대부터 몰아 내야 해. 다음에는 또 러씨야 빨르찌산들의 도움을 받아 우리가 두만강을 건너서야 된단 말이야. 그렇게 꼭 될 거야. 오늘은 이것이 대한 독립의 길이야. 이것을 림 이완은 벌써 나와 말했어.
> ─ 로씨야 빨르찌산들이란 어떤 사람들입니까? ─ 하고 웅세는 큰 호기심을 가지고 알려 했다.

---

20) '시넬리'는 러시아어 'щинель'(군복 외투)의 고려말식 표기.

– 우리와 같은 로씨야 의병들이야. 제 땅을 잃지 말자구 싸우는 사람들이야. 그렇길래 우리 대한독립군들을 꼭 알아 (*)²¹⁾ 거야! 인젠 우리 이렇게 하자: 래일로 너도 림이완네 집으로 가거라. 거기가 셋이 있다가 봉설이가 달라나거덜랑 넷이 곧장 이만으로 가거라. 거기는 로씨야 원동 인민군도 잇어. 거기 가서 나를 기다려라. 나는 이 걸음으로 중령에 가서 독립군들을 데리고 이만으로 올테다. (250~251쪽)

부상을 입고 치료를 위해 피신했던 봉설은 자기를 찾아온 철혈광복단 동지 길룡으로부터 국정을 비롯한 사건에 가담했던 동지들이 수감되었다는 소식을 접하고는 무장할 희망을 놓친 것을 분하게 여긴다. 길룡은 러시아 빨찌산들과 손을 잡고 일본군에게 대항할 수 있다며 계획이 수포로 돌아간 것을 안타깝게 여기는 봉설에게 빨찌산은 해삼에 온 일본군대를 박멸하고 원동을 해방시키는 신당파로, 대한 독립을 위한 자신들이 속한 철혈광복단의 항일투쟁과 상통할 수 있음을 역설한다.

– 딴 홍수가 있다! 인제 로씨야 빠르찌산들과 어깨를 맞걸구 로씨야에 온 일본 군대부터 박멸해야 된다. 다음에는 간도로, 조선으로... 홍범도 선생이궁 옳게 생각했다.
봉설: 로씨야 빠르찌산들이란 어떤 사람들이냐? – 하고 홍미를 두었다.
– 로씨야 빠르찌산들이란 어떤 사람들인가 하니 여기에 온 일본군대를 박멸하고 원동을 해방시키자는 사람들이다.
– 응 – 하고 봉설이는 무엇을 회상하며 말하다 – 그때 국정이가 이야기하던 그 로씨야 신당파들이구나 그파들이 그렇게 한다거구나.
응세: 옳다. 바로 그 파들이다.
봉설: 그 빠르찌산들이 어디 있다더냐?
길룡이는 어디 있다는 것을 말했다.

---

21) 원본에 인쇄가 되지 않은 글자.

봉설: 그 빠르찌산들이 우리를…… 로씨야 사람이 아닌 우리를 저
패에 넣을가?

길룡: 거기에는 벌써 조선 사람, 중국 사람들이 숫해 들어 있단다.

- 정말? - 하고 봉설이는 비상히 기쁜 음성으로 - 어디서나 일본놈
들과 전쟁하는 것이 우리 목적이니까.

응세: 일본놈들과 전쟁하는 것두 우리들의 목적이지만 우리는 로씨
야 빠르찌산들과 손을 맞잡아야 대한 독립을 할 힘이 있다. 꼭 있다.
그 로씨야 무기……

- 그런데 우리는 로씨야 말을 몰라서…… 국정이가 있었더면 얼마
나 좋겠냐 - 고 봉설이는 애석해하며 한숨을 쉰다. (277~278쪽)

몸이 아직 완쾌되지 않은 봉설을 길룡과 응세가 리해인의 도움을 받아
기차편으로 수청으로 데려간다. 수청의 림이완의 집에 머물다가 몸이 완
쾌되면 이만으로 데려갈 계획이다. 림이완은 봉설에게 총 몇 자루만 가지
고 항일투쟁을 한다는 것은 더 이상 의미가 없음을 강조하며 독립을 위하
여 러시아 빨찌산들과 연대해야 한다는 것에 대해 홍범도 장군과 상의한
바가 있음을 말한다.

- 그-으렇게 해 가지구서는…… 대한 독립을 못 합너니 - 하고 림
이완이는 제 집 방에서 봉설이더러 말하였다 - 그까짓 일본 은행 돈을
몇 푼 털어 가지구 총 몇 자루 사서는 안 되오…… 일본놈들을 대한 땅
에서 못 몰아 내오…… 지금 일본에는 대한에 없는 별별 무기가 다 있
지…… 대한 독립군들이 인젠 로씨야 빠르찌산들과 합해 가지고 로령
에 기어든 일본 군대부텀 즉쳐 버리고 로씨야 빠르찌산 군대와 함께
두만강을 건너 가야 일본놈들을 똥문은 강아지 팽개치듯 대한 땅에서
집어 팽개칠 수 있고!…… 그렇길래 인젠 다왈씨 봉설이네두 일본 은
행 돈을 가지구 독립을 하려니는 더 궁리도 하지 말구 이만에 대한 독
립군들이 있는 데 가서…… 거기 대한 독립군들이 많이 모여 드오. 거
시 가서 독립군들을 선전해 로씨야 빠르찌산 군대와 합해야 하오……

그래야 우리가 대한 독립을 속히 하게 될 게오. 홍 범도와두 우리 이런 말이 있었소. (307쪽)

수청탄광 야장 림이완은 결국 봉설에게 공산당원이 될 것을 제안하나 봉설은 독립이 첫째라며 독립을 한 다음에 공산당원이 되겠다는 의지를 보인다. 그러자 이완은 사회주의를 역설하며 독립군과 빨찌산의 역할을 설명하며 대한 독립을 위해서 이들의 연대가 필요함을 다시 한 번 강조한다. 봉설도 결국 이를 받아들이며 이완을 만난 것을 행복스럽게 생각하며 하루 속히 러시아어를 배우겠다고 결심한다.

   ─ 그래, 나두 첫째로 독립을 하는 것을 반대하지 않소. 독립을 하고서는 어떤 제도를 세우겠는가? 이전처럼 임군이 있는 제도를 세우겠는가?…… 그렇게 되면 봉설이네게나 우리게 밭 한 고랑 차례 아니 지오! 그러면 독립을 하구서두 어떻게 살겠는가?…… 곰이라구 제 발바닥을 핥구 살겠는가?…… 그런 독립은 하나 마나. 가난한 사람들이 살수 있는 그런 독립을 해야 하오. 곰곰 생각해 보오. 내 말이 그르지 않습넌이. (309쪽)
   로씨야 말에는 독립군이란 말이 있는 것 같잖아오…… 야 꺼레채 빠르찌산
   ─ 하면 내 대한 독립군이란 말이 되오. 어째서 빠르찌산이란 말이 독립군이란 말이 확실한가 하니 지금 일본놈들이 대한처럼 로씨야를 먹자구 여기로 오니 우리 탄광 로씨야 로동자들이 빠르찌산으로 숫해 갔소. 그걸 본즉 빠르찌산이란 사람이 확실히 대한 독립군들과 같은 사람들이오. 그러길래 우리가 로씨야 빠르찌산들과 합해야 하오. 나두 빠르찌산으로 가자구 다 준비를 했다가 다른…… ─ 하고서는 더 말을 하지 않았다 ─ 권총까지 갖춰 낫다가…… (312쪽)

숙경으로부터 국정을 포함한 3명의 동무가 서울에서 사형을 당했다는 소식을 접하고 봉설이 이완에게 이 소식을 알린다. 이완은 봉설에게 "가난한 사람들이 살 수 있는 그런 독립을 해야" 한다는 주장을 펴며 동무들의 원수를 갚기 위해서는 하루 바삐 이만으로 가서 독립군과 함께 군대를 만들어 러시아 빨찌산 군대에 합류해야 함을 강조한다.

> ― 서울에 간 우리 다왈씨들이 사형을 받아 죽었답니다 ― 봉설이가 침울하게 말했다.
> ― 사형을?…… ― 하고 놀라는 이완이는 부지중 구들에 털썩 주저 앉았다 ― (……) 사형을 왜놈들이 한게 아니오. 조선놈들이 했소. 엄 인섭이란 놈은 더 말 할 것도 없거니와 한 창민, 백 성필, 방 기창 같은 자식들도 다 그렇게 한 셈이오. 대구리 없는 자식들이 그래두 대한 독립을 하겠다구 홍 범도는 몰으고 ― 하며 벌컥 일어나서 정주에 나갔다가 다시 들어와서 ― 내 또 말하오. 다왈씨들은 어서 이만에 가서 독립군들과 같이 로씨야 빠르찌산 군대에 하루 바삐 들어 서우. 그래야 죽은 다왈씨들의 원쑤를 갚을 게오. 지금 이만은 빠르찌산들이 차지했소. 거기에 가서 조선 사람들이 제 군대를 맨들어 가지구 아라사 빠르찌산들과 합하게 하오…… (315쪽)

1920년 9월 이만시 조선인 소학교에서 홍범도의 주재로 조선독립군회의가 열렸고 봉설이 '다왈씨!'로 말을 시작하며 "우리들이 로씨야에서 전쟁하는 것이 곧 대한 독립 전쟁입니다! 어째서 그런가 하면 왜놈들은 대한에 있는 왜놈들이나 로씨아에 온 왜놈들이나 다 일반이기 때문입니다. 그러면 그들이 누구의 땅에 기여 들었던지, 어디서던지 우리는 그 놈들을 즉처 잡아야 합니다……"(321쪽) 라고 러시아에서 항일투쟁을 해야 하는 당위성에 대해 언급하자, 러시아 공산당 당원인 박홍 역시 노동을 바탕으로 한 사회주의 국가인 러시아의 도움이 없이는 독립이 불가능함을 아래와 같이 주창한다.

– (……) 나도 대한 독립 사상을 품고 일찍 로씨야로 왔습니다. 오늘도 나는 대한 독립군입니다. 그런데 지금에는 나는 로동 로씨야를 일궈세운 레닌의 뒤를 따라 가는 사람이 되였습니다. 레닌이란 말을 대한 민족과 같은 그런 세계 피압박 민족들이 다시 살아 나는 시대란 말입니다! 때문에 로동 로씨야는 대한 독립의 표대입니다. 세상에 처음 생긴 로동 국가란 말은 예속된 민족들과 식민지 민족들의 자주 독립의 조국이란 말입니다!…… 더욱이 총 한 자루 제 손으로 만들 재간이 없는 대한 민족 같은 민족이 로동 국가의 도움이 없이는 독립을 할 수 없습니다! (323쪽)

러시아에서 왜놈들과 전쟁을 하는 것이 대한 독립 전쟁이라고 보는 당위성은 아래 인용하는 김준의 시 「내 고향 땅에서」, 중령에서 아령 땅 이만시 양허재로 들어온 주인공 한운룡과 같은 "조선 독립에 불타는 사람들"이 백파와 일본군에 대항하기 위하여 이만 인민군에 가담하여 조국의 독립을 꾀한 것과 같은 맥락에서 이해될 수 있다.

> 무산 혁명의 나라를 건져
> 조선 독립의 길도 열고저
> 원쑤와 힘겨운 싸움에서
> 흰 눈을 녹이고 얼어 붙은
> 그 피얼름판 우에
> 솟는 새 로씨야 해살이 비칠제
> 그 붉은 해와 붉은 피는
> 로씨야 혁명과 조선 독립[22]

독립군 사관학교를 세우기로 한, 러시아로 귀화한 고려인들인 원호인이 거주하는 마을 양허재에서 주민회의가 열리고 독립군 사관생들을 집

---

22) 김준(1970), 50쪽.

집에 배치하는 문제가 토의되었다. 아래 인용하는 덕화의 말을 통해서, 지주계급과 소작인 간의 차이가 없다는, 고려인 사회에 도래한 사회주의 사상이 민중에게까지 자리 잡고 있음을 말해 주고 있다.

> 덕화는 제 자리에 털석 주저 앉아서 곰방 대통을 책상에 툭툭 떨었다. 오늘 그는 이전에 쳐다 보이던 원호지인들이 그리 높아 보이지 않고 이 학교도 제 학교 같은 마음이 북바쳤다. "대한 독립이 되문 나두 사람 축에 들 게다" — 이렇게 믿음 있게 말했다. (325쪽)

결국 홍범도는 레닌을 직접 찾아가 조선과 중령에서 조선독립군 군인 수 천 명이 이만 등지에 모인 것과 그 목적을 말하고는 그러한 목적이 올바른 것인지를 물었다. 레닌은 소비에트 러시아는 유독 조선인뿐만 아니라 온 세상 식민지 민족과 예속 민족들이 해방되고 조국이 독립되리라는 것을 믿는다고 대답했다. 레닌의 말을 들은 홍범도는 장엄한 표정으로 "대한 독립의 힘이 어디 있는 걸 인젠 내 더 똑똑히 봅니다."(346) 라고 답변하자 레닌은 홍범도에게 선물을 건넨다.

> 이윽고 나이 듬직한 로씨야 사람이 적지 않게 큰 들가방을 가지고 들어 와서 레닌의 앞에 놓고 헤치였다: 시벨리, 뾰족 모자, 군인 장화, 혁대, 그리고 권총이 나타났다. (346쪽)

홍범도 장군이 레닌을 직접 만났다는 것과 레닌이 홍범도에게 권총을 포함한 여러 가지 선물을 했다는 사실은 다민족 국가인 소련에서 강제이주라는 비인간적 처사로 말미암아 민족적으로 차별을 받고 시련을 겪었던 중앙아시아 고려인에게는 명예회복이라는 상징적인 의미가 있다.

봉설은 독립군 '다왈씨'들과 함께 원동공화국 인민군부대와 빨찌산들과 함께 이만 방어선에 나가면서도 "우리가 로씨야에서 일본 군대와 백파와 싸우는 것이 곧 대한 독립 전쟁이오. 다음에 로씨야 군대가 우리와 같이 나서야 우리가 일본놈들을 조선에서 몰아 내오".(354쪽) 라고 외치던 공산당원이며 독립군인 박홍이가 늘 하던 말을 기억하며 고려인들이 염원해온 조국의 독립과 러시아에서 일본군을 몰아내는 전쟁영웅이 된다. 제정러시아 백파군과 일본군대에 대항하여 싸우는 사회주의 혁명군과 손을 잡는 것만이 조선독립군이 조국에서 일본군을 몰아낼 수 있는 유일한 방법이라고 보았기 때문이다.

3. 마무리

소련 원동 고려인들은 1937년 강제이주로 말미암아 중앙아시아에 정착하면서 말할 수 없는 시련을 겪었다. 믿을 수 없는 민족으로 치부되어 무국적자나 다름없는 소외된 환경에서 그들의 삶을 영위해 나갈 수밖에 없었다. 다행히 스탈린 사후에 공민증이 발급되고 소련의 문화정책 변화 덕분에 원동에서 항일투쟁이나 소비에트 주권 설립을 위해 활동하던 민족 영웅들에 대한 문학적 표현이 가능하게 되어 『십오만 원 사건』 같은 역사소설이 출간될 수 있었다.

'십오만 원 사건'은 1910년대 중령 간도와 아령 해삼을 중심으로 발생한 사건으로 고려인 청년들이 항일 무장투쟁을 위한 군자금을 마련하기 위해 간도에 있던 일본 은행으로 수송하던 돈을 탈취한 사건이다. 이 사건을 1960년대에 중앙아시아 카자흐스탄이란 공간에서 소설로 형상화한 이유는 당시 스탈린 체제하에서는 시대적 상황이 허락하지 않았기 때문이기도 하지만 그보다는 1910년대 항일투쟁에 앞장섰던 최봉설과 같은 고려인들의 영웅적인 활동상을 상기시킴으로 강제이주 이후 1960년대까지 중앙아시아 고려인 사회가 겪었던 민족적 치욕을 치유하고 젊은 세대 고려인에게 민족적 긍지를 심어주기 위한 작가의 의도에 있다고 볼 수 있다.

『십오만 원 사건』의 사건 발단 과정에서 보여준 보수 장년층의 소극적인 항일사상을 바탕으로 형성된 집단적 민족주의가 독립만세시위로 표출되나 일제에 의해 무참히 좌절되고 만다. 최봉설과 그의 친구들로 대표되는 청년들은 당시 원동지역에 도래하던 사회주의 사상을 수용하여 항일무장투쟁을 전개할 것을 주장하기에 이른다. 사회주의 사상은 당시에 고려인 사회의 무산대중으로부터 폭넓게 지지를 받았던 까닭에 민족주의와 사회주의가 별다른 문제없이 상생할 수 있었다.

대한제국의 주권을 빼앗은 일본에 대항하는 최봉설과 같은 주인공들의 불굴의 의지를 통하여 표출된 민족주의는 당시 강제 이주로 말미암아 믿을 수 없는 민족으로 치부되어 소외감을 느끼고 있던 고려인들에게 민족적 자부심을 심어 주는 역할을 하였다. 독립만세 시위 같은 소극적인 항일사상에 바탕을 둔 집단적 민족주의는 민중성에 바탕을 둔 사회주의를 수용하여 조국의 독립을 위한 적극적인 항일투쟁을 전개하는 밑거름이 될 수 있었다.

이렇게 도래한 사회주의 사상의 영향으로 민족 영웅들은 조국의 독립을 위한 방법으로 적극적인 항일 무장투쟁을 주창하기에 이른다. 레닌을 직접 만나고 선물로 권총까지 받은 홍범도 장군을 위시한 민족 영웅들의 활동상은 강제 이주지 중앙아시아에서 거주이전의 자유마저 박탈당하고 심지어 애국심까지 의심받아 '조국전쟁'에도 참여할 수 없었던 민족 차별과 억압을 통해 경험했던 고려인들의 심리적 상처를 치유해 주고, 민족동질성 회복에 기여하였으며, 부당한 처사로 인해 훼손된 고려인들의 삶을 복원해 주는 상징적 역할을 하였다.

『십오만 원 사건』은 1919년 삼일운동을 전후한 시기부터 원동에서 소비에트 정권 수립을 위하여 백파군과 일본 강점자들을 완전히 몰아낸 1922년까지의 고려인들의 항일투쟁에 관한 활동을 투철한 소비에트 공민의 시점에서 묘사하고 있다. 사회주의 사상은 고려인들의 항일 무장투쟁에 긍정적인 영향을 미치기도 했지만 그것이 소비에트 사회주의 이념으로 발전하면서 고려인들에게 1937년 강제이주라는 민족차별이나 1938년 민족 교육기관 폐쇄 등을 포함한 엄청안 민족 수난을 초래한 부정적인 면이 없는 것도 아니다. 1980년대 후반에 고르바초브가 주창한 개방과 개혁이 시작되기 전까지 소비에트 체제나 권위에 대한 어떤 부정이나 비판도 블가능하였다는 점을 감안하더라도 작가 김준이 『십오만 원 사건』에서 고려인들의 참혹한 역사에 대하여 언급을 회피한 점은 참으로 아쉽다. 김준은 그가 고려인임을 부인하지 않았지만 고려인이기 전에 소비에트 사회주의의 공민이라는 역사적 현실을 회피할 수 없었을 것이다.

북한의 민족의식과 민족문학

이 주 미*

1. 민족의식과 민족주의

역사적 맥락이나 영토의 특수성을 제거한 상태의 민족은 생각할 수 없다. 순수한 민족의식 또한 환상에 불과하여 현실적 맥락에서는 자주 민족주의와 혼동된다. 식민지 현실 속에서의 순수, 그리고 분단과 군사독재 시절의 순수가 일종의 정치적 선택이었듯이, 한반도와 같은 특수한 역사적 조건 위에서 순수성을 가장하고 과장한 민족주의 역시 실질적으로는 강한 정치적인 편향을 지녔다. 한편, 민족적 억압을 문제 삼고 그것을 타개하고자 한 본래의 민족의식은 오히려 국가의 질서를 위협하는 불순한 사상으로 간주되어 탄압의 대상이 되곤 하였다.

그러나 의도적이든 우연적이든 민족의식은 민족주의와의 혼용 및 결합과 대립을 통해 생명을 유지해왔다고 볼 수 있다. 민족의식은 심리적 차원의 것이어서 정의내리기 어려운 반면, 민족주의는 국가가 위기 국면에 처할 때마다 명료한 구호로 선언되고 정의되었다. 앤소니 스미스가 통

---

* 동덕여자대학교.

찰한 바와 같이, 체제가 정체성 위기에 처했을 때 민족주의의 단순성과 낭만성은 맑스 레닌주의와 같은 엄격한 교리보다 더 효과적인 해결책을 제공해줄 수 있었으니,[1] 민족주의의 주창은 민족의식을 자극하고 촉성시키는 계기로도 작용했음을 부인할 수 없다. 요컨대 민족의식은 민족주의와의 관계성을 통해서 다소나마 구체적 성격을 획득할 수 있었던 것이다.

민족 구성원의 애국주의적 열정이 위기의식의 소산이라 할 때, 문제가 되는 것은 위기를 체감하고 그 성격을 규정하여 대응방안을 제출하는 주체가 정치적 목적을 지닌 소수 엘리트층이라는 데 있다. 해방 후 남과 북의 지도부는 민족주의 언술을 크게 강조하면서, 민중 통합, 새로운 국가건설, 그리고 통일을 위해 민중들에게 헌신적인 협조를 구했다. 관주도 민족주의, 즉 '민족으로 상상된 공동체의 출현과정에서 주변화되거나 배제될 위협을 느낀 지배계층이 채택한 예상된 전략'[2]이 남과 북에서 각각 국가건설을 향한 민중의 열망을 등에 업고 전면적으로 부각된 것이다. 비록 통일논의는 남에서도 북에서도 정략적으로만 이용되었을 뿐 구체적 실천으로 이어지지 못했으나 국가건설과 제도개혁은 민중의 지지를 바탕으로 빠른 속도로 추진되었다.

민족주의가 엘리트 중심적이어서 비민주적 속성을 지녔음에도 불구하고 남과 북의 지도부가 그것을 커다란 저항 없이 대중동원에 이용할 수 있었던 것은 다음의 두 가지 이유 때문인 것으로 보인다. 첫째, 식민지 체험과 외세에 의한 민족분단이라는 역사적 질곡을 민중이 직접 체험하였기 때문에 민중 스스로가 국가의 건설을 절실히 요망하였다는 점, 둘째 민족주의가 정치적 언술을 통해서가 아니라 문화적 언술을 통해서 구사됨으로써 민중 역시 그것을 민족의식으로 혼동했다는 점이 그것이다. 민

---

1) 이무철, 「북한민족주의 연구1 : 위기와 '상상된 공동체'」, 『통일한국』 4월호, 평화문제연구소, 1998. 4, 88쪽 참조.
2) 이무철, 위의 글, 88쪽에서 앤더슨의 견해 재인용.

족주의 전략이 대체로 문화적 활동에 집중된 것은 민중으로 하여금 그것을 효과적으로 내면화하도록 하기 위함이다. 그 결과 민중은 상부의 명령을 시대적 사명으로, 그리고 '동원'을 '참여'로 착각하였다. 북한의 민족문학이 민족적 특성을 강조하는 가운데 특별히 인도주의나 애국주의와 같은 심리적인 차원의 미덕에 집착하는 이유 또한 그것이 상부의 명령을 자발적인 복종으로 바꾸는 효력을 지녔기 때문이라 할 수 있다.

민족적 정체성을 강조한 민족주의는 민족이라는 최상위 가치 외의 다른 정체성(성적, 지역적, 계급적, 계층적, 취향 정체성 등)을 서열화하며 종속시킨다.3) 이를 염두에 두고 고민해야 할 점은 효율성과 민주성을 조율하는 문제이다. 효율성과 민주성은 일정 정도 상충할 수밖에 없어서, 효율성에 입각해 민족의 공리를 추구하다 보면 다른 민족과의 관계에서나 민족 내부에서 일부의 희생이 발생하게 되며, 민주성을 확대했을 경우 효율성이 현저히 떨어질 수밖에 없다. 북한은 1985년 간행된 『철학사전』에서 "민족주의는 우선 대내적으로 근로대중의 계급적 이익을 떠난 '전민족적 이익'을 내세움으로써 노동계급을 비롯한 광범한 근로대중이 자기의 진정한 계급적 이익과 민족적 이익을 자각할 수 없게 하며, 민족주의는 결국 계급적 모순을 은폐하고 노동계급이 자기의 근본이익을 위하여 투쟁할 수 없게 한다."4)라고 하여 민족주의가 다른 정체성을 훼손할 것을 경계했으면서도, 90년대 이후 주체사상을 강화하고 정치적 효율성을 극대화하는 과정에서 민족주의를 적극 활용하는 방향으로 돌아섰다. 이는 민주성과 효율성을 합리적으로 조율한 결과라기보다는 둘 중 하나를 선택한 결과라 할 수 있으며, 이를 뒷받침하듯 90년대 이후 북한 내부의 억압은 한층 강화되었다. 모름지기 민족적 정체성을 포기하지 않고도 다른 정체성들을 포괄할 수 있게 하는 것이 조율의 기술이라 할 것이다.

---

3) 권혁범, 『민족주의와 발전의 환상』, 솔, 2000, 8쪽 참조.
4) 사회과학원철학연구소, 『철학사전』, 평양: 사회과학출판사, 1985, 253쪽.

시대 변화에 따라 문학에도 민주성과 효율성 간의 길항관계가 작품의 성격을 크게 좌우했다. 이 글에서는 북한이 민족어를 폐기하지 않는 이상, 민족문학은 영속적인 생명력을 지닐 수밖에 없으며 그것이 인민적 요구의 반영이든, 정론의 반영이든 간에 민족의식을 기반으로 하고 있다는 대전제 아래 북한 민족문학의 정체성과 동향을 살펴보고자 한다.

2. 민족어의 활용과 인민성의 구현

'민족'은 일반적으로 식민지 독립국가들이 자체의 약체성을 극복하기 위한 처방으로 기획되고 변형된다. 그러나 민족이 이처럼 효용적 가치를 극대화하기 위해 상상적으로 구성되는 것이라 할지라도 그것은 구체적 조건을 지녀야 구성원의 지지를 얻을 수 있다. 상상의 공동체를 숙명적인 것으로 받아들이게 하는 조건, 즉 타당성과 구체성을 충분히 지닌 공통성을 공유해야만 민족 구성원은 스스로를 현실적인 단위로 승인하게 되는 것이다. 오늘날 북한은 그 조건을 '핏줄과 언어[5]'로 정하고 거기에 대한 타당성을 확보하기 위해 전통과 민족문화를 발굴, 분석, 개발하고 있다. 윤세평은 『신민족문화 수립을 위하여』에서 "우리는 마땅히 맑스주의의

---

5) 주지하는 바와 같이, 북한은 1960년대 초까지 스탈린의 민족개념을 따랐다. 스탈린 은 철저한 계급적 관점에 입각하여 민족주의 대한 부정적 태도를 취했으며, 민족의 억압은 자본주의적 지배의 산물이므로 자본주의를 제거함으로써 민족문제를 해결 해야 한다고 보았다. 이는 마르크시즘의 민족주의 개념과 일치하는 것으로, 마르크 시즘은 민족주의를 부르주아 이데올로기로 간주하고 국가와 민족을 배격했다. 그러 나 북한은 1985년에 발간된 『철학사전』에서, 스탈린의 민족개념에서 '경제생활의 공통성'을 삭제하고 '핏줄'을 강조하면서 특별히 자주성을 강조하게 된다. (사회과학 출판사 편, 『주체사상의 사회역사원리』, 주체사상총서 2, 백산서당, 1988, 70쪽 참 조, 이종석, 「주체사상과 민족주의 : 그 연관성에 관한 연구」, 『통일문제연구』 제6 권 1호 1994, 72~75)

보편적 진리와 조선혁명의 구체적 실천을 완전히 정당하게 통일하여야만
할 것이다."[6]라고 하여 보편적인 정치논리로부터 우리 문화의 독자성과
특수성을 분별해내야 함을 역설한 바 있다. 조선 현실의 특수성을 '민족
문화'를 통해 인식하고자 하는 것은 거기에 민족 특유의 정서가 반영되어
있기 때문이며, 정신적이거나 정서적 차원의 공통성은 민족적 일체감을
형성하는 면에서 그 어떤 물질적 조건보다도 큰 효용적 가치를 지니기 때
문이다.

그런데 민족의 구성요건은 정치적 환경의 변화에 따라 조금씩 달라져
왔다. 대표적인 변화로, 북한에서 주체사상이 체계화되는 시기에 민족개
념이 수정된 것을 들 수 있다. 북한은 주체사상의 정립과 함께 자주성이
강조되자 '민족'을 자주적이고 창조적인 사회생활의 기본단위로 천명하고
'민족을 특징짓는 중요한 징표'로서 '언어'를 특별히 강조하기 시작했다.

언어의 통일이 민족 구성의 전제라는 인식은, 오랜 수난 속에서 간신히
민족어를 사수해 온 우리나라 민중에게는 매우 특별한 의미를 지닌다. 식
민지 시대에 일제에 의해 행해진 조선어 말살정책은 곧 민족문화 말살정
책의 핵심 사업이었고, 그것은 곧 일제가 식민지 국가와 민족의 경계를
허물어 조선인을 황국신민화하려는 기획에 의한 것이었다. 이러한 역사
적 제약 위에서 성장해온 우리 민중에게 민족어는 조선민족의 자주성과
창발성, 그리고 자존심 그 자체였다. 민족주의의 기원을 살펴보더라도 알
수 있듯이 민족어는 민족의 운명에 있어서 특별한 지위를 지닌다. 렘베르
크(E. Lemberg)는 르네상스 이후 시대를 '민족주의 시대'로 규정하였는
데[7], 단테가 라틴어를 버리고 방언을 문학어로 쓸 것을 주장한 데에는 민

---

6) 윤세평, 「신민족문화 수립을 위하여」, 『문화전선』, 2호, 1946. 11, 이선영, 김병민,
   김재용 편, 『현대문학비평자료집 : 이북편』, 태학사, 1993, 131쪽.
7) 김진향, 「한반도 통일과 남북한의 민족개념 문제」, 『아세아연구』 통권 제104호, 고
   려대 아세아문제연구소, 2000. 12, 114쪽 각주 4(E. Lemberg, Nationailsmus, vol. 2,
   p.359) 참조.

족국가 수립에 대한 열망이 있었으며, 페트라르카, 보카치오, 라블레, 세르반테스 등 대표적인 르네상스 시기 작가들이 자국어를 자신의 문학어로 선택한 데에도 중세적인 보편주의에서 민족주의로의 변화라는 의미가 내장되어 있었다.

우리나라도 애국계몽운동기인 19세기 말 20세기 초에 신소설이 등장하여 처음으로 언문일치를 지향했다. 이 시기에 신채호의 업적이 두드러지는데, 그가 처음에 국한문 혼용체로 쓴 전기소설 『을지문덕』은 1908년 7월 5일 국문판으로 완전히 번역되어 『광학서포』에서 재출간되었으며, 『성웅 이순신』은 국문으로만 씌어 『대한매일신보』에 1908년 6월 11일부터 10월 24일까지 연재되었다. 신채호는 몇 편의 수필에서 국문소설의 사회교양적 기능을 특별히 강조한 바 있다.

> 항간의 속어로 쓴 소설책자는 이와 달리 모든 부녀자와 아이들이 즐겨 보는 바인데 만일 그 사상이 기발하고 필치가 웅건하면, 백인이 옆에서 보면 백인이 갈채하며 천인이 옆에서 들으면 천인이 갈채하되 심지어 정신과 넋이 책장에 옮겨져 비참한 일을 읽을 때면 눈물이 비 오듯 함을 금치 못하며 장쾌한 장면을 읽음에 기분이 앙양팽배함을 억제 못하고 그 감동되고 도취된 이후에는 자연히 그 덕성도 감화를 받을지어니 그러므로 사회의 대취향은 국문소설의 정하는 바라 함이니라.[8]

민족어에 대한 특별한 지원과 함께, 북한은 민족문화 계승사업에 있어서 사상사업에서 교조주의와 형식주의를 퇴치하고 허무주의와 복고주의를 배척하며 민족적 특성과 형식을 비판적으로 발전시킨다는 원칙을 전제하고 있다. 특히 전통을 "과거가 현재를 살림과 동시에 현재를 고차의 미래로 현재화하는 힘"[9]이라고 정의하면서 비판적 수용과 변용의 기준

---

8) 신채호, 「근금국문소설저자의 주의」, 『대한매일신보』, 1908. 7. 8.
9) 안함광, 「민족문화론」, 해방기념논집, 1946. 8 (이선영, 김병민, 김재용 편, 『현대문

을 인민성에 두었다. 가령 "판소리로는 군대를 전진시킬 수 없으며 시조는 집단적으로 부를 수 없기에 곤란한 형식"10)이라 하여 판소리와 시조는 인민이 계승해야 할 전통으로 취급하지 않았다. 그런가 하면 북한체제로서는 인정하기 어려운 것으로 생각되는 환상적, 낭만적 기법도 과감하게 수용하는 유연성을 보이기도 했다. 가령, "신채호의 『꿈하늘』(1916)은 그때의 조건에서는 현실적으로 실현하기 불가능했던 작가의 애국적 이상, 독립에 대한 염원을 낭만주의적 수법, 환상-조건적 형상으로 구현한 작품"11)이라 해서 적극적으로 옹호되었던 것이다. 참고로, 『꿈하늘』의 주인공 '한놈'은 날개를 달고 하늘과 땅, 천국과 지옥을 마음대로 날아다니는 비상한 인물이고, 그 외에도 이 작품은 전체적으로 가상의 인물들과 환상적 사건에 의하여 전개되고 있다. 북한은 이 작품이 비록 관념적 세계를 다루었다 해도 나라의 독립과 자유에 대한 인민들의 지향과 염원을 반영한 작품이라는 점에서 긍정성을 찾고 있는 것이다. 신채호의 낭만주의적 수법은 『룡과 룡의 대격전』(1927)에서 더욱 확대된 바 있다. 착취계급들의 소굴 '천국'의 충신인 미리와 인민대중을 상징하는 드레곤 등 두 룡의 대격전을 중심 사건으로 하는 이 작품은 "환상적인 형식과 수법을 통하여 조선인민과 일제침략자를 비롯한 착취자들 간의 불상용적인 모순과 투쟁을 보여주면서 『천국』의 파멸, 『천국』의 충신인 미리의 죽음과 새로운 『지국』의 건설로 침략자, 착취계급의 멸망과 인민대중의 승리를 확인"12)하고 있다는 점에서 역시 북한 문학계에서 그 예술적 가치를 크게 인정받고 있다.

학비평자료집 : 이북편』, 서울: 태학사, 1993, 17쪽)
10) 신구현, 「해방 후 우리 문학예술에서 전통과 혁신에 관한 맑스 레닌주의 문예리론의 창조적 적용」, 『조선문학』, 1963. 9, 144쪽.
11) 사회과학원 역사연구소 박사 이종현, 『근대조선역사』, 서울: 일송정, 1988, 363쪽.
12) 정홍교, 박종원, 『조선문학개관1』, 서울: 인동, 1988, 348쪽.

여기서 주목해야 할 점은, 비판적 수용과 변용의 기준이 되는 인민성이 고정불변의 개념이 아니라는 점이다. 인민성이란, 인민을 형상화하고 인민에게 쉽게 이해되며 인민의 이익과 요구에 순응해서 인민대중의 것으로 발전시켜야 하고, 인민 대중에게 사랑받고 친근해져서 인민이 혁명과 건설에 앞장설 수 있도록 해야 한다는 원칙이다.13) 북한에서는 이를 달리 '산 감정'이라 표현하여 그 개념 속에 시간성을 포함시킨다. '산 감정'이란, 비판적 수용과 변용의 기준은 시대가 바뀌면 달라질 수 있다는 것, 그에 따라 과거에 인민성을 기준으로 평가하고 계승하였던 역사나 문화 또한 새롭게 해석될 수 있음을 의미한다.

> 여기서 문제되어야 할 것은 알기 쉽게 씀으로써 왜곡화나 통속화에의 우려가 아니라 실로 어떻게 그 내용을 왜곡화하지 않고 통속화하지 않고 알기 쉽게 형상화하느냐 하는 명제가 아니면 안 될 것이다. (중략) 이것은 바로 꾸준히 군중 그 속에서 군중의 투쟁 그 속에서 그 속의 한 사람으로서 그 자신도 싸우면서 산 감정 그것을 배우고 산 사상 그것을 배우는 데 있어서만 비로소 제 것으로 할 수 있는 것임을 명백히 알지 않으면 안 될 것이다.14)

인민성은 민주주의를 성립시키는 기본 원칙이며 대중과 약자를 보호하고 아래로부터의 요망을 반영한다는 점에서 절대선을 지니고 있다. 그런데 산 감정, 즉 인민성을 누가 감지하고 누가 그것을 평가하고 반영하고 주도하느냐에 따라 그 활용의지의 선함은 항상성을 유지할 수 없게 될 수도 있다. 민족주의가 순수성이나 자발성을 가장하여 왔음을 상기해 볼

---

13) 조병기, 「북한문학의 실상과 민족문학적 접근」, 『비평문학』, 13호, 한국비평문학회, 1999. 7, 430쪽.
14) 이찬, 「예술문화의 군중노선」, 해방기념논집, 1946. 8 (이선영, 김병민, 김재용 편, 『현대문학비평자료집 : 이북편』, 서울: 태학사, 1993, 86쪽)

때, 특권 집단이 채취해 낸 '인민성'이 순수하게 인민의 것으로 이해되지는 않기 때문이다.

> 노동법령 해설사업을 계기로 도시, 직장, 학교, 공장에 들어간 우리들은 그 경험을 가지고 현물세 시행에 대한 해설사업을 겸해 가지고 농촌으로 들어가서 많은 성과를 얻었거니와 앞으로 계속하여 더욱 대중 속에 참투하고 그리하여 자꾸 서클을 만들고 또 이미 만들어논 써클과 부단한 연락을 취하여 그것이 항상 원만히 돌아가게 하여야 할 것이다.[15]

위의 인용은 해방 직후의 사정을 말해주고 있지만 각종 위원회 및 예술소조 활동 등이 활성화되어 있는 현재의 북한 실정에 그대로 대입된다. 윗글에서 감지되듯이, 군중 속으로 들어가 군중의 감정과 사상을 배우는 행위는 지도부가 추진하여 이룬 제도적 성과를 군중에게 홍보하는 행위와 동시에 진행되므로, 그 과정에서 '산 감정', '산 사상'을 채취하는 일은 홍보의 효과를 검증하는 일과 일치한다. 결과적으로 인민성은 자연발생적인 것이라기보다 인위적으로 조작된 것일 가능성이 큰데, 설사 그렇지 않다 하더라도 북한 지도부는 인민성의 가치를 존중하면서 그 활용은 정치적 목적에 복무하도록 했다는 점에서 윤리적 모순을 피할 수 없다. 그런데 이러한 인민성의 활용은 해방 직후의 민중에게는 이미 윤리적 차원을 넘어선 당위적 차원의 문제로서 인식되었던 것으로 보인다. 즉, 당시에는 민중 스스로에게 효율적 가치와 민주적 가치가 고도로 결합되어 있었던 것이다. 오늘의 북한 현실과 다른 점은 바로 이 점이라 하겠다.

해방 직후 안함광은 민족문학의 임무를 다음과 같이 구체적으로 제안한 바 있다.

---

15) 한설야, 「예술운동의 본질적 발전과 방향에 대하여」, 해방기념논집, 1946. 8 (이선영, 김병민, 김재용 편, 『현대문학비평자료집 : 이북편』, 서울: 태학사, 1993, 31쪽)

이데올로기 투쟁의 가장 첨예한 부대인 우리의 민족문학 앞에는 두 개의 문제가 규정되지 않을 수 없는 것이니 하나는 민족의식을 유동 발전하는 사회적 본질과의 연관성에서 일반대중에게 침투시켜야 할 것이며 또 하나는 그러기 위하여서 우리 민족문학의 영도적 성격을 사회발전의 역사적 필연성을 추진시키는 방향 위에다가 조직하여야 하는 문제이다.[16]

이와 같이 해방 후 북한 지도부가 민중 속에 민족문화와 민족정신을 내면화시키기 위한 조처는 매우 직접적이고 노골적이었다. 그럼에도 이러한 선전활동은 민중으로부터 커다란 공감을 얻어냈을 뿐 아니라 사회경제적으로도 실질적인 효력을 발생시켰다. 해방 직후의 북한은, 토지개혁, 농업협동화 등의 민주개혁 조처로 사회주의 건설의 기반을 마련하는 과정에서 민족의식을 민중적 실천으로 연결시켰으며, 민중들로 하여금 자주성으로의 무장이 얼마나 큰 실익을 가져오는지를 경험하게 했다. 일찍이 남한이 대미 의존적 경제체제를 굳혀갈 즈음 북한은 자력갱생을 기치로 내걸고 민중의 협조를 얻어 자본의 침투를 차단했었다. 경제적 자립은 정치적 자립과 직결되어 있어, 북한 인민의 민족적 자부심은 남한 대중과 비교할 수 없을 정도였다. 해방 직후 경제적 자립의 성과를 홍보하는 가운데 자주성의 상징인 민족어의 학습과 사용을 권장하고 민족문학의 '영도적' 성격을 믿어 사회개혁에 복무하도록 했다는 것은 민주성과 효율성의 균형을 진지하게 실험한 결과라 할 것이다. 물론 이후의 북한 사회에서는 이 양자의 균형을 찾기 어렵게 되었다. 인민성의 가치를 크게 존중하고 있다 하더라도, 오랜 학습효과로서의 인민성은 이미 민주성이 상당히 훼손된 것임을 인정하지 않으면 안 될 것이다.

---

16) 안함광, 「민족문학재론」, 『민족과 문학』, 1947 (이선영, 김병민, 김재용 편, 『현대 문학비평자료집 : 이북편』, 서울: 태학사, 1993, 185쪽)

3. 민족주의 언술의 변화와 문학적 수용

북한 문단에서 민족문학 논의는 주로 소설장르를 대상으로 이루어졌는데, 이는 북한 사회가 은유보다는 환유를 필요로 하는 사회이기 때문에 생긴 자연스러운 현상이었다. 많은 연구자들이 인물형상의 분석에 집중하고 있는 것은 인물 자체에 대한 관심이라기보다는 그 인물이 구현하고 있는 주제에 대한 관심을 의미한다. 창작 기법에 대한 관심도 마찬가지이다. 북한 문단에서는 창작 기법 자체의 특징보다도 그것의 용도(주제)가 더욱 중요하게 취급되어 왔다.

앞에서 본 신채호의 『꿈하늘』이나 『룡과 룡의 대격전』 등은 낭만주의적인 환상 기법으로 형상화되었음에도 그 작품에 동원된 환상과 허구는 "현실에서 실현하기 어려웠던 작가의 애국적 지향과 념원을 표현하기 위한 조건부적인 것"[17]이기 때문에 북한에서도 그 가치를 높이 샀다. 여기서 '조건부'란 환상 기법이 시대적 제약에 따른 리얼리즘의 일시적인 변용으로서만 허용된다는 것이며, 한편으로는 그러한 기법 자체를 민족적 특성 안에 조건 없이 포함시킬 수는 없다는 의미를 내포하고 있다. 『조선문학개관1』에서는 신채호가 환상기법을 구사할 즈음인 1910~20년대 전반기의 시대적 배경에 대해 다음과 같이 설명하고 있다.

로동자와 농민을 비롯한 광범한 인민대중이 일제를 반대하는 민족해방운동에 떨쳐나섬으로써 국내에서는 일제놈들의 야만적인 폭압밑에서도 비밀결사와 애국문화운동이 전개되고 국외에서는 여러 가지 독립운동단체들의 조직과 무장활동이 벌어졌다. 그러나 이 시기 반일민족해방운동은 옳은 지도사상과 령도를 받지 못함으로 하여 본질적

---

17) 정홍교, 박종원, 앞의 책, 347쪽.

인 결함과 제한성을 면할 수 없었다. 일제의 가혹한 탄압에 맞서 단합된 힘으로 싸우지 못하였고 큰 나라의 힘을 빌어 민족적 독립을 이룩하려는 사대주의적 경향으로 나갔다.[18]

신채호의 『꿈하늘』은 긍정적 주인공의 형상에 집중하고 있으며, 최후 작품인 『룡과 룡의 대격전』은 부정적 주인공의 형상에 집중하고 있다. 주제 면에서 볼 때 『꿈하늘』은 영웅적 주인공을 앞세워 우리나라의 유구한 역사와 민족의 슬기를 깨닫게 함으로써 애국주의를 강조한 반면, 『룡과 룡의 대격전』은 민중을 억압한 부정적 주인공의 만행을 부각시키고 결국 그를 철저히 멸망시킴으로써 상대적으로 민중의 역량을 과시하고 있다. 긍정적인 것의 승리와 부정적인 것의 멸망은 역사발전의 합법칙적 발전 과정을 형상적으로 말해주는 것이다. 신채호 소설에 등장하는 환상적 인물과 사건들은 막연히 몽환적 세계를 그리고 있는 것이 아니라 현실 문제의 본질을 효과적으로 전달하기 위해 불가피하게 선택된 표현이다.

신채호 작품을 평가하는 태도, 즉 시대적 제약에 따라 다양한 기법이 활용될 수 있다는 유연한 태도는 북한 문학에 대한 이해를 새롭게 해준다. 환상 기법이 환경적으로 최악의 여건 속에서 궁여지책으로 모색된 것이라면, 해방 후, 특히 북한에서 경제구조의 개혁과 사회주의적 개조가 성공적으로 진행된 시기에 새로운 소설장르로서 탄생한 에쁘빼야(대장편)는 최상의 사회적 여건 속에서 의욕적으로 개발된 소설양식이라 할 것이다. 북한은 1956년 8월 종파사건 이후 '항일혁명전통'과 관련된 공산주의 교양사업을 활발히 전개한 바 있는데[19] 이와 함께 사회주의 인간형을 집중적으로 탐구하기 시작했다. 아울러 이 시기에 북한 지도부는 집단주의 정신을 고취시키는 데 총력을 기울였으며 민족문화의 가치를 강도 높

---

18) 정홍교, 박종원, 위의 책, 333쪽.
19) 이무철, 앞의 글, 89쪽 참조.

게 강조했다. 에뽀뻬야는 그 과정에서 시도된 것이다. 『조선문학통사』(현대문학편)에 의하면 에뽀뻬야는 일반적인 장편소설과 구별되는 것으로서, 묘사의 규모나 역사적 시기가 방대하다는 것만으로 규정되는 것은 아니고 인민 대중이 중심 주인공으로 등장하는 소설들을 포괄한다고 설명하고 있다. 즉 에뽀뻬야에 있어서 인민 대중은 역사적 사건의 주체로서 작품의 효용성을 극대화하는 효과를 발휘한다.

에뽀뻬야의 대표작으로는 한설야의 『설봉산』(1956)과 이기영의 『두만강』(1953~1961)을 꼽을 수 있다. 이 작품들은 일제에 의해 훼손된 조선의 비극적 현실을 폭로함으로써 민중의 반일 감정을 더욱 고취시키고, 그 속에서 농민의 견결한 투쟁을 묘사함으로써 민족적 자긍심과 애국심을 고취시킨다. 작품 속에서 작가는 제국주의의 침략과 수탈을 폭로하면서도, 그럼에도 역사는 일반적인 합법칙성을 지니면서 전개되었다는 사실을 환기시킨다. 인물의 형상화에서, 시대배경의 특수성 때문에 친일지주, 반혁명분자, 일제 등의 부정인물이 고정적으로 등장한다는 한계는 있으나, 중심인물 위에도 다양한 주변인물들이 자기 계층의 생활과 감정을 전형적으로 형상화하고 있어 '집단주의 정신의 고취'라는 에뽀뻬야 본래의 취지를 충분히 살리고 있다.

환상적인 신채호 소설에서든, 광범위한 에뽀뻬야에서든 핵심적인 주제는 애국주의의 구현이다. 애국주의는 "우리나라에 있어서 인민들의 생활과 정신을 지배한 가장 뿌리 깊은 민족적 전통"[20]으로 인정되었다. 그러나 그러한 심리적 특성은 언어나 핏줄, 경제요인 등의 물질적 조건과는 달리 일관성이 없으며 쉽게 변형될 수 있다는 한계를 지닌다. 즉 해석자의 주관에 따라 다양한 의미로 규정될 수 있다는 말이다. 엄호석이 "민족

---

20) 엄호석, 「조국해방 전쟁 시기의 우리 문학」, 『인민』, 1952. 2, 191쪽 (채호석, 「1950년대 북한 문학에 나타난 전통과 모더니티」, 『한국현대문학연구』 12집, 2002. 12, 403쪽에서 재인용)

적 특성은 고정 불변한 것이 아니라 생활의 비전과 함께 변화하며 새로운 역사적 조건에서 새로운 특성이 발생한다"21)고 하였듯이, 애국주의를 포함한 모든 민족적 특성은 전통에 비해 그 영역이 훨씬 광범위한 데다 박제된 것이 아니라 변화 발전하는 것이기도 하다. 김하명이 "조선민족의 특성을 애국주의, 인도주의, 대담성, 용감성, 슬기로운 지혜라고 할 때 그 것은 어디까지나 상대적인 것이고 그 민족에만 고유한 것은 아니다."22)라고 한 것 역시 비슷한 맥락에서 나온 말로 보인다.

애국주의가 집단적 정서에 해당한다면 그것의 개인적 차원의 정서는 인도주의라 할 것이다. 인도주의는 개인의 행동양식이나 도덕적 풍모로 발현되므로 애국주의에 비해 훨씬 구체적인 양상을 보인다. 윤세평은 한설야를 '프로레타리아 작가로 되기 전부터 생활과 인간에 대한 사랑과 인도주의가 뿌리 깊게 자리잡게 되고 생활은 투쟁이라는 의식이 확고히 형성되어 이러한 것들이 하나의 개성적인 바탕을 이루고'23) 있는 작가로 평가하고 『설봉산』에 대해서는 다음과 같이 평가하였다.

『설봉산』은 아름다운 인간정신에 대한 이야기로 일관되고 있는 바학철, 경덕 등 혁명 투사들을 비롯하여 소박한 보통 사람들의 그 아름답고 고매한 인간 정신은 그것을 억누르고 짓밟는 일제와 그 주구들에 대한 비타협적인 투쟁 속에서 꽃피고 있다. 특히 아들에 대한 눈먼 정으로 하여 일제의 간악한 흉계에 걸려 과오를 범한 순덕 어머니의 자살과 살모의 죄명을 들씌우려는 일제 경찰에 항거하는 순덕의 불굴의 투쟁은 작가의 높은 공산주의적 인도주의 정신의 조명으로 독자들에게 깊은 감명을 주고 있다.24)

---

21) 엄호석, 「중요한 문제는 무엇인가」, 『문학신문』, 1959. 10. 16.
22) 김하명, 「생활적 진실의 탐구와 작가정신」, 『문학신문』, 1960. 2. 26.
23) 윤세평, 「한설야의 그의 문학」, 『조선문학』, 1960. 8, 175쪽.
24) 윤세평, 위의 글, 181쪽.

'아름답고 고매한 정신' 정도로 설명되는 인도주의 역시 모호하기는 애국주의와 마찬가지이다. 그러나 이들 개념의 모호성을 부정적으로만 볼 수 없다. 개념의 모호성은 융통성의 다른 표현이기도 하기 때문이다. 오히려 이러한 모호성을 선의로써 긍정적으로 활용했을 경우 의도하지 않았던 효과도 거둘 수 있다.

에쁘뻬야가 사회주의 인간형을 탐구하고 역사의 내적필연성을 강조하기 위해 개발되었듯이, 1960년대 중반부터는 항일혁명투쟁을 영웅적으로 형상화하기 위한 혁명적 대작이 개발된다. 장편역사소설『두만강』에서 보여주는 바와 같이 이미 1950년대 말부터 항일혁명투사의 형상을 집중적으로 조명하다가, 주체사상 체계가 수립된 1960년대 중반에 와서는 영웅서사시 형태를 빌려 수령과 항일혁명투사의 행적을 그리게 된다. 이후『4.15 창작단』이 개설되어 본격적인 혁명적 대작들이 집필되기 시작했으며, 김일성 우상화 작업인『불멸의 력사』(전15권, 1972~1988) 총서 작업이 진행된다. 그리고 80년대 중반부터『불멸의 력사』와 유사한 형태로 김정일을 형상화하는 총서『불멸의 향도』가 집필되었으며,『불멸의 력사』해방 후편이 출판되고 김일성 회고록인『세기와 더불어』, 3대 고전적 명작『피바다』『꽃파는 처녀』,『한 자위단원의 운명』이 장편소설로 개작되었다.

요컨대, 주체사상의 체계화를 기점으로 북한은 문학에 정치적 의도를 관철시키기 위해 주로 장편소설 장르, 역사물에 집착하였다. 그러면서도 과거의 문학을 평가함에 있어서는, 조국에 대한 낭만적 애국주의적 열정이 최적의 상태로 표출될 수만 있다면 리얼리즘을 일정부분 포기할 수도 있다는 유연한 태도를 보이기도 하였다. 형식은 내용에 의해 결정된다는 전제 아래 민중이 지녀야 할 애국주의적 열정 및 인도주의적 풍모가 크게 강조된 것이다.

4. 북한 민족문학의 가능성

북한은 주체사상이 본격화된 1970년대까지만 해도 '사회주의적 애국주의'라는 레닌식 용어를 사용하는 동시에 민족주의에 대해서는 부정적 인식을 갖고 있었다. 그러다 1986년 7월의 김정일 담화 '주체사상 교양에서 제기되는 몇 가지 문제에 대하여'[25)]에서 '조선민족제일주의론'이 제창된 이후 민족주의에 대한 인식이 크게 바뀐다. 그리고 1990년대에 들어서서는 태도를 완전히 바꾸어 민족주의에 오히려 집착하는 듯한 편향을 보인다. 90년대 들어서서 북한이 민족주의에 대한 태도변화를 통해 의도한 것은 "무엇보다도 민족개념에 대한 재정의를 통해 맑스-레닌주의, 스탈린주의로부터의 확실한 탈피를 모색하고, 나아가 중국 러시아 등을 겨냥한 대외적 자주성 의지의 확고한 천명, 그리고 한반도 통일에 있어서 민족주의적 이념의 확대와 전파 및 이를 통한 민족대단결을 형성하고자 하는 적극적인 작업"[26)]이라 할 수 있다. 1990년대 변화의 조짐은 1980년대 중반에 이미 뚜렷하게 나타나 있었는데, 북한이 "핏줄과 언어의 공통성은 민족을 특징짓는 가장 중요한 징표"[27)]라 하면서 기존의 민족개념을 수정하여 언어와 더불어 '핏줄'을 크게 강조한 것이 그것이다. 얼핏 생각하기에도 핏줄에는 두 가지 의미가 내포되어 있음을 짐작할 수 있다. 하나는, 다른 사회주의국가와의 구별을 의미하는 핏줄, 다른 하나는 남한과의 일치를 의미하는 핏줄이 그것이다. '핏줄'의 강조는, 표면적으로는 사회주의와 자본주의로 분할되어 있는 남북한 간 민족개념의 경계를 해체하고 나아가 통일이라는 대의명분을 강조하고 있으나, 그 실질적인 목적은 국제

---

25) 김정일, 「주체사상교양에서 제기되는 몇 가지 문제에 대하여」 (조선로동당 중앙위원회 책임일군들과 한 담화), 1986. 7. 15.
26) 김진향, 앞의 글, 132쪽 참조.
27) 사회과학출판사 편,『주체사상의 사회역사원리』, 서울: 백산서당, 1988, 70쪽.

관계에서의 위기 극복과 주체사상의 강화에 있다.

앞으로도 북한은 국제관계에서의 고립을 '민족'이라는 코드로 극복하고자 할 것이다. 세계화 기획의 명분은 국가 간의 상호 협력과 의존을 통해 공생관계를 도모하는 것이라 하겠으나, 현상적으로는 경쟁력 우위의 국가를 중심으로 피라미드형 생존체계를 구성해가고 있다. 하나의 국가, 또는 민족은 협력관계의 동반자로서든, 수직적 위계구도의 일원으로서든 다른 나라, 타민족과의 교섭과 간섭을 피할 수 없다. 세계화의 흐름은 거부할 수 없는 것이며 국제사회에서 도태되지 않으려면 적응해야만 한다. 적응의 방식은 나라마다 차이가 있겠으나, 역사적으로 이민족 지배에 저항하고 민족해방을 지향해 온 남북한은 우선적으로 민족의식을 강화하는 방식을 택할 수밖에 없다. 그것이 약체를 보강할 수 있는 최선의 선택이기 때문이다.

세계화의 진행은 민족주의를 강화하는 동시에 민족구성원의 연대를 강화하는 전제조건이 될 것이다. 세계화를 주도하는 세력은 그 속성상 공격적인 행보를 취하지 않을 수 없고 상대적으로 약체인 나라나 민족은 방어적 태도를 취하면서 생존을 도모하기 위해 연대하지 않으면 안 된다. 기본적으로 세계화는 국가와 민족의 경계를 해체하고 있는 듯하지만 그것의 작동 원리가 경쟁에 기초하고 있으므로 국가와 민족은 해체되기는커녕 더욱 단단히 결속하게 될 것이다. 남북의 통일논의도 이 맥락 위에 놓인다. 1980년대 말에 냉전체제가 해체되고 세계화의 기획이 본격화되면서 1990년대 이후 북한은 미국과의 긴장관계가 지속되고 있는 가운데 국제사회와 남한의 경제적 지원에 의존하고 있으며 대립보다는 상호협력을 추구하지 않을 수 없는 형편이 되었다. 북한과 미국의 긴장관계는 역설적으로 민족통합에 유리한 조건으로 기능할 수 있을 것이며, 남과 북은 '민족'이라는 코드로 관계의 조율을 꾀하면서 세계화의 논리 속에서 공공의 이익을 모색할 수도 있을 것이다.

그런데 현재 북한은 자체의 자주성을 부각시킨 '우리식 사회주의'나 '우리민족제일주의'[28]라는 개념을 내세우며 뚜렷한 독자노선을 취하고 있다. 특히 민족주의를 전면적으로 내세우는 가운데 민족의 범주를 김일성 민족으로 한정하는 경향을 보이고 있다. 다시 말해 "조선민족 제일주의에서 말하는 '조선민족'은 남북한을 망라하는 한민족 전체라기보다는 '북한 인민'으로 범위가 축소된 개념"[29]인 것이다. 우리식 사회주의, 조선민족제일주의가 북한의 사상, 체제의 우월성을 강조하고자 기획된 것이므로 그 개념들이 한정하고 있는 '우리'와 '조선민족'으로부터 남한이 배제되는 것은 어쩌면 당연한 일이다. 남한은 북한과 이념도 제도도 전혀 다른 집단이기 때문이다.

북한은 사회주의 국가의 붕괴와 시장경제화로 초래된 국제적 고립을 극복하기 위해 주체사상의 핵심인 자주성을 강조하였으나, 결국 '핏줄과 언어'의 공통성으로 연대할 수 있는 남한까지 배척하게 됨으로써 통일논의를 더욱 요원하게 만들고 있다. 게다가 북한이 내부적으로 대중동원의 필요성을 강조하면 할수록 민중의 개별적 권리는 무시될 수밖에 없으므로, '민족'의 범주는 북한만도 아닌, 소수 특권층만으로 국소화될 것이다.

설사 현 시점에서 남북이 순조롭게 연대할 수 있다 하더라도, 통일의 동기가 단순히 세계화에 맞서 민족국가의 세력을 확장시키는 것이라거나 상위그룹으로의 도약을 목적으로 한 것이라면 그 동기 자체는 비윤리적이라 할 수 있다. 왜냐하면, 그러한 동기로 민족주의가 세력을 획득하고 확장했을 때는 매우 공격적이고 배타적인 성향으로 돌변할 수 있기 때문

---

28) 북한에서 민족제일주의가 제기되는 시기를 보면 1985년 소련의 페레스트로이카 이후에 김정일의 담화가 발표되었고, 동유럽 사회주의가 붕괴하였던 89년 말에 '조선민족제일주의를 높이 발양시키자'라는 주제로 김정일이 연설했음을 알 수 있다. (이무철, 앞의 글, 91쪽 참조)

29) 서동만, 「북한체제와 민족주의」, 『역사문제연구』, 제4호, 2000. 4, 185쪽.

이다. 그러므로 남과 북이 현실적으로 조화롭게 연대할 수 있는 방안을 찾는 동시에 그것이 향후에도 민주적인 방식으로 운영될 수 있도록 노력하는 것이 필요하다.

그런 점에서 80년대 이후 북한 문학은 상당히 의미 있는 변화를 보였다고 할 수 있다. 북한이 정치적으로 강경노선을 취하고 있는 반면에 문학에서만큼은 비교적 유연하고도 개방적인 양상이 드러났기 때문이다. 예를 들어, 백남룡의 『벗』, 『60년 후』, 『나의 동무들』, 조의철의 『정든 고향』, 김규엽의 『새봄』과 같은 소설에서 일상에서 흔히 마주칠 법한 평범한 인물들이 일상의 이야기를 풀어가고 있다. 이를 위해 인물의 내면심리는 더욱 섬세하게 분석되고 표현기법 또한 이전 시기에 비해 다양하게 활용되었다. 마치 도식주의 논쟁이 뜨거웠던 1950년대 말 1960년대 초의 문단 상황을 재현하듯 생활현실의 표현이 섬세해졌다고 할 수 있다. 1950년대의 도식주의 논쟁에서 한설야는 기록주의적 편향을 자연주의의 변종으로 보면서 현실의 본질적인 것과 우연적인 것을 구분해야 한다고 강조한 바 있었다.[30] 이에 대해 김명수는 '생활의 논리'를 강조하면서 형상창조의 기본은 '현실의 본질이 가장 선명하게 표현되며 커다란 정서적 영향력을 가지고 있는 감성적 개성적 형상적 특징들과 디테일을 선택'[31]하는 일이라고 하여 역사적 본질의 강조로 인해 현실의 세부가 외면되어서는 안된다는 사실을 환기시켰다. 1980년대 이후 북한 문학은 개별적 사건과 심리를 성실하게 포착함으로써 민족문학의 새로운 가능성을 열어주었다. 민족주의가 구성원의 다양한 정체성을 억압하지 않고 두루 포괄해야 하듯, 민족문학 또한 민중의 개별성을 의미 있게 포괄할 수 있어야 할 것이다.

---

30) 한설야, 「전후 조선문학의 현 상태와 전망」, 『제2차 조선작가대회 문헌집』, 1956 (이선영, 김병민 김재용 편, 『현대문학비평자료집:4』, 서울: 태학사, 1993, 64쪽)
31) 김명수, 「문학예술의 특수성과 전형성의 문제」, 『조선문학』, 1956. 9 (이선영, 김병민, 김재용 편, 『현대문학비평자료집:4』, 서울: 태학사, 1993, 9쪽)

5. 맺음말

해방 직후 북한의 토지개혁, 농업협동화 과정에서 북한 민중은 민족적 차원의 공리, 경제적 평등이라는 대의를 위해 개인의 욕망을 억제했다. 당시 북한의 지도부가 강제보다는 동의를 지향했다는 점에서 민중 역시 동원이라기보다는 참여로써 시대의 난국을 극복했다고 기억할 것이다. 그러나 민중의 동의나 요구는 결국 선전과 교육의 효과로서, 북한 지도부는 민중의 요구를 생성시키고 그것을 다시 반영하는 방식으로, 마침내 대중 동원을 자발적 참여로 전환시켰을 것이다. 이는 한편으로는 상부의 명령이 인민 개개인의 양심과 도덕에 유착되어 자발성과 복종을 구분할 수 없는 지경에 이르게 된 현상으로 볼 수도 있고, 다른 한편으로는 사회개혁에 반드시 수반되는 민주성과 효율성이 합리적으로 조화된 결과로 볼 수도 있다. 어떠한 경우든 민중을 구체적인 실천으로 이끈 동력은, 새 국가를 건설하여 우리 민족이 더 이상 외세에 억압받지 않도록 해야 한다고 믿게 한 민족의식에 있었다고 봄이 마땅하다.

민족의식은 현실적으로 민족주의와의 상호 관련을 통해서 구체성을 획득해왔다. 북한은 시대 변화에 따라 다양한 민족주의 언술을 구사했는데, 1960년대 초까지는 스탈린의 민족개념을 추종하여 민족주의에 대해 부정적인 태도를 취하다가 주체사상이 정립되고 자주성이 강조되자 '민족'을 자주적이고 창조적인 사회생활의 기본단위로 천명하고 '민족을 특징짓는 중요한 징표'로서 '언어'를 강조하기 시작했다. 그리고 1980년대 중반에는 '핏줄'을 강조하면서 주체사상을 더욱 강화하였다. 오늘날 북한은 '언어와 핏줄'을 민족의 중요한 구성요건으로 내세우는 동시에 '우리식 민족주의'라든가 '우리민족제일주의'라는 개념을 동원하여 '민족'의 범주를 북한만으로 제한하고 있다.

민족문학은 이러한 민족주의 언술을 섬세하게 반영해왔다. 가령 신채호의『꿈하늘』『룡과 룡의 대격전』에 활용된 환상 기법은 식민지라는 제한적 환경 속에서 애국주의적 열정을 유감없이 표출시켰다는 점에서, 그리고『설봉산』이나『두만강』과 같은 에쁘뻬야(대장편)는 역사발전의 합법칙적 과정을 치밀하게 보여주었다는 점에서 북한은 그 가치를 높이 평가했다. 이후 주체사상이 대두하면서 고전적 혁명대작이라든가, 김일성과 김정일을 우상화하는 총서가 발간되는 등 문학은 그 독자성을 상실해가는 듯했다. 그런데 1980년대 이후의 북한문학에는 정치적 노선과는 다른 양상이 나타났으며, 정치적으로는 주체사상의 강화로 민주성이 크게 훼손되었을지라도 문학에서는 그와는 상반되게 개별적 사건과 심리를 성실하게 포착함으로써 민족문학의 새로운 가능성을 보여주었다. 1980년대 이후의 북한 문학은 민족주의가 구성원의 다양성을 두루 포괄해야 하듯 민족문학도 민중의 개별성을 의미 있게 포괄해야 함을 환기시켜주었다.

한국 생태문학 연구

홍 성 암*

1. 생태계의 파괴와 환경의 위기

21세기에 들어서 생태계 파괴에 따른 환경의 문제가 집중 거론되고 있다. 지구 온난화, 오존층의 파괴, 수질 오염, 생물 종의 감소 등의 환경 위기가 심각한 수준에 달하고 있기 때문이다. 특히 지나친 도시화와 산업화는 생태계의 순환질서를 파괴해서 우리의 생명에 심각한 위협이 되고 있다.

환경문제는 수질오염, 대기오염, 소음진동, 폐기물 처리에서부터 핵방사능의 누출과 피해, 또는 베트남전쟁에서처럼 고엽제 피해, 그리고 골프장, 아파트 건설로 인한 환경 파괴, 인구문제 등 다양하다. 그리하여 환경오염으로 인한 생태계의 파괴는 더 이상 방치할 수 없을 만큼 심각하다. 이는 범세계적인 문제로서 인류의 위기로 이어질 가능성을 지닌다.

이런 위기의 가능성에 대해서 프레히트하임은 그 원인으로 1) 군비경쟁과 전쟁 2) 제3세계에 있어서의 인구폭발과 굶주림 3) 범세계적인 환경파괴 4) 서방세계에 있어서의 경제위기와 동방세계에 있어서의 과다기

---

* 동덕여자대학교

획, 5) 민주주의의 결손과 박해 6) 문화위기 7) 가족위기와 개인의 정체성 상실[1] 등을 제시한 바가 있다.

그의 주장이 아니더라도 우리의 주변에서는 환경오염으로 인한 여러 자연 재해가 일어나고 있고 이는 국내외의 매스컴에 의해 널리 보도되고 있다. 즉 (1) 1978년 가뭄 때, 울산지방은 전답 85만 평 중 23만 평의 벼가 말라죽거나 뿌리가 녹아 벼농사를 완전히 망쳤고, 22만 평은 80%, 21만 평은 70%, 10만 평은 50%의 피해를 입는 등으로 91.6% 이상의 피해를 입었다.(울산 공단의 환경오염) (2) 1985년 온산공단 주변의 이진, 당월, 달포, 원봉, 우봉 등의 7개 마을 7천 7백여 가구 가운데 5백여 명이 이따이 이따이병 중세를 보여 역학조사를 실시한 바가 있다. 이른바 '온산병' 이 그것이다. 이 역학조사의 결과로 이곳 주민 전부를 다른 곳으로 이주시켜야 하는 결과를 가져왔다. (3) 1991년 3월, 낙동강 페놀오염 사건이 있었다. 구미공단의 두산 전자공장에서 전자회로판 제조용으로 쓰이는 페놀 30톤이 유출되어 하류지역인 대구 시내의 수돗물에 악취가 풍기는 등의 사건이다. 이런 수질 오염의 현상은 장마철에 몰래 공장폐수를 흘려 보내는 악덕 기업인에 의해서 종종 되풀이되고 있는 사안이기도 하다.

이런 환경오염과 더불어 핵발전소의 방사능오염 문제도 심각하다. 1979년 미국 드리마일 아일랜드 핵발전소의 냉각장치 고장과 1986년 소련 체르노빌 핵발전소 사고가 그것이다. 체르노빌의 경우 핵발전소에서 30킬로미터 반경 안에 있는 13만 5천여 주민들이 소개되었다. 직접 사망 은 34명, 부상이 200여 명이었지만, 그 후 1991년 4월까지 5년 동안 7000 여 명이 목숨을 잃었고 70여만 명이 치료를 받아야 할 정도로 엄청난 피해를 입었다. 우리나라는 1970년 경남 양산군의 고리 1~2 호기를 시작으

---

1) 오십,K. 프레히트하임, 「미래는 그래도 구원될 것인가」 이동승, 『파멸의 저지를 위하여』, 문학사상, 1992. 11. 94쪽.

로 경북 월송군의 고리 3~4호기 전라도 영광군의 영광 1~2호기, 3~4호기, 경상북도 울진의 울진 1~2호기 등이 가동되고 있다. 그리고 핵발전소가 가동되고 있는 바다에 각종 기형 물고기가 서식함이 발견되고 있다.

1984년 인도 보팔시의 가스 유출사고를 들 수 있다. 유니언 카바이트사의 살충제 제조공장에서 가스 유출로 2500여 명이 목숨을 잃고 무수한 사람들이 실명했다. 수질오염으로 발생한 미나마타병은 1953년 일본 규우슈우 미나마타만에서 공업폐수로 오염된 어패류를 먹은 어민들 111명이 수족마비, 감각마비, 이상보행, 보행불능 등을 일으키고 그 가운데 47명이 호흡마비로 사망한 사건에서 연유한다. 이 병은 1960년에 발생한'이따이 이따이병'과 함께 수질오염에서 기인된 것이다.

직업병을 일으키는 유해조건으로 방사선, 유기인제, 아황산, 벤젠, 벤지딘, 니트로마이드 화합물, 지방족의 염화, 취화수소, 일반분진, 규산진 등이 있다. 1988년 문송면의 수은중독 사망, 고상국의 카드뮴 중독 사망, 원진레이온 노동자의 사망 등은 널리 알려진 직업병 사건이다.

이런 환경오염의 실태는 어떤 면에서 지엽적이라고 할 수도 있다. 이보다 더 큰 문제는 지구의 온난화와 같은 범지구적인 재앙이다. 즉 오존층의 파괴로 인한 지구의 온난화로 양극지방의 만년빙이 녹아내리고, 그 원인으로 해수면이 높아지며, 기후의 이상화로 생태계의 자율적 조절 능력이 파괴되고 있다. 그리하여 생물계에 있어서 매일 140여 종에 달하는 동식물이 멸종되고 있다는 보고서도 나오고 있다. 이런 추세라면 향후 30년 이내에 현재 지구상에 존재하는 동식물의 20% 이상이 멸종될 것이라고 예상하고 있다. 이러한 우주적 재앙의 실제 예는 여러 방면에서 살펴진다.

최근 유엔 세계 기상기구는 지구 상공의 전체 오존 구멍의 크기가 유럽 대륙 크기의 2배에 이른다고 발표했다. 일본 기상청은 남극상공의 오존층에 뚫린 구멍은 남극대륙의 1.6배에 이른다고 발표하고 있다. 미국 환경 보호기구는 오존이 5% 줄어들 경우 해마다 백만 명 이상의 사람들이 피부암에 걸리게 될 것이라고 한다. 몇 년 전 중국에서는 금세기 최대의 홍수가 일어나 수 천 명이 사망했다. 양자강의 수위가 1백 30년 전에 처음 기록을 시작한 지 최고조에 이르렀다. 이런 천재지변은 지구 온난화 현상과 중국대륙의 사막화 현상에서 비롯한 환경 재해라는 주장이 제기되고 있다. 중국은 1950년대 말부터 '대약진운동'의 명목으로 산림을 무차별 파괴해 왔다.

엘리뇨 공포가 지구촌을 휩쓸고 있다. 태평양 지역의 해수면 온도가 높아져서 생기는 현상으로 태평양 서쪽 지방의 혹심한 가뭄 현상, 미국 서부지역의 폭우, 허리케인, 홍수, 그리고 인도네시아에서 80여만 헥타르의 우림을 잿더미로 만든 산불도 모두 엘리뇨 현상에서 비롯된 재앙이다. 범세계적인 빈번한 기상이변이 생기고 있다. 기온의 비정상적 상승, 과다한 강수와 지역적으로 지속되는 한발 등의 이변이 속출하고 있다. 인도네시아에서 발생한 쓰나미 해일 현상도 예외는 아니다.

지상에서 인간이 생활용수로 쓸 수 있는 물은 물의 총량 대비 3% 정도밖에 되지 않는다. 이 물도 공기와 토양의 오염으로 멀지 않은 장래에 사용하기가 어렵게 되었다. 지구상에서 발견된 가장 독성이 강한 물질인 다이옥신(Dioxine) 때문에 이태리의 Sereso라는 도시가 완전히 불모지로 변한 사실도 있다. 독일에 중화학공업이 자리잡은 지는 약 200년이 된다. 최근의 조사에 의하면, 지난 2백년 동안 화학물질이 수직으로 420~450m, 수평으로 420km~470km 이동하여 실제 독일의 전국토의 약 40%가 화학물질로 오염되었다고 한다.

문명적 진보와 번영을 의도한 20세기의 기술 산업의 혁신이 결과적으로 급속한 지구의 노화, 환경오염, 생명가치의 균형상실로 이어졌다. 그리하여 이상 기후로 인한 폭설, 폭우, 이상 한파, 홍수, 지진, 해일, 산불,

등의 빈번한 재앙의 원인이 되었고 이는 지구의 종말론으로 번지기도 한다.

인간의 삶의 질을 향상시키기 위해서는 산업의 발전과 더불어 그 부산물인 생태계의 파괴를 어떻게 최소화하고 상호 조화의 관계로 조절할 것이냐에 대한 관심이 제고되어야 한다. 자연 생태계는 인간 삶의 필수 조건이기 때문이다.

일반적으로 알려진 자연 생태계는 첫째, 비생물적 요소로 빛, 공기, 물, 토양, 기후 등, 둘째, 풀, 나무, 플랑크톤 등 녹색식물(녹색식물은 유일하게 무기물을 유기물로 바꾸는 역할을 한다.) 셋째, 녹색식물을 섭취하여 활동에너지를 사용하는 초식동물(1차 소비자), 먹이사슬로서의 2차, 3차 소비자로서의 동물, 넷째, 박테리아나 곰팡이 등의 미생물로서 분해자 등으로 이루어지는데 위의 요소들이 서로 상호의존하며 순환관계를 맺게 됨으로써 생태계가 유지된다. 요약하면 광합성 작용에서 시작하여 → 식물 → 동물 → 미생물 → 식물의 순환관계다.2) 이들의 순환관계가 원활하게 되어질 때 지구의 생태계는 조화와 균형을 이루게 되고 지구의 모든 생명체의 질도 향상될 수 있다.

최근까지 환경의 문제 또는 생태계에 대한 관심은 매우 미흡한 형편이었다. 대부분의 사람들은 생태계와 관계되어진 환경의 문제를 남의 일로 보려는 경향이었다. 환경에 대한 관심이 운동적인 측면에서 접근하기 시작한 것은 겨우 1980년대에 들어와서다. 그 이전의 경우 1960년대부터 시작된 성장위주의 개발정책이 환경운동을 위험시했던 것이다.

그러나 지금에 와서는 환경의 문제는 잠시도 소홀히 할 수 없는 긴박한 문제가 되었다. 그만큼 각종 오염의 실태가 심각한 수준에 이르렀기 때문이다. 방사능 누출 오염을 비롯하여 살충제, 제초제, 화학비료의 과다한 사용으로 토양(농토)오염이 심각하고, 화석연료의 과다사용과 공업생산

---

2) 신덕룡, 『환경 위기와 생태학적 상상력』 실천문학사, 1999, 17~18쪽.

에서 발생하는 화학물질과 분진, 차량의 배기가스 등이 공기를 오염시켜, 인간의 생존이 위협받고 있으며 반복해서 내리는 산성비는 석상이나 철 제구조물을 단시간 내에 부식시키는 심각한 수준이다.

이러한 문제들은 인간 생존의 문제며, 삶의 질과 직결되는 문제로서 문학이 진지하게 사색해야 하는 문제다. 문학은 인간의 행복과 참된 삶의 방법을 탐색하는 영역이기 때문이다. 그런 점에서 문학가들은 환경에 대해서 발언해야 한다. 생태문학의 필요성이 대두되는 이유가 여기에 있다.

2. 생태 주의와 문학논의의 양상

생태계의 파괴는 지구의 종말, 지구의 죽음의 문제로 발전된다. 그리하여 지구를 살아 있는 생명체로 보아야 한다는 '가이아 이론'도 출현하였다. 지금까지 인간은 지구가 다만 생물의 생존을 위한 장소로만 인식했다. 그러나 지금에 이르러서는 지구도 다른 생명체와 마찬가지로 유기체적인 존재며 따라서 지구상에 생존하는 다른 생명체와 관계조절이 필요하다는 주장이 제기된 것이다.

1970년대 초 영국의 대기화학자 제임스 러브록은 지구도 살아 있는 거대한 유기체라는 '가이아 가설(Gaia Hypothesis)'을 제기했다. 그는 어떤 행성에 생물체가 존재하기 위해서는 그 생물이 필연적으로 그 행성의 기후와 화학적 상태를 조절할 수 있어야 한다고 말하고 생물의 존재가 지구 대기권의 화학적 조성에 큰 영향을 미친다고 보았다. 따라서 현재와 같은 환경의 오염으로 지구의 순환이 장애를 받게 되면 지구를 포함한 모든 생명체가 멸종할 것이라는 입장을 피력한 것이다. 이런 현상은 인간이 자연에서 이득만 취하고 그 이득을 자연에게 되돌려 주지 못한데서 기인한 것이다.

가이아 이론을 발표한 러브록에 의하면 생물은 적극적으로 종의 생존에 알맞도록 환경을 개조하여 생물과 환경이 같이 진화한다고 보았다. 소위 공진화(coevolution) 이론의 주장이다. 생물이 단지 살아남기 위한 소극적인 진화가 아니라 환경을 개조하면서 창조적으로 자기를 초월한다는 것이다. 그리하여 지구의 생물들은 35억 년 동안 지구의 구석구석으로 퍼져가면서 꾸준히 이 지구를 생물이 살고 진화하는 곳으로 만들었으며, 이제는 대기권과 해양 및 토양 등이 생물들과 한 덩어리가 되어 하나의 거대한 생물체가 된 것이라고 보았던 것이다.3)

근래에 이르러 생태계를 파괴하는 여러 요인으로 인하여 지구상 생명체의 소멸이 급격히 증가하고 있으며 이는 이제 매우 심각한 수준에 이른 것으로 판단되고 있다. 따라서 지구상에 존재하는 모든 생명체의 생존문제가 적극적인 관심의 대상이 되지 않을 수 없게 되었고 이는 곧 인류의 생존문제와 직결된 것이기도 하다. 여기서 문명의 발전과 자연 생태계의 보존이라는 상충적인 두 관계를 어떻게 조화시키고 이상적인 관계로 상승시킬 것인가에 대한 깊은 고민을 하지 않을 수 없다. 이는 범인류적인 과제이지만 그 중에서도 특히 문학인들이 창조적으로 사색하여 인류의 발전에 기여할 수 있는 단초를 제공해야 할 것이다.

생태학(Okologie)이란 용어는 1869년 독일의 동물학자 에른스트 헤켈에 의해 "유기체와 주위 환경세계와의 관계를 연구하는 총괄적 학문"이란 뜻으로 처음 사용되었다. 헤켈은 "개체 발생은 계통 발생을 반복한다."는 명제를 제시했다. 생태학은 식물이나 동물 같은 유기체가 물리적 환경과 맺고 있는 총체적 상호관계에 관심을 지닌다. 이는 필연적으로 생물의 생명과 환경의 상호관계를 연구하는 것이라고 하겠다.

생태학의 기본은 1) 모든 생물은 다른 모든 생물과 서로 깊이 연결되어

---

3) 이성범, 장희익 교수의 발표에 대한 토론문, 과학사상, 1992. 겨울. 179쪽.

있고, 2) 모든 것은 어디론가 자리를 옮길 뿐 이 세계에서 없어지지 않으며, 3) 현재 생물의 조직 또는 생태계의 구조는 현재의 자연이 최선의 상태에 있다는 것과, 4) 대가를 지불하지 않고 얻어지는 것은 아무것도 없다는 원칙에 입각하고 있다.[4]

생태학은 생태계라는 말과 긴밀히 연관된다. 생태계(Ecosystem)라는 용어는 1935년 영국의 식물학자 탠슬리(Arthur Tansley)에 의해 제창되었다. 그는 동물이 식물에 의존할 뿐 아니라 식물도 동물에 의존하며, 동·식물 모두 무생물계와 밀접한 연관을 가지고 있음을 밝혀냈다. 그 결과 생물적 구성요소와 무생물적 구성요소를 하나로 묶어 생각할 수 있는 생태계라는 용어를 쓰게 되었다. 따라서 이 용어는 생물군집 사이의 상호관계라는 의미에서 나아가 오늘날에는 자연현상에 대한 해석으로 확대되면서 인간을 포함한 생물·비생물적 물질의 총체적인 상호관계를 의미하는 말로 널리 쓰이게 되었다. 다시 말해서 빛, 공기, 물, 토양 등의 무생물적 환경과 동·식물을 포함하는 생물적 환경이 결합하여 하나의 기능을 가진 체계가 생태계인 것이다.[5]

환경 문제와 더불어 논의되고 있는 것은 환경주의와 생태학이다. 환경주의는 환경개량주의, 환경관리주의란 말로 대치되기도 하는데 환경위기의 원인으로 도시화, 산업화, 소비구조 및 환경 파괴적 산업구조를 지목한다. 여기서 논의되는 것은 현재와 같은 자원 이용이 지속되면 머지않아 성장의 한계에 도달하기 때문에 지속 가능한 성장을 위해서는 성장과 환경이 조화될 수 있도록 새로운 발전전략이 요구된다는 것이다.

생태학은 환경위기를 극복하기 위해서는 환경과 인간, 환경과 사회, 정치적 생활양식의 근본적인 변화가 있어야 한다고 생각한다. 생태적 위기를 극복하는 전략으로 노동관계의 변화, 노동시간의 단축, 생태적으로 조

---

4) B. Commoner의 『자연, 사람, 기술의 밀접한 순환』 N.Y. Knoft, 1971. 41~42쪽.
5) 신덕룡, 『환경 위기와 생태학적 상상력』 실천문학사, 1999. 16~17쪽.

화로운 기술의 체계적 선택, 폐기물의 가능한 재활 및 산업 폐휴지의 재생, 여성주의, 반 인종주의 관점에서의 위계적인 사회관계의 평등화, 민족적 공동체 내부에서의 연대 형태의 변화, 기층 민주주의 형태의 발전, 상이한 민족 공동체간의 불평등의 제거 및 상호의존관계의 창출 등을 제안하기도 한다.

이러한 생태학의 바탕에서 문학생태학이란 용어도 출현하게 된다. 이는 문학이 생태계의 회복에 기여해야 한다는 제안이기도 하다.

> 만약 문학이 인간의 안녕과 생존에 역할을 맡는다면 과연 어떠한 역할을 맡는가. 인간이 다른 종(種)이나 인간을 에워싸고 있는 세계와 맺고 있는 관계에 문학이 어떠한 통찰을 가져 줄 수 있는가를 결정하기 위하여 우리는 문학을 주의 깊게 그리고 정직하게 살펴보아야 한다. 문학이 우리를 이 세계에 좀 더 잘 적응할 수 있도록 해주는 활동인가, 아니면 오히려 우리를 그 세계로부터 좀 더 멀어지게 하는 활동인가? 진화와 자연 도태의 냉혹한 관점에서 문학은 인간의 파멸보다는 인간의 생존에 이바지하는가?[6]

인용에서 문학이 인간의 생존에 기여해야 함은 당연한 대답이 된다. 따라서 문학 생태학은 환경 파괴나 자연 훼손이 얼마나 심각한 지경에 이른 것인가를 고발하는 문학의 성격이 된다. 더 넓게는 환경 파괴나 훼손의 근본 원인을 따지는 문명 비판적 입장을 취하게 된다. 문명 비판은 당대의 정치, 사회 같은 체제 비판의 형식을 취하기도 한다. 문학은 이런 비판에서 한 걸음 나아가 새로운 자연관을 만들고 새로운 사회 모델을 창조하기도 한다. 이런 과정에서 문학이 환경보호 단체의 선전 전단이나 캠페인 구호처럼 되어서는 안 된다. 즉 예술적 승화가 이루어져야 한다.

---

6) J.S. Meeker, The Comedy of Survival: Studies in Literature Ecology(N.Y: Charles Scribner's Sons, 1974,) pp.3~4.

생태문학은 그런 점에서 두 가지 양상에 집중된다. 우선 현실적인 문제로서 환경의 파괴와 공해 고발이다. 이는 문화와 문명의 발전이 가져온 부정적 양상이기도 하다. 20세기 인간의 문명은 자연의 개발과 활용의 양상으로 전개되었다. 그리하여 자연의 극심한 파괴와 훼손을 가져왔고 결과적으로 지구상의 모든 생명체의 위기로 치닫게 되었다. 환경 파괴와 오염에 대한 고발문학의 출현은 이런 배경에서 가능하게 된 것이다.

다른 하나는 미래지향적인 관점에서 환경의 본래적인 모습을 제대로 파악하려는 노력이다. 즉 우리의 삶의 현장으로서 생태계의 중요성을 강조하는 것이다. 새나 나무의 삶을 추적함으로써 생명의 소중함과 생명체의 유기체적 특성에 관심을 제고한다. 이는 환경오염에 대한 소극적인 고발이면서 동시에 긍정적인 가치의 발견이기도 하다. 환경문학은 이처럼 부정적, 적극적 태도로서의 환경 고발문학과 긍정적, 소극적 태도로서 생태계문학으로 구분된다.

생태문학에 대한 용어의 정의도 간단한 것만은 아니다. '환경문학' '녹색문학' '생명문학' '생태문학'이 거의 동의어로 쓰이고 있기 때문이다. 일반적으로 '환경문학'은 생태학적 인식의 기반 없이 환경파괴의 심각성에 치우쳐 있는 경우라면, '생태문학'은 생태학적 인식을 바탕으로 유기체적 세계인식을 바탕으로 하고 있다고 볼 수 있다. '녹색 문학'이란 우리의 삶이 녹색을 지향해야 한다는 관점이라면 '생명문학'은 세계를 유기체적으로 파악하여 무생물까지도 생명체로 존중하려는 태도를 지닌다. 이런 부분적인 차이를 염두에 둘 때 '생태문학'이란 용어가 보다 포괄적인 의미를 지닌다고 보게 된다. 생태계의 파괴를 고발하고 생태계의 회복을 모색하는 문학은 곧 녹색을 지향하는 것이며, 생명의 중요성을 강조하는 것이고, 파생적으로 환경파괴를 고발하게 되기 때문이다.

3. 시와 생태문학

생태문학에 대한 관심을 불러일으킨 다음 시는 매우 충격적이다.

> 무뇌아를 낳고 보니 산모는
> 몸 안에 공장지대가 들어선 느낌이다.
> 젖을 짜면 흘러내리는 허연 폐수와
> 아이 배꼽에 매달린 비닐 끈들.
> 저 굴뚝들과 나는 간통한 게 분명해!
> 자궁 속에 고무인형 키워온 듯
> 무뇌아를 낳고 산모는
> 머릿속에 뇌가 있는지 의심스러워
> 정수리 털들을 하루 종일 뽑아댄다.
>
> — 최승호, 「공장지대」의 전문

　인용의 시에서처럼 우리 삶의 현장인 환경의 오염은 매우 심각한 수준이다. 그리고 환경의 극심한 오염은 결과적으로 인류의 미래에 큰 위협이 되고 있다. 인구의 기하급수적 증가와 과도한 소비문화 그리고 기계적, 인간중심적 세계관이나 자본주의적 성장 중심의 사회구조 등이 모두 환경오염의 주범이다. 인간 삶의 질을 향상시키기 위한 경제적 성장과 산업화는 매우 필요한 것이지만 그것으로 인한 환경오염과 생태계 파괴는 지구상의 모든 생물의 멸종이라는 심각한 문제를 제기한다.

　도시화를 통한 환경오염 및 환경파괴에서 기인된 시적 형상화 양상에 대해서 신덕룡은 다음의 세 가지로 분류한다. 첫째, 이형기 「전천후의 산성비」, 신경림의 「이제 이 땅은 썩어만 가고 있는 것이 아니다」 최승호의 「공장지대」 등 생태환경 파괴의 심각성을 직접 노래함으로써 문제의식을 부각하는 시. 둘째, 김광규의 「서울 꿩」, 이승하의 「돌아오지 않는 새를 기다리며」 등 생태파괴나 환경오염으로 인해 당면하고 있는 비극적 상황을 형상화한 시. 셋째, 이수익의 「새」, 정현종의 「환합니다」 등 생명의 존귀함을 노래함으로써 생태계의 중요성을 역설한 시로 나누어 볼 수 있다.[7]

최동호는 생태시라는 명명하에 다음과 같은 분류를 보인다.

첫째, 김규동, 신경림, 김지하, 이동순, 고형렬, 김신용에 의해 쓰여진 민중적 생태지향시로 이런 시들은 환경보호 차원에서 체제 비판적 성향을 내포한다.

둘째, 이형기, 성찬경, 이건청, 이수익, 이문재, 박용하, 허수경에 의해 쓰여진 전통적 생태지향시로서 이들의 시는 정신과 물질을 구분하지 않는 자연관에 바탕을 두고 있다.

셋째, 정현종, 이하석, 김광규, 최승호, 장정일, 유하 등에 의해 쓰여진 모더니즘적 생태지향시로서 문명의 뒤켠을 시적 소재로 하고 있다.[8]

이러한 시 창작의 양상을 직접 작품을 통해서 검토해 보자. 우선 도시화에 대한 부정적 인식은 1960년대 후반에 이미 있었다. 즉 도시의 개발붐을 타고 도시환경의 삭막함을 노래한 김광섭의 「성북동 비둘기」의 경우다.

> 성북동 산에 번지가 새로 생기면서
> 본래 살던 성북동 비둘기만이 번지가 새로 없어졌다.
> 이제 산도 잃고 사람도 잃고
> 사랑과 평화의 사상까지 낳지 못하는 쫓기는 새가 되었다.
> — 김광섭의 「성북동 비둘기」 중에서

도시에서 살 수 없는 비둘기의 비운을 노래한 것이다. 이런 환경오염, 환경 파괴는 1970년대와 1980년대로 넘어가면서 그 심각성이 훨씬 심화

---

7) 신덕룡, 『환경의 위기와 생태학적 상상력』 실천문학사, 1999. 17~18쪽.
8) 최동호, 『21세기를 향한 에코토피아의 시학』, 문학동네. 2000.

되었고 그에 상응한 시들도 나오게 되었다. 성찬경은 1970년대부터 환경에 대한 시를 발표하였다. 그는 1970년대부터 급속한 산업화 정책의 이면에 번져가던 환경파괴양상을 고발한다.

> 자궁도 오염되었다.
> 태아에게 생명을 대는 탯줄의 혈액에서
> 100㎖당 24.3㎖의 무서운 납이 검출되었다.
> 태아가 죽어서 태어나리라
> 일본 동경에선 100엔짜리 동전을 받고
> 5리터의 공기와 산소를 팔고 있다.
> 하늘에서 별들이 사라져 간다.
> 보라, 숨 넘어갈 듯 빛을 잃은 장군별들을
> 아우슈비츠의 개스실이 온 세계에 퍼진다.
> 물질의 핵이 터지고 광명 아닌 살인광선이 나온다.
> 죽음의 재가 하늘을 흐른다
> 새들이 사라진다
> 물 속에도 독이 흐른다
> 물고기들이 괴어로 변한다
> 우리의 혈액에서 D.D.T가 나온다.
> 쌀에서도 수은이 나온다.
> 독버섯밖엔 뿌리를 박을 식물이 없어진다.
> — 성찬경, 「공해시대와 시인」 중에서

김광규는 다음과 같이 노래한다.

> 황해 바다 밀물과 썰물 날마다
> 드나들며 큰물 한 자락 멀리서
> 바라보는 위안을 주던 갯고랑에
> 둑을 쌓아 물길 막고

땅을 만들어 지도를 바꾸었다.
게와 망둥이 숨어살던 갯벌 사라져버리고
… 중략 …
간척지구 담수호에 폐유와 오수가 고여
역겨운 냄새 풍기는 시름의 도시
머지 않아 인구 백만을 넘기면
숲도 산도 바다도 모르는 이곳
아이들이 요란스럽게 오토바이 몰고 다니며
주인 없는 폐농 헛간에서 비디오 흉내를 내고
선인의 사당에 못을 박지 않을지
공시지가는 해마다 높아지고
바퀴벌레와 솔잎혹파리는 나날이 늘어가고
　　　　　　　　　　　　　－ 김광규의 「시름의 도시」 중에서

　　고형렬은 1990년대 시인으로서 현장고발과 문명비판에 주력, 생태위기의 원인으로 인간의 무지한 욕망과 문명의 무자비한 속성을 비판한다.

인간들이여
그대들은 무엇을 그리도
만들어 내는가

화면으로 바라보이는
우리가 사는 지구
지구의 공업은 얼마나
발달되었는가
자본가와 노동자가

그리고 그들이나 다름없는
소비자들이 푸른 지구를
이산화타소와

염화불화탄소로
시꺼멓게 끄슬러 놓았다.
하늘을 향해 솟은 굴뚝들은
무엇을 상징하는가
공멸을 예언하는가

- 고형렬의 「TV속의 지구」 중에서

앞에서 언급한 환경에 대한 인식은 부정적 인식의 현실이다. 그런데 비하여 환경의 문제를 보다 적극적인 관점에서 접근하려는 태도는 생명이 환경의 소산이란 면에서 의식의 확장 또는 심화과정의 한 양상이라고 할 수 있다.

여기서 녹색문학이란 용어가 등장하게 된다. 즉 녹색문학이란 인간의 자연파괴와 물질문명을 극복하고 그 대신 인간이 자연과 더불어 조화롭게 살 수 있도록 정치적, 사회적, 문화적 변혁을 기도하는 이념에 동조하는 문학이다. 이때의 녹색은 자연을 의미하며 이는 생태계 이전에 미학적인 파악이기도 하다. 이는 비인간중심주의를 주창하지만 인간중심주의를 배척하기보다 포괄한다. 인간은 자연의 일부다. 그런 점에서 녹색문학은 자연존중, 자연예찬 문학에 가깝다. 다음은 정현종의 시다.

새는 날아다니는 자요
나무는 서 있는 자이며
물고기는 헤엄치는 자이다
세상 만물 중에 실로
자 아닌 게 어디 있으랴
벌레는 기어다니는 자요
짐승들은 털 난 자이며
물은 흐르는 자이다
스스로 자인 줄 모르니

참 좋은 자요
스스로 잴 줄을 모르니
더 없는 자이다.

　　　　　　　　　　　　　　　　　　　　　－ 정현종의 「자(尺)」에서

　이 작품은 모든 자연물 하나하나가 지선 지고의 가치를 지닌다는 파악
이다. 모든 생명은 이른 바 불교에서 말하는 천상천하 유아독존(天上天下
唯我獨尊)이다. 이 세상에 오직 하나밖에 없는 존재, 그래서 더 없이 고귀
한 존재다. 이런 접근의 문학을 녹색문학이란 말로 명명하기도 한다.

　이런 녹색문학은 서양의 낭만주의시대 작품에서도 종종 발견된다. 즉
서양의 낭만주의는 자연주의의 한 양태다. 19세기 초의 독일의 횔더린,
노발리스, 프랑스의 루소, 샤토브리앙, 라마르틴, 영국의 워즈워드, 예이
츠, 미국의 프로스트, 스나이더 등의 작품에서 발견되는 종류다. 특히 횔
더린의 「귀향」, 샤토브리앙의 「아탈라」, 워즈워드의 「수선화」, 예이츠의
「이니스프리의 호도」, 프로스트의 「눈 내리는 저녁 숲가에 서서」 등은
널리 알려진 자연 친화적 작품들이다. 다음은 브레히트의 시다.

호숫가 나무들 사이에 조그만 집 한 채
그 지붕에서 연기가 피어오른다.
이 연기가 없다면
집과 나무들과 호수가
얼마나 적막할 것인가

　　　　　　　　　　　　　　　　　　　　　－ 브레히트의 「연기」

　브레히트의 시는 인간 중심이지만 녹색문학으로 포괄된다. 즉 자연과
의 조화를 의도했기 때문이다. 인간도 자연의 한 부분이라는 의식이 필요
하다. 녹색문학은 곧 자연존중 문학이다. 자연 존중이란 자연의 가치 발

견, 자연의 소중함, 자연 생태계의 오묘함 등에 대한 감탄과 경탄을 중심 제재로 한다. 다음의 시들에서도 그런 경향을 살필 수 있다.

늦가을 배추포기 묶어주며 보니
그래도 튼실하게 자라 속이 꽤 찼다
…혹시 배추벌레 한 마리
이 속에 갇혀 나오지 못하면 어떡하지?
꼭 동여매지도 못하는 사람 마음이나
배추벌레에게 반 넘어 먹히고도
속은 점점 순결한 잎으로 차오르는
배추의 마음이 뭐가 다를까
배추 풀물이 사람 소매에도 들었나 보다
　　　　　　　　– 나희덕의 「배추의 마음」의 일부

남대천 상류 물푸레나무 속에는
연어떼가 나무를 타고
철버덩거리며 거슬러 오르는 소리가 들린다
나무가 세차게 흔들리는 것은 바로 그 때문이다
물푸레나무 가지 끝에 알을 낳으려고
연어는 알을 낳은 뒤에 죽으려고
죽은 뒤에는 이듬해 봄 물푸레나무 가지 끝에
수천 개 연초록 이파리의 눈을 매달려고
연어는 떼지어 나무를 타고 오른다.
나뭇가지가 강줄기를 빼 닮은 것도 바로 그 때문이다.
　　　　　　　　– 안도현의 「강과 연어와 물푸레나무와의 관계」 전문

인용의 시들은 자연의 소중함을 일깨우는 시다. 요즈음 같이 환경오염이 극심하고 자연 파괴가 극도에 이른 시기에 우리의 자연 인식에 반성을 제기하는 시라고 할 수 있다. 그리고 적극적으로 인간이 자연에 동화될 수 있기를 기대하는 시라고도 할 수 있다. 이는 앞에서 보인 환경오염 고발의 시가 자연에 대한 소극적, 부정적 인식의 출발이라면 후자의 경우는 자연에 대한 적극적, 긍정적 자세라고 할 수 있다. 그리고 이 두 유형이 모두 인간생명을 존중하는 생태문학의 범주라고 할 수 있다.

4. 소설과 생태문학

우리의 경우 생태문학과 연계되고 있는 환경소설은 1960년대 후반부터 도시 개발붐이 일어나고 1970년대와 1980년대로 이어지면서 범국가적 산업화가 진척되면서 나타나기 시작했다. 도시의 소음 공해를 비롯한 공장폐수, 산업폐기물, 원자력발전소의 공해 등에 대한 고발 등이 문학작품에 나타나기 시작한 것이다. 이들 일련의 소설들을 환경공해 고발소설이라 할 수 있다. 이에 비해서 생태계 보존의 중요성을 드러내는 소설도 살피게 된다. 자연의 동, 식물이나 주변의 경관을 보존하려는 의지의 표현 등이 그것이다.

환경고발 소설은 환경오염이나 환경 파괴의 실태를 직접적으로 고발하고 그것의 보존을 위한 투쟁의 과정을 나타내는 것이 일반적인 현상이다. 따라서 갈등의 양상이 피해자인 노동자나 공단 주변의 서민들의 삶과 가해자인 공장 주인이나 기업가들의 횡포에 초점이 주어진다. 이에 비해서 생태소설은 환경오염에서 기인한 생태계의 변화양상의 표현이나 나무나 동물에 대한 관심을 증폭시키는 것으로 동화적 기법이 동원되기도 한다.

두 경우 모두 환경의 오염과 파괴에 따른 생명의 위기를 느끼게 된 것에서 유래한다. 이런 일련의 소설은 우리의 경우 산업사회의 이행기인 1970년대 중반부터 나타나기 시작했는데 정을병의 『병든 지구』(1974)와 김용성의『사해(死海) 위에서』(1976) 등을 비롯해서 조세희의『난장이가 쏘아올린 작은 공』(1977), 김원일의『도요새에 대한 명상』(1979),『따뜻한 돌』(1981), 한승원의『누이와 늑대』(1980), 이청의『불어진 노를 저어 저어』(1982), 한정희의 중편『불타는 폐선』(1989), 우한용의『불바람』(1989), 이남희의『바다로부터의 긴 이별』(1991) 김수용의『이화에 월백하거든』(1991), 박혜강의『검은 노을』(1991), 정도상의『겨울 꽃』(1992), 김원일『그곳에 이르는 먼 길』(1992), 문순태의『낯선 귀향』(1992) 김종성의『말없는 놀이꾼들』(1993), 정찬의『산다화』(1994),『깊은 강』(1994), 최성각의『약사여래는 오지 않는다』(1994), 한수산의『침묵』(1994), 김태연 장편『그림 같은 시절』(1994), 한승원의『연꽃 바다』(1997), 김종성 『용 울음소리』(1997)『일요일을 지킵니다』(1998), 우애령『가로등』(1999), 최성각의『동강은 황새 여울을 안고 흐른다』(1999) 등의 작품이 있다. 이를 환경오염과 생태계유지의 두 분야로 나누어 검토해 보고자 한다.

우리나라의 경우 경제개발 5개년 계획으로 상징되는 산업화의 가속은 경제의 건설이라는 큰 결실에도 불구하고 환경 파괴, 환경오염의 큰 부작용을 가져왔다. 그런 부작용은 공업전진기지로 활용된 울산지방을 시발로하여 전국적으로 확산되었다. 울산지방은 정유, 비료, 제철 공장을 주축으로 하는 중화학공장이 들어섰다. 1967년 비료생산업체인 <영남화학>이 들어서면서 공장 주변 대나무가 말라 들어가고, 인근 마을사람들에게 눈이 따갑고 기침을 하는 등의 호흡기성 질환이 나타났다. 그 이후에 농작물의 고사와 기형어 발견 등의 여러 현상이 나타나게 되고 이런 현상에 대한 대응으로서 환경 파괴 고발소설도 출현하게 되었다. 정을병의 중편소설「병든 지구」(1974. 1. 한국문학. 12면~60면)는 '지구의 영원한 생존'이란 제목의 세미나에 참석한 한국인 나레이터에 의해 제기된다.

미국의 예를 든다면······. 자동차와 화력발전소에서 나오는 배기가스는 연간 2억 톤에 이르러 일인당 약 1톤의 배기가스 속에서 모두가 생활하고 있다는 결론이 나옵니다. 그러므로 효과적인 조치를 가하지 않는다면 대단히 위험한 사태가 벌어지리라는 것은 너무나 자명한 일입니다.(36쪽)

선진국에 있어서의 대기오염은 80퍼센트 정도가 공업부문에서 나오는 것이지만 살충제의 살포로써 오는 피해는 결코 적지 않습니다. 레이첼·카슨은 그의 저서에서 살충제의 해독성을 경고하고 있습니다. DDT로 대표되는 염소화탄화수소의 강력한 살충효과는 그만큼의 독성을 수반하고 있다고 보아야 하므로 이의 대기중 살포는 매우 위험한 것입니다. 예를 들면 DDT를 몸에 축적해 가면 닭이 알을 낳지 않게 되고, 수은을 살충제로 썼을 때 그것을 품고 있는 농작물을 돼지가 먹게 되면 그 해독을 그대로 입게 되거니와 사람 역시 그 돼지고기를 먹으면 나쁜 해독을 받게 됩니다.(38쪽)

김용성의 「사해(死海) 위에서」(한국문학, 1976. 10. pp.86~99.)는 공장 경비의 눈을 통해 본 죽어 가는 바다의 오염현장을 고발한 것이다.

바다는 짙은 잿빛을 띠며 죽어 있었다. 그것은 마치 선사시대의 거대한 짐승의 사체처럼 소리 없이 누워 있었다. 구름은 태양을 가렸고 수면 위에는 바람 한 점 스치지 않았다. 길게 육지를 파고들어 물굽이를 이루는 곳에 강물이 흘러 들어오고 있었으나 유심히 눈여겨보지 않으면 그것도 움직이는 것 같지가 않았다. 다만 움직이는 것은 하구(河口)에 우뚝 솟은 공장 굴뚝들을 통해서 솟아오르고 있는 여러 개의 불기둥뿐이었다. 불기둥은 밤낮을 가리지 않고 여기 바닷물 위에 붉은 그림자를 던지고 있었다. 그래서 때때로 용암이 솟아오르듯 바닷물이 이글이글 타오르는 것이 아닌가 하는 착각을 불러일으키고는 하는 것이었다.(86쪽)

비슷한 무렵 조세희의 『난장이가 쏘아 올린 작은 공』이 나왔다. 이 작품은 1975년 「뫼비우스의 띠」로부터 시작된 연작소설인데 특히 「기계도시」(1977)에서 공해문제를 집중적으로 거론했다.

> 수없이 솟은 굴뚝에서 시커먼 연기가 오르고, 공장 안에서는 기계들이 돌아간다. 노동자들이 그곳에서 일한다. 죽은 난쟁이의 아들딸도 그곳에서 일하고 있다. 그곳 공기 속에는 유독 가스와 매연, 그리고 분진이 섞여 있다. 모든 공장이 제품 생산량에 비례하는 흑갈색, 황갈색의 폐수, 폐유를 하천으로 토해낸다. 상류에서 나온 공장 폐수는 다른 공장 용수로 다시 쓰이고, 다시 토해져 흘러 내려가다 바다로 들어간다. 은강 내항은 썩은 바다로 괴어 있다. 공장주변의 생물체는 서서히 죽어가고 있다.9)

이런 공장의 오폐수에 의해 파괴되는 환경에 대한 우려는 여러 소설에서 공통적으로 나타난다. 한정희의 「불타는 폐선」은 산업폐기물의 불법 매립이라는 소재를 다룬 것이다. 이 작품은 한 출세지향적 인간의 좌절과 1970년대 고도성장의 내면을 중첩시키고 또 환경 오염과 삶의 황폐를 중첩시키면서 우리 시대를 근원적으로 반성하고 있는 작품이다. 최성각의 「약사여래는 오지 않는다」는 우리 사회의 병리현상, 정치적 부패와 혼돈, 대형사고, 패륜적 범죄 등을 다루면서 환경오염의 실상을 고발한다.

홍성원의 「남도기행」은 서울 낚시꾼이 틈만 나면 남녘바다를 찾아 낚시에 나선다. 여기서는 남해 바다의 오염 문제를 집중적으로 부각시킨다. 오염의 원인으로는 양식장의 시설물과 몰래 버린 폐유들이다. 이정창의 「불꽃 바다」(89)는 여천, 온산, 광양 등의 죽어가는 바다와 그곳을 터전으로 삼고 있는 인간의 삶을 다룬 것이다. 소설에서는 '황포만'이라는 지역

---

9) 조세희의, 「기계도시」, 『난장이가 쏘아 올린 작은 공』, 문학과 지성, 1978. 142쪽.

설정을 통해서 공해문제를 집중적으로 조명한다.

　서정인의「붕어」는 물이 줄어들고 썩어 가는 다리 밑 웅덩이에서 옹색하게 고기를 잡고 있는 소년의 모습을 보여 줌으로써 환경오염 문제를 부각시킨다. 젊은 작가인 은희경의「새의 선물」(1995)은 유지공장에서 나온 냄새로 오염된 공기의 문제를 다룬 것이다. 최인석의「지리산에 저 바다」는 지리산 자락에 삼층짜리 모텔 오작교를 짓는 공사현장을 보여주면서 자연훼손의 문제를 다룬다. 김원일의「도요새에 관한 명상」(1979)은 신흥 공업단지가 우리의 삶과 환경을 어떻게 파괴하는가에 주목하면서 환경문제에 대한 선구적 문제의식을 보여준다. 이 작품은 동진강 하구의 유명한 철새도래지가 황경오염으로 황폐화되면서 철새수가 급격히 줄어드는 현상을 다룬 것이다.

　그밖에도 수질오염을 다룬 소설로는 이문구의「장천리 소태나무」, 이승우의「못」, 전성태의「사육제」등을 들 수 있다. 우한용의「불바람」은 원자력방전소의 안전문제를 다룬 것이고, 정찬의「산다화」는 아연도금업체의 도금공이던 김석훈이 카드뮴중독으로 사망하기까지의 고통스런 삶을 다룬다. 최일남의 단편「그들은 말했네」, 윤대녕의「눈과 화살」, 전성태의「가문 정원」, 홍성암의「그대의 콧구멍」같은 작품들도 환경 오염 문제를 다루고 있다. 이들 문제가 다루어지고 있는 표현양상은 다음과 같다.

　　가) 나라에서 말하는 법대로라면야 버리면 안되겠지요. 그렇다고 쓰레기 치우는 공장을 몇 억씩 들여세우라는 미친 법 지키는 놈들이 있나요. 그저 야밤에 으슥한 데다가 쏟아 버리고 나 몰라라 도망 와야지 이 엄청난 것들을 어떻게 안 보이게 파묻고 한답디까. 파묻으면 좋기야 하지만 누가 봐서 관청에 알리기라도 하는 날에는 고발당하고 붙들려 가고 끝장 나는 거죠. 그저 요란하게 비가 올 때는 오가는 사람도 없고 빗물에 패인 무른 땅에 쏟아 버리면 반은 묻히고 반은 떠내려

가고 해서 그만이죠. 그래서 비를 기다리지만 안 오는 비야 어떡합니까? 적당히 해치우는 수밖엔 없지요.10)

나) 형편만 된다면 어서 이 죽음의 땅을 떠나고 싶었다.
바다와 농토에 뿌리내린 작물만 죽는 것이 아니라 달포는 서서히 살아 있는 지옥으로 변하기 시작한 것이다. 겨울에는 그런 대로 견딜 만 했으나 계절이 바뀌기 무섭게 내륙 쪽으로 방향을 바꾸는 남동풍 속에는 악마의 발톱이 들어 있었다.
눈이 따갑고 속이 뒤집힐 것 같은 악취를 풍기는 바람을 맞으면 생명이 강하다는 은사시와 사철나무도 맥없이 말라죽고, 사람들은 기관지나 안질환을 호소하게 되고 특히 노약자들은 전신에 땀띠 같은 붉은 반점들이 발생해 이것을 긁으면 진물과 피가 흘러내렸다.11)

다) 마음에 드는 거라고는 한 가지도 없는 한심한 마을, 바다는 기름과 폐수로 썩은지 오래되어 물고기와 해초도 자라지 않았다.
옆과 뒤를 돌아보면 온통 공장의 굴뚝이 아니면 유조 탱크, 기묘하게 얽어진 파이프와 드높은 담벼락의 연속이다. 그나마 빠꼼하게 열린 수평선에는 관(棺)처럼 볼품없게 생긴 유조선이 언제나 길게 자빠져 누워 있다.
굴뚝과 유조 탱크와 담벼락, 그리고 썩은 바닷물에 포위되어 마을은 질식한 환자처럼 창백하다.12)

라) 현지에 파견된 역학조사단의 최종 보고에 의하면 공단 주변 주민들의 피해 원인은 공해 물질이 누적된 때문임이 밝혀졌다. 공해 방지시설을 가동하는 것보다 벌금을 무는 쪽이 이익이라는 업주들의 사고방식이 보다 깊은 원인으로 지적되어야 할 것이다. 각 기업체들은 그동안 폐수나 분진, 매연 등을 고의로 수년간 배출하여 오늘의 화를

10) 한정희,『불타는 폐선』(중편), 민음사, 1993. 19쪽.
11) 김수용,『이화에 월백하거든』, 현암사, 1991. 78쪽.
12) 이청,『부러진 노를 저어』, 인간문예신서, 1982. 7쪽.

불러온 것이다. 납이 전국 평균치의 사십 팔 배나 된다는 사실이 무엇보다도 이러한 견해를 잘 입증한다고 할 것이다……13)

위에서 드러나고 있는 공해의 양상은 공장 폐수와 굴뚝에서 나온 폐기물 등에서 기인한 것이다. 그런데 핵폐기물, 핵발전소가 지니는 위협에 대한 글들도 상당수 엿보인다. 우한용의 『불바람』 같은 작품이다.

> 원자력 이용에서 가장 심각한 문제를 불러일으키는 것은 폐기물이다. 폐기물 중에서 방사능 오염도가 가장 심한 고준위 폐기물은 우라늄 235가 타고남은 풀루토늄이다. 희랍어로 플루토는 지하의 신이란 뜻인데 지옥을 관장하는 하데스의 후신이다. …… 플루토늄 1파운드면 세계 인류는 폐렴으로 전멸할 수 있다. 그런데 현재 원자력 발전소 하나에 생산되는 플루토늄은 매년 400~500파운드가 된다고 한다. 만일 이를 공중에 살포한다면 60킬로미터 이내에는 자그만치 10만년 동안 방사능 오염이 되며, 그 유독성은 자그만치 50만 년에 이른다. 더욱 문제가 되는 것은 반감기가 2만 4천년이나 된다는 점이다. 인류역사는 핵 오염으로 종말을 고할지도 모른다.14)

문순태의 「낯선 귀향」에서는 다음과 같이 묘사된다.

> 정순호는 지금도 때때로 아내가 해산했을 때 이상하게 생긴 아기를 보고 경악했던 순간이 그의 머릿속에 찢어진 플랜카드처럼 펄럭여 왔고 그것은 악몽의 한 장면처럼 그를 괴롭혔다. 처음 본 아기의 모습은 마치 살아 있는 문어 같았다. 머리가 유난히 컸다. 바람이 뺑뺑하게 찬 고무풍선처럼 생긴 머리를 뼈가 없이 물렁물렁했으며, 유별나게 큰 머리에 비해 점을 꼭 찍어 놓은 듯한 두 눈은 초점이 없이 흐리멍텅해 보였다. 이목구비만이 아기의 모습이었지 도저히 사람 같지가 않아

---

13) 이남희, 『바다로부터의 긴 이별』, 풀빛, 1991. 256쪽.
14) 우한용, 『불바람』, 청한, 1989. 291~307쪽.

보였다. 그는 아기를 보는 순간 놀라움과 함께 온몸에 소름이 돋으면서 대상이 분명하지 않았으나 굉장히 화가 났다. 누구에겐가 배신을 당한 기분이었다.15)

경도상의 「겨울꽃」에서는 다음과 같이 서술된다.

로카라면 원자력발전소 폭발쯤 여겨지는 멜트 다운(Melt Down) 다음 가는 최대의 사고였다. 로카는 멜트다운의 예비단계일 수도 있다. 냉각수 파이프가 파열되었거나 밸브가 막히는 경우, 또는 펌프의 고장을 로카라고 불렀다. 로카가 됨으로써 멜트 다운이 시작되는데, 비상 노심냉각장치가 말을 듣지 않고 노심의 수위가 낮아지면서 연료 막대기가 노출된다.
그렇게 되면 지극히 센 열로 원자로의 우라늄 노심이 녹아내린다. 노심이 격납용기를 녹여감에 따라 방사성 가스와 수증기가 가득 채워진다. 그 후는 생각하나마나 였다. 녹은 암석과 우라늄이 격납용기를 뚫고 나오면서 땅속으로 스며들거나 대기중으로 누출된다. 그러면 땅속에 스며든 수증기가 지표를 세차게 뚫고 분수처럼 솟아오르고 수소와 수증기가 폭발하며 전체 원자력 발전소도 같이 파괴시켜 거대한 방사능 구름이 세상을 뒤엎고 만다.16)

이런 현상에 대한 고발은 대체로 어쩔 수 없는 피동적 수용과 소극적 투쟁의 양상이 되는 데 우선 피동적 수용의 양상은 회사측의 악선전에도 속수무책으로 당할 수밖에 없는 노동자의 비애를 서술하거나(이남희, 『바다로부터의 긴 이별』) 소극적 투쟁으로 핵발전소 앞에서 소수의 시위대를 형성하는 양상(박혜강, 『검은 노을』)으로 드러나기도 한다.
환경파괴와 오염의 실상을 고발하는 작품들이 적극적인 해결책을 제

---

15) 문순태, 『낯선 귀향』, 실천문학사, 1997. 82~102쪽.
16) 경도상, 「겨울꽃」, 동광출판사, 1989. 207~208쪽.

시하기보다는 현상의 고발과 피동적 수용과 소극적 투쟁으로 머물고 마는 것은 대체로 오염의 피해자들이 사회의 약자들이고 소외자들이기 때문이다. 경제적 능력이 있는 사회의 상층 인물들은 오염지대에 머물러 살 이유가 없기 때문에 결국 오염의 문제도 자신의 문제가 아니고 남의 문제로 취급한다. 그러나 실제에 있어서 환경 오염은 어느 국외자로 한정되는 것이 아니고 온 민족, 또는 온 인류의 문제라는 것을 깨닫지 않으면 안 된다고 하겠다.

생태학적인 관점에서 자연의 소중함과 생명의 가치를 다룬 작품들로는 조세희의 『난장이가 쏘아올린 작은 공』(1978), 김원일의 『도요새에 관한 명상』(1979), 한승원의 『연꽃 바다』(1997), 최성각의 『약사여래는 오지 않는다』(2000), 이윤기의 『나무가 기도하는 집』(1999), 김영래의 『숲의 왕』(2000) 등의 작품이 나왔다.

생태소설이라고 부르는 이런 소설은 공해 고발소설과는 상당히 차이가 난다. 사실적 고발이 아니라 생태계의 중요성을 동화적 기법으로 추적함으로써 자연 생태를 체험하게 하기 때문이다. 이는 다음의 서술에서 살필 수 있다.

> 사람들은 변덕이 심했다. 자기들이 하려고 생각을 하는 것이면 무엇이든지 하는 것이었다. 바다도 메우려고 생각하면 메우고 산도 허물어 버리려고 하면 허물어 버리는 것이었다. 어이없게도 그들은 이 세상의 모든 것들이 자기들만을 위하여 존재한다고 믿었다. 모든 것들이 그렇게 존재하도록 신이 마련했다고 생각하였다. (한승원의 『연꽃 바다』 중에서)

이 작품은 인간의 인간중심주의적 오만을 비판한다. 인간이 만물의 영장이라고 하는 것은 스스로 내린 자의적 판단이다. 그런 인간을 젊은 수

컷박새는 '자연의 파괴자'라고 보는 것이다. 이는 불교의 우주 철학과도 접맥된다. 작품 주인공인 박주철은 다음과 같이 말한다.

우주적인 근원은 시간을 가지고 모든 것을 파멸시킨다. 그 우주적인 근원의 힘을 알고 그것과 하나가 되는 것을 요가라고 한다. 그 속에서 즐거움과 괴로움이 하나인 것이고, 장미꽃과 시궁창이 하나인 것이고, 흙과 돌과 금덩이가 하나인 것이다. 그것들이 하나임을 아는 사람은 우주적인 근원에 도달한 사람이다. 거기에 도달하려면 모든 욕망으로부터 벗어나고 집착으로부터 자유로워지고 자기 다스림의 힘을 짱짱하게 얻게 된다. (한승원의 위의 책)

이런 의식은 매우 불교적이다. 불교는 위대한 어머니인 자연이 이 우주에 존재하는 모든 아름다운 것을 낳았다고 생각한다. 불교에서 우주는 곧 정신이라는 명제를 지니며 모든 것들이 인연으로 얽힌다고 믿는다. 인간도 그의 일상생활이 환경과 관련되어 자신의 정체성을 지니게 된다.

이윤기는『나무가 기도하는 집』(1999)을 내놓았다. 그는 이 작품에서 '우야 아저씨'라는 작중인물을 통하여 나무를 비롯한 생물의 소중함을 일깨운다. 또한 생물평등주의에 못지않게 동료인간에 대한 애틋한 사랑을 보여준다. 인간중심주의에 대한 비판이 인간을 소홀히 취급하는 양태가 되어서는 안 된다는 의식이다. 인간도 자연의 구성물이기 때문이다.

이윤기의『나무가 기도하는 집』은 우야 아저씨라는 주인공의 집에 '자야 아가씨'라는 인물이 등장하면서 시작된다. 우야 아저씨가 나무와 숲을 생각하는 마음은 각별하다 못하여 때로는 기이하게 느껴진다. 그는 살아 있는 나무를 한 번도 베어 본 적이 없을 만큼 나무를 사랑한다. 연탄이나 기름이 널리 쓰이기 전인 탓에 나무를 땔감으로 삼는 무렵이지만 오직 숲에서 죽은 나무를 주어다 땔감으로 쓸 뿐이다. 숲에서 죽은 나무는 숲이 필요에 따라 죽인 나무이기 때문에 땔감으로 써도 괜찮다고 생각한다. 우야 아저씨보다 나무를 더 사랑하는 사람은 이 세상에 없다. 그의 자연 인식은 다음과 같이 서술된다.

> 그에게 그 숲은 '나무 고아원'이다. 그럴만한 사연이 있다. 그의 숲에, 사다 심은 나무는 한 그루도 없다. 자세한 이야기는 뒤에 하겠지만 그 숲의 나무들은 모두 주어다 심은 나무들이어서 '나무 고아원'이다. 그런데 그의 '나무 고아원'은 또 하나의 이름을 얻는다. '나무가 기도하는 데' 즉 '나무 기도원'이다.

> 그는 나무를 식물로 보지 않는다. 조금 더 정밀하게 말하자면 그는 동물과 식물이 어떻게 다르게 정의되는지 알지 못한다. 그에게 동물과 식물의 임계점 같은 것, 동물과 식물을 가르는 경계는 존재하지 않는다. 그에게 나무는 여느 사람들이 아는 나무가 아니다.

우야 아저씨에게 숲은 생명 그 자체이다. 인간은 숲에서 왔다가 숲으로 돌아가는 존재다. 우야 아저씨에겐 숲은 포근한 어머니의 가슴이다. 사람들에게서 상처받고 세상일에 지쳐 있을 때 그가 위로를 받는 곳도 숲이다. '나무가 기도하는 집'인 이 숲에 들어갈 때마다 그는 마을에서는 좀처럼 얻을 수 없는 마음의 평화를 얻는다.

우야 아저씨는 비단 나무를 사랑하는 것에 그치지 않는다. 그의 사랑은 이번에는 인간에 대한 사랑으로 이어진다. 말하자면 그의 관심이 생물생태학에서 인간생태학으로 옮아 온 것이다. 그에게는 뿌리뽑힌 나무를 정성껏 보살피는 일과, 오갈데 없는 불쌍한 사람을 보살피는 일은 서로 다르지 않다. "우야 아저씨는 자야 아가씨의 곁에 서 있는 한 그루 나무와 비슷했다."라는 말에서 나무와 사람과의 구별이 되지 않는다.

우야 아저씨 집에 젊은 여성 하나가 나타난다. 김송자라는 이름보다도 '자야 아가씨'로 통하는 이 여성은 말을 할 때 문장을 완성하지 못하고 줄여서 하는 버릇이 있다. 또한 말을 앞뒤로 바꾸어 말하기도 한다. 글씨를 거울에 비추고 거기에 비치는 대로 읽는다고 하여 경사어체장애(鏡像書體障碍)라고 부르는 언어장애를 겪고 있는 것이다.

우야 아저씨는 될 수 있는 대로 자야 아가씨가 마을 사람들과의 접촉을 피한 채 혼자 지내면서 '상처받은 영혼'을 치유하기를 바란다. 그리하여 그는 대문이 없던 집에 대문을 달아 사람의 눈을 피하도록 해 줄 뿐 아니라, 자야 아가씨에게 좀처럼 말을 걸거나 참견하지도 않는다. 자연과의 교감을 통한 치료보다 더 좋은 치료법은 없다고 생각하기 때문이다.

이윤기가 보여주는 생태주의는 우야 아저씨와 자야 아가씨가 벌이는 정사장면에 이르러 극에 달한다. 술을 거나하게 마신 날 밤 우야 아저씨는 어머니 무덤이 있는 숲으로 들어가고, 곧 그의 뒤를 이어 자야 아가씨가 그곳으로 따라온다. 그녀가 처음으로 쓰라린 기억을 더듬어 아픈 상처를 우야 아저씨에게 털어놓은 것은 바로 이 숲 속이다. 마찬가지로 우야 아저씨가 그동안 그녀의 상처가 아물고 자신의 곁을 떠나지 않게 해달라고 나무에게 간절히 기도한 곳도 이 숲속이다. 이렇게 서로의 마음을 털어놓은 뒤 우야 아저씨와 자야 아가씨는 달빛 환한 무덤가에서 자연스럽게 성관계를 맺는다. 두 사람 모두 첫경험은 아니었지만 상대방의 애정을 확인하는 소중한 순간이었다. 우야 아저씨와 정사를 나눈 자야 아가씨는 부끄러움과 자격지심으로 몸을 피한다. 우야 아저씨는 갖은 고생 끝에 마침내 그녀를 찾아 돌아온다. 복락원의 순간이다.

이 작품은 녹색소설이 나아가야 할 방향을 제시해준다는 점에서 자못 중요한 의미를 지닌다. 이윤기는 단순히 자연에 대한 애틋한 사랑을 일깨우는 것에 그치지 않고 더 나아가 인간에 대한 관심을 일깨워준다. 자연에 관심을 기울이는 나머지 자칫 또 다른 자연인 인간을 잊어버리기 쉽다. 다른 녹색소설가와는 달리 이윤기는 자연에 못지 않게 인간에 대해서도 관심을 기울인다. 숲이 나무가 기도하는 집이라면, 이 우주는 인간이 기도하는 집이다. 그는 숲을 지키는 것이 곧 우주의 집을 지키는 것이라는 사실을 새삼 일깨워 주는 것이다.17)

김영래는 『숲의 왕』(2000)(제5회, 문학동네 소설상 수상작)을 내놓았다. 『숲의 왕』은 숲의 중요함을 일깨운다. '닥터 그린'이라는 별명을 지닌 주인공은 개인 소유로 팔려 나갈 뻔한 강원도 기린 땅을 매입하여 '에피쿠로스' 정원을 만든다. 그리고 '숲의 형제단'이란 모임을 주선하여 환경의 중요성을 인식시킨다.

'내셔널 트러스트' 운동은 1895년 영국에서 처음 시작되었다. 아름답거나 역사적으로 가치있는 토지, 건물, 자연환경, 동식물 따위를 본래의 모습 그대로 영구히 보존한다는 취지로 생겨난 것이다. 주인공 정지운은 '닥터 그린'이라 불리는 인물이다. 그는 1890년대 개인소유로 팔려 나갈 뻔한 강원도 기린 땅을 회원의 기부금으로 마련하여 '에피쿠로스' 정원을 만든다. 비록 정원이라고 부르지만 여러 모로 가장 좋은 의미의 원시 공동체에 가깝다. 이 공동체에 속한 사람들은 스스로를 '숲의 형제단'이라고 부른다.

이들은 "저마다 다른 역정을 통해 이 자리에 이르렀지만 이곳이 삶의 귀착지라는 사실을 깨달은 순간 상이함의 구두를 벗고 맨발로 흙을 밟고 선 사람들"이다. 그들은 하나같이 청빈과 가난, 노동과 사랑, 그리고 자연친화를 삶의 방식으로 받아들인다.

'숲의 형제단'은 숲과 그 숲에 자라는 나무에 대해 깊은 관심을 보인다. 그들은 정선, 삼척, 태백 등 태백산 일대 지역에는 예로부터 호식총(虎食塚)이라 하여 호랑이에게 잡아먹힌 사람들을 묻은 무덤이 널리 분포되어 있다. 형제단 사람들은 이 호식총을 본떠 '나무묘지'라는 그들 나름의 장례

---

17) 김욱동, 「녹색소설과 생명의 나무」, 『시인은 숲을 지킨다』 범우사. 2001. 161쪽.

문화를 만든다. 공동체 구성원 중에 누군가가 죽으면 그 시체를 화장한 후에 그 재를 땅에 묻고 그 위에 나무를 심는다. 다시 말해서 시체가 나무를 잘 자라도록 거름으로 쓰는 것이다. 그렇다면 나무와 인간은 이제 더 이상 서로 구분한다는 것은 무의미하다. 나무가 곧 인간이요, 인간이 곧 나무라 할 수 있다. 그런 나무를 지키기 위해서는 극단적인 행동도 서슴지 않는다.

> 우리도 보복을 하는 거죠. 저 산 속에다 놀이터를 만들기로 공모한 작자들의 머릿가죽을 벗기는 거예요. 진짜 인디언 식으로 말이죠……지금 저 산을 난도질하고 있는 자들의 서울 추장을 붙잡아 머릿가죽을 벗기지 않는 한 이 일은 결코 해결되지 않을 겁니다. 아시겠어요[18]

『숲의 왕』에서 드러나고 있는 이런 의식은 생태계 파괴가 이젠 인류의 파멸 직전까지 다가왔음을 주장한 것이다. 그러니 모두 공멸하는 사태가 오기 전에 숲이 보호되어야 하고 그런 일을 위해서는 어떤 폭력도 사용할 것이라는 각오이기도 하다. 숲을 파괴하는 서울 사람의 머리 가죽을 버실 준비가 되어 있다는 것이다. 그런 과격한 방법까지 동원해야 할 만큼 지금의 시기가 절대절명의 시기라는 것이다. 이에 대한 김욱동의 다음 말은 시사하는 바가 크다.

> 『숲의 왕』에서 무엇보다도 먼저 눈길을 끄는 것은 우리 문학에서는 처음으로 생태 급진주의를 다룬다는 점이다. 생태급진주의란 환경 문제와 관련하여 몇 몇 환경운동가들이 보이는 급진주의적 태도를 가리키는 용어이다. 극단적인 환경 운동가들은 그들의 목표를 관철시키려고 때로는 폭력도 서슴지 않는다. 종말을 향하여 가고 있는 이 지구를 위해서라면 그들은 시민불복종 운동을 벌일 각오가 되어 있다.[19]

---

18) 김영래, 『숲의 왕』, 문학동네, 2000. 150쪽.
19) 김욱동, 「생명의 숲과 녹색소설」, 『문학 생태학을 위하여』, 민음사, 174~175쪽.

생태문학에 접근하는 소설의 양상은 이처럼 환경오염의 고발과 생태계에 대한 관심의 제고로 나타나고 있다.

5. 생태문학의 지향점

환경의 문제는 지구 생명의 문제며 우리의 생존 문제다. 이와 결부하여 필자는 작품 「그대의 콧구멍」에서 다음과 같이 다룬 바가 있다.

> 마음이 안정되면서 다시 멀리 인간들이 풍겨대는 악취가 스멀스멀 안개처럼 기어오르기 시작하고 있지 않은가? 그것은 밤안개와 더불어 밀려오는 것이기도 했다. 하수구의 퀴퀴한 냄새, 공장의 굴뚝에서 뿜어내는 매연의 냄새, 정화조의 틈서리로 새어나오는 분뇨의 냄새……. 그리고 수만의 인간들이 만들어내는 온갖 역겨운 냄새들이 밀려오기 시작했다.
>
> 그는 자신이 길게 누워 있는 이 산의 흙과 풀과 나무와 그리고 산들산들 불어오는 바람마저도 인간들에 의해 만들어진 온갖 악취로 오염되어 있다는 것을 새삼 깨닫기 시작했다. 어찌 산뿐인가? 이미 별을 볼 수 없게 된 하늘과 대기마저도 인간의 힘으로는 어찌해 볼 수 없을 정도로 오염되어 있음이 깨달아지는 것이었다. 이 우주 전부가 병들어 썩고 있었다.
>
> …… 그렇다. 말세란 하느님이 인간을 징벌하기 위해서 준비한 것이 아니다. 종말론이란 자정(自淨) 능력을 잃은 인간 세상을 위해서 한 번쯤 대청소를 해 달라는 인간의 열망을 드러낸 것인지 모른다. 그러니 말세에 대한 인식은 결과적으로 인간들 스스로가 더 어찌해 볼 수 없게 된 세상을 위해서 하느님이 개입해주기를 바라는 열망의 표현인 것이다.[20]

---

20) 홍성암의, 「그대의 콧구멍」, 『어떤 귀향』, 새로운 사람들, 1997. 166~167쪽.

인간 삶의 현장으로서 환경의 중요성은 아무리 강조해도 지나침이 없다고 해야 할 것이다. 환경문학은 단순한 고발문학으로서 끝나는 것이 아니고 철학적 깊이로 심화되어야 한다. 그런 점에서 환경문학에 대한 다음의 제안은 의미가 있다.

첫째, 근원적인 세계관의 회복을 향해 나아가야 한다. 근원적 세계관이란 다름 아닌 인간과 자연의 일체를 꿈꾸는 전체론적 사고를 의미한다. 특히 중요한 것은 모든 생명이 동일한 가치를 지니는 것 그리고 그 생명의 온전한 발현을 존중할 수 있어야 한다는 점이다.

둘째, 인간이 이루어 넣은 문명에 의한 자연파괴의 실상을 고발하고 비판함으로써 우리 삶의 위기를 인식시키는 길로 나가야 한다.

셋째, 인간 자신의 피폐화에 대한 반성을 그 바탕에 깔고 있어야 한다. 이는 문명에 대한 비판과 함께 자신의 삶을 돌아보아야 한다는 전제가 깔려 있다. 여기서 욕망의 무절제한 분출과 의식의 천박성이 인간의 건전한 정신을 타락시키고 나아가서 우리 사회의 도덕적 위기를 불러오는 주요 원인이 되고 있다.

넷째, 자연과 인간의 존재를 인식하고 그 바탕에서 새로운 삶을 보여주어야 한다. 당위의 세계는 일원론의 세계다. 자연과 내가 분리되어 있지 않다. …… 우주와 인간과 모든 생명들이 서로에게 필요한 존재, 똑 같이 귀중한 것이란 인식은 서로가 동등하고 조화롭게 살아야 할 세계를 향한 기원으로 나아간다.[21]

환경문학에 대한 과거적 인식은 자연지상주의로 흐를 우려가 있다. 여기서 중요한 것은 인간도 자연의 한 부분이란 점이다. 따라서 자연에 대한 과거적 인식에 대해서 또는 관습적인 인식에 대해서 새로운 성찰이 필요하게 된다. 다음은 그런 성찰의 한 면모다.

---

21) 신덕룡, 『환경위기와 생태학적 상상력』, 실천문학사, 1999. 73~75쪽.

1) 자연은 이기적이다. 즉 모든 생명체는 이기적인 유전자의 지배를 받고 있다. 그럼에도 불구하고 자연을 이타적 존재, 인간을 이기적 존재로 양분해서 자연 앞에는 무조건 찬사를 보내고 인간에 대해서는 무조건 비판을 가하는 태도는 곤란하다. 다만, 이기적인 인간과, 역시 이기적인 존재인 자연 속의 무수한 존재들이 어떻게 화해를 하며 살아가느냐 하는 것이 최대의 문제임을 인식해야 한다.

2) 자연은 신비가 아니라 현실이다. 시인들까지 자연을 신비화시킨다면, 그것은 자연과 인간 사이의 거리를 키우는 것이며 동시에 우리 자신을 소외시킨다는 의미이기도 하다. 따라서 대등한 위치에서 서로 타협하고 조화를 이루고 화해하고 대화해야 할 관계를 모색해야 한다. 만약 자연이 신비화되면, 자연이 현실 속에 살아 있는 구체적 존재가 아니라 단순한 허황된 관념으로 전락해 버릴 수 있기 때문이다.

3) 문명과 단절을 통해 과거 농경사회로 복귀를 소망하는 것은 문제가 있다. 과거 농경사회도 문명사회를 지향한 사회였기 때문이다. 그럼에도 그 세계만이 생태계 문제를 회복시켜 주고 인간의 행복을 보장해 줄 수 있는 것처럼 생각하는 데는 문제가 있다. 다만, 하나의 참고 자료는 될 수 있다.

4) 자기 자신의 모순된 실상을 제대로 인식하고, 그런 바탕 위에서 생태시를 써야 한다.

5) 목적성으로 인해 상상력이 저해되고 도식성을 띠기 쉽다. 즉, 이름만 가리면 누구의 작품인지 알 수 없는 유사한 작품을 써서는 안 된다.[22]

생태계에 대한 관심은 우리 동양의 경우 그리 새로운 것이 아니다. 동양의 경우는 노, 장철학과 불교나 샤머니즘과 같은 종교에서 일관되게 나타난다. 특히 우리의 경우 단군사상은 바로 자연공경사상이다. 고전 문학 작품에서도 오늘날의 생태문학적인 요소가 상당히 많다.

한국 고전 작품의 생태학적 세계관을 엿볼 수 있는 것으로서 만물의 근

---

22) 정효구, 「최근 생태시에 나타난 문제점」, 신덕룡, 『초록 생명에의 길』, 시와 사람, 1997. 321~331쪽.

원적 평등을 다룬 이규보의 <슬견설>(이와 개에 대한 의논), 김시습의 <조원찬>, <잡저>(복기 제6), 강백년 <불물자능물물설> 등이 있다. 이규보는 그의 <슬견설>에서 다음과 같이 말한다.

> 무릇 생명이 있는 것은 사람으로부터 소, 말, 돼지, 염소, 곤충, 개미에 이르기까지, 삶을 사랑하고 죽음을 싫어하는 마음이 같은 법이라오. 어찌 꼭 큰 생물만이 죽음을 싫어하고, 작은 생물은 그렇지 않다 하겠소? 그렇다고 한다면, 개와 이의 죽음은 동일한 게지요. (……) 하물며 하늘로부터 제각각 숨과 기(氣)를 부여받은 존재로서, 어느 것은 죽음을 싫어하고 어느 것은 죽음을 좋아할 리 있겠소? 그대는 물러가서 마음을 고요히 하고 가만히 생각해 보시오. 달팽이 뿔을 쇠뿔과 같이 보고 참새와 붕새를 평등하게 보게 된 연후에라야 나는 그대와 도(道)에 대해 말할 수 있을 것이오." (이규보의 <슬견설> 중에서.)

강백년은 다음과 같이 주장한다.

> 도로써 천지를 보고 천지로써 만물을 본다면, 나(我) 또한 물(物)이요, 물(物)은 또한 나(我)다. 천지는 또한 만물이요, 만물은 또한 천지이다. 어떤 물(物)이 나(我)가 아니겠으며, 어떤 나(我)가 물(物)이 아니겠는가(중략) 나의 몸이 하나의 태극일 뿐 아니라, 만물 또한 하나의 태극이며, 물물(物物)이 저마다 하나의 태극을 지니고 있다. 천지 또한 하나의 태극인 것이다.(불물자능물물설)

위의 두 인용은 만물이 근원적으로 평등하다는 인식의 표현이다. 생명의 근원적 동일함을 나타내는 이런 글들은 오늘날 생태학적 접근에 매우 필요한 단초를 제공한다. 김시습은 "사람과 만물은 다같이 천지의 기(氣)를 타고나 똑같이 천지의 인(仁)에 의해 길러진 존재로서 비록 기질의 차이는 있어 사람이 만물 가운데 가장 빼어나기는 하나 사람과 물(物)이 자연의 이치인 생생지리(生生之理)에 따라 제각각 삶을 영위하고 있는 점에서 근원적으로 동일하다고 보았다. 이런 이치로 장유의 <와명부(蛙鳴賦)>나, 유몽인의 <호정문(虎穽文)>, 박지원의 <호질(虎叱)>도 나오게 된 것이다. 즉 개구리와 호랑이 등속을 등장인물로 하여 인간과의 동질관계로 나타낸 것이다.

생태문학이 자연존중 사상을 그 근원으로 삼는다는 것을 전제로 한다면 우리의 경우 생태문학은 그리 생소한 것은 아니다. 일찍부터 자연을 공경하고 만물은 동일한 근원에서 나왔다고 믿었으며, 또 만물의 상호 평등관계를 인정했기 때문이다. 그런 점에서 우리의 생태문학은 한국적인 것에의 존중과 확인이란 방법으로 접근해야 할 것이다. 그런 점에서 다음의 몇 가지를 제언하게 된다.

첫째, 녹색문학의 제기다. 녹색문학은 자연옹호의 문학이다. 녹색문학의 이상은 구약의 '이사야서'에서 이미 살펴진다.

> 그때에 이리가 어린양과 함께 거하며 표범이 어린 염소와 함께 누우며 송아지와 어린 사자와 살진 짐승이 함께 있어 어린아이에게 끌리며 암소와 곰이 함께 먹으며 그것들의 새끼가 함께 엎드리며 사자가 소처럼 풀을 먹을 것이며 젖 먹는 아이가 독사의 구멍에서 장난하며 젖 뗀 어린아이가 독사의 굴에 손을 넣을 것이라 나의 거룩한 산 모든 곳에서 해됨도 없고 상함도 없을 것이니 이는 물이 바다를 덮음같이 여호와를 아는 지식이 세상에 충만할 것임이니라
>
> — 이사야서 11장 6절~9절

이처럼 모든 생물 무생물까지도 공생하는 것이 녹색문학이다. 생태계의 조화와 균형이야말로 지상과제다. 인간의 참된 행복은 이런 자연과의 동화에서 가능하다.

둘째는 생명문학이다. 생명을 가장 존중하는 의식이다. 이는 환경과의

친화에서만 빛이 난다. 부처님이 태어나실 때 천상천하유아독존(天上天下唯我獨尊)이라고 외친 것은 생명 하나하나가 이 세상에 하나밖에 없는 존귀한 존재라는 외침이다. 이런 생명의 존귀함을 인식해야 한다.

셋째는 고향의식이다. 고향은 태생적이며 근원적이다. 이는 자연과 고향이 동일시되는 한국적 인식이기도 하다. '고향'에 부여하는 정서적 의미가 정지용의 시 「향수」에서와 같이 자연 친화적이다. 다른 말로 하면 전원의식이라고 할 수도 있다. 문학에서는 '목가문학'이란 말로 표현되기도 한다.

넷째는 모든 사물에 대한 공경이다. 이것이 한국 고유사상이다. 우리 민족은 타인을 공경할 뿐 아니라 하늘, 바다, 산, 나무, 바위까지도 공경했다. 하늘님, 용왕님, 산신님 의식이 그것이다. 심지어는 늙은 호랑이나, 구렁이, 두꺼비마저도 함부로 대하지 않았다. 새벽에 정한수 떠놓고 북두칠성님께 무병장수를 빌었다. 샤만적 의식 이전부터 있어왔던 우리 민족의 공경의식은 생태문학의 중요한 발전인자가 될 수 있다.

이와 관련하여 한국의 전통적인 환경사상인 "풍수지리사상"에도 눈을 돌릴 필요가 있다. 풍수지리 사상은 천지인(天地人)의 상관적 사고관념의 발현이다. 풍수사상은 음양오행론에 따른 유기체적, 전일체적 환경론이라고 할 수 있다. 즉, 풍수사상의 조화적 사고, 종합적인 세계관, 자연과 인간의 공동운명체적 관계, 유기체적 통합으로서의 환경 인식 등에 대해서 깊이 검토할 필요가 있다.

다섯째, 단군사상의 계승이다. 단군사상이 구체적으로 어떤 것이냐 하는 것은 앞으로 많은 검토가 요구된다. 그러나 단(檀) 즉 '박달나무'에서 기인한 '붉'과 풍월도라고도 일컬어지는 화랑도(花郎道)의 어원에서 바람(風)의 '붉'과 꽃(花)과 불(火)의 전이에서 오는 '붉'에서 보여지는 바는 모두 동일체계의 사상이다. 즉, 신라의 화랑제도는 단군사상의 실천체계라고 할 수 있다. 화랑들의 훈련과정을 보면 명산대찰을 순례하며 노래하며 춤추고 검술을 익히는 것으로 되어 있다. 아무리 먼 곳도 가지 않은 곳이 없다(無遠到地)는 훈련과정은 곧 국토, 자연과의 친화과정이다. 좁게는 나라의 지도자가 되는 길, 넓게는 올바른 인간으로 성장하는 훈련과정에서 자연을 알고 자연을 존경하고 자연과 더불어 사는 것의 중요성을 깨우쳐 주는 단군사상은 생태문학이 지향해야 할 이념이 될 수 있을 것이란 생각이다.

한국소설 속의 아프리카

― 『인샬라』, 『아프리카의 별』, 『아프리카의 뿔』을 중심으로

고 인 환*

1. 문제제기: 한국소설의 아프리카 수용 양상

저개발과 빈곤의 대륙이며 약소국들이 밀집한 아프리카에는 항상 영향력을 행사하는 외부 세력이 있었다. 북아프리카를 속주로 지배했던 로마, 이슬람교 탄생 이후 강성해진 아랍인, 대항해시대 이후의 유럽, 동서 냉전시대 미국과 소련이 바로 그런 세력들이다. 현재의 아프리카 역학 구도는 압도적이던 미국과 유럽의 지위를 중국, 인도, 러시아, 브라질 같은 신흥 경제국, 즉 비서구 국가들이 잠식하고 있다.[1] 한국 또한 2000년대 이후 아프리카에 대해 지속적인 관심을 보이고 있다. 2012년 현재 한국은 아프리카 대륙 내 54개국과 공식적인 외교관계를 맺고 있다. 이들 중 22개국에 상주 공관이 있다. 한국의 아프리카 지역연구 또한 눈에 띄게 증가했다. 특히 2000년대 들어 학술논문의 수는 양적으로 크게 증가했다. 경제 분야에 대한 연구 업적이 전체 연구 업적의 37%로 가장 많았으며, 다음으로 정치와 정책 분야에 대한 연구 업적(28%)이었다.[2] 이러한 관심

---

* 경희대학교
1) 윤상욱(2012), 『아프리카에는 아프리카가 없다』, 시공사, 344~345쪽 참조.

에도 불구하고 아프리카는 여전히 공감의 대상이 아니라 관찰의 대상이다. 그래서 '향상되었다'느니 '구원받았다'느니 따위의 말들이 범람하고 있는 것이다.[3]

20세기 초 우리에게 아프리카 대륙은 서구에 유린당한 그들의 상황을 거울로 삼아 국치의 위기에 놓인 절박한 조선의 현실을 냉철하게 인식해야 한다는 관점으로 수용되었다.[4] 1920~30년대 아프리카는 작은 자연재해에도 큰 피해를 입는 열악한 현실, 종교적 풍속적 특이지대, 혹은 코끼리와 상아의 대륙으로 받아들여졌다.[5] 이처럼 개화기와 일제강점기 아프리카 대륙이 저항과 해방을 환기하는 상징 혹은 특이한 풍속과 열악한 현실의 이미지로 호명되었다면, 해방 공간과 한국 전쟁 이후에는 서구근대성에 대한 비판적 인식을 지닌 '제3세계'라는 구도 속에서 받아들여졌다.[6] 특히 한국문학 담론에서 아프리카는 '제3세계 문학'의 관점에서 수용되었다. 이는 주로 아시아-아프리카 작가들의 국제적 연대의 움직임을 소개하거나 서구에서 활동하는 아프리카 출신 흑인 작가들의 텍스트를 소개하는 차원에서 이루어졌다.[7]

한편, 1990년대 이후 탈식민주의 담론에 대한 논의와 더불어 아프리카

---

2) 조원빈(2012), 「한국의 아프리카 연구 동향」, 『아시아리뷰』, 제2권 2호, 서울대학교 아시아연구소, 139쪽 참조.
3) 리처드 J. 리드(2013), 이석호 역, 『현대 아프리카의 역사』, 삼천리, 560쪽 참조.
4) 『대한매일신보』, 1907년 11월 19일; 『해조신문』, 1908년 3월 17일; 『국민보』, 1914년 4월 8일 등 참조.
5) 허혜정(2009), 「한국현대문학과 아프리카문학에 대한 인식공간」, 『동서비교문학저널』, 제20호, 한국동서비교문학학회, 292~293쪽 참조.
6) 허혜정, 위의 논문, 304쪽 참조.
7) 대표적인 논의를 소개하면 다음과 같다. 김종철(1982), 「제3세계의 문학과 리얼리즘」, 『한국문학의 현단계』, 창작과비평사; 일본 아시아 아프리카 작가회의 편(1983), 신경림 역, 『민중문화와 제3세계-AALA문화회의 기록』, 창작과비평사; 구중서(1982), 「문학과 세계관의 문제」, 『한국문학의 현단계』, 창작과비평사; 박태순(1984), 「문학의 세계와 제3세계문학」, 『한국문학의 현단계 3』, 창작과비평사.

문학에 대한 관심이 고조되기 시작했다. 아프리카의 삶을 다룬 서구 작가들의 작품은 물론, 아프리카 출신 작가들의 작품이 활발하게 번역·소개되었으며, 아프리카 문인들과의 교류도 추진되었다. 이를 바탕으로 한국 문단 일각에서는 비서구문학(Non-Western Literature)의 소통과 연대에 대한 움직임이 새롭게 싹트고 있다. 비서구문학의 연대와 가치를 지향하는 문예지들이 발간되어 아프리카 문학이 집중적으로 다루어지고 있으며,8) 아프리카 작가들을 포함한 비서구 작가들의 소통과 토론의 장이 꾸준히 이어지고 있다.9) 특히 동시대 아프리카 작가들과 직접 소통하면서 문학적 연대의 가능성을 모색하고 있다는 점은 주목을 요한다. 이는 비서구문학의 소통과 연대를 통해 온전한 세계문학의 생태계를 복원하기 위한 노력의 일환이자, 구미 중심주의 담론이 주도면밀하게 은폐한 비서구적 가치를 재조명함으로써 온전한 지구문학을 건설하기 위한 시도라 할 수 있다.10)

본고에서는 이러한 흐름을 염두에 두고 한국 소설 속의 아프리카 수용 양상을 고찰하고자 한다. 아프리카에 대한 관심의 증가에도 불구하고 아프리카의 구체적 현실이 문학 텍스트 속에 직접적으로 수용된 경우는 극히 드물었기 때문이다.

---

8) 2013년 2월 비서구문학의 연대를 기치로 창간된 『바리마』는 창간호에서 아프리카의 작가 코피 아니도호의 글과 마다가스카르 문학을 소개하는 글을, 2호에서는 나이지리아의 작가 콜레 오모토소의 산문과 시에라리온 시인 실 체니 코커의 시를, 3호에서는 남아공 작가 메그 사무엘슨의 산문과 소말리아 출신 작가 누르딘 파라의 소설을 소개하고 있다. 같은 해 창간된 『지구적 세계문학』 또한 창간호부터 4호에 이르기까지 아프리카 문학을 집중적으로 소개 · 분석하고 있다. 이 문예지에서 소개되고 있는 아프리카 작가로는 누르딘 파라, 은고지 아디치에(창간호), 다이아나 퍼러스, 치누아 아체베(2호), 산디웨 마고나, 베씨 헤드(3호), 하리 가루바(4호) 등이 있다.

9) '2007 전주 아시아 · 아프리카 문학 페스티벌'과 '인천 아시아 · 아프리카 · 라틴 아메리카 문학 포럼' 등이 대표적인 예이다.

10) 고인환(2014), 「이성의 붕괴와 안주의 불가능성」, 『정공법의 문학』, 자음과모음, 132쪽 참조.

소설 작품 속에 아프리카가 드러난 몇몇 양상을 살펴보면 다음과 같다. 이병주는 「소설 · 알렉산드리아」(『세대』, 1965. 7)에서 이집트의 알렉산드리아를 '이슬람 문명과 헤브라이 문명, 그리고 헬레닉 문명을 종합 · 흡수해서 배양'한 '유럽 정신 · 유럽문명의 요람'으로 인식한다. 이 때 알렉산드리아는 박정희 독재정권에 의해 감옥에 투옥된 작중 인물이 현실의 금기를 넘어서기 위해 창조한 상상적 공간으로 기능한다. 작가는 자신을 감옥에 가둔 부정한 정치현실에 맞설 이데올로기가 필요했던 것이며, 알렉산드리아는 정치권력의 폭력과 일정한 거리를 유지하며 스스로의 처지를 변호할 적절한 공간이었던 셈이다. 이 작품에서 알렉산드리아는 아프리카의 삶을 드러내는 구체적인 장소라기보다는, 동양과 서양, 헬레니즘과 헤브라이즘 나아가 고대 그리스에서 예루살렘, 프랑스, 영국, 스페인 등의 문화를 망라하는 이상적 문명 도시에 가깝다. 작가의 상상력이 창조한 가상의 공간인 것이다.

신생 독립한 아프리카의 한 가상 국가를 배경으로 독재자의 뒤틀린 권력욕을 음각하고 있는 고원정의 「거인의 잠」(『거인의 잠』, 현암사, 1988)은 1980년대 한국의 독재 정치 상황을 알레고리하고 있는 단편이다. 그의 또 다른 작품 「잘 있어라, 아프리카」(『소설문학』, 1985년 3월)는 벗어나고 싶은 일상의 늪을 상징하는 장치로 아프리카 이미지를 수용하고 있으며, 정한아의 「아프리카」(『나를 위해 웃다』, 문학동네, 2009)는 '아프리카'를 주머니에 넣고 다니며 위안을 얻고 있는 소외된 인물을 통해 우리 시대의 피폐한 현실을 드러내고 있다. 정소성의 「혼혈의 땅」(『혼혈의 땅』, 도서출판 친우, 1990)은 에티오피아 난민의 비참한 현실과 그곳에서 봉사활동을 하는 한 의사의 삶을 기자의 시선으로 추적하고 있는 작품이다. 권리의 『눈 오는 아프리카』(씨네21북스, 2009)는 '눈 오는 아프리카'라는 역설적 제목이 시사하듯, 주제의식을 상징적으로 드러내는 장치로 아프리카를 수용하고 있다. 다만, 에티오피아, 케냐, 탄자니아 등을 여행한 경험을 성장서사의 구조로 녹여내고 있다는 점은 주목할 만하다.

정도상의 「얼룩말」(『찔레꽃』, 창비, 2008)은 <동물의 왕국>을 즐겨 시청하는 한 탈북 소년의 시선을 통해 아프리카 이미지를 현실의 공간으로 끌어들이고 있다. 작가는 탈북자들의 험난한 여정을 쎄렝게티를 향한 얼룩말들의 '마라강 건너기'와 포개놓고 있다. T.V. 다큐멘터리가 제공하는 이국적이고 낯선 아프리카의 풍경을 탈북자들의 절박한 현실과 연결시키고 있다는 점에서 주목을 요하는 작품이다.

이상에서 한국 소설은 아프리카를 소재적 차원의 단편적 이미지, 주제의식을 드러내는 상징적 장치, 우리의 현실을 알레고리하는 장치 등으로 수용하고 있다. 우리의 기준으로, 우리의 필요에 따라 아프리카를 일방적으로 호출하였기에 그들의 주체적 목소리는 포착되기 어려웠다.

2. 분단현실을 심문하는 아프리카의 눈: 『인샬라』

권현숙의 『인샬라』는 '정치적 격랑에 휩쓸려 있는 1988년부터 94년까지의 알제리를 배경으로' 남북 청춘 남녀의 '금지된 사랑'을 다루고 있는 작품이다. 우리 문학에 아프리카가 본격적으로 수용된 최초의 사례이자 분단문학의 영역을 아프리카까지 확장한 문제적인 경우라 할 수 있다. 이 작품에서 알제리는 소재적 차원의 이국적 풍경 혹은 우리의 현실을 유추하는 상징적 알레고리 차원을 넘어 남북의 현실을 구체적으로 비추는 거울의 기능을 하고 있다. 작가의 말에 따르면, 알제리는 '이념의 첨예한 대립과 동시에 이념을 초월할 수도 있는 특유의 공간'을 제공하고 있다. 이 작품은 "한반도의 남과 북에서 남남으로 살다가 각각 다른 일, 다른 시간에 출발하여 지구를 몇 바퀴씩이나 돌고 돌아 무수한 도시들을 거치고 수천 킬로미터의 다른 도로를 달려와 마침내 땅끝 사하라의 한 점에서 부딪친"(『인샬라 하』, 73~74쪽) 두 청춘남녀의 기구한 사랑이야기를 담고 있다. 따라서 『인샬라』는 '지도에는 나와 있지도 않은 사막의 오지', 알제리의 '타만라셋'을 무대로 분단된 한반도의 통합을 염원하는 소설이자, 이념으로 인해 좌절한 남과 북의 연인들이 사랑의 가능성을 타진하는 작품이라 할 수 있다.

먼저, 남한 국적의 미국 유학생, 이향에게 아프리카가 어떤 의미로 다가오는지 살펴보자. 그녀에게 사하라는 막연한 동경의 대상이었다. 고등학교 1학년 때 방에 걸려 있던 사하라 사진은 그녀를 매혹시켰다. 사막은 '너무나 순수하고 너무나 황폐하여 보는 이의 영혼을 메마르게 하고 견디기 어렵게 들볶는 악마적인 아름다움'을 품고 있었다. 사하라를 까맣게 잊고 유학생활을 하던 그녀에게 '너 아직도 사막에 가고 싶니? 튀니지에 와.'라는 언니의 편지가 도착한다. 그녀는 스터디 멤버들을 설득해 사하라로 떠난다. 그녀 일행은 튀니지 사하라를 여행하다가 길을 잃고 우연히 알제리로 들어오게 된다.[11]

사회주의 국가 알제리에서 경험한 사막은 더 이상 동경의 대상도 '악마적 아름다움'의 대상도 아니다. 냉혹한 현실의 공간일 뿐이다. 알제리 경찰은 사하라에서 '조난당한 외국 관광객'들에게 '밀수꾼'이라는 오명을 씌운다.

이향이 맞이하는 알제리의 구체적 상황은 대한민국이라는 나라의 존재 자체를 무의미하게 만든다. 미국, 프랑스, 일본 국적의 동료들은 당당하게 자국 대사를 호출한다. 그들의 대사는 자국 국민들에게 프랑스행 비행기표를 마련해준다. 하지만 한국인 이향의 것은 없었다. '수교조차 없

---

11) 낯선 공간의 '처연한 외경심'에 이끌려 그곳을 방문하게 된다는 설정은 우리에게 익숙한 여행서사의 한 형식이다. 이전까지 우리 소설의 아프리카 수용은 이 단계에 머물러 있었다고 해도 과언이 아니다.

는 사회주의 국가' 알제리는 '친북한계'여서 한국인에게는 절대 비자를 내주지 않는다고 한다. 낯선 땅에 내동댕이쳐진 그녀에게 '이 세상 그 무엇보다도 가장 무섭고 결코 상종해서는 안 될 북한 정부요원' 승엽이 등장한다. '이때가 되어서야' 이향은 자신이 처한 상황이 '여행 중의 가벼운 에피소드가 아니라 국가와 국가 간의 문제, 남과 북의 이념문제, 두 정부의 첨예한 정치문제에 연루되어 있다는 사실'을 깨닫는다.

'금지된 세계의 사람들'이 '알제리'에서 만난 것이다. 청춘남녀는 곧 서로에게 끌린다. 승엽은 '공화국과 남조선'의 구별을 대수롭지 않게 여기는 알제리의 상황을 이용하여 이향의 알제리 탈출을 도와주려 한다. 이들이 각자의 안전지대로 돌아가기 위해서는 거짓된 서류와 이방인 같은 몸짓으로 서로에게 등을 돌리고 북으로, 남으로 그들이 왔던 길을 되돌아가야 한다.

알제리의 현지 상황 때문에 비행기표를 기다리는 날들이 길어지고 이향은 기약 없이 현지에 머물러야 하는 상황에 처한다. 그녀의 눈에 비친 '타만라셋'은 '파스텔로 문질러 그린 흐릿'하고 메마른 '풍경화'를 연상시킨다. 그녀가 보기에 이곳 사람들은 '아무 할 일도 없고 투쟁할 대상도 없고 힘들여 이룩할 목표도 없이' 그저 '혹독한' '사막의 태양'을 견디고 있을 따름이다. '사막 한가운데 홀로 떠 있는 섬'에 갇혀 한 치 앞도 내다볼 수 없는 절망적 상황에 처한 그녀와, '싫증나도록 널려 있는 현재'만이 존재하는 '타만라셋'의 황량한 풍경은 절묘한 조화를 이룬다. 불안한 이방인의 시선은 현지의 삶에 스며들지 못하고 메마른 풍경의 주위를 맴돌고 있을 뿐이다.

하지만 이곳에도 거리가 있고 집이 있고 사람들이 살고 있다. 가지고 있던 돈과 팔 수 있는 물건이 떨어진 이향은 더 이상 호텔에 머무를 수 없게 된다. 그녀는 승엽의 소개로 알게 된 모하멧의 도움으로 투아레그족의 후예인 마노의 집에 머물게 된다. 그들과 함께 생활하게 되면서 점차 현지인의 삶을 이해하게 된다. 맷돌을 돌려 곡식을 빻는 투아레그족 여인의 모습에서 외할머니의 모습, 즉 '우리네 옛 여인의 몸짓'을 발견하기도 하고, '사막을 견디고 사막에 순응하여 마침내 사막에 가깝게 되어 버린' 투아레그족 어머니의 손에서 인류 보편의 어머니를 떠올리기도 한다. 이향은 담장 안에서 가장 행복해 보이는 마노 동생 부부의 방을 바라보면서 승엽과의 달콤한 부부 생활을 상상해보기도 한다.

> 사랑하는 이의 밥상을 차리기 위하여 남이니 북이니 하는 체제논쟁은 불필요하다. 사랑하는 사람끼리 한 담장 안에 살기 위하여 민주니 공산이니 이념 투쟁은 더욱 불필요하다.
> 머리가 뜨겁도록 쏟아져내리는 햇살과 정신이 몽롱해지는 야생의 향기 속에서 문득, 내가 찾아 헤매는 행복이라는 게 그 이상 아무것도 아니라는 생각이 들었다. 몇 장의 서류, 종이 위에 표시된 인위적인 국경선, '주의' 광신자들의 우매한 흑백논리가 삶을 지배하도록 허용하는 소위 문명세계라는 것이야말로 얼마나 야만적인 사회인가.[12]

이향은 현지인의 소박한 일상적 삶의 행복을 통해 이념적 체제논쟁에 빠져 있는 한반도의 현실, 나아가 흑백논리가 지배하는 문명세계의 야만성을 되짚어보고 있다. 그녀에게 아프리카는 '낭만적 동경의 대상 → 분단현실을 체감케 하는 장치 → 일상의 행복(사랑)을 환기하는 매개체'로 기능하고 있다.

다음으로 알제리 경찰에게 이향의 비행기표를 부탁하고 떠난 승엽의 모습을 살펴보자. 그는 북한의 엘리트 가문에서 태어나 소련 군사아카데미 유학을 마친 군관이다. 당과 대중과 국가만을 생각하는 아버지와 달리, 시와 학문에 심취하고 개인의 발전과 삶의 질에 가치를 두는 인물이다. 승엽은 총을 든 군인인 동시에 그 군인의 총칼에 수없이 쓰러졌던 시

---

12) 권현숙(1995), 『인샬라 상』, 한겨레신문사, 197~198쪽.

인이기도 한 모순된 정체성을 지녔다. 소련 유학파 소장 군관들의 체제 전복 음모에 가담하고 이 일의 여파로 알제리에 급파된 인물이다. 아버지의 보이지 않는 손이 그의 목숨을 구해준 것이다.

작가는 북한의 현실과 알제리의 역사를 포개어놓음으로써 한반도의 분단현실을 곱씹어보고 있다. 알제리는 프랑스 제국주의자들에 맞서 7여 년간의 전쟁을 거쳐 독립을 쟁취하였다. 그리고 사회주의 체제를 선택했다. 독립 이후 알제리는 재정 압박과 외화 부족, 생필품과 원자재의 부족으로 끊임없이 폭동이 일어나고 있다.13)

> 폭동의 원인은 단순했다. 재정 압박과 외화 부족으로 생필품과 원자재의 수입이 대폭 줄었다. 식료품과 생필품의 품귀 사태가 일어났다. 모든 공장은 원자재 부족으로 조업이 중단됐다. 알제에서 시작된 시민폭동은 순식간에 전국으로 퍼져나갔다. 시민폭동은 이제 대규모 민중폭동으로 발전했다. 전국이 유혈 사태로 치달았다. 이번 폭동에서 배고픈 인민 176명이 죽고 2천여 명의 배고픈 인민이 부상당했다.
> 인간을 움직이는 것은 거창한 구호가 아니다. 이데올로기는 더욱 아니다. 인간을, 그것도 배고픈 인민을 움직이는 것은 한 조각의 빵이다. 박해도 참고 굴욕도 견디지만 인민은 배고픔만은 참지 못한다.14)

승엽은 '별빛 아래 아무도 없는 사막'을 걸으면서 '사상, 역사의 진보, 계급투쟁, 조국, 진실, 사회주의 혁명, 정의' 등 '목숨까지도 바칠 수 있었던 모든 가치가 손톱 하나 깊이도 채 안 되는 모래 위의 발자국이나 다를 것이 없'다는 생각을 한다. '머나먼 이국 땅' '알제리'에 와서야 '조국의 현실을 관념이 아닌 피부'로 느끼게 된 셈이다.

---

13) 작품의 배경이 되는 1980년대 후반 북한 사회는 동구 사회주의권의 붕괴와 사회 내부에 침투하는 자본주의적 요소 때문에 심각한 위기 상황에 놓였다. 알제리의 상황은 이러한 북한의 현실을 성찰하는 계기가 되고 있다.
14) 『인샬라 하』, 52쪽.

타만라셋으로 돌아온 승엽은 이향과 함께 '밀수차'를 타고 알제리를 탈출한다. 남조선 대사관이 있는 니제르의 수도 니아메까지 동행하기로 한 것이다. 사막에서 강도를 만나 둘만 남게 된 청춘 남녀는 사하라 사막에서 뜨거운 사랑을 나누며 한반도의 분단 현실을 심문한다.

> 이 황폐한 사막이 아니고서는 두 개의 조선은 합치될 수 없는가. 좌절한 젊은 세대들의 통일은 오로지 사막에서만 가능한가. 서로를 적대시하고 서로에게 총부리를 겨누고 있는 한반도의 현실이야말로 사막이 아닌가.15)

사막에서 극적으로 구조된 이향과 승엽은 남으로 북으로 서로가 왔던 길로 되돌아간다. 사하라에 '청춘'을 묻은 이향은 이후 육년 동안 '거칠고 낯선 나라' 알제리를 한 순간도 잊지 않고 그곳으로 돌아가기 위해 노력한다.
그러던 중 사하라에서 편지 한 장이 도착한다. 모하멧이 보낸 것이다.

> 무슈 한 왜 당신은 마드모아젤에게 편지하지 않습니까? 난 혁명가도 못 된다 그것이 무슨 말입니까? 혁명가는 못 되어도 여인에게 좋은 연인은 될 수 있습니다 한참을 가만있다가 갑자기 무슈 한이 말합니다 (중략) 아버지의 공산주의는 허위임이 드러났다 나의 사회주의도 무너져버렸다 나는 군복을 벗었다 실패한 내가 숨쉴 곳은 이곳뿐이다 (중략) 모든 희망이 내게서 사라졌다 (중략) 마드모아젤 내 눈에 그는 날개 꺾인 독수리와 같았습니다 (중략) 조선 대사관 외교관으로 알제에 살고 있습니다 사랑을 잃은 그의 가슴은 텅 빈 석류와 같고 그의 눈은 광채를 잃고 공허합니다 왜 당신들의 나라는 사랑하는 사람들을 갈라놓습니까? 왜 당신들의 나라는 사랑하는 사람들의 소식조차 가로막아 버립니까?16)

---

15) 『인샬라 하』, 186쪽.
16) 『인샬라 하』, 210~212쪽.

사회주의에 대한 신념이 붕괴된 승엽은 군복을 벗고 '날개 꺾인 독수리'가 되어 조선 대사관 알제리 외교관으로 돌아와 있다. 이 편지를 받은 이향이 알제리에 도착하는 것으로 작품은 마무리된다. 이처럼 『인샬라』는 남북의 청춘 남녀가 분단현실을 가로지르며 서로에 대한 사랑을 확인한다는 주제의식을 담고 있다. 이들의 사랑은 이념을 넘어선 사랑, 분단체제를 딛고 일어서는 사랑이라 할 수 있다.

이렇듯, 작가는 아프리카 현지인의 목소리로 우리의 분단현실을 심문하고 있는데, 이는 아프리카를 타자화하기보다는 오히려 알제리의 현실을 매개로 우리의 현실을 성찰하려는 의도를 담고 있다.

3. 자본주의적 탐욕의 실체를 응시하는 본연의 목소리: 『아프리카의 별』

권현숙의 『인샬라』가 알제리 현지의 목소리로 한반도의 특수한 상황, 즉 분단현실을 심문하고 있다면, 정미경의 『아프리카의 별』은 '검은 황홀의 땅'(모로코)을 떠도는 다양한 인물 군상들을 통해 한국(서울)과 아프리카(자마 알프나)를 가로지르는 자본주의적 탐욕의 실체를 성찰하고 있다. 모로코의 '메디나'는 '세상의 다른 어떤 지역과도 닮지 않은' 고유의 장소인 동시에 '삶의 모든 국면이 뒤엉켜 있는' 보편적 공간이다. 작가는 이러한 북아프리카 고유의 풍경을 우리 소설의 영역으로 끌어들여 한국 문학의 영역을 확장하는 데 기여하고 있다. 작품 속에 드러난 아프리카의 이미지를 따라가 보자.

먼저, 경제적 관점으로 본 아프리카이다. 자본가의 눈에 비친 아프리카는 투자 가치가 있는 지역일 뿐이다.

자그마치 60개 국이나 되지. 만년설과 사막을 동시에 품고 있는, 얼룩말과 펭귄이 어울려 사는, 무수한 스펙트럼의 피부색이 공존하는, 수많은 언어가 통용되는 용광로 같은 곳이야. 기후도 인종도 언어도 취향도 너무나 다양하지만 공통점은 하나 있어. (중략)

생필품의 블랙홀이라는 거지. 생각해봐. 그곳에선 하루 다섯 번 시간 맞춰 기도를 하러 가야 하는데, 제조업이란 가능하지가 않아. 그러면서도 거기 사람들은 막 문명의 편리함과 화려함에 중독되기 시작했지. 피부색 외엔 모든 게 너무 빨리 바뀌고 있어. 이제 아프리카에서 옷을 벗고 사는 종족을 찾으려면 헬기를 타고 오지로 들어가야 해 유선전화 시대를 건너뛰고 사막 한가운데서도 휴대폰이 터져. 휴대폰부터 때수건까지, 스낵류부터 의류까지, 새로운 것들을 보면 환각제보다 더 환장을 하고 덤빈다니까.

K의 말투는 늘 조용했다. 그에게 아프리카는 너무도 익숙해서 지루한 장소인 듯 보였다.[17]

한국에서 제조업을 하던 승은 K의 논리에 속아 아프리카 사업에 전 재산을 투자하고 빈털터리가 된다. 모든 것을 잃어버린 승은 아내와 K를 찾아 딸과 함께 아프리카로 떠난다. 이런 점에서 『아프리카의 별』은 마그레브 지역 곳곳을 헤매며 K와 아내를 추적하는 승의 이야기라 할 수 있다.

다음으로 로랑이 바라보는 아프리카 이미지가 있다. 북아프리카가 고향인 로랑은 유럽에서 성공한 패션 디자이너이다. 패션쇼를 마치고 나면 '세상으로부터 텅 빈 자신을 감추기 위해' 아프리카로 달려오는 인물이다. 그에게 아프리카는 영원한 안식처이자 예술적 영감의 원천이다. 사하라는 그에게 '색채의 진정한 스펙트럼'과 '가장 아름다운 선'을 제공하는 원천이다. 사하라의 젊은이들이 '최신 유행의 유로팝에 광분'할 때, 유럽에서 건너온 로랑은 '베르베르 전통음악'에 집착한다. 하지만 로랑은 그의

---

17) 정미경(2010), 『아프리카의 별』, 문학동네, 187쪽.

고향 아프리카에서 진정한 안식을 얻지 못한다. 아름다움'이라는 이름으로 아프리카의 이미지를 소유하려 하기 때문이다. 그가 아프리카를 전유하는 방식을 살펴보자.

> 백인 남자의 집. 그건 사하라 북쪽에서는 가장 아름다운 정원이라고 사람들이 말하는 곳이었다. 바깥에서는 담 위로 무성한 파피루스 숲의 끝부분만 겨우 볼 수 있는 비밀의 정원. (중략)
> 그의 정원은 붉은 도시의 전설이었다. 사람들은 한 번도 본 적 없는 그의 정원에 대해 끊임없이 이야기를 만들어갔다. 그 정원의 무성한 나무들 아래서 하늘을 올려다보면 여기가 사막이라는 걸 까맣게 잊게 된다고 했다. 그의 옷들은 그 나뭇잎들 사이로 부서져내리는 햇살의 무늬에서 영감을 받아 만든 것이라고도 했다. 그곳엔 쉬임 없이 물을 내뿜는 분수가 있어서 그 아래 서면 무지개를 볼 수 있다 했다. 무지개를 한 번도 본 적이 없는 사람들은 천공에 펼쳐진 일곱 색깔의 반원을 상상해보려 했으나 그곳이 노을과 어떻게 다른지 알지 못했다. 정원의 가장 깊숙한 곳에는 푸르게 칠해진 집이 있고 그곳엔 고귀한 것들이 가득 모여 있다 했다. 그리고 그곳엔 오직 그 남자만이 들어갈 수 있다고, 사람들이 말하곤 했다. 누구도 본 적이 없기에 그 정원의 모습은 신화 속 풍경처럼 점점 완전해졌다.[18]

로랑의 아프리카는 타인의 접근이 차단된 그만의 '비밀의 정원'에 갇혀 있다. 그의 정원은 사람들의 상상 속에 존재하는 '붉은 도시의 전설'이다. 그의 옷들은 그곳이 '사막이라는 걸 까맣게 잊'게 하는 이 정원의 무성한 '나뭇잎들 사이로 부서져내리는 햇살의 무늬에서 영감을 받아 만든 것'이다. 이러한 방식으로 아프리카를 전유하는 모습은 로랑을 아프리카에서 영원한 이방인으로 머물게 한다. 로랑을 중심으로 본 『아프리카의 별』은

---

18) 『아프리카의 별』, 28~29쪽.

아름다움에 대한 맹목적 집착과 이로 인한 파멸의 서사라 할 수 있다.

마지막으로 주인공인 승에게 아프리카는 어떻게 다가오고 있는지 살펴보자. 승은 K와 아내를 찾아 아프리카로 날아왔다. 시간이 날 때마다 카사블랑카나 항구가 있는 세우타 혹은 탕헤르로 달려가 그들의 흔적을 수소문하곤 했다. 현지에서 그가 얻은 직업은 여행 가이드이다. 원주민과 여행자 사이에 있는 이 여행 가이드의 위치는 아프리카의 이면을 엿보는 계기가 된다.

> 기이하고도 황량한 풍경을 카메라에 담느라 사람들은 정신이 없다. 저 사람들의 하루하루가 얼마나 고달플지 조금이라도 헤아린다면 저렇게 함부로 렌즈를 들이대진 못할 텐데. 여행자의 윤리란 여기까지겠지. 너의 고통은 너의 몫. 나는 네게서 내가 보고 싶은 것만 보겠다. 느끼고 싶은 것만 느끼겠다.19)

승은 여행자가 카메라에 담느라 정신이 없는 '풍경 너머의 고통'을 응시하고 있으며, '바라보는 자'의 낭만 너머에 비낀 '가혹한 생존의 양식'을 들여다본다. 하지만 시간이 지나면서 점점 돈이 되는 일들을 찾아 헤매고 매달리게 되었다. 사하라 깊숙한 곳에서 등을 찌르는 차가운 새벽기운에 눈을 뜨면 '여기가 거기였다.' 한국에서 속는 자는 아프리카에서도 속았다.

> 뿌리 없는 자가 할 수 있는 일이란 뻔했다. 여기는 곧 거기였다. 그가 승에게 했듯 빼앗을 수 있을 때 빼앗아와야 했다. 기회가 오면 움켜쥐어야 했다. 옳고 그름, 선과 악, 도리와 의리, 그따위. 돌이켜보면 자신은 그곳과 너무도 닮은 이곳에 아주 빠르게 적응해왔다. 마치 오

---

19) 『아프리카의 별』, 72쪽.

래도록 달려온 사람이, 움직이는 기차에 유연하게 올라타듯이 처음에 아주 약간 비틀거렸을 뿐, 몸은 빠르게 적응했고 능숙하게 발을 내디뎠다.[20]

나아가 아프리카에서의 삶은 승에게 '허겁지겁 도망쳐오느라 그곳에선 미처 못 보았던' '삶의 황폐'를 또렷이 되살아나게 한다. 이러한 승에게 아프리카와 한국은 큰 차별성이 없다.[21]

승과 로랑 앞에 우연히 나타난 '술탄 황실의 권능을 상징하는 두상'은 아프리카에 대한 위의 세 관점을 관통하며 등장인물들의 일상적 삶을 송두리째 뒤흔든다. 쥐의 형상을 한 이 유물은 투자가치가 높은 상품이라는 점에서 아프리카를 경제적 관점에서 접근한 K의 태도와 연결된다. 또한 로랑에게는 아름다움을 향한 집착을 완성시켜 주는 마지막 대상으로 인식된다. 승과 보라에게 이 두상은 고국으로 돌아갈 수 있는 열쇠가 될 수도 있다. 잘 처분한다면 한국에서 진 빚을 모두 갚을 수도 있기 때문이다. 이 두상은 돈과 아름다움의 노예들이 꿈꾸는 인간 탐욕의 유물이다.

우여곡절 끝에 이 두상은 '태어나면서부터 자마 알프나와 살을 부비며' 자라온 바바의 손에 넘어간다. 그는 '약간 뒤늦었지만' 이 두상을 '원래 주인에게 돌려주'기로 결심한다.

---

20) 『아프리카의 별』, 239쪽.
21) 승의 딸 보라 또한 아프리카의 삶에 서서히 적응해 간다. 이 대륙에 오기 전 보라에게 아프리카는 '막연한 이미지 덩어리에 불과했다.' 막상 도착해 보니 '동물의 왕국'에 나오는 그런 아프리카가 아니었다. 마그레브 지역은 '유럽인과 아랍 사람, 베르베르 같은 사막의 원주민과 또 그들 사이의 혼혈과 세계 곳곳에서 몰려온 사람들이 뒤섞여 살고 있는' 복잡한 곳이었다. 보라는 '죽은 자들의 광장', 자마 알프나에서 '타투'를 해주며 푼돈을 번다. '천년이 넘은 시장을 품은' '서울보다 더 복잡하고 소란한' '도시'의 한 구성원이 되어가는 것이다. 보라의 몸은 서서히 이곳에 적응한다. '여기 오면서 슬그머니 멈추었던 생리'가 '거의 일 년 만'에 다시 시작되었다.

신들의 창 앞에 서면 눈을 주신 신에게 감사하게 된다 했지. 햇살과 바닷바람과 시간의 사포질이 빚은 사암의 표면을 쓰다듬으면 울고 싶어진다 했지. 제각기 마음속의 현이 저절로 울려 아름다운 음률이 들려온다 했지. 나를 쳐다보며 활짝 웃던 보라를 보았을 때 난 이미 신에게 감사했는걸. 그렇긴 해도, 보라의 바람처럼 그녀가 떠나온 곳으로 돌아가길 원하는지, 언제까지나 내 가까이 머무르길 원하는지, 나도 내 마음을 알 수 없었어. (중략)

어쩌면, 보라가 내 곁에 있던 그곳, 그 목소리를 들을 수 있던 거기가 신들의 창 너머가 아니었나 몰라. 보라, 네 이름은 자카란다꽃 빛깔을 이르는 거라 했지.

오, 내게 넌 사헬의 꽃.[22]

두상이 나타나기 전 바바는 행복했다. 보라가 나타난 후 그에게 자마 알프나는 특별한 장소가 되었다. 바바는 어린 시절 어머니에게 들었던 '신들의 창(窓)'에 술탄 황제의 두상을 돌려주기 위해 사막의 끝으로 떠난다. 사막의 유물을 신들의 품에 되돌리기 위해서이다.

『인샬라』가 모하멧(원주민)의 목소리로 남북의 분단현실을 심문하는 것으로 마무리되듯이, 『아프리카의 별』 또한 바바(원주민)의 목소리로 돈과 아름다움에 중독된 인간의 탐욕을 심문하면서 종결되고 있다.

『아프리카의 별』은 아프리카에서 한국으로 귀향하는 서사, 즉 '서울 → 모로코(아프리카) → 서울'의 여행서사가 아니다. 오히려 아프리카 본연의 목소리(바바)로, 아프리카를 왜곡된 방식으로 전유하려 한 인물들(K와 승의 아내, 로랑, 승)의 삶의 태도를 질타하는 성찰의 서사라 할 수 있다.

---

22) 『아프리카의 별』, 273~274쪽.

4. '그들'의 목소리, 혹은 '바라보는 자'의 시선 너머: 『아프리카의 뿔』

하상훈의 『아프리카의 뿔』은 소말리아 해병대(Somali Marines) 소속의 한 청년을 초점화자로 내세워 소말리아 해적들의 선박 납치 과정을 다루고 있는 작품이다. 앞에서 살펴본 두 작품이 현지인의 목소리를 통해 아프리카를 둘러싼 다양한 시선을 심문하고 있다면, 이 작품은 소말리아인들의 목소리를 전경화함으로써 그들의 실상을 생생하게 포착하는데 주력하고 있다.

본고에서는 주요 등장인물들의 목소리를 통해 작가가 소말리아의 현실을 어떻게 드러내고 있는지를 고찰하고자 한다. 작가는 소말리아 해병대 내부의 다양한 인물 군상들을 통해 소말리아의 참담한 현장을 생생하게 전달함과 동시에 신자유주의의 논리가 지배하는 냉혹한 지구촌의 현실을 비판적으로 성찰하고 있다.

소말리아 해병대 소속 10명의 '전사들'은 한국의 원양어선을 납치하고, 이를 모선으로 미국의 석유회사 유조선을 탈취한다. 그들의 공식적인 목소리는 다음과 같다.

> "우리는 소말리아 해병대다. 너희는 우리나라의 바다에서 어업을 했기 때문에 우리에게 붙잡히게 되었다. 소말리아 해병대로부터 어업 허가를 받지 않고 이 바다에서 어업을 한 어선은 대가를 치러야만 한다. 이봐, 선장. 허가증은 갖고 있나?" (……)
> "이봐, 너희들은 정말 큰 실수를 했군. 소말리아 과도정부는 우리를 대표하지 않는다. 그건 미국놈들과 에티오피아 겁쟁이들이 만든 허깨비 집단일 뿐이야. 과도정부가 헐값으로 팔아넘긴 저따위 종이는 우리에게 아무런 의미도 없어. 이봐, 알아들었나?"[23]

소말리아는 오늘날 세계에서 가장 '실패한 국가'로 손꼽힌다.[24] 소말리아 전체 국민을 대표하는 정부가 없다. 그런 나라의 해역(海域)에 다른 나라들의 선박들이 자유롭게 드나들고 있다. 경제가 붕괴된 소말리아에서는 이를 노리는 해적 행위가 경제의 한 축이 되고 있다. 그들의 관점에서 해적 행위는 생존의 한 방편일 수 있다. 또한 그들이 인정할 수 없는 과도정부에 대한 저항이자 자국의 해역을 지키기 위한 활동의 하나일 수 있다.[25]

하지만 이러한 소말리아 해병대의 공식적인 입장 이면에는 구성원 개개인의 다양한 목소리들이 길항하고 있다. 인용 대목은 소말리아 해병대의 우두머리 부르하안 아부디 소위의 발언이다. 하지만 그의 속셈은 따로 있다. 소위는 해적 행위로 돈을 모아 가족들과 함께 스위스로 망명하고자 한다. 이미 소말리아 과도정부에 여권을 신청해 놓은 상태다. 이번 일만 끝나면 소말리아를 떠날 계획이다. 소말리아 해병대 본부는 물론 자신의 부하들까지 기만하고 있으며 심지어 적대 세력인 소말리아 과도정부와 뒷거래를 하고 있는 인물이다.

그렇다면 예수(백인)와 알라(아랍인)로 대변되는 '외래의 신'에게 바다를 빼앗겨버린 어민들의 모습을 어떠할까?

---

23) 하상훈(2012), 『아프리카의 뿔』, 문학동네, 19~20쪽.

24) 그 이유는 나라 전체가 폭력으로 물들어 있으며 정부가 국민의 기본적 생존마저 보장해주지 못하기 때문이다. 1991년 이래 20년간 지속된 내전으로 약 40만 명이 사망하고, 140여만 명의 피난민이 발생하는가 하면, 70만 명에 가까운 사람들이 소말리아를 떠나 외국으로 피신해 있는 상태다. 국제 사회가 지원하는 중앙정부의 통치는 수도인 모가디슈에 안정되어 있을 뿐이고, 전국이 군벌과 반군 세력으로 찢겨져 있다. 말 그대로 무정부 상태인 것이다(윤상욱(2012), 앞의 책, 205~206쪽 참조).

25) 소말리아 사람들을 해적질로 내모는 더 강한 동기는 외세의 착취에 대한 팽배한 불만이다. 소말리아인들 사이에는 외세로부터 착취를 당한다는 피해의식이 만연해 있고, 이는 외국 화물선 약탈을 정당화하는 구실로 이용되고 있다(피터 아이흐스테드(2011), 강혜정 역, 『해적국가』, 미지북스, 102쪽 참조).

"지금 세상은 백인들의 신이 지배하고 있어. 그 뭐야, 예수라던가, 그 자식 있잖아. 그놈을 믿는 백인들이 이 세상을 지 맘대로 주무르고 있다고. 아랍인들이 믿는 알라도 나쁘지 않아. 걔들한테는 적어도 석유라도 줬잖아. 우리도 이슬람을 믿지만 우리한테 돌아오는 건 뭐야. 물 한 방울 없는 사막이랑 총알뿐이야. 그게 왜인 줄 알아? 그건 알라가 아랍인들의 신이기 때문이야. 선지자 모하메드가 어디 아프리카 사람인가. 아랍놈이지. 난 백인들의 신보다 알라가 더 싫다고. 소말리아의 신을 알라가 죽여버렸거든. 깜둥이 신이 없으니까 우리를 아무도 지켜주지 않는 거야. 제기랄, 우린 심지어 깜둥이 신이 누군지도 잊어먹어버렸다고. (중략) 이제 우리가 믿을 건 AK−47뿐이야."26)

아프리카에서 원주민들은 제대로 된 주인인 적이 없었다. 그들은 아랍과 유럽의 노예로서, 독재자들의 총칼에 휘둘리는 헐벗은 민중으로 살아왔다. 인용 대목은 외세와 독재자들에게 농락당한 소말리아의 비참한 역사가 드러난 장면이다.27) 그들의 눈에 비친 동양인(한국인)은 백인들과 다를 바 없다.

지금 우리에게 잡힌 놈들이 동양인이라 해서 다를 줄 알아? 저들은 우리 바다에서 고기를 잡던 놈들이야. 왜 여기까지 온 줄 알아? 우린 힘이 없는 나라라서 우리 바다를 지키지 못하기 때문이야. 저들은 우리 바다의 물고기들을 제 것처럼 다 쓸어가는 도둑놈들이야. 썩을 대로 썩은 과도정부놈들한테 헐값으로 종이 딱지 하나를 사고 그거면 된다고 생각하는 거지.28)

---

26) 『아프리카의 뿔』, 178~179쪽.
27) 소말리아인들은 유럽인에 의해 이산가족처럼 되어버린 사례다. 이들은 식민지 이전에 중앙 정부만 없었을 뿐, 다수의 부족 집단이 비교적 끈끈한 공동체 의식을 갖고 있었다. 그러나 소말리아인들은 식민지시대에 영국, 프랑스, 이탈리아, 에티오피아 4개국에 의해 찢어져버렸고, 독립 이후에는 케냐, 에티오피아, 소말리랜드, 소말리아, 지부티 등 5개 지역으로 흩어져버렸다(윤상욱(2012), 앞의 책, 236쪽 참조).
28) 『아프리카의 뿔』, 79쪽.

소말리아인들은 그들의 눈으로 한국인의 모습을 관찰하고 있다. 이러한 서술 방식은 우리에게 낯설다. 지금까지는 우리의 눈으로 타자(이방인)를 관찰하고 우리의 방식으로 그들의 삶을 전유해 왔기 때문이다. 그들의 목소리로 우리의 삶을 되돌아보고 있는 『아프리카의 뿔』의 문제의식은 바로 여기에 있다.

한편, 소말리아에 이주한 아랍인의 논리를 대변하는 인물은 압드라만이다. 그는 이사크 족의 명문 가문에서 태어났다. 그의 가족은 압드라만이 네 살 때 케냐로 이주했다. 지식의 힘으로 소말리아를 바꿀 수 있다고 여긴 압드라만은 고향 마을로 돌아오다가 모가디슈 검문소 군인들에게 가지고 있던 모든 것을 빼앗긴다. 그가 소말리아에서 할 수 있는 일은 없었다. 소말리아엔 먹을 것도 물도 일자리도 희망도 없었다. 하루하루를 힘겹게 연명하던 압드라만은 자신도 모르는 사이에 총을 들고 해적이 되었다. 독실한 이슬람 신자이자 교육 받은 엘리트 계층인 압드라만은 미국의 음모를 폭로하는 데 기여하고 있다.

> "이건 철저하게 미국의 관점에서 봐야 하네. 헬기가 폭파되고 진압 과정에서 자기네 인질 여섯 명이 죽었어. 여기까지는 맹백한 미군의 진압 작전 실패고 그들의 과실이야 그런데 만일 소말리아 해적들이 한국 어선을 통째로 폭파시키고 거기에 타고 있던 한국, 중국, 베트남, 인도, 이라크, 거기에 유조선의 선장과 미국 고급 선원 1명, 총 서른여섯 명의 인질을 죽였다고 하면 어떻겠나. 여기서부터는 미군의 작전 실패 차원을 넘는 걸세. 아프가니스탄을 생각해보게. 미군의 전쟁을 촉발시킨 직접적인 계기는 9·11테러나 아니겠나. 그제의 일이 9·11테러보다 못하다고 보는가. 사망자 수와 미국의 경제적 손실은 그보다 적겠지만 다양한 국적의 사람들이 일거에 죽지 않았는가, 어쩌면 이 일로 소말리아에 국제 연합군의 선전 포고가 있을지 모르는 일이란 말일세!"[29]

---

29) 『아프리카의 뿔』, 236쪽.

진압 작전에 실패한 미군은 여러 국적의 인질들이 타고 있던 한국 어선을 폭파시키고 이를 해적의 소행으로 발표한다. 여기에는 '국제 해적으로 악명 높은' '소말리아'를 제물로 '범이슬람 테러 조직'을 일거에 소탕하려는 정치적 의도가 깔려 있다. 위기의식을 느낀 소말리아 해병대 본부 측은 해적들을 외면한다. 거대 권력의 음모 앞에서 나약한 개인들의 삶이 무참히 짓밟히고 있는 셈이다.

작가는 바다에 처음 나온 소말리아 청년 모하메드 이브라힘을 초점화자로 내세워 소말리아 해병대 내부의 다양한 목소리들을 조율하고 있다. 그의 이야기는 '머나먼 소말리아 해적단의 이야기'일 뿐만 아니라 '역사와 거대 권력의 모략 앞에서 무참히 짓밟힐 수밖에 없는 나약한 개인의 이야기'이기도 하며, 나아가 '주변국 정세에 휘둘리고 강대국의 논리에 좌우되는 우리나라의 이야기'인 동시에 그 곳에서 살아가는 '우리들의 이야기'이기도 하다.[30]

『아프리카의 뿔』에서 소말리아 해적들의 행위가 정당한지 그렇지 않은지를 따지는 일은 중요하지 않다. 작가는 그들의 이야기에 귀를 기울이고 그들이 처한 상황을 생생하게 포착하고 있을 따름이다. 작가는 소말리아에 대한 자료들을 바탕으로 소말리아 해적에 대한 왜곡된 이미지에 맞서 그들의 실상을 구체적으로 형상화하는데 주력하고 있다. 이는 '바라보는 자'의 시선으로 아프리카의 현실을 드러내는 차원을 넘어 '그들'의 목소리를 통해 '우리의 삶'을 성찰하려는 문제적인 시도라 할 수 있다.

---

30) 편혜영(2012), 「제1회 문학동네 대학소설상 심사평」, 『아프리카의 뿔』, 문학동네, 278쪽 참조.

5. 결론을 대신하여: 한국문학의 아프리카 수용을 위하여

아프리카 대륙에 대한 지속적인 관심에도 불구하고 아프리카의 현실이 한국 문학 텍스트 속에 직접적으로 수용된 경우는 극히 드물었다. 지금까지 한국 소설에서 아프리카는 소재적 차원의 단편적 이미지, 주제의식을 드러내는 상징적 장치, 우리의 현실을 알레고리하는 소도구 등 지극히 부분적으로 수용되었다.

본고에서는 아프리카를 본격적으로 수용하면서 한국문학의 영역을 아프리카까지 확장하고 있는 『인샬라』, 『아프리카의 별』, 『아프리카의 뿔』 등을 중심으로 한국 소설의 아프리카 수용 양상을 고찰하였다. 이상의 세 작품은 아프리카의 목소리를 통해 우리의 현실을 성찰함으로써 아프리카를 타자화한 기존의 관점을 넘어서고 있다.

권현숙의 『인샬라』는 "정치적 격랑에 휩쓸려 있는 1988년부터 94년까지의 알제리를 배경으로" 남북 청춘 남녀의 '금지된 사랑'을 다루고 있는 작품이다. 우리 문학에 아프리카가 본격적으로 수용된 최초의 사례이자 분단문학의 영역을 아프리카까지 확장한 문제적인 경우라 할 수 있다. 이 작품에서 알제리는 소재적 차원의 이국적 풍경 혹은 우리의 현실을 유추하는 상징적 알레고리 차원을 넘어 남북의 현실을 구체적으로 비추는 거울의 기능을 하고 있다. 아프리카 현지의 목소리를 통해 한반도의 특수한 상황, 즉 분단현실을 심문하고 있는 작품이다.

정미경의 『아프리카의 별』은 '검은 황홀의 땅' 모로코를 떠도는 다양한 인물 군상들의 삶을 통해 돈과 아름다움에 중독된 인간의 탐욕을 성찰하고 있다. 아프리카를 한국으로 수렴하는 구심력의 서사이라기보다는, 아프리카 본연의 목소리(바바)를 통해 아프리카를 왜곡된 방식으로 전유하려 한 인물들(K와 승의 아내, 로랑, 승)의 삶의 태도를 질타하는 원심력의 서사라 할 수 있다.

하상훈의 『아프리카의 뿔』은 소말리아 해적단의 한 청년을 초점화자로 내세워 소말리아의 참담한 현장을 생생하게 전달함과 동시에 신자유주의의 논리가 지배하는 냉혹한 지구촌의 현실을 비판적으로 성찰하고 있다. 작가는 소말리아에 대한 자료들을 바탕으로 소말리아 해적에 대한 왜곡된 이미지에 맞서 그들의 실상을 구체적으로 형상화하는데 주력하고 있다. 이는 '바라보는 자'의 시선으로 아프리카의 현실을 드러내는 차원을 넘어 '그들'의 목소리를 통해 '우리의 삶'을 성찰하려는 문제적인 시도라 할 수 있다.

이상의 텍스트들은 아프리카 본연의 목소리를 통해, 왜곡된 방식으로 아프리카를 전유하는 기존의 관점들을 심문하고 있다는 점에서 우리의 현실을 되돌아보는 소중한 기회를 제공하고 있다. 하지만 상대적으로 많이 알려진 마그레브 지역이나 T.V.와 언론을 통해 자주 보도된 소말리아 지역에 한정된 아프리카를 다루고 있다는 점은 아쉬움으로 남는다. 흑아프리카 지역, 즉 사하라 이남 아프리카가 우리 문학 속으로 수용되는 장면을 기대하며 글을 맺는다.

1920년대 '편지'의 배치와 감수성의 문학

장인수*

1. 문제 제기

식민지 조선에 있어서 근대문학은 국민국가가 완비되지 않은 상태에서 기형적으로 타율에 의해 형성될 수밖에 없었다. 이 번역어로서의 문학은 우선 윤전기가 도입되고, 활자 미디어가 만들어지고, 이 매체에 글을 발표하는 전문가 집단과 매체에 실린 글을 읽는 아마추어 집단이 분화되면서 순차적으로 그 형태를 갖추어갔다. 물론 작가와 독자의 분화는 독자 원고 모집과 투고라고 하는 우편 제도에 기반을 둔 메커니즘에 의해 시작되었고, 작가와 독서 대중 사이의 분할선이 희미하게 생성될 무렵에는 '동인지 시대'가 열리면서 이 분할을 가속화시켰다.[1]

---

* 제주대학교

1) 작가와 독서 대중 사이의 분할선은 그 자체로 근대문학의 재생산에 기여한다.『한국 근대문학 재생산제도 자료집』의 편자는 근대문학 재생산의 과정을 "등단, 승인, 향유, 등단(독자→작가)"으로 요약하고 있다. 이 글에서 필자가 말하고 있는 '작가와 독서 대중 사이의 분할선'이란 이 재생산 과정을 포함하는 개념이다(박현수(2008), 박현수 편, 「한국 근대문학의 재생산 과정과 그 의미」,『한국 근대문학 재생산제도 자료집1』, 성균관대학교 대동문화연구원, 859~861쪽 참조); 이 근대문학 재생산 과정에서 '편지 형식'에 주목한 것으로는 신지연(2009)의 글을 참조할 만하다. 신지

식민지 조선에서 1920년대는 작가와 독서 대중 사이의 분화가 이루어
지고, 지리적ㆍ경제적 요인, 혹은 취향이나 우의에 의해 배타적인 동인
집단이 갈라진 시기였다. 그러나 근대문학을 지탱하는 한 축인 대학교 문
학부는 경성제대 법문학부의 출현을 아직 기다려야 하는 상황이었다. 글
쓰기에 대한 욕망은 비등하고 있었지만, 어떻게 글을 써야 하는지 어떻게
그 글을 감상해야 하는지에 대해서는 갈피를 못 잡고 있었다. 어떻게 쓸
것인가는 독자 투고나 현상 응모에 대한 피드백 정도가 고작이었고, 어떻
게 읽을 것인가에 대한 이론적 설명은 전무한 형편이었다.

그럼에도 1920년대 식민지 조선의 문학은 미적 자율성을 확보하고 있
었고, 독서 대중들의 문학에 대한 열망을 감당해냈다. 문학이론이 없는
곳에서 문학의 수용은 일차적으로 신체적 감각과 반응에 의해 측정될 수
밖에 없었다. 미적인 것이나 숭고한 것에 대한 정서적으로 집중된 반응으
로서 '감수성'이 문제가 되는 것은 바로 이러한 맥락에서다. 문학이론이
없는 곳에서 독서 대중들은 '눈물'이나 '전율'과 같은 신체적 반응에 의지
하여 문학의 우열을 가르고, 특정한 문학을 선택ㆍ향유했다. 이러한 흐름
은 김기림이 등장하여 1920년대의 시를 '감상적'이라고 규정하면서, 혹은
해외문학파와 같은 문학연구자들의 비평이 시작되면서 한풀 꺾였다. 풍
부한 감수성을 감상주의로 부르기까지의 이 과정은 지금까지의 연구에서
제대로 해명된 적이 거의 없다.

감수성과 감상주의의 이 '얽힘'이 거슬러 올라가면, 작가와 독서 대중
의 분화에 이른다는 것은 의미심장하다. 특히 이 분화에 우편 제도가 큰
역할을 했다는 것은 간과해서는 안 될 부분이다. 문학청년으로서 독서 대
중들이 각종 매체에 보낸 '편지/투고'는 감수성의 문제와 별개가 아니다.

연은 1910년대 『청춘』, 『매일신보』의 독자투고나 현상문예에 실린 글들 중에서 편
지 형식에 주목했다(신지연(2009), 「'느슨한 문예'의 시대: 편지 형식과 '벗'의 존재
방식」, 『반교어문연구』 26집, 반교어문학회).

1920년대 내내 '편지'는 문학의 거의 모든 하위 갈래에서 눈에 띄는 장치로 등장했다. 소설의 경우, '편지'를 매개로 한 서간체 고백소설이 등장했다는 것이 단연 주목 받아왔지만, 여타의 소설에서도 '편지'는 광범위하게 다양한 층위에서 소설적 장치로 활용되었다. 시의 경우에도 '편지'는 심심치 않게 등장했다. 특정한 독자를 설정하여 그 이름을 부르면서, 혹은 이인칭의 상대에게 내면을 털어놓는 형태의 시들은 꾸준히 씌어졌다. 김기진이 '단편 서사시'라고 부르고자 했던, 임화의 시들이 대표적인 예다. 또 노자영이 편집한 연애서간집『사랑의 불꽃』과 같은 것은, 편지 자체가 소설이나 시와 대등한 '문예물'로서 출현한 경우다. 이러한 '편지'의 배치가 1920년대에 특히 문제가 되었던 것은 이 배치가 감수성과 감상주의의 '얽힘'과, 다시 말해 문학이론이 없는 곳에서의 문학의 수용과 관련하여 시사하는 바가 많기 때문이다.

이러한 맥락에서 이 글에서는 노자영, 염상섭, 임화로 이어지는 1920년대 '편지'라는 문학적 장치의 배치를 조망하고, 이 배치의 의미를 1920년대 독서 대중의 감수성과 관련하여 탐색하고자 한다. 노자영은『사랑의 불꽃』이 상업적으로 성공한 것을 계기로 시와 소설에 있어서도 대중적 인기를 얻은 작가임에도 문학사에서는 거의 다루어지지 않았으나, 그가 어떻게 대중적으로 많은 공감을 얻을 수 있었는지에 대해서는 1920년대 독서 대중의 감수성과도 관계가 있는 만큼 반드시 따져보아야 한다. 1920년대 '편지'의 배치에 있어서 염상섭은 가장 중요한 작가다. 그러나 기존의 연구들은 염상섭의 초기 3부작과「만세전」에만 집중한 감이 있다. 1920년대 '편지'의 배치를 고려하면, 편지 형식을 차용한 고백소설이 일본 근대소설의 흉내라는 식의 접근법과는 다른 방식의 근대 소설사 이해의 길이 열린다고 개인적으로는 생각하지만, 염상섭 소설의 '편지'는 서간체의 범위를 훌쩍 넘어서는 것이었다. 마지막으로 임화는 1928년에서

1930년 사이에 집중적으로 '편지'와 관련된 시들을 발표한다. 이 시기는 카프에서 대중화 논의가 한창 진행되던 때이기도 했다. 「단편 서사시의 길로」의 서두에서 김기진은 미묘하게도 '편지'와 '눈물'에 대한 이야기로 허두를 꺼내면서 임화의 「우리 오빠와 화로」를 고평하고 있어서 주목된다.

1920년대 '편지'의 배치가 지금까지 다루어진 방식은 청춘이나 연애와 관련된 풍속사적 접근법이 주류를 이루었으나,[2] 사실 이 문제는 여기서 그치는 것이 아니라 감수성이나 감상주의와 결부시켜 논의를 심화해야 할 사안이다. 그러기 위해서는 장르의 경계에 얽매이지 않고 1920년대 '편지'의 배치를 폭넓게 조망해야 할 필요가 있다. 노자영, 염상섭, 임화를 특별히 주목한 데는 이 장르적 고려도 있었다는 점을 밝혀둔다.

2. 감수성의 발견: 『사랑의 불꽃』의 경우

연애서간집 『사랑의 불꽃』(1923)은 그 자체로 '편지'라는 문학적 장치의 가능성을 새삼 확인하는 사건임과 동시에, 문학성의 척도로서 '감수성'의 가능성을 확인하는 문학사적 사건이기도 했다. 『사랑의 불꽃』은 이문당 한 곳에서만 하루 평균 30∼40부씩의 놀라운 기세로 팔려나갔다.[3] 『사랑의 불꽃』의 상업적 성공에 힘입어 연애서간집 출간 붐이 조성되기도 했다.[4] 『사랑의 불꽃』 유행 현상을 당대 여학생 스노비즘 형성과 관련

---

2) 권보드래(2001), 「연애의 형성과 독서」, 『역사문제연구』 7집, 역사문제연구소; 이태숙(2008), 「근대출판과 베스트셀러─노자영의 연애서간을 중심으로」, 『한중인문학연구』 24집, 중한인문과학연구회; 진영복(2008), 「1920년대 대중적 글쓰기와 근대적 주체의 자유상─노자영 소설 『반항』을 중심으로」, 『현대문학의 연구』 35집, 한국문학연구학회; 이태숙(2009), 「1920년대 '연애'담론과 기획출판─『사랑의 불꽃』을 중심으로」, 『한국현대문학연구』 27집, 한국현대문학회.
3) 편집부(1932. 9), 「서적시장조사기」, 『별건곤』 7권 9호, 138쪽.

하여 설명한 연구도 있지만,5)『사랑의 불꽃』이 속물적인 만족감을 주었다는 사실보다 중요한 것은 '왜'『사랑의 불꽃』이 그 책을 소유한 사람에게 그런 만족감을 주었는가의 근거다. "시 이상의 시, 소설 이상의 소설"이라고 하는『사랑의 불꽃』에 붙은 상업 광고 문구6)를 당대의 독자들은 어째서 사실, 혹은 그에 근사한 것으로 받아들였는가에 주목해야 한다.

물론『사랑의 불꽃』이 당대에 상업적으로 성공한 것은 자유연애 사상의 확산이라는 사회적 분위기에 편승한 데서도 그 원인을 찾을 수 있다. 이 책에 실린 한 편지에서 사랑하는 사람이 따로 있음에도, 가친이 정해준 혼처로 시집을 가지 않을 수 없기 때문에 죽음을 택한 한 여성은 다음과 같이 절규한다. "나는 왜 그리운 당신과 살지 못하고, 내 생명을 내 손으로 끊고 그만 죽을까요! (……) 부모의 죄요, 사회의 죄이지요! 나는 과도기에 있는 조선 사회에 있어서, 완고한 부모의 '놀이감'이 되어, 그만 죽어버리는 하나의 희생자외다(「독약을 마신 후에―최후로 화복씨에게」)."7) 이러한 원한 맺힌 외침에서 경조부박한 모던 보이와 모던 걸의 사랑 놀음을 곧바로 떠올릴 사람은 많지 않을 것이다. 오히려 이 외침은 개성과 자유에 대해 서서히 눈을 떠가는 근대적 자아의 발현으로 이해할 수 있다.

근대적 학문에 대한 열정과 우국충심의 코드가 결합된 1910년대의 공공성이 개성의 발견과 자아실현이라고 하는 1920년대의 공공성에 의해 대체되었음을『사랑의 불꽃』은 웅변적으로 보여준다. '현해탄'은 더 이상

---

4)『청탑의 사랑』(경성서관, 1923),『태서명가 연애서간』(조선도서주식회사, 1923),『진주의 품』(광문서포, 1924),『낙원의 초』(박문서관, 1924),『신체미문 학생서한』(홍문원, 1924),『이성의 선물』(영창서관, 1925),『청춘의 꽃동산』(삼광서림, 1926) 등이 그 대표적인 예다(권보드래(2003),「연애와 독서」,『연애의 시대』, 현실문화연구, 114~115쪽 참조).
5) 이태숙(2009), 앞의 글, 19~21쪽 참조.
6)『동아일보』1923. 2. 11.
7) 노자영 편,「독약을 마신 후에」, 권보드래 편(2009),『사랑의 불꽃 · 반항(외)』, 범우, 265쪽.

최남선이나 이광수에게서와 같은 의미가 아니었다. '현해탄'이라는 기표는 공적인 장소에 지나치게 자주 노출됨으로써 진부해져버렸다. 1910년대의 계몽주의자들이 이 기표에 공공성을 불어넣고, 이 기표의 힘으로 사회적 지도자로 자리매김할 무렵에, 1920년대 독자들은 이 기표에 지각하여 도착했다. "아! 우영 씨! 나는 가정 살림하기가 퍽 싫어요. 우리 결혼한 후에도 放浪의 생활을 합시다. 손에 손을 잡고 이곳저곳으로 돌아다니도록 하여요. 그리하여 '시베리아'의 눈도 구경하고, '베니스'의 달도 구경하며, 양자강의 푸른 물도 마셔보고, '나이아가라'의 폭포수도 구경하사이다(「황혼의 때─애모하는 우영씨에게」)"[8]라고 어떤 여성은 현해탄 건너편의 남성에게 편지를 쓴다. 『사랑의 불꽃』에 실린 편지들은 그것이 대부분 "사실 그대로의 편지"든 유명 文士들이 각각 한두 편씩 붓을 든 것이든[9] '東京 유학'이나 '해외여행'을 매우 보편적인 체험인 것처럼 착각하게 한다. '동경 유학'이나 '해외여행'도 '현해탄'처럼 자주 반복되면서 원래의 의미가 지워지고 기표만 살아남는다. 『사랑의 불꽃』의 한 필자는 "이렇게 아픈 이별도 또한 最愛의 당신을 위하여 아니 우리 두 사람을 위하여, 장래의 원대한 이상을 실현키 위함이라고" "웃음이 눈물 흐르던 눈가에 띄워"진다고 쓴다(「애인 T양에게」).[10] '理想의 실현', 다시 말해 자아실현이라고 하는 1920년대의 공공성은 이와 같이 1910년대 공공성을 나타내는 기표들에 늦게 도착한 독서 대중들에 의해 만들어지고, 또 널리 유포된다.

이 새로운 공공성을 지향하는 개인들에 의해 '문학성'에 대한 새로운 규준이 마련되었다는 것은 특기할 만하다. '문학'이 번역어로서 성립하고 그 제도를 마련해가는 과정에서 문학성에 대한 고려가 생겨났다는 것은 잘 알려져 있다. 극단적으로 단순화하여 말하자면, 독자 투고를 취사선택

---

8) 위의 책, 272쪽.
9) 위의 책, 257쪽.
10) 위의 책, 310쪽.

하는 과정에서 문학성에 대한 고려가 생겨난 셈이다. 그러므로 근대문학에 있어서 문학성에 대한 고려의 역사는 사실 저널리즘의 태동기까지 거슬러 올라갈 수 있다. 그러한 기원의 탐구도 의미가 없지는 않지만, 여기에서 그 문제에 대해 천착할 여유는 없다. 중요한 것은『사랑의 불꽃』이 제시한 문학성의 규준일 것이다.

『사랑의 불꽃』의 편자인 노자영은, 이 책이 "단편소설이나 또는 소품문으로도 당당한 가치가 있다"고 주장하고 있거니와, 연애편지에 지나지 않는 것이 상당한 문학성이 있다고 주장하고 있는 것은 눈여겨볼 만하다. 그가 연애편지에 지나지 않는 것들에서 문학적 가치를 발견하고 선양한 근거는 결국 이 편지들이 '진심을 담은 것'이라는 데서 찾을 수밖에 없다. 당대 독서 대중들이 이 책을 소유함으로써 어떤 속물적 만족감을 얻을 수 있다고 한다면, 그들이 이 책의 그 '진실성'에 높은 문학성을 인정했다는 것을 전제할 수밖에 없다. 문학성은 주제의식의 깊이, 구조적 완결성, 개성적 언어, 형식의 새로움 등에서도 찾을 수 있지만, 그 중에서도 '진실성'이야말로 문학성을 판별하는 기준이라는 것이『사랑의 불꽃』편자가 가지고 있었던 문학관이었다. 그러므로 1920년대 낭만주의 지형 안의 작품들을 싸잡아 '감상적'이라고 평가하면서 문학사적 의미를 깎아내리는 것은 사실 온당한 태도가 아니다. 우리가 '감상주의'라는 이름으로 비판하는 것들이 당대에는 '감수성'으로 추앙되었다는 것은 자주 간과되고 있는 사실이다.

『사랑의 불꽃』이 재미있는 것은 이 '감수성'이 '진정 토로'와 '눈물'의 결합이라는 형태로 정식화되고 있는 점이다. "혜정 씨! 비는 옵니다. 눈물은 내립니다. 비와 눈물, 아! 이 어이한 조화입니까? 나는 당신을 위하여 눈물을 흘리려니와, 하늘은 누구를 위하여 눈물을 흘릴까요?(「비 오는 밤에」)"[11]

---

11) 노자영 편, 앞의 책, 280쪽.

"월화 씨! 나는 그 오동가지를 바라보다가 그만 울었습니다. (……) 우는 것
이야말로 나의 위안이지요! 그러나 내가 운다고 하면 어떤 사람은 비웃을
터이외다. 사나이 자식이 울기는 왜 울어 하고. 그러나 우는 것은 자유외다.
그리하고 우는 그 때에 고조된 그 情緒야말로 피려는 꽃이오, 연단된 金이
외다(「월화씨에게」)."12) "그러나 당신은 죽었습니다. 아! 눈물, 눈을 가리
우는 눈물, 하염없이 떨어져 나의 옷을 적십니다(「정자의 영전에」)."13)
『사랑의 불꽃』에는 '눈물'에 대한 언급이 끊이지 않는다. 마치 '눈물'이 없
고는 나의 진심을 확인할 수 없다는 듯이 '눈물'에 대해 쓰고 또 쓴다. 남
성들도 자신의 戀心을 '눈물'에 기대어 호소한다. '죽음'을 거론하는 것도
목숨을 걸고 자신의 진심을 입증하겠다는 태도다.14) 그 눈물의 호소는 남
성적 가치를 훼손하기는커녕 "피려는 꽃"처럼 아름답고 "금"처럼 값진 것
이라고 치켜세워진다. 여기에서 '감수성'은 고귀한 것으로, 노자영이 지적
하고 있는 것처럼 '문학적'인 것으로 자리매김된다.

3. 고백체와 낭만주의: 염상섭과 홍사용의 경우

'눈물'이 감수성의 증표로 인정되고, 또 그 감수성이 문학성을 나타내
는 근거로 자리를 잡게 되었을 때, '편지'라는 문학적 장치가 크게 주목을
받았다는 것은 앞에서 상술한 대로다. 이 무렵 염상섭도 '편지'를 활용한
창작을 하고 있었다.

---

12) 위의 책, 287~288쪽.
13) 위의 책, 291쪽.
14) 권보드래는 '죽음에 대한 동경'을 애상 취미와 결부하여 설명한다. 사랑은 죽음과
　　맺어질 때 가장 강렬한 순도로 타오른다고 하는 발상이 당대에 情死라는 코드의
　　유행과 유통에 영향을 주었다는 설명이다(권보드래(2001), 앞의 글, 114~115쪽,
　　120~121쪽 참조).

그러나 只今 이 편지는 무슨 必要로 쓰랴는가. 自己도 疑問이올시다. 最後의 結末과 무슨 連絡이 잇고 關係가 잇기에 이 편지를 쓰랴는 생각이 瞥眼間에 낫는지 모르겟습니다. 써야 조흘지 쓰지 안하야 조흘지 망서리면서도 亦是 붓긋은 紙面 우로 달아나갑니다. 或은 그러한 데에 人間味가 잇는 것이라고 할지도 모르겟스나 亦是 웃읍은 無意味한 일이외다. 쏘는 이 편지로 말미암아 당신의 同情을 사랴거나 或은 나에게도 아즉 당신의 心情을 理解하고 同情하야 드릴 만한 良心의 片影이 남아잇다는 것을 表示하랴 함이라 할지도 모르나 그 亦 無意味한 일일뿐아니라 나의 決코 願하는 바가 아니외다.15)

'편지'라는 문학적 장치에 대해 논할 때, 염상섭의 「제야」는 단연 눈에 띄는 작품이다. 기자, 혹은 평론가로서의 염상섭을 소설가의 반열에 올려놓은 것이 「標本室의 靑개고리」, 「암야」, 「제야」이고, 이들 초기 3부작이 일본 근대소설을 흉내 낸 것이며, 특히 「제야」는 '편지'를 매개로 한 고백소설의 실험이라는 것이 기존 소설사의 설명이다.16) 그런데 이 기존 소설사의 구도에서는 '편지'와 감수성의 접점이 전혀 해명되지 못하고 있다. 『사랑의 불꽃』이 상업적으로 큰 성공을 거두고, 연애서간집이 대유행한 것은 「제야」와 아주 동떨어진 사실이 아니다. 두 개의 사건은 일 년 정도의 시간적 거리를 두고 동일한 문학장에서 서로 반향을 하고 있었다.

「제야」에서 염상섭은 편지를 써야 좋을지 쓰지 않아야 좋을지 망설이는 히로인을 등장시킨다. 염상섭의 트레이드마크가 된 이 '망설이는 주인공'을 김동인은 '햄릿적'이라고 불렀지만, 망설임 자체가 중요한 것이 아니라 그것이 '진실성'의 표지라는 것이 마땅히 더 주목 받았어야 했다. 편지에는 애초 진실만이 적힌다고 하는 것이 일본 고백소설의 공리라고 하

---

15) 「제야」, 『염상섭전집9: 초기단편』 민음사, 1987, 59쪽.
16) 김윤식·정호웅(2000), 「3·1운동 전후에 등장한 새로운 범주, 예술성과 내면의 탐구」, 『한국소설사』 개정증보판, 104~112쪽 참조.

지만, 이 공리가 손쉽게 무너질 수도 있다는 것을 염상섭은 예민하게 간파하고 있었다. '진실'은 의심 받기 쉬운 것이다. 사람들은 끊임없이 '진실'의 근거를 요구한다. 「제야」가 '편지 쓰기에 대한 망설임'에서 시작하는 것은 진실을 말하는 사람의 육체적 징표를 작가가 '망설임'에서 찾았기 때문이다. 이 망설임이 없었다면 최정인의 이 막힘없이 유려한 고백의 '진실성'은 반감되었을 것이다. 이 고백이 '유서' 형식을 취하고 있는 것도 '고백'의 의심 받기 쉬운 성질을 반증한다. '죽음'에 기댄 맹세 없이는 진실성을 확보할 수 없다. 이것은 『사랑의 불꽃』이나 그 이후의 연애서간집들에서도 반복적으로 입증된다.

「제야」의 문학성은 이 진실성에 기반을 둔 것이다. 최정인이라는 불의한 혈통의 신여성이 자신의 타락상과 그 추악함을 감춤 없이 드러낸다고 하는 이 진실성이야말로 「제야」를 떠받치는 문학적 근거다. 이 문학적 논리를 마지막으로 완성하는 것이 바로 최정인의 눈물이다. 자신을 용서한다는 남편의 편지를 받고 정인은 오열한다.

> 여긔까지 겨오 닑은 나는, 울엇습니다. 나에게도 눈물이 잇드냐고 疑心할만치 울지 안을 수가 업섯습니다. 只今도 웁니다. 一生을 通하야, 單 한번 貴엽은 눈물을 흘려보앗습니다. 나의 二十年이라는 生涯에, 무엇을 하얏느냐고 뭇거던, 울엇다고 對答하야 주십시요. 最後의 日에 울엇다고, 對答하야 주십시요. 울 수 잇는 깃븜! 沙漠 가온대의 '오아씨스'가 그것일가요.17)

이 눈물은 도덕적 개심의 눈물이고, 카타르시스를 유도하는 눈물이기도 하다. 염상섭은 이 도덕적 개심의 장면을 계속 지연시킴으로써 문학적 감동을 배가하는 전략을 취한 셈이다. 이 감동의 크기가 크면 클수록 문

---

17)「제야」, 앞의 책, 109쪽.

학성 역시 높아진다고 믿었던 것이다. 여기서 주목할 대목은 눈물 자체라기보다는 그 '지연'이다. 눈물은 이야기의 끝에 마련된 장치다. 주인공은 눈물이 고갈된, 정열 없는 사람으로 설정되어 있거니와, 이 목석같은 주인공이 이야기의 끝에서 참았던 눈물을 흘리는 것으로, 다시 말해 따뜻한 마음을 되찾는 것으로 이야기는 끝난다.

염상섭은 '눈물의 고갈'이라는 코드를 즐겨 사용한 작가다. 최정인은 자신의 울음에 스스로도 놀랄 만큼 울음과는 거리가 먼 삶을 살았다. 그것을 그녀는 '사막'이라고 표현한다. 그런가 하면 「만세전」에서도 염상섭은 '눈물의 고갈'에 대해 말한다. 「만세전」의 주인공 이인화는 시즈코淸子의 편지 사연을 되씹으면서 그녀를 위해 울어주고 싶다는 생각을 하지만, 그것은 순간적인 충동일 뿐임을 새삼 깨닫는다. "이째것 戀愛답은 戀愛를 하야본 일도 업스면서, 靑春의 特權이요 色彩라 할 만한 情熱이 고갈한 것은 웬 까닭인가."라고 그는 자문한다.18) 또 그는 아내가 죽었는데도 울지 않고, 우는 가족들을 보고도 냉연한 태도를 취한다. 잘 우는 사람과 잘 울지 못하는 사람 사이에 일종의 분할선이 그어진다. 그리고 잘 우는 사람이야말로 '청춘'이며 '정열적인 사람', '감수성이 풍부한 사람'이라는 의미화 작업이 이어진다. 제도로서의 문학이 아직 형성기에 있었던 시기에 독서 대중들은 문학성의 기준을 자신의 신체적 반응에서 찾을 수밖에 없었기 때문에, 이러한 의미화 작업은 호소력이 있었다. 여기에 독서 대중들의 속물의식이 '분할선'을 강화하는 데 상당히 기여한 것도 사실이다.

이 '분할선'이 당대 독서계에서 어떤 의미였는가는 『사랑의 불꽃』의 상업적 성공이 가장 상징적으로 보여준다. 그러나 이 서간집의 상업적 성공은 한편으로 이 '분할선'의 취약성도 함께 드러낸 것이었다. '진심'이나 '청춘', '정열' 혹은 '사랑'과 같은 것들이 상업적으로 조작될 수도 있다는 것

---

18) 『염상섭전집1: 만세전 외』, 민음사, 1987, 27쪽.

이 바로 그것이다. 염상섭은 이 취약성을 자각하고 있었고, 『사랑과 죄』나 『이심』에서는 이 취약성을 역으로 문제 삼음으로써 대중들의 주의를 환기시킬 수 있었다. 반면 홍사용은 이 '분할선'을 의식하지 못하고 있었으면서도, 궁극적으로는 이 '분할선'의 강화에 기여했다. 홍사용은 어느 날 종로통에 세워진 『사랑의 불꽃』 간판과 시비가 붙는다. "사닥다리 위에 있는 문예가 고급문예이냐. 삼층집 꼭대기에 있는 문예가 고급문예이냐. 종로경찰서의 탑시계 위가 아니면 종현성당벽 피전침 꼭대기에 매달아놓는 문예가 고급문예이냐."[19] 홍사용은 광고 문안 중의 '고급문예'라는 문구에 대해 신경질적인 반응을 보인다. 그에게 있어서 문예라고 하는 것은 상업광고의 영역과는 구분되는 것이었다. 어쩌면 급을 나눈다고 하는 발상 자체가 예술에 대한 모독이었을 것이다. 그러나 이러한 문예에 대한 절대적 신봉이 오히려 문학과 문학 아닌 것, 진실성과 상업주의, 문학적 감수성과 이재에 밝은 현실주의 들을 분할하는 경계선을 강화했다는 것은 부정할 수 없다.

1923년 홍사용은 『개벽』 37호(1923. 7)에 「어머니에게」, 『백조』 3호(1923. 9)에 「나는 王이로소이다」를 발표한다. 두 편의 시가 서간체임을 표방하고 있는 것은 아니지만, '어머니'라고 하는 특정의 독자를 상정하고 있다는 점에서 서간체와 함께 논해도 무방하리라 생각한다. 홍사용은 '유행'이나 '흥행'과 같은 것으로부터는 한 발짝 비켜나 있었다. 생전에 한 권의 작품집도 출판하지 않은 것만 보아도, 그가 어떤 사람이었나를 능히 짐작할 수 있다. 그는 『사랑의 불꽃』에서 자유연애라는 유행적 요소를 제거하고 '편지'라는 형식은 이어 받는다. 그리고 '연애'가 있어야 할 자리에 '어머니'를 대체해 넣는다. 그는 진정 토로의 장치로서 '편지' 형식을 차용하면서, 그 진실성을 입증할 장치로 '어머니'를 내세운 셈이다. 노자영의

---

19) 홍사용(1923. 9), 「육호잡기」, 『백조』 3호, 213쪽.

'편지'가 상업적 논리에 그 진실성이 훼손된 것이었다고 보면서, 홍사용은 상업적 논리가 개입할 여지가 없는 절대적 존재로서 '어머니'를 내세운 형국이다. 그러나 노자영이나 홍사용이 모두 '진실성'이야말로 문학성을 판가름하는 기준이라고 본 것은 마찬가지였다. 그런 의미에서 두 사람은 모두 눈물과 감수성의 저 '분할선'을 강화시켰다고 평가할 수 있다. 베스트셀러 제조기 노자영과 지나칠 만큼 寡作이었던 홍사용은 서로 정반대인 듯하면서도 상통하는 면이 있는 일종의 거울상 관계였다.

4. 암호문으로서의 편지: 『사랑과 죄』의 경우

1927년에서 1928년에 걸쳐 『동아일보』에 연재된 염상섭의 『사랑과 죄』는 '암호문으로서의 편지'라는 염상섭 특유의 연애소설적 장치가 완미하게 자리를 잡은 작품이다. 일본에서 건너온 '고백체'와, 『사랑의 불꽃』 유행 이래로 진정 토로의 수단이었던 편지가 『사랑과 죄』에 이르러, 남녀의 내면을 중개하는 유용한 미디어로서가 아니라 '이해할 수 없는' 異性의 내면을 중개하는 애물단지 미디어로 부각되기 시작한다.

(가)

어제 온밤 새도록 별 생각을 다ー 하엿습니다. 그러나 그것은 모다 주착 업는 어린 마음의 공상이엇습니다. 놀라울 만한 공상이엇습니다…… 사람은 언제든지 쏘 무슨 일에든지 '자긔'라는 것 '자긔의 행복'이라는 것을 니저버리고 생각할 수 업는가 봅니다. 그럼으로 모든 일에 잘못이 생기고 옹산을 하는가 십습니다. 도아 주시겟다고 하신 말쏨ー저는 결코 범연히 들을 수는 업섯습니다. (……) 저는 지금 일종의 위험과 불안을 마음에 늣김니다. 그러나 그 위험과 불안이 아모리

달콤하고 솔깃한 유혹을 가진 것이기로 그대로 쓸려간다는 것은 어리석은 자의 헐 일이 아니겟습니까!

(나)

······위험과 불안을 늣긴다는 것은 또 무슨 의미일구? ······내게 갓가히 오는 것이 그다지도 위험할까? 그러케 불안을 늣길까? 내가 귀족이라고 해서 그러는 것일까?(······)

······위험과 불안−그것은 유부녀가 다른 한 남자에게 의롭지 못한 마음이 쏠리는 것을 분명히 쌔달을 제 늣기는 것일 것이다! 두 남자를 심장(염통)의 좌우쪽에 매달아 볼 제 늣길 수 잇는 처녀의 마음이다! 호연이가 순영이를 마튼 지가 일년이 넘엇다! ······그러면 '그러치 말라'는 법이 업슬 게 아니냐?[20]

지순영의 아편쟁이 생모 해줏집의 야료로 해춘의 앞에서 망신을 당한 순영은 해춘의 배려와 관심에 "위험과 불안"을 느껴 해춘에게 속달 우편을 보낸다. (가)는 그 일절이다. 자신이 그리던 그림의 모델인 순영에 대한 미묘한 감정을 깨닫기 시작한 해춘은 순영의 편지를 받고 (나)에서와 같이 편지의 字句 하나하나를 되새기면서 번민한다. 연애 경험이 거의 없는 해춘은 여성의 심리를 읽어내기 위해 집중에 집중을 거듭한다. 그러나 해춘은 어김없이 순영의 편지를 잘못 이해한다. 해춘은 자신의 친구이자 순영의 정신적인 지주인 김호연과 순영의 관계가 '육체적인 관계'로까지 이어진 것은 아닌지 의심한다.

해춘의 마음을 오해하기는 순영도 마찬가지다. 해춘이 마리아 때문에 자리를 피하면서, 만나러 오겠다는 순영에게 다음에 보자는 편지를 보내자 순영은 걷잡을 수 없이 눈물이 터진다. "'······앗가운 긔회를 노치게 된 것을 미안히 생각합니다마는 허는 수 업습니다'고 한 '허는 수 업는' 것이

---

20) 『염상섭전집2: 사랑과 죄』, 민음사, 1987, 73~74쪽.

무엇인가? 더구나 '후일 긔회 잇스면 만나 뵙고 사과······' 운운한 것은 순영이의 가슴을 콕 찔으는 듯하얏다."²¹⁾ 해춘과 순영에게 '편지'는 서로의 진정을 주고받는 미디어가 아니라 이해할 수 없는 '고백', 일종의 암호문에 지나지 않는다.

편지는 '진심'을 담아 써야한다는 것이 서간체 고백소설의 공리고『사랑의 불꽃』이 내세운 규약임은 물론이다. 해춘은 마리아의 잔뜩 멋을 부려 쓴 러브 레터에 솔직한 진정이 보이지 않는다고 혼자 생각한다. 그러나 편지란 애초부터 '진심'을 알아보기 어려운 암호문과도 같은 것이었다. 그것은 해춘에게 보낸 순영의 편지에 이미 지적되고 있다. "밋기 쉬운 것은 사람의 말이요 알기 어려운 것은 사람의 마음"이라고 순영은 썼던 것이다. 이 편지에 대해 또 해춘은 "넘우 간단하고 선듯 들어오는 힘이 업섯다"고 나름대로 평가를 한다. 물론 해춘이 "사연 뒤에 숨긴 순영이다운 순정"을 거기서 읽어내지 못하는 것은 아니지만, 순영의 편지에서 어떤 확신을 얻지는 못한다.²²⁾ 편지는 연인들의 확신을 계속 지연시킨다.

『사랑과 죄』에서 염상섭은 이 암호문으로서의 연애편지 옆에 진짜 암호문으로서의 '전보(편지)'를 배치한다. 사회주의자 김호연 앞으로 배달된 전보에는 "결과가 조커든 동생을 보내라"라든지 "수술결과불량"이라는 부득요령의 메시지만이 적혀 있거니와, 그것이 독립운동 조직 내부의 암호임은 물론이다.²³⁾ 일경들도 해춘의 서재에서 러브 레터에 불과한 편지들을 '증거물'로 압수해간다. 염상섭은 이러한 소재의 흥미성을 극대화하여 이 연애소설에 '스파이'물적인 요소를 가미한다.²⁴⁾ '스파이'물의 편

---

21) 위의 책, 243쪽.
22) 위의 책, 235~236쪽.
23) 위의 책, 279쪽.
24) 멜로드라마와 추리서사의 결합이라고 하는『사랑과 죄』의 장르믹스적 성격에 대해서는 오혜진(2009),「근대 대중소설에 나타난 장르믹스의 변모 양상」,『우리문학연구』27집, 우리문학회, 218~225쪽 참조.

지는 『제야』처럼 더 이상 남녀간의 진정 토로의 수단에 그치지 않는다. 김호연 등이 연루된 사건으로 인해 평양에 이송되었다가 놓여나온 순영을 납치하려던 류택수, 지덕진 등의 음모에 대해 해춘은 운선과 더불어 맞선다. 해춘과 운선 사이에는 류택수 일행의 음모에 맞서는 계책과 그 진행 상황이 적힌 편지가 오고 간다. 순영을 구출하여 은밀히 경성에 돌아온 해춘 일행을 뒤쫓는 마리아의 행적도 '스파이'물을 방불케 한다. 전화로 친구를 사칭하고 편지를 훔쳐보는 것은 약과고, 순영으로 변장하여 해춧집을 살해하고 순영에게 살인죄를 뒤집어씌우려는 마리아의 행각은 실로 엽기적이다. 마리아가 해춘과 순영이 머물던 여관방에서 쓰다가 구겨서 버린 편지는 여기에서도 중요한 단서가 된다.

『사랑과 죄』의 장르믹스에서 돋보이는 것은 독립운동과 첩보 서사의 결합이다. 이광수 소설의 민족주의 담론을 사상의 영역에서 소설의 차원으로 끌고 온다면 어떤 형태가 될 것인지 염상섭은 보여준다. 단, 그는 이 사상이 개입한 것처럼 보이는 서사를 철저히 남성적인 세계로 형상화하고 있다.

염상섭 소설에서 여성들은 '눈물'의 세계에 배치된다.[25] 이 '눈물'의 세계를 남성들은 좀처럼 이해할 수 없다. 그 점에서 '눈물'도 저 암호문으로서의 편지의 세계와 맞닿아 있다. 염상섭은 눈물이 많은 것을 '히스테리'와 결부시키곤 한다. 염상섭은 순영에 대해 다음과 같이 묘사한다. "병에 시달린 신경은 밧작 흥분이 되어 금시로 얼굴이 발가케 상기가 되며 히스테리ㅅ증이 발작한 사람처럼 눈물까지 갈상갈상하야진다."[26] 이러한 설

---

25) 이 소설에서 남성들이 울지 않는 것은 아니다. 예를 들어 호연이 석방되고 나서 흘리는 눈물도 있다(『사랑과 죄』, 앞의 책, 378쪽). 그러나 이 눈물은 여전히 '사상'의 세계에 속한다. 호연의 눈물은 개인적인 분루에서 머무는 것이 아니라 민족적 울분이라고 보아야 한다. 반면 호연의 눈물에 대해 순영과 혜련이 따라서 우는 것은 '전염된 울음'이라는 별개의 관점에서 접근해야 할 것이다.
26) 위의 책, 160쪽.

정은 『이심』의 춘경으로도 이어진다. 그러나 순영의 '병적인' 눈물이 춘경의 경우처럼 부정적으로 그려지고 있는 것은 아니다. 『사랑과 죄』에서 '믿지 못할 눈물'은 마리아의 눈물이다. 마리아는 류택수에게 돈을 우려내기 위해 거짓 눈물을 흘린다. 마리아의 눈물을 제외하면 『사랑과 죄』에 나타나는 눈물은 여전히 고귀한 것으로 그려지고 있다. 누군가를 따라서 함께 울 수 있다는 것은 감수성의 증표로서, 공감력의 증표로서 제시된다. 혜련이라는 인물은 순영이 울기만 하면 따라 우는데, 이 인물이 『사랑과 죄』에서 자기 몫을 해내고 있다면, 아마도 이 함께 운다고 하는 데서 그 근거를 찾을 수 있을 것이다. 독자들 역시 혜련처럼 순영이 울 때마다 따라 울어주기를 작가는 기대했을 것이다.

5. 편지 배달 사고의 가능성: 『이심』의 경우

1928년에서 1929년에 걸쳐 『매일신보』에 연재된 염상섭의 『이심』은 '편지'라는 문학적 장치의, '편지'라는 문학적 장치에 대한 소설이라고 할 만하다. 이 소설에서 등장인물들은 자주 편지를 쓴다. 돈을 빌려달라거나, 사랑한다거나, 혹은 죽는다거나 하는 내용뿐 아니라, 협박하고 경고하는 편지에 이르기까지 그 내용도 다양하다. 또한 이 소설에서 편지는 수신자에게 가 닿기 전에 배달 사고가 난다든지, 애초에 위조된 것이었다든지, 음모와 사기의 수단이 되고, 때로는 마각이 드러나는 실마리가 되어 또 다른 음모로 이어지기도 한다. 이 소설은 춘경이 생활고로 인해 옛 정부인 좌야佐野에게 돈을 빌려달라는 편지를 자기 남편인 창호에게 들려 보내고, 좌야의 답신을 창호가 훔쳐보고 이성을 잃는 장면에서 시작하여, 춘경이를 800원에 학선루에 팔아넘겼다는 내용을 담은 창호가 쓴 두 통의 편지가 각각 춘경과 커닝햄에게 배달되는 것으로 끝난다.

'편지'라는 문학적 장치와 한국 근대문학의 관련 양상에 대해 살피고자 할 때, 아마도 가장 처음 문제시되는 것은 다음과 같은 공리일 것이다.

> 편지엔 진실만 적힌다는 사상이야말로 근대적 성격과 관련이 있다. 편지 자체가 근대적인 우편제도의 산물이다. 세계 최선봉의 문명국 영국에서 우편제도를 철도제도, 학교제도, 군대제도 등과 꼭 같은 수준에서 신성한 것으로 확립하였다. 만일 이러한 제도에 의심을 품게 된다든가 도전하는 행위는 용납되지 않을 뿐 아니라 상상도 할 수 없는 일이기도 하였다. 근대란 제도적 장치에 의해 만들어진 사람들의 의식에서 생겨난 것이다. 편지가 증기기관과 마찬가지 수준에서 근대적 성격을 규정짓고 있었다. 소설이 이 편지형식의 성스러움을 이용하는 일은 지극히 당연하다.27)

바로 이와 같은 '편지 형식의 성스러움'을 위반하고 있다는 점에서 『이심』이 '문제적'이라고 김윤식은 지적한다. 김윤식은 『이심』의 편지 형식을 '기교'의 차원에서 설명한다. 『이심』은 '고백체'에서 내면이 결여된 형태인 '편지 형식의 타락'을 보여주며, 편지 형식이 지극히 기교적으로 배치되어 있다는 것이다. "「이심」은 '(일본 근대문학에서―인용자)배울 것은 기교뿐'이라는 명제를 새삼 확인시켜 준다는 점에서 주목되는 작품이다. 작품 속에 사상이나 철학 없이도 소설이 쓰여지기 위해서는 '기교'의 눈부심, 기교의 철저함이 요청된다."28) 그러나 그런 것이 '기교'라면 진실한 내면을 매개하는 일본 근대문학의 고백체도 역시 '기교'라고 하지 않을 수 없다. '내면'이 반드시 '편지 형식'으로 매개되는 것만은 아니다. 『이심』이 '편지 형식의 성스러움'을 위반하고 '타락한 편지'의 양상을 보여주고

---

27) 김윤식(1987), 「이심―편지형식의 타락화」, 『염상섭연구』, 서울대학교출판부, 449쪽.
28) 위의 책, 468쪽.

있다 하더라도, 거기에 내면이 없는 것은 아니다. 『이심』은 언어를 매개로 하여 인간의 마음이 훼손되지 않고 전달될 수 있는지를 '편지 배달 사고의 가능성'을 통해 묻고 있는 작품이다. '편지'를 매개로 인간의 마음이 제대로 전달될 수 있는지, 그 어려움을 문제 삼고 있는 『이심』은 '내면의 결여'이기는커녕, 다른 사람이 내 본심을 오해하는 것은 아닐까 하는 내면의 불안, 편집증적 불안이 과다하게 표출된 작품이다. 이것은 보기에 따라서는 '고백체'가 내포하고 있는 허점, 편지에는 진실만 적힌다고 하는 허점을 비판적으로 돌파하는 것이라고 해석할 수도 있다.

　『이심』은 다음과 같은 장면에서도 문제적이다. 자기 아내인 춘경에게 보내는 좌야의 편지를 중간에 열어보고 대로변에서 소란을 일으킨 창호를 보기 위해 파출소로 달려온 좌야는 자신의 사적인 편지가 다른 사람들에게 널리 읽히지나 않았을까 내심 걱정한다. "파출소에 들어간 좌야는 너무나 의외인 데에 놀랐지만 그중에도 자기 편지가 뷔인 봉투만 남아서 순사의 손에 있는 것을 보고는 가슴이 뜨끔하고 얼마쯤 창피한 생각도 없을 수 없었다. 자기 편지가 혹시 파출소 안에 열파가 되어 흐터져 있지나 않은가 하는 생각으로 눈 빨리 살펴본 뒤에 파랗게 독이 질려서 섰는 창호의 얼굴을 슬쩍 엿보다가 이상한 영채가 도는 창호의 눈과 마주치자 좌야는 무심중에 찔끔하였다."[29] 『이심』의 '편지'는 프라이버시여야 할 것이 공적인 장소에 외설적으로 노출되는 일종의 '사건'이다. '편지'들이 감질나게 배치된 『이심』은 소설의 본질이 공적인 장소에 출현한 프라이버시라는 사실을 일깨워준다. 이 연재소설의 독자들은 그런 의미에서 관음증적이다. 그들은 커닝햄이 춘경에게 보낸 러브 레터를 좌야와 함께 훔쳐보고, 서양인의 연심에 대해 호기심을 품게 된다. 또한 수원집과 춘경이 의형제가 된 것을 기념하는 자리에 모인 기생, 첩쟁이, 퇴기 들이 자살하

---

29) 『염상섭전집3: 이심』, 민음사, 1987, 23쪽.

려던 사람은 어떻게 생겼나 하는 호기심에 춘경을 이리저리 뜯어보다가, 춘경에게 배달된 강찬규의 협박 편지를 '러브 레터'로 오인하고 "긴장한 낯빛"이 되는 것 역시 동일한 맥락이다. 즉, 독자들은 기생, 첩쟁이, 퇴기들과 더불어 '자살하려던 사람'의 사연, 러브 레터가 개입된 로맨스의 사연을 엿보고 싶어 한다.

『이심』을 해석하는 데 있어서 '편지'라는 문학적 장치와 더불어 고려해야 하는 것은 '눈물'이라는 코드다. 창호는 경찰서로 면회 온 어릴 적 동무 영애의 위로를 듣고 눈물을 주르르 흘리며 돌아선다. 이 눈물에 대해 곁에 있던 순사부장은 "이건 여기서 신파연극을 하는 모양이냐?" 하고 핀잔을 준다. 영애도 "창호의 참을 수 없는 듯한 감격한 눈물을 보고는, 좀 더 섰다가는 울음이 터져나올 것 같기도 하고 머므적거리다가 순사들에게 창피한 핀잔이나 마질 것이 무서워서" 자리를 뜬다.[30] 창호의 눈물은 물론 영애의 진심에서 우러나오는 우정에 대한 응답이다. 그러나 이 눈물이 춘경에 대한 창호의 용서나 어떤 화해의 징조인 것은 아니다. 창호의 눈물은 확실히 남성적 이미지의 실추로 이어지며, 이는 창호를 더욱 불안정한 상태로 몰아간다. 그는 영애를 만난 이후 단식을 중단하지만, 이는 춘경과의 관계를 정리하고 춘경에 대해 복수를 하겠다는 일념에서 나온 것이기도 하다.

창호도 창호지만 『이심』에서 가장 많이 우는 것은 역시 춘경이다. 춘경은 남편이 사회적 방패막이가 되어주지 못하는 상황에서 좌야, 강찬규 등 야비한 남성들 사이에서, 그리고 최 선생, 혜숙 등 위선적인 여성들 사이에서 분루를 삼킨다. 자살 시도와 수원댁의 계교로 인해 유산을 한 춘경은 남편 창호의 부탁으로 영근의 양육 문제를 상의하러 온 위 선생 앞에서도 눈물을 흘리지만, 위 선생은 그 눈물의 진실성을 확신하지 못한다.[31]

---

30) 위의 책, 109쪽.
31) 위의 책, 231~232쪽.

춘경의 눈물에는 카타르시스가 없다. 춘경의 눈물은 세상의 동정심을 이끌어내지 못한다. 영근이 홍역으로 죽었음을 안 춘경의 오열도 예외일 수 없다. 영근이 죽어갈 때 그녀는 커닝햄과 고베로 사랑의 도피 행각을 벌이고 있었던 것이다. 결국 그녀의 눈물은 질환적인 것으로 일변하여 그녀 자신의 삶을 망가뜨린다. 염상섭은 이 눈물의 질환을 "지병인 히스테리 기운"으로 설명한다.[32] '마음'의 병이 '육체'를 황폐화한다.

『이심』의 눈물은 확실히 등장인물의 감수성을 감각적인 차원으로 만들고, 감정에 육체적인 면을 부여한다. 염상섭은 창호가 '주의자'로 감옥에 있을 때, 춘경이 분방한 삶을 살았다는 점에 대해 간혹 환기시킨다. 또한편으로 춘경에게 구애하다가 흘리는 커닝햄의 눈물[33] 역시 육체를 동요시키는 정열을 가시화한 것이다.

『이심』에서 염상섭은 지고지순한 사랑이나 고백, 악한 자가 흘리는 개심의 눈물, 화해의 눈물에 대해 쓰지 않는다. 끊임없이 '편지'라는 문학적 장치가 동원되고, 등장인물들은 분루를 삼키거나 오열하지만, 그가 편지와 내면이 결부되는 일본식 고백소설을 흉내 내려고 한 것은 아니다. 그는 인간의 언어가 인간의 마음을 전하는 미디어로서 얼마나 취약한가를 '편지 배달 사고의 가능성'을 통해 보여준다.

『이심』은 개연성이나 인물 조형 등 어느 것 하나, 좋은 소설의 덕목을 갖추고 있지 않다. 그러나 이 연재소설이 '편지'라는 문학적 장치에 관한 의미를 매우 집요하게 천착한 끝에 일본 근대문학의 발생과도 밀접하게 관련되어 있는 고백소설의 문제를 매우 실험적으로 돌파하고 있다는 점, 1920년대 독서 대중의 낭만주의적 감수성이 상투화, 통속화하여 1930년대의 '감각'으로 치환되어가는 과도기의 한 단면을 보여주고 있다는 점은 특기할 만하다. 눈물로 가득 채워진 여성적 상상 세계는 1930년대 초 김

32) 위의 책, 283쪽.
33) 위의 책, 245쪽.

기림의 여러 시론에서 '감상주의'로 매몰찬 비판을 받게 된다. 1920년대 초까지만 해도 소설을 읽으며 눈물을 흘린다는 것, 소설 속에서 등장인물이 눈물을 흘린다는 것은 도덕적 개심의 증거였고, 문학적으로 풍부한 감수성의 발로로 평가 받았다. 그러나 1920년대 후반에 이르러 눈물은 교태나 허위 감정, 때때로 육체를 동요시키는 정열의 표지가 되기에 이르렀다. 감수성, 혹은 감성이 감상주의가 되어가는 과정을 『이심』은 은연중에 보여준다.

6. 감수성과 감상주의 사이: 임화와 김기진의 경우

1920년대 '편지'라는 문학적 장치의 배치에 있어서 「젊은 巡邏의 편지」(1928. 4), 「네거리의 順伊」(1929. 1)에서 「雨傘 받은 요코하마의 埠頭」(1929. 9), 「洋襪 속의 편지」(1930. 3)에 이르는 임화의 시들은 의외로 제대로 된 주목을 받지 못했다. 「우리 오빠와 화로」(1929. 2)를 둘러싸고 김기진과 임화가 그 낭만성에 대한 시각차를 확인한 사건은 유명하지만, 이 사건의 의미를 '편지'라는 문학적 장치와 관련하여 설명하려는 시도는 별로 보지 못했다.[34] '편지'는 김동인, 염상섭, 최서해 등 소설가들의 전유물인 것처럼 여겨져 왔다. 그러나 소위 '단편 서사시'를 둘러싼 김기진과 임화의 그 유명한 논전도 '편지'와 '눈물'이라는, 이 글이 지금까지 점검해온 1920년대 '편지'라는 문학적 장치의 전형적인 조합으로부터 허두를 꺼내는 방식이었다는 점은 반드시 짚고 넘어가야 한다.

---

34) 편지 형식을 차용한 임화의 시에 대해 조두섭은 임화의 영화배우 체험이나, 마르크스 · 엥겔스에 대한 독서 체험에서 나온 것이라고 설명한다. 특히 편지 형식의 계급적 전파력과 대중화론을 연계하여 설명한 점은 주목할 만하다. 조두섭(1991), 「임화 서간체 시의 정체」, 『대구어문논총』 9집, 우리말글회, 263~264쪽 참조.

봄비가 밤 사이에 땅바닥을 흥건하게 축이고 지나가고 아침 햇살이 널리 다정하게 푸른 하늘로부터 흘러내리는 까닭으로 센티멘티의 활동이 둔할 수 없었던 탓인지는 모르나 오래간 만에 책을 들고서 눈물을 흘려 보았다.

옛날에 어렸을 때 일역으로 된 『베르테르의 슬픔』을 읽다가 자살을 결심하고 마지막으로 로테에게 쓴 베르테르의 편지에 이르러서 눈물을 흘린 일이 있으나 그 눈물과도 다른 눈물이다. 수년 전 여름에 조명희군이 「그 전날 밤」의 번역 책을 기증하였기에 군데군데 읽어보고 싶은 장만 들추어가면서 읽다가 에레나와 인사로프가 불가리아의 국경까지 와서 강 위에 갈매기 날으고 찬 바람이 인사로프의 기침을 한층 더 심하게 하던 깊은 밤에 드디어 고국의 땅을 밟지 못하고 에레나의 애인으로 불가리아의 지사로서의 그가 그 호흡을 영원히 거두어버리는 장면에 이르러서 하염없이 눈물을 흘려본 일이 있으나 그때의 그 눈물과도 다른 눈물이었다.(……)

나를 울린 것은 임화군의 「우리 오빠와 화로」라는 것이다.

– 『조선문예』 창간호, 1929. 5[35]

「우리 오빠와 화로」를 읽고, 김기진이 '편지'와 '눈물'을 함께 떠올린 것은 우연이 아니다. 그것은 이 시가 '편지'나 '눈물'과 무관하지 않다는 것을 방증한다. 오히려 김기진이 이 같은 사실에 적극적으로 의미 부여를 하지 않고, "사랑하는 오빠, 튼튼한 일꾼을 잃어버리고서 조금도 슬퍼하지 아니하고 조금도 외로움을 느끼지 않고 건강히 잘 싸워 나가면서 고난 속에서 오빠의 새 솜옷을 장만하는 (……) 여성의 절규에 가까운 감정과 감격에 넘치는 성격이 나로 하여금 눈물을 보게 하였다."[36]고 한 것이 의외다. 김기진은 '편지'라는 문학적 장치의 효과를 내용적인 차원으로 해소해버린 셈이다.

---

35) 김기진, 임규찬 · 한기형 편(1989), 「단편 서사시의 길로―우리의 시의 양식 문제에 대하여」, 『카프비평자료총서3: 제1차 방향전환론과 대중화론』, 태학사, 537쪽.
36) 위의 책, 541쪽.

그럼에도 그가 우리 시의 양식 문제에 대해 '단편 서사시'로의 길로 요약하고 있는 것은 눈여겨볼 만하다. 그는 시를 논하면서도 소설을 떠올리고 있었다. 그가 당시 프롤레타리아 문예의 대중화 문제에 천착하고 있었고, '마르크스주의적 통속소설'에 대한 아이디어에 사로잡혀 있었다는 점을 감안하면,37) 그가 시를 논하면서도 소설에 가장 근접한 형식에 대해 떠올렸다는 것도 납득할 만하다. '마르크스주의적 통속소설'에 대해 말하면서 그가 구체적으로 어떤 소설을 떠올렸을까 묻는 것은 그 나름대로 의미가 있다. 김기진은 당대 상업적으로 성공한 신문 연재물들을 참고로 하여 더 선동적인 작품들을 머릿속에 그려보았을 것이다.38)「우리 오빠와 화로」에서처럼 사상범의 옥바라지를 하는 여성의 이야기는『사랑과 죄』에도 나온다. 임화가 '편지' 장치를 활용한 시를 쓰기 시작한 1928년은『사랑과 죄』나『이심』이 '편지'라는 문학적 장치의 다양한 가능성을 이미 보여주고 있던 시기였다. 염상섭의 소설도, 임화의 '편지' 형식의 시도, 김기진의 '마르크스주의적 통속소설' 또는 '단편 서사시'라고 명명한 형식도, '편지'라는 문학적 장치를 매개로 하여 같은 문학적 평면에 배치되어 있었다.

임화나 김기진은 이 '배치'에 대해서 잘 의식하지 못했을 수도 있다. 그

---

37) 김기진, 임규찬 · 한기형 편(1989),「문예시대관 단편」,『카프비평자료총서3: 제1
　　차 방향전환론과 대중화론』, 태학사, 495~497쪽.
38)「문예시대관 단편」(『조선일보』1928. 11. 9)에서 김기진은 이광수와 최독견의 연
　　재소설에 대해 주목했다. 이 글에서 김기진은 염상섭의 소설은 이광수나 최독견에
　　비해 복잡해서 "탄식과 기도와 안가한 향락과 위안을" 주지 못한다고 지적하고 있
　　다. 김기진은 자기가 높이 평가한「우리 오빠와 화로」가 '편지' 장치에 기반을 둔
　　염상섭의 작품에 더 근접해 있다는 것에 대해서 자각하지는 못했다. '대중화 논쟁'
　　이 나프의 그것을 그대로 반복하는 데 그치고, '노동자 · 농민의 생활감정'으로 프
　　롤레타리아 작가들이 더 밀착해가야 한다는 데로 귀착하고 말았지만, 더 진전된 논
　　의를 위해서는 염상섭 연재소설의 사상성에 주목해야 하지 않았을까. 그런 경로를
　　밟아나갈 때, 비로소「우리 오빠와 화로」의 '편지' 형식이 큰 의미를 얻고 부각될
　　수 있었다.

대신 그들은 '눈물'에 더 많은 의미를 부여하고 있었다. 확실히 김기진은 프롤레타리아 시의 차원을 넘어서 좋은 시는 독자로 하여금 '눈물'을 흘리게 하는 시라는 생각을 「단편 서사시의 길로」의 서두에서 무의식적으로 털어놓았다. 「우리 오빠와 화로」가 '나'를 울렸다고 그는 고백했던 것이다. 임화는 이에 대해 오히려 자기반성으로 응수한다. 「우리 오빠와 화로」는 "연인과 누이(?)를 무조건적으로 ×××를 만들어 자기의 소시민적 흥분에 供하며 ××적 사실, 진실한 생활상이 없는 곳에서 동지만을 부르는 그 자신 훌륭한 일개 낭만적 개념을 형성하고 만 것"이며, 이러한 시는 소시민층, 주로 학생, 지식청년들에게나 먹히는 것이라고 임화는 자기비판한다.[39] 임화의 자기비판은 김기진의 다음과 같은 평가와는 정면으로 상치된다. "그 골격으로서 있는 사건이 현실적이요 실재적이요 오빠를 부르는 누이동생의 감정이 조금도 공상적·과장적이 아니며 전체로 현실·분위기·감정의 파악이 객관적 구체적으로 되었고 그리고 그것은 한개의 통일된 정서를 전파하는 동시에 감격으로 가득찬 한개의 생생한 소설적 사건을 안전에 전개하고 있다."[40] 김기진이 '감격'이라고 부르는 것을 임화는 '소시민적 흥분' 내지 '낭만적 개념'이라고 규정한다. 김기진은 '눈물'이나 '감격'을 '감수성'이나 '공감력'의 차원에서 긍정하면서, 그것을 문학성의 한 징표로서 인정한 반면, 임화는 그것들을 '소시민적 감상주의'로 치부하면서 노동자·농민의 생활감정에 한 발짝 더 다가가야 한다고 주장한다. 프롤레타리아 시인이 노동자·농민의 생활감정에 한 발짝 더 다가갈 수 있다면, 시인은 '시인'인 것을 완전히 포기할 수도 있어야 한다는 것이 임화의 논리다.[41] 참으로 미묘한 차이인데, 동일한 시를

---

39) 임화, 임규찬·한기형 편(1990), 「시인이여! 일보전진하자!―시에 대한 자기비판 기타」, 『카프비평자료총서4: 볼세비키화와 조직운동』 수정판, 태학사, 156쪽.
40) 김기진, 「단편 서사시의 길로」, 앞의 책, 543쪽.
41) 임　화, 앞의 책, 157쪽.

놓고 카프를 대표하는 두 이론가의 설명이 '감수성'과 '감상주의'로 갈라 지고 있었던 것이다.

7. 小結

1920년대는 식민지 조선에서 '문단'이라고 할 만한 것이 처음 성립한 시기였다. 그러나 제도로서의 문학이 그 시스템을 완비했다고 하기에는 여러 모로 미비한 점도 있었다. 예를 들어 문학성을 판별하는 기준도 이 미비한 부분에 속한다. 문학적인 글들에 지면을 제공했던 여러 매체들은 투고된 글들을 선별할 기준이 필요했고, 독자들은 독자들대로 여러 매체 에 실리는 글들 중 어떤 것을 골라 읽을 것인가 하는 선택의 문제에 직면 하여 문학성을 가르는 기준이 필요했다.

이 시기 문학작품은 작가 자신의 개성과 분리되어 사유할 수 있는 것이 아니었다. '大我'로 표상되는 '공적인 세계'와 명백히 구분되는, '개인'이나 '개성'을 강조하는 담론들은 이 시기 문학론의 대종을 이루었다. 이 개성 론을 '문학작품=작가 자신의 일부'로 수용한 흐름에 대해 이 글은 주목해 온 셈이다. 이 개성론은 세계를 '나'에 여과하여 재구성한 것으로서의 문 학이라는 상으로 이어질 수도 있었고, 실제로 그렇게 되기도 했지만, 이 글에서는 이 흐름이 아닌 다른 흐름에 주목해 보았다. '문학작품=작가 자 신의 일부'라고 할 때, 그 문학작품이 잘 되었는가 못 되었는가 소위 그 문 학성을 논하는 기준은 결국 자기 자신을 얼마나 진실하게 작품화 했는가 에서 정해지는 것일 수밖에 없었다. 백조파 홍사용이나 그 언저리의 노자 영이 이 부류에 속한다. 그런데 자기 자신을 얼마나 진실하게 그렸는가는 엄밀하게 말해 자기 자신조차도 확신할 수 있는 것이 아니다. 다시 말해

'진실성'이나 '진정 토로'라고 하는 것은 애초에 문학성의 판별 기준으로 서는 애매한 것이었다.

'편지'라는 문학적 장치는 이 애매함을 감추기 위한 것이기도 했다. '진실성'을 배가하기 위해 염상섭은 유서에 가까운 편지체를 「제야」에 도입했다. 「만세전」의 '편지' 역시 진심을 전하기 위한 수단이었다. 여기에 '눈물'이 가미되었다. '눈물'은 그 자체로 진실성의 표지였고 '감수성'의 징표였다. 잘 우는 사람과 잘 울지 못하는 사람 사이의 분할선을 그음으로써 염상섭은 감수성을 문학성의 판별 기준으로 끌어올렸다. 문학 감상에 대한 전문적 교육을 받아본 적이 없는 독서 대중들에게 이 기준은 알기 쉬운 것이었다. 그들은 그들 자신의 신체적 반응으로서의 '눈물'을 문학성을 판가름하는 기준으로 기꺼이 받아들였다. 『사랑의 불꽃』 유행 현상은 편지와 진실성, 눈물과 감수성이 맺는 관계를 가장 극적으로 보여준다. 『사랑의 불꽃』은 고급문예가 아니라고 생각한 홍사용조차 편지 형식의 시를 썼다는 것은 시사하는 바가 있다.

그러나 '편지' 역시 진심을 담는 장치로서는 취약한 것이었다. 이 점에 대해 가장 철저하게 알고 있었던 작가는 염상섭이었다. 편지는 진심을 주고받는 매체라기보다 일종의 암호문이며, 언제나 배달 사고의 가능성을 안고 있는 매체이기도 했다. 이 점을 명확하게 알고 있었다는 데 염상섭의 독자성이 있다.

1920년대 '편지'라는 문학적 장치의 배치는 개성론이나 자유연애 사상의 확산과도 관계가 있지만, 3 · 1 운동 이후의 집단적 우울감이 '함께 울' 공간을 강력하게 요청하고 있었다는 사정과도 무관하지 않다. 이 함께 운다고 하는 집단적 충동이 언제까지 유효했는가 하는 문제는 별도의 연구가 필요하다. 염상섭은 이 충동의 유효성을 『삼대』(1930)에서도 입증했다. 1920년대 후반 김기진의 경우, 편지와 눈물의 조합에 대해서 자각적이지는 않지만, 그 필요성을 느끼고 있었다. 반면 임화의 경우, 실제로 편지 형식의 시들을 연달아 썼으면서도, 이 형식이 '소시민적 흥분'이나 '낭만적 관념'에 머물었다는 자기반성의 길로 나아갔다.

1920년대의 시를 김기림은 '자연발생적 시', '존재(Sein)의 시'라고 규정하고 새로운 시는 '주지적인 시', '당위(Sollen)의 시'가 되어야 한다고 주장했다.[42] 그는 눈물을 강요하는 시를 비판하고 즉물주의적 태도를 강조했다. 그는 감성을 다다 이후의 초조한 말초신경과 퇴폐적인 감성, 프리미티브한 직관적인 감성으로 분할하고, 1920년대의 시에 전자의 부정적인 이미지를 덧씌우면서, 그것을 모더니즘 운동의 추동력으로 삼았다.[43] 1920년대 감상적 낭만주의, 격정적 표현주의 등에 대한 김기림의 비판은 오늘날의 관점에서도 훌륭한 수준이지만, 한편으로 시적 감수성의 영역을 주로 시각적인 감각의 차원으로 축소한 점에 대해서는 비판의 여지가 있다.

이 글은 1920년대 시의 낭만주의적 경향과 소설의 '편지' 장치를 감수성의 차원에서 동일한 장에 놓고 그 연동 관계를 찾아보자는 데서 출발했다. 이것으로 소기의 목적에 얼마나 다가갔는지에 대해서는 다소 불만이 없지 않다. 1920년대 시의 지형에서 '편지'의 배치나 소설의 지형에서 그것을 더 다양한 작가들의 작품을 검토하면서 설명해내지 못한 것은 아쉬움으로 남는다. 감수성의 문제도 '편지의 배치'라고 하는 주제의 한정으로 인해 지극히 소략한 차원의 논의에 그쳤다. 그러나 '편지'의 문제를 자유연애와 같은 유행 현상에 한정하여 논의한다든지 일본 고백소설과의 관계 속에서만 논의하는 기존 학계의 관행에 얼마간 새로운 관점을 제공했다는 데서 이 글의 작은 의의를 찾아볼 수도 있을 것이라 조심스럽게 기대해 본다.

---

42) 김기림, 「시에 있어서의 주지적 태도」, 『신동아』 1933. 4, 131쪽 참조.
43) 김기림, 「포에시와 모더니티」, 『신동아』 1933. 7 참조.

시대에 대한 성찰, 혹은 두 가지 저항의 방식: 임화와 김기림

권 성 우*

1. 임화와 김기림, 그 차이와 동일성

　식민지 시대의 대표적인 비평가 임화(林和: 1908~1953)와 김기림(金起林: 1908~?)의 비평세계를 탐색하는 도정은 곧 근대비평사의 가장 근원적이며 예민한 주제를 천착하는 작업과 연계된다. 이 두 비평가가 보여주고 있는 비평적 궤적과 지식인으로서의 여정은 비평에 대한 자의식, 리얼리즘과 모더니즘, 식민지 근대의 본질, 미디어(언론)를 비롯한 당대의 문학제도에 대한 성찰, 1940년을 전후한 일제 군국주의 파시즘에 대한 대응, 장르 규범에 대한 문제의식 등의 핵심적인 아젠다에 걸쳐 있다. 여기서 각별하게 강조되어야 할 사실은 그들이 비평가로서 보여준 여러 가지 고민과 모색, 사유의 풍경은 지금 이 시대에도 여전히 현재적인 의미를 지니고 있다는 사실이다.

　비평가로서의 임화와 김기림은 많은 공통점을 지니고 있으며, 그 공통

---

* 숙명여자대학교

점 이상으로 커다란 차이점이 둘 사이에 존재한다. 1908년 동갑인 임화와 김기림은 시인이며 동시에 비평가였다는 점, '비평'에 대한 남다른 자의식과 투철한 사유를 지니고 있었다는 점, 박영희, 김팔봉, 최재서, 백철, 이헌구, 김문집, 김용제 등의 일제에 적극적으로 협력한 전향 비평가들과는 달리 1930년대 말부터 본격적으로 대두된 일제의 군국주의 파시즘이나 대동아공영권의 논리에 일정한 거리를 두면서 일종의 '내적 저항'으로 불릴 수 있는 주체적인 태도를 견지했다는 점, 식민지 경험에 대한 자각과 문화적 식민성에 대한 통찰에서 비롯되는 탈식민주의적 문제의식[1]을 보여주었다는 점, 소설 중심의 장르규범을 탈피하여 수필에 대한 자의식을 지니고 있었다는 점, 해방직후에 함께 문학가동맹에 가담하여 진보적이며 민중적인 입장의 문학관을 주창했다는 점, 그들의 인생과 문학이 한국전쟁과 더불어 비극적으로 종결되거나 한때 잊혀 졌다는 점 등등에서 적지 않은 공통점이 존재한다.

그러나 비평가로서의 임화는 사실상 KAPF의 실세였으며 마르크스주의에 기반한 리얼리즘 비평의 기수였다는 점에 비해 볼 때 김기림은 구인회의 멤버였으며 모더니즘 이론을 전파한 모더니즘 문학의 전령사였다는 사실, 임화가 문학의 역사성과 정치성을 지속적으로 강조한 데 비해 김기림은 문학의 과학적 분석과 합리적 해석에 많은 관심을 기울였다는 사실, 임화가 비평에 있어서 평가와 비판의 기능을 중시하고 비평 행위를 둘러싼 정치적, 문화적 콘텍스트에 대한 커다란 관심을 둔 데 비해 김기림은 작품 자체에 대한 세밀한 분석이 비평의 본령이라고 생각했다는 점, 임화가 문예잡지나 신문 등의 문학미디어와 제도에 대해 비판적으로 성찰했다면 김기림은 자신의 글쓰기를 신문기자라는 직업 속에서 자연스럽게

---

[1] 서준섭(2005), 「한국 근대 시인과 탈식민주의적 글쓰기 – 한용운, 임화, 김기림, 백석의 경우를 중심으로」, 『한국시학연구』 13호, 권성우(2008), 「임화 시에 나타난 '탈식민성' 연구」, 『횡단과 경계』, 소명출판 참조.

전유하면서 전개했다는 점 등등에서 커다란 차이점이 있다.

이러한 차이들로 임화와 김기림은 기교주의논쟁을 전개하는 등, 자주 논쟁관계에 있었다는 것도 흥미로운 대목이 아닐 수 없다. 가령, 김기림이 임화에 대해서 "예를 들면 비평가 林和씨는 매우 솔직하고 단순한 인간학을 가지고 있다. 그의 비평의 시야에는 작품이 먼저 들어오는 것이 아니고, 계급적 化粧을 입은 작자의 얼굴이 먼저 들어온다. 거기서부터 작품에 대한 가치 판단이 아니고, 작자의 인간에 대한 무수한 판단들이 나온다"2)고 말한 대목은 이 두 사람이 차이를 김기림의 관점에서 인상적으로 보여주고 있다.

이 글은 임화와 김기림의 비평세계를 그들이 내선일체 사상과 대동아공영권이 주창되고 전시체제가 가동되던 1940년을 전후한 일제 말에 어떤 입장을 지니고 있었는가, 그들은 각자 문학미디어(신문과 잡지)에 대한 어떤 태도와 자의식을 가지고 있었는가 하는 두 가지 논점을 중심으로 살펴보고자 한다.

2. 시대에 대한 성찰, 혹은 내적 저항

한 사람의 비평가가 일제 군국주의 파시즘 체제가 전면화 되던 중일전쟁 발발(1937) 이후 해방에 이르는 시기에 어떠한 입장과 문제의식을 지니고 비평가로 활동했는가를 탐색하는 작업은 이른바 친일과 반일, 협력과 저항의 이분법을 떠나 한 비평가의 실존적 위기의식과 시대에 대한 대응방식을 살펴볼 수 있다는 점에서 대단히 중요한 시금석이라 할 수 있다.

---

2) 김기림(1988), 「비평의 태도와 표정」, 『김기림 전집』 3권, 심설당, 123쪽.

1940년을 전후한 시기의 임화의 비평은 일제에 대한 저항과 협력 사이의 묘한 줄타기를 보여준다. 1939년 3월 14일 <황국위문작가단> 구성을 위한 실행위원 9명에 임화의 이름이 올라와 있다는 사실[3]은 이미 밝혀진 바이다. 또한 임화는 나중에 <조선문인보국회>로 발전한 조선문인협회의 발기인 명단에 포함되기도 했으며 군국주의 선전영화 「너와 나」의 대본 교정을 보기도 했다고 전해진다.[4] 김윤식은 "백철의 시국적 문학론의 의의는 실상은 유진오나 임화, 또 최재서나 김종한 등에 비해 미미했을 터이다"[5]라고 당시 임화의 시국 협력에 대한 언급한 바 있다. 아울러 임종국은 임화의 <황국위문작가단> 참여에 대해 "이를 위해서 반도문단은 종군문필부대를 파견해야 한다는 것이었는데, 이러한 논의가 정식으로 실현단계에 들어선 것이 39년 2월 말경. 이에 주동적 역할을 담당한 것은 학예사의 임화, 인문사의 최재서, 문장사의 이태준의 3명이었다"[6]고 지적한 바 있다.

무엇보다도 임화를 전향이나 협력이라는 층위에서 바라보게끔 만든 문건은 1941년 1월 15일에 이루어진 당시 총력연맹문화부장 야나베 에이사부로[失鍋永三郞]와 진행한 대담(「失鍋 林和 對談」, 『조광』, 1941,3) 때문일 터이다. 이 대담의 자리에서 임화는 '직역봉공'(職域奉公)의 방법에 대해 상의하는 등 문화를 통한 시국 협력의 포즈를 보였다. 임화는 대담의 끝부분에서 야나베 에이사부로에게 "부디 저희들 편이 되어 주십시오"(『조광』, 1941, 3월호, 153~154면)라고 말하고 있는데, 이러한 대목은 대단히 상징적이다. 즉, 이 부분에는 피식민지 지식인과 식민권력 사이에 존재하는 문화관의 차이와 불평등한 권력관계가 인상적으로 표출되

---

3) 임종국(2003), 『친일문학론』, 증보판, 민족문제연구소, 94~95쪽.
4) 김윤식(2008), 『그들의 문학과 생애: 임화』, 한길사, 146쪽.
5) 김윤식(2008), 『백철 연구』, 소명출판, 329쪽.
6) 임종국, 앞의 책, 94~95쪽.

어 있다. 어쨌든 임화는 일본 제국주의의 국책 논리에 편승한 혐의에서 결코 자유롭지 않았다.

그러나 임화가 당시에 발표한 여러 평문들을 종합적으로 검토해 보면, 임화의 이러한 협력의 모습은 상당히 제한적이며 피동적이었다. 최근 몇몇 연구가 이루어진 바, 1940년을 전후하여 임화가 발표한 「전체주의의 문학론」(1939), 「생산소설론」(1940), 「시단은 이동한다」(1940), 「창조적 비평」(1940) 등의 문건을 세심하게 검토해 보면, 임화는 당시 휘몰아치던 군국주의 파시즘이나 적극적인 시국협력과 분명한 거리를 두고 있음을 인식할 수 있다.7) 가령, 「시단은 이동한다」에서 임화는 당시 신인이던 오장환과 서정주의 시를 논하면서 다음과 같이 퇴폐와 시국에 대한 협조를 분명하게 구분하고 있다.

狂瀾과 蕩亂 가운데서 전율하는 無望이 그대로 結晶한 채 그것은 現實에 대한 하나의 峻嚴한 심판이 될 수 있는 동시에 또한 어떤 정신의 高邁한 상태와 방불할 수 있다. **時俗에 대한 시정배와 같은 協助와 완전한 絶緣에 있어 頹廢가 전하는 높은 향기**는 凜烈한 정신의 상태에 가까울 수 있기 때문이다. (중략) 우리가 頹廢에 대하여 공감하는 이유가 그것이 頹廢的이기 때문이 아니다. 오히려 그것이 旺盛한 現實에 대한 의욕과 人生에 대한 不絶한 好奇心의 不可避的 결과이기 때문이라는 것은 吳章煥 군의 시를 이야기할 때에도 披瀝한 말이다. 바꾸어 말하면 그 否定 가운데서 강한 肯定의 의식이 또한 그 絶望 가운데서 希望의 강고한 保障을 발견하기 때문에 **퇴폐란 것은 비로소 하나의 심판일 수 있다.**8) (강조는 인용자)

---

7) 하정일(2006), 「일제 말기 임화의 생산문학론과 근대극복론」, 『민족문학사 연구』, 31호, 권성우(2008), 「임화, 혹은 세 가지 저항의 방식」, 『횡단과 경계』, 소명출판 참조.
8) 임화, 「詩壇은 이동한다, 三」, 『매일신보』, 1940. 12. 11.

그렇다면 임화가 이 시기에 "頹廢가 전하는 높은 향기", "頹廢에 대하여 공감하는 이유", "퇴폐란 것은 비로소 하나의 심판일 수 있다"등의 표현을 구사하면서 퇴폐적 문학을 적극적으로 옹호하는 이유는 무엇인가? 위의 예문에서도 인식할 수 있듯이, 그것은 퇴폐적 문학이 시국에 대한 협조와는 완전히 절연된 다른 층위에 서 있기 때문이다. 당시 상당수의 비평가들이 시국에 대한 협력을 모토로 국민문학의 건설과 신체제문학의 필연성을 주창하고 있는 상황9)에 비추어 볼 때 임화의 퇴폐에 대한 공감과 강조는 시국에 봉사하는 글쓰기에 포섭되지 않고자 하는 의지의 표명으로 해석될 수 있다. 이러한 사실과 연관하여 나치(nazi)가 1937년에 개최한 퇴폐미술전에서 당시 나치의 정책에 협조하지 않았던 미술가들의 작품들을 조롱의 대상으로 전시한 사실을 주목할 필요가 있다. 당시 나치가 퇴폐로 낙인찍은 작품 중에는 발터 벤야민이 「역사철학테제」에서 언급한 <새로운 천사>의 화가 파울 클레의 작품 17점이 포함되어 있었다.10) "공동체를 더 깨끗하게 더 긴밀히 통합해야 한다는 요구"11)를 지닌 파시즘의 속성상 공동체의 통합과 건강에 방해가 되는 퇴폐적 예술은 극심한 탄압과 배제의 대상이었다. 이 점은 당시 본격적인 전시체제에 돌입하고 있던 식민지조선에서도 마찬가지였다.

그렇다면 표면적인 자료에서 나타난 임화의 '협력의 포즈'를 어떻게 보아야 할까. 여기서 분명히 해 둘 점은 임화의 협력은 다분히 전략적이었으며 분명 제한적이었다는 사실이다. 몇몇 친일단체에 자신의 이름을 올리기는 했지만, 임화가 당시 시국에 대한 협력을 자발적으로, 주체적으로 감행한 흔적은 거의 보이지 않는다. 예컨대 임화의 시국 협력의 증거로

---

9) 예를 들어 박영희의 「국민문학의 건설」(『매일신보, 1940. 1. 1)과 정인섭의 「신체제운동의 필연성」(『인문평론』, 1940. 10)이 대표적이다.
10) 서경식(2002), 김석희 역, 「역사의 천사」, 『청춘의 사신』, 창작과비평사, 102쪽.
11) 로버트 O. 팩스턴, 손병희·최희영 역(2005), 『파시즘』, 교양인, 489쪽.

언급되기도 하는 총력연맹문화부장 야나베 에이사부로[失鍋永三郎]와 진행한 대담(「失鍋 林和 對談」, 『조광』, 1941, 3)만 하더라도, 임화는 대담 내내 야나베 에이사부로의 논리에 단순히 찬동하거나 동화되는 모습보다는 식민지 조선의 특수성과 정치, 경제와 구별되는 문화의 독자성에 대해 지속적으로 언급하는 태도를 보여주고 있다. 임화는 "지금은 銃後를 굳게 하는 것이 가장 緊要하니까"라는 야나베 에이사부로의 발언에 대해 "그리고 우리들로서 생각하는 문제는 솔직하게 말씀 드린다면, 직접 우리들이 생활하는 文化, 朝鮮의 地域的인 特殊性, 이러한 문제는 이제부터 장차 어떠한 방법으로 진행 시키실렵니까"[12]라고 묻고 있다. 또한 임화는 "朝鮮文化에 執着한다는 것은 아니나 그 特殊性은 現存한 것이고, 거기에 대한 고려라고 하는 것도 將來의 見地에서 본다면 至極히 중대한 의미를 가진 問題일 겝니다"[13]라고 말하고 있다.

조선문화 특수성을 강조하는 이러한 임화의 주장에서 당시 휘몰아치던 내선일체나 신체제의 논리와는 일정한 거리를 두고 민족문화의 특수성을 수호하고자 하는 임화의 의지를 엿볼 수 있다. 물론 임화는 "그렇다고 通俗劇團이 國策에 協力하지 못한다는 말은 물론 아닙니다"며 기본적으로 협력에 대한 우호적 입장을 얘기하고 있다. 그러나 동시에 임화는 "東亞共榮圈의 指導의 중심이 되어가면서 文化를 만들어가지 않으면 안되겠지"라는 야나베의 원칙적 주장에 맞서, "言語는 다른 角度로 본다면 일반 鄕土的 色彩라든가, 民衆的 色彩라든가 하는 것으로 强하게 생각하는 것 같습니다", "自然이라든지, 歷史라든지 血統이라는 것은 飜譯이 되지 않습니다. 바꾸어칠수는 없습니다", "朝鮮語의 必要는 아직도 많이 있으리라고 생각하는데요"등의 발언을 통해, 당시 총독부의 억압적인 내선일체 논리를 절묘한 방식으로 비껴가고 있기도 하다. 이러한 임화의

---

12) 「失鍋 林和 對談」, 『조광』, 1941, 3, 149쪽.
13) 위의 글, 149~150쪽.

발언은 호미 바바가 말했던 바 '혼종성'14)을 통한 저항을 연상시킨다.

지금까지 살펴온 식민주의에 대한 저항과 협력을 둘러싼 임화의 이중성과 균열은 순전한 저항과 비협력이라는 관점에서 보면 아쉬운 대목이 존재한다. 그 즈음 식민지 조선의 문단과 지식사회에서 자신이 처하고 있던 사회적, 문단적 위상으로 인해, 몇몇 단체에 이름을 올리고 최소한의 협력의 포즈를 보이는 것은 임화로서는 불가피한 일이 아니었을까 싶다. 보다 근본적으로 이러한 점은 당시 합법적인 테두리에서 식민지의 저명한 문화인이 마주할 수밖에 없었던 근본적인 실존적 조건이었을지도 모른다. 여기서 강조되어야 할 사실은 임화는 당시의 시국과 신체제의 논리에 결코 적극적인 동화와 찬동의 모습은 보여주지 않았다는 점이다. 표면적인 협력의 논리 속에 임화는 마치 송곳처럼 식민주의를 돌파하는 타자성의 논리와 혼종성을 활용한 저항의 지평을 숨겨두고 있는 것이다. 이러한 의미에서 당시에 이루어진 임화의 부분적인 시국 협력의 포즈는 위장전향자의 행동에 가까운 것으로 해석될 수 있다. 그렇다면, 1940년을 전후한 임화의 비평과 산문은 '식민주의에 대한 내적 저항의 다양한 방식'이라는 차원에서 조망되어야 할 것이다.

김기림의 경우 임화에 비할 때, 일제에 대한 협력의 흔적은 거의 드러나지 않는다. 이는 그들의 기질 차이와 문단에서의 위치, 각자에게 주어진 일제의 압력의 크기, 역사에 대한 소신, 미래에 대한 전망 등이 복합적으로 작용한 결과일 것이다. 그렇다면, 1940년을 전후한 시기에 적극적으로 대두되던 대동아공영권 및 동양론의 논리와 '근대 비판'에 대한 김기림의 평문을 통해 한 사람의 시인이자 비평가로서, 김기림이 당시의 시국과

---

14) 이는 호미 바바의 용어이다. 호미 바바는 식민지 지배자를 모방하는 식민지 피지배자들의 논리에 의도하지 않은 차이가 생성되게 되는 과정을 '혼종성'의 개념으로 설명하고 있다. '혼종성'은 식민지 피지배자의 정체성의 위기를 불러일으키며, 동시에 제국주의에 대한 저항의 공간을 가능하게 한다고 설명한다. 호미 바바, 나병철 역(2002), 『문화의 위치』 소명출판 참조.

현안에 대해 어떠한 입장을 지니고 있었는지에 대해 확인해 보기로 하자.

김기림의 「우리 신문학과 근대의식」, (『인문평론』, 1940. 10)과 「동양에 대한 斷章」(『문장』, 1941. 4)은 1940년을 전후하여 불어 닥치던 일제의 동양론과 근대 비판 및 초극에 대한 김기림의 입장을 확인해 볼 수 있는 소중한 텍스트이다. 김기림은 우선 「우리 신문학과 근대의식」의 앞부분에서 다음과 같이 근대에 대한 신랄한 비판을 전개하고 있다.

> 최근 10년간 우리가 끌어들인 여러 가지 사상 「모더니즘」·「휴머니즘」·「행동주의」—「주지주의」 등등은 어찌 보면 전부 구라파의 하잘것 없는 신음 소리였으며 「근대」 그것의 말기적 경련이나 아니었던가. 그렇다면 대체 지난 10년 동안의 우리의 노력은 무엇이었나. 우리는 저도 모르게 한낱 혼돈을 수입한 것이며 열매 없는 徒勞에 그치고 만 것일까.15)

이러한 주장은 표면적으로 당시 횡행하던 서구적 근대에 대한 비판의 논리를 문학 쪽에 끌어온 것에 불과하다고 볼 수도 있다. 또한 "사실 오늘에 와서 이 이상 우리가 「근대」 또는 그것의 지역적 具現인 서양을 추구한다는 것은 아무리 보아도 우스워졌다. 「유토피아」는 뒤집어진 셈이 되었다. 구라파 자체도 또 그것을 추구하던 後列의 제국도 지금에 와서는 동등한 공허와 동요와 고민을 가지고 「근대」의 파산이라는 의외의 국면에 소집된 셈이다"16)는 표현에서 서구적 근대와 이를 추종하던 후발 제국주의에 대한 비판의 논리를 엿볼 수 있을 뿐이다. 이는 당시 일제가 전시체제의 효과적 가동을 위해 대동아공영권을 주창하면서 서구적 근대를 비판한 논리와 흡사하다. 그러나 김기림은 근대에 대해 결코 단순하게 바

---

15) 김기림(1988), 「우리 신문학과 근대의식」, 김학동 편 『김기림 전집』 2권, 심설당, 48쪽.
16) 위의 글, 49쪽.

라보지 않는다. 다음 대목에서 김기림은 근대의 명암에 대한 냉철하고 복합적인 성찰을 보여준다.

> 그렇다고 해서 오늘 기울어져가는 「근대」 그것에 罵叱이나 조소만 퍼붓는 것은 그리 자랑이 될 것이 없다. 그것은 거리의 야유군조차 쉽사리 할 수 있는 일이다. 차라리 우리는 전보다 더 주밀한 관찰과 반성과 計量을 준비해야 할 때다. 우리는 지나간 30년 동안의 우리 자신의 체험을 토대로 「근대」 그것을 다시 은밀하게 검토할 필요가 있겠다. 개인주의·자유주의·민주주의 등등 「근대」의 기초에 가로누운 이른바 근대정신 그것 속에는 물론 버릴 것도 많겠으나 한편 추려서 새 시대에 유산으로 넘길 부분은 무엇 무엇일까[17]

당시 서구적 근대에 대한 과격하면서도 단순한 청산이 지적 유행으로 작용하던 시기에 김기림이 근대에 대한 이 정도의 균형 감각과 냉철한 인식을 보여주었다는 사실은 대단히 인상적이다. 근대에 대해 한층 세밀한 관찰과 반성을 준비해야 하며, 우리 자신의 체험을 통해 근대정신 속에서 계승해야 될 요소를 면밀하게 따질 필요가 있다는 당시 김기림의 전언은 탈근대주의의 여러 현란한 논리가 횡행하던 지금 이 시대에 비추어도 되새겨들을 가치가 있다고 생각된다. 이러한 사실과 연관하여 "지금 이 순간에 우리에게 던져진 긴급한 과제는 새 세계의 구상이기 전에 먼저 현명하고 정확한 결산이 아닐까 한다. 우리가 깊이 생각해야할 중요한 점이 여기 숨어 있다고 나는 생각한다"[18]는 김기림의 언급은 당시 서구적 근대를 비판하면서 전쟁 준비를 위한 총력전 체제로 달려가던 일제 군국주의 파시즘에 대한 비판적 문제제기로 수용될 수 있을 것이다. 1940년 당시 김기림이 취한 입장은 다음의 예문에서 좀 더 명쾌하게 드러난다.

---

17) 위의 글, 49쪽.
18) 위의 글, 50쪽.

한 민족의 문화는 늘 그 자신의 존엄과 독창성과 의욕을 가지는 것
이고 따라서 거기로 통하는 길은 오직 사랑과 尊敬을 거쳐서만 뚫려진
다. 한 민족이 세계에 향해서 실로 그 자신이 이해되기를 원한다면 그
것은 자신의 문화를 버림으로써 얻어질 리는 만무하다. 보다도 전통
및 생리와 보편성과의 충격과 조화와 충격의 끊임없는 운동을 따라
자신의 문화를 더 확충하고 심화하고 진전시킴으로써 이루어질 수 있
을 뿐이다.[19]

위의 예문이 포함된 「우리 신문학과 근대의식」이 발표된 것은 1940년
10월이었다. 그 무렵 일제에 의해 『조선일보』, 『동아일보』 등이 폐간되
었으며, 창씨개명이 반강제적으로 추진되었다. 황민화 정책이 본격화되
기 시작했던 것이다. 그리고 1938년부터 대두된 內鮮一體 운동은 1940년
경에는 당시의 지배적인 정책이념으로 정착되었다. 그 무렵, 전향 마르크
스주의자 인정식이 「내선일체의 문화적 이념」(『인문평론』, 1940. 1)을
발표하는 등, 수많은 전향자들이 내선일체 사상을 신봉하기 시작했다.
1940년 1월 1일에 친일 일문잡지(日文雜誌) 『내선일체』가 창간되는 등,
당시 일제는 이른바 황도정신(皇道精神)과 동조동근설(同祖同根說)에 입
각한 내선일체의 이념의 고취를 위해 온갖 수단을 동원하였다.
　이처럼 점점 옥죄여 오는 급박한 역사적 정황 속에서 김기림이 민족문
화의 독창성과 존엄을 언급하고 민족문화의 진전과 심화를 얘기하는 것
은 그 자체로 당시의 시국과 지배 이데올로기에 대한 저항에 가깝다. 바
로 이러한 냉철한 역사 인식을 지니고 있었고 시대와 맞선 자신의 관점에
대한 자부심이 존재했기에 해방직후에 개최된 전국문학자대회에서 김기
림은 "위대한 민족의 수난기에 있어서 민족을 배반한 정치적·문화적 모
든 반역행위는 물론이지만 우리들의 정신의 내부에서 범한 온갖 사소한

---

19) 위의 글, 51쪽.

반역에 대하여서도 우리들 자신이 먼저 준엄해야 할 것이다"[20]라고 떳떳하게 말할 수 있었으리라.

　김기림은 동양에 대한 인식에 있어서도 다른 논자와 달리 냉철한 사유를 보여주고 있다. 「'東洋'에 대한 斷章」(『문장』, 1941. 4)에서 김기림은 이렇게 말하고 있다.

　　　또 하나의 다른 感傷主義가 있다. 오늘 와서는 서양은 돌아볼 여지조차 없는 것이라 속단하고 그 반동으로 실로 손쉽게 동양문화에 귀의하고 沒入하려는 태도가 그것이다. 그것은 관념적으로는 매우 하기 쉬운 일이고 또 경솔한 사색 속에 즉흥적으로 떠오르기 쉬운 아름다운 泡沫이기는 하다. 이러함으로써 동양문화는 그 眞價있는 부면이 오히려 희미하게 보여지고 우리가 그 중에서 청산하여야 할 가치 없는 부분마저를 아름다운 감상의 연막으로 휩싸버릴 염려가 있는 때문이다. (중략) 동양은 그저 덮어놓고 傾倒될 것이 아니라 다시 발견되어야 하리라고 말했다. 그러면 어떻게 발견될 것인가. 서양적인 근대문화가 우리들의 視野에서 한창 관찰되기에 알맞은 거리로 마침 우리가 물러선 기회에 우리는 이 근대문화의 심판장에서 무엇을 明日의 문화로 가져갈 유산인가를 반성해야 할 것이다. 우리는 서양적인 근대문화가 다음 문화에 남겨줄 가장 중요한 유산의 하나는 「과학적 정신=태도=방법」이 아닌가 생각한다.[21]

　이와 같은 김기림의 동양에 대한 인식 역시 당시의 어떤 논의보다도 복합적이며 균형 잡힌 관점에 해당한다. 위의 발언에는 서구적 근대의 대안으로 동양론을 맹목적으로 주장하던 당시의 지배 이데올로기에 대한 근본적인 성찰이 담겨 있다. 동양문화 중에서 가치가 있는 것과 없는 것을

---

20) 김기림, 「우리 시의 방향」, 전국문학자대회에서의 강연, 1946. 2. 8. (『김기림 전집』 2권, 심설당, 139쪽)
21) 김기림(1988), 「동양에 대한 단상」, 김학동 편, 『김기림 전집』 6권, 심설당, 51~53쪽.

냉철하게 분별해야 된다는 김기림의 견해, 그리고 서양 근대에 대한 정밀한 관찰을 요구하며 서양문화 중에서 미래에 계승할 긍정적 유산에 대해 언급하는 김기림의 주장은 모든 형태의 극단적인 선동주의와 문화적 파시즘, 정략적인 동양주의 등과 분명히 구별된다. "동양은 감상적으로 즉흥적으로 衒學的으로 몰입되거나 감탄만 될 것이 아니라 바로 과학적으로 발견되어야 할 것이다. 이것이 오늘 우리 앞에 가로놓인 가장 급한 과제의 하나가 아닐까"라는 김기림의 입장은 전시체제의 확립과 연동된 선동적인 동양주의에 맞서 당시 지식인이 제출할 수 있었던 가장 원칙적이며 온당한 관점이 아닐까 싶다.

"일본의 대동아공영권이 많은 좌파를 전향시켰던 것은 그것이 갖는 탈식민주의적, 진보적 지향이 있었기 때문이었습니다"[22]라는 관점에서 인식할 수 있다시피, 당시의 대동아공영권이나 동양론은 수많은 마르크스주의자를 비롯한 식민지조선의 지식인들에게 매력적으로 다가왔다. 이러한 상황 속에서 거듭 성급한 동양주의를 경계하고 서양근대의 명암과 성과를 냉철하게 진단하는 김기림의 입장은 여러모로 돋보인다. 이렇게 본다면, "그의 평문들은 1930년대 후반 당시 역사철학적 담론을 근거로 친일의 논리를 재생산해 온 일군의 지식인들, 그리고 자발적 동의와 타율적 강제에 의해 친일의 논리를 반복한 문인들의 내적 논리와 놀라울 정도의 유사성을 보인다"[23]는 한 연구자의 관점은 비판적으로 재검토될 필요가 있다.

---

22) 「좌담: '한국의 아시아적 정체성이 친미세계관의 대안'」, 『경향신문』, 2008. 3. 24.
23) 고봉준(2005), 「모더니즘의 초극과 동양 인식 ―김기림의 30년대 중반 이후 비평을 중심으로」, 『한국시학연구』 13호, 131쪽.

3. 신문과 문학미디어에 대한 자의식

임화는 카프 해산 무렵 카프 서기장이었으며 1930년대 초반부터 식민지 문단에서 가장 유력한 문인 중의 한 사람이었다. 실제로 1935년에 경기도 경찰부에 카프 해산계를 제출했던 것도 임화 자신이었다. 임화는 어떤 측면에서는 문화적 헤게모니를 지니고 있었다고 평가될 정도로 여러 문학적 아젠다와 논쟁과정에서 자신의 의견을 적극적으로 제출했다. 그리고 임화는 영화 <유랑>과 <혼가>의 주연배우를 맡았고(1928), 1937년부터 출판사 학예사를 운영했으며 1940년에는 고려영화사 문예부에서 일하기도 하는 등, 문학, 출판, 영화, 문화 전반에 걸쳐서 커다란 영향력을 지니고 있었다.

실제로 임화는 『조선일보』, 『동아일보』, 『조선중앙일보』, 『매일신보』, 『조선지광』, 『비판』, 『사해공론』, 『문장』, 『조광』, 『인문평론』, 『삼천리』, 『한글』, 『청색지』, 『풍림』, 『춘추』, 『신세기』 등 이념과 정치적 입장과 관계없이 당시 거의 모든 지면에 자신의 글을 수록하고 있다.24) 정치적인 조직에서도 뛰어난 감각을 지니고 있던 임화는 자신의 문학적 선배였던 김팔봉, 박영희, 비슷한 사상을 공유했던 평생의 동료 김남천, 이북만 등 뿐 아니라, 나중에 전향했던 백철, 최재서 등과도 친분을 나눌 정도로 넓은 인맥을 지니고 있었다. 이렇게 본다면 임화는 지면 확보나 언론의 주목 등과 연관하여, 당시의 문단과 문예지, 신문 등의 문학제도로부터 가장 실질적인 수혜자 중의 한 사람이었다. 임화는 체질적으로 아웃사이더와는 거리가 멀었다. 그는 늘 중심에 있었으며 중대한 문학적 아젠다에 항상 능동적으로 참여했다. 이런 임화의 면모는 유종호에 의해 "항상 무대

---

24) 다만 임화는 1941년 11월 창간된 노골적인 친일문예지 『국민문학』에는 한 편의 글도 싣지 않았다.

한가운데 있으려는 조급한 허영"25)으로 비판적으로 표현되기도 했다.

여기서 흥미로운 사실은 이러한 임화의 중심 지향성에도 불구하고 그가 1930년대 중반 이후부터 문학제도와 언론, 문예잡지 등에 대한 냉철하고 예리한 비판을 전개했다는 사실이다. 그 중에서 가장 인상적인 대목은 1930년대 말에 임화가 문학미디어인 문예잡지와 신문에 대한 비판을 전개하고 있다는 점이다. 실제로 임화는 「잡지문화론」(『비판』, 1938. 5), 「문학과 '저-널리즘'과의 교섭」(『사해공론』, 1938. 6), 「문화기업론」(『청색지』, 1938. 6), 「문예잡지론」(『조선문학』, 1939. 4~6), 「신문화와 신문」(『조광』, 1940. 10) 등의 평문을 통해, 당시 어떤 문인이나 비평가보다도 문학장의 유통과 문학미디어의 시스템에 대해서 근본적인 성찰을 치열하게 수행한 바 있다.

예를 들어 "신문사가 정치적 가치를 상실해 가는 반면 차차로 기업적으로 성장하여 각기 종합잡지-기실 정치비평이 없는 취미문화다-를 발행하여 순연한 자본의 힘으로 잡지계의 왕좌를 점하여 오늘날엔 잡지라고는 이것밖에 없는 형편이 되었다"26)는 임화의 발언은 1930년대 말부터 점차 탈정치주의와 상업주의에 매몰되어 가던 당시의 출판문화에 대한 비판적 진단에 해당한다. 임화는 카프 해산 이전의 비판적 해석의 복원을 위해 탈정치적인 그 시대의 문학미디어를 비판하고 있는 것이다.27)

또한 임화가 당시의 어떤 비평가보다도 미디어와 문학장을 실제 움직이는 구조, 문학작품의 유통시스템, 문학과 언론의 역학관계에 대해 끊임없이 민감한 인식을 보여주었다는 점도 대단히 흥미로운 대목이다. 예를 들어 임화가 개진한 "「저-널리즘」 없이 현대문학에 고유한 문학생활인

---

25) 유종호(2002), 『다시 읽는 한국 시인』, 문학동네, 20쪽.
26) 임화, 「잡지문화론」, 『비판』 1938. 5, 115면.
27) 권성우, 「문학미디어 비판과 문화산업에 대한 성찰: 임화의 경우」, 『횡단과 경계: 근대문학 연구와 비평의 대화』, 소명출판, 2008 참조. 임화의 문학미디어 비판 대목은 이 논문의 몇몇 부분을 수정·요약했다.

문단사회란 것을 생각할 수 없는 것을 보아도 명백한 것이다"28), "「저-널리즘」이 필요 이상의 위력을 가지게 되고 평가란, 신문잡지가 제출한 題目에 대한 答案作者가 되고 만다"29), "문학에 대하여 저널리즘이 경제일뿐 아니라 실로 정치란 점을 암시하는 데 그친다"(「문학과 '저-널리즘'과의 교섭」, 『사해공론』, 1938. 6) 등의 발언은 문학행위를 둘러싼 매개자, 즉 문학미디어의 역할과 본질에 대해 그가 정확하게 포착하고 있음을 여실히 보여주고 있다.

미디어에 의하지 않고서, 자신의 의사를 효과적으로 전달하기 힘든 상황에서, 유사한 맥락에서 미디어에 의해 비로소 효과적인 비평적 인정투쟁이 가능한 상황에서 문학미디어의 중대한 역할과 과잉권력화에 대한 임화의 문제제기는 그가 당대의 다른 어떤 비평가보다도 미디어(매체권력)의 전략, 문학 소통의 시스템 등의 문학장의 구조에 대해 명석하게 인식하고 있던 논자라는 사실을 입증한다. 이는 임화가 푸코식으로 말해서 문화권력의 작동방식과 역학관계에 대단히 예민한 인식을 지니고 있었음을 의미하기도 한다.

임화는 '선택'과 '배제'를 통해 수행되는 미디어(저널리즘)가 어떤 비평보다도 중대한 비평의 권능을 내포하고 있음을 아래와 같이 언급한 바 있다.

> 사실 어느 시대에 있어 「저-널리즘」은 여러 가지 종류의 批評精神의 依據点이었고 자유스런 비평적 발언의 방법이었다. (… 중략 …) 이 점에서 벌써 「저-널리즘」은 역사적 의미에서 훌륭한 한 개 비평이었을 뿐만 아니라, 보도할만한 사실과 보도 안 될 사실을 구분하는 선택 행위에서 隱然중 하나의 평가와 평가하는 기준을 가지고 있지 않을 수 없었다는 데 또한 날카로운 비평의 권능을 스스로 內包하고 있었다.30)

---

28) 임화, 「문학과 '저-널리즘'과의 교섭」, 『사해공론』, 1938. 6, 45면.
29) 임화, 「문단 논단의 분야와 동향」, 『사해공론』, 1936. 7, 89면.
30) 임화, 「문학과 '저널리즘'과의 교섭」, 『사해공론』, 1938. 6, 42면.

위의 예문은 저널리즘의 본질을 '평가'와 '선택'으로 상징되는 비평적 기능으로 파악하고 있다. '선택'은 곧 '배제'를 동반하기 마련이다. 이는 저널리즘이 객관적 진실을 실어 나른다는 전통적인 관점에서 이탈하여 저널리즘 자체의 편파적인 태도, 즉 미디어의 의제 설정 권한을 임화가 분명하게 인지하고 있음을 암시한다. 말하자면 저널리즘에서 어떤 대상을 다루고 안 다루고 하는 기능 자체가 본원적으로 특정한 이데올로기나 입장에서 자유로울 수 없다는 것이다.

주지하다시피 그때나 지금이나 미디어(신문, 문예지 서평)에서 배제된 문학작품은 실상 발간되지 않은 것과 마찬가지일 정도로 미디어가 문학의 소통과 전파에 차지하는 역할은 막강하다. 임화는 바로 이러한 문학미디어의 속성을 당대의 어떤 문인보다도 투철하게 인지하고 있었다.

임화가 1938년부터 1940년 사이에 집중적으로 발표한 신문, 문예지 등의 문학미디어 및 문화산업에 대한 글들(「잡지문화론」, 「문예잡지론」, 「문화기업론」, 「신문화와 신문」)은 그가 당시로서는 드물게도 미디어의 속성과 문학 소통의 시스템에 대해 예리하게 인식하고 있는 비평가라는 사실을 잘 보여주고 있다. 오늘날 신문을 비롯한 미디어가 문학의 소통과 홍보에 미치는 엄청난 영향력을 생각해 볼 때, 임화의 이러한 문제의식은 선구적 혜안을 지닌 탁견이라 아니할 수 없다.

지금까지 살펴본 임화의 문학미디어의 본질에 대한 통찰은 그가 자신의 문화적 위상이나 명망성을 단지 권력적으로 활용한 비평가가 아니라, 항상 현실과 제도의 본질을 투시했으며 투철한 비판정신으로 충만한 비평가였다는 사실을 의미한다. 요컨대 임화는 늘 문단의 중심에 있으면서도, 외부자의 입장에서 그 중심의 문제점과 지배이데올로기에 대해 항상 비판적으로 자각한 비평가였다.

이에 비할 때, 김기림은 스스로가 기자라는 자의식이 존재했다.[31] 신문

31) 김기림의 삶과 글쓰기에 '기자'라는 직업이 미친 대목에 대해서는 조영복의 『문인

과 문학이 학예면 기사로 긴밀하게 결합된 당시의 문단제도 속에서 김기림이 유력한 일간지(『조선일보』)의 기자이자 시인이며 비평가였다는 사실은 그의 문학 행위를 파악함에 있어 대단히 중요한 측면이다. 김기림은 『조선일보』 기자로서의 자신의 입지를 최대한 활용하면서 문학활동을 수행했다. 실제로 김기림의 「오전의 시론」, 「속 오전의 시론」 등의 주요한 평문들이 상당수 『조선일보』 학예면에 게재되었다.

1929년 봄 『조선일보』에 입사하면서 문인기자 김기림의 기자생활이 시작된다. 「新聞記者로서의 최초 인상: '저널리즘'의 悲哀와 喜悅」(『鐵筆』 1호, 1930. 7)라는 글을 통해 김기림은 "새로운 사상이나 학설이 「저널리즘」의 圈外에 독립하여 그 작용과 반작용을 한가지로 거절할 때에 그것은 현대에 향하여 동작할 것도 동시에 棄權하지 않으면 안된다"[32]면서 현대에 있어, 저널리즘이 얼마나 중요한 역할을 수행하는지에 대해 언급하고 있다. 이러한 김기림의 언급은 '저널리즘'의 자장에서 독립하는 순간, 사회적인 영향력도 존재하지 않는다는 주장으로 풀어서 설명할 수 있을 것이다. 이와 같은 인식의 연장선상에서 김기림은 "신문을 떠나서 생활하는 그 하루는 곧 그가 현대라고 하는 시간적 이동의 수준에서 그만치 落後되는 것을 의미하는 것이다"[33]라면서 현대적인 일상사에서 신문이 차지하고 있는 중대한 위상에 대해 언급하고 있다. 김기림의 언론관은 언론의 권력적 속성보다는 현대사회에서 언론이 지닌 중대한 역할을 중립적인 맥락의 차원에서 강조하는 원론적 주장에 가깝다. 김기림이 언론(신문)을 바라보는 시선은 내부자의 시선에 가깝다. 그 내부자적 시선은 다음과 같이 묘사되고 있다.

기자 김기림과 1930년대 '활자─도서관'의 꿈』(살림, 2007)을 참조할 것.
32) 김기림(1988), 「新聞記者로서의 최초 인상:「저널리즘」의 悲哀와 喜悅」, 『김기림 전집』 6권, 심설당, 93쪽.
33) 위의 글, 93쪽.

오후 2시－우리들 신문기자의 즐거운 시작이다. 우리는 신문의 제
1면에서 제 8면까지 마감해 놓고 이윽고 눈이 돌아가는 분주한 활동
에서 해방되어 가슴 속에 서린 단숨에 내쉬는 때 지어오는 점심 그릇
을 앞에 놓고 우리들의 눌렸던 식욕을 享樂하는 때의 즐거운 마음과
별다른 음식맛－. 이윽고 황홀히 회전하는 윤전기는 최대의 「스피드」
로 신문지를 생산한다. 「슈베르트」의 음악보다도 오히려 아름다운 윤
전기가 끌어내는 燥音에 하염없이 귀를 기울이는 때의 無上한 감격－
그것은 「발레리라르보」가 국제열차와 輪船을 노래한 이상으로 우리
들의 음악이며 새로운 「제네레이션」의 고통이 아니면 아니된다.

오후 네시발의 北行列車와 밤 열한시 남으로 가는 급행차 열시 55
분발의 함경선 최종열차는 윤전기에서 떨어진 우리의 아들－ 신문지
를 연선의 각도시마다 흘리며 달려간다. 아니 조선의 最北端에서 남
단의 산간벽지까지 우리의 호흡인 신문을 보내주는 것을 우리는 꿈
꾸어 본다.34)

위의 예문에서 볼 수 있듯이 김기림은 신문을 "우리의 호흡"으로 상징
되는, 신문기자의 자긍심이 응축된 내부자의 시선으로 신문기사 마감 후
신문이 각 지방으로 배달되는 과정을 경쾌하게 묘사하고 있다. 김기림에
게 신문은 매혹적인 현대성의 상징이었다. 실제로 김기림에게 신문기자
는 "저널리즘의 거대한 기구에 접촉하여 현대의 첨단을 걷는 것"이다. 이
러한 내부자의 시선과 신문의 현대성에 대한 경쾌한 탐닉의 과정에 언론
의 역할에 대한 근본적인 성찰과 사유가 들어설 여지는 존재하지 않는다.
임화와는 달리 김기림은 대체로 언론과 신문을 가치중립적인 차원에서
현상 그 자체로 바라보았던 것이다.

김기림은 자신이 신문기자라는 사실에 대해 커다란 자부심을 가지고
있었다. 다음의 예문을 보자.

---

34) 위의 글, 94~95쪽.

이리하여 편집국은 한 장의 呼吸紙인 것이다. 순간순간에 사회의 各隅에서 일어나는 사건이 그대로 넘쳐흐른 검은 「잉크」와 같이 이 사회적 呼吸紙에 吸引되는 것이다. 신문기자는 실로 이 呼吸紙의 각 세포에 附着한 吸盤과 같다. 거대한 사회생활의 기구의 심장에까지 돌입할 수 있는 특권을 우리는 가지고 있는 것이다.[35]

신문기자가 거대한 사회생활의 기구의 심장에까지 돌입할 수 있는 특권을 가지고 있다는 김기림의 고백에서 신문기자임을 자랑스러워하는 태도를 엿볼 수 있다. 이러한 태도는 가령, 「주을온천행」(『조선일보』, 1934)이라는 제목의 수필에서 "역에 왔더니 뜻밖에 「조선일보」 청진지국장 박씨가 어디로부터 달려와서 행중에 뛰어들었다"[36]고 묘사하는 대목이나 「생활의 바다─제주도 해녀 尋訪記」(『조선일보』, 1935)에서 "봉직하는 조선일보사의 社命을 받고 詩와 傳說의 나라를 찾아 남으로 2천리 산과 바다를 건너왔다가" 등의 표현에서 인식할 수 있다시피, 당시 『조선일보』 기자에게 부여된 혜택과 인맥, 정체성, 권리 등을 자연스럽게 수용하게 만든다. 그러므로 자신이 신문기자였던 김기림에게 신문을 외부적 시점에서 성찰할 여지는 존재하지 않았던 것이다. 지금까지 언급한 김기림의 신문에 대한 감각과 입장은 그 자신의 위치에서 볼 때 자연스러운 태도이기도 할 것이다.

임화와 김기림의 언론관의 차이는 한편으로 보면 내부자와 외부자의 차이이며 또 다른 한편으로 보면 제도와 지배이데올로기에 비판적인 마르크스주의자와 현대적 문명과 습속에 심취하는 모더니스트의 차이일 것이다. 언론에 대한 임화와 김기림이 취했던 두 가지 입장은 지금 이 시점에도 심층적인 탐색이 필요한 테마라고 생각된다.

---

35) 위의 글, 94쪽.
36) 김기림(1988), 「朱乙溫泉行」, 『김기림 전집』 5권, 심설당, 262쪽.

4. 임화와 김기림 비평의 현재적 의의

"비평은 논리 조작이 아니라, 삶을 이해하고 반성하는 정신의 움직임" (김현,「비평 방법의 반성」)이라는 입장에 선다면, 식민시 시대의 비평가들에게는 필연적으로 당시의 시대적 정황에 대한 성찰과 대응이 요청되었을 것이다. 이러한 입장에서 보자면 임화와 김기림은 김남천과 더불어 각지 다른 방식으로 식민지시대와 해방 직후에 시대의 본질과 자신의 비평 행위에 대한 투철한 성찰과 대응을 보여준 비평가라 할 수 있다. 이들의 비평은 무엇보다도 지금 이 시대에도 여전히 유효한 현재적 의미를 지니고 있다는 점을 각별하게 주목해야 한다.

원칙적인 의미에서 과거의 모든 문학적 기록은 현재적인 의미를 지니고 있다. 그러나 임화와 김기림의 비평가로서의 여정과 문제의식은 동시대의 다른 어떤 비평가들보다도 소중한 현재적 의미망을 형성하고 있다. 두 비평가가 약 70여 년 전에 보여주었던 문제의식과 비평적 여정은 지금 이 시대 비평의 거울이자 바로미터에 다름 아니다. 역사성과 사회의식을 상실하고 문학 내부에만 침잠된 문단에 대한 임화의 예리한 비판, 분석적이며 과학적인 작품 읽기를 강조한 김기림의 비평적 입장, 언론과 문학의 관계에 대한 근본적 성찰을 보여준 임화의 비판정신, 일제말에 불어 닥치던 동양주의와 근대 초극론에 대해 냉철한 인식을 보여준 김기림의 역사적 균형 감각 등은 지금 이 시대에도 여전히 유효하다.

물론 이들이 마주하고 있던 문학적 정황은 뉴미디어와 소비자본주의, 다문화사회, 탈국경사회 등으로 요약되는 현재와는 현저하게 다르다. 또한 문학이 마주하고 있는 환경도 많은 차이가 있다. 마르크스주의와 민족주의, 모더니즘으로 상징되었던 식민지시대의 문학에 비해 지금 이 시대 문학은 월등 복합적이며 다양한 문학세계를 보여주고 있다. 그러므로 임화와 김기림의 약 70여 년 전의 비평적 문제의식이 지금 그대로 적용될 수는 없을 것이다. 그럼에도 불구하고 임화와 김기림이 오래 전 보여준 비평적 아젠다와 문제의식은 시대를 초월한 의의와 진실을 담보하고 있는 것이 아닐까.

그러나 이러한 중요한 비평사적 맥락을 지닌 임화와 김기림의 비평은 한국전쟁과 더불어 종료되고 말았다. 그 후, 수십 년 동안 그들의 비평과 문학적 삶은 남한사회에서 온전히 기억되지 못했으며 본격적으로 연구되지 못했다. 1980년대에 들어와서야 임화와 김기림의 비평은 조금씩 탐색되기 시작했다. 최근에 임화와 김기림은 1940년을 전후한 시기에 가장 문제적인 시각과 비평적 대응을 보여준 비평가로 자주 호출되고 있다. 그럼에도 불구하고, 아직도 임화와 김기림의 비평적 위상은 일부 학술적 논의를 제외하면 현실적인 문학장에서 김팔봉, 김환태, 이헌구, 박영희의 비평이 제도적으로 기억되는 위치에 비할 때 결코 크지 않다. 올해는 임화와 김기림 탄생 100주년을 되는 해이다. 이제 우리가 그들에게 정당한 비평사적 위상과 온전한 문학적 몫을 돌려줄 수 있기를 염원한다. 그들의 비극적인 인생과 슬픈 문학적 종말을 애도하는 마음 가득하다.

황순원의 일제말 문학의식

― 동양과 향토에 대한 자의식

박 수 연*

1. 서론

일제말기의 동양론이 주목되는 이유는 일제말 파시즘 아래에서의 국책문학의 구호 중 하나가 반서구 동양주의였고 그 동양주의는 일본 천황제 파시즘의 다른 이름에 불과했기 때문이다. 1937년의 중일전쟁과 1941년의 태평양 전쟁을 거치면서 아시아인들에 대한 이념적 지배를 꾀했던 일제는 자신들의 전쟁을 아시아인들이 서구 제국주의에 맞서 싸우는 정의의 전쟁으로 왜곡하여 선전했고, 그 와중에 부각된 것이 동양론이었다. 이때 동양론이란 유교적 가족주의의 정치이념으로 포장된 천황제 파시즘을 세계 통치의 이념으로 확산시킬 것을 강조하면서 그것으로 반서구적 공동체의 화엄세상을 건설한다는 것이었다. 니시다 기타로와 같은 학자들의 교토학파 근대초극론의 핵심적인 사상이기도 했던 그 동양론은 물론 전쟁 찬양과 정당화 기제로 기능하는 논변에 지나지 않았지만, 당대의 지식인들에게 온전히 무시되었던 것은 아니다. 오히려 서구적 근대에 대

---

* 충남대학교

한 열등감을 극복하는데 원용될 수 있는 이념으로 동양적 삶의 이념은 내면화되기 시작했다. 그 내면화에 기여한 또다른 사항이 1935년에 발표된 와쓰지 데쓰로의『풍토』였다. 기후와 환경에 따른 이념적 세계관적 차이가 필연적이라는 그 풍토론은 물론 당대 천황제 전체주의의 배타적 인종주의와 국민주의를 정당화하는 세련된 논리였을 것이다. 더구나 그것이 독일 국민주의에 영향을 미친 헤르더의 풍토론으로부터 유래된 것이고 보면, 그 본질적 허구를 알아채는 일이 어려운 것은 아니다. 그러나 당대인들에게 그 허구는 쉽게 간파될 수 있는 것이 아니었다. 오히려 반서구적 동양주의의 이념을 정당화해주는 논리적 체계를 그 '풍토론'이 정당화하고 있었기 때문에 동양적 특수주의는 더 부각될 수밖에 없었다.

당대의 조선문학에 대한 탐구에서 동양주의는 한 가지의 겹을 더 두르게 된다. 조선에서의 동양주의는 단순한 파시즘이 아니라 식민주의적 파시즘에 대한 동의였기 때문에 조선의 동양주의는 일제의 조선지배를 정당화하는 또다른 이면을 가지고 있었던 것이다. 최근의 탈식민주의론에서 그 동양론이 배타적 국민주의로 이해되는 정황은 이런 배경을 가지고 있다. 이때 동양론은 세계 자본주의 질서의 지역적 재편과도 같은 것이다.

그러나 당시의 동양론이 천황제 파시즘과 일정하게 연결되는 면모를 상당 부분 보여주고 있다고 할지라도 모든 동양론을 그것 자체로 일제에 대한 순응으로 보는 것도 일종의 폭력일 것이다. 실제로 이육사나 김기림의 동양론은 그 배타주의와는 거리가 먼 것이었고, 그것은 소설의 경우에도 마찬가지 모습을 발견할 수 있다. 본고는 그 파시즘적 동양론 내지는 지역주의적 전통론과는 거리가 있는 문학적 사례의 하나로서 황순원을 살펴보려는 의도로 쓰어진다. 당시 황순원이 집중하고 있던 조선적 전통과 삶의 문제는 탈식민주의적 시각에 의해 식민주의적 동양론으로 처리될 수는 없는 면모를 지니고 있다. 황순원은 어떻게 그런 반식민주의적이면서도 민족적 시각을 확보한 문학적 이념을 지닐 수 있었을까?

2. 황순원 시의 변모와 소설로 나아가는 길

　황순원이 본격적인 소설 창작에 들어가기 전 간행한 두 권의 시집은 여러 면에서 주목을 요한다. 『방가』(1934)와 『골동품』(1936)이 그 시집들이다. 『방가』는 황순원에게 29일간의 구류를 살게 할 정도로 민족의식의 노출이 선명한 시집이다. "가엾은 겨레의 눈물의 현상" 속에서 "새벽 나팔같이 우주를 깨워 놓을 고함을 치고 싶(「이역」)"다는 진술은 표면적인 예에 해당할 것이다. "잔악한 적의 승리"와 "떨어진 역사의 한 구절(「꺼진 등대」)"을 바라보는 시인은 "그러나 젊은이여 세기의 지침을 똑바로 볼 남아여 / …… /괴로운 역경을 밟고 넘어가자 / 억센 자취를 뒤에 남기도록(「1933년의 수레바퀴」)"이라는 말로 미래를 다짐한다. 그는 첫 시집의 머리말에서 이런 다짐을 기록해 놓기도 했다. "이 시집은 나의 세상을 향한 첫 부르짖음이다. 나는 이 부르짖음을 보다 더 크게, 힘차게, 또한 깊게 울리게 할 앞날을 가져야 하겠다."

　황순원의 문학은 크게 보아서 삶의 존재론적 의미를 미학적 고투를 감수하며 오래 탐구해온 것으로 평가받는다. 미학적 고투가 정서적 승화의 다른 표현이라면, 이러한 평가와는 다르게 그는 그의 문학적 출발기에 낭만적인 정서 폭발을 직접 드러내주는 시를 썼다. 그것을 패배한 민족의 정서와 극복 다짐으로 연동시켰을 때, 그를 기다리고 있는 것은 일경의 구금이었다. 1935년 여름, 일제말이라는 시대적 분위기 속에서는 모든 민족적 절규가 불온한 사상의 표현이라고 규정되었다. 일본의 맑스주의자들은 천황제를 받드는 화엄의 이념으로 전향하기 시작하였고, 조선의 민족주의자들이 전향조직을 결성하기 시작한 것도 1935년이었다. 황순원이 두 번째 시집 『骨董品』(1936. 5)을 출간하기 직전에 쓴 시 「逃走」(1936. 4)는 그래서 의미심장하다. 그 이유는, 두 번째 시집의 언어스타일이 첫 번째 시집의 정서 노출과는 확연히 다른 방향으로 나아갔으며, 이것은 황순원의 문학적 지향점이 크게 변화되었다는 점을 나타내는 것이기 때문이다. 시를 보자.

> 황소는 오랜 땀 속에서
> 수다한 시골사투릴랑 흘리고
> 외마디 고동소리만 닮았다.
>
> 자동차는 언덕진 검은 강
> 모래밭 없는 뱃길에 지치어
> 엉뚱히 두 큰 눈만 남았다.
>
> 고르지 못하게 엎드린 지붕과 지붕
> 두웅둥 동이워 찡그린 애드벌룬
> 오늘도 하늘은 모른 체한다.
>
> 하늘을 쪼아 깨고 싶구나
> 품 안 마른 병아리 같겠구나.
>
> 도주는 뱀의 허물처럼
> 헌데 난 땅껍데기도 미워한다.
>
> — 「도주」 전문

두 번째 시집에는 수록되지 않은 이 시가 관심을 끄는 것은 시제목 자체가 범상치 않기 때문이다. 그것은 주어져 있는 상태로부터의 벗어남 혹은 달아남을 의미한다. 첫 번째 시집의 후유증으로부터 온전히 치유되지 않았을 시인의 심리상태가 바로 그것이었으리라는 데 대해 독자들은 어렵지 않게 동의할 수 있다. "황소"는 외마디 소리로만 살아 있고 "자동차"

는 두 눈으로만 존재하며 '애드벌룬이 하늘 아래 찡그린 채 떠 있는 세상'은 곧 구속과 억압의 세계일 것이다. "하늘을 쪼아 깨고 싶구나"라는 결정적 구절에서, 그 하늘이 천황의 상징이며, 따라서 시적 화자가 천황을 부정하는 발언을 하는 중이라고 해석하는 것은, 황순원의 모든 문학작품을 고려해볼 때, 지나친 일일 것이다. 그러나 시 전체에서 식민지 지식인의 고통이 비유되고 있음 또한 부정하기 어렵다.

「도주」는 시적 내용 이외에도 그것의 매개적 위치 때문에 중요하다. 두 번째 시집 바로 직전에 이 시가 발표된다는 것은, 두 번째 시집의 시편들 이후에 이 작품의 형식과 내용이 완성되었다는 사실을 가리킬 것이다. 그런데 두 번째 시집『골동품』의 시사적 위치는 아주 독특하다. 스타일에 있어서도 그렇고 황순원 자신의 작품 경력에 있어서도 공히 그러한데, 그 자신 시집의 변모와 소설가로의 변신을 이렇게 진술하고 있기도 하다.

> 시집『방가』에서 높은 목청은 내 소심성과 결백성에 대한 자기 확인일 수 있고, 시집『골동품』에서는『방가』에서의 내 감정 비만증에 대한 확인일 수 있고, 단편집『늪』에서는 시가 없어 뵈는 나 자신에 대해 소설로써 내게도 시가 있다는 확인을 해 보인 것은 아닐까.
> ─「자기 확인의 길」,『황순원전집 12』, 316쪽.

첫 번째 시집이 감정 과잉의 시집이라면 두 번째 시집은 감정을 삭제하고 시적 대상들을 냉정히, 직관적으로 관찰해서 기술한 시집이라고 할 수 있다. 이런 판단은 '動物抄' '植物抄' '靜物抄'로 이루어진 목차만 봐도 알 수 있는데, 시의 제목들에는 정서적 개입의 흔적이 전혀 없다. 그것은 온전히 사물들의 고유 명사이다. 시편들의 제목은 동물이름이거나 식물이름 그리고 정물들의 이름이고, 시는 그 대상들에 대한 직관적 인상들을 짧게 이미지화 한다. 가령, 서시「종달새」는, "이 점은 / 넓이와 길이와 소리와 움직임이 있다"는 진술로 시작되고 종결된다. 이런 단형시에서 두드러지는 것은 대상에 대한 주관적 해석을 삭제하고, 그 대신에 감정 절제의 언어를 집중적으로 사용함으로써 시적 표현을 구성하는 모습이다. 황순원이 위의 글에서 두 번째 시집이 첫 시집의 '감정비만증에 대한 대응'이라고 말할 때, 독자들은 그 대응이 낭만주의적 경향(첫 시집의 경향)과는 크게 대비되는 것임을 알 수 있다. 한국 시사에서 낭만주의에 대응되는 감정 절제의 시적 경향은 모더니즘이었다. 한 시인에게서 2년을 사이에 두고 낭만주의와 모더니즘이 교체된다는 사실은 의외의 것이기는 해도 한국근대문학의 특이성 속에서는 이해 못 할 바도 아니다. 그렇지만, 그 모더니즘의 경로를 선택하는데 당대의 모더니스트들이 어떤 영향을 미쳤는가를 살펴보는 일[1] 못지않게 필요한 것은 황순원이 작품의 미학적 완성을 향한 노력에 경도하는 이유를 살펴보는 것이다.

위의 산문에서 "시가 없어 뵈는 나 자신에 대해 소설로써 내게도 시가 있다는 확인을 해 보인 것"이라고 진술하는 것이 바로 문학 언어의 수준에 대한 황순원의 자의식을 보여준다. 그에게 시적 언어는 작품의 완성을 위해 구비되어야 할 필요조건인 셈이다. 그런데 그 언어적 완성도가 황순원에게는 특별히 강조되어야 마땅하다. 그에게 영향을 준 것으로 기록되는 작가가 시가 나오야志賀直哉인데, 황순원 본인이『신동아』에 실린 인터뷰에서 시가 나오야의 창작방법론을 거론하고 있는 것이다. "자기 작품에 대해서 내 스스로 볼 때에 이건 정말 작품이 됐다고 느낄 때, 한 작가가 비로소 탄생하는 것"[2]이라고 황순원은 말한다. 요컨대 작품의 완성은 직관적으로 한순간에 그리고 한꺼번에 오는 것이다. 작가는 바로 그 순간에 전력을 바치는 존재이다. 그의 미학적 완성을 위한 집중도가 어디에서 유래된 것인가의 문제가 이를 통해 부분적으로 해명된다고 할 수 있다. 더

1) 김윤식(2009),『신 앞에서의 곡예』, 문학수첩, 52~84쪽 참조.
2)『신동아』1966. 4.

구나 한국근대문학사에서 모더니즘은 시대적 정신으로서보다도 언어적 감각의 수준이라는 흐름을 보이고 있었다는 점을 고려하면, 황순원 소설의 미학적이고 시적인 문체는 그 근거를 잘 예비하고 있는 셈이다.

그런데, 황순원은 『골동품』 이후 1938년 첫 소설 「거리의 부사」(『창작』, 1937. 7)를 발표하고 1940년 8월 한성도서에서 『황순원 단편집』(『늪』으로 개제)을 낼 때까지 시를 단 세 편만 창작한다. 『신동아』(1936. 6)에 발표된 「칠월의 추억」과 『작품』(1938. 10)에 발표된 「과정」과 「행동」이라는 시가 그것이다. 제목 자체도 예전의 시편들과 사뭇 대조적이다. 고유명사에서 추상명사로의 변모가 그것인데, 시의 스타일 또한 모던한 언어형식과 내용에서 첫 시집의 감정 표현적 낭만주의의 그것으로 되돌아가는 모습을 보여준다. 「칠월의 추억」은 특히 향토적 공간에 대한 집중적 묘사를 통해 모더니스트 황순원의 이후 행보를 어느 정도 예고하면서, 한편으로는 '서간도로 떠나버린 사람들'에 대한 현실의식을 얼비침으로써 당대 지식인의 적지 않은 역사적 책무를 자각하고 있음을 시사하고 있는 것이다. 이런 징후가 이후 황순원 소설의 소재와 주제에 긴밀하게 결합된 것임은 물론이다.

그런데 이중에서도 「행동」은 황순원의 문학적 변모를 보여주는 징후적 사례를 보여주는 작품이다.

> 겹겹이 쌓인 백지장을 찢어내는 것이었다. 찢어낸 백지장은 하얀 나비가 아니었다. 나비처럼 날 수가 없었다. 빨간 장미를 나비 모양 찾아갈 수가 없었다. 찢어진 백지장이 자꾸 하얗게 쌓였다. 찢어낸 백지장은 차라리 흰 튤립꽃 이파리였다. 겹겹이 갈피 진 백지장을 자꾸만 찢어내는 것이었다. 찢어낸 백지장은 튤립과 장미의 향내 없는 꽃이파리였다.
>
> ─「행동」 전문

시는, 백지장을 찢고, 찢어진 백지장이 튤립꽃 이파리로 변할 때 솟아나는 의미를 암시한다. 독자들은 이 의미를 식민지 지식인의 내면을 드러내주는 일종의 징후로 파악할 필요가 있을 것이다. 시적 의미는 대부분 의도치 않은 요인들의 지배를 받기 마련이어서 시인이 드러내고자 했던 것보다 더 많은 사항들을 주목하도록 한다. 그 징후적 의미를 살펴보기 위해서는 우선, '행동'이라는 제목의 의미를 염두에 두어야 한다. 행동은 어떤 일이 진행되는 사태의 한가운데에서 그 사태를 지속시키는 동력의 역할을 담당한다. 따라서 동력으로서의 행동은 사태를 하나의 지점에서 또다른 지점으로 나아가도록 하는 힘이 된다. 주어진 상태로부터의 변화가 있다면 거기에는 행동이 있는 것이다. 그런데 그 행동이 '찢어짐'이라는 말로 표상될 때, 그 말에는 사태의 급격한 충돌과 파열을 환기하는 순간이 두드러진다. 요컨대 그것은 파괴의 행동이다. 이때 황순원에게 파괴란 무엇이었을까? 시를 따르면 그것은 '날 수 없게 되는 것'이며 '찾아갈 능력이 없는 것'이고 '향내 없는 꽃이파리'로 머무르는 것이다. 이를테면 파괴는 독자들이 상식적으로 알고 있는 '창조의 어머니'가 아니다. 오히려 시에서 파괴는 생식불능의 존재들이 쌓여가도록 하는 무위의 힘이다. 황순원은 낭만적 시정신에서 모더니즘적 절제의 언어세계로 나아간 정황을 문학적 행동—파괴로 판단했을까? 그의 시가 향토적, 정서적 세계로 귀착된 정황은 그 행동—파괴를 스스로 부정하는 것이었을까? 그렇다면, 황순원으로 하여금 모던의 세계에서 다시 향토로 돌아가도록 하는 심리는 그 찢어짐을 다시 이어 붙여 향기를 뿜는 존재를 구성하려는 노력이었을까? 이후 황순원 소설의 주요 소재가 전통 설화에서 차용된다는 사실을 고려한다면, 이 판단이 전혀 근거 없는 것은 아닐 것이다. 황순원의 소설은 이런 시적 변모와 파괴를 통해 변모되고 재구성된 세계이다.

3. 황순원의 일제말 소설 「그늘」과 조선적인 것

일제말에 소설 창작을 시작한 사람들에게 우선적으로 고려해야 할 문제는 국책문학의 요구를 어떻게 처리하는가였다. 중일전쟁 이후의 '동아신질서론'과 서구의 몰락과 파리 함락 에 연동되는 '신체제론'으로 시국이 전개될 때 작가들은 '쓰지 말아야 할 것'에 대해서가 아니라 총독부가 요구하는 '써야 할 것'에 대해 고려해야 했었다. 내선일체론, 전쟁찬양론, 대동아공영론 등의 주제가 그것인데, 일제말의 친일문학은 대부분 이 주제를 표현한 것들이다. 그런데, 이러한 총독부의 요구와 함께 당대에 간행되던 잡지들의 배치에 대해서는 다른 측면에서 논의되어야 할 것이 있다. 당시에, 특히 『문장』과 『인문평론』이 폐간된 이후에 간행된 잡지는 모두 친일잡지인가 하는 점이 그것이다. 본고에서 황순원의 소설을 통해 논의하고자 하는 것은 그 잡지의 기본 성향과 관련하여 황순원 소설에서 의미화해야 할 것과 의미화할 수 있는 것이다.

해방 이전 황순원은 『황순원 단편집』(1940)을 출간한 후 두 편의 단편소설을 발표한다.[3] 「별」과 「그늘」이 그것이다. 이중 「별」은 『인문평론』(1941. 2)에, 「그늘」은 『춘추』(1942. 3)에 발표되었다. 성장소설로 널리 알려져 있는 「별」을 제외하면,[4] 여기에서 논의해 봐야 할 것은 「그늘」이다. 이 소설의 내용이 잡지의 전모를 이해하는 데 결정적인 사항은 아니지만, 충분한 참고사항은 될 것이다.[5]

「그늘」의 내용은 간단하다. 소설의 화자인 '청년'은 자주 찾아가는 술

---

3) 이 두 편의 작품 이외에 미발표작으로 남아있던 것을 소설집으로 엮은 것이 해방 이후의 『기러기』(1951)이다.
4) 「별」 역시 향토적인 것을 다수 포함한 작품이다.
5) 잡지 『춘추』의 전모를 이해하기 위한 작업으로서 행해진 소설분석의 결과는 김재용 편(2012), 『춘추 소재 소설 ― 친일과 저항』이 있다.

집에서 '남도 사내'를 만난다. 그 남도사내가 조선 양반의 후예라는 것을 직감한 '청년'은 집안의 보물로 내려와 자신이 가지고 있던 왕의 하사품 주영구슬을 남도사내에게 보여준다. 땅에 떨어져 흩어진 구슬꿰미를 주워가며 청년과 남도 사내는 눈물에 젖는다. 이 간단한 내용에는 그러나 형식과 주제 상으로 많은 이야기가 들어 있다. 우선, '그늘'이라는 말이 내포하는 의미이다. 소설에는 이런 구절이 있다.

> 이 할아버지가 외로우신 듯이 손주인 자기에게 잔을 붓게 하던 술 냄새. 이 냄새는 자기가 한 잔의 술을 부을 적마다 언제나 할아버지와 함께 있었고 늦은 저녁 불 켤 것도 그만 둔 이 선술집 보다도 더 어두운 그늘이 깃들인 저녁과 함께 있는 냄새. 청년은 사실 언제나 늦저녁처럼 그늘진 이 목노집에서 술을 마시기보다도 술강끼에서 풍기는 술 향기를 맡으면서 없는 할아버지의 냄새를 생각해내는 것이었다.[6]

독자들이 황순원의 소설에서 압도적으로 지각하게 되는 것은 애매한 사건과 진술들 속에 들어 있는 서정적 분위기이다. 황순원의 이러한 소설형식이 갖는 의미에 대해서는, 이 시기가 태평양전쟁의 막바지라는 사실을 고려하면서, 당시의 지식인들이 어떤 사유와 행동 아래 놓여 있었는가를 대비해보면 분명히 드러난다. '동아신질서론'에 대한 당시 지식인들의 태도를 볼 수 있는 것으로 동양 문화의 구원적 성격을 강조하는 일련의 글들이 있다.[7] 이들에게서 공통적으로 나타나는 것은 동서문명과 문화의 혼란스러운 갈림길에서 서구문화가 몰락하고 동양문화의 시대가 시작되었다는 주장이다. 이 정리된 문화관을 전면적으로 드러내는 사람은 백철인데, 그는 1938년의 사실 수리론[8]에서부터 이미 일본문화의 승리를 기정사실화하고 있었고, 창작

---

6) 이 소설은 『춘추』에 발표되고 단편집 『기러기』(1951)에 수록되었다. 여기에서는 『춘추』 발표 본을 인용한다.
7) 대표적인 것으로는 『인문평론』 1940. 7에 수록된 백철, 윤규섭, 이원조의 글이 있다.
8) 백철, 「시대적 우연의 수리-사실에 대한 정신의 태도」, 『조선일보』 1938. 12. 2~12. 6.

물인 「전망」에서는 미래적 전망을 투명하게 간직하는 소년의 모습을 보면서 불투명하고 절망에 사로잡힌 존재가 투명하고 희망에 찬 존재로 재생하는 모습을 형상화하는 것이다. 그런 지식인들의 투명한 전향에 비해 황순원의 애매성의 시학은 당대의 시국과 거리를 두는 독특한 미학적 저항이라고도 할 수 있는 셈이다.9)

황순원만의 독특한 이야기 전개방식이라고 할 수 있는 이 형식적 특징이 시가 나오야로부터 온 것이라는 사실은 앞에서 논의되었는데, 그것이란, 하나의 사건적 기미를 통해 작가가 이야기하고자 하는 내용을 전달하는 것이다. 이를테면, 위 인용부분에서 '그늘'은 조선의 삶과 문화를 의미한다고 직접 이야기되는 것이 아니라 독자로 하여금 느껴 성찰하도록 하는 방법이 그것이다. 이것은 그러므로 소설적 형식의 측면인데, 이 형식이 퇴락해가는 것들의 '기미'를 알려주는 적절한 방법10)임은 누구나 쉽게 간파할 수 있다. 요컨대 형식과 내용은 최소한 「그늘」에서만큼은 완전히 결합되어 있는 셈이다. 더구나 '할아버지'는 단지 혈육으로서의 존재가 아니라 구한말 식민지초기를 뚜렷한 신념을 갖고 살아간 존재이다. 어떤 신념의 존재인가 하면 "아버지가 당신의 손으로 당신의 상투를 잘랐다고 저런 자식은 내 자식이 아니라고 몽둥이를 들고 쫓든 할아버지이자 아버지가 서울로 도망을 갔다 불시에 송장이 되어 내려왔을 때도 눈물을

---

9) 본문에서 본격적으로 『춘추』의 전모를 분석할 수 없기 때문에 간단히 소설 수록의 특징적인 면모를 적어둔다. 흔히 『춘추』는 친일잡지라고 알려져 있고, 실제로 친일시, 소설, 산문이 다수 수록되어 있다. 그러나 황순원의 예에서 보듯이 미학적 저항이나 국책에 대한 간접적 비판을 내용으로 하는 소설들이 다수 수록되어 있다는 사실을 간과해서는 안 될 것이다. 이 간접화된 저항이야말로 눈여겨볼 대목인데, 왜냐하면, 최근의 학계를 지배하고 있는 포스트식민주의론은 그것을 식민화의 한 방법이라고 주장할 것이기 때문이다. 그러나 『춘추』소재의 비친일적 소설들은 국책에 대한 순응문학이 강요되던 시대에 대한 분명한 거리두기라고 할 수 있고, 따라서 그것의 저항적 의미가 더 강조되어야 할 것이다.
10) 황순원은 이것을 시적인 것이라고 생각했을 것이다.

흘리시는 법 없이 불효막심한 자식 잘 돼졌다고 노하시기만 한 할아버지"
인 것이다. 그 할아버지와 남도사내를 연결시켜서 조선문화는 이렇게 징
후화된다.

> 하루는 청년은 그늘 속에서도 분명히 얼마 전부터 씻어내지 않은
> 남도사내의 귓속에 낀 때를 바라보며 문득 이 귀 옆을 지났을 갓끈 생
> 각과 함께 자기 집의 옛날 坤殿에서 下賜가 계셨다는 珠纓 구슬이 떠
> 오름을 어쩔 수 없었다. 여러 차례 화재를 겪고 내려왔으면서도 한알
> 도 상처는 않고 그저 변색했음에 틀림없는 노라우리하게 빛나는 수정
> 구슬알들과 화재를 당할 적마다 새끈을 갈군 했는데도 몰낡은 끈 하
> 나 할아버지가 없으신 뒤로 그렇게 꺼내보지 못한 새에 구슬알들과
> 끈은 또 얼마나 변했을까. 그러고 보면 갓끈이 옆을 지났을 남도 사내
> 의 귓속과 얼굴도 퇴색한 것이다. 그리고 조용히 걸어 나가는 걸음걸
> 이도. 청년은 저도 모르는 새 이 남도 사내에게 관심이 감을 어쩔 수
> 없었다. 남도 사내가 접시에 언제나같이 멸치 한놈을 남겨놓고 돌아
> 가는 일까지에도.

　「그늘」이 의미화하는 것은 바로 그 할아버지와 남도사내가 형성하는
'조선적인 것'의 퇴락 내지는 소멸이라는 시대적 징후이다. 그러나 퇴락과
소멸을 형상화하는 태도를 비관적으로 바라볼 필요까지는 없다. 오히려
당대의 천황제 동양문화론에 비교하면 퇴락하는 조선문화론이야말로 전
혀 다른 정치적 의미를 가져오기 때문이다. 이를테면, 이 시기는 조선적
인 것의 색다름 내지 의미를 강조함으로써가 아니라 그 조선적인 것의 퇴
락과 소멸을 강조함으로서 민족적 상황의 침중함을 시사할 수 있는 상황
에 놓여 있었다. 그런 의미에서 「그늘」은 국책적인 천황제 동양론의 명랑
쾌활과는 전혀 다른 조선 문화론을 형상화한 경우였다.[11] 당시의 조선론

---

11) '천황제 동양론'의 명랑 쾌활함이란 하루이틀 사이에 만들어진 것이 아니었다. 예

과 동양론은 다분히 국책적 담론의 면모를 가지고 있었는데, 이 면모란 1930년대 중반부터 조선의 지식인들이 논의하던 조선론과는 전혀 다른 것이었다. 중일전쟁 이후의 '동아신질서'론이 천황제 중심의 도의적 동양문화에 기초한 '동북아론→ 대동아론'이었기 때문이다. 반서구적 근대로서의 동양론이란 그러므로 일본중심의 팔굉일우론으로 표상된 천황제 옹호를 수사학적으로 감싸는 담론체계였던 것이다. 모든 것의 중심에는 일본이 있었다. 이것을 '脱亞入歐'론에서 다시 '탈구입아'론으로 이동하는 '전도된 오리엔탈리즘'의 위장막이라고도 할 수 있을 것이다. 「그늘」을 '퇴락하는 조선문화론으로 천황제 동양론을 돌파하는 소설'이라고 의미화할 수 있는 것도 그 때문이다. 더구나 당시 최재서와 김종한은 이른바 지방주의론을 주장하면서 조선적인 것의 특수성을 강조하고 있었다. 그러나 그 지방주의란 실은 당시 일본의 풍토론에 영향받고 일본국의 한 하위지방으로서의 조선을 강조한 것에 지나지 않았다. 일본의 하위지방으로서의 조선의 특수성을 강조하는 한, 결국 조선은 일본의 외지에 지나지 않는다는 사실을 불변적인 것으로 만드는 일에 지나지 않았다. 황순원 소설의 의미는 다른 소설들과의 이런 대비적 관계 속에서 더 도드라진다.

황순원이 이런 사실을 자각하면서 소설을 썼을까? 이 질문은 실상은 쓸데없는 것일지도 모른다. 왜냐하면, 하나의 행위는 그것이 선택되고 반복되는 순간, 미처 예상하지 못했던 사항까지 의미화하는 동력이기 때문이다. 더구나 황순원은 첫 시집 이후 시대적이고 역사적인 현실성을 작품을 통해 추구하는 일을 부단히 추구해온 작가이다. 그의 존재론적이고 미학주의적인 작품성향이 일방적으로 강조된 사태는 남한의 반공주의 이데올로기에 의해 형성된 결과물이다. 이는 그의 초기소설들이 시대적 분위기

를 들면 1930년대 중반에 총독부는 조선민요의 유장하고 슬픈 가락을 명랑한 정서로 바꾸기 위해 신민요운동을 전개한다.

속에서 개작되어가는 일련의 상황을 고려하거나 해방공간에서의 그의 좌익 친화적인 활동을 염두에 두면서 판단하면 더 잘 이해될 수 있는 부분이다. 그는 좌익잡지에 소설을 발표했고, 토지개혁을 찬성했으며 악질지주를 비판했다.[12] 그런데도 남한의 반공주의 이념이 그의 현실주의적 성향을 가려 놓았다면, 그 성향은 상당히 징후화될 수밖에 없는 것이었다. 그의 첫 시집이 억압을 당하고 일제말의 나머지 기간을 살아야 했을 때 황순원의 그 성향이 잠재화될 수밖에 없었을 것임도 물론이다. 그의 일제말 소설을 징후적으로 읽어야 하는 것은 그 때문이다.

우리가 논의해보아야 할 것은 그 조선적인 것의 형상화가 당대의 반서구 동양주의라는 지역주의적 담론 속에서 어떤 역할을 담당하고 있는가 하는 점이다. 황순원의 「그늘」은 '조선적인 것→조선지역'의 삶을 눈물로 표상한다.

그러나 다음 순간 남도사내의 손이 가늘게 떨렸는가 하는 데 그만 구슬께미를 떨어뜨리고 말았다. 그리고 구슬께미는 떨어지면서 끊어져 구슬알들이 흩어졌다. 남도사내가 땅에 엎드려 돌아가며 구슬알을 줍기 시작하였다. 같이 땅에 엎드려 남도사내가 주는 구슬알을 받아 들고 청년은 구슬알이 깨지지 않고 온전함에 그만 저도 모르게 소리를 내며 웃기 시작하였다. 그리고 청년은 웃음 사이사이, 아 너무 웃더니 눈물이 다 난다, 눈물이 다 난다, 하고 혼자 중얼거렸다. 사실 청년의 눈에는 눈물이 고여 있었다. 그러다가 청년은 문득 주워주는 남도사내를 보고 노형은 웃지도 않았는데 웬 눈물이요, 했다. 남도사내의 눈도 눈물도 빛나고 있었다. 아마 자기의 화려했던 과거를 추억하는 게라고 청년은 생각했다.

---

12) 황순원의 반공이데올로기 순치적 개작과 활동에 대해서는 박용규(2005), 「황순원 소설의 개작과정 연구」, 서울대 박사학위 논문 참조.

교토학파의 일원인 와쓰지 데쓰로和辻哲郎의 『풍토』13)는 일제말기의 지역문화와 삶에 대한 연구 방향에 많은 영향력을 발휘한 책이다. 반서구적 동양주의의 천황제 파시즘을 정당화하는 기능을 담당함으로써 교토학파의 천황제 순응 혐의를 더 강하게 만든 책이기도 하지만, 동시에 한국의 지식인들에게도 커다란 영향을 미침으로써 조선적 운명을 당연한 것으로 수용토록 한 책이기도 하다. 이 풍토론에 황순원이 어떤 영향을 받았는가에 대해서는 다만 추측할 수 있을 뿐이다. 분명한 것은 조선적인 것에는 비장감 보다는 정한의 세계가 어른거린다는 점이다. 위 인용부분도 그렇다. 이 애상감과 함께 독자들은 또한 야나기 무네요시의 조선론을 고려할 수도 있을 것이다.

이 말을 하는 이유는 조선적인 것, 조선 지역의 의미가 배타적으로 형성될 수는 없다는 점에 있다. 당시의 동북아 공동체론 속에서 조선은 일본의 한 지역으로서의 가치만 가지고 있을 뿐이었다. 만일 조선지역의 의미를 배타적으로 형성시켰다고 할 수 있다면 그것은 저항적 민족주의의 관점에서 이해될 수 있는 성질의 것이다. 황순원은 민족주의자는 아니었다. 그는 오히려 모더니스트의 기질을 가지고 있었고 근대문학의 언어적 미학주의를 누구보다도 강하게 지니고 있는 사람이었다. 그에게 조선적인 것은 무엇이고 조선이라는 지역은 어떤 의미를 갖는 것일까? 어떤 고민의 경로가 그를 친일의 길로 나서지 않도록 했을까?

우리에게 중요한 것은 이른바 세계화 시대를 살고 있는 사람들에게 전달되는 그 고민의 현재적 의미일 것이다.

---

13) 和辻哲郎(1981(1935)), 『風土－人間學的 考察』, 岩波文庫.

4. 동양과 지역의 현재적 의미

동양과 지역에 대한 일제말기의 관심이 아주 다양하기 때문에 그 시기를 살아갔던 작가들의 여러 이념적 면모를 살펴보는 것이 무엇보다도 필요하다. 이 시기를 최근에 유행한 포스트 담론으로 이해하려는 태도야말로 또다른 종류의 제국주의적 지배를 인정하는 결과라고 할 수 있는 것[14]이다. 포스트담론이 비록 개별적 행위자들의 행위가 갖는 고유한 의미를 강조한다고 해도, 그 주장의 근거 자체가 이미 하나의 서구주의를 지속시키면서 차이를 발생시키는 포스트유로센트리즘에 지나지 않을 수 있기 때문이다. 그렇기 때문에 각 지역에 타당한 지역적 이론체계를 만들어내는 일이 무엇보다도 필요한 셈이다. 그것은 지역에 따라서도 다르고 작가에 따라서도 다를 수 있다. 가령, 일제말의 국책문학에 순응하는 신지방주의문학론을 주장했던 김종한의 경우는 본고에서 살펴본 황순원과는 전혀 다른 의미에서의 조선론을 가지고 있었다고 할 수 있다. 그는 '신지방주의 문학론'에서 '받들어 모시는 문학'으로 나아간 최재서와 다르고, 지방의 특수성을 강조하면서도 문학에 대한 전체주의적 통제를 강조한 김용제와도 다르다. 그는 계속 신지방주의를 주장함으로써 자신의 주장을 펼쳐 보였다. 여기에는 민요와 조선적 삶의 양상을 탐구했던 민속학적 관심의 파장이었을 것이다. 이 문제야말로 당대의 일본 인류학과 조선의 신지방주의가 필연으로 만나는 부분이다.

발리바르는 하나의 경계가 경우에 따라 때로는 정체성 형성의 중요 근거이기도 하고 때로는 그 정체성을 파괴하는 유력한 잡음의 통로가 되기도 한다고 말한다.[15] 일제말의 문학을 살펴볼 때 하나의 경계선이 유동적

---

14) 월터 D. 미뇰로, 김은중 역(2010), 『라틴아메리카, 만들어진 대륙』, 그린비, 156쪽 참조.
15) E. 발리바르, 진태원 역(2010), 『우리, 유럽의 시민들?』 참조.

이 되면서도 고착되는 이유는 바로 이 때문이다. 조선의 경계선은 일방적으로 일제의 요구에 의해 설정되고 파괴된 것이 아니라 지역적 현실의 사안들에 의해 때로는 민족을 구성하는 동력이기도 했고 때로는 민족을 파괴하는 근거이기도 했던 것이다. 그러므로 우리는 그 경계들의 재설정 작업에 몰두해야 한다. '지구화(globalism)'라는 용어를 대체하는 새로운 용어가 지역별로 차이를 실현하고 있다는 사실이야말로 그것의 가장 유력한 증거이기도 하다.16) 일제말기의 지역에 대한 사유가 어느 하나로 통일되어 진행된 것이 아니라 작가마다 여러 이념적 스펙트럼의 양상을 보여주고 있었다는 사실은 그러므로 중요한 논리적 근거를 제공해주는 것이라고 할 수 있다.

그렇다면 조선문학이란 무엇인가? 이러한 질문은 답변을 요청하는 것이 아니다. 그것은 차라리 문인들이 몸담고 있는 세계에 대해 질문의 형식으로 제출된 설명이라고 해야 한다. 문학의 진술들이 상당히 많이 무의식의 영역에 의탁하고 있으며, 그 무의식이란 의식의 심층을 흐르는 불명료한 에너지를 뜻한다고 해도 그 과정 속에서 선택되고 결합된 언어들은 종이 위에 옮겨지면서 스스로 명료성을 획득하게 된다. 시의 언어들이 기록되는 순간은 애매했던 생각이 분명해지는 순간이기도 하다. 그것이 질문으로 나타나는 것은 그러므로 세계가 분명한 형상으로 존재하지 않는다는 사실에 대한 명료한 형식화가 된다. 문학의 언어가 무엇보다도 존재론적인 언어인 이유이다. 더구나 일제말의 조선문학은 어느 때보다도 작가들의 선택을 강요받고 있었다. 이때 문학의 언어는 어떤 방식으로든 작

---

16) 'Glocalism'이란 용어가 사용되고 있는 상황이 이를 반증한다. 지구적으로 사고하면서 지역적 현안에 대해 동시적 고민을 진행한다는 의미를 함축한 이 용어가 한국에서는 '地球地域化'라는 말로 번역되고 대만에서는 '全球在地化'라는 말로, 중국에서는 '全球本土化', 일본에서는 '글로컬리즘'이라는 말로 사용되는 사례는 이미 지구화시대의 지역문제에 대한 많은 사유가 진행되고 있는 사실에 대한 좋은 증거이다.

가에게 일정한 이념적 의미의 방향을 가진 것으로 이해될 수밖에 없다는 말이다. 가령, '나는 지금 국책문학을 하고 있는가 아닌가'와 같은 질문은 조선지역의 문학과 관련하여, 조선이라는 지역의 과거와 현재와 미래와 관련하여 명백한 답변을 내릴 수밖에 없도록 하는 강제성을 갖는 것이다. 이 이중적 심리의 갈등을 지나가면서[17] 조선의 문인들은 스스로를 일본 문인이자 조선문인으로 재규정하는 일을 경험하게 될 것이다. 지역문학에 대한 사유는 그 과정에서 더 예각화될 것이다.

물론 모든 규정은 공백이나 과잉을 가지기 마련이고, 따라서 지역에 대한 규정은 또 다른 잔여들에 의해 계속 보충되어야 할 것이다. 그리고 중요한 것은 그 익명의 잔여일지도 모른다. 그 익명의 잔여를 '소수자'라는 용어로 대체할 수 있을 것이다. '다수자-유력자'에 의해 강요되거나 배제된 정체성의 문제가 이때 제기되는데, 그 강요된 영역의 경계선 외부가 바로 잔여나 소수자-약소자로 규정될 수 있는 것이다. 소수자-약소자는 바로 그 외부적 위치 때문에 강한 자기규정적 동일성의 억압성을 벗어나는 존재, 혹은 억압적 담론에 대한 대응 능력을 가진 존재로서 강조되어 왔다. 그 강요된 정체성에 대응하여 자신들의 자율적 능력을 펼쳐 보일 때 소수자-약소자의 사회적 역할이 나타난다는 것이다. 담론적 차원에서 이야기한다면, 소수자-약소자는 주류적 정체성의 강한 자기 동일성을 위반하고 그에 균열을 일으키며 따라서 동일성의 경계를 무너뜨리

---

17) 이와 관련하여, 비록 서구주의자이기는 하지만, 레이 초유우의 다음과 같은 말은 시사하는 바가 많다. "포스트콜로니얼의 공간을 헤겔의 용어로 표현하면, 대상(여성, 마이너리티, 다른 민족)이 대문자의 개념(대상을 검사하기 위한 기준)과 만나는 공간, 또는 즉자적 존재와 대타적 존재가 조우하는 공간이라고 말할 수 있다.…(중략)…헤겔의 의하면 이전에 대상 그 자체로 고찰되었던 의식은 실은 대상 그 자체가 아니라 의식으로 인해 만들어진 대상 자체이다. 따라서 의식은 사실상 서로 호응하지는 않지만 헤겔이 경험이라 부르는 하나의 운동 속에서 서로 연관되는 두 개의 대상-대상과 대상에 대한 지식-을 갖는다." 레이 초우, 장수현 · 김우영 역 (2005), 『디아스포라의 지식인』, 이산, 166쪽.

는 존재들이다. 지역의 자기규정성이 지속적으로 소수자-약소자로서의 잔여에 의해 보충되거나 전복되어야 하는 것은 그 때문이다. 이때 지역의 자기동일적 정체성은 지역 자신의 잔여에 의해 새로운 것으로 거듭나야 하는 셈이다. 황순원의 시적 변모와 「그늘」을 통해 독자들이 알아챌 수 있는 기미가 하나 더 있다면 바로 그것 아닐까? 변모하는 시, 소멸되는 조선 등등, 그리고 그것을 통해 세계의 억압적 담론 비판하기 등등이 그것일 것이다.

참고삼아서 이야기하면, 대전大田이라는 지역은 일본 식민지 시절에 철도부설의 결과로 만들어진 도시이다. 그곳에서 민주주의적인 일본 시인 아라이 테츠가 중학교 국어 교사 생활을 했다. 그는 총독부에 의해 조선에서 일본으로 추방된 후에 일본프롤레타리아시인회를 건설했고 1944년에 죽었다. 그는 대전에서 조선최초의 일본시인들의 시동인지 『경인(耕人)』을 만들었는데, 그 작업이 조선 문단에 어떤 영향을 끼쳤는지를 살펴본 연구는 없다. 아라이 테츠가 일본인이기 때문에 한국문학사와 관련해서 그의 위치는 영원히 질문되지 않아야 하는 것일까?

문인들이 스스로를 지역문인이라고 규정하면서 작품을 쓰는 시대가 아니기 때문에, 독자들은 다만 그 작품과 이루어내는 의사소통의 과정 속에서 길어지는 공공성으로 이야기할 수밖에 없다. 사회적인 것이 정치적인 것으로 지향될 때의 공공성(윤해동) 같은 것이 그것이다. 그것을 채워가는 것이 독자들의 몫으로 더 강조되는 시대를 우리는 살아가고 있는 것인지 모른다. 더구나 지금은 지역적 특이성이 거의 삭제되어가고 있는 때이기 때문에 사회적인 것을 정치적인 것으로 변용시켜 가는 과정의 독자성이 점점 더 줄어들 수밖에 없다. '예속-주체화'의 과정이 경계선의 무화와 성립이라는 양가적 과정에 더 많이 연동되는 때가 바로 지금이기도 할 것이다. 이것은 강한 주체에서 약한 주체로 변화되는 길이며, 타자-타지역의 목소리로 지금 이곳의 삶을 노래하는 길이다. 특이한 역사를 거쳐 모두의 역사가 되는 것이 그 길이기도 할 것이다. 아라이 테츠를 거쳐 한국 속 대전의 문인이 되는 길이 또한 그 길이지 않을까? 이것은 유사한 역사적 경험을 가지고 있을 여러 나라의 문인이 한국의 문인이라는 말이 되기도 한다. 이 사실은 이미 오래 전에 이루어졌으되 어쩌면 우리만 모르는 사실일 수도 있다. 작품은 알되 문인은 모르는 것이 인류가 써온 오랜 작품의 비밀이기도 한 것이다. 이 모름 속에서 어떤 연대가 일어나는 사태가 지역 문학의 의사소통적 공공성, 사회의 정치화의 공공성을 드러낸다. 지역이라는 말이 입에서 발성되는 순간 우리 모두는 그 경험을 지금 하고 있다. 그러므로 지역은 더 강조될 필요가 있는 셈이다. 일제말 한국문학의 지역 인식에 대한 논의가 더 활성화 되어야 하는 것도 그 때문이다.

5. 결론

식민지시대에 형성된 로컬리즘을 살펴보는 행위가 단지 당대의 현황을 분석한다는 의미만을 갖는 것이 아니다. 이때 진정으로 역사적 되감기라는 행위가 의미를 지닐 것이다. 그것은 과거의 실천을 현재의 실천으로 되감아 현재에 의미 있는 것으로 재탄생시키는 행위이다. 따라서 그것은 실천적 힘들의 역학관계에 결부될 수밖에 없다. 구체적으로 말하면 그것은 지배적인 힘에 의해 상처받는 행위들의 결집물이라고도 할 수 있다. 이것은 아마도 김종한이 징병제 이전과 이후로 나뉘는 심정을 고백하고 그 이후의 황홀함을 고백하는 심사에 대비되는 그 이전의 상처 입은 마음과도 같은 것일지 모른다.

이렇게 본다면, 로컬리티란 단지 '탄생된 향토'에 연결되는 신원성만을 말하는 것은 아닐 것이다. 요컨대 로컬리티는 변용하는 공공성으로서 작용하는 것이라는 사실이 강조되어야 마땅하다. 그 이유는 최근의 '향토론'이 '향토' 내지 '고향의식' 혹은 '민족의식'을 식민주의적 조작의 결과라고 이해하는 편향이 강하게 나타나기 때문이다. 그러나 세상에 고정되어 있는 것이 없다면, 식민주의의 수단들도 마찬가지일 것이다. '향토'론이 좀 더 다양한 의미론적 맥락 속에서 이해되어야 하는 이유가 여기에 있다.

'향토'가 최근의 식민주의 담론에서 이해되는 것과는 정반대의 경우로 사유될 수는 없을까? 이를테면, 피식민지인의 향토론이 식민주의자들의 지배담론을 수용한 결과가 아니라 그에 대응하는 과정에서 인식주체의 주관적 능력을 통해 구성된다고 볼 수는 없는 것일까? 향토론이 모종의 숭고의 관념과 관계되어 있음을 무시할 수 없다면, 그것이 주관적 대상 변용이라는 사실도 인정되어야 할 것이다. 여기에서는 그러므로 인식주체의 활동이 부각된다. 인식주체의 활동이란 그가 처해 있는 조건적 대상들과 맺는 관계 형성에 다름 아니기 때문에 그 인식 주체가 어디에 놓여 있는가의 문제가 중요해질 수밖에 없다.

일제말기 만주담론과 만주기행

서 영 인*

1. 서론

이 글은 일제 말기 문헌들에 나타난 만주의 이미지를 통해 일제 말기 지배 이데올로기의 작동구조와 거기에 대한 당대 작가들의 반응양상을 점검하는 것을 목표로 한다. 만주가 문제의 쟁점으로 등장하는 이유는 일제 말기의 지배 정책과 식민지 경영방식이 만주를 통해 가장 극명하게 드러난다고 생각하기 때문이다. 당대의 매체들을 통해 만주를 둘러싸고 생성되었던 담론의 면면을 살펴보는 것은 지배 이데올로기의 작동방식과 그것의 균열로부터 생성되는 의도하지 않은 실천효과들을 점검하기 위해서이다. 더불어 작가들의 만주 기행의 체험을 담은 글들을 살펴보는 것은 기행문학의 성격 자체가 이미 상상된 이미지와 실제적 체험 사이의 거리에서 벌어지는 의외의 담론효과들을 가장 효과적으로 보여준다고 생각하기 때문이다. 기행문은 집이 아닌 곳, 일상적인 체험으로는 만나기 힘든 곳에서 얻은 견문들을 옮겨 놓는다. 그래서 여정에서 얻은 체험은 체험이

* 경희대학교

면서 또한 체험이 아니다. 그 일회적이고 낯설은 체험은 작가가 여행 이전에 가지고 있었던 관념과 상상에 고분고분하게 부합하지 않는다. 체험과 상상의 격차, 혹은 풍문과 실상의 격차가 기행문만큼 정직하게 드러나는 글도 없다. 이 글은 그 격차를 통해 식민주의에 대응하는, 식민주의를 인식하는 당대 작가들의 의식세계를 구명하고자 하는 의도를 갖고 있다.

국문학 연구에서 만주의 형상에 대한 연구는 최근에 활발하게 진행되고 있다. 이는 친일문학을 강압과 굴복의 메커니즘으로, 민족주의적 윤리의 문제로 바라보는 관점을 지양하고 그 내적 논리와 논의구조의 중층성 속에서 바라보고자 하는 최근의 친일문학 연구 경향의 연장선상에 있다. 김종호의 「일제 강점기 만주 유이민 소설 연구」[1]나 오양호의 『일제 강점기 만주 조선인 문학 연구』[2] 등에서 전반적인 면모가 개괄된 바 있으며, 이 글의 주요 관심사인 일제 말기 만주 이데올로기와 관련하여서는 윤대석의 『1940년대 '국민문학' 연구』[3], 김재용의 「일제말기 한국인들의 만주인식」[4]가 당대의 만주이데올로기와 그에 반응하는 문인들의 의식체계를 종합적이면서도 구체적으로 밝혀 주고 있는 대표적 성과이다. 서경석의 「만주기행문학 연구」[5]는 일제 말기 작가들의 만주기행문학을 망라하여 그 경향과 성격을 상세히 분별하고 있다. 이러한 연구를 기반으로 하여 본 연구에서는 일제 말기의 만주 경영의 이데올로기를 좀 더 구체적으로 살피고 그와 관련하여 만주담론과 만주기행에서 나타난 이데올로기의 현현양상을 살펴보고자 한다. 특히 관심을 두는 바는 당시의 일본 정책과 만주 이데올로기의 직접적인 구현방식, 그리고 거기에서 지배 이데올로기의 모순과 충돌이 드러나는 지점에 관한 것이다. 이는 이 논문이 구체

1) 김종호, 「일제 강점기 만주 유이민 소설 연구」, 경북대학교 박사학위 논문, 1995.
2) 오양호, 『한국문학과 간도』, 문예출판사, 1988.
3) 윤대석, 「1940년대 '국민문학' 연구」, 서울대학교 박사학위 논문, 2006.
4) 김재용, 「일제말기 한국인들의 만주인식」, 북방사 논총 12, 2006.
5) 서경석, 「만주 기행문학 연구」, 어문학 86호, 2004.

적으로 일제 말기 문인들의 만주기행을 주요 대상으로 한다는 점과 관련이 있다. 앞서 언급한 바와 같이 기행문은 작가의 대상에 대한 직접적 인상이 가장 선명하게 드러나는 글들이다. 이는 서사나 인물 등과 같은 요소들로 인해 작가의 인식이 여러 차례의 우회로를 겪는 소설과는 차별되는 지점이며 때문에 이데올로기와 그에 대한 관계양상이 더욱 분명하게 표상될 수 있는 것이다. 그래서 작가들의 기행문을 통해 당시 만주의 표상방식에 대한 대략적 지도를 그리는 일은 당시 문학의 복잡한 판도를 이해하는 사전작업으로서의 의의를 가질 수 있다.

이 논문은 일본의 만주 경영은 민족협화와 동아신질서 건설을 명분으로 하지만 이러한 지배 이데올로기가 실상과는 차이를 지닌다는 가설에서 출발한다. 그렇다면 문제의 초점은 작가들이 이 차이와 모순을 어떻게 받아들였는가에 놓이게 될 것이다. 지배 이데올로기를 내면화하는 적극적 과정이 없는 경우 기행문에서 이 모순은 그대로 드러난다. 지배 이데올로기의 내면화과정을 거치는 경우 이는 특정한 논리에 의해 봉합되는 방식으로 드러날 것이다. 논문은 우선 일본의 만주경영과 관련한 지배 이데올로기와 그 실상의 차이를 당시 담론들을 통해 살핀 후, 이러한 지배 이데올로기의 내면화여부, 혹은 방식에 따른 논리의 편차를 지적하는 방향으로 진행될 것이다.

2. 지배 이데올로기의 표상으로서의 만주 이미지와 그 실상

조선인의 만주 이민은 17세기부터 시작되었다고 말하지만 이 글과 관련하여 의미를 지니는 시기는 20세기 초반 구체적으로는 1909년 간도협약이 체결된 이후부터이다. 조선인의 거주를 공식적으로 보장했던 간도

협약의 체결은 전조선에 걸친 이민출현을 가능하게 했다.6) 이후 만주 이민은 1931년 만주사변과 1932년 만주국 수립을 기준으로 그 의미가 달라진다. 만주국 수립 이전의 만주이민이 경제적 이유로 인한, 즉 궁핍한 생활을 못이겨 새로운 생활터전을 찾고자 했던 빈민들의 이민과 정치적 이유, 일제의 통제를 피해 시대 개혁의 활동무대를 만주에서 구하기 위한 성격이 강하다면, 만주국 수립 이후의 이민은 일본의 대륙침략 정책에 의한 국책이민의 성격이 강했다. 지배정책과 관련하여 살핀다면 만주국 수립 이전의 이민은 중국, 러시아, 일본 및 서구세력의 각축장이 되어 있는 만주에서 일본이 인구적 우위를 점하기 위해 장려된 측면이 있다면, 만주국 수립 이후에는 본격적인 대륙침략의 첨단 기지로서 국방과 총력생산의 의무를 부과하기 위해 더욱 적극적으로 추진되었다고 할 수 있다.

국내 자료에서 만주 관련 담론이 가장 적극적으로 등장하기 시작한 시기는 1940년을 전후한 시기인데7) 이는 1938년 12월 고노에 수상의 동아신질서 구상, 1940년 2월의 신남경정부 수립, 1941년 2월의 삼국공동선언 등 일련의 시국 변화와 관련이 있다. 무한 삼진 함락 이후 중일전쟁이 지루한 대치상태에 빠져들게 되자 1938년 12월 고노에 일본 수상은 동아신질서 구상을 발표하게 되는데, 이는 일본을 중심으로 동아시아 여러 국가가 연합하여 서구 열강에 맞서는 동아신질서를 구축하겠다는 것을 의미한다. 이 과정에서 정복은 연맹으로, 지배는 협화로 그 의미가 변화하게 되는데, 동아시아의 제 국가들은 지배/피지배의 관계가 아니라 서구의 세력에 맞서기 위한 연맹의 공동주체가 되고 그래서 각 민족 간의 독자성

---

6) 김경일 외, 『동아시아의 민족이산과 도시-20세기 전반 만주의 조선인』, 역사비평사, 2004, 31쪽.

7) 한 조사에서 1932년에서 1945년까지 조선에서 발행된 잡지에 실린 기사 8081건의 제목을 분석한 결과 만주 관련 기사의 분포는 39년 15건, 40년 19건, 41년 39건, 42년 11건으로 40년을 전후해서 가장 압도적인 건수를 기록하고 있다. 윤대석, 『1940년대 '국민문학' 연구』, 서울대학교 박사학위 논문, 2006년 73쪽에서 참고.

존중과 협화의 의미가 강조되게 되는 것이다. 1940년 2월 왕정위에 의한 신남경정부가 수립되면서 이러한 구상은 한층 더 진전되는 것처럼 보이는데, 왕정위 정권은 일본에 저항하는 국민당 정부 대신 일본에 협력함으로써 동아 신질서 구상에 동의하는 친일정권의 성격을 띠게 되기 때문이다. 삼국공동선언 역시 전적으로 신남경정부의 수립에 의해 가능해진다. 삼국공동선언은 "만주사변 이래 십년간 완강하게 거부하여 오던 만주국을 그 본국인 중국이 대중적 입장에서 번연히 승인"한 것이며, 이로써 "이 삼국이 동아협동체의 최초의 기본단위가 되어 동아신질서 건설의 초석을 확립"8)한 것이라는 명분을 얻게 되는 것이다. 국민당 정부에 반기를 들고 탈출하여 신남경정부를 세운 왕정위는 끝까지 항일노선을 내세웠던 국민당 정부와 반대되는 입장, 즉 일본정부에 협력하여 새로운 동아질서를 만들어야 한다는 주장을 내세운 것인데 그로 인해 일본의 식민정책은 한결 더 추진하기 쉬워졌다. 만주사변 이후 만주국이 수립되었으나 여전히 만주국은 중국 땅이라고 주장하고 있던 국민당 정부와의 영토분쟁은 왕정위 정부에 의해서 형식적으로는 일단락되었던 것이다.

만주국이 일본 식민정책의 한 중요한 표상으로서 그 의미를 부여받게 되는 것은 이러한 사정에 의해서이다. 알려져 있다시피 만주국은 만주사변에 의해 세워진 국가로 명목상으로는 독립국이지만 실질적으로는 일본의 지배하에 있는, 관동군에 의해 세워진 괴뢰국이었다. 이러한 이중성 때문에 만주에 관한 담론은 그 표면에서 주장되는 바와 실질적 내용이 상당한 격차를 지닐 수밖에 없게 된다. 먼저 일본이 대륙진출의 과정에서 정복해 나간 국가들, 대표적으로 조선과 중국(실질적으로 중국은 완전히 식민화되진 않았으나)이 이전의 독립국에서 식민지로 그 성격이 변화하

---

8) 정진섭, 「삼국공동선언과 만주국의 장래」, 춘추 1941. 2. 이하의 인용은 현대어로 고치고 한자는 필요한 경우에만 병기함.

였고, 그리하여 본래의 민족적 국가적 동일성이 계속해서 갈등을 유발하는 원인으로 남아 있었다면 만주국은 그 양상이 좀 다르다. 어쨌든 만주국은 명목상으로나마 독립국이며, 일본의 대륙침략의 실질적인 성과물이자 신생국이었던 것이다. 그러므로 만주국은 일본이 대륙침략을 통한 영토확장의 제국주의를 실행하는 데 있어서 모든 새로운 질서가 출발하는 신개지였고 제국주의의 이미지를 포장하기 위한 최선의 장소였다. 만주는 서구와 일본이 제국주의적 야심을 위해 주로 사용해 온 근대적 창조물9)이라는 말이 그래서 가능해진다.

1936년 9월 조선인의 만주이민을 국책으로 수행하기 위해 서울에 선만척식주식회사와 신경에 만선척식유한공사가 설립된 사정은 조선 내의 실업문제와 자연재해로 인한 농민파탄을 식민지 외부에서 해결하기 위한 성격이 강했다. 중일전쟁 발발 이후 이는 좀더 적극적인 의미를 띠게 되는데 "장차 동아의 새로운 질서를 확립하는 데 초석이 되고, 만주의 신농촌을 건설하는 데 일본인의 지도적 역할을 확정한다는 것이다."10) 1939년 12월 「만주개척정책기본요강」이 발표되면서 조선인의 이민은 일본인의 이민과 같은 체계 내에서 다루어지게 되고, 조선인의 만주이주는 국책이민으로 관리되게 된다.11) 전시동원체제가 본격화되면서 만주 내 군수공업의 노동력 확보와 전쟁에 필요한 인력동원을 위해 만주이민이 더욱 적극적으로 추진되었던 것이며 이는 대륙진출과 동아시아 지배의 야심을 수행하기 위한 목적 때문이었다. 그러나 국내외의 만주담론에서는 이러한 실질적 목적은 당연히 은폐되었고 그 대신 강조된 것은 동아신질서가 실현되는 이상적인 곳, 개척과 개발에 의해 새로운 발전이 진행되는 신세

---

9) 김경일 외, 앞의 책, 17쪽.
10) 손춘일, 「일제의 재만한인에 대한 토지정책 연구」, 한국 정신문화연구원 박사학위
    논문, 1998, 193쪽.
11) 손춘일, 앞의 논문, 194-200쪽 참조.

계로서의 이미지였다. 또한 무력에 의한 지배가 아니라 동아신질서 건설을 위한 동아시아 제 민족의 자발적 협력과 연맹의 의미를 강조하기 위한 곳으로서도 만주는 최적의 공간이었다. "만주는 이산, 정착, 유리(遊離)와 탈출, 방황으로 점철된 무수한 다중적 정체성이 형성되고 경험되어 왔던"[12] 장소였으며 이러한 다중적 정체성이야말로 동아신질서의 기치 아래 새로운 건설과 화합의 장으로서의 의미를 부각시키는 데 효과적인 역할을 했던 것이다.

일제 말기 만주와 관련한 글들에서 '오족협화', '이상낙토'라는 말이 자주 등장하는 것은 이러한 사정 때문이다. <삼천리>에서는 1940년 3월, <조광>에서는 1939년 7월과 1941년 6월에 만주특집을 마련하여 만주와 관련한 여러 글들을 싣고 있는데, 두드러지는 것은 바로 만주에서 새롭게 건설되는 신질서의 기운과 관련한 것이고 또 하나는 만주의 개척과 관련한 것들이다. "대체로 최근의 만주에서는 침체의 그림자는 발견할 수 없으며 신흥기운과 건설의 활기는 역연하다."[13]는 식의 발언은 당시에 만주를 보는 조선인들의 시선 중 가장 대표적인 것이라 할 만하며, 이는 일본의 동아신질서 이데올로기에 그대로 일치하는 것이기도 하다. 이태우는 이 글에 이어 만주국의 민족협화정신을 설명하고 있는데 이러한 민족협화는 <만주협화회>를 그 물질적 기반으로 하는 만주 통치의 이데올로기가 되는 셈이다.

> 만주국은 복합민족국가이며 내지인을 중핵으로 하야 만, 선, 몽, 로 등의 각민족으로써 국가를 형성하고 있는데 이러한 국가를 통치하자면 각 민족을 한 개의 감과(坩堝) 중에 융합하고 각 민족을 혼연조화시키는 동시에 민의의 창달을 도모할 필요가 있다. 만주국의 건국정

---

12) 김경일 외, 앞의 책, 17쪽.
13) 이태우, 「만주생활단상」, 조광, 1939. 7.

신으로서 설명되고 있는 민족협화의 실현, 왕도낙토완성, 도의세계의 창건은 이러한 필요에서 생기게 되는 것이다. 이리하야 무궁한 건국정신에 의해 만주국의 정치는 민주주의적 회의정치도 아니고 전제정치도 아니며 민족이 협화하야 공정한 민의를 반영한 관민일여의 독창적 왕도정치를 실현하고 있다. 이 도의국가정치에 의하야 구군벌정권하에서 도탄에 신음하고 있던 삼천만 민중에게는 소생의 광명이 비치고 각민족은 그 능력에 적용한 직책을 담당하고 있다.[14]

그런데 이 인용문에서 주목할 사항은 현재의 만주와 과거의 만주를 구분하고 있는 시선이다. 현재의 만주는 신흥기운과 건설의 활기로 가득차 있으며 이는 만주국 건설의 덕분이라는 논리, 따라서 과거의 만주는 군벌 치하에서 신음하던 불모의 땅이 되는 것이다. 조선, 일본, 중국, 만주, 몽고의 오족협화가 강조되지만 실상 그 오족협화는 각 민족을 동등한 가치로 존중하는 것이 아니라 개발자와 개발대상자로 나누어지는 지배 원리 속에 포함되어 있었다. 그리고 조선민족은 한편으로는 오족협화의 동등한 권리와 의무를 지닌 독립적 민족으로, 한편으로는 만주의 개발자이자 개척자인 일본국민의 일원인 모순적 논리 속에 존재하게 된다. 조선 내에서는 '내선일체'가 강조되는 한편으로 만주국에서는 '오족협화'가 강조된다는 사실, 당시의 만주국은 말하자면 일본에 포함된 식민지인으로서 개발과 개척에 참여한다는 정체성과 제 민족의 협력과 협화라는 이데올로기를 수행하는 독립적 주체라는 정체성이 혼재하고 있었던 공간이었던 것이다. 이는 '오족협화'와 '내선일체'를 함께 강조하는 지배정책이 지닌 근본적인 모순에서 나온다. 이는 만주국을 독립국으로 내세우지만 그것이 근본적으로 일본의 대륙침략에 의해 가능한 것이라는 이중적 논리의 연장선상에 있는 것이기도 하다.

---

14) 이태우, 위의 글.

그래서 일제 말기 만주 관련 담론에서 제시되는 바, '왕도낙토의 이상향'의 이데올로기는 지배적인 것처럼 보이지만 사실상 그렇게 지배적이지도 일관성이 있지도 않다. <만주협화회>라는 이데올로기적 지배기구가 지향하는 바는, 혹은 표면적으로 주장하는 바는 새로운 건설의 기운이 역연한 만주 이미지일지 모르지만 그것은 실상과는 차이를 지니는 것이다. 만주에 거주하는 조선인들이 대부분 "부정업이라든가 금제품(禁制品)업자로 활동의 명랑성을 결여"하고 있으며 "아무런 규제도 제약도 없이 단순한 생활본위로 주집(湊集)한 소위 자유이민들로부터 군대적 규율과 모범적 생업질서를 바란다는 것은 불가능"[15]하다는 지적은 이데올로기적 허상과 만주국 조선인들의 실상 사이의 격차를 드러내고 있는 것이라 할 만하다. "한사람의 질이 나쁜 선계(鮮系)의 존재는 백사람의 훌륭한 우리 민족의 노력을 헛되이 만드는 사실이 적지 않다. 만주는 동양 각민족의 표준진열지라고도 할 수 있는 현상에 비치어 좀더 착실한 훌륭한 선계가 와 주어야 하겠다."[16]라는 언급 역시 당시 만주에 거주하는 조선인의 생활이 그리 풍족하거나 질서정연한 것이 아니라는 사실을 짐작케 한다.

동아신질서 건설의 본령으로서의 만주 이미지와 만주의 실상 사이에 존재하는 격차를 통해 당대의 담론 생산자들이 일본의 지배 이데올로기가 지니는 모순을 간파할 수 있었는지는 분명치 않다. 그것이 가능했다 하더라도 우리가 접할 수 있는 문헌을 통해 이를 확인하는 것은 쉬운 일이 아닐 것이다. 다만 일본의 지배 이데올로기에 동의하면서, 그것이 제대로 실현되기 위해서는 조선의 독자성이 더욱 확보될 필요가 있다는 다음과 같은 지적은 지배 이데올로기가 지닌 균열과 모순의 틈새에서 끊임없이 식민지인으로서의 조선의 정체성을 확인해가는 과정을 보여준다고 할 것이다.

---

15) 이상호, 「북지와 조선인」, 조광 1939. 9.
16) 이운곡, 「鮮系-만주생활단상」, 조광 1939. 7.

물론 만주의 신흥경제가 중공업과 아울러 일반공업이 발전하는 것은 조흔 일이지마는 그러나 그로 말미아마 조선공업의 파행성이 일층 중대하는 것은 도라보지 아니할 수 없다. 그리고 당면한 현실문제에 있어서 조선에는 자금난이 생길만큼 사업계가 침체하게 하는 하나의 큰 원인이 역시 만주의 신흥사업관계로 말미암은 것은 말할 필요도 없다.[17]

대동아전쟁을 위해 일만지 블록경제가 성립되고 있는 상황에서 만주개발과 건설 붐은 도리어 국내 산업의 침체를 불러올 수 있다는 사실, 그러므로 만주개발은 조선민족이 모두 환영하며 달려들어야 하는 호재가 아닐 수 있다는 사실을 지적하는 과정에는 결국 만주개발은 일본의 이익에 부합하는 것일 뿐이라는 암시가 들어있다. 물론 김명식은 동아협동체는 일본을 중심으로 한 것이며 조선은 그 하부구조에 놓여 있다는 것을 인정하는 선에서 조선의 독자성을 주장하고 있다. 김명식을 비롯한 조선의 독자성 논의를 더욱 밀고 나간 논자들에 대해서는 따로 검토가 필요하겠지만 여기에서 우선 확인할 수 있는 것은 이상낙토의 만주 이미지가 당시의 지배 이데올로기에 의해 적극적으로 유포된 것은 사실이지만 그것과 모순되는 현실의 실상들이 그 이데올로기의 균열 틈새에서 터져나오고 있었다는 사실이다.

3. 철도여행—근대와 근대초극의 이율배반

1939년 7월 <조광>에서는 만주문제 특집을 싣고 있는데 함대훈은 만주를 직접 여행하고 만주의 사정을 국내에 알리기 위해 만주여행길에 오

---

17) 김명식, 「장기사변하의 경제정세」, 조광 1939. 9.

르고 이 여행의 기행문을 조광에 수록하고 있다. 함대훈의 만주여행은 서경석의 지적처럼 "일본의 만주국에 대한 입장을 가장 선명하게 반영한 글"이며, "<일본의 생명선>이 되는 만주침탈을 적극적으로 옹호하는 입장"[18)으로 정리된다. 그러나 또한 함대훈의 글에서 이러한 시선이 일관되게 유지되고 있는 것은 아니라는 점도 동시에 지적되어야 하겠다. 기행문 곳곳에도 나타나거니와 함대훈은 일정에 쫓겨 만주의 주요도시를 급하게 '시찰'하고 있으며 그래서 '만주침탈 옹호'라는 '시찰자'의 입장과는 다른 풍경들은 온전히 저자의 시선 속으로 흡수되지 못한다.

우선 함대훈의 글에서 드러나는 정복자의 시선으로 바라본 만주에 대한 감상을 확인해 보자. 실제로 함대훈은 만주까지 기행을 하면서 대륙의 풍모에 감격하고 만주국의 발전상에 놀람을 금치 못하며 거기에서 대륙건설의 희망을 본다. 그리고 그의 이러한 기행은 조선에서 만주로 이어지는 철도를 따라 이루어진다. 경성발 신경행 특급 <노조미>를 타고 봉천까지 가서 봉천에서 다시 신경으로 신경에서 하얼빈으로 이어지는 여정인 것이다. 이는 조선에서 만주로 가기 위해서 거치는 전형적인 철도여행의 행로라고 할 수 있다[19). 또한 이는 일본이 만주 경영을 위해 건설했던 철도의 중심노선이다. 그러므로 이 철도의 노선을 따라 펼쳐지는 풍경은 일본 식민지 근대의 핵심을 보여 주며 속도와 문명을 통한 개발과 지배의 압축판이었다고 할 만하다. "만철(남만주철도주식회사의 약칭-인용자)은 동아시아에서 '속도와 정치', '일상과 제국', '위령(慰靈)과 열광', 그리고 '지식과 권력'을 접속시킨 이음매"[20)였던 것이다. 함대훈이 여행했던 봉천, 신경, 하얼빈은 이 만철의 주요노선을 잇는, 식민지 개발에 의해 성립된 만주사변 이후의 식민국 만주를 상징하는 도시들이었다. 일제 강점

---

18) 서경석, 「만주국 기행문학 연구」, 어문학 86호, 2004, 349쪽.
19) 고바야시 히데오(임성모 역), 『만철』, 산처럼, 2004, 26쪽.
20) 위의 책, 246쪽.

기의 철도가 공간을 장악하고 지배하는 근대적 문명의 상징으로 간주되었던 사실은 여러 여행소설이나 근대문명체험을 다루고 있는 문인들의 글에서도 잘 알려져 있는 바, 또한 그것은 식민지 지배와 침탈의 수단이기도 하였다. 여행자들은 기차의 속도에서 근대문명에 대한 매혹과 공포를 동시에 경험할 수밖에 없었으며 그것은 또한 식민지인의 남루한 일상을 차창을 통해 확인하는 과정이기도 하였다. 함대훈의 여행길 역시 그러한 기차의 속도와 여정을 따른 여행이었으며 일본의 만주지배의 노선을 따르는 길이기도 하였다. 그가 기행한 봉천, 신경, 하얼빈은 만철의 주요 노선, 철도가 놓이면서 모든 원료와 공업이 집중되고 발전했던 근대적 만주국 지배의 산 증거였던 것이다. "1906년부터 1945년까지 20세기 전반의 반 세기를 버텨온 이 회사(남만주철도주식회사(약칭 만철)—인용자)는 일본 최대의 주식회사로서 중국 동북(東北)지역, '만주'에 군림했다. 만주의 중요 산업을 지배하고, 철도 인접지역에 '부속지'라는 이름의 '영토'를 가진 이 회사는, 명칭은 주식회사였지만 그 실상은 하나의 식민지 국가였다."[21]

함대훈은 "만주건국 이래 육년의 세월이 흐른 금일에 있어서는 만주로 간다는 말이 「일을 하러 가고 희망을 갖고 간다」"[22]는 의미가 되었다고 서두를 열면서 만주기행을 시작한다. 철도에서 내린 만주는 "대륙적인 호흡"을 하게 하는, "즐편한 너른들이 보기에 너무 시원"한 곳이다. 그리고 그 철도의 노선을 따라 도착한 만주국의 수도 신경은 "높고 큰 건물과 넓고 긴 도로가 질서정연히 째여 있는" 놀라운 모습이다. 그리고 그는 이러한 신경의 모습에서 일본의 위력을 실감하고 거기에 찬탄을 금치 못한다.

---

21) 고바야시 히데오, 위의 책, 15쪽.
22) 함대훈, 「남북만주편답기」, 조광 1939. 7. 이하 함대훈의 글에서 인용부분은 " "로 표시하며 출처를 따로 명기하지 않음.

이 건설이 만주인도 아니오 조선인도 아니오 일본인이다. 일본인의 위력은 이마침 크다. 이제 지나사변이 장기전에 갔으나 이 만주사변으로부터 팔년, 건국으로부터 육년에 이만한 건설면을 보면 지나에 대한 것도 넉넉히 단시일에 건설할 것이라 보는 것이 여기 와서 더 느낄 수 있다.

그가 바라보는 만주는 만철 노선을 따라 펼쳐진 일본의 식민지 개발의 역사이며 문명화 도시화된 식민지 건설의 위력이다. 이는 철저히 근대적 개발논리에 의해 진행된 식민지 정복의 위력이기도 하다. 그리고 여기에 '오족협화'는 명목만 있다. 함대훈의 여정에서 두드러지는 만주의 풍경은 아편굴과 빈민가의 만주인들, 중국인들과 대비되는 일본제국의 도시건설의 위력과 가치일 것이며, 그러므로 만주인, 중국인과 일본인은 협화하는 연맹의 주체가 아니라 지배/피지배 개발/야만의 철저한 우열관계에 놓여 있다. 이런 관점에서 볼 때 '오족협화'가 '만몽개척총국' 실무과장의 입을 통해 언급되는 부분이 흥미롭다. "청소년이민은 각민족을 넣어서 공동훈련"을 시킬 계획인데 이를 통해 "민족협화는 점차 순조로히 진행"될 예정이라는 것이다. 말하자면 오족협화는 각 민족의 특성을 존중하고 인정하는 과정에서 협조와 화합을 통해 이루어지는 것이 아니라 일본이 만주개척과 이민자 관리를 위해 세운 만몽산업주식회사의 정책에 의해 청소년들을 교육함으로써 이루어진다는 것이다.

'오족협화'와 함께 만주국의 또 다른 건국정신 슬로건인 '왕도낙토 실현'이나 '도의세계 창건'은 이른바 서구적 민주주의나 전제주의에 대비되는 동양적 정치체제를 의식한 것임이 분명하지만 만주국 지배체제의 실상은 전혀 그렇지 않다. 그들의 식민지 경영은 전형적인 근대의 논리에 따른 정복과 개발의 역사였던 것이며 이는 철도와 만주의 산업화, 도시화가 증명한다. 반자본주의, 서구적 근대 극복을 지향하며 내세웠던 동아신질서는 실상 자본주의적 정복과 개발을 통해서만 그 실현을 기약할 수 있었던 것이며 이는 일제 말기 식민지 경영이 지닌 대표적 모순이라 할 만하다.

물론 함대훈은 여행의 과정에서 이러한 지배 이데올로기의 모순에 대해 언급하고 있지도 않거니와 그 모순을 지각하지도 못한다. 이는 그가 지배 이데올로기를 스스로 내면화하고 그것에 동의하는 과정을 겪지 않았음을 의미한다. 실제로 함대훈은 정해진 여정에 따라 쫓기듯이 만주를 기행하고 그곳의 풍물을 옮겨 놓았을 따름이며 지배정책에 관련한 내용은 당국자들의 안내, 면담을 그대로 옮겨 놓은 것에 불과하다. 이는 곧 정복자의 시선이 이 글을 관통하고 있으나 또한 그것은 저자에 의해 내면화되지 않은 지배 이데올로기의 일방적 전달이기도 하다는 사실을 의미한다. 그렇기 때문에 함대훈의 글은 만주의 다양한 실상과 지배 이데올로기 사이의 격차를 봉합하지 않은 채 그대로 드러낸다. 그래서 그의 기행문은 당국자들의 안내에 의해, 당국자들의 시각으로 본 것과 자신의 감상으로 분열되어 있다. 특히 하얼빈에서의 기행 내용은 이러한 경향이 두드러지는데, 외인묘지, 송화강을 방문한 후의 감상은 북국의 이국적 정서와 대륙적 풍모에 대한 선망과 감회를 솔직하게 드러내고 있다. 물론 만주에 대한 당시 제국의 이미지는 개척과 개발의 공간으로서의 이미지 뿐 아니라 혐오공간, 혹은 자유와 낭만의 도주공간으로서의 이미지도 포함하고 있다. 이는 민족차별의식이나 문명화의 사명감, 대국주의적 내셔널리즘의 요소가 중첩되어 나타난 결과일 것이다.23) 문제는 이것이 어떤 식으로든 내적 합리화의 과정을 거치지 않은 것이었다는 점이고 그래서 함대훈의 기행문에는 이국에 대한 선망, 혹은 낭만적 감상과 개발과 개척에 대한 찬탄이 분열된 채로 존재하고 있다.

---

23) 임성모, 「근대 일본의 만주 인식」, 『북방사 논총』 12호, 2006.

당국자의 시선에 의존한 만주는 개발과 개척이 착착 진행되고 있는 제국주의의 눈부신 성과물이다. 그러나 그 개발과 개척이란 앞에서 언급한 바와 같이 새로운 동아신질서의 근거라기보다는 자본주의적 근대의 개발 논리에 의한 전형적인 제국주의적 질서 하에 있다. 그리고 그 이면에는 유혹과 공포가 공존하는 미지의 공간으로서의 만주가 존재한다. 이 미지의 공간으로서의 만주는 개발과 개척의 대상지라는 의미로 이데올로기화될 수도 있지만 역설적으로 말해서 이데올로기로 봉합되지 않고는 이해되지 않는 모순을 의미하는 것이기도 하다. 함대훈은 당국자의 이데올로기를 자신의 논리로 내면화하지 않은 채 수용하였기 때문에 이 모순을 그대로 드러낸다. 당대 이데올로기를 복사해 내면서 당대 이데올로기가 가진 모순까지도 그대로 복사하고 있는 것이다. 또한 함대훈의 기행문은 만주의 복잡하고 분열된 양상, 정복의 대상이며 증거물이었으나 쉽게 정복되지 않는 공간으로서의 만주라는 양면성을 드러낸다.

4. 만주 개척 – 생산과 생존의 차이

함대훈의 만주기행은 만주의 복잡하고 분열된 이미지를 드러낸다. 그러나 이는 작가의식에 의한 것이라기보다는 오히려 작가의식이 충분히 작용하지 않았기 때문에 빚어진 의외의 효과라고 할 만하다. 그래서 함대훈은 만주에서 발견한 여러 풍경을 이해하고 분석하는 대신 나열하고 있을 따름이다. 이데올로기가 위력적인 이유는 그것이 강압적이기 때문이 아니라 주체가 스스로 동의하는 과정을 거쳐 그것을 자발적으로 내면화할 수 있기 때문이다.[24] 그리고 이 자발적 내면화의 과정에서 이데올로기

---

24) 알튀세르가 "이데올로기는 그들의 실재 존재조건에 대한 개인들의 상상적 관계의

는 각 개인들의 이해방식에 따라 변형된다. 개인의 이데올로기가 지배적 이데올로기와 충돌하면서 나름의 봉합, 혹은 균열이 일어나는 까닭이다. 그러므로 당시 만주와 관련하여 유포되었던 지배 이데올로기를 나름의 방식으로 이해하고 논리화하는 과정을 거친 작가들의 작품을 더욱 주목해서 살펴볼 필요가 있다. 이는 대규모 정책이민에 의해 건설되던 개척지를 중심으로 한 기행문에서 주로 드러난다.

가령 장혁주의 경우는 당대의 지배 이데올로기를 가장 적극적으로 수용, 내면화한 경우에 해당한다. 장혁주는 1939년 만주를 방문한 이후 여러 차례 만주를 방문했고 이는 주로 당국이 만주개발과 개척을 선전하기 위해 구성한 시찰단의 일원으로서 참여한 것이었다. 만주 이민은 초기의 방임에서 중일전쟁 이후 정책적 장려로 바뀌었는데 이는 전쟁물자 확보와 만주에서의 일본의 지배력 강화의 필요에 의한 것이었다. 이 때 만주는 '옥토낙원'의 이미지로 이데올로기화되었는데, 즉 만주는 무한한 자원과 풍요를 보장하는 미답의 신개지였던 것이다. 그러나 이러한 이데올로기적 선전과 그 실상은 판이하게 달랐다. 황무지를 개척하는 과정에서 겪었던 조선이민들의 고통이나 시련은 이루 말할 수 없을 정도였으며 정착 이후에도 주택난과 교육난 등이 심각하였으니 당시의 만주는 결코 풍요한 삶을 보장하는 낙원이 아니었던 것이다.25) '옥토낙원'의 이데올로기와

표상이다", "이데올로기는 개인들을 주체로서 호명한다"라고 말한 의미에서이다. 루이 알튀세르(김동수 역), 「이데올로기와 이데올로기적 국가장치」, 『아미엥에서의 주장』, 솔, 1991.
25) 당시의 정책이민은 자발적인 것이 아니라 도별로 구체적인 할당 호수를 정한, 강제 이민의 성격이 강하였으며 이민 이후에도 생활기반시설이 전혀 갖추어지지 않고 안전도 보장되지 않아 숱한 고난을 겪었음을 당시의 문헌을 통해서 확인할 수 있다, 실제로 조광 1942년 10월호에 실린 「개척민 부락장 현지 좌담회」에서 개척민들은 "조선서 듣던 것보다 다른 점이 많아서 퍽 서운하다"면서 주택난, 의료난, 치안문제, 교육난, 결혼난 등의 애로를 말하고 있다. 만주국의 도시 가운데에서 가장 발달했던 봉천시에서도 주택난이 심각하여 조선인 거주지역이 "불결과 추태의 온

실상 사이의 격차는 당시 이데올로기가 지닌 모순, 혹은 이데올로기가 은폐하고 있는 내용을 발견하게 해 주었을 터인데 장혁주는 고난극복의 의지를 강조하면서 이 모순을 봉합한다.

> 개척민 제군이 과거의 비애를 그 알칼리 지대를 옥토화하는 의기를 저버리듯이 더 한층 나아가 자기가 가진 모든 민족적 흠함을 극복하고 십년동안 쌓여나온 그 개척정신을 더 한층 발휘해서 더 큰 성과를 이루도록 해 주기 바란다.[26]

고난은 넘어서야 할 장애에 불과하며 토질개선을 통해 수확의 성과를 얻고 있으니 그것도 이미 과거의 것이다. 개척민들이 만주에서 겪었던 고난은 결국 옥토낙원의 이데올로기가 실상에 부합되지 않는다는 것을 알리는 증거물일 텐데 여기에서 장혁주는 그것을 극복하려는 의지를 강조하는 방식으로 그것을 봉합한다. 그렇다면 고난극복의 목표는 어디에 있는가. 바로 '민족적 흠함'의 극복이다. 만주에서의 고난은 민족적 흠함과 같은 자리에 놓이고 민족적 흠함을 극복하여 일본인과 같은 위치에 놓이기 위해서는 불굴의 의지로 그 고난을 극복하려는 자세가 필요하다는 것이다. 그렇다면 만주는 민족적 흠함을 극복하고 온전한 일본인이 되기 위한 시험대가 된다. 그러므로 개척 정신의 원동력은 일본민족과 조선민족의 격차, 혹은 정복자의 대열에 함께 서고 싶은 욕망이다. 이는 장혁주가 만주개척을 내선일체의 관점에서 이해했다는 분석[27]과도 통하는 바가 있다.

상"으로 비쳐졌다고 한다(윤휘탁, 「<만주국>의 2등 국(공)민, 그 실상과 허상」,『역사학보』169집, 2001. 3). 일제말기의 정책이민과 그 통제방식에 대해서는 김기훈, 「일제하 '만주국'의 이민 정책 연구 시론」, 아시아 문화 18호, 2003. 유원숙, 「1930년대 일제의 조선인 만주이민정책 연구」, 부산대학교 교육대학원 석사학위 논문, 1992. 참조.

26) 장혁주, 「개척지 시찰 보고」, 매일신보 1942. 6. 15.

27) 김재용, 「일제말 한국인의 만주인식」, 북방사 논총 12, 2006.

대규모 정책이민이 강제적 성격이 강했고 이민자들의 생활은 기대했던 것과는 딴판이었다는 점, 그리고 이민자들은 대다수 조선에서의 가난을 견디지 못해 떠나온 사람들이었다는 점에서 만주기행은 이데올로기적 선전과 만주 실상과의 격차를 확인하는 자리였다고 할 수 있다. 장혁주는 이 격차를 민족적 한계를 극복하는 불굴의 의지를 강조함으로써 봉합했다. 만주 기행을 나섰던 작가들 중 이데올로기를 내면화하는 또다른 방식을 보여주는 작가로 이기영을 들 수 있다. 이기영은 이전부터 농민들의 생활상에 깊은 관심을 두고 농민소설을 창작했던 작가였고 이는 만주개척에 특별한 관심을 보이는 계기가 되었을 것이다. 「국경의 도문」(문장 1939. 11), 「만주와 농민문학」(인문평론 1939. 11), 「만주견문─대지의 아들을 찾아」(조선일보 1939. 9. 26.~10. 3)을 통해 이기영의 만주인식의 일단을 볼 수 있다.

먼저 이기영의 만주기행에서 두드러지는 것은 이주농민들의 생활과 생존에 초점을 맞춘 시각이다. 그가 바라보기에 만주이민은 "소작농도 할 수 없어 바가지를 차고 국경을 넘어 바람거친 만주로 들어"[28]온 사람들이다. 그러므로 그의 관심은 이처럼 갈 데없이 만주로 들어온 사람들이 어떻게 만주에 정착하고 생활의 개선을 이룰 수 있겠는가 하는 데에 있다. 그의 만주기행이 만주의 생활풍습과 토질, 농사방법과 소작료 등에 대한 관찰과 분석에 많은 부분을 할애하고 있는 이유이기도 하다. 그래서 그의 만주기행은 만주생활안내이며 만주에서 농사를 지어 정착하는 방법에 대한 고심이라고 해도 과언이 아니다. "절치부심을 해서라도 일야 근농하여 생활을 향상하고 남는 것이 있으면 고국의 친척을 돌봄"[29]이야말로 이기영이 바라보는 만주이민들의 목표이자 생활방향이었던 것이다.

---

28) 이기영, 「만주견문─대지의 아들을 찾아」, 조선일보 1939. 9. 29.
29) 이기영, 위의 글, 조선일보 1939. 9. 29.

이기영에게 있어서 '만주개척'이란 조선인 만주이민들의 생활향상과 정착 그 이상도 이하도 아니었던 것이다. 그래서 이기영은 '옥토낙원'의 지배 이데올로기와 실상의 격차라기보다는 만주이민들의 고난 그 자체에 집중했다. 그의 봉합점은 만주이민들의 생활향상이라는 관심사였던 것이다. 그러나 이는 곧 만주개척과 생산력 향상, 그리고 만주의 영토를 장악하는 신농촌 건설이라는 지배이데올로기의 목적과도 무관하지 않은 것이다. 이기영은 당대의 '옥토낙원'이라는 지배 이데올로기를 궁핍한 조선이민들의 생활향상이라는 측면으로 이해했기 때문에 이런 지배 이데올로기에 대해 충분한 자의식을 갖지는 못하였으며, 경우에 따라 그의 만주이해는 지배 이데올로기를 강화하는 결과를 불러오기도 한다.[30] 이기영은 농민들의 생활향상과 근농정신에 문제의 초점을 두었으므로 일제말의 지배정책 자체는 관심의 대상이 아니었다고 말할 수 있다. 그러므로 그는 적어도 의식적으로는 지배 이데올로기에 동의하지 않았다. 그러나 그가 의식하지 않았기 때문에 그의 담론이 은연중에 지배 이데올로기를 강화하는 효과를 발휘했다는 점을 함께 지적할 필요도 있다. 마찬가지로 그가 만주이민들의 생활향상이라는 자신의 관심사에 집중했기 때문에 거기에 부합되지 않는 지배이데올로기에 비판적 입장을 취하는 것도 가능했다. 그래서 당시의 만주이민정책이나 '옥토낙원'의 이데올로기는 농민들의 이익에 부합하지 않는 경우에만 충돌을 일으킨다. 중간에서 이주민들의 소작을 가로채는 브로커들에 대한 비판, 당시의 주요정책 중 하나였던 자작농창정은 "15년이나 20년의 장기를 두고 상환케 한다면 작인의 심리는 벌써 전도요원한 감을 가지게 할 뿐더러 해마다 지력은 체감하여 소출도

---

30) 이기영의 광산소설이 생산하는 육체에 매몰되어 그 생산의 효과, 즉 일제의 생산력 증대 정책에 암묵적으로 동조하는 효과를 고려하지 못했으며, 이기영의 소설에 나타난 친일의 논리는 이 지점에서 비판할 수 있다는 지적을 참고할 수 있다. 이원동, 「파시즘의 육체담론과 일제말기 이기영의 소설」, 어문학 94호, 2006.

감소해질 것"31)이므로 개선되어야 한다는 지적 등이 그것이다32). 이기영은 지배 이데올로기를 '농민들의 생활향상', "원시적 자연을 변개하는 위대한 창조성"33)이라는 관점에 흡수하여 내면화했던 것이다. 그리하여 이기영은 부분적으로 당대의 지배 이데올로기에 동의하지만 또한 부분적으로 당대 지배 이데올로기가 지닌 균열을 파악해 내기도 했다. "그의 자각 여하로 만주는 왕도낙토를 만들 수도 있는 반면에 타락의 구렁을 영구히 헤맬 수도 있다"34)는 언급은 곧 이기영의 지배 이데올로기 이해 방식이기도 하다.

만주를 개척의 관점에서 이해하느냐 조선이민들의 생존이라는 관점에서 이해하느냐에 따라 당대 지배 이데올로기와의 관계는 달라진다. 이기영의 만주이해가 당대의 지배 이데올로기와 분별되는 것은 개척을 생존의 관점에서 흡수함으로써 가능했다. 이태준은 적어도 만주의 개척 이데올로기에 대해서는 이기영보다 더 먼 거리에 있다고 할 수 있는데 이는 이태준이 만주를 이주민들의 생존의 땅으로 이해했을 뿐 아니라 여기에 민족적 수난과 비애의 정서를 덧붙여 읽었기 때문이었다.

이태준의 만주 기행35)은 그 행로에 있어서는 앞에서 언급한 함대훈의 행로와 그리 다르지 않다. 경성에서 봉천으로 가는 기차를 타고 봉천에서 내려 박물관과 동선당을 기행하고 봉천에서 신경까지는 만철 특급 '아세아'를 타고 달린다. '아세아'는 당시 이미 시속 100킬로 이상을 주파했던

---

31) 이기영, 「만주견문—대지의 아들을 찾아」, 조선일보 1939. 10. 3.
32) 실제로 자작농 창정 정책은 금융고리대적 성격이 강했고 빈곤한 조선인 농민을 일본식민회사의 토지에 얽매여 놓고 통제하는 수단이기도 했다. 유원숙, 앞의 논문 참조.
33) 이기영, 「만주와 농민문학」, 인문평론 1939. 11.
34) 이기영, 「만주견문—대지의 아들을 찾아」, 조선일보 1939. 9. 29.
35) 이태준의 만주기행은 「이민부락견문기」라는 제목으로 조선일보 1938. 4. 8.~4. 21에 발표되었다. 후에 「만주기행」으로 『무서록』(박문서관, 1941)에 수록되어 있다. 둘 다 일제말기에 발표되었기 때문에 이 글에서는 둘 다를 참고한다.

특급 열차36)로 대륙을 정복하는 속도의 진면목을 보여 주는 문명의 이기라 할 만하다. 이태준은 대륙의 광대함과 풍모에 감격하지만 그것을 정복하는 열차의 속도에 온전히 몸을 내맡기지 않는다. 그에게 기차는 "거대한 육지, 거대한 공간, 그 위에 덮인 밤, 바다 밑바닥을 조그만 미꾸리가 기어가는 것 같은"37) 것일 뿐이다. 웅대한 자연을 뚫고 달려가지만 그 자연에 비할 때 문명의 이기란 한갓 작은 미물에 불과한 것이다. 광막한 시야에 철로를 깔고 망치를 들고 시운전했던 사람들을 상상하나 그 다음에 이어지는 구절은 "모든 무대는 오직 주연자에게만 영예를 허락"38)한다는 사실이다. 봉천역의 대합실에서도 그는 북경이나 천진으로 팔려가는 젊은 여자들을 보면서 쓸쓸한 '골육감(骨肉感)'을 느끼며 "새 이발기계로 머리를 깎는 때 같은 감촉"을 주는 특급열차의 질주 속에서도 그가 보는 것은 식당간에서 급사로 일하는 로인소녀(露人少女)들의 가엾은 모습이다. 이처럼 근대문명의 뒤안길을 보는 시선에 의해 이태준의 「만주기행」은 지배 이데올로기로부터 거리를 확보한다.39)

이태준의 만주기행이 신경에서 하얼빈으로 가는 대신 오지의 농민개척촌으로 행로를 정하면서 이 거리는 좀더 분명해진다. 쉴새없이 달려 엄

---

36) 고바야시 히데오, 앞의 책, 22쪽.

37) 이태준, 「만주기행」, 『무서록』, 깊은 샘, 1994, 162쪽. 이 부분은 「이민부락견문기」에는 없고 『무서록』에는 첨가되어 있다. 이 글에서 논하지는 못하지만 만주개발에 대한 이태준의 인식이 시간이 경과함에 따라 더 분명해진 증거로 읽을 수 있다. 이 글에서 참고한 깊은샘에서 출간된 『무서록』은 1944년에 발간된 3판을 저본으로 삼았다고 되어 있다.

38) 「이민부락견문기」에는 오직 "선수(選手)된 자에게만 영예를 허락하는 것"이라고 되어 있고 『무서록』에는 '선수된 자'가 '주연자'로 바뀌어 있다.

39) 이태준은 조선이민들 외에도 백계로인들의 쓸쓸한 처지에 대해서도 언급하고 있는데, 이는 조선 이민의 처지를 소외된 민족들의 비애에 겹쳐 읽었기 때문에 가능했으리라 여겨진다. 식당의 백계러시아 소녀들에 대한 감상이 "내일 이민촌을 찾아 끝없는 벌판에 외로운 그림자가 될 것을 걱정스럽게 생각"하는 것으로 이어지는 것을 봐도 알 수 있다. 이러한 시선은 단지 민족적 비애감을 넘어서서 근대적 정복의 이면에 대한 인식으로 확대된 것이라고 해석할 수 있다.

청난 속도로 여행자를 목적지에 당도하게 하는 철도가 이어놓는 곳은 경성과 평양, 혹은 대련과 봉천과 신경과 하얼빈이라는 대도시이다. 그러나 이태준이 신경에서 만보산 일대의 농민개척촌으로 향하고자 하는 순간 만주는 속도로 정복되지 않는 의외의 공간을 드러낸다. "조석으로 두 번밖에 없는" 기차로 두 정거장 만에 내려서 다시 30리길을 걸어가야 겨우 조선이민들이 살고 있는 지역에 닿을 수 있는 것이다. "집들도 그리 없을 황원(荒原)"은 "마차를 교섭해 봐도 안 되고 소형택시를 알아봐도 갈 수 없"[40]는 곳이다. 그나마 가까운 곳이 이런 형편이며 다른 곳은 5,60리, 100리 200리씩 오지로 들어가야 하고 그것도 만선척식회사의 허가를 받고 무장을 해야만 하는 곳이다. 비적들이 출몰하는 이 지역은 근대의 손길이 뻗치지 않은 황야이고 식민 지배의 안전망이 무의미한 곳이기도 하다. 흔히 '만몽개척'의 담론 속에서 이 지역은 야만/문명의 구획선 속에서 일본지배의 안전지대를 구분하는 방식으로 묘사되지만 이태준의 「만주기행」에서 이러한 시선은 찾아보기 힘들다. 오히려 부각되는 것은 이 황막한 지역에서 농사를 지으며 고향으로 돌아갈 날만을 기다리는 쓸쓸한 이민들의 모습이다.

철도의 지배력이 미치지 않는 공간, 황막하고 쓸쓸한 이민들의 거주지에서 이태준이 보는 것은 생존을 위한 처절한 투쟁이다. 밭농사에만 익숙한 만주토민들은 수로를 내고 논을 개간하는 일을 필사적으로 막으려 하고, 조선 이민들은 또한 논농사를 짓기 위해 그 와중에서도 죽도록 "도랑속에서 흙만 파냈"던 것이다. 장자워후 지방의 한 이민이 말하는 대로 그것은 "사생결단하는 투쟁"이었던 것이다. 여기에서 '오족협화'와 '왕도낙토'라는 선전음은 그저 공허한 구호에 불과하다. 논과 쌀과 물에 익숙지 않은 만주토민들의 습성과 논농사를 지어야만 살 수 있다고 생각하는 조

---

40) 이태준, 「이민부락견문기」, 조선일보 1938. 4. 16.

선이민들의 습성은 서로 부딪쳐 '사생결단'의 투쟁을 벌일 수밖에 없는 것이다. 그나마 수전개발에 성공하여 "뱃속은 아무 걸루든지 채"우지만 그것이 이들의 안정된 삶을 보장해 주지는 못한다. "만보산 일대는 수도의 인접지라 국경지대나 마찬가지로 조선의 이민지구가 아니니까 언제 어떤 정리를 당할지 추측할 수 없"[41]는 것이다. 「이민부락견문기」에서 읽을 수 있는 이태준의 시선은 생존을 위해 사생결단의 투쟁을 벌일 수밖에 없는, 만주이민들의 처절한 삶에 대한 연민이다. 또한 만주토민을 비롯한 백계로인(白系露人)들을 향한 시선에서 보는 바와 같이 이태준은 이들을 야만과 미개로 간주하는 유사 정복자의 시선이 아니라 '오족협화'의 구호가 무색한 생경한 타자들로, 피지배민족의 곤궁한 삶에 대한 연민으로 바라보고 있다.[42]

만보산의 수전개척은 당대의 만주담론에서 흔히 나타나는, 일본의 식민정책에서 조선인의 역할을 과시하는 증거로 제시되지만 정작 그 담론들에서 개척을 위해 흘렸던 이민들의 피와 땀이 여실히 묘사된 적은 없다. 이들의 생존을 위한 투쟁은 그 삶의 실상에 대한 관심보다는 만주개발과 대륙진출의 과정에서 조선인이 일익을 담당했다는 자부심으로, 혹은 전시동원체제에 도움을 주는 생산량으로 환원된다. 사실 이 둘은 크게

---

41) 이태준, 「이민부락견문기」, 조선일보 1938. 4. 21. 이태준이 만주를 여행한 무렵은 1939년 <만주개척기본요강>이 발표되기 전이다. 일본이민들의 정착에 방해가 될 것을 우려하여 조선인이 거주할 수 있는 지역은 한정되었고 그것도 매우 강력한 통제하에 있었기 때문에 조선인들은 자신들의 거주지가 언제 정리될 지 모르는 불안한 상태에 있었던 것이다. 김기훈, 앞의 논문 참조.

42) 김철은 「이민부락견문기」와 소설 「농군」을 비교하는 과정에서 「이민부락견문기」가 만주국 성립 이후 평화롭고 질서잡힌 만주를 보여주고 있다고 분석하고 있다. 그러나 「이민부락견문기」에 묘사된 농민들의 모습은 평화롭고 안정적인 모습과는 거리가 멀다. 「농군」과의 비교문제는 다시 논해야 할 것이지만 「이민부락견문기」의 전반적인 비애의 색조를 '만주개척의 성공사례'로 읽는 것은 다소 무리한 해석이다. 김철, 「몰락하는 신생」, 『'국민'이라는 노예』, 삼인, 2005. 참조.

다르지 않다. 조선인의 수전개발은 전쟁물자 부족에 허덕이며 군수물자 생산과 전시동원에 박차를 가하는 당시의 식민정책에서 중요한 역할을 하게 되며 그것을 통해 조선인들은 일본의 대동아공영에 긴요한 존재가 될 수 있는 것이다. 국책에 협력하고 그것을 위해 기꺼이 동원될 때 그들의 존재의미가 인정될 수 있다는 관점, 그것은 지배자가 식민지인을 바라보는 전형적인 관점이다. 앞에서 언급한 함대훈의 여행기에 인용되고 있는 최남선의 말은 이러한 관점을 여실히 보여준다. "수전개발은 조선인이 한 것"인데, "지금 만주국내에서 사백만석이나 미(米)가 생산되는데 이것이 모두 조선인의 수전개발에 의해서 생산되는 것임을 알 때 이것은 놀랠 일"43)인 것이다. 수전개발을 생산의 일익을 담당하는 일로 바라보는 관점과 생존을 위한 몸부림으로 바라보는 관점은 분명 구분될 필요가 있다. 이태준의 「이민부락견문기」가 지배 이데올로기와 유사한 것처럼 보이지만 그것으로부터 거리를 두고 있는 까닭은 이처럼 만주개척을 생산이 아니라 생존의 관점으로 바라보았기 때문에 가능한 것이었다. 이태준과는 좀 성격이 다르기는 하지만 이기영의 경우44)도 이에 속한다고 할 수 있다. 여기에 덧붙여 이태준은 만주 이민들의 고난을 극복의 대상으로 바라보지 않고 불안하게 견디며 살아내야 할 대상으로 바라보았다는 점도 지적되어야 하겠다. 고난이 일시적 시련이며 이후의 행복을 위한 과정이 될 때, 고난의 실상은 봉합된다. 그러나 그것을 생존의 현실 그 자체로 이해할 때 봉합지점은 흐려진다. 이것이 이기영과 이태준의 차이이기도 하다.

---

43) 함대훈, 앞의 글.
44) 만주에 정착하고 생산증대를 이루어야 한다는 이기영의 관점과 그곳에서의 생존 자체를 고난과 시련으로 바라보는 이태준의 관점은 조금 다르다. 또한 이태준은 백계로인들을 비롯한 소수민족들의 삶, 그리고 근대문명에 대한 자의식을 좀더 분명히 가지고 있었다는 점에서 이기영이 자민족 중심주의(서경석, 앞의 논문)에서 크게 벗어나지 못했던 것과 구분된다.

5. 결론

　이 글은 문인들의 기행문을 통해 일제 말기 일본의 식민 지배 이데올로기의 대표적 표상인 만주관련 담론들을 검토하고자 하였다. 만주는 만주사변 이후 일본이 세운 괴뢰국이며 실질적으로는 일본의 지배를 받는 식민지였지만, 명목상으로는 독립국이라는 이중적 성격 때문에 일본의 새로운 식민지 경영정책의 한 표상으로 자리잡을 수 있었다. 여러 민족이 섞여 존재하는 혼종적 정체성은 '오족협화'의 이데올로기로 전유될 수 있었고 신생국이라는 성격은 '도의정치'와 '왕도낙토'의 새로운 정치제도를 내세울 수 있게 했다.

　일제 말기 여러 문헌에서 만주에 대한 관심이 급증한 것은 이처럼 일본의 식민 지배 이데올로기가 가장 효과적으로 드러나는 공간이 만주였기 때문이었다. 또한 대부분의 만주에 대한 언급은 일본의 지배 이데올로기를 그대로 전달하면서 이상낙토의 이미지를 만들어냈다. 그러나 동아시아의 새로운 질서를 건설한다는 명분으로 만주를 내세우지만 실상은 그것이 효과적인 식민 지배를 위한 것이었다는 이중성은 만주를 둘러싼 여러 글에서도 드러난다.

　문인들의 만주기행은 이러한 이데올로기를 직접 체험하고 그 체험을 통해 이데올로기와의 거리를 드러낸다는 점에서 주목할 만하다. 이는 당시의 지배 이데올로기를 문인들이 어떤 방식으로 체험하고 내면화했는가에 따라 그 양상이 달라진다. 함대훈의 글처럼 뚜렷한 자의식없이 당시의 정책에 따른 경우, 지배 이데올로기를 복사해 내면서 그 모순도 함께 복사한다. 일본의 만주경영은 서구적 근대를 극복하는 동양적 도의정치의 세계가 아니라 근대 문명과 기술을 통해 야만의 땅을 정복하는 전형적인 지배의 논리 속에 있었던 것이다. 장혁주, 이기영, 이태준의 만주기행은 당시 일본의 만주경영의 또 다른 핵심이었던 개척과 생산의 담론을 양산했던 개척지를 기행한 내용이 주를 이룬다. 장혁주는 이데올로기적 슬로건과 실상 사이의 격차를 고난극복의 의지와 내선일체로의 과정이라는 논리로 봉합해 낸다. 이에 반해 이태준과 이기영은 정복과 전쟁에 참여하는 생산의 의미가 아니라 생존의 의미로 만주개척을 바라봄으로써 만주지배의 이데올로기와 거리를 확보한다. 이기영의 경우 조선이민들의 생활향상과 정착에 관심을 두면서 지배 이데올로기에 부분적으로 통합되고 부분적으로 분리된다. 이태준은 여기에 민족적 비애의 감상을 첨가함으로써 이기영보다 더 분명한 거리를 확보한다. 일제 말기의 만주담론을 통해 우리는 만주를 대표적인 표상으로 내세운 식민 지배의 이데올로기를 확인할 수 있었고 그것에 동의, 모방하는 과정에서 발생하는 차이의 인식과정을 살펴볼 수 있었다.

이 글은 식민주의의 중층적 표상공간으로써 만주의 이미지를 연구하려는 연구의 기초 토대로 진행된 것이다. 이 글을 기반으로 하여 만주와 관련된 여러 문학작품들을 좀더 구체적이면서도 총체적으로 검토하는 일은 다음의 과제가 될 것이다.

민족의 주체적 근대화를 향한 『한양』의 진보적 비평정신

― 1960년대의 비평 담론을 중심으로

고 명 철*

1. 문제인식: 1960년대의 한국 지성사에서 복원되어야 할 『한양』

한국의 현대 지성사에서 잡지 『한양』의 존재는 주목할 만하다. 『한양』은 월간 종합 교양지의 성격으로써 1962년 3월 1일 일본의 동경에서 창간호가 발행되어 1969년 8·9월호부터 격월간 체제로 전환되고, 1984년 3·4월호(통권 177호)로 종간되기까지 일본어가 아닌 한국어로 발행되었다. 비록 『한양』이 일본에서 발행되어 재일동포를 우선적인 독자 대상으로 삼은 잡지나, 『한양』의 창간 이념과 방향성에 토대를 둔 내용물들은 딱히 재일동포만을 대상으로 삼은 게 아니라 한국어로 의사소통이 가능한 독자를 모두 포괄하고 있음을 고려해볼 때 『한양』이 한국 지성사에서 갖는 위상을 쉽게 간과할 수 없다. 여기에는 무엇보다 『한양』이 한국

* 광운대학교

의 진보적 지성사에서 수행한 역할을 결코 과소평가할 수 없기 때문이다. 특히 1960년대의 진보적 지성사에서『한양』의 이념과 방향성은 4 · 19와 5 · 16으로 점철된 1960년대의 구체적 현실과 밀접한 관계를 맺고, 진보적 지성의 실천을 지속적으로 궁리하고 있다는 점에서 그 존재 가치를 소홀히 할 수 없다. 말하자면『한양』은 한국의 진보적 지성사, 특히 1960년대의 진보적 지성의 흐름을 재정립시키는 데 매우 중요한 지점을 확보하고 있다.

그런데 지금까지 1960년대의 진보적 지성의 흐름에 대한 논의의 주류 구도 속에서『한양』은 암묵적으로 배제되어온 게 사실이다. 우선, 사회적 실천의 진보의 전통 속에서 '『사상계』→『창작과비평』'으로 진보 매체의 맥락의 가치를 자연스레 이월시킨다.[1] 뿐만 아니라 진보적 문학의 주요 담론인 민족문학(론)의 계보를, '카프(식민지 시대) → 문학건설본부(해방공간) →『창작과비평』'으로 파악한다.[2] 그리하여 한결같이 1960년대 진보적 지성과 실천의 큰 수확이자 1960년대 이후 펼쳐질 진보적 지식사회의 문화적 진지로서『창작과비평』의 존재를 자리매김하려고 한다. 덧붙여『창작과비평』이 1960년대의 시대정신을 새로운 매체의 형식과 진보적 언어로써 가장 잘 드러내고 있다는 4 · 19세대의 역사적 사후 평

---

1) "『사상계』는 계속되는 국가권력의 탄압으로, 편집위원 등 지식인 집단이 해체되고 발행인 장준하가 정치인으로 변신하자 커다란 위기를 맞게 되었다. 이어서 새로운 대항잡지(비판적 지식인 잡지)로『창작과비평』이 등장하게 된다."(이용성, 「1960년대 비판적 지식인 잡지 연구」,『한국학논집』37집, 한양대 한국학연구소, 2003, 194쪽) 위 진술에서도 단적으로 알 수 있듯이, 진보적 전통을 계승하고 있는 1960년대의 비판적 지식인 잡지로서『창작과비평』을 아무런 의심 없이 자연스레 호명하고 있다.
2) 이와 같은 맥락 구도는 민족문학(론)의 갱신을 논의하는 역사적 성찰의 과정 속에서 대동소이하게 파악되는 부분이다. 이러한 구도를 피력하고 있는 것은 임규찬, 「20세기 한국과 리얼리즘론의 공과」,『작품과 시간』, 소명, 2001, 343~344쪽 및 신승엽, 「세기 전환기, 민족문학론에 대한 단상」,『민족문학을 넘어서』, 소명, 2000, 53쪽 참조.

가로 인해 『창작과비평』은 진보적 매체의 상징권력을 더욱 안정적으로 소유한다.3)

　물론, 『창작과비평』에 대한 이러한 연구와 평가 자체를 전적으로 무시할 수는 없다. 1960년대 이후 숱한 진보적 잡지들이 부침을 겪으면서 명멸해간 반면,4) 『창작과비평』은 숱한 정치사회적 난관을 견디면서 한국의 진보적 토양을 객토해나갔다. 『창작과비평』이 거둔 이 값진 성과에 이견을 갖는 자는 없을 터이다. 그러나 『창작과비평』이 진보적 잡지로서의 역할을 수행하는 것과 그에 따른 역사적 평가의 가치를 독점하는 것은 엄연히 다른 차원의 문제다. 앞서 살펴보았듯이, 『창작과비평』이 1960년대를 거치면서 진보적 매체의 귀결처로 파악되고 있다는 것은 큰 문제다. 바로 여기서 『한양』의 존재를 강조하지 않을 수 없다.5) 『창작과비평』

---

3) 4·19혁명 41주년을 기념하여 계간 『창작과비평』은 이른바 4·19세대의 주요 문인들과 좌담회를 가졌는데, 그 좌담회에서 김병익은 『창작과비평』이야말로 4·19의 의식을 가장 잘 표현해낸 매체로 평가한다. "4·19적인 분위기를 가장 잘 표현해낸 것이 바로 창비거든요. 창비는 처음으로 가로 조판을 했고, 그리고 되도록이면 한자를 줄여서 썼고, 그리고 편집위원 체제로 운영함으로써 자기 세대의 지적인 표현기관으로, 시대적인 지적 표현기관으로 생각했거든요. 그러니까 『사상계』나 『신동아』가 종합지였던데 비해서 창비의 경우에는 자기 시대의 표현기관으로 생각했던 것이고, 자기 세대의 4·19의식의 표현으로 해석되지 않을까 싶은 거죠." 『4월혁명과 한국문학』, 최원식·임규찬 편, 창작과비평사, 2002, 55쪽.

4) 한국전쟁 이후 진보적 매체의 대표인 『사상계』는 1950년대와 1960년대의 지식사회에서 진보의 물꼬를 터준 종합교양지였다. 1970년 5월호에 김지하의 「오적」이 발표되고, 이른바 '오적 필화사건'에 휘말리게 되어 『사상계』는 잡지등록이 말소된다. 그런가 하면 1960년대의 진보적 매체 중 하나인 『청맥』은 통일혁명당을 창당하는 과정에서 만들어진 잡지로, 북한의 자금으로 친북 인사들에 의해 발행된 잡지이다. 이 잡지의 내용은 친북 성향과 무관한 교양지였으나, 잡지 발행과 관련한 인물이 간첩이라는 사실이 밝혀지자 1967년 6월호까지 통권 27권을 내고 역사의 뒤안길로 사라졌다.

5) 하상일은 「1960년대 현실주의 문학비평 연구」(부산대 박사학위 논문, 2005)에서 『한양』을 주목하고 있다. 그에 따르면 『한양』을 비롯하여 『청맥』, 『상황』 등의 진보적 잡지가 1960년대 현실주의 시각을 지속적으로 견지해왔으며, 계간지 『창작과비평』은 1960년대에 발행된 『한양』, 『청맥』, 『상황』 등의 문제의식을 계승하였음에도

(1966년 발행)보다 먼저 발행된『한양』은 창간호부터 1960년대 내내 진보적 문제의식을 첨예히 드러낸바, 잡지의 선명한 이념과 방향성에 토대를 둔 실천적 담론을 지속적으로 제출해왔다. 정치경제 분야를 비롯한 문학 분야에서 구사되고 있는 담론의 수준도 높고, 잡지의 편집 체계를 비롯하여 독자의 반응 또한『창작과비평』과는 비교가 되지 못할 압도적 우위를 점유하고 있다. 특히 일본뿐만 아니라 한국 내에서 활동하는 진보적 지성들이『한양』을 통해 제기한 각종 문제의식은 1960년대의 진보적 지성사에서 결코 가볍게 넘길 수 없는 주요한 매체적 지위를 확보한다. 1960년대의 시대정신을 응축시킨 4·19혁명의 정신에 대한 역사적 성찰과 그 실천적 구체성을 담론화하는 과정에서 민족의 주체적 역량을 발견하고, 서구식 근대화를 추수하는 게 아니라 그것을 부정하며, 법고창신(法故創新)의 정신에 기반한 전통의 창조적 갱신과 결합된 근대적 계몽의지로써 주체적 근대화를 추구하고 있다는 점은『한양』을 주목해야 할 이유다. 따라서 그동안 한국의 지성사 혹은 한국의 진보적 지성사에서 그 가치를 소홀히 간주해온『한양』을 새롭게 인식함으로써 한국의 진보적 매체의 역사를 재평가하고, 진보적 매체의 맥락을 재정립함으로써 그동안 특정 매체가 배타적으로 점유해온 진보적 전통의 상징권력을 발전적으로 해체시켜 그 역사적 위상을 온전히 세워야 할 것이다. 이것은『한양』을 연구하는 현재적 의의이기도 하다. 그러면서 진보적 지성사를 풍요롭게 이해해야 할 것이다. 담론에 대한 정교한 해석학적 접근은 물론, 잡지의 편집 체계를 고려한 제도적 조건까지 포괄한 연구가 다층적으로 실행

불구하고 이러한 기존의 잡지들이 지닌 "현실주의 비평담론들을 철저하게 소외시킴으로써 민족문학론을『창비』의 배타적 전유물로 만들었"(하상일, 위의 논문, 23쪽)다는 데 대해 강도 높은 비판을 가한다. 그리하여『창작과비평』보다 먼저 발행된 진보적 잡지의 존재와 그 가치에 대한 정당한 역사적 평가가 이루어져야 한다는 것을 강조한다.

될 때 한국의 진보적 지성사는 그 역사적 실체가 튼실히 보증될 수 있다.

사실, 『한양』에 대한 기존의 논자들 대부분이 지적하고 있듯이, 『한양』이 일본에서 발행되었으며, 이른바 '문인간첩단 사건'에 휘말려들어 그 후 국내에서는 『한양』을 공식적으로 접할 수 없어6) 연구의 1차 자료를 확보하는 데 어려움이 있었고, 『한양』에서 정력적으로 활동하는, 재일동포로 추정된 주요 필자들의 행적을 잘 파악할 수 없다는 것은 『한양』을 연구하는 데 큰 장애물이었다.7) 하지만 이러한 연구의 큰 제약에도 『한양』에 대한 연구는 최근 몇 년 사이에 주목할 만한 성과를 축적시키고 있다.8) 한국

---

6) 박정희의 엄혹한 유신체제를 더욱 강화하기 위해 조작된 '문인간첩단 사건'은 1974년 1월 17일 이호철, 정을병, 김우종, 임헌영, 장백일 등 5인을 국가보안법과 반공법상의 회합, 통신, 찬양, 고무죄로 검찰에 기소한 사건이다. 이들 5인은 일본에서 발행되는 『한양』을 통해 한국사회를 비방하는 글을 썼는가 하면, 『한양』의 간부들이 북한의 지도원인데, 『한양』으로부터 금품과 향응을 받았다는 게 바로 국가보안법과 반공법에 위배된다는 어처구니없는 날조된 혐의를 받고 고초를 겪었다. 이 사건 이후 국내에서는 『한양』을 공식적으로 접할 수 없게 된다. 이 사건의 전말에 대해서는 장백일, 「세칭 문인간첩단 사건」, 『문단유사』, 한국문인협회 편, 월간문학출판부, 2002; 한승헌, 「『한양』지 사건의 수난」, 『장백일교수 고희기념문집』, 대한, 2001; 임헌영, 「74년 문인간첩단 사건의 실상」, 『역사비평』, 1990년 겨울호 참조.
7) 『한양』의 주요 필자들에 대한 정보는 아직까지 알려진 바가 없다. 『한양』의 발행인이자 편집인인 김인재가 현재 일본의 동경에서 살고 있어, 주요 필자들에 대한 정보를 알고 있다. 하지만, 김인재를 직접 인터뷰한 하상일에 따르면, "『한양』의 실체를 더욱 정확하게 확인하고 싶었으나, 모든 상황을 알고 있는 김인재 선생이 당시 상황과 필자들의 면면에 대해 끝끝내 침묵함으로써 여전히 『한양』은 미궁 속에 있는 상태다. 다만 김인재 선생의 말을 통해 조심스럽게 추정해보면, 당시 시, 소설, 비평 등을 썼던 상당수의 고정 필자들은 필명으로 활동한 국내 문인일 가능성이 많은 것으로 생각된다."고 언급할 따름이다. 하상일, 「재일 한인 잡지 소재 시문학과 비평문학의 현황과 의미」, 『한국문학논총』 42집, 한국문학회, 2006, 397쪽.
8) 『한양』과 직간접 관련된 연구 목록을 제시하면 다음과 같다. 하상일, 「재일 한인 잡지 소재 시문학과 비평문학의 현황과 의미」, 『한국문학논총』 42집, 한국문학회, 2006; 이헌홍, 「『한양』 소재 재일 한인문학의 연구 방향과 과제」, 『한국민족문화』 25집, 부산대 한국민족문화연구소, 2005; 김유중, 「장일우 문학비평 연구」, 『한국현대문학연구』 17집, 한국현대문학회, 2005; 하상일, 「1960년대 현실주의 문학비평 연구」, 부산대 박사학위 논문, 2005; 하상일, 「1960년대 문학비평과 『한양』」, 『어

현대사에서 잊혀지길 강요당해온『한양』의 진보적 위상을 새롭게 정립하려는 노력의 일환이라는 점에서 필자의 이번 연구는 기존 연구의 성과로부터 큰 빚을 지고 있다. 다만, 필자가 기존 연구를 좀더 새롭게 보완하는 차원에서 주목하는 것은『한양』에 수록된 비평담론(특히 문학비평담론)에 대한 해석학적 접근만이 아니라『한양』의 편집 체계를 함께 고려할 때『한양』의 비평담론들이 갖는 문제의식은『한양』의 전체적 맥락 속에서 해석의 힘을 온전히 발휘할 수 있다는 점이다. 그렇지 않을 때 자칫 개별 비평담론에 대한 해석학적 접근은『한양』의 구체성을 탈각시킨, 여느 진보적 매체와 이렇다할 구별이 되지 않는 개별 비평담론의 지위로 전락할 뿐이다. 따라서 필자는 이 글에서 앞서 문제를 제기한바,『한양』에 대한 전반적 검토를 통해 1960년대 한국의 진보적 지성사에서 그 역사적 위상을 성찰하고,『한양』이 갖는 진보적 매체로서의 특질을 살펴보기로 한다.

2. 민족의 주체적 근대화와 진보성

『한양』이 "선명한 진보적 색채를 띠었다는 점에 특색이 있다"[9]고, 4 · 19세대의 한 비평가가 언급하듯,『한양』은 1960년대의 진보적 성향을 다룬 다른 잡지들에 비해 손색이 없을 정도의 진보적 가치를 실현시키는 데

문논집』50호, 민족어문학회, 2004; 박수연,「1960년대의 시적 리얼리티 논의 – 장일우의『한양』지 시평과 한국 문단의 반응」,『한국언어문학』50집, 한국언어문학회, 2003; 허윤회,「1960년대 참여문학론의 도정 –『비평작업』,『청맥』,『한양』을 중심으로」,『희귀잡지로 본 문학사』, 상허문학회편, 깊은샘, 2002.
9) 염무웅,「5,60년대 남한문학의 민족문학적 위치」,『혼돈의 시대에 구상하는 문학의 논리』, 창작과비평사, 1995, 361쪽.

역점을 두었다. 『한양』의 이념과 방향성을 비롯하여 어떠한 내용물로 채워질지에 대한 대체적 윤곽은 창간호의 창간사와 편집후기를 통해 알 수 있다.

> 우리의 과거를 알고 우리의 오늘을 알고 우리의 내일을 알아야 한 다. 그것은 나 자신을 알기 위해서이다. 조국을 보아 그것으로 앞길을 밝히는 등대로 삼을 것이며, 조국의 강산을 돌아보아 우리의 생활을 설계할 것이며, 조국의 현실을 살펴 국가 백년대계를 이룰 힘찬 재건 에 이바지할 것이다.
> (중략)
> 미 군정과 이승만 정권, 장면 정권, 그리고 오늘의 혁명정부—이렇 게 한국은 아우성치며 달려가고 있다. 그 많은 역사의 장마다 갈피갈피 숨은 이야기는 끝이 없고 그 많은 이야기 속에 조국은 고동치고 있다.
> 잡지 『한양』은 이에 무심할 수 없는 우리 겨레의 양식이 될 것이며, 고동치는 조국의 넋을 담은 국민들의 公器로 될 것이다. 우리는 고담 준론을 즐겨하지 않으며 허장성세에 끌리지 않고 조국의 번영에 이바 지하는 하나의 괴임돌로 자기의 사명을 다할 것이다. 우리는 한국의 정원에 한 그루 과실나무를 심는 말없는 원예사를 본받을 것이다. 한 국사람의 고유한 문화, 한국사람의 고유한 기질, 한국사람의 고유한 윤리, 여기에 마르지 않는 샘물이 있고 깨끗한 심령의 세계가 있다. 이 것을 다듬고 가꾸어 나가는 원예사의 심경을 우리는 지닐 것이다.10)

이것이 과연 다행한 일인지 불행한 일인지 헤아릴 수 없으나 아무 튼 대학을 졸업하고 대학원을 나와 상금도 각종 연구에 종사하고 있 는 선비들이 실로 부지기수이며 이밖에 숨은 식자 문화인들이 적지 않은바 "한양"은 이 분들에게 모름지기 연구의 발표와 논단의 터전을

---

10) 「창간사」, 『한양』, 1962. 3. 이후 본문에서 『한양』에 실린 글을 인용할 때는 각주 에서 게재지를 밝히지 않고, 필자, 「글제목」, 발간년, 발간월, 면수만을 밝히기로 한다. 또한, 인용글은 본문의 내용을 손상시키지 않는 조건 아래 최대한 한글로 표 기하며, 현행 맞춤법 표기 규정을 따르기로 한다.

제공함과 아울러 교포사회 및 조국과의 문화적인 유대를 더욱 공고화
하는 데 기여하고자 하는 것이다.[11]

창간사에서 확연히 읽을 수 있는바, 『한양』은 일본에서 발행되는 잡지
이지만, 한국의 과거와 현재, 그리고 내일을 방관자의 입장에서 인식하는
게 아니라 주체자의 입장에서 한국의 현실에 적극적인 관심사를 보인다.
한국전쟁 이후 미국의 경제원조에 의지하면서 민족의 자립경제 구축을
이루어내지 못한 채 온갖 반민주적 파행으로 치달은 이승만 독재정권을
축출하고, 4·19의 민족적·민주적 역량을 결집해내지 못한 장면 정권의
무능력으로 인해 5·16이 일어나면서 새롭게 부각된 한국의 제반 문제점
들을 해결하기 위한 지혜와 실천을 적극적으로 강구해 낸다. 이 과정에서
『한양』은 한국과 일본에서 대학 이상의 교육을 받은 비판적 지식인들에
게 실천적 담론의 장을 제공해줌으로써 재일동포사회와 한국의 문화적
유대를 공고히 해내는 역할을 맡는다.

여기서 『한양』의 진보성은 한국의 현실과 비판적 거리를 확보하고 있
는 일본에서 그 진가를 발휘한다. 『한양』이 일본에서 발행되고 있다는 점
은, 단순히 한국과 지리상의 물리적 거리를 두고 있는 것 이상의 의미를
갖는다. 우선, 한국의 크고작은 정치적 여파로부터 직접적 관련을 맺지
않기에 『한양』은 창간호부터 잡지의 이념을 훼손하지 않은 채 『한양』만
의 독자적 가치를 발현시킬 수 있었다. 그리하여 『한양』의 시각으로
1960년대 한국의 근대화에 대한 구체적 논의를 펼쳤다. 4·19의 시대정
신을 실천하는 문제와 함께 5·16으로 인해 추구되는 한국 근대화의 제
반 문제점들에 대한 비판적 성찰을 과감히 수행하고, 한국 근대화의 방향
에 대한 담론들을 제출한 것이다. 게다가 1960년대 한국의 근대화를 향한
담론이 대부분 서구식 근대화 담론을 추수하는 데 급급했다면, 『한양』은

---

11) 「편집후기」, 1962. 3, 156쪽.

서구식 근대화 담론에 대한 맹목화를 경계하고, 한국의 주체적 근대화를 이루어내기 위한 다방면의 노력을 지속적으로 보인다.[12] 물론 여기에는 『한양』이 재일동포를 주된 독자 대상으로 삼은 종합 교양 잡지이기에, 조국을 향한 재일동포의 민족주의적 색채 그 자체를 전면 부정할 수 없다. 다양한 개별적 이유들 때문에 조국을 떠날 수밖에 없던 재일동포들에게 조국을 향한 민족주의적 이데올로기는 일본 사회에서 재일동포들이 생존할 수 있는 이념적 토대를 이루고 있기 때문이다. 그리하여 『한양』의 창간호부터 매호 지속적으로 소개하고 있는 '한국의 명승고적', '한국의 인물 열전', '한국의 명산(名産)', '한국의 자연 부원(富源)' 등을 비롯하여 한국의 고전, 민속, 구비문학(민요, 전설, 설화, 속담) 등은 재일동포의 민족애를 반영하기 위한 것임과 동시에 『한양』이 추구하는 근대화가 한국의 고유한 문화전통을 몰각한 게 아니라 '법고창신'의 정신에 기반한 주체적 근대화를 추구하고 있다는 점을 드러내고 있다.

그렇다고 『한양』이 재일동포들의 한국문화에 대한 낭만주의적 감상이 지배적인 것으로 보아서는 곤란하다. 『한양』이 이렇게 한국적인 것에 대한 적극적 관심을 쏟는 데에는, 식민지 질서를 강제해온 일본에서 반식민주의를 좌표삼아 식민지 근대를 극복하고 훼손된 민족적 자긍심을 복원시킴으로써 주체적 근대화를 추구하고자 하는 열정으로 파악하는 게 온당하다.

그렇다면 『한양』이 추구했던 주체적 근대화는 어떠한 것일까? 이것을

---

12) 1960년대 한국의 지식인 사회는 1950년대 미국 경제원조를 받아 미국 유학파 학생들의 숫자가 대폭 증가되었으며, 이들 미국 유학파의 대부분은 1960년대 국가의 주요한 관공서에 진출하면서 서구식 근대화에 매진하는 인적 인프라를 구축한다. 이에 대해서는 정용욱, 「5.16쿠데타 이후 지식인 분화와 재편」, 『1960년대 한국의 근대화와 지식인』, 선인, 2004, 159~166쪽 참조. 이에 반해 『한양』은 그 주요 필자들의 구체적인 이력을 알 수는 없으나, 『한양』의 창간호 편집후기에서 밝히고 있듯이, 주체적인 시각을 견지한 지식인들이 필자가 되어 주체적 근대화의 방향과 실천의 비평담론을 발표하는 데 역점을 두고 있다.

이해하기 위해서는 5 · 16에 대한 『한양』의 비평적 태도를 눈여겨보아야 한다. 5 · 16이 일어나고 1963년 대선을 통해 군정(軍政)에서 민정(民政)으로 이양되는 과정 속에서도 한국의 대부분의 여론과 지식사회의 동향은 군사정부에 대한 지지와 참여를 보인다.[13] 그만큼 한국의 지식사회는 이승만 독재정권, 즉 구체제에 대한 혐오와 반감이 극도로 팽배해 있었다. 장면 정권의 무능력으로 인해 4 · 19의 민족적 · 민주적 기대와 열망이 충족되지 않은 것도 5 · 16군사쿠데타를 지지하는 한 요인이었다.

한국의 지식사회가 5 · 16에 대한 이러한 반응을 보이고 있던 터에, 『한양』은 4 · 19 이후 5 · 16의 격동기를 거치는 한국의 정치사회적 변화를 예의주시하고 있었다. 『한양』의 시론(時論)의 주요 필자인 김인재는 한국의 상당수의 지식인들이 5 · 16에 대한 지지와 참여를 보이고 있을 때, 그 입장들과 비판적 거리를 두면서 민주주의의 합법칙적 절차에 의해 군정에서 민정으로 속히 정권이 평화적으로 이양되어야 한다는 점을 거듭 강조한다. 물론, 김인재 역시 동시대 한국의 지식인들처럼 5 · 16이 이승만의 구체제를 부정하고, 장면 정권의 정치사회적 혼란을 수습하기 위해 일어난 것을 인정한다.[14] 하지만 김인재를 비롯한 『한양』의 비평담론들이

---

13) 5 · 16군사쿠데타가 일어났을 무렵 한국사회의 대다수 지식인들과 대학생들은 쿠데타 세력에 적극적 지지를 표했다고 한다. 진보적 매체의 대표격인 『사상계』만 하더라도 1961년 6월호 권두언에 "누란의 위기에서 민족적 활로를 타개하기 위하여 최후 수단으로 일어난 것이 다름 아닌 5 · 16군사혁명이다."(34쪽)라고 하는가 하면, 1960년대의 혁신계였던 민통련 대의원인 조동일의 사회 아래 대학생들이 좌담회를 가졌는데, 그 좌담회에서도 군사정권에 대한 기대를 노골적으로 드러내고 있다. 조동일 외 7명, 「좌담: 4 · 19 그 날의 함성을 회고한다」, 『신사조』, 1962년 4월호. 5 · 16군사쿠데타 지지에 대한 지식사회의 동향에 대해서는 임대식, 「1960년대 초반 지식인들의 현실인식」, 『역사비평』, 2003년 겨울호, 314~323쪽 참조.

14) "8 · 15의 감격이 있은 이후 미군정을 거쳐 한국정부가 수립되었다. 그러나 민주주의와 대의정치를 표방한 한국정부는 이박사의 12년에 걸친 장기독재의 제물로 되고 말았고 李王朝도 무색할 만큼 당쟁과 부패의 극치를 출연하였다. 드디어 4 · 19의 의거를 겪고 장정권의 혼란기를 거쳐 5 · 16 군사혁명을 자초하기에 이르렀

정작 중요하게 인식하는 것은 군정을 민주주의적 절차에 의해 종식시키고, '미완의 혁명'으로 스러진 4 · 19의 민족적 · 민주주의적 근대화를 실현하는 데 박차를 가하는 일이다.『한양』의 이러한 대표적 비평의 입장을 예시해보면 다음과 같다.

군사통치로 민주주의 길을 개척한다는 것은 정상적인 코―스가 아니라는 것은 말할 것도 없다.15)

우리들은 앞으로 실현될 민정이양이 명실공히 국민의 총의를 반영한 민주주의적 절차와 방법에 의하여 참신하고 양심적인 민간정부에 순조롭게 정권이양이 이루어지도록 바라는 마음 또한 각별하다고 하겠읍니다.16)

한국은 우선 민주주의를 재건하고 빈곤에서 탈피해야 할 긴급한 요청을 받고 있다.17)

그런데 민정은 군정이 아니라는 점을 지적할 필요가 있다. 당연한 소리같으나 우리가 이에 대하여 말하게 되는 것은 군정담당자들이 그대로 민정을 담당하게 되리라는 이유 때문이다.
민주주의는 소생되어야 하며 인권은 존중되어야 할 것이다. 민정에 대한 국민의 기대, 그보다도 반드시 실현되어야 할 施政에 대한 갈망, 참으로 명실상부한 복지사회에 대한 국민의 소원이 언제까지나 忍苦에 머무르고 있으리라고 생각할 수는 없다.18)
지난 2년간, 혁명정부의 여러 시책이 실패하고 민주주의의 재건이 하나의 표방으로만 되고만 사실은 매우 교훈적이라 할 것이다.19)

다."(「권두언: 춘몽」, 1962. 4)
15) 김인재, 「민정복귀와 그 기틀」, 1962. 7, 4쪽.
16) 「편집후기」, 1962. 7, 188쪽.
17) 「권두언: 자주에의 모색」, 1962. 8, 5쪽.
18) 「권두언: 조국에 드리는 말—신년호를 내면서」, 1963. 1, 16쪽.

莢는 그 어떤 이즘적인 의무감에서 탈피하고 겨레에게 가장 적합하고 훌륭한 사상과 정치체제를 우리 민족자신의 역사와 전통에서 뽑아내며 민족총역량을 경주하여 자립적이고 자유로운 민족의 새 역사를 창조할 수 있는 그런 자세를 확립하는 것이다.[20]

이렇게 『한양』은 민주주의 재건을 위해 군정이 지속되어서는 안 되며 민주주의적 절차에 의해 민정이 들어서야 하며, 민족의 역량을 극대화하는 과정 속에서 주체적 근대화를 추구해야 한다는 것을 힘주어 강조한다. 그리하여 『한양』이 역점을 두고 있는 근대의 기획 중 두드러진 것 하나는 중농주의(重農主義)다. 제3공화국의 박정권은 5.16 이후 지식사회에 팽배해진, 미국의 제3세계 근대화론을 주도했던 '로스토우(Rostow)의 근대화론'[21]과 이 근대화론을 비판하며 제기된 '내포적 공업화론'[22]에 의해 한국의 근대화를 추구한다. 박정권의 이들 근대화론은 '관주도의 민족주의'와 결합하면서 근대화는 곧 산업화(혹은 공업화)이며 도시화라는 근대화의 이데올로기를 생산해낸다. 그러면서 1960년대의 농촌은 박정권의 이와 같은 근대의 기획으로부터 소외를 당한다. 근대의 기획은 도시화에 집

19) 김인재, 「시련을 겪는 한국 민주주의」, 1963. 6, 38쪽.
20) 김인재, 「전야의 기원─제3공화국 탄생을 앞두고」, 1963. 10, 24쪽.
21) 미국 케네디 대통령의 국가안보 고문으로 지명된 로스토우는 '비공산당 선언'이란 부제가 붙은 『경제성장의 단계들』(1960)이란 저서를 발표한바, 그의 근대화론은 제3세계 경제개발론의 성격을 띤 것으로, 『사상계』에서는 1961년 1월호부터 3월호에 거쳐 번역을 하였으며, 1965년 5월 2일에는 서울대에서 그의 강연이 개최되기도 하는 등 로스토우의 근대화론은 박정권의 근대화론에서 주요한 역할을 맡았다. 김정현, 「1960년대 근대화노선의 도입과 확산」, 『한국현대사 3』, 한국역사연구회 현대사연구반 편, 풀빛, 1991.
22) '내포적 공업화론'은 외국자본을 이용하여 국제분업을 수용하고 기간산업을 일으켜 경제의 기초토대를 구축하여 경제개발을 하되, 대외 경제에 종속되는 게 아니라 자립경제의 틀을 추구한다는 점에서 박정권의 관주도의 민족주의에 의한 근대화론의 역할을 수행한다. 홍석률, 「1960년대 지성계의 동향」, 『1960년대 사회변동연구: 1963~1970』, 한국정신문화연구원 편, 백산서당, 1999, 216~226쪽 참조.

중되었고, 그에 따라 지식사회에서는 이른바 중산층 논쟁이『정경연구』와『청맥』을 중심으로 활발히 펼쳐지기도 하였다.23)

『한양』은 한국에서의 이러한 근대적 기획의 사각지대에 놓여 있는 농촌에 집중적인 관심을 가진다. 창간호부터 거의 매호마다 1960년대 농촌이 겪는 제반 문제점들(낙후된 영농 방법, 농업기술의 후진성, 농지개혁의 문제, 농업의 빈곤상태, 농촌 경제의 파산, 농업정책의 비과학성 등)을 정확히 인식하고 있을 뿐만 아니라 그 해결 방안을 모색하고 있다.24)『한양』이 지속적이고 집중적으로 농업의 근대화, 즉 '중농주의'에 역점을 두고 있는 것은 박정권 일변도의 근대화론에 일방적인 지지와 참여가 아니라 견제와 비판의 시각을 확보하면서 서구식 근대화론에 대한 일방적 치우침으로부터 벗어나 민족 생존권의 근간인 농업의 근대화를 통해 주체적 근대화의 기획을 달성하고자 하는『한양』의 독특한 근대적 시각이 뒷받침되고 있는 것으로 해석된다. 말하자면『한양』의 '중농주의'에 초점을 둔 근대화는, 한국을 근대적 영농국가로 만들어야 한다는 데 있다기보다 군정을 완전히 종식시키지 못한 채 형식적 민주주의 절차에 의해 민정으로 이양한, 박정권 일변도의 관주도 민족주의의 근대화론(로스토우 근대화론 및 내포적 공업화론)을 견제하고자 한『한양』의 비판적 성찰에 초점

---

23) 1960년대 전반기에 있었던 주요 중산층 논쟁을 제시해보면 다음과 같다. 「좌담: 왜 이렇게 되었나?—경제위기하의 국민생활진단」,『사상계』, 1963. 7; 신상초,「최고회의 통치시대—군정 2년 반이 국민에게 무엇을 주었나」,『사상계』, 1964. 5;「좌담: 한국정치의 오늘과 내일」,『사상계』, 1965. 4; 차기벽,「오용된 민족주의—민족주의는 결코 선거구호에 그칠 수 없다」,『사상계』, 1965. 5.

24) '중농주의'에 대한『한양』의 편집을, 한 독자는 "독자로서 편집실에 한가지 청을 드리면 농업개발, 경제부문 등의 논문들은 많은 횟수를 거듭한 데 반하여 공업부문에서는 손꼽힐 정도의 것인 관계로 우리 공학도들의 참고자료에 많은 애로를 느끼고 있으며 공업적 개발요소들의 세부적인 이론과 실제를 선생님들께서 소개하여 주시면 조국근대화에 도움이 될까 해서 청을 드립니다."(「편집자에의 편지」, 1965. 5, 253쪽)고 하는 데서 단적으로 알 수 있듯,『한양』은 공업화에 기반한 근대적 기획에 별다른 관심을 보이지 않는다.

이 맞추어져 있다고 볼 수 있다. 이것은 제3공화국이 출범하기 전까지『한양』의 시론(時論)이 주로 4·19와 5·16과 관련된 당위적 명제를 중심으로 한 비평정신을 보였다면, 1963년 12월 17일 제3공화국이 출범한 이후『한양』은 박정권의 근대화론에서 사각지대에 놓여 있는 농업의 근대화론에 상대적으로 많은 비중을 두면서 박정권의 근대화론을 정치적 관점에서 비판적으로 성찰한 시각을 견지하는 데서 알 수 있다.[25]

이처럼『한양』은 일본에서 발행되는 종합 교양지로서 재일동포들은 물론,『한양』을 주로 접하는 한국의 지식인들에게 4·19와 5·16의 역사적 격동기를 겪는 과정에서 민족의 주체적 역량을 어떻게 극대화할 것인지, 그리고 민주주의의 소중한 가치를 결코 훼손할 수 없다는 점을, 비판적 성찰의 시각에서 잡지의 이념과 방향성으로 내면화한다. 특히 박정권이 일방적으로 주도해나간 관주도 민족주의에 기반한 근대화론을 견제하고, 서구식 근대화론이 아니라 주체적 근대화론을 추구하는 담론적 실천에 매진한다.

3. 한국문학을 향한 성역 없는 비판적 성찰

『한양』의 이러한 잡지 이념과 편집의 거시적 방향성은 시론(時論)에만 해당되지 않고 1960년대의 한국문학 전반에 대한 문제의식으로 확장된다.

---

25) 박형태,「농업생산과 토지이용문제」, 1964. 12; 주경균,「한국농업정책의 회고」, 1965. 5; 박영철,「식량증산 7개년 계획」, 1965. 5; 박형태,「농업증산과 관개사업」, 1965. 5; 박영철,「외곡도입과 한국농업」, 1965. 7; 정현종,「한국의 자립 안정농가 조성문제」, 1965. 8; 박영철,「한국농민들의 소득과 생활」, 1967. 10; 임경암,「한국의 도시와 농촌」, 1967. 10; 박영철,「미국원조와 한국농업」, 1967. 11; 김경진,「한국경제와 농업생산」, 1968. 6; 박영철,「농가소득과 농가부담」, 1968. 6; 임경암,「한국의 천수답 문제」, 1968. 9.

혼히들 1960년대의 한국문학은 "1960년대 중반부터 등단하는 '신세대'─
특히 '산문시대'와 '창비' 그룹─에 초점을 맞춰 1960년대 문학을 설명"26)
함으로써 "1960년대 중반 이전은 1950년대의 연장으로 편입되고 1960년
대 후반은 1970년대로 귀속되면서 정작 1960년대의 문학은 실종"27)된
것으로 인식할 수 있다. 하지만, 『한양』의 존재가 웅변해주듯, 1960년대
의 한국문학은 특정한 세대의 세대론적 인정투쟁으로 인해 문학사적 실
재를 일방적으로 파악해서는 곤란하다. 그동안 한국문학사에서 변방으로
취급되던 시각에서 탈피하여 『한양』에 대한 온전한 문학사의 복원 작업
이 이루어질 때 1960년대의 문학사는 1950년대의 문학과 1970년대의 문
학으로 흡수되지 않는 독자적인 생명체로서 그 가치를 더욱 존중받을 수
있을 터이다.28)

이제 『한양』이 1960년대의 한국문학사에서 특별한 위치를 점유하고
있다면, 단연코 그것은 한국문학을 향한 성역 없는 비판적 성찰의 비평정
신을 지속적으로 실천하고 있다는 사실이다. 이 점은 『한양』의 비평적 태
도이면서 『한양』이 지닌 비평적 가치다. 말하자면 『한양』은 1960년대의
한국문학을 향한 '비판의 뇌관'이었던 셈이다. 동시대의 문학을 향해 거침
없이 뱉어내는 『한양』의 비판 담론은 문단의 온갖 역학관계로 맺어져 있

---

26) 하정일, 「주체성의 복원과 성찰」, 『1960년대 문학연구』, 민족문학사연구소 현대
    문학분과 편, 깊은샘, 1998, 14~15쪽.
27) 하정일, 위의 글, 15쪽.
28) 사실, 1960년대 한국문학사의 온전한 복원을 위한 노력이 없던 것은 아니다. 특히
    비평사에서 '산문시대' 동인과 '창비' 그룹에만 초점이 맞추어진 기존 연구의 관행
    에서 벗어나 1960년대 비평의 특질을 규명하기 위한 주요한 성과가 제출되고 있
    다. 앞으로 좀더 1960년대 한국문학사의 실체를 밝히기 위해서는 『한양』을 비롯
    한 다른 군소 진보적 매체들에 대한 실증적 해석학적 접근이 병행될 때 이 시기의
    한국문학사는 1950년대와 1970년대의 자장으로 흡수되지 않고, 나름대로의 역사
    적 실재로서의 가치를 지닐 수 있을 터이다. 따라서 『한양』은 이러한 연구를 위한
    하나의 학문적 실천인 셈이다.

던 한국문인들 사이에 쉽게 제기되기 어려운 문학적 쟁점을 통해 1960년 대의 한국이 직면한 객관현실에 대한 문학적 대응의 일환이라는 점에서 결코 과소평가할 수 없는 중요한 역할을 맡았다.29) 그리하여 『한양』은 장일우와 김순남과 같은 비판적 논객을 발견하였을 뿐만 아니라 한국에 서 활동하는 비평가들 중 비판의 정신이 투철한 젊은 논객들에게 한국문 학의 갱신을 위한 비평의 장을 아낌없이 제공하였다. 즉 1960년대의 한국 문학은 『한양』을 통해 비판의 가치에 대해 숙고하게 되었다 해도 과언이 아니다. 게다가 『한양』의 저 숱한 비판의 비평 담론을 통해 1960년대의 한국문학은 1950년대 전후문학의 문제점을 극복하고, 4 · 19의 시대정신 을 왜곡시키지 않으면서, 문학적 방식으로 1960년대의 현실을 관통하기 에 이른다.

먼저, 『한양』의 대표적 논객이라 할 수 있는 장일우와 김순남의 비평 의 골격을 살펴보자. 장일우와 김순남에게서 공통적으로 발견할 수 있는 비평의 태도와 방법은 민족의 현실을 직시하고 민족이 당면한 문제점을 극복하여 미래를 힘차게 모색하는 문학이다. 그들은 민족이 당면한 현실 을 외면하고 회피하는 일체의 문학에 대해 가차 없는 비판을 던진다. 제 아무리 어떤 문학이 미적 완성도를 추구한다고 하지만, 그 미적 완성도가 역사와 사회에 대한 명민한 인식 없이 미적 자족성에 안주해 있다면, 그 러한 문학은 곧 언급할 가치가 없는 대상으로 치부해버린다. 가령, 장일

---

29) 『한양』의 문학비평에 대한 애정은 『한양』의 한 독자가 서울에서 '편집자에의 편 지'란에 투고한 다음과 같은 짧은 전언에 집약돼 있다고 볼 수 있다. "貴誌에서 가 장 저의 관심과 동감을 느끼게 한 것은 본국문학에 대한 건전한 비평문들이었읍니 다. 사실 현재 국민을 고무하고 용기를 줄 문학은 국내에서는 위축되어 있고 반면 에 세기말적인 혼돈과 독선독존의 문학이 활개를 치는 형편입니다. 부디 건투를 빕 니다."(1962년 11월호, 87쪽) 여기서도 알 수 있듯이 한국문단의 비평계는 한국문 학의 위축에 대한 이렇다할 논쟁적인 쟁점을 제출하고 있지 않다는 문제점이 노정 되고 있는 것이다.

우와 김순남 모두 최인훈의 <광장>을 혹독히 비판하는데, 4.19의 문학적 발현이라고 높이 평가되는 이 작품에 대해 그들은 "민족적 이단자의 부질 없는 '오뇌'일지는 몰라도 한국의 세대적 임무를 다하려는 민족혼을 지닌 참사랑의 '오뇌'는 아니라고"[30] 하는가 하면, "남북분열의 한국적 현실이 하나의 역사적 운명처럼 판을 박고 있을 뿐 이러한 '오늘'의 운명과 대결하여 격투하고 있는 인간의 진실이 보이지 않는다."[31]고 혹평한다. 최인훈의 <광장>에 대한 그들의 비판에서 단적으로 파악할 수 있듯이, 그들은 민족의 현실에 치열히 부딪치지 않는 문학에 대해 조금도 주저하지 않고 문학의 사회적 역할을 강조하면서 비판한다. 가령, 장일우의 경우 소설보다 시를 중심으로 한 비평에 매진한바, 1960년대 초반 한국문단에 팽배한 시의 난해성에 대한 예각적 비판은 한국문단 내에서 부재한 비판의 비평정신을 올곧게 실현하고 있다는 점에서 각별한 주목을 요한다.

> 비평이란 무엇인가. 비평이란 작품의 내용과 형식을 분석하고 그 작품이 당해 사회에서 독자에게 주는 도덕적 사회적 가치를 평가해야 하는 것이다. (중략)
> 비평은 작가를 위해서도 독자를 위해서도 항상 지도적 입장에 서서 그들의 문학적 소양을 높여주어야 한다. 그러나 오늘 한국의 詩評들은 작가에게 있어서나 독자에게 있어서나 오히려 현대시에 대한 이해를 더욱 더 험악하게 만들고 있다. 여기에는 한국의 현대시의 독자들이 그렇게 아프게 생각하는 문제도 취급되지 않고 있으며 한국의 현대시의 重患도 고려되지 않고 있다. 시인의 시정신과 관계없이 현대시의 운과 비유와 기타의 언어적 조건들만 취급한다는 것은 우리 현대시의 난해성이나 난잡성, 모호성과 같은 중요한 사태들을 그냥 묵과하고 현대시를 더욱 더 위험한 포말리즘의 함정으로 몰아넣는 것밖에 안 된다.[32]

---

30) 김순남, 「문학의 주체적 반성」, 1962. 4, 140쪽.
31) 장일우, 「현실과 작가」, 1962. 6, 133쪽.
32) 장일우, 「시의 가치」, 1962. 8, 128쪽.

장일우는 비평이 무엇을 어떻게 해야 하는지를 명확히 인식하고 있다. 비평은 작품을 분석하는 차원에 머무르는 게 아니라 독자와의 소통의 맥락을 구축해야 하는데, 그 맥락은 바로 작가와 작품이 지닌 도덕적 사회적 가치에 대한 평가를 염두에 두어야 한다. 따라서 장일우에게 혹평의 대상이 되는 작품이란 도덕적 사회적 가치를 배제한 채 언어의 미적 취향에 매몰되어 형식주의 미에 젖어든 난해성을 마치 현대적인 것인 양 착각하는 작품들이다. 그리하여 장일우가 견지하는 비평의 정신과 태도는 김소월의 시를 높이 평가하는 「소월의 시와 자주정신」(1962. 11)에서 집약되어 있다. 장일우는 이 글에서 소월의 시에 대한 비평을 통해 민요의 형식을 창조적으로 혁신한 소월이야말로 "항상 시대와 민족 그리고 민중의 감정을 자기의 것으로 삼고 있"[33]는 '민족시인'이며, 소월의 시로부터 '예술의 시대정신'을 발견하는 비평의 정신을 가다듬는다.

장일우의 이러한 민족적 주체에 기반한 비평의 정신은 『한양』에 실린 그의 대부분의 비평 담론과 김순남의 비평 담론에서도 쉽게 확인할 수 있다. 그런데 장일우와 김순남의 이러한 비평 정신에서 중요한 것은 그들의 비평적 실천이 『한양』이 추구하는 근대화, 즉 서구식 근대화를 부정하고 민족의 주체적 근대화를 추구하는 것과 밀접한 맥락을 이루고 있다는 점이다. 말하자면 그들의 비평은 문학 작품을 대상으로 하고 있되, 그들의 비평이 비판적 성찰의 형식을 통해 추구하고 있는 것은 『한양』이 견지하는 민족의 주체적 근대화라 해도 과언이 아니다.

> 우리 문학 앞에 부닥친 아포리아는 어쨌든 활로를 찾고야 말 것이다. 그 활로는 남에게서 얻어들은 지식을 弄하는 현학자들의 지혜나 국적불명의 문학작품들에 의해서가 아니라 진실로 인간을 사랑하며

---

33) 장일우, 「소월의 시와 자주정신」, 1962. 11, 144쪽.

민족의 운명을 자기손으로 해결하려는 정신의 진실한 작가들에 의하여 열릴 것이다.

우리 문학의 주인공들은 프랑스형도 미국형도 아닌 바로 한국사람인 것이다.

그는 한국민족과 함께 있으며 한국식으로 생활하며 생각한다. 그는 무엇보다도 인간을 사랑하며 민족의 운명 앞에서 의롭고 슬기로우며 우리의 전진과 발전을 저해하는 온갖 부정의에 대하여 끝까지 저항하며 비록 죽음에 직면해서도 태연할 수 있는 그러한 자세─바로 그러한 인간상을 창조할 창작의 기점을 튼튼히 마련해야 할 것이다.34)

전후의 현대문학은 서구문화와 방탕한 시민적 자유에 침식된 도시인들의 고뇌와 범죄, 불안과 절망, 사기와 향락의 진창 속에 발을 뽑지 못하고 이제 바로 자기상실의 미궁 속으로 더욱 깊숙하게 들어가고 있지 않는가. (중략) 이 나라의 에피고넨들은 그 추종의 대가로 주체상실이라는 고가의 선물을 지불하지 않을 수 없었다. 왜냐하면 전후에 등장한 현대작가들의 대부분이 자기비하·자기상실의 식민지적 지성에 습성화되었고 그들의 꿈은 서구도시문화에 있었고 따라서 좁은 도시의 울속에 자기를 얽어매어 두기를 열망하였기 때문이었다. 이리하여 전후 한국작가들의 대부분의 추상미학 즉 현실추방과 구체적 인간상의 추방 속에는 이 나라 인구의 팔할을 차지하고 있는 농민상과 농촌현실이 포기되었다. 다시 말하면 그들은 서구의 '현대'를 빌려오고 그 대신 자기 발 앞에 어차피 부딪치는 '땅'의 윤리를 버렸다.35)

『한양』의 주요 비평가인 장일우와 김순남의 비평 담론에서 뚜렷이 목도할 수 있는 것은 서구의 문화를 추종하는 한국문학에 대한 매서운 비판이다. 그들은 1950년대의 전후문학에서 흔히 발견되는 서구의 실존주의적 미적 취향을 용납하지 않는다. 이것은 서구의 미학 자체를 극단적으로

---

34) 김순남, 「창작의 기점」, 1963. 10, 216쪽.
35) 장일우, 「농촌과 문학」, 1963. 12, 146~147쪽.

부정하려는 것과 무관하다. 그보다는 서구의 근대화를 조급히 따라잡아야 한다는 강박증으로 인해 우리의 문화적 가치를 서구의 그것보다 열등한 것으로 쉽게 재단내리는 서구 일변도의 미적 태도를, 그들의 비평이 비판하는 데 초점이 맞추어져 있다고 보는 게 적합한 판단일 것이다.36) 이것은 장일우의 농촌문학에 대한 각별한 애정에서도 알 수 있다. 우리는 이 글의 3장에서 『한양』의 근대화 기획 중 역점을 두고 있는 게 바로 '중농주의'였음을 살펴본 적이 있는데, 이러한 '중농주의'에 기반한 『한양』의 주체적 근대화는 농촌문학에 대한 장일우의 비평에서도 보증되고 있는 것이다.

정리하면, 『한양』은 기존의 한국문학 지형에 비판적 성찰의 형식을 통해 『한양』이 추구하는 민족의 주체적 근대화를 비평담론으로 실천하였다. 1950년대 전후문학이 서구의 근대화에 매몰되어 몰주체적 태도를 지닌 데 대한 강한 문제제기를 통해 1960년대 한국문학의 새로운 지평을 진취적으로 모색한 것이다. 특히 작품에 대한 비평이 작품의 미적 취향을

---

36) 『한양』은 서구의 근대화에 맹목적 태도를 지닌 데 대해 신랄한 비판을 던진다. 그 대표적 비판의 대상은 이어령이다. 김순남의 경우 그의 「지성의 착란」(1964년 10월호)에서 이어령의 에세이 「흙 속에 저 바람 속에」를 매우 강도 높게 비판한다. "무서운 자기비하와 崇外意識을 줄기차게 추구"(159쪽)하는 자로서, "자학증 환자"(171쪽)라고 비난에 가까운 비판을 하는가 하면, 장일우는 그의 「무지의 모험— 이어령의 비평안」(1964년 1월호)에서 이어령의 비평은 "서구비평의 글자풀이"(164쪽)에 불과하고, "서구문학의 아류에서 넋을 잃은 정신적 기형아"(163쪽)로서 "한국의 신판 사대주의자의 전형"(165쪽)이라며, 아주 혹독히 비판한다. 물론, 이어령에 대한 비판은 이들 외에도 구중서의 「작가와 역사의식」(1966년 7월호)에서 "한마디로 이어령의 논리에는 일관된 주관도 절조도 없다."(김인재 편, 『시대정신과 한국문학』, 한양사, 1972, 426쪽)고 하여, 국적불명의 이어령의 비평을 비판한다. 사실, 기왕 말이 나왔으니 덧보태면, 이어령에 대한 비판에서 기억해두어야 할 담론은 창간호가 곧 종간호가 된 정오평단의 비평동인지 『비평작업』(시사영어사, 1963. 1. 10)에 실린 「어떤 쁘띠·인테리의 비극—이어령씨에게 부친다」이다. 그만큼 1960년대의 진보적 비평의 공동체에서는 이어령의 비평이 한국의 현실을 몰각한 서구의 근대화에 경도된 비평으로 해석하고 있다 해도 과언이 아니다.

분석하는 데 자족하지 않고, 작품의 도덕적 사회적 가치를 평가하는 데 있다는 것을 강조함으로써 비평의 사회적 실천의 구체성을 보여주었다. 그리하여 한국문단을 향한 지속적인 관심 속에서 『한양』의 비판적 성찰은 전후문학의 문제점을 극복하고, 1960년대 문학의 주체성을 확립한다는 점에서도 그 역할의 중요성을 쉽게 간과해서 안 된다.

4. 4 · 19의 시대정신과 '문학의 현대성'

1960년대 문학의 주체성을 확립하기 위해 『한양』이 적극적으로 담론화한 것은 4 · 19의 시대정신이다. 『한양』은 역사의 현실을 정면으로 응시하고, 민족의 주체적 역량을 발견함으로써 서구식 근대화를 추수하는게 아니라 주체적 근대화의 길을 지속적으로 모색한다. 그래서 『한양』은 주체적 근대화의 장애물이 되는 대상을 향한 비판의 과정에 적극적으로 개입해 들어간다. 그 구체적 실천은 참여문학의 비평적 입장으로 드러난다. "1960년대의 맘모스 문학논쟁은 아무래도 참여논쟁"37)이라고 했듯이, 『한양』도 이 논쟁38)에 주요한 쟁점을 제기하며 참여문학의 문제의식을 예각화한다. 『한양』의 주요 논객인 장일우와 김순남은 물론, 한국문단에서 활동하는 장백일, 홍사중, 임중빈, 김우종, 신동한, 구중서 등 1960년대의 진보적 성향을 띤 비평가들이 『한양』을 통해 참여문학과 관련된 비평을 발표하며, 1960년대의 한국문학사에서 참여문학의 존재와 그 가

---

37) 임중빈, 「한국문학과 논쟁」, 『세대』, 1968. 6, 310쪽.
38) 1960년대의 순수 · 참여논쟁에 대한 전반적 진행 상황과 그 주요 논쟁에 참여한 개별 비평담론에 대한 해석학적 접근은 고명철의 『논쟁, 비평의 응전』(보고사, 2006), 임영봉, 『한국 현대문학 비평사론』(역락, 2000), 김영민, 『한국현대문학비평사』(소명, 2000), 김용락, 『민족문학 논쟁사 연구』(실천문학사, 1997) 등을 참조.

치에 천착한다.[39] 이들 참여문학의 개별 비평담론이 공통분모를 취하고 있는 것은 4·19와 5·16의 역사적 격동기를 거치는 가운데 노정된 한국의 문제적 현실에 대한 구체적 응시와 치열한 문학적 대응이다. 여기에는 한국전쟁 이후 세계 냉전체제의 분비물인 분단체제에 따른 민족사의 모순과 근대성의 파행으로 치달은 1950년대의 전후의식을 극복하고 민족사의 변혁과 진보에 대한 문학적 대응을 위한 문학전망을 모색하는바, 이제 더 이상 문학은 김동리와 서정주로 표상되는 순수문학의 탈정치 혹은 탈역사를 주창함으로써 역사의 객관현실을 외면할 게 아니라 민족사의 부조리와 모순을 부정하려는 적극적 참여의식으로서 새로운 문학지평을 개척해야 한다는 4·19의 시대정신이 삼투되어 있다.

여기서 장일우의 비평에 눈여겨보아야 할 게 있다.

현대성이란 무엇인가. 문학의 현대성 말이다. 그것은 한마디로 말해서 현대가 제기하는 역사적 과제를 해결하는 문학적 문제성이다. 지금 한국적 현대가 제기하는 역사적 과제, 예술적 해결을 기다리는 문제성이 얼마나 많은가. 그것은 무엇보다 먼저 저 아우성치는 동시대인들의 가슴에, 산 사람들의 심장에 귀를 갖다 대는 일이다.[40]

우리가 순수문학을 가리켜 현실에 참여하지 않고 현실외면이며 현실도피라고 말한 것은, 그들이 어떤 형식으로나 정치에 혹은 '정치주

39) 참여문학을 주창하고 있는 이들 비평가들이 『한양』에 발표한 글의 주요 목록을 제시하면 다음과 같다. 장일우, 「시의 가치」(1962. 8), 「소월의 시와 자주정신」(1962. 11), 「한국현대시의 반성」(1963. 9), 「순수의 종언」(1964. 5), 「참여문학의 특성」(1964. 6); 김순남, 「작가의 윤리」(1963. 7), 「사실과 리얼리티」(1963.9), 「창작자의 기점」(1963. 10); 장백일, 「문학혁신」(1964. 4); 홍사중, 「작가와 현실」(1964. 4), 「한국문학의 새로운 전망」(1965. 2); 신동한, 「내용과 형식에 관한 각서」(1964. 10), 「작품과 생활」(1964. 12); 김우종, 「작가와 현실」(1964. 9), 「'순수'의 자기기만」(1965. 7); 임중빈, 「문학과 인간의 모랄」(1965. 4) 등.
40) 장일우, 「순수의 종언」, 1964. 5, 170쪽.

의'에 참여하지 않았다는 것을 의미하지 않습니다. 문제는 그들이 시인의 사명을 저버리고 오늘의 시대적 과업에서 물러나서 이웃사람이 굶어서 죽거나 말거나, 나라가 망거나 말거나, 세상 만사가 吾不關焉이라는 그 孤高와 방관과 도피를 향락하는 데 있습니다. 말하자면 현대성에서 인연을 끊고 또 주체적 입장에서 물러서고 있다는 것을 의미합니다. 말로는 '인간성 옹호'요, '예술의 영원성'이요 하면서 주어진 상황과 역사의 창조에서 물러난 空談과 虛白의 문학이 되지 말자는 그것입니다.[41]

　　장일우는 '문학의 현대성'을 주목한다. 한국문단에서 참여문학이 순수문학과 대척점을 이루며 문학의 현실과 맺는 당위성을 중심으로 비평적 입장이 제기되었다면, 장일우는 『한양』을 통해 참여문학의 당위성을 '문학의 현대성'이란 차원에서 참여문학의 또다른 문제를 제기하고 있는 것이다. 사실, 참여문학은 "피압박민의 애환과 반항이 아닌 것은 모조리 순수로 몰리며, 현실도피자로 규정된다."[42]라는 비판에 직면하듯, 참여문학을 뒷받침하는 좀더 정치한 논증이 필요했다. 장일우의 위 논의에 주목해야 한다는 것은 바로 이러한 이유 때문이다. "현대가 제기하는 역사적 과제를 해결하는 문학적 문제성"이야말로 '문학의 현대성'이라는 장일우의 간명한 시각은, 1960년대의 한국문학이 동시대로부터 제기되는 현실의 온갖 문제들에 첨예히 문학적으로 대응해야 하며, 그 대응이 역사를 진전시키는 데 위배되어서 안 된다는 비평적 실천의 문제의식이 내재되어 있다. 따라서 장일우에게 참여문학은 참여문학을 조급히 그리고 거칠게 비판하는 논자들과 달리 "자기시대를 충실히 사는 작가만이, 자기시대에 정직하고 양심적인 작품만이 자기시대를 뛰어넘어 인류와 영원에 접할 수 있"[43]는 '문학의 현대성'을 획득할 수 있는 것이다.

---

41) 장일우, 「참여문학의 특성」, 1964. 6, 159쪽.
42) 김　현, 「한국비평의 가능성」, 『68문학』, 한명문화사, 1969, 156쪽.
43) 장일우, 「순수의 종언」, 166쪽.

장일우의 이러한 참여문학에 대한 비평적 시각은 장일우만의 입장이기보다『한양』이 기획하고 있는 동시대의 다른 문제들과 밀접한 맥락을 이루고 있다. 그것은 민족의 주체적 근대화를 이루기 위한 과정으로서의 '문학의 현대성'임을 간과할 수 없다. 말하자면 장일우로 표상되는『한양』의 '문학의 현대성'은 1960년대의 현실과 무관한 미적 자율성을 추구하는 차원의 현대성이 아니라, 4·19의 시대정신을 육화하여 한국적 현실에 제기되는 역사적 과제들을 주체적으로 해결하는 길에 동참하는 현대성을 뜻한다.

따라서『한양』이 한국문학에 대해 크게 관심을 두고 있는 것 중 하나는 이러한 '문학의 현대성'을 실천할 새로운 문학의 출현을 기대하고, 그러한 문학을 발견하기 위한 적극적 노력을 기울이는 일이다. 그 일환으로『한양』은 한국문단에서 발표되고 있는 작품들을 지속적으로 검토하는데, 그 중 가장 주목을 하고 있는 작가가 남정현이다.44) 여기서『한양』의 이념과 방향성을 이해하고 있을 때 남정현이『한양』에서 주목받는 이유를 짐작할 수 있다. 남정현의 문제작 단편 <분지>(『현대문학』, 1965년 3월호) 이전에 발표된 단편 <부주전상서>(『사상계』, 1964년 6월호)에서 '문학의 현대성'이 포착되고 있기 때문이다. 여기에는 편지체의 형식과 풍자적 기법을 동원하여 1960년대가 직면한 암담한 역사적 현실을 응시하고 이 현실을 극복하고자 하는 작가의 산문정신의 치열성을 간과할 수 없다. 남정현의 이 산문정신은 <분지>에서 표출되는데,『한양』이 시론(時論)을 통해 경계하고 부정하고 있는, 외세에 종속되는 한국의 현실을 거침없이 풍자하고, 특히 박정권의 근대화를 향한 개발독재의 폐단을 날카롭게 인식하고45) 있는 것은『한양』의 문제의식과

---

44) 김순남,「현실묘사와 작가정신」(1964. 12), 홍사중,「젊은 작가와 정치감각」(1964. 7), 장일우,「문학의 허상과 진실」(1965. 2) 등에서 남정현의 단편「부주전상서」에 대해 높이 평가하고 있다.

45) "요컨대 남정현의 <분지>는 미국에 대한 자주적 역사인식을 작가 특유의 풍자에 의해 서사화하고 있되, 정작 작가가 겨냥하고 있는 것은, 박정희 개발독재에 대한

밀접한 연관을 맺는다고 볼 수 있다.

그런데『한양』에서 적극적 관심을 갖고 있는 '문학의 현대성'은 한국문 단에서 활동하는 기성의 작가들을 새롭게 발견하는 차원에 국한되지 않 고,『한양』의 이념과 방향성에 부합되는 문학의 지평을 일궈나갈 신인을 발굴하려는 노력에서도 확연히 알 수 있다. 1964년 10월호에 '제1회 신인 문예작품모집' 광고를 내어,『한양』의 문제의식을 뚜렷이 갖고 있는 신인 을 배출하고자 한 게 그 실질적 노력이다. 하지만,『한양』은 1965년 2월 호에 당선자를 내지 못한다는 심사 결과를 발표한다. 물론, 임중빈(비평), 조정래(소설)가 최종 논의되지만, 이미 문단에 나온 기성 문인이기에『한 양』의 1회 신인문예작품모집 당선자로서는 부적합하다고 편집후기에 심 사 결과를 공개한다. 이후『한양』은 1960년대의 문학공간에서 신인을 배 출하지는 못한 채 기존의 방식대로 한국문단과 긴밀한 관계를 맺으면서, 『한양』의 문제의식과 소통하는 작가를 적극 발견하는 데 힘을 쏟는다.[46]

여기서 쉽게 간과해서 안 될 사안이 있다.『한양』이 견지하는 '문학의 현대성'은 동시대의 문학에만 해당되는 게 아니라 한국의 고전문학의 영 역을 포괄하고 있다는 점이다. 고전소설, 고전시가, 가면극, 민속, 민요, 전설, 민담, 설화, 속담 등『한양』이 다루는 문학적 범위는 명실공히 한국

몰가치적 태도를 취하고 있는 위정자와 그로 인해 불거지고 있는 근대화의 맹점들에 대한 냉철한 비판에 초점이 맞추어져 있다고 볼 수 있습니다."(고명철, 「박정희시대 의 아킬레스건을 겨냥한 필화작품」,『칼날 위에 서다』, 실천문학사, 2005, 292쪽)

46) 그런데『한양』의 이러한 노력에서 눈여겨보아야 할 것은 1963년 12월호 '편집후기' 에서 1964년 신년호부터 '독자문예란'을 설치하여 독자와 교섭을 활발히 하겠다고 언급한 대목이다. 신인문예모집공고를 내기 전에 이미 '독자문예란'을 설치하여 기 성 문인들의 작품이 아닌 일반인의 작품을 소개해오면서,『한양』은『한양』의 이념 과 방향성에 걸맞는 신인을 배출하고 싶은 욕망을 지녔던 것으로 보인다. 이후『한 양』의 이러한 노력은 1회 신인문예모집공고에서 당선자를 내지 못했음에도 불구하 고 독자들의 왕성한 투고와 좋은 작품을 선별하여 게재하는 것을 통해 전문 문인을 배출하지 않았을 뿐이지,『한양』에 걸맞는 새로운 작품을 지속적으로 선보였다.

문학 전 영역에 걸쳐 있다. 물론『한양』이 재일동포를 주된 독자층으로 삼고 있어, 한국의 고전문학에 대한 소개가 재일동포에게 민족적 자긍심을 심어준다는 일종의 민족주의의 계몽적 요소를 편집의 의도로 기획할 수 있다. 하지만, 정작 중요한 것은『한양』이 고전문학 자체를 포괄적으로 다루고 있다는 것 자체가 아니라 고전문학에 깃들어 있는 민족문학의 자양분을 섭취하여 '법고창신'의 태도로 주체적 근대화를 달성하는 인문적 토대를 튼실히 다지고 있다는 점이다. 말하자면『한양』의 이러한 지속적 노력은 전근대(前近代)로 회귀하거나 반근대(反近代)를 추구하는 복고적 태도와 거리가 멀다. 그보다는 1960년대의 현실 속에서 팽배해진 전통단절론과 서구추수주의가 지닌 맹점을 극복하면서 한국적 현실에 기반한 근대화를 추구하려는 인문정신의 산물로 보아야 한다. 가령, 구중서의 경우 1964년 9월호에 '고전감상'이란 꼭지에서 <허생전>을 시작으로 <춘향전>, <심청전>, <금오신화>, <홍길동전>, 이인직의 <귀의성>, 이해조의 <자유종> 등 7회에 걸쳐 연재물을 싣는데,[47] 반드시 각 고전이 지닌 현재의 문학사적 위치를 언급함으로써 고전을 단순히 이해하는 차원에서 자족하는 게 아니라 1960년대의 동시대의 현실의 맥락 속에서 각 고전이 갖는 위상에 주목하고 있다. 말하자면,『한양』은 구중서의 비

---

47) 구중서는 어느 문학 대담에서 1960년대의 문단을 반추하며『한양』과 맺은 인연을 술회하는데,『한양』처럼 선망해온 진보적 매체로부터 원고 청탁이 들어온 데 대한 기쁨과 좋은 원고를 써야겠다는 다짐을 행간에서 읽을 수 있다. "『한양』지는 (중략) 굉장히 민족적이고 민주적인 정신을 가지고 내는 잡지였어요. 활자나 표지는 무슨 신소설책과 비슷한 인상을 주었지만 내용은 참 가슴 떨리게 하는, 바른 이야기들이었지요. 그때 국내에선 그런 잡지가 드물었거든요.『사상계』외에는 그런 게 없었는데,『사상계』도 자꾸 어려워 가는 때였지요. (중략) 그『한양』지에서 과단성 있는 결정을 내려서 '한국 고전 소설들에 대한 감상', 말하자면 해설같은 것인데 '고전감상'이라는 제목으로 연재를 해 달라고 청탁이 왔지요. (중략) 그때 20대 후반의 나이였으니까 사흘 밤을 내리 새워도 졸리지가 않았어요. (중략) 그만큼 그 잡지를 내가 좋아했던 거지요."(구중서 · 강진호, 「대담: 1960, 70년대와 민족문학」, 『증언으로서의 문학사』, 강진호 외 편, 깊은샘, 2003, 361~362쪽)

평 작업을 통해 고전이 새롭게 발견되며, 이것은 『한양』이 기획·실천하고 있는 주체적 근대화를 이루기 위한 '문학의 현대성'의 또 다른 비평 작업과 다를 바 없는 소중한 성과다.

5. 남는 과제: 1960년대 한국문학사의 온전한 자리매김을 위해

『한양』에 대한 학계의 연구는 어떻게 보면, 이제 막 걸음마를 시작하게 된 단계라 해도 과언이 아니다. 필자가 이 글에서 관심을 기울인 것은 『한양』의 이념과 방향성이며, 어떠한 기획 아래 잡지의 내용물이 구축되고 있는가 하는 문제다. 그러다 보니 『한양』의 시론(時論)이 갖는 성격에 주목하게 된 것은 물론, 문학비평의 관점에도 주목하였다. 시론(時論)이나 문학비평이나 모두 동시대의 현실과 긴밀한 관계 아래 비판정신을 논리적 언어로 표현해내고 있기에, 필자는 모두 비평 행위로 파악하여 1960년대의 역사적 격동기를 관통하는 『한양』의 실체와 그 가치를 드러내고자 하였다.

필자는 이러한 연구를 진행하면서 『한양』이 그동안 한국문학사에서 변방으로 밀려나 있는 데 대한 문제제기를 통해 이제 1960년대의 한국문학사에서 온전히 자리매김되어야 한다고 생각한다. 무엇보다 한국문단에서 지속적으로 제기되고 있는 4·19와 5·16으로 표상되는 근대적 기획에 대한 『한양』 나름대로의 모색은 종래 1960년대의 한국문학을 상징권력으로 전유한 4·19세대의 인정투쟁을 내파(內破)하여 1960년대의 한국문학사에 대한 온당한 이해를 하는 데 가늠자로 작용할 것이다. 특히 기존의 진보적 매체로 범주화된 틀을 벗어나 진보적 매체의 또다른 진보성을 새롭게 인식함으로써 진보적 지성사의 지평을 심화·확장시킬 수 있는 계기가 될 수 있을 것이다. 달리 말해『한양』은 1960년대의 한국문학을 포함한 진보적 매체 혹은 진보적 지성의 전통을 추인하는 게 아니라『한양』의 새로운 문제의식과 근대적 기획을 통해 1960년대를 새롭게 읽어야 할 과제를 우리들에게 제시해준다.

　필자는 이번 연구의 계기를 통해『한양』의 후속 연구를 기약하며, 몇 가지 과제를 남겨둔다. 우선,『한양』은 종합 교양지로서 많은 문학 작품들이 수록되어 있다. 문학사에서『한양』의 위상을 본격적으로 연구하기 위해서는『한양』에 수록되어 있는 작품들에 대한 면밀한 검토가 필요하다.『한양』에 수록된 작품들의 성향을 치밀히 분석함으로써 재일동포 문학에 대한 연구를 통해 그동안 한국문학의 영토 주변으로 소외된 재외동포의 문학의 실체와 가치를 심도 있게 규명할 수 있을 것이다. 아울러『한양』을 포함한 1960년대의 한국문학사를 풍요롭게 이해할 수 있을 터이다. 다음으로『한양』의 주요 논객인 장일우와 김순남 두 비평가에 대한 인물 연구가 절실히 요구된다. 이들의 이력을 포함하여, 개별 비평담론에 대한 해석학적 접근이 이루어질 때『한양』의 비평정신은 좀더 뚜렷이 규명될 수 있다. 그리고『한양』이 동시대의 다른 진보적 매체와 어떤 상관성을 갖고 있는지에 대한 연구 또한 긴요하다. 진보적 매체들 사이에 구분되는 근대적 기획의 차이들과 그러한 차이들이 1960년대의 한국 지성사에서 차지하는 역사적 위상에 대한 연구가 병행되어야 할 것이다.

　문학사는 늘 새롭게 씌어질 운명을 안고 있다.『한양』의 존재야말로 1960년대의 한국문학사에 관한 낯익은 고정된 시각에 균열을 내어 잊혀지거나 소외된 1960년대 한국문학의 온당한 가치를 재정립시켜줄 수 있을 것이다.

한민족 문학·문화연구의 동향과 전망 _ 현대문학

| 초판 1쇄 인쇄일 | | 2015년 12월 18일 |
| 초판 1쇄 발행일 | | 2015년 12월 19일 |

지은이		한민족문화학회
펴낸이		정진이
편집장		김효은
편집/디자인		김진솔 우정민 박재원 김정주
마케팅		정찬용 정구형
영업관리		한선희 이선건 최재영
책임편집		우정민
인쇄처		으뜸사
펴낸곳		국학자료원 새미 (주)

등록일 2005 03 15 제25100-2005-000008호
서울특별시 강동구 성안로 13 (성내동, 현영빌딩 2층)
Tel 442-4623 Fax 6499-3082
www.kookhak.co.kr
kookhak2001@hanmail.net

ISBN		979-11-86478-62-2 *94800
		979-11-86478-60-8 *94800(set)
가격		25,000원